Peter S. Beagle

Es kamen drei Damen im Abendrot

Roman

Aus dem Englischen übersetzt
von Hans J. Schütz

Klett-Cotta

Für Padma Hejmadi

endlich und für alle Zeit

Wären wir einfach Freunde, Kollegen,
verbunden durch eine Kunst, eine Sprache,
ein Land, im Restaurant aufs Tischtuch gekritzelt,
dayenu — *das hätte schon genügt* — dayenu.
Aber daß wir wirklich verheiratet sind,
nehm' ich wie Gnade hin.

*„Es kamen drei Damen im Abendrot:
braun war die eine, so braun wie Brot,
eine war schwarz, hatte vom Seemann 'nen Schlag,
und eine war blaß wie der Mond bei Tag.*

*Ein Ring von Smaragd steckt' an der Weißen Hand,
die Braune führt' einen Fuchs am Silberband,
einen Rosenholzstock die Schwarze trug,
mit 'nem Degen drin, ich wußte genug.*

*Mein eignes Zimmer war ihnen willkommen,
sangen Lieder hinter der Tür, die ich nie vernommen.
Käse und Hammelfleisch haben sie verschlungen,
nach Wein gerufen und dem Pferdejungen.*

*Und einmal hörte ich Streit und zweimal Jammer —
Durchs Land strahlte ihr Lachen aus der Kammer,
die Decke erzittert', der Mörtel ward zu Brei,
und der Fuchs fraß meine Tauben, bis auf zwei.*

*Sie ritten fort mit der Morgensonne,
eine Königin die Weiße, die Braune eine Nonne,
und die Schwarze voll Gesang, wie purpurner Rauch,
und einen neuen Stalljungen brauche ich auch."*

Die Ballade des Wirts

Prolog

Es war einmal ein Dorf an einem Fluß in einem südlichen Land. Die Leute, die dort lebten, bauten Getreide und Kartoffeln an, und eine Art blau-grünen Kohls und einen Kletterstrauch mit einer lohfarbenen Frucht, die besser schmeckte, als sie aussah. Alle Dächer leckten in der Regenzeit — eines mehr, die andern weniger —, und die meisten Kinder waren mager, obwohl die Kühe und Schweine fett waren, doch litt niemand in diesem Dorf großen Hunger. Es gab dort einen Bäcker und auch einen Müller, was ein Vorteil war, und gerade so viel Müßiggang, genügend Zwist zu wecken, um zwei gesonderte Kirchen hervorzubringen. Und die Rinde eines bestimmten Baumes, der nur in dieser Gegend wuchs, hemmte, in Tee getunkt, das Fieber und konnte abgeschält und zerstoßen werden, was einen Farbstoff, grünen Schatten ähnlich, ergab.

Im Dorf wohnten zwei Kinder, ein Junge und ein Mädchen, im Abstand weniger Stunden geboren, die in Liebe zueinander aufwuchsen und sich im Frühling ihres achtzehnten Jahres vermählen sollten. Doch die Regenzeit währte lange in jenem Jahr, und der Frühling ließ sich mit dem Kommen Zeit, und es war sogar Eis auf dem Fluß, was ein Ereignis war, dessen sich nur Großeltern erinnern konnten. Als also das warme Wetter endlich einsetzte, wanderten die beiden Liebenden hinaus zur kleinen Brücke unterhalb der Mühle, wohin sie seit fast einem halben Jahr nicht gegangen waren.

Die Nachmittagssonne ließ sie blinzeln und frösteln, und sie sprachen über die Webkunst, des Jungen Handwerk, und davon, wen sie zu ihrer Hochzeit nicht einladen würden.

Das Mädchen fiel in den Fluß an jenem Tage. Die Winterregen hatten ein langes Stück des Geländers, an dem sie lachend lehnte, verfaulen lassen, und es zerbrach unter ihrem Gewicht, und das Wasser griff nach ihr. Es blieb ihr Zeit, den Atem anzuhalten, doch keine Zeit für einen Schrei.

Wenige im Dorf konnten schwimmen, der Junge jedoch

konnte es. Er war im Wasser, bevor ihr Kopf an die Oberfläche kam, und für einen Augenblick umschlang ihn ihr Arm, preßte sich sein Gesicht ein letztes Mal atemlos an das ihre. Dann riß ein treibender Baumstamm sie von ihm fort, und als er das Ufer gewann, war sie verschwunden. Der Fluß hatte sie so mühelos verschluckt wie die kleinen Steine, die sie von der Brücke über das Wasser hatten schnellen lassen, eine Ewigkeit war's her.

Jede Menschenseele im Dorf machte sich auf, um nach ihr zu suchen. Die Männer holten ihre Boote und Kähne und stakten den ganzen Tag wie matte Wasserkäfer kreuz und quer über den Fluß. Die Frauen plagten sich an beiden Ufern mit Fischernetzen ab, und alle Kinder, außer den jüngsten, planschten an den seichten Stellen und sangen die Reime, von denen alle wußten, daß sie einen versunkenen Leib ans Ufer treiben ließen. Doch sie fanden sie nicht, und als die Nacht kam, kehrten sie in ihre Häuser heim.

Der Junge blieb am Fluß zurück, zu betäubt vom Gram, um die Kälte zu spüren, zu sehr geblendet von Tränen, um einzusehen, daß es zu dunkel war, etwas zu erkennen. Er weinte, bis von ihm nichts mehr blieb als Wimmern und Zucken und ein kaum hörbares, fragendes Geräusch, das selbst dann noch andauerte, als er in der rauhen Umarmung von Baumwurzeln schließlich einschlief. Er wünschte sich, zu sterben, und sein Wunsch wäre, schwach und durchnäßt in der Nachtbrise, wie er war, vielleicht vor Morgengrauen wirklich in Erfüllung gegangen. Da aber stieg der Mond auf, und der Gesang fing an.

Bis auf den heutigen Tag sprechen in diesem Dorf alte Männer und Frauen, deren Urgroßeltern in jener Nacht geborgen in ihren Windeln lagen, von jenem Gesang, als ob sie selbst davon aufgeweckt worden wären. Es gab keinen im Dorf, der nicht erwachte, keinen, der nicht verwundert an die Tür ging — wenngleich es nur wenige wagten, über die Schwelle zu treten —, doch immer heißt es, jeder habe aus einer anderen Richtung ein anderes Geräusch gehört. Des Schusters Sohn war, nach allem, was man hört, der erste, der erwachte, im Halbtraum seiner gewiß, daß die Häute zweier Sumpfziegen, die sein Vater am Tag zuvor ausgespannt und abgeschabt hatte, im Gerberschuppen bitterlich schöne Wiegenlieder sängen. Er rüttelte den alten Mann wach, der aufsprang und schwor, er habe die Stimmen seiner toten Frau und seines Bruders gehört, die ihn, einer nach dem anderen, unter seinem Fenster wie Soldaten verfluchten. An einem Berghang oberhalb der Stadt wurde ein Schäfer aufgeschreckt, nicht vom Brüllen eines angreifenden *sheknath*, sondern weil er meinte, er habe in seiner Herde Aufruhr sich regen hören; den Bäcker weckte nicht einmal ein Geräusch, sondern ein süßer Duft, der seinen irdenen Öfen nie entströmt war und der ihm in die Nase stieg. Der Hufschmied, der nie schlief, meinte zu hören, daß die schrecklichen Mondjäger auf ihren schweinsnasigen Rossen kämen, ihn zu holen, mit den Stimmen hungriger Säuglinge seinen Namen schreiend; die Weberin hingegen, welche des jungen Mannes Lehrmeisterin war, träumte von einem Muster, das ihr nie zuvor in den Sinn gekommen war, und sie ging, noch immer schlafend, zu ihrem Webstuhl, wo sie mit geschlossenen Augen lächelnd wob, bis der Morgen dämmerte. Man erzählt sich auch, daß Kinder, zu jung, um zu sprechen, sich in ihren Wiegen aufsetzten und sehnsüchtig in unbekannten Sprachen riefen; daß Milchmädchen und Gänsemägde zu den Liebsten eilten, die sie, wie sie glaubten, zum Stelldichein in die Weinlauben riefen, und daß der stille Marktplatz von schwerfälligen, graupelzigen Dachsen bevölkert war, die auf ihren Hinterbeinen immer rundherum tanzten. Sterne erschienen in jener Nacht, die man niemals wieder erblickte, wie sich jeder, der nicht dabei war, erinnert.

Und der Junge? Was war mit dem Jungen, der in seinem kalten Schlaf weinend am Fluß lag? Nun, ihn ließ das Lachen seiner toten Liebsten erwachen, das ihn neckte und tröstete, so nahe, daß seine Wange, als er sich aufrichtete, noch warm von ihrem Atem war. Und niemand sonst war so einfältig, zu sehen, was er sah: eine schwarze Frau auf einem Pferd. Das Pferd stand im Fluß, bis zu den Fesseln in reißendem Schneewasser, was ihm nicht behagte, doch die schwarze Frau hielt es mühelos im Zaum. Der Junge war nahe genug, um zu erkennen, daß sie nach Art der grimmigen Männer aus dem südwestlichen Hügelland gekleidet war, mit einem Hemd und hohen Gamaschen aus grobem Leder, dessen zäher Widerstand einem Schwert trotzen konnte. Doch sie selbst trug keine Waffe, bis auf einen Wanderstab, der an ihren Sattelknauf geknüpft war. Ihr Gesicht war breit, ihre Wangenknochen saßen hoch, das Kinn war schmal, und ihre Augen waren so golden wie das Mondlicht auf dem Wasser, und sie sang vor sich hin. Das, und nicht mehr, erzählt man sich von ihr; aber was sie in Wahrheit sang und wie ihre Stimme wirklich klang, werden selbst die Leute des Dorfes nie genau zu sagen wagen. Jedenfalls nicht die Erwachsenen; die Kinder singen beim Spielen freilich einen Vers, den sie *Das Lied der Schwarzen Frau* nennen, doch sie bekommen einen Klaps, wenn ihre Eltern sie hören. Das Lied geht so:

Dunkel will Licht, ein Himmel der Stein,
Und die Raupe Schmetterling sein.
Schlafend, wachend, begraben, blind,
Komm und such mich, komm, mein Kind ...

Heute natürlich törichtes Zeug, doch vielleicht damals nicht, denn der schauende Junge sah das Wasser, in dem ihr Pferd stand, flach und ruhig werden wie einen sommerlichen Froschtümpel, und der Mond trieb unbewegt wie ein großes Seelilienkissen auf dem schäumenden Fluß. Und gleich darauf erhob sich aus diesem zweiten Mond seine Liebste, tot und ertrunken, und stand vor der schwarzen Frau, dicke Wassertropfen im Haar und die großen, blicklosen Augen erfüllt von der Dunkelheit des Flusses. Die schwarze Frau hörte nicht auf zu singen, sondern beugte sich aus dem Sattel herab, zog einen Ring vom Zeigefinger und streifte ihn über den seiner toten Liebsten. Und als sie das tat, erwachten die Augen des ertrunkenen Mädchens zu staunendem Leben, und der Junge erkannte sie und rief sie. Sie achtete nicht darauf, sondern streckte die Arme nach der schwarzen Frau aus, die sie empor und hinter sich auf das Pferd hob. Der Junge rief und rief — heute gibt es in jenem Teil des Landes einen kleinen braun-grünen Vogel seines Namens und mit einem verzweifelten nächtlichen Schrei, der beinahe klingt wie *„Lukassa! Lukassa!"* —, doch alles, was ihm zuteil wurde, war ein einziger langer Blick aus den goldenen Augen der schwarzen Frau, ehe sie ihr Pferd zum anderen Ufer des Flusses trieb.

Der Junge versuchte zu folgen, doch in seinem Leib war keine Kraft, und er stürzte zu Boden, ehe er ans Wasser gelangte. Als er wieder stehen konnte, blieben ihm nur ein einziger grüner Funken des Rings an seiner Liebsten Finger und die fernen Stimmen der zwei Frauen, die gemeinsam sangen. Da fiel er ein zweites Mal und lag da bis zur Morgendämmerung.

Doch er schlief nicht und weinte nur eine Weile, und als die Sonne zu steigen anfing und ein wenig Wärme in seine Arme und Beine zurückbrachte, setzte er sich auf, um sein schmutziges Gesicht abzuwischen und nachzudenken. Mochte er auch noch ein Kind sein und wie ein Kind an ausweglosem, unerträglichem Schmerz Gefallen finden, so verfügte er doch über die hartnäkkige Gewitztheit eines Kindes in den Klauen der Ausweglosigkeit. Alsbald stand er auf und schritt sehr langsam zum Dorf zurück, direkt zur Hütte von Tante und Onkel, bei denen er sieben Jahre lebte, seit die Pestwinde gekommen waren und ihm die Eltern und seinen jüngeren Bruder raubten. Niemand war wach; er schnürte seine Habe in ein Bündel — eine Decke, sein bestes Hemd, ein zweites Paar Schuhe und ein Messer, um das wenige an Brot und Käse zu schneiden, das mitzunehmen er für angemessen hielt. Er war ein ehrlicher Junge und ein stolzer dazu, und niemals in seinem Leben hatte er von jemandem mehr als das Allernotwendigste angenommen. Sein Mädchen hatte ihn deswegen aufgezogen, ihn halsstarrig, dickköpfig, ja unfreundlich genannt — was er nie begreifen konnte —, aber so war er geschaffen, und so war er mit seinen achtzehn Jahren.

Um so qualvoller war es für ihn, die kleine kastanienbraune Stute des Hufschmieds zu stehlen, das beste Pferd im Dorf. Er ließ jede Münze, die er für die Hochzeit gespart hatte, mit einer Nachricht in ihrem Stall zurück und führte sie leise zur Flußstraße. Er sah einmal zurück, rechtzeitig, um Rauch aus dem

Schornstein steigen zu sehen, unter dem die beiden Priester des Dorfes in zorniger Eintracht lebten. Sie standen immer früh auf, um mehr Zeit zum Streiten zu haben, und ihr Feuer war immer das erste, das entzündet wurde. Es war das letzte Mal, daß dieser Junge — sein Name war übrigens Tikat — seine Heimat sah.

Der Stalljunge

Ich war der erste, der sie erblickte — vielleicht der allererste in diesem Land. Marinescha wäre die erste gewesen, doch sie rannte davon in den Wald, während ich noch immer versuchte, mich zu entschuldigen. Ich kam nie dahinter, welche Art die richtige war, mit Marinescha auszukommen. Vielleicht gab es gar keine. Ich frage mich, ob ich sie je gelernt hätte.

Gewiß, ich hatte um diese Zeit auf der Straße nichts zu schaffen. Es war spät, nach Sonnenuntergang, und Zeit, die Pferde zu versorgen. Seien wir gerecht gegen den alten Karsch und sagen, daß niemand wird jemals behaupten können, er hätte ein Tier unfreundlich behandelt. Jederzeit würde ich das edelste, empfindlichste Pferd bei ihm lassen oder einen blinden, nutzlosen geliebten Hund, nie jedoch ein Kind. Mein Name ist, soviel ich weiß, Rosseth, was in unserer Sprache etwas nicht ganz Wertloses bezeichnet, etwas, um einen schlechten Handel angenehmer zu machen. Karsch hat mich so genannt.

Nun zu Marinescha. Marinescha bedeutet *Duft des Morgens*, und ich war diesem Duft den ganzen Tag, während wir beide unsere Hausarbeiten verrichteten, gefolgt, hatte sie gehänselt und geplagt — ich geb's zu —, bis sie endlich, halb versöhnt, einwilligte, mich nach dem Melken am Bienenbaum zu treffen. Inzwischen sind keine Bienen mehr dort — sie sind alle vor langer Zeit ausgeschwärmt —, aber Marinescha nennt ihn noch immer so. Das fand ich genauso zum Verrücktwerden rührend wie die Art, mit der ihr das Haar aus der Stirn zurückweicht.

Nun gut. Ich schwöre, daß ich dieses Haar nicht mehr als gestreichelt, nicht einmal meine erste ungeschickte Lüge von mir gegeben hatte (im Ernst, ich hatte nie damit gerechnet, daß sie kommen würde — sie hatte bis jetzt nie Wort gehalten), als sie wieder verschwunden war und wie ein Nachtfalter durch die Bäume fortschwirrte, nichts als ihre Tränen in meinen Händen lassend. Zuerst war ich wütend und dann besorgt: es gab keine Möglichkeit, mich ins Wirtshaus zurückzuschleichen, bevor Karsch meine Abwesenheit bemerkt hatte, und wenn auch die meisten Schläge dieses fetten Mannes ihr Ziel verfehlen, treffen jene hart, die es finden. So kam es, daß ich immer noch mitten auf der Straße stand und mir das matte Hirn zermarterte, um eine Geschichte zu erfinden, die mir Karsch, war er bei Laune, vielleicht abnehmen würde, als ich die drei Pferde erblickte.

Sie kamen um die Biegung hinter der kleinen Quelle, aus der niemand trinkt, drei Frauen, dicht nebeneinander reitend. Eine schwarz, eine braun wie Marinescha (obgleich nicht ganz so hübsch), eine so bleich, daß es keinen Sinn ergäbe, sie „weiß" zu nennen. Lilien, Leichen, Geister — wenn diese weiß sind, dann muß es für die Haut dieser Frau ein anderes Wort geben. Es schien mir, der ich mit offenem Mund auf der Straße stand, daß die Farbe ihrer Haut aus ihrem Innern kam, ein leuchtendes, glühendes Leben, das in ihr pochte und sich verzehrte, ohne jede Rücksicht auf ihren Körper, ohne überhaupt Nachsicht oder Mitleid für ihn zu empfinden. Ihr Pferd hatte Furcht vor ihr.

Die Schwarze ritt ein wenig voraus. Vor mir zog sie die Zügel an und betrachtete mich einen Augenblick stumm aus länglichen, großen Augen. Könnte man aus Rauch Gold machen, entstünde etwas, das die Farbe dieser Augen hätte. Ich für meinen Teil stand da wie ein Tölpel und war nicht einmal dazu imstande, meinen Mund zuzumachen. Inzwischen weiß ich, wie anders es anderswo ist, doch im Lande meiner Geburt reiten Frauen nicht ohne Geleit aus, so viele sie auch sein mögen. Und Lal — ihren vollständigen Namen erfuhr ich später, lernte aber nie, ihn richtig auszusprechen — Lal war die erste schwarze Frau, die ich je zu Gesicht bekommen hatte. Schwarze Männer, ja, oft als reisende Händler, und hin und wieder einen schwarzen Dichter, der um Brot auf dem Marktplatz reimte, doch niemals eine Frau.

Wie die meisten glaubte ich, daß es keine schwarzen Frauen gab.

„Sonnenlicht auf Ihrem Weg“, brachte ich schließlich zur Begrüßung heraus. Meine Stimme war vor ein paar Jahren umgeschlagen, doch in diesem Augenblick hätte das niemand hören können.

„Und auf dem deinen“, gab die schwarze Frau zur Antwort. Ich sage es mit schamvoller Aufrichtigkeit, daß mein Mund abermals offenstehen blieb, als ich sie in unserer Sprache sprechen hörte. Ich wäre weniger verwundert gewesen, hätte sie gebellt oder mit den Armen gewedelt und wie ein Habicht geschrien. Sie sagte, „Knabe, gibt es so etwas wie ein Wirtshaus oder eine Schenke in dieser Gegend?“ Ihre Stimme war leise und brüchig, doch die Worte stiegen und fielen trotzdem mit dem Geräusch kleiner Wellen, die sich brechen.

„Ein Wirtshaus“, murmelte ich. „O, ja, ein Wirtshaus meinen Sie.“ Lal sagte später, sie sei sicher, ihr grillenhaftes Glück habe sie mit der natürlichen, wandernden Einfalt zusammengeführt. „Ja, so etwas gibt es“, sagte ich, „ich meine, es gibt ein Wirtshaus. Ich meine, ich arbeite dort. Stalljunge, Rosseth. Mein Name.“ Meine Zunge lag mir wie eine Pferdedecke im Munde, und ich biß zweimal darauf, während ich all diese Wörter hervorbrachte.

„Wäre da Platz? Für uns?“ Sie deutete auf ihre Gefährtinnen und dann auf sich selber, noch immer behutsam mit einem Trottel sprechend.

„Ja“, sagte ich, „o ja, gewiß. Viele Kammern, das Geschäft ist im Augenblick gerade ein bißchen flau“ — Karsch hätte mich umgebracht — „viele leere Ställe, heißer Brei.“ Dann sah ich, wie die Satteltasche der braunen Frau Falten warf und ruckte, genauso wie mein armer, tolpatschiger Mund, und ich sagte noch einmal *heißer Brei*, mehrere Male.

Zuerst die spitze, grinsende Schnauze, die schwarze Nase, die den Wind prüfte; dann das rot-braune Gesicht und die kraushaarigen Ohren wie Pfeilspitzen. Kehle und Brust hellgolden, Schultern — denn er kam nur so weit aus der Tasche hervor —

dunkler als das Gesicht, das Spiel der Muskeln, das sich wie kleine Schatten auf seinem Fell abzeichnete. Ich habe viele Füchse gesehen, die meisten davon tot in Fallen oder unmittelbar vorher, aber niemals einen Fuchs, der wie ein Kampfhahn oder ein *shukri* für die Jagd in einer Satteltasche befördert wurde; und sicherlich nie einen Fuchs, der mich anschaute, als kennte er meinen Namen, meinen wirklichen Namen, den ich nicht weiß. Ich sagte, „Karsch. Der Wirt. Mein Herr. Karsch will's nicht."

„Wir wollen sehen, wie flau die Geschäfte sind", sagte die schwarze Frau. Sie machte mir ein Zeichen, hinter einer ihrer Gefährtinnen aufzusitzen, und lächelte dann, als sie mich unbeholfen dastehen sah, jetzt zum erstenmal erschrocken, und heiß vor Scham, daß ich's war. Aber niemals würde ich einen Sattel mit einem Fuchs teilen, und es ging über meine Kraft, auch nur den kleinsten Schritt zu machen und hinter der weißen, lodernden Frau aufzusitzen. Lals Lächeln wurde breiter, so daß ihre Augenwinkel sich nach oben zogen. „Dann also reite mit mir", sagte sie, und ich kletterte zu ihr hinauf, mich anklammernd, als hätte ich noch nie auf einem Pferd gesessen. Ihr lederner Anzug roch nach Erschöpfung und nach dem Meer, doch unter diesem Geruch war Lals eigener. Ich sagte, „Drei Meilen zur Kreuzung und eine Meile nach Westen", und ich vergaß Marinescha für den Rest dieses Tages.

Der Wirt

Mein Name ist Karsch. Ich bin kein schlechter Mensch.

Ich bin auch kein besonders guter, doch rechtschaffen in meinem Gewerbe. Ich bin auch überhaupt nicht tapfer — wäre ich's, würde ich so was wie ein Soldat oder Seemann sein. Und könnte ich gar ein Lied wie jenes alberne über diese drei Frauen verfassen, das mir irgend jemand zugeschrieben hat, ja, dann wäre ich ein Liederdichter, ein Barde, denn zu etwas anderem würde ich gewiß nicht taugen. Doch wozu ich tauge, das bin ich, ganz und gar. Karsch, der Wirt. Der fette Karsch.

Jetzt erzählt man Dummheiten über mich, wegen dieser drei Frauen, die bei mir waren. Wegen dieses Liedes. Jetzt bin ich ein geheimnisvoller Mensch, ein Mann von Nirgendwo; jetzt glaubt man wirklich von mir, ich sei ein Soldat gewesen, hätte die Welt durchreist, schreckliche Dinge gesehen, schreckliche Dinge getan, hätte meinen Namen und mein Leben geändert, um mich vor meiner Vergangenheit zu verbergen. Unsinn. Ich bin Karsch, der Wirt, wie mein Vater, wie dessen Vater, und das einzige Land, das ich je gesehen habe, ist das Ackerland rings um Sharan-Zek, wo ich geboren wurde. Aber seit fast vierzig Jahren habe ich hier gelebt und dreißig Jahre das Wirtshaus „Fischhaken und Schlägel" geführt, und sie wissen das, jedermann weiß das. Unfug.

Der Junge brachte diese Frauen her, um mich zu ärgern, natürlich, oder einfach, damit ich übersehe, wie er heimlich dieser flatterhaften Marinescha nachstellt. Er hat ein Gespür für das Merkwürdige — zumindest das hat er von mir —, er wußte, daß diese drei nicht das waren, was sie zu sein schienen, und daß ich mit solchen Leuten nichts zu schaffen haben will, ganz gleich, wie gut sie zahlen. Habe schon Ärger genug mit der üblichen Bande betrunkener Bauern auf ihrem Weg zum Markt in Limsatty. Er hätte nichts anderes zu tun brauchen, als sie sieben oder acht Meilen zum Nonnenkloster zu weisen: die Schattenschwestern, wie wir sie nennen. Aber nein. Nein, er mußte sie unbedingt an *meine* Tür bringen, und den Fuchs. Mitsamt dem Fuchs. Dieser verdammte Fuchs, der auch im Lied vorkommt.

Als sie in meinen Hof ritten, trat ich vor die Tür — ich hatte gerade eigenhändig Gläser und Steingut poliert, weil man in diesem Hause niemand anderen damit betrauen kann —, faßte sie scharf ins Auge und sagte, „Wir sind voll besetzt, Ställe, alles, tut mir leid." Wie ich schon sagte, bin ich weder tapfer noch habgierig, bloß ein Mann, der sein Leben lang Fremde beherbergt hat.

Die schwarze Frau lächelte mich an. Sie sagte, „Man hat mir etwas anderes gesagt." Ich habe diesen Tonfall schon einmal gehört, vor sehr langer Zeit, und es liegen zwei Ozeane zwischen meiner Tür und dem Land, in dem die Leute so sprechen. Der

Junge glitt aus ihrem Sattel und kam nicht hinter dem Pferd hervor, wozu er allen Grund hatte. Die schwarze Frau sagte, „Wir brauchen nur einen Raum. Wir haben Geld."

Ich zweifelte nicht daran, wie verschmutzt und mitgenommen von der Reise die drei auch aussahen — jeder Wirt, der sein Geschäft versteht, weiß das ohne nachzudenken, so wie er im voraus erkennt, wenn der Verdruß kommt und darum bittet, unter seinem Dach schlafen und sein Hammelfleisch essen zu dürfen. Außerdem hatte der Junge mich zum Lügner gemacht, und ich bin ein starrsinniger Mann. Ich sagte, „Wir haben ein paar leere Zimmer, ja, aber sie sind für Sie nicht geeignet, seit dem letzten Winter sind die Wände feucht vom Regen. Versuchen Sie es im Kloster oder ziehen Sie weiter in die Stadt, Sie werden zwischen einem Dutzend Wirtshäuser die Wahl haben." Was immer Sie von mir denken mögen, wenn Sie das hören, ich tat recht daran, zu lügen, und ich würde es wieder tun.

Doch beim zweiten Mal würde ich es schlauer anfangen. Die schwarze Frau lächelte immer noch, aber ihre Hände, als ob sie nervös zuckten, spielten mit dem langen Rohrstock, den sie quer über ihrem Sattel trug. Rosenholz, sehr schönes Stück, dergleichen fertigen wir in diesem Land nicht an. Der gekrümmte Griff beschrieb eine Vierteldrehung, und ein Viertelzoll Stahl blinkte mir munter entgegen. Sie warf nicht den geringsten Blick darauf, sagte bloß, „Wir werden nehmen, was immer Sie haben."

Ach, und erwies sich das nicht als durch und durch wahr? Natürlich gab der Stockdegen den Ausschlag, aber ich versuchte es noch einmal; um auf irgendeine Weise meine Redlichkeit zu bewahren, wenn Sie das auch nicht begreifen werden. „Die Ställe würden sich für einen *sheknath* nicht ziemen", sagte ich zu ihr. „Leckes Dach, feuchte Streu. Ich müßte mich schämen, brächte ich so schöne Pferde wie die Ihren in diesen Ställen unter."

Ich erinnere mich nicht mehr an ihre Antwort — nicht, daß das die geringste Rolle spielt: erstens, weil ich den Jungen scharf ansah, damit er es nicht wagte, etwas anderes zu sagen, und zweitens, weil sich im selben Augenblick der Fuchs aus der Satteltasche der braunen Frau herausgezwängt hatte, zu Boden gesprungen war und, eine Legehenne im Fang, nach Norden enteilte. Ich brüllte, idiotische Hunde und Diener kamen angerannt, der Junge nahm so hitzig die Verfolgung auf, als wäre er es nicht gewesen, der dieses Tier hergebracht hatte, damit es mein Geflügel umbrachte, und während der nächsten Augenblicke wurde auf dem Hof eine Menge nutzloser Staub und Lärm aufgewirbelt. Das Pferd der weißen Frau warf diese beinahe ab, daran erinnere ich mich.

Der Junge war so mutig, zurückgeschlichen zu kommen, das muß ich ihm lassen. Die braune Frau sagte, „Es tut mir leid wegen der Henne. Ich werde Sie bezahlen.“ Ihre Stimme war heller und weicher als die der schwarzen Frau. Süd-Land, aber nicht dort geboren. Ich sagte, „Daran tun Sie recht. Das war eine junge Henne, auf jedem Markt zwanzig Kupferstücke wert.“ Das war um ein Drittel zuviel, doch man muß das tun, denn sonst haben sie vor nichts Achtung, was dir gehört. Außerdem glaubte ich einen Ausweg aus dieser ganzen dummen Angelegenheit zu erkennen. Ich sagte ihr, „Wenn ich diesen Fuchs noch einmal sehe, werde ich ihn umbringen. Es soll mich nicht kümmern, wenn er ein Haustier ist, das war meine Henne auch.“ Nun ja, zumindest Marinescha hatte sie gern. Sie gaben ein hübsches Paar ab, diese zwei.

Die braune Frau sah nervös und wütend aus, und ich hegte die Hoffnung, sie würden mir vielleicht einfach diese zwanzig Kupferstücke ins Gesicht werfen, weiterreiten und ihre Gefahren mitnehmen. Doch die Schwarze sagte, noch immer mit dem Stockdegen spielend, ohne auch nur einen Blick darauf zu werfen, „Sie werden ihn nicht wiedersehen, das verspreche ich Ihnen. Jetzt möchten wir gern unsere Kammer sehen.“

So blieb am Ende nichts anderes übrig. Der Junge führte ihre Pferde weg, und Gatti Jinni — Gatti Milch-Auge, wie ihn die Kinder nennen —, mein Hausknecht, nahm sich ihres Gepäcks an, und ich führte sie in die Kammer im zweiten Stock, die ich hauptsächlich für Gerber und Pelzhändler bereithalte. Ich wußte bereits, daß ich so nicht davonkommen würde, und sobald die Schwarze eine Augenbraue hochzog, führte ich sie weiter in das

Zimmer, in dem Frau Soundso aus Tazinara eine Zeitlang ihrem Gewerbe nachging.

Nun, die schwarze Frau und die braune blickten sich in dem Zimmer um, dann sahen sie mich an, doch was zu sagen sie im Sinn hatten, erfuhr ich nicht, weil inzwischen die weiße auf mich losfuhr — und ich meine, auf mich losfuhr, verstehen Sie, wie der Fuchs auf die brütige Henne. Seit die drei angekommen waren, hatte sie kein Wort gesagt, außer um ihr schreckhaftes Pferd zu beruhigen. Bis zu diesem Augenblick hätte ich Ihnen über sie bloß sagen können, daß sie einen Smaragdring trug und im Sattel saß, als sei sie weit eher daran gewöhnt, einen ungesattelten Ackergaul zu reiten. Jetzt aber war sie, *rascher* als der Fuchs — zumindest so, wie ich ihn laufen sah —, einen Fuß von mir entfernt, wie Feuer züngelnd, und sagte, „In diesem Zimmer ist Tod, Tod und Wahnsinn und nochmal Tod. Wie können Sie es wagen, uns zum Schlafen hierher zu bringen?" Ihre Augen waren erdbraun, die schlichten Augen einer Bäuerin, wie die meiner Mutter, wie die meisten Augen, die ich je sah. Sehr merkwürdig kamen sie mir immer vor, mit dem bleichen, bleichen Gesicht, das sie umflammte.

Natürlich war sie verrückt wie ein *durli* zur Paarungszeit. Ich würde nicht sagen, daß ich tatsächlich Angst vor ihr hatte, aber gewiß fürchtete ich mich vor dem, was sie wußte und woher sie es wußte. Der „Fischhaken und Schlägel" hatte einen schlechten Ruf, bevor ich ihn kaufte, nur weil in eben diesem Raum ein Mord geschehen war — und ein weiterer im Weinkeller, um die Wahrheit zu sagen. Und, ja, es geschahen ein paar üble Dinge, als die Frau aus Tazinara das Zimmer bewohnte. Einer ihrer Kunden, er war ein junger Soldat, wurde verrückt — kam verrückt zu ihr, wenn Sie mich fragen — und versuchte, sie mit einer Armbrust zu ermorden. Verfehlte sie aus nächster Entfernung, sprang aus dem Fenster und brach sich seinen blöden Hals. Ja, natürlich kennen Sie die Geschichte, wie jedermann in drei Bezirken — wie hätte der fette Karsch das Anwesen sonst so billig erwerben können? —, doch die Stimme dieses blassen Kindes kam aus dem Süden, vielleicht aus dem Hafen Grannach, vielleicht nicht, und sie konnte jedenfalls unmöglich wissen, welches Zimmer es war. Das Zimmer konnte sie nicht kennen.

„Das ist lange her", entgegnete ich ihr, „und das ganze Wirtshaus ist seitdem von seinen Sünden losgesprochen und reingewaschen und wieder geweiht worden." Und das sagte ich keineswegs so unterwürfig, wie es vielleicht angebracht gewesen wäre, denn ich dachte an die Ausgaben für diese winselnden, kreischenden Priester. Ich brauchte gut zwei Jahre, um den Gestank ihrer lärmenden kleinen Götter aus den Vorhängen und Bettlaken rauszukriegen. Und hätte ich das Gespür einer Wanze gehabt, wäre ich diese Frauen damals wahrscheinlich losgeworden, indem ich meine Entrüstung und Kränkung zum Vorwand genommen hätte — aber nein, ich sagte schon, daß ich ein starrsinniger Mann bin, und manchmal überkommt's mich seltsam. Ich sagte ihnen, „Sie können meine eigene Kammer haben, wenn Sie wollen. Ich sehe, daß Sie Damen sind, die an das Beste gewöhnt sind, was ein Gasthaus anzubieten hat, und sich um den höheren Preis nicht scheren werden. Ich werde hier schlafen, wie ich's schon oft getan habe."

Der letzte Satz war gleichwohl leichtfertig — ich mag diesen Raum selber nicht und würde lieber bei den Kartoffeln und dem Feuerholz schlafen. Aber ich sagte es nun mal. Die weiße Frau hätte vielleicht aufs neue gesprochen, doch die braune berührte sanft ihren Arm, und die schwarze Frau sagte, „Das wird recht sein, ich bin sicher." Als ich an ihr vorbeiblickte, sah ich den Jungen in der Türöffnung stehen, der das Maul aufsperrte wie ein Vogeljunges. Ich warf einen Kerzenständer nach ihm — traf ihn auch — und scheuchte ihn die Treppe hinunter.

Tikat

Am neunten Tag begann ich Hunger zu leiden.

Ich hatte viel zu wenig Lebensmittel mitgenommen. Wie hätte ich auch daran denken sollen, sicher wie ich war, beim ersten Sonnenuntergang die schwarze Frau einzuholen und sie zu überreden, mir meine Lukassa zurückzugeben? Bis auf den heutigen Tag staune ich darüber, daß ich sogar daran gedacht hatte, eine Decke mitzunehmen, um sie zu wärmen, wenn wir fröhlich miteinander nach Hause reiten würden. *So lange, wie sie im Wasser gelegen hat, wird die Kälte bis in ihr armes Herz gedrungen sein.* Das ist alles, woran ich dachte, alles, neun Tage lang.

Und heute weiß ich natürlich, daß es nichts geändert hätte, wenn ich angehalten hätte, um ein Dutzend Pferde zu stehlen — angenommen, es hätte in dem Dorf so viele gegeben —, und sie bis zur Kruppe mit Nahrung und Wasser und Kleidung beladen hätte. Denn nie holte ich diese beiden Frauen ein, nie kam ich näher als einen halben Tagesritt an sie heran, obwohl sich meine Stute bei dem Versuch ihr tapferes Herz brach. Sie waren nie näher als der Horizont, nie größer als mein Daumen, nie greifbarer als der Schornsteinrauch der Städte, an denen sie vorüberritten. Hin und wieder stieß ich auf die Überreste eines Lagerfeuers — sorgfältig verteilt —, also mußten sie zuweilen geschlafen haben; doch ob ich rastete oder die ganze Nacht galoppierte, sie waren, wenn der Morgen dämmerte, immer weit außerhalb meiner Sichtweite, und erst gegen Mittag erhaschte ich gewöhnlich die geringste Bewegung auf dem Hang des fernsten Hügels, den Husch eines Schattens zwischen Steinen, so fern, daß sie wie ein Wasserfleck auf der Straße aussahen. Ich bin niemals so einsam gewesen.

Doch mit dem Hungern ist es so, daß es dich von Dingen wie Einsamkeit und Kummer ablenkt. Am Anfang schmerzt es sehr, doch bald fängst du zu träumen an, und diese Träume sind liebliche Träume, vielleicht die süßesten, die ich je hatte. Es ging darin auch nicht immer um Essen oder Trinken, wie du glauben könntest: meistens war ich alt und daheim bei meinem Mädchen, Kinder zu den Füßen, und hielt sie fest im Arm, wie damals, als das Brückengeländer brach, wovon sie so viele Jahre später noch immer die Narbe trug. Ich träumte auch von meinem Vater und von meinem Lehrer, der *sein* Lehrer war, und ich träumte, ich sei klein, säße in einem Haufen von Sägemehl und Hobelspänen und spielte mit einer toten Maus. Sie waren sehr lieblich, diese

Träume, einer wie der andere, und ich gab mir die allergrößte Mühe, nicht aufzuwachen.

Ich weiß nicht mehr, wann ich die Spuren des zweiten Pferdes zum erstenmal bemerkte. Der Grund war hart und steinig und wurde unwegsamer, und oft ritt ich einen Tag oder länger und fand nichts als einen Hufkratzer oder zwei auf einem verschobenen Kiesel. Aber es muß kurze Zeit nach dem Einsetzen der Träume gewesen sein, weil ich bei dem Gedanken vor Freude lachte und weinte, daß Lukassa am Ende ein eigenes Reitpferd hatte. Als wir Kinder waren, nahm sie mir einmal das Versprechen ab, ihr ein richtiges Reitpferd für eine Dame zu kaufen, anders als unsere Ackergäule, die nicht besser waren als Ochsen, sondern ein zierliches, lebhaftes Geschöpf, für mich damals so unerschwinglich wie heute und in unserem gemeinsamen Leben wahrscheinlich so unnütz wie Fußspangen für ein Schwein. Aber ich gab ihr mein Wort darauf — so bescheiden erschien mir der Wunsch, wo sie doch, hätte sie's gewollt, meine Augen hätte haben können. Sieben Jahre alt waren wir oder acht, und damals schon liebte ich sie.

Wäre ich bei klarem Verstand gewesen, hätte ich mich gewiß gefragt, woher in diesem unbelebten Land dieses zweite Pferd gekommen war, und ob es wirklich Lukassa oder jemand anderen trug. Denkbar war's schon, daß eine Frau, die mit einem Lied mein Mädchen vom Grund des Flusses emporgeholt hatte, ebensoleicht ein Pferd herbeirufen konnte; aber warum jetzt, wo das eine sie schon so weit, und offenbar ohne zu ermüden, getragen hatte? Aber mittlerweile ging ich mehr zu Fuß, als daß ich ritt, klammerte mich an den erschlaffenden Hals meiner Stute und flehte sie an, nur ein wenig länger zu leben, einen halben Tag, eine halbe Meile. Du hättest nicht entscheiden können, welcher von uns beiden den anderen schleppte, und ich hätte es dir nicht sagen können, denn ich schwebte in der Luft und lachte über Witze, die mir die Steine erzählten. Manchmal waren sie Tiere — große, bleiche Schlangen, Kinder mit Gesichtern von Vögeln. Manchmal, wenn die schwarze Frau nicht herguckte, ritt Lukassa auf meinen Schultern.

Am elften Tag oder am zwölften oder vielleicht am fünfzehnten starb die Stute unter mir. Ich spürte, daß sie starb, und es gelang mir, mich beiseite zu wälzen und davor zu bewahren, von ihren Knochen zerquetscht zu werden. Wäre ich kräftig genug gewesen, sie zu begraben, hätte ich's getan; wie die Dinge lagen, versuchte ich, ihr Fleisch zu essen, doch mir fehlte sogar die Kraft, ihre Haut zu durchschneiden. Also dankte ich ihr, bat sie um Verzeihung, und über den ersten Vogel, der seine Kralle in sie schlug, fiel ich her und erdrosselte ihn. Er schmeckte wie blutiger Staub, doch ich setzte mich neben das Pferd und kaute und knurrte, unbekümmert um die anderen Vögel. Sie ließen die Stute für eine Weile in Frieden, selbst nachdem ich fortging.

Der Vogel gab mir Kraft für zwei weitere Tage und brachte mich zumindest so weit zur Besinnung, um mir darüber klar zu werden, wo ich sein mußte. Das Nördliche Ödland, keine Wüste, doch fast ebenso schlimm. Soweit das Auge reicht, ist das Land zerbrochen, alles ist zerschmettert oder zersplittert oder aufgetürmt. Hier ein Wurf von Findlingen, der den Weg versperrt, der kleinste höher aufragend als ein Mann zu Pferde; da ein Flußbett, so lange ohne Wasser, daß daraus verzwirbelte kleine Bäume emporsprießen; dort das Kunterbunt von Trümmern dessen, das vielleicht einmal ein Berg war, bevor große Klauen ihn niederrissen. Keine Straße, nicht einmal ein Saumpfad — wenn du deinen Verstand beisammen hast, such dir deinen Weg durch dieses Land und bete zu den Göttern der Götter, daß du dir nicht ein Bein brichst oder für immer in ein Loch fällst. Vom Hunger um den Verstand gebracht, wie ich es war, stolperst du singend dahin, friedvoll und furchtlos. Ich träumte meinen Tod und war sicher darin aufgehoben.

Da war ein alter Mann in einem dieser Träume. Er hatte helle graue Augen und einen weißen Schnurrbart, der sich in seine Mundwinkel kräuselte, und er trug einen ausgeblichenen scharlachroten Mantel, dem eines Soldaten ähnlich. In meinem Traum galoppierte er auf einem schwarzen Pferd herbei, so weit nach vorn gebeugt, daß seine Wange beinahe die des Pferdes berührte, und ich konnte hören, daß er dem Tier etwas zuflüsterte.

Einen Augenblick, als sie an mir vorbeistoben, blickte mir der alte Mann stracks ins Gesicht. In seinen Augen gewahrte ich ein solches Lachen, wie ich es wohl nie wieder sehen werde, solange ich lebe. Es weckte mich, dieses Lachen, es rief den quälenden Gedanken wieder in mir wach, daß ich allein in den Ödlanden sterben würde, ohne Lukassa, und ich fiel weinend und dem alten Mann nachrufend nieder, bis ich abermals schlief, wahrhaftig schlief, auf allen vieren wie ein Säugling. Ich träumte, daß andere Pferde vorbeikamen, geritten von großen Hunden.

Als ich erwachte, sank die Sonne, der Himmel wurde undurchsichtig und schwer von Feuchte, und eine unmerkliche Brise erhob sich. Durch den Schlaf und die Hoffnung auf Regen fühlte ich mich gekräftigt, und ich ging weiter, bis ich an eine Stelle kam, wo der Boden sich auf allen Seiten senkte und wieder zusammenlief: kein Tal, bloß eine steinige Mulde, mit einem Tümpel abgestandenen Wassers am Grund. Dort unten waren sie, die Hunde, und sie hatten Beute gemacht.

Es waren vier an der Zahl, Mildasis, nach ihren Dolchen und kurzen Haaren zu urteilen. Bis jetzt hatte ich Mildasis erst zweimal gesehen — sie kommen in den Süden, aber selten, was gut ist. Sie hatten den alten Mann im scharlachroten Mantel zwischen sich, schlugen ihn immer rundherum und prügelten ihn roh von einem zum anderen, bis er die Augen verdrehte und sich nicht mehr auf den Beinen halten konnte. Darauf stießen sie ihn hin und her, eine zerfetzte Kugel, zu der er sich zusammenrollte, wobei sie ihn die ganze Zeit verfluchten und ihm drohten, für einen Mann, der so ein besinnungsloser Narr sei, ein Mildasi-Pferd zu stehlen, gebe es noch schlimmere Qualen zu erleiden. Nicht, daß ich zwei Worte Mildasisch beherrschte, doch ihre Gesten ließen keinen Zweifel zu. Das besagte Pferd stand in der Nähe, nicht angepflockt, mit hängenden Zügeln, und scharrte nach Disteln zwischen den Steinen. Es war ein zottiger, kleiner Schwarzer, ein Pony fast, und von jener Rasse, welche die Mildasis, wie sie sagen, seit tausend Jahren züchten. Diese Pferde fressen alles, was wächst, und sind ausdauernd.

Die Mildasis sahen mich nicht. Ich stand hinter einem Felsen, stützte mich gegen ihn und versuchte nachzudenken. Der alte Mann tat mir leid, aber mein Mitgefühl schien so versteckt und fern wie alle meine anderen Gefühle, selbst der Hunger, selbst die Erkenntnis, daß ich starb. Aber mein Pferd war bereits tot, und da waren die vier anderen Mildasi-Pferde, die, wie der Schwarze nicht angepflockt, warteten, und ich wußte, daß ich eines dieser Pferde brauchte, weil es einen Ort gab, den ich erreichen mußte. Ich wußte nicht mehr, welcher Ort es war oder warum ich dort sein mußte, aber es war sehr wichtig, wichtiger, als an das Verhungern zu denken. So legte ich mir, so gut ich konnte, einen Plan zurecht, beobachtete die Mildasis und den alten Mann und die untergehende Sonne.

Ich weiß über die Mildasis, was jedermann weiß — daß sie aus dem Ödland zu Raubzügen ausschwärmen, sich niemals ergeben und ihre Pferde höher schätzen als sich selber —, und vielleicht dazu noch das, was mein Onkel Vyan mir erzählte. Er war mit den Karawanen gereist, als er jung war, und er sagte, daß die Mildasis auf ihre Art ein religiöses Volk seien. Sie glauben, die Sonne sei ein Gott, und sind der Überzeugung, daß er jeden Morgen nur wiederkehrt, wenn sie ihm ein Blutopfer darbringen. Gewöhnlich opfern sie ihm eines der Tiere, die sie zu diesem Zweck aufziehen, doch dem Gott ist menschliches Blut um vieles lieber, und sie bringen es ihm dar, wenn sie können. Wenn mein Onkel recht hatte, würden sie den alten Mann töten, sobald die Sonne die fernsten Hügel berührte. Ich schlich behutsam um den Felsen, wie ein Schatten, der sich in die Sonne schiebt.

Die Pferde beäugten mich, doch selbst als ich ihnen sehr nahe war, gaben sie keinen Laut von sich. Ich verstehe mich nicht auf Pferde wie manche andere — ich denke, meine Tollheit war's, die sie mich für einen Freund, einen Vetter halten ließ. Onkel Vyan sagte, Mildasi-Pferde glichen eher Hunden, waren treu und manchmal ungebärdig, nicht leicht zu erschrecken. Ich hätte beten mögen, daß er sich in diesem Punkt irrte, doch mir blieb keine Zeit für Gebete. Die Mildasis hatten mir den Rücken zugewandt und machten sich zum Opfer bereit. Jetzt schlugen sie den alten Mann nicht mehr oder verhöhnten ihn gar — sie schienen ebenso ernst wie die beiden Priester in unserem Dorf, wenn sie einen Säugling segneten oder um Regen flehten. Zuerst schmierten sie ihm etwas Gelbes auf die Wangen, dann machten sie sehr sorgfältig mit den Fingern Zeichen hinein. Mit einer anderen Farbe färbten sie seinen Mund schwarz. Er stand ganz still, sprach nicht, wehrte sich nicht. Einer der Mildasis sang mit hohem gequetschtem Ton ein Lied, und seine Stimme zitterte, als sei er derjenige, der getötet werden sollte. Immer wieder dieselben wenigen Töne. Als er zu singen aufhörte, war nicht mehr zu vernehmen als ein Windhauch zwischen der Sonne und den Hügelspitzen.

Der Mildasi, der sang, nahm von einem anderen ein langes Messer entgegen. Das zeigte er dem alten Mann, ließ es ihn genau betrachten, deutete auf die Klinge, den Griff und wieder auf die Klinge, wie meine Lehrerin, wenn sie versuchte, mir die wahre Eigenart eines Webmusters verständlich zu machen. Sähe ich es je wieder, dieses Messer würde ich erkennen. Das Pferd, das ich vor Stunden, vor Tagen, ausgewählt hatte, war grau wie ein Kaninchen. Es ließ sich anfassen. Der Mildasi begann wieder zu singen, und ich schwang mich auf das graue Pferd, schrie und fuchtelte mit den Armen, um die anderen zu erschrecken. Sie schienen überrascht, ein wenig von mir enttäuscht; sie tänzelten auf den Hinterbeinen und warfen Blicke auf ihre Herren, die sich jetzt erst umwandten, die Münder aufgerissen, in stummer Verblüffung wie die Pferde, doch zwei hatten bereits ihre Wurfäxte in den Händen. Die Mildasis, sagte mein Onkel Vyan, können damit Nachtvögel aus der Luft holen.

Es war das schwarze Pferd, das sich plötzlich von Schrecken packen ließ, das sich aufbäumte und gellend schrie und ausschlug, den singenden Mildasi zu Boden stieß und den Mann mit dem Messer niedertrampelte, der ihm zur Hilfe eilte. Die beiden anderen versuchten in die Zügel zu greifen, aber der Schwarze schoß an ihnen vorbei, dem Schutz seiner Freunde entgegen. Doch diese packte jetzt selbst das Entsetzen, als trüge der Schwarze eine Fackel, die ihre Schwänze in Brand setzte. Mein

Grauer — das Kaninchen, wie ich das Tier von jetzt an nannte — stieg in die Höhe, alle vier Hufe in der Luft, kam herunter, ohne daß ich ihn noch im Zaum hatte, und rannte geradewegs auf die beiden Mildasis los, die den Weg versperrten, mit roten Äxten zum Wurf ausholend. Ich legte mich flach auf den Rücken von Kaninchen und umklammerte ihn, wie ich Lukassa im Fluß umfangen hatte. Den alten Mann konnte ich nicht sehen.

Eine Axt sirrte an meiner Nase vorbei und trug nichts fort als einen Strang grauer Mähne. Die zweite Axt sah ich überhaupt nicht, doch das arme Kaninchen schrie herzzerreißend und schoß in eine andere Richtung, wie es Kaninchen zu tun pflegen. Die Spitze seines rechten Ohres war verschwunden, Blut spritzte zurück auf meine Hände.

Ich blickte mich einmal um, rechtzeitig, um die vier Mildasis — zwei davon humpelnd — wie wild auf ihre Pferde losstürzen zu sehen, die überhaupt keine Eile hatten, wieder vernünftig und gefügig zu werden. Da spürte ich, den Kopf noch immer nach hinten gedreht, eine Hand auf dem Sattel, eine Hand in meinem Gürtel, hörte ein Ächzen und Keuchen, wurde beinahe zu Boden geworfen, und dann saß der alte Mann hinter mir im Sattel, lachend wie der Wind. „Reite, Junge", bellte er mir ins Ohr, „jetzt reite!", und ich spürte, wie er sich umdrehte, um den Mildasis zuzurufen, „Narren, schwachsinnige Kinder, zu glauben, ihr könntet *mich* töten! Nur weil es mir gefiel, eine Weile mit euch zu spielen, zu glauben, ihr hättet mich ..." Dann flog Kaninchen über eine schmale Felsspalte, und der alte Mann kreischte und klammerte sich an mich, ohne mit seinen Prahlereien einzuhalten, die auch mich einschlossen. Wäre er doch nur still gewesen, dann hätte ich vielleicht so tun können, als wäre er nicht wirklich da.

Doch er wollte keine Ruhe geben, nicht einmal fünf Minuten lang. Wenn er nicht über die Dummheit der Mildasis plapperte und sich lobte, daß er ihnen entkommen war, bedrängte er mich, Kaninchen stärker anzutreiben, um den Vorsprung vor unseren Verfolgern zu vergrößern. Ich wollte nicht mit ihm sprechen. Ich murmelte, es sei dunkel, daß wir vorsichtig reiten müßten, doch er schalt mit schriller Stimme, „Sie haben Augen in ihren Füßen, diese Mildasi-Biester. Der Graue wird die ganze Nacht laufen, ohne einmal zu straucheln. Genauso wie *sie*." Seine Stimme tat meinem Kopf weh, und jedes Wort, das er sagte, flößte mir Furcht ein.

Die Mildasis erwischten uns nicht. Ich kann nicht sagen, ob sie uns überhaupt folgten, denn ich kümmerte mich nicht im geringsten darum, gab nicht acht auf das Plappern des alten Mannes, sondern beschränkte mich einzig und allein auf das Kunststück, im Sattel zu bleiben und, was schwerer war, nicht zu vergessen, warum ich das tat. Vielleicht waren wir noch immer auf der Spur Lukassas und der schwarzen Frau; ebensogut konnten wir einen Kreis geschlagen haben und wieder auf dem Weg sein, den ich gekommen war. Ich war jenseits aller Vernunft, aller Wirklichkeit, aber ich machte weiter. Über das Weitermachen hinaus gab es nichts, woran ich denken konnte.

Der alte Mann rettete mich, ohne Zweifel. Er war es, der mich hielt, wenn ich einschlief und zur Seite kippte, und er war es, der Kaninchen die ganze Nacht durch jenes zertrümmerte Land lenkte, der mir die ganze Zeit aufmunternd ins Ohr schwatzte, ohne sich darum zu scheren, ob ich es hörte oder nicht. Ich habe keine Erinnerung an diese Nacht, keine Träume, nichts, bis ich auf dem harten Grund eines Hanges erwachte, in den roten Mantel des alten Mannes gewickelt, geblendet von der hochstehenden Sonne und von Kaninchen gestupst, der unter meinem Arm nach ein paar stacheligen Schößlingen suchte. Der alte Mann war verschwunden.

Um den Hals von Kaninchen war ein Wassersack geschlungen, und ich trank daraus, nicht zu viel. Ich war sehr schwach, aber, wie ich glaube, nicht mehr verrückt. Der Morgenhimmel war fahl, fast weiß, und die Luft roch nach fernem Schnee, ein Hauch, der hinter den Bergen hervorkam. Ich lehnte mich gegen Kaninchen, blickte weit über das Ödland, wo Vögel wie der, den ich verspeist hatte, kreisten und mit dem Wind dahinglitten, und ich sagte zu meinem kleinen grauen Pferd, „Ich werde nicht sterben. Es gibt Wasser in diesem Land, und ich werde es finden —

es gibt Wild, das man jagen, und Wurzeln, die man ausgraben kann, sonst könnten die Mildasis hier nicht leben. Ich werde nicht sterben. Ich werde Lukassa über die Berge folgen, wie weit ich auch gehen muß, bis ich wieder mit ihr sprechen und sie berühren kann. Und wenn sie nicht mit mir heimkommen will — nun ja, *dann* will ich sterben, aber nicht vorher." Kaninchen nagte an meinem zerschlissenen Ärmel.

Das Pferd witterte den Fuchs, bevor ich es tat; erst als es gewiehert und den Kopf geschüttelt hatte, um seine Ohren aufzustellen, sah ich ihn keck über den Hang auf uns zuschnüren, und in seinem Maul baumelte ein Vogel, halb so groß wie er selbst. Ein kleiner Fuchs, doch stämmig und ansehnlich mit hellen, hellen Augen. Er wartete absichtlich einige Zeit, um sicherzugehen, daß ich sah, wie er sich verwandelte.

Ein Flirren in der Luft, wie man es über einer Flamme zittern sehen kann, und er war der alte Mann, der mir den Vogel entgegenhielt, als er auf mich zukam. Kaninchen stampfte und schnaubte und rannte ein kleines Stück weg, aber ich war viel zu müde, um erschrocken zu sein. Ich sagte, „Ein Mann, der sich in einen Fuchs verwandeln kann. Ein Fuchs, der sich in einen Mann verwandeln kann. Was sind Sie?"

Sein dicker weißer Schnurrbart milderte das verschlagene füchsische Grinsen. „Der Vogel kann sich in uns verwandeln. Da ist's, was zählt." So unbekümmert, als sei er niemals hilflos in den Händen der Mildasis gewesen, blutig geschlagen worden und hätte nie sein Totenlied gehört, ließ er sich neben mir nieder und begann den Vogel zu rupfen. Die Opferfarbe auf seinen Wangen war verschwunden, und die blauen Flecken auf seinen rosa Wangenknochen verblaßten bereits. Er lächelte mich weiter an, während er arbeitete, und ich starrte ihn weiter an.

„Wenn du erwartest, daß ich meine Zunge heraushängen lassen und hecheln werde", sagte er liebenswürdig, „bist du im Irrtum. Ich werde diesen Vogel auch nicht unzerkaut und roh herunterschlucken und die Knochen zermalmen. In dieser Gestalt bin ich ein Mensch wie du."

Da lachte ich, obgleich die Anstrengung mich fast auf den

Rücken warf. „Ein Mann wie ich hat so viele Bäuche mit seinen Zähnen aufgerissen wie jeder Fuchs“, sagte ich. Das war nicht wahr, aber damals kam es mir so vor. Der alte Mann gab mir zur Antwort, „Dann wird's dir vielleicht ein Vergnügen sein, für uns ein Feuer zu machen, weil die Menschen ihr Essen kochen, wenn sie können.“ Er nahm Feuerstein und Stahl aus einer Hüfttasche und reichte sie mir.

Es gab totes Holz — einen Arm voll, nicht mehr — in bequemer Reichweite, sonst hätte ich nicht soviel zusammengebracht. Allein für das Brechen der Zweige zum Entfachen brauchte ich so lange, daß der alte Mann, als ich das Feuer in Gang hatte, den Vogel längst so sauber gerupft hatte, wie man sich nur denken kann. Das Feuer gab kaum genug Hitze, ihn durchzubraten, aber wir gaben uns zufrieden und speisten zusammen wie Menschen, obwohl ich die letzte mir verbliebene Kraft brauchte, nicht nur meine halbgare Vogelhälfte, sondern anschließend die seine zu verschlingen. Was ihn betraf, er schwatzte munter weiter, entlockte mir meinen Namen — ohne jedoch den seinen preiszugeben — und erzählte mir, er sei der Gefährte einer großen Dame von einer fernen Küste. Ich fragte, ob sie schwarz sei, doch er schüttelte den Kopf. „Braun, wenn du willst, aber gewiß nicht schwarz. Sie wird Nyateneri genannt, und sie ist sehr klug.“

„Und für sie haben Sie das Mildasi-Pferd gestohlen“, sagte ich. „Bei meiner Seele, ich wünschte, ich hätte einen so treuen und tapferen Diener.“

Das brachte ihn auf, was ich beabsichtigt hatte. „Wir sind Gefährten, Ebenbürtige, merke dir das wohl. Meine Dame schickt mich nicht auf Botengänge — ich komme und gehe in eigenen Geschäften, ganz wie es mir behagt.“ Einen Augenblick war er wirklich wütend, seine grauen Augen wurden fast gelb vor Zorn.

„Wozu soll dann ein Pferd jemandem nutzen, der sich, wenn es ihm beliebt, auf vier Füßen fortbewegen kann?“ Ich hoffte, daß die Wut ihn unvorsichtig machen würde, aber er war bereits wieder auf der Hut, lachte mich an und ließ absichtsvoll die Zunge zwischen den Zähnen heraushängen. „Das war nur mein

Zeitvertreib, das mit den dummen Mildasis. Überrascht es dich wirklich, daß ich von Zeitvertreib eine andere Meinung habe als du?"

„Sie haben Sie halb zu Tode geschlagen", sagte ich, „und sie hätten Ihnen die Kehle durchgeschnitten, wäre ich nicht gewesen. Was ist das für ein Zeitvertreib?"

„Ich war nie in Gefahr", erwiderte er so hochmütig, wie es ein Mann mit vollem und fettigem Mund nur sein kann. „Es war recht brav, daß du dich eingemischt hast, aber völlig überflüssig. Es war mein Spiel."

Ich sagte, „Sie hätten Sie getötet. Ich rettete Ihr Leben." Dieses Mal sprach er nicht, sondern drehte nur den Kopf, um mich aus den Augenwinkeln zu betrachten. „Mensch oder Fuchs, Sie sind in meiner Schuld", sagte ich. „Sie wissen, daß Sie in meiner Schuld sind."

Sein Schnurrbart sträubte sich wahrhaftig, und er leckte ihn glatt. „Und du stehst in der meinen, Junge, mit meinem Wasser und meinem Vogel in deinem Bauch. Wenn du mich wirklich gerettet hast, geschah's durch Zufall — und das weißt du —, aber ich beschloß, dir zu helfen, wo ich dich doch dein Geschäft des Sterbens hätte weitertreiben lassen können. Ich jage für niemanden, aber für dich jagte ich, und darum sind wir einander nichts schuldig, weder in deiner Welt noch in der meinen." Und er sagte nichts mehr, bis wir den Vogel verspeist und die Reste verscharrt hatten, um keine Spur für die Mildasis zu hinterlassen.

„Wenn Sie sich das Gesicht und die Pfoten putzen wollen", sagte ich darauf, „könnte ich solange wegsehen." Ich gähnte, als ich sprach, denn das gute Mahl ließ mich auf der Stelle nach Schlaf verlangen. Der alte Mann lehnte sich zurück, die Arme um die Knie gelegt, und betrachtete mich lange, ohne die geringste Bewegung. Freundlich und behaglich wie ein Großvater sah er aus, doch ich kam mir vor wie dieser Vogel sich in den letzten Sekunden vorgekommen sein mußte, als er ihn zu spät gesehen hatte.

„Du wirst sie nie einholen, weißt du. Nicht auf einem Mildasi-Pferd, nicht auf einem anderen. Und solltest du es schaffen, wirst du von Herzen wünschen, es wäre dir nicht gelungen."

Ich fragte nicht, wen er meinte oder woher er das wußte. Ich sagte, „Die schwarze Frau ist gewiß eine große Zauberin, denn meine Lukassa war ertrunken, und sie brachte sie ins Leben zurück. Und alles Schreckliche, das sie mir zufügen kann, sie wird es nicht einmal, sondern zweimal tun müssen, um vor mir sicher zu sein. Denn ich werde sie finden und Lukassa wieder nach Hause bringen."

„Kindergeschwätz", erwiderte er verächtlich. „Die Frau hat nicht mehr Zauberkräfte als du, aber was sie nicht weiß über Flucht und Verfolgung, über Spurenlesen und Spurenverwischen oder wie man Hunde ihrem eigenen Geruch folgen läßt, das weiß nicht einmal ich. Und inzwischen hat sich meine Herrin, Nyateneri, zu ihr gesellt — ja, wie du vermutet hast —, und zwischen diesen beiden kann ein armer Fuchs nur an seinen Pfoten nagen und darum flehen, von ihrem Scharfsinn nicht verdorben zu werden. Gib's auf, Junge, geh heim."

„Fuchsgeschwätz", gab ich zurück und flehte darum, mich nicht überzeugen zu lassen. „Sagen Sie Ihrer Herrin, sagen Sie es beiden, daß Lukassas Mann ihr folgt." Ich schwang mich in den Sattel von Kaninchen, saß bewegungslos da und starrte auf den alten Mann nieder, so entschlossen ich konnte, obwohl ich ihn wegen des plötzlichen Schwindels, der mich ergriffen hatte, kaum erkennen konnte. „Sagen Sie es ihnen", sagte ich.

Der alte Mann rührte sich nicht. Er leckte seinen Schnurrbart und leckte ihn, und mit jedem Mal wurde sein Lächeln ein wenig breiter. Er sagte, „Was gibst du mir, wenn ich dir eine Spur lege, der du folgen kannst?"

Die gelb-braunen Augen und die bellende Stimme waren so spöttisch, daß ich nicht glauben mochte, was ich hörte. „Was gibst du mir? Du bist dem Tode noch zu nah, um hochmütig zu sein — du weißt, daß du ihre Spur für immer verloren hast, wenn ich dir nicht helfe. Gib mir das Medaillon, das du um den Hals trägst. Es ist billig, es ist kein Verlust für dich, aber ich helfe niemandem ohne Lohn. Das Medaillon genügt."

„Lukassa hat's mir geschenkt", sagte ich. „Zu meinem Namenstag, als ich dreizehn war."

Die Zähne des alten Mannes glitzerten wie Eis in seinem Mund. „Hörst du, Lukassa? Dein Schweinehirt, dein Schwarm, hat dein Spielzeug lieber als dich. Dann freu dich daran, Junge, und viel Glück." Er war auf den Beinen und wandte sich zum Gehen.

Da warf ich ihm das Medaillon zu, und er fing es aus der Luft, ohne einen Blick auf mich zurück zu werfen. Er sagte, „Steig ab, du bist nicht in der Lage, schon zu reiten. Schlaf dich den Tag über aus, dort drüben" — er deutete, noch immer ohne sich umzudrehen, auf einen felsigen Überhang, wo ich im Schatten liegen konnte — „und reite nach Norden, wenn der Mond aufgeht, so daß du diese Hügel zu deiner Linken hast. Dort gibt es keine Straße. Es wird ein Pfad dort sein."

„Ein Pfad, wohin?" wollte ich wissen. „Welches ist ihr Ziel, und warum nehmen sie Lukassa mit?" Der alte Mann begann den Hang hinabzugehen, und ich blieb wutentbrannt zurück. Ich glitt von Kaninchen herab, rannte ihm nach und wollte ihn bei der Schulter packen, doch er drehte sich rasch um, und ich rührte ihn nicht an. „Was ist mit Ihnen, sagen Sie mir wenigstens das. Das ist nicht Norden, die Richtung, in die Sie gehen."

Mit rosa Wangen, weißem Schnurrbart, das Haar so tückischweiß wie das Wasser, das mein Mädchen verschlang, grinste er mich an, bis seine Augenschlitze sich schlossen, um mir Furcht einzujagen. „Nun, ich mache mich auf den Weg zu diesem schwarzen Pferd, wohin sonst?" Und er war wieder der Fuchs, der ohne einen Blick, ohne ein Abschiedswort davonsprang, den buschigen Schwanz wie eine Hauskatze in die Luft reckend, bis er glaubte, er sei außer Sicht. Aber mein Blick folgte ihm eine lange Strecke, und ich wußte, wann dieser Schwanz sich senken würde.

Lal

Die Träume begannen, kaum daß ich diesem Mädchen meinen Ring gegeben hatte. Ich wußte, daß es so sein würde, aber es blieb mir nichts anderes übrig, wegen des anderen Traums, des Traums, den *mein Freund* mir schickte. Weißüberströmt, hinausgeschrien mit der ganzen unverbrauchten Kraft ihres ungelebten Lebens, rief sie so verzweifelt vom Flußbett, daß sogar meine Haut davon schmerzte, Meilen entfernt, selbst die Sohlen meiner Füße. Sie lebte noch, als der Traum zu mir kam, drei Nächte ist's her.

Doch das war keiner der schlimmen Träume, das ist nur die Art, auf die *mein Freund* zu mir spricht, wie er es alle die Jahre getan hat, seit ich ihm zum erstenmal begegnete. Die schlimmen Träume sind älter, viel älter und stammen aus einer anderen Quelle; die schlimmen Träume sind so, als ob ich blute – ich, Lal, Lal-khamsin-khamsolal, biegsam und mager und furchtlos, Seefahrer-Lal, Stockdegen-Lal, Allein-Lal, streifend durch die Meere und Gassen der Welt, zu ihrem eigenen geheimnisvollen Vergnügen. Lal, die weinte und schrie in der Nacht, jede Nacht, seit ihrem zwölften Lebensjahr, bis *mein Freund* ihr diesen Smaragdring gab, den eine tote Königin ihm schenkte.

„Du hast genug geträumt", sagte er zu mir, das Lächeln wie ein kleines, wildes Tier in seinem geflochtenen Bart verbergend. „Es wird keine Träume mehr geben, keine Träume, ich verspreche es, es sei denn, es beliebt mir, sie zu schicken. Bewahre den Ring, bis du jemandem begegnest, dessen Not größer als die deine ist. Du wirst diesen einen erkennen, wenn die Zeit kommt, und danach wirst du meinen Ring nicht mehr brauchen. Das verspreche ich dir, *chamata.*" Das war immer sein Name für mich, und ich habe noch immer nicht die geringste Ahnung, was er bedeutet.

Nun, so klug er war, er irrte sich, was mich, nicht, was den Ring betraf. Jeder einzelne dieser alten Schrecken hatte auf den Augenblick gelauert, da ich ihn weitergab; auch noch der letzte kam hüpfend und zischend und grinsend herbei, sich mir aufs Herz zu legen, selbst bevor ich die Augen schloß, wenn ich endlich schlafen mußte. Jaejian, mit seinem Mund wie ein heißes Schlammloch, Jaejian und sein namenloser Freund, die mich, kaum war ich drei Stunden alt, aus meinem Heim stahlen. Shavak. Daradara, die ihn tötete und was sie mir in seinem Blut antat. Loum, dieser kleine Junge, ich hätte ihm nicht helfen können, ich hätte nicht helfen können, auch ich war klein. Unavavia mit seinen gestreiften Nachthemden und seinen Messern. Edkilos, der vorgab, freundlich zu sein.

Bismaya, die mich verkaufte.

Ich bin keine Königin und habe auch nie den Anspruch erhoben, eine zu sein, obwohl die Geschichte es so will. Ich wurde von Geburt an dazu erzogen, etwas Geringeres und doch viel mehr als eine Königin zu sein: eine Frau, die Geschichten erzählt, die aufzeichnet, die Erinnerung bewahrt. Das Wort, das wir verwenden, lautet *inbarati,* und in meiner Familie ist die älteste Tochter die Inbarati von Khaidun gewesen, seit das Wort und die Stadt bestanden haben. Als ich neun Jahre alt war, konnte ich die Geschichte jeder Familie in Khaidun singen, in der erhabenen Sprache, die man mich lehrte, und in der Gassensprache, für die ich von meinen Lehrern Prügel erhielt, wenn ich sie benutzte. Ich könnte es immer noch — wenn ich eine dieser beiden Sprache noch spräche — und dazu jeden Kriegsgesang, jede Tierfabel, alle Sagen vom Ursprung unserer Stadt, mitsamt allen Überschwemmungen, Dürren und Pestilenzen, die wir überlebten. Ganz zu schweigen von jeder erdenklichen Sage großer Liebe und zaubermächtiger, schrecklicher Liebender, die ständig die Treue des anderen auf die Probe stellten. Mein Volk ist über die Maßen gefühlvoll.

Bismaya. Base, Spielgefährtin, liebste Freundin. Tot im Kindbett, ehe ich sie töten konnte, nicht, weil sie plante, mich stehlen und verkaufen zu lassen, sondern weil sie es aus einer kindlichen Langeweile tat. Hätten wir denselben Jungen geliebt, uns einmal zu oft über meine tyrannische Art gestritten (und ich tyrannisierte Bismaya *wirklich,* es ging nicht anders), ja selbst wenn sie an meiner Stelle hätte Inbarati sein wollen — nun, ich zweifle, ob ich ihr trotzdem verzeihen könnte, aber es gäbe wenigstens zum Verzeihen einen Grund. Doch sie verriet mich aus einem unbestimmten Bedürfnis nach Erregung und wegen des Geldes, das sie brauchte, um sich einen Vogel zum Hätscheln zu kaufen. Ich träume von Bismaya öfter als von jedem der anderen.

Aber ich kenne ein Verfahren, mit Träumen umzugehen, ein Verfahren, das ich mir selber beibrachte, bevor ich *meinem Freund* begegnete, denn wiewohl ich so sehr zu sterben wünschte, weigerte ich mich dennoch, verrückt zu werden. Es gibt eine Geschichte, die ich mir nachts selber erzähle, eine alte Hafengeschichte aus Khaidun, von einer Fischersfrau, welche die Sprache der Fische verstand und sie, wenn sie wollte, rufen oder mit einem einzigen Wort den ganzen Hafen leeren konnte, mit Ausnahme von Kindern, die nach Münzen tauchten. Wegen dieser Gabe wurde sie sehr umworben, wenn auch nicht geliebt, und ihre vielen Abenteuer verschaffen mir gewöhnlich von Mondaufgang bis Monduntergang so etwas wie Frieden. Wenn ich dennoch wach bin, kenne ich einen endlosen Lobgesang auf einen König, der genügend Helden, Siege und Gelage enthält, mich bis zur Morgendämmerung zu beschirmen. Der Ring war besser, der Ring ließ mich wirklich schlafen, doch auch dies andere ist mir wohlvertraut.

Das Mädchen schlief wie die Tote, die sie in jenen ersten Nächten war, während ich dalag, die niedrigen, schweifenden Sterne dieses Landes beobachtete und mit allen Sinnen darauf wartete, daß *mein Freund* mich zum drittenmal riefe. Der erste Traum hatte mich aus dem Bett eines Liebhabers gerissen — was in diesem Fall vermutlich nur billig war —, doch der zweite weckte mich aus wütenden Krämpfen, aus Übelkeit vom Schmerz eines anderen, fiebernd vor eines anderen Furcht. Es lag eine so wilde Verzweiflung darin, wie ich sie — die glaubte, sich wie jedermann auf Hilflosigkeit zu verstehen — nie kennengelernt habe. Ich konnte mir auch nicht vorstellen, daß ein Magus, der mächtig genug war, große Kriegsschiffe ins Meer zu brocken wie Weißbrot in die Suppe (und so freundlich, Delphine zu schicken, um die Seeleute heimzutragen), so heftig nach Hilfe für ein entlaufenes namenloses Wesen schrie, das er auf dem Kai von Lameddin, nackt unter einem Fischkorb verborgen, gefunden hatte. Aber er *hatte* gerufen, und binnen einer halben Stunde war ich im Sattel und unvorbereitet unterwegs in ein fremdes Land. Es gibt solche, denen ich mein Leben verdanke, so wie andere mir die ihren verdanken — dieses Wesen gab mir meine Seele wieder.

Der dritte Traum kam im Ödland zu mir, in der Nacht, als wir die Straße verließen. Lukassa — der Junge hatte ihr diesen Namen nachgerufen — war bis dahin nicht mehr, als sie sein konnte: ein hübsches, sanftes, unwissendes Dorfmädchen, das in seinem Leben nie an einem anderen Ort gewesen war, außer an dem des Todes. Sie erinnerte sich nicht daran und kaum noch an das, was vorher war — weder an Namen, Familie, Freunde noch an diesen blöden Jungen, der noch immer hinter uns hertappt, stumpfsinnig wie ein Felsbrocken, der bergabwärts rollt. Alles begann für sie mit meiner Stimme und mit dem Mond.

In jener Nacht bat sie mich wie ein Kind, das darum bettelt, seine Lieblingsgeschichte immer wieder mit den gleichen Worten zu hören, ihr noch einmal zu erzählen, wie ich über ihr gesungen und sie aus dem Fluß gehoben hatte. Ich sagte müde und ungeduldig, „Lukassa, es war bloß ein Lied, das mir ein alter Mann vor langer Zeit beibrachte. Im allgemeinen benutzte er es in seinem Gemüsegarten."

„Ich will es wissen", beharrte sie. „Es ist jetzt mein Lied, ich habe ein Recht, es zu kennen." Mit scheuer, bäuerlicher Treuherzigkeit sah sie mich von der Seite an und fügte hinzu, „Ich könnte nie eine so große Zauberin werden wie Sie, aber vielleicht kann ich ja ein paar Dinge lernen."

„Das ist alles, was ich weiß", sagte ich. „Ein paar Dinge, ein paar Kunststücke, und ich habe mein ganzes Leben gebraucht, soviel zu lernen. Sei still, ich werde dir eine andere Geschichte von Zivinaki erzählen, der der König der Lügner war." Ich wollte, daß sie rasch einschlief und ich Zeit hatte nachzudenken, was ich tun mußte, sollte kein dritter Traum kommen. Doch es verging eine lange Zeit, ehe sie es aufgab, mich zu bitten, sie dieses Lied zu lehren. Wirklich, auf ihre Art so starrköpfig wie dieser Junge. Es mußte ein bemerkenswertes Dorf sein.

In jener Nacht schlief ich überhaupt nicht, doch *mein Freund* kam trotzdem. Er stieg aus dem Feuer auf, als ich niederkniete, um es zu schüren: ein zitternder alter Mann, so narbig und nackt wie beim ersten Mal, als er mich fand. Die Edelsteine waren von seinen Ohren verschwunden — *vier im linken, drei im rechten, ich erinnere mich an alles, mein Freund* —, die Farbe von seinen Augen, die Flechten und die albernen kleinen Bänder von seinem Bart. Keine Ringe, keine Gewänder, kein Stab; und von allem das Schrecklichste war, daß er keinen Schatten warf, weder im Mondlicht noch im Feuerschein. Einen Mann oder eine Frau ohne Schatten zu sehen, so glaubt man in meinem Land — dem Land, das einst das meine war —, sei ein sicheres Zeichen, daß man bald sterben werde, allein und an einem schlimmen Ort. Ich glaube es selber, obwohl es Unsinn ist.

Doch ich ging freudig zu ihm, versuchte, ihm meinen Umhang umzulegen. Er fiel natürlich zu Boden, und meine Arme durchstießen das zitternde Bild seines Körpers; wo auch immer er fror, so nicht am Leib. Da sprach ich zu ihm und sagte, „Sage mir, was zu tun ist", und er erblickte mich, doch er konnte nicht antworten. Statt dessen deutete er auf die stumpfen, gebrochenen Bergnasen der Nördlichen Ödlande, über denen die Sterne verblaßten. Ein Lichtstreifen, grün wie einst seine Augen, ging von seinem Finger aus: er fuhr über die Ödlande, geradewegs in die Berge, die so weit entfernt waren, daß man sie selbst bei Tage nicht deutlich erkennen konnte. Als er seinen Arm senkte und mich wieder ansah, mußte ich mich vor dem bleichen Entsetzen in seinem Antlitz abwenden, denn ich ertrug es nicht, selbst seinen Geist so zu sehen. Ich sagte, „Ich werde dich finden. Lal wird kommen, dich zu finden."

Wenn er diese Worte hörte, waren sie kein Trost für ihn. Kaum hatte ich sie ausgesprochen, verschwand er, doch die Bitterkeit seiner Qual brannte in meiner Kehle noch nach dem Morgengrauen, als sich diese leuchtende grüne Spur, selbst nachdem Lukassa und ich wieder unterwegs waren, noch immer über die Berge zog. Ich zeigte sie ihr, doch sie konnte sie nicht sehen. Da dachte ich, daß *mein Freund* gerade noch genug Kraft gehabt haben mußte, mich zu rufen und niemand anderen.

Ich entsinne mich, daß ich Lukassa an jenem Tag ein wenig von mir selbst erzählte, wohin wir unterwegs waren und warum. Trotz ihrer Hartnäckigkeit stellte sie jedoch keine wirklichen Fragen, sondern wollte bloß immer wieder wissen, *Bin ich am Leben, bin ich am Leben?* Darüber hinaus schien sie vollkommen damit zufrieden zu sein, Tag für Tag hinter mir herzureiten, durch ein Land, das so öde und wüst war, daß sie wohl den Wunsch hätte verspüren können, wieder ertrunken zu sein, geborgen in den lieblichen, rauschenden Wassern ihrer Heimat. Ich erzählte ihr, ein Freund von mir sei in großer Not und Gefahr, und ich sei unterwegs, um ihm beizustehen. Da lächelte sie zum erstenmal, und ich begriff, warum dieser Dorfjunge uns folgte. Sie sagte, „Er ist Ihr Geliebter."

„Natürlich nicht", sagte ich. Diese Vorstellung empörte mich wirklich. „Er ist mein Lehrer, er half mir, als es in der ganzen Welt keine Hilfe für mich gab. Ohne ihn wäre ich wahrscheinlich so tot, wie du es nie warst."

„Der alte Mann, der seinen Gemüsen vorsang", sagte sie, und ich nickte. Lukassa war eine Weile still; dann fragte sie, „Warum bin ich bei Ihnen? Gehöre ich jetzt Ihnen, wie das Lied mir gehört?"

„Die Toten gehören niemandem. Ich konnte dich nicht alleinlassen, und ich konnte nicht bleiben, mich um dich zu kümmern. Was sonst konnte ich tun?" Ich sprach barsch und schroff, denn sie bereitete mir Unbehagen. „Was die Liebhaber angeht, der deine ist uns seit der Nacht, da ich dich mitnahm, auf den Fersen. Vielleicht möchtest du anhalten und auf ihn warten. Er wird sich gewiß schrecklich um dich sorgen, und ich bin an Gesellschaft nicht gewöhnt." Welche Macht *meinen Freund* auch so entsetzlich bedrängte, Lukassa konnte gegen sie keine Hilfe sein. Ich hatte kein Recht, sie weiter mitzuschleppen, um unser aller willen. „Geh mit ihm heim“, sagte ich. „Wo wir hingehen, ist kein Leben, sondern hinter uns.“

Aber sie jammerte, daß der eine Weg ihr so fremd sei wie der andere, daß sie in einer Welt von Fremden nur mich kenne und den Tod. Also zogen wir zusammen weiter, und ihr Junge folgte uns, verlor immer mehr an Boden, gab aber dennoch nicht auf. Weil es mir nicht schnell genug gehen konnte, begannen wir, abwechselnd zu laufen, um mein Pferd zu schonen; und es kamen Tage in diesem bösartigen Land, da wir beide zu Fuß gingen. Was das Essen betrifft, kann ich, wenn ich muß, mit sehr wenig auskommen — nicht auf Dauer, doch eine Zeitlang —, was ein Glück war, denn Lukassa aß nicht nur wie ein gesundes Kind, das sie war, sondern als ob sie sich nur dadurch, daß sie fast bis zum Erbrechen aß, vergewissern konnte, daß sie wirklich in ihrem Körper lebte. Ich bin früher genauso gewesen, nicht nur was das Essen betrifft.

Wasser. Ich habe nie Land gekannt, wo ich nicht Wasser finden konnte — wo ich geboren wurde, kann ein zweijähriges Kind es so leicht riechen wie das Mittagessen. Es ist nicht annähernd so schwierig, wie die meisten Leute glauben, doch die meisten Leute denken erst ans Wassersuchen, wenn sie bereits entsetzlicher Durst plagt und sie nicht mehr richtig denken können. Doch wenn ich je etwas gesehen habe, das so gut wie ausgetrocknet war, dann waren es diese Ödlande, und hätte die grüne Spur, die mit jeder Nacht schwächer schimmerte, nicht hin und wieder den Lauf eines unterirdischen Rinnsals gekreuzt, wären Lukassa und ich vielleicht in eine sehr schwierige Lage geraten. So hatten wir denn meistens genug Wasser, das Pferd auf den Beinen zu halten und unsere Münder und Kehlen vor der brennend heißen Luft zu verschließen. Ich habe keine Ahnung, wie der Junge, der uns folgte, damit fertig wurde.

Als wir den Aufstieg begannen, besserte sich die Lage, wenn auch nur um ein geringes. Es gab mehr Wasser, es gab Vögel und Kaninchen zu fangen, und ein leichter, leichter Wind schenkte uns einen Hauch Erquickung. Aber seit unserer ersten Nacht konnte ich die grüne Spur nicht mehr ausmachen, und ich weinte vor Zorn, während Lukassa schlief, denn ich wußte, daß die Spur noch immer da war, noch immer versuchte, mich dorthin zu geleiten, wo *mein Freund* wartete, sie inzwischen jedoch selbst für meine Augen zu schwach geworden war. Es kam dazu, daß der Weg sich fortwährend gabelte, zerfranste und aufsplitterte und in jede denkbare Richtung lief: ausgewaschene Schluchten hinauf, tückisch durch umgestürzte Felsen; hinab in spärlich bewaldete Rinnen; immer wieder durch endlose Vorberge, von denen die Hälfte durch frühere Erdrutsche abgetragen war; und soviel ich wußte, konnte jeder oder keiner dieser Pfade der richtige sein. Ich setzte auf mein Glück und auf die Tatsache, daß eines Zauberers Wünsche in der Welt Gestalt haben: was ein Zauberer dir mitteilen will, *existiert* wie ein Stein oder ein Apfel, ob der Zauberer nun die Kraft hat, es dich deutlich sehen zu lassen, oder nicht. Ich konnte nur hoffen, daß die Spur *meines Freundes* mir bei Tag ebenso greifbar sein würde wie sein Schmerz bei Nacht.

An unserem vierten Tag in den Bergen kam Nyateneri aus dem Zwielicht. Sie machte keinen Versuch, heimlich zu kommen – ich hörte die Hufschläge, ehe wir unser Kochfeuer errichtet hatten, und Lukassa war dabei, die Überreste zu verscharren, als sie in Sicht kam –, aber trotzdem überraschte sie mich: vor einer Minute noch nicht zu sehen und dann da, wie ein Stern. Ich kann es mir nicht erlauben, überrascht zu werden, und ich war wütend auf mich selber, bis ich das Prickeln des Zaubers auf meiner Haut spürte und die Luft zwischen uns zittern sah, als ich sie sehr abschätzig musterte. Dieses Gespür dafür bekommt man zwangsläufig, wenn man lange genug mit einem Zauberer zusammengewesen ist, genauso wie man einfach spürt, wo einen Fremden der Schuh drückt, wenn man mit einem Schuster zusammengelebt hat. Es war nicht ihr eigener Zauber – sie war keine Zauberin, was immer sonst sie war –, aber es umgab sie zweifellos eine Art Zauber, obwohl ich nicht hätte sagen können, welcher. Auch ich bin keine Zauberin.

Ihre Haut war braun und hatte die Färbung starken Tees, ihre schmalen Augen, in den Winkeln ein wenig herabgezogen, hatten die Farbe des Zwielichts. Größer als ich, langknochig, linkshändig; eine Menge Hebelkraft in den Schultern, vermutlich zu einem kraftvollen, doch nicht unbedingt zielsicheren Schuß mit dem Bogen imstande, den sie trägt — diese Dinge bemerkt man zuerst, wenn man ein Leben geführt hat wie ich. Ansonsten trug sie Reitkleidung, die sich nur durch eine Schmucklosigkeit auszeichnete, die gewollt schien: Stiefel, enge karierte Hosen, Überwurf, einen Kap-Dylee-*sidrin*-Umhang — gewöhnlicher westländischer Stoff, nicht ganz angemessen. Die Kapuze des *sidrin* bedeckte ihr Haar, und sie schien keine Eile zu haben, sie zurückzuschlagen. Sie ritt einen Rotschimmel, der ebenso hochaufgeschossen und kräftig aussah wie sie selber, und diesem folgte ein zotteliges kleines schwarzes Pferd, nicht viel größer als ein Pony und mit den abwesenden gelben Augen eines Raubtiers. Ich habe nie zuvor ein Pferd wie dieses gesehen.

Zuerst sprach sie nicht, sondern saß bloß auf ihrem Pferd und musterte uns. Es war keine Freundlichkeit in ihrem Betragen und eigentlich auch keine Drohung: nichts als dieser winzige zaubrische Schimmer und ein Hauch gefährlicher Erschöpfung. Lukassa kam rasch herbei und stellte sich neben mich. Ich sagte, „Was du siehst, ist das deine", eine Art der Begrüßung, die aus meiner Heimat stammt. Ich kann es mir nicht völlig abgewöhnen, sie zu benutzen, vielleicht weil damit etwas Wichtiges über das Volk gesagt wird, dem ich entstamme. Diese Leute sind freigebig mit dem Materiellen — sind dafür bekannt —, aber auf das Unsichtbare haben sie ein scharfes Auge. Eines Tages werde ich wirklich aufhören, diesen Gruß zu benutzen.

„Siri te mistanye", erwiderte sie, und mein Nacken prickelte vor Kälte. Daß ich die Bedeutung ihrer Worte nicht verstand, ist nicht der springende Punkt; es ist ein allgemeines Gebot der Höflichkeit, daß man einen Gruß in der Sprache des Grüßenden erwidert. Ihr Ton war zwar höflich, und sie neigte gebührend den Kopf, als sie sprach, doch was sie getan hatte, war gewiß aus Überlegung geschehen, und das Recht wäre auf meiner Seite gewesen, hätte ich sie herausgefordert oder gebeten, weiterzureiten. Aber dafür war ich zu neugierig, was immer mein Nacken

davon hielt, und so zeigte ich mich entgegenkommend, fragte bloß nach ihrem Namen und fügte hinzu, wir könnten uns in Banli unterhalten, falls die übliche Sprache zu schwierig für sie sei. Banli ist eine Händlersprache, ein Kauderwelsch für Hausierer, die Märkte fern von der Heimat aufsuchen. Da lächelte sie mich an und nahm die Beleidigung so auf, wie sie gemeint war.

„Ich bin Nyateneri", sagte sie. „Tochter von Lomadis, Tochter von Tyrrin." Daraus schloß ich, daß sie, ungeachtet ihrer Kleidung, von den Süd-Inseln stammen mußte, weil nur dort die Frauen ihre Abkunft durch die mütterliche Linie bezeichnen. Ihre Stimme paßte dazu, denn sie war heller und langsamer als die meine und zog sich in die Breite, während die meine sich hob und senkte.

Sie sagte, „Und du bist Lal vom Meer, Lal-nach-der-Dämmerung. Diese andere kenne ich nicht."

„Und du kennst mich nicht", sagte ich. Es gibt zwei Namen, die ich benutze, wenn ich reise, und ich nannte ihr einen davon. „Warum hältst du mich für diese Lal?"

„Welche andere Frau würde durch dieses erbarmungslose Land reisen? Ganz zu schweigen von einer Frau mit einem Stockdegen am Sattel? Und warum hier, in den öden Bergen, wo kein Pfad sie leitet — es sei denn, sie folgte einer grünen Nachtspur, um einem großen Zauberer in noch größeren Schwierigkeiten zu Hilfe zu kommen?" Sie lachte mich unverblümt an, als ich den Mund aufriß, und winkte mir zu schweigen. „Und es ist besser bekannt, als du vielleicht denkst, daß Lal-khamsin-khamsolal" — sie sprach es fast fehlerlos aus — „einst die angenommene Gefährtin und Schülerin des Zauberers . . ."

„Des Zauberers, dessen Namen man nicht ausspricht", sagte ich, und dieses Mal war sie still. Ich sagte, „Manche nennen ihn den Lehrer; manche den Verborgenen; einige nennen ihn einfach den Alten Mann. Ich nenne ihn — wie ich ihn nenne." Ich fiel mir selber ins Wort, wütend, weil ich ihr um ein Haar meinen eigenen Namen für ihn verraten hätte, obwohl ich nicht sicher sein konnte, welchen Schaden das hätte anrichten können. Einer ihrer Mundwinkel zuckte leicht.

„Und ich habe ihn immer den *Mann, der lacht* genannt. Eine, die ihn kennt wie du, versteht das vielleicht." Abermals spürte ich das Prickeln in meinem Nacken, und ich konnte einen Augenblick nicht sprechen. Er lacht heimlich, dieser Zauberer, und nicht oft, aber ich habe mich nie dagegen wehren können, in sein Lachen einzustimmen. Es ist ein kindliches Lachen, laut und ungehörig, und es weiß nicht das geringste von der Macht, die es ausübt; es ist der vollkommene Ausdruck seines Wesens. Es war dieses Lachen, das mich umschloß und sicherer hielt, als es Schwerter und Drachen vermocht hätten, wenn meine Feinde mich ausfindig gemacht hatten und mir nachsetzten. Kannte jemand dieses Lachen, kannte er auch ihn. Nyateneri schwang ein Bein über den Sattel und wartete, die Augenbrauen hochziehend.

„Steig ab", sagte ich, „du bist willkommen." Ihre Kapuze fiel zurück, als sie absaß, und Lukassa schnappte kurz nach Luft, als sie ihre dicken, grau werdenden braunen Haare sah, die so geschoren waren, daß sich ein willkürliches Muster aus Büscheln, Quirlen und spitzen Streifen darbot: es sah aus wie Schlamm, den Heere zertrampelt haben. Vor Lukassa sagte ich nichts — das konnte warten —, doch eine klösterliche Haartracht erkenne ich auf den ersten Blick. Ich kenne sogar ein paar davon vom Sehen, diese nicht. Nein, diese nicht. Wir halfen ihr, die beiden Pferde abzureiben und zu füttern, als der Fuchs seiner Nase aus der Satteltasche folgte. Nyateneri legte ihm sogleich eine dünne Silberschnur um den Hals und machte uns mit ihm als ihrem vertrauten Freund und Reisegefährten vieler Jahre bekannt. Lukassa wußte sich darüber nicht zu lassen, bat, ihn umhertragen zu dürfen, fütterte ihn mit Bröckchen und sang ihm traurige kleine Schlaflieder vor, als er sich grinsend in ihren Armen zusammenrollte. Ich betrachtete statt dessen die grausige Haartracht und fragte mich, welches Kloster seinen Schwestern erlaubte, Schoßfüchse in ihren Zellen zu halten. Nyateneri beobachtete mich mit fragender Miene, während Lukassa immer wieder darum bat, den Fuchs diese eine Nacht bei ihr schlafen zu lassen. Nachdem ihr der Wunsch gewährt war, trug sie ihn triumphierend zu ihrem Lager: er zwinkerte uns über ihre Schulter zu, und Nyateneri rief ihm in ihrer eigenen Sprache ein paar scharfe, warnende Worte zu. Er gähnte, ließ uns seine weißen Zähne und seine blutrote Zunge sehen und schloß die Augen.

„Er wird ihr nichts tun", sagte Nyateneri. Sie betrachtete mich mit ihren sonderbaren Augen, anfangs nebelgrau, dann, als die Dämmerung schwand, fast lavendelblau gefärbt. Sie sagte, „Und jetzt?"

„Wie hast du ihn kennengelernt? Und wo?" Dieses Mal lachte sie wirklich, und ihre Zähne ähnelten ein wenig den Fuchszähnen.

„Ich habe ihn an einem fernen Ort vor langer Zeit kennengelernt, genau wie du. Der einzige Unterschied ist, daß ich weiß, wo er ist."

Sie lehnte sich gegen einen Felsblock und wartete darauf, daß ich ihr dankbar vorschlug, sich zusammenzutun. Ich sagte, „Es ist zumindest ein weiterer Unterschied zwischen uns beiden. *Ich* bin nicht auf der Flucht vor einem fanatischen Kloster, das jedermann eine Belohnung verspricht, der mich zu meinem Gelübde zurückführt. Du könntest eine höchst unbequeme Gefährtin sein und eine ärgerliche dazu." Es war ein Schuß ins Blaue, doch für einen einzigen Augenblick verflüchtigte sich ihre Überheblichkeit, und nichts blieb zurück als das Bild einer Frau auf der Folterbank, die beim nächsten Grad wahnsinnig wird. Ich kenne diesen Gesichtsausdruck. Ich sah ihn zum ersten Mal in einem Tümpel mit schlammigem Wasser.

Sie hatte ihr Gesicht eher wieder in der Gewalt als ihre Stimme. „Es steht keine Belohnung auf meinen Kopf, das versichere ich dir. Niemand irgendwo auf der Welt will mich zurückhaben." Dieser lange Körper, geschaffen für Kriege und Winter, hatte sich nicht einmal von dem Stein gerührt. Sie sagte, „Das Mädchen kann mein Packpferd reiten — auf diese Weise werden wir alle schneller vorwärtskommen. Und ich werde dir noch heute nacht den Weg zeigen, so daß du mich dann nicht mehr benötigst. Danach kannst du deine Entscheidung treffen."

Wir sahen einander eine Zeitlang an, standen so still da, daß ich ihren Atem hörte und sie den meinen, und beide hörten wir Lukassa, die im Halbschlaf immer noch dem Fuchs vorsang. Endlich sagte ich, „Ich habe ihn nie anders genannt als *meinen Freund.*"

Der Fuchs

Jajajaja, und wenn ich will, kann ich alle ihr Pferde stehlen, alle, alle auf einmal, unter ihren blöden, struppigen, haarigen Hinterteilen fort. Dieser Junge hat keine Ahnung, niemand hat eine Ahnung, was ich tun kann, wenn ich's will. Wenn ich will. Keine Ahnung, wer ich bin, was mir gefällt, warum, wann. Mildasis, dieser Junge, schwarze Frau, weiße Frau, fetter Wirt, keiner, ohne Unterschied. Nur Nyateneri.

Hoho, und was ich weiß über Nyateneri, weiß niemand außer mir. Nyateneri weiß, was mich amüsiert, ich weiß, was Nyateneri angst macht. Warum Nyateneri auf dem Boden schläft, nicht im Bett und nicht lange, niemals lange. *Ich* schlafe im Bett, mucksmäuschenstill, aber wenn ich mit einem Ohr zucke, auf das Lukassas Arm drückt, wenn ich meinen Schwanz über Lals Brust schnippe, ja, dann, im selben Augenblick, fährt Nyateneri auf, rascher als ich, zurück an die Wand, den Dolch heraus, daß er im Mond schimmert, wartet. Manchmal mach ich das aus Spaß, die ganze Nacht, kratze mich, strecke mich, schniefe leise, ganz leise, und jedesmal fährt Nyateneri hoch und ist bereit, bereit. Bereit — wozu?

Bereit für diese zwei Männer, die uns so lange folgen? Nicht für den Jungen, wen kümmert der Junge? Zwei Männer, klein, leichtfüßig, in leisem Lauf, Meile für Meile, unaufhörlich. Keine Speere, keine großen Schwerter, bloß Zähne, wie ich. Nyateneri weiß, daß sie folgen, aber sieht sie nie. Aber ich sehe, rieche, weiß, was sie essen, wann sie rasten, was sie denken, was sie tun werden. Ich weiß alles, was ich wissen will.

Es bringt mich zum Lachen, soviel Jagd und Hatz, stieben hinter uns her, den ganzen Weg. Dieser Junge schnappt sein Mädchen, was dann? *Ich* kenne ihn, das Mädchen kennt ihn kein bißchen. Diese laufenden Männer schnappen Nyateneri — ho, was *dann*? Verstehn sich alle drei bestens aufs Töten, zwei werden auf jeden Fall sterben. Hübscher, wenn Nyateneri sie tötet, sonst gibt's kein Reiten mehr in der Satteltasche, kein Feuer mehr in kalter Nacht. Ist besser bei Nyateneri.

Hier, im Wirtshaus, wo zu viele Leute poltern und trampeln, mag niemand Füchse. Oben, saftige Tauben, auf dem Dach, und Hühnchen, kleine, hübsche Hühnchen purzeln überall umher, unter allen Füßen. Nyateneri sagt zu mir, „Du ißt mein Essen, bleibst bei uns, kommst den Vögeln des fetten Wirts nie zu nahe, läßt nie jemanden die Spitze eines Barthaars sehen." Also versteck ich mich, schlafe, warte, laß mich von Lukassa füttern mit süßen Kartoffeln und Melonen. Und manchmal sitz ich ganz still, sehr, sehr still und laufe weit fort im Inneren, Wind und Blut und Schweigen, tagsüber hierhin, nachts dorthin, horche, wer folgt, wittere, was kommt. Wälze mich im Staub, in den wilden Landen, lache, sitze ganz still.

„Es wird ein Pfad da sein", sagt Mann-Gestalt dem Jungen, und also ist ein Pfad da, aber ich verlasse ihn, nicht als Mann-Gestalt. Hoho, schlüpfe fort von Nyateneri unterwegs, hock mich auf die heißen Steine, hebe ein Bein, kratze, hüpfe, hocke wieder, lege für ihn die Spur meines Duftes durch die Felsen und die Berge, schnurstracks bis zu des fetten Wirts Haustür. So halt ich das Wort von Mann-Gestalt, und der Junge, er wittert mir immer noch nach, eine lange Reise noch vor sich, immer mit dem Blick nach unten. Aber er kommt bald hier an, auch er hält sein Wort. Ja.

Zweimal jetzt werde ich zu Mann-Gestalt, wenn's Nyateneri nicht sieht. Netter, alter Mann, prächtiger Schnurrbart, sitzt unten im großen Gastzimmer, unterhält sich mit jedem, wie ein richtiger netter, alter Mann, der seinen Enkelsohn besucht in der Stadt. Marinescha bringt das gute Bier, wenn der fette Gastwirt fortgeht. Gastwirt mag Mann-Gestalt nicht. Marinescha mag ihn. Junge Rosseth, Hausknecht Gatti, sie mögen rote Wangen, helle, alte Augen. Setzen sich und bringen Mann-Gestalt Bier, stellen Fragen, erzählen was. Erzählen von Gauklern, die im Stall schlafen, vom Pferdehändler, der kommt, zu kaufen und zu verkaufen, vom Schiffbauer, unterwegs nach Kap Dylee. Beide Male spricht Rosseth, spricht von drei Frauen in des fetten Gastwirts eigner Kammer. So hübsch, alle drei, welch ein Wunder. Warum hier, weshalb? Beide Male geht Marinescha fort.

Junge Rosseth merkt's nicht. Sagt, „Lal ist die hübscheste. Bewegt sich wie fließendes Wasser, riecht wie Meer und Würze in einem." Mann-Gestalt lacht. Trinkt. Sagt nichts.

Hausknecht Gatti — ein weißes Auge in finsterem, kleinem Gesicht — er sagt, „Nyateneri. Nyateneri. Ganz und gar Frau, die, keine Protzerei, kein Stockdegen, nichts als Anmut, Bescheidenheit. Sie dringt in meine Träume."

Mann-Gestalt spült Lachen mit Bier herunter. Mann-Gestalt sagt: „Sei auf der Hut, sei auf der Hut, glückliches Milch-Auge. Frauen aus jenem Land, sie lieben stämmige, kräftige Männer. Sei auf der Hut, eines Nachts schleppt sie dich fort in die Wälder, so wie du die Truhen der Fremden nach oben schleppst." Dann starrt Gatti sie an, starrt Nyateneri jetzt die ganze Zeit an. Wartet.

Macht, daß Nyateneri sich unbehaglich fühlt. Daß sie den fetten Gastwirt fragt, woher Gatti Milch-Auge kommt, wie lange er im Haus ist. Der Gastwirt fragt, wen geht das was an? Nyateneri starrt *ihn* an. Gastwirt sagt, achtzehn Jahre, geht fort. Nyateneri geht raus, tritt eine Regentonne um.

Zwölf Tage inzwischen, vergangen einer wie der andere, Lal und Nyateneri, kein Gedanke für den armen Fuchs, keiner für die einsame Lukassa. Sie sitzt, wartet, geht nach draußen, spricht mit den Gauklern, spricht mit Marinescha, spricht mit mir. Weint einmal. In der zwölften Nacht kommen die zwei so spät, daß Rosseth schon schläft, und sie bringen die Pferde selber in den Stall. In der Kammer döse ich auf dem Kissen wie ein Kätzchen, sehr hübsch anzusehn. Lukassa liegt neben mir, schlaflos.

Sie kommen herein, müde die Glieder, zornig die Mienen. Lal sagt, „Du sagtest, du wüßtest es."

Nyateneri sagt, „Er ist hier."

Lal fällt schwer aufs Bett, zieht ihre Stiefel aus. „Er ist nicht in der Stadt. Das wissen wir. Was also heißt *hier?*"

Nyateneri sagt bloß, „Morgen. Jedes Gehöft. Jede Hütte. Jede Höhle, jeder Kuhstall, jeder Graben, den eine Decke überspannt. Er ist hier."

Lal sagt, „Wenn er zu uns sprechen könnte. Wenn er noch einmal im Traum zu uns kommen könnte, noch einmal." Wirft die Stiefel in die Ecke.

„Zu schwach", sagt Nyateneri. „Wenn er zuviel leiden, zuviel kämpfen muß, wieviel Kraft bleibt ihm für Träume, Botschaften?" Ein Auge geöffnet, sehe ich durch Lukassas Finger, Nyateneri, die Federn an einem Pfeil richtet. Aufhört. Ich schließe das Auge. Nyateneris Stimme, ganz verändert. „Zauberer sterben."

Das Bett erzittert. Lal springt auf, geht zur Tür und zurück, zum Fenster, wo die Baumäste *krick-zisch* machen. „Nicht dieser. Nicht so. Zauberer sterben manchmal, weil sie gierig werden, weil sie Angst bekommen, aber dieser eine verlangt nichts, fürchtet nichts, lacht über alles. Keine Macht kann ihn unterwerfen."

Nyateneri, jetzt scharf. „Das weißt du nicht. Du weißt nichts über ihn, und ich weiß auch nicht mehr. Sage mir, wie alt er ist, sage mir, von wo er stammt, erzähle mir von seiner Familie, von seinem eigenen Lehrer, seiner wirklichen Heimat." Der Pfeil zerbricht, fliegt Lals Stiefeln nach. Nyateneri sagt, „Sage mir, wen er liebt."

Lal atmet tief ein und wieder aus. Lukassa richtet sich auf, lauscht, streicht über meinen Pelz. Nyateneri. „Nein. Nicht uns. Er war freundlich, er beschützte uns — rettete uns, ja —, er hat uns viel gelehrt, und wir lieben ihn, wir beide. Wir sind hier, denn wir müssen hier sein, weil wir ihn lieben. Aber er liebt uns nicht." Lächelt dann, Zähne weiß, preßt die Lippen zusammen. „Das weißt du."

Kein Laut, nur ich atme, schläfrig, behaglich. Lal blickt aus dem Fenster, sieht hübsche Hühnchen, schlafend im Gebüsch. Lal sagt, „Er liebt jemanden. Jemand kennt seinen Namen."

Nyateneri nimmt sich einen anderen Pfeil. Lals Stimme, ganz leise. „Du sahst ihn. Niemand hätte ihm aus der Ferne antun können, was ihm angetan wurde. Wer immer seinen Zauber gebrochen hat, er hatte sein tiefes Vertrauen, seine große Liebe. Es muß so sein."

Sie nennen Namen. Von Männern, Frauen, sogar etwas, das keines von beiden ist, das im Feuer lebt, im Schlamm, wer weiß? Aber Lal schüttelt immer den Kopf. Nyateneri sagt, „Ich denke, nein." Einmal lachen sie sogar, und Lukassa blickt von einer zur anderen und vergißt, meine Ohren zu kraulen. Aber schließlich keine Namen mehr. Lal sagt, „Es ist niemand, den ich je kannte."

Klopfen an der Tür. Nyateneri fährt herum und schnellt in die Höhe wie Rauch, ohne Geräusch, den großen Bogen bereit. Eine Stimme. „Ich bin's, Rosseth, bitte." Der Bogen sinkt, Lal geht zur Tür. Der Junge steht da, ganz unbeholfen, hält einen Holzteller in der Hand. Ich rieche kaltes Fleisch, guten Käse, sauren Wein. Er sagt, „Ich wachte auf, ich hörte Ihre Stimmen, Sie kamen spät heim, ich dachte, daß Sie vielleicht nicht zu Abend gegessen hätten." Die Augen groß wie Weintrauben, Feigen.

Lal macht ein Geräusch, halb Seufzen, halb Lachen. Lal sagt, „Danke dir, Rosseth. Du bist sehr fürsorglich."

Drückt ihr den Teller in die Hand. Sagt, „Der Wein ist ein bißchen sauer. Den besten hat Karsch weggeschlossen. Aber das Fleisch ist frisch, von gestern, das versichere ich."

Nyateneri steht auf, sagt, „Danke dir, Rosseth. Geh jetzt wieder zu Bett." Lächelt ihn an. Der Junge kann nicht atmen. Die Beine machen einen Schritt, fortzugehen, der übrige Körper macht zwei in die Kammer. Erblickt mich auf Lukassas Kissen, den Schwanz über der Nase, leise, leise, niedliche Schnaufer. Augen, groß wie Pflaumen, und er sagt „Karsch", als huste er leise.

Lukassa reißt mich hoch, weicht zurück. Nyateneri. „Karsch will keinen Fuchs sehen. Er hat keinen gesehen."

Lal, „Und du auch nicht." Sie tätschelt dem Jungen die Wange, schiebt ihn mit den Fingerspitzen hinaus, schließt die Tür. Er steht dort eine lange Zeit, ich kann es riechen. Lal dreht sich um, setzt den Teller ab. „Ein gutes Kind. Er ist voll Staunen, und er arbeitet wirklich sehr schwer.“ Hält dann inne und lacht, schüttelt den Kopf. Sagt, „Ich schätze, mein — ich schätze, unser Freund hat dasselbe viele Male von uns gesagt. Jedem, den er liebte.“ Nyateneri geht wieder zu den Pfeilen.

Während der ganzen Zeit ist Lukassa stumm. Hört zu, hält mich, nicht ein Wort, aber etwas läuft durch ihre Arme, Hände, in mich hinein, das mir im Fell zuckt, und in den Knochen auch. Jetzt sagt sie, „Heute.“

Sie blicken sich an. Nyateneri, „Heute? Was?“

Lukassa, „Nicht morgen. Ihr habt ihn heute gefunden.“ Sie blickt Nyateneri offen ins Gesicht, widerspenstig, selbstgewiß. Ich drehe mich in ihren Armen, gähne, strecke die Beine aus. Lal, sanft, fürsorglich. „Lukassa, nein, wir haben ihn nicht gefunden. Die Fährte, die er uns hinterließ, endete in diesem Land, aber wir haben zwölf Tage überall gejagt, und wir sind gute Jägerinnen, Nyateneri und ich. Nicht einmal Erinnerer haben ihn gesehen — es gibt keine Zeichen, nicht die geringste Spur . . .“

Lukassa unterbricht sie. „Ihr seid dort gewesen, wo er damals war — Ihr seid dort gewesen, wo etwas geschah, etwas Schlimmes.“ Jetzt blicken sie einander an. Nyateneri hebt eine Augenbraue, nur eine Spur, Lal nicht. Lukassa sieht es, die Stimme wird lauter. „Es haftet an euch, ich kann es riechen. Irgendwo heute, eine Stätte des Todes, ihr wart dort, ihr seid voll davon.“ Sie zittert stärker, läßt mich vielleicht fallen. Sagt, „Tod.“

Nyateneri wendet sich halb zu Lal. „In jener Kammer, am Tag, als wir kamen. Jetzt wieder. Kennt sie noch andere Gaukeleien?“

Lal, „Es ist keine Gaukelei.“ Sehr sanfte goldene Augen werden dunkel wie angelaufene Bronze. Lal ist zornig. Sagt, „Sie kennt den Tod, wie wir ihn nicht kennen, sie kann sagen, wo er vorübergegangen ist. Und du solltest nicht an meinen Worten zweifeln.“

Langsam sagt Nyateneri, „Also werde ich nicht zweifeln.“ Dann ist sie stumm, jeder ist stumm. Lal trinkt vom Wein, verzieht das Gesicht, trinkt noch einmal, Lukassa nimmt Scheiben vom kalten Fleisch, eine für mich, eine für sich, eine für mich. Nyateneri sagt, „Der Turm."

Lal blinzelt. „Turm." Dann, „O, der Turm. Ein Haufen von roten Felsen, wo wir nichts sahen außer Spinnen, Eulen, jahrhundertealten Staub. Warum dort?"

Nyateneri. „Warum Jahrhunderte? Nichts sonst in diesem Land ist so alt, daß es so verfallen wäre! Warum nur ein einziger Turm, und alles übrige — alles — ist so plattgedrückt wie ein Haufen Pferdekot?" Zuckt die Achseln. „Wir müssen irgendwo anfangen." Blickt auf Lukassa. „Sie kommt mit uns. Unsere ganz eigene, kleine Tod-Pirschjägerin."

Lukassa wirft mich aufs Bett, mich, einfach so, wie ein Kissen. Geht geradewegs auf Nyateneri zu, stellt sich fast auf die Zehenspitzen, um ihr ins Auge zu blicken. Sagt, „Ich gehöre niemandem. Lal hat's mir gesagt. Ich bin kein Hut, kein Fuchs zum Spielen, keine Gauklerin. Ich bin deine Gefährtin und die von Lal oder ich bin's nicht, und wenn ich das bin, dann gehe ich von morgen an dorthin, wohin ihr geht, und mit dem anderen hat's ein Ende." Offene Münder, selbst bei mir. Lukassa. „Denn ich habe eine längere Reise hinter mir als ihr."

Lal lächelt, wendet sich ab. Nyateneri. Nyateneri. Jahre, Jahre, nicht Freunde, nicht Feinde, jeder dem anderen ein Geheimnis, sagen nichts, wissen, was wir wissen. Hoho, Nyateneri. Nur einmal vorher so stumm, so verblüfft, damals, als wir beide beinahe starben. Schüttelt langsam den Kopf, setzt sich, nimmt den großen Bogen. Sagt, „Nun gut, Gefährtinnen. Ich werde jetzt eine neue Sehne auf meinen Bogen spannen. Wenn mich nichts sonst aus der Ruhe bringt, werde ich ungefähr fünf Minuten dazu brauchen. Dann werde ich mich schlafen legen, was wir alle tun sollten, denn morgen wird's ein schwerer Tag." Kein Wort mehr.

Im Bett flüstert Lukassa mit mir, wie jede Nacht. „Fuchs, Fuchs, wie ist dein Name?" Ich lecke ihr Handgelenk, innen, sie stößt einen schwachen, müden Seufzer aus. Flüstern. „Sie nennen mich Lukassa, aber ich kenne meinen Namen nicht." Wie jede Nacht.

Schläft. Lal schläft. Nyateneri beugt sich über das Bett, spricht in der anderen Sprache, der unseren, sagt, „Höre mich. Alter

Mann trinkt unten kein Bier mehr.“ Ich halte die Augen fest geschlossen. Nyateneri. „Hörst du?“

Früh, früh am Morgen, gehen sie hinaus, alle drei. Lukassa küßt meine Nase und sagt, „Sei brav.“ Nyateneri sieht mich an. Stiefel auf der Treppe, fort sind sie. Ich fresse, was von Fleisch und Käse übrig ist, schlüpfe unter das Bett, als Marinescha kommt, um auszufegen. Sehr sicherer Platz. Marinescha öffnet das Fenster einen Spalt, geht fort. Baum macht *krick-zisch, krick-zisch* gegen das Fenster.

Die Leute wissen nicht, daß Füchse auf Bäume klettern können, wenn sie wirklich wollen. Eichhörnchen wissen das.

Marinescha

Es geschah, als ich dem Fuchs im Baum nachrannte — ich meine, der Fuchs war eigentlich gar nicht mehr im Baum, weil er längst zu Boden gesprungen war, mir einen raschen Blick zugeworfen hatte und dann wie der Blitz zwischen dem Stall und meinem Gemüsegärtchen verschwunden war. Ich trug einen Korb mit frisch gewaschenen Kleidern, um sie in die Sonne zu hängen, doch ich ließ ihn einfach fallen, wo ich stand, und folgte dem Tier. Es hatte meine Henne getötet — genaugenommen gehörte sie nicht wirklich mir, aber ich war diejenige, die ihr den Namen gab — ich nannte sie Sona —, und sie folgte mir immer überallhin, selbst wenn ich keine Körner für sie hatte. Und dieser Fuchs hatte sie getötet, und ich hätte ihn umgebracht, wenn ich gekonnt hätte. Ich hätt's getan.

Aber er war verschwunden, als ich um die Stallecke bog — einfach spurlos verschwunden; er mußte umgekehrt sein, geradewegs unter das Badehaus geflitzt und durch die wilden Brombeeren dahinter geschlüpft sein. Wie oft hat man Rosseth schon gesagt, wie oft, den Durchschlupf zu versperren — die Frösche tauchen auf und erschrecken die Gäste, und einmal oder zweimal hat sich ein *tharakki* dort blicken lassen. Rosseth kann auf seine Art ja ganz nett sein, aber er ist einfach unzuverlässig.

Ich stand jedenfalls einen Augenblick dort — wieder einmal so wütend wegen Sona, die so eine *liebe* Henne war —, und dann fielen mir die nassen Kleider ein, und ich eilte zurück und hoffte, daß ich keines der Stücke aus dem Korb geschleudert hatte. Und, der Göttin sei Dank, hatte ich's nicht getan, zumindest gab es kein Stück, dem ein weiterer Grasfleck geschadet hätte, und ich wandte mich gerade dem *naril*-Baum zu, wo ich um diese Jahreszeit die Wäsche gern aufhänge, weil alles den Geruch der Blüten annimmt, als sie plötzlich da waren, zwei Männer, die aus dem Obstgarten kamen, als ob sie quer über die Felder gekommen wären, ohne die Straße zu benutzen. Ich traute ihnen von Anfang an nicht. Ich traue keinen Leuten, die sich nicht an die Straße halten.

Beide waren sie kleine, dünne, braune Männer, in Braun gekleidet, und sie sahen fast genauso aus wie ich, außer, daß mit dem Mund des einen etwas nicht stimmte — nur die Hälfte seiner Oberlippe bewegte sich, wenn er sprach. Der andere hatte blaue Augen. Seine Augen machten mir Angst. Ich kann nicht sagen, warum.

Ich rührte mich nicht und tat so, als hätte ich sie nicht gesehen. So machte Sona es immer, wenn ein Habicht über ihr kreiste. Die anderen Hühnchen rannten schreiend und gackernd in alle Richtungen, und Sona blieb einfach dort stehen, wo sie war, ganz regungslos, nicht einen Blick für den Habicht, selbst wenn sein Schatten über den Boden glitt. Es klappte immer bei ihr, der armen Sona, und darum dachte sie, es würde immer so sein.

Nun, mir erging es nicht besser. Sie kamen auf mich zu — sie waren tatsächlich sehr klein, nicht größer als ich, und sie machten kein Geräusch. Ihre Füße, meine ich. Der eine mit den blauen Augen stand genau vor mir und blickte mir ins Gesicht, und der andere mit dem komischen Mund stand unmittelbar hinter meiner Schulter — ich hätte ihn nur sehen können, wenn ich meinen Kopf gedreht hätte, aber ich konnte spüren, daß er dort war.

Sie waren sehr höflich, das muß ich ihnen lassen. Der Blauäugige sagte, „Ich bitte um Verzeihung, liebe, junge Dame, wir suchen eine Freundin? Sie ist eine großgewachsene Frau, mit einem Bogen und einem zahmen Fuchs? Ihr Name ist Nyateneri?" Genauso sprach er, jedes Wort eine Frage, mit einer leisen, einschmeichelnden Stimme. Trotzdem, ein fremdländischer Tonfall wie dieser macht mich unsicher. Ich weiß, das sollte er nicht, wo ich doch fast ein Leben lang in Wirtshäusern arbeite, aber es ist dennoch so.

Just die rechten Freunde für dieses hochnäsige Geschöpf, das dachte ich. Ich hatte keinen Grund, ihr einen Gefallen zu tun, die sie in ihren häßlichen Stiefeln umherstolzierte und ihren Fuchs meine Sona fressen ließ. „Hier wohnt keine solche Frau", sagte ich zu ihnen. „Die einzigen Frauen, die im Augenblick hier sind, gehören zu den Schauspielern, die im Stall schlafen. Aber die haben keine Bogen." Soll sie doch ihre alberne Botschaft nicht bekommen, dachte ich — vielleicht lernt sie dann, von Zeit zu Zeit *Guten Morgen, Marinescha* zu sagen.

Der blauäugige Mann fragte mich, „Vielleicht ist sie nur eine Nacht hiergewesen oder zwei, und dann weitergezogen? Es mag noch nicht lange her sein, erst kürzlich?" Ich schüttelte bloß den Kopf und sagte, „Wir hatten ein paar Tänzerinnen hier letzten Monat und eine Quacksalberin, die Rosseths Esel vom Koller kurierte, aber die war klein, winzig. Das ist alles, ehrlich." Wenn du einmal zu lügen angefangen hast, ist es erstaunlich, wie leicht du weiterlügst, wie es dich packt. Die ganze Geschichte mit der Quacksalberin hatte ich erfunden.

Der andere sagte hinter meiner Schulter, „Vielleicht sollten wir mit dem Wirt sprechen? Du kannst uns doch zu ihm bringen?" Derselbe Tonfall, mit geschlossenen Augen hättest du die Stimmen nicht auseinanderhalten können. Ich blickte mich nach Rosseth um, aber er war natürlich nirgends zu sehen.

Blauauge nickte. Er sagte, „Wäre das nicht das beste? Wenn wir mit dem Wirt reden würden?" Er legte seine Hand auf meine Schulter, und im selben Augenblick schrie ich auf, so heiß war sie — ich schrie, und, mehr noch, ich spürte diese Hitze noch eine Woche später. Ich kann sie jetzt spüren, wenn ich daran denke. Blauauge sagte, „Wir folgen dir, ja? Bitte?"

So ging ich denn zum Wirtshaus zurück, die Arme noch immer voll Wäsche, und die beiden folgten mir auf dem Fuß. Sie rührten mich nicht noch einmal an, und sie sagten nichts, um mich zu erschrecken — sie sagten überhaupt nichts, und das machte mir am meisten angst, weil ich sie nicht sehen konnte, wissen Sie, und sie waren so still, daß ich beinahe vergaß, daß sie da waren. Und als wir an die Tür kamen, sprang ich einfach beiseite und sagte, „Da drin, Sie brauchen bloß zu warten, auf Karsch zu warten", und ich rannte zurück zum *naril*-Baum und begann die Kleider über die Äste zu hängen, als ob mein Leben davon abhinge, und nicht einmal blickte ich zurück, um zu sehen, ob sie eingetreten waren. Ich hängte bloß diese Kleider auf, hängte und hängte, und ich wußte nicht einmal, daß ich weinte, bis ich mit der Arbeit fertig war.

Rosseth

Ich hatte nicht sehr gut geschlafen, wegen der Schauspieler. Sie sollten in zwei Tagen in der Stadt eine Vorstellung für die Seidenhändler geben, und jeden Tag seit einer Woche hatten sie fast die ganze Nacht geübt. Nicht, daß sie das Stück nicht gut kannten — es gibt wohl im Lande keine Wandertruppe, die nicht zwanzigmal oder dreißigmal im Jahr eine Fassung von *Die Heirat des Verruchten Fürsten Hassidanya* spielt —, doch ich glaube, diese mußte die größte und kenntnisreichste Zuschauermenge sein, vor der sie wahrscheinlich je spielen würden, und auf jeden Fall konnte keiner der Spieler vor Aufregung schlafen. Also gingen sie immer wieder ihre Rollen durch, zu zweit oder zu dritt oder alle zusammen, und spielten das ganze Stück immer wieder aufs neue: dort, im Stroh, im Schein der Laterne, als Zuschauer die Pferde, die ernst über die Stalltüren blickten und bei den guten Stellen nickten. Schließlich stieg ich vom Heuboden herab, wünschte ihnen statt Glück Hals- und Beinbruch und ging nach draußen, um bis zum Sonnenaufgang herumzuspazieren und nachzudenken, wie ich es gelegentlich tue.

Die Frauen ritten kurz vor der Morgendämmerung fort, zum

erstenmal alle drei gemeinsam. Sie sahen mich nicht. Gewöhnlich winkte ich ihnen jeden Tag zu, wenn ich sie aufbrechen sah — und wenigstens Lal winkte immer zurück —, aber diesmal trat ich beiseite, barg mich in der Höhlung eines ausgebrannten Baumes und sah schweigend zu, wie sie vorbeiritten. Mag sein, daß sie buchstäblich ein anderer Geruch umgab, als witterten sie ein neues Ziel, denn ich war auf ihren Duft schon so eingeschworen und eingestimmt wie auf keinen anderen in meinem Leben, den von Karsch ausgenommen, wegen der Art, sich anzupirschen und dich beim Nichtstun zu erwischen. Oder vielleicht lag es bloß daran, wie sie an dem roten und silbernen Morgen aussahen: plötzlich waren sie Fremde, jenseits meiner Vorstellung von Fremdheit, andersartig, wie ich sie mir nie vorgestellt hatte, obwohl es angebracht gewesen wäre. Ich war damals zu jung, um über meinen eigenen Leib hinaus zu denken, und mein Leib liebte sie, alle drei. Doch ich sah sie nie so wahrhaftig wie an jenem Morgen.

Sie quälten mich im Schlaf über die Maßen, und sie tun es jetzt manchmal immer noch, selbst jetzt noch, da ich weiß, was ich weiß. Ich möchte nicht, daß Sie glauben, ich wäre ein vollkommener Einfaltspinsel — ich war schon einmal mit einer Frau zusammen, Sie wissen schon (Nein, nicht mit Marinescha, mit Marinescha noch nie) —, aber Lal und Nyateneri und Lukassa waren Schatten aus der Zukunft, wenn ich das auch nicht wußte, und wonach ich hungerte, was ich in ihnen fürchtete und verehrte, war, ich selbst zu sein, könnten Sie sagen. Doch auch das wußte ich natürlich nicht: ich wußte nur, daß mich noch nie in meinem Leben der Klang lachender Frauenstimmen in einem kleinen Gasthauszimmer über der Treppe so verwundet hatte.

Wie? Verzeihen Sie. Ich mußte meine Arbeiten verrichten, und ich erledigte sie wie immer, mistete Ställe aus und füllte Krippen, streute frisches Stroh, kämmte Kletten aus Mähnen und Schwänzen, richtete sogar ein paar Hufe, je nachdem, was die Besitzer der Pferde von mir verlangt hatten. Karsch hat mich seit meinem fünften Lebensjahr im Wirtshaus arbeiten lassen, und ich kann gut mit Pferden umgehen. Ich kann bis heute nicht sagen, ob ich sie wirklich mag. Ich kann einfach gut mit ihnen umgehen.

Karsch war in die Stadt gegangen, zum Markt, kurz nachdem die Frauen fortgeritten waren. Gewöhnlich hat Gatti Jinni die Aufsicht, wenn Karsch fort ist, aber Gatti Jinni betrinkt sich einmal im Monat, ohne besonderen Grund und ohne, daß man weiß, wann. An einem Abend im Monat, und gestern abend war dieser Tag gewesen — ich weiß es, weil ich ihm in seine Kammer half, sein Gesicht von Tränen und Geifer säuberte. Also behielt ich das Wirtshaus im Auge, während ich arbeitete, und ich sah die zwei Männer, die Marinescha bis zur Tür folgten. Das war nichts Außergewöhnliches, doch als die Männer allein hineingingen und als sie zu ihrem Wäschekorb zurückrannte und so sehr zitterte, daß ich es vom Stall aus sehen konnte, ließ ich meine Schaufel fallen und ging zu ihr. Ich kehrte nach ein paar Schritten noch einmal um und hob die Schaufel wieder auf — selbst ein Misthaufen-Krieger braucht schließlich seine Lanze.

Sie konnte nicht sprechen, was nichts mit der Tatsache zu tun hatte, daß sie seit zwei Tagen kein Wort mit mir gesprochen hatte oder wann immer das gewesen war, als ich im Schankraum etwas Bewunderndes über Lukassa gesagt hatte. Als ich sie berührte, klammerte sie sich an mich und wimmerte, und das machte wiederum mir Angst. Marinescha ist eine Waise, wie ich: vielleicht ist uns Unterwürfigkeit zur zweiten Natur geworden, um überleben zu können, doch wir sind ebensowenig in der Lage gewesen, uns schreckliche Angst zu erlauben wie bestimmte Arten von Mut. Also klopfte ich ihr den Rücken und murmelte, „Ist schon gut, bleib hier", schulterte meine treue Schaufel und ging hinein.

Sie waren im zweiten Stock und kamen gerade aus der kleinen Kammer, in der Karsch die beiden Pilger aus Darafshiyan untergebracht hatte. Ich weiß nicht, ob sie im Zimmer der Frauen gewesen waren oder nicht. Kleine Männer, schlank, behende in ihren Bewegungen, fast geziert, und ihre schlichten braunen Kleider umschlossen sie wie eine zweite Haut. Sie erinnerten mich an *shukris,* diese heißen Riffeltierchen, die unermüdlich dem Geruch von Blut folgen, in Löcher hinein, Bäume hinauf, überall hin. Ich sagte, „Kann ich Ihnen vielleicht helfen, meine Herren? Mein Name ist Rosseth."

Manchmal ist es von Vorteil, seinen wirklichen Namen nicht zu kennen, weil man ihn Fremden keinesfalls nennen sollte. Die Zeit erschien mir sehr lang, in der die beiden Männer mich anblickten, ohne zu antworten. Ich spürte, daß ich zitterte, genau wie Marinescha — wir unterschieden uns bloß dadurch, daß meine Furcht mich wütend machte. „Der Herr Wirt ist nicht da", sagte ich zu ihnen. „Wenn Sie ein Zimmer wollen, müssen Sie warten, bis er wiederkommt. Unten." Ich sprach so unverschämt, wie ich konnte, weil meine Stimme so unsicher war.

Der blauäugige Mann lächelte mich an, und ich machte mir in die Hose. Es ist die reine Wahrheit: seine Lippen zogen sich in die Länge, wurden schmal, und eine plötzliche Woge reinen Entsetzens überspülte mich wie die Hitzewelle aus einem geöffneten Backofen. Ich fiel gegen die Wand. Hätte ich mich nicht auf meine Schaufel stützen können, wäre ich völlig zusammengebrochen. Aber ich brach nicht zusammen; ich habe gerade soviel von Karschs Idioten-Hartnäckigkeit in mir, um mich wie er zu verhalten, wie ein Idiot, wie ein Felsen, wenn meine Eingeweide sich entleeren. Ich sagte noch einmal, keuchend, da bin ich sicher, „Sie müssen unten warten."

Sie blickten einander an, und ich denke, es war freundlich von ihnen, nicht in Gelächter auszubrechen. Der, dessen Mund sich auf der einen Seite hochzog, sagte, „Wollen wir denn ein Zimmer? Suchen wir nicht eine Frau?" Später wollte mir scheinen, als hätte ich den Tonfall gekannt — was ich damals dachte, war nur, daß Feuer so sprechen würde, wenn es menschliche Laute hervorbringen könnte.

Der blauäugige Mann — und ich sollte Ihnen sagen, daß Blau in seinem Land die Farbe des Todes ist — trat mit zwei Schritten auf mich zu und hob mich an der Kehle hoch. Er tat das so spielerisch und höflich, daß mir kaum Zeit blieb, zu begreifen, daß ich gleich erwürgt werden würde. Er säuselte in mein Ohr, „Eine große Frau mit grauen Augen? Haben wir sie nicht bis hierher verfolgt? Also?“ Ich hörte ein befremdliches Geräusch, irgendwo in weiter Ferne, und jemand, der nicht ich war, erkannte, daß es meine Fersen waren, die gegen die Wand schlugen.

Ich hätte es ihnen gesagt. Nyateneri meinte später, es sei mutig von mir gewesen, den Mund zu halten, doch in Wahrheit hätte ich es ihnen gesagt, alles, hätten sie mich nur gelassen. Ich sah die Lippe des anderen Mannes zucken, obwohl ich nichts mehr hören konnte, ausgenommen das Brausen des Blutes in meinen Ohren, und diese dünne, einschmeichelnde Stimme, die sagte, „Bitte? Ja?“ Dann kam Karsch. Jedenfalls glaube ich, daß es so war.

Der Wirt

Ich hätte heiraten sollen, als ich Gelegenheit dazu hatte — dann wäre wenigstens jemand dagewesen, der an meiner Stelle hätte auf den Markt gehen können. Hin und wieder heuere ich jemanden an, nur zu diesem Zweck, und jedes Mal bereue ich es. Niemand, der nicht dafür geboren ist, kann es mit diesen alten Halunken an den Ständen von Corcorua aufnehmen; jeder andere kommt mit einer Wagenladung faulem Gemüse nach Hause, mit madigem Fleisch und gesalzenen Fischen, die man riechen kann, ehe man die Wagenräder auf der Straße hört. Ich werde mit diesem Handel ganz gut fertig, aber ich habe keinen Spaß dran, hab' ich nie gehabt, selbst damals nicht, als mein Vater mich immer mitnahm, um mir beizubringen, wie man's macht. Er liebte das Treiben genauso wie sie, die Metzger, die Fischhändler und die übrigen — er liebte das Geschrei und Geschacher so sehr wie das Aufstöbern der ersten Melonen, frisch vom Schiff aus Stimeszt, und er wäre statt am Suff an Verachtung gestorben, hätten die Leute aufgehört, zu versuchen, ihn nach Strich und Faden zu beschwindeln. Ich bin nicht so.

So kam ich denn an jenem Tage heim wie an jedem Markttag, müde und angewidert, den ranzigen Geschmack vom Frühstück in der Kehle. Es gab Zeiten, da hätte ich nichts dagegen gehabt, wenn ich nach dem Eintreten in mein Haus die Treppe hinaufgeblickt und diesen dummköpfigen Jungen gesehen hätte, an die Wand genagelt, die Kehle halb zugedrückt, doch alles, womit ich mich damals beschäftigen wollte, war eine Gallone von meinem eigenen roten Bier, und dies schlug dem Faß den Boden aus. Besonders, weil Ausländer im Spiel waren.

Ich brüllte, „Setzt ihn ab!", mit einer Stimme, die Geschirr zum Klappern hätte bringen können — wie sonst würden *Sie* sich wohl über vierzig Jahre in einem Schankraum Gehör verschaffen? —, und der Mann, der den Jungen hielt, sagte, „Ja? Sind Sie sicher?", und ließ ihn fallen. Sie drehten sich zu mir um und lächelten, als würde überhaupt nichts Besonderes vorgehen, ein Lächeln, das einem in die Knochen fuhr. „Ist er endlich da, der Wirt? Der Herr des Hauses?"

„Mein Name ist Karsch", sagte ich, „und niemand außer mir legt Hand an meine Leute. Kommen Sie runter und reden Sie mit mir, wenn Sie ein Zimmer wollen."

Sie rührten sich nicht, also stieg ich die Treppe zu ihnen hinauf. Stolz gehört nicht zu meinen Eigenschaften. Aus der Nähe betrachtet waren sie älter als ich, obgleich man genau hinsehen mußte, um sicher zu sein. Lange Hälse, dreieckige Gesichter, hellbraune Haut, so straff über die Knochen gespannt, daß die Züge nicht mehr waren als winzige, blasse Furchen. Ich spürte, ihre Gesichter würden wie Papierdrachen klirren, wenn ich sie berührte. Der Mann, der den Jungen gewürgt hatte — ja, ja, er war wieder auf den Beinen, hustete ein bißchen, sonst fehlte ihm nichts —, sagte, daß sie nach einer Frau suchten, einer Freundin. „Eine gute, *gute* Freundin, nicht wahr? Es ist ganz, ganz dringend?"

Die Stimme eines Südländers, wie die ihre, doch es lag noch etwas anderes darin, eine Art von unruhigem Zucken, das überhaupt nicht zur Sprache des Südens paßt. Natürlich wußte ich, wen sie meinten, und ich sah keinen Grund, ihnen zu verschweigen, daß sie hier wohnte. Nein, ich kümmerte mich nicht viel um ihr Benehmen, noch um die Art, wie sie sich in meinem Hause Freiheiten herausnahmen, ohne auch nur eine Flasche zu bestellen; aber ich habe manche Nacht Leute aufgenommen, die unangenehmer waren, und machte mir überdies wegen Fräulein Nyateneri keine Sorgen. Sie würde mit den beiden schon fertig werden und sehr wahrscheinlich blitzschnell ihren Dolch und ihren Bogen zur Hand haben. Ich sagte zu dem Jungen, „Ist sie da?"

Manchmal kann ich seine Gedanken lesen, öfter als ihm lieb ist, aber niemals in seinem Gesicht, selbst nicht nach all den Jahren. Wie er mich anblickte — ich hätte Ihnen nicht sagen können, ob er mir für mein Auftauchen dankbar war oder wütend, weil ich seiner gequetschten Luftröhre nicht genügend Beachtung schenkte, oder beunruhigt — oder schließlich eifersüchtig, weil diese fragwürdigen Fremden Vertrautheit mit Fräulein Nyateneri beanspruchten. Er schüttelte den Kopf. „Sie sind heute morgen fortgegangen. Ich weiß nicht, wann sie zurück sein werden." Die Stimme bloß ein bißchen heiser, aber sonst wie immer — er konnte einatmen und ausatmen wie jeder andere. Ich habe in seinem Alter Schlimmeres einstecken müssen, von schlimmeren Leuten, und es hat mir nicht geschadet.

Halb-Maul sagte, „Wollen wir denn nicht warten? In der Kammer?" Soweit es das Paar betraf, schien das keine Frage zu sein — sie waren, als er aufgehört hatte zu sprechen, schon halb in der Diele. Ich sagte, „Sie werden *nicht* in der Kammer warten", und obwohl ich diesmal nicht brüllte, hörten sie mich und drehten sich um. Mein Vater hat mir beigebracht, wie man sich bei einem Gast Gehör verschafft, ohne den Gast oder die eigenen Ohren zu verlieren. „Die Zimmer sind privat", sagte ich ihnen. „Das würde auch für die Ihren gelten, wenn Sie hier wohnten. Sie können unten im Schankraum warten, und ich werde Ihnen ein Bier spendieren."

Letzteres fügte ich hinzu, weil sie mich so merkwürdig ansahen. Wie ich Ihnen gesagt habe, bin ich nicht mutig, aber meine lange Erfahrung in diesem Gewerbe hat mich gelehrt, daß ein Witz und ein kostenloser Schluck die meisten Mißverständnisse aus der Welt schaffen können. In ein Wirtshaus am Kreuzweg wie dieses kommen wenige Leute, die auf Ärger aus sind — den können sie in der Stadt, weniger als fünf Meilen entfernt, leichter haben. Ich habe hinter dem Tresen einen Knüttel aus *dika*-Holz, der sich einmal oder zweimal als nützlich erwiesen hat, aber gegenwärtig müßte ich unter Geschirrtüchern, Schürzen und Tischtüchern, die ich für private Mahlzeiten aufbewahre, nach ihm suchen. Das letzte Mal, daß mich Augen so beunruhigten wie die dieses Pärchens, gehörten sie einer ganzen Bande wilder Kahnführer aus Arameschti, die sich falsche Vorstellungen von dem Mädchen machten, das vor Marinescha in der Schankstube arbeitete. Halb-Maul schüttelte seinen Kopf und lächelte verkniffen. „Danke, machen wir's nicht lieber so, wie wir wollen?"

Ich schüttelte *meinen* Kopf. Sie lockerten sorglos ihre Schultern, und der Junge schob sich an meine Seite — als ob er hilfreicher gewesen wäre als ein Niednagel. Doch genau in diesem Augenblick kam Gatti Jinni mit zweien von diesen Schauspielern herein und versuchte, sie zu einer Partie *bast* zu verleiten. Gäste aus dem Stall lasse ich nie vor Einbruch der Nacht ins Haus, doch ich begrüßte diese Halunken wie Fürsten und rief hinunter, ihre Zimmer seien fertig, das Essen stehe bereits auf dem Kaminvorsatz. Sie starrten mich noch immer mit offenem Mund an, als ich mich wieder an meine liebreizenden kleinen Südländer wandte und sie bat, näherzutreten. Nein, ich winkte mit dem Finger — das ist ein Unterschied.

Nun, sie sahen einander an, und dann blickten sie hinunter auf Gatti Jinni und seine beiden neuen Opfer (wenigstens einmal im Monat versetze ich ihm deswegen eine Kopfnuß, doch er sieht es dennoch als sein gesichertes, unumschränktes Recht an, meinen Gästen beim Kartenspiel das Fell über die Ohren zu ziehen); und dann blickten sie uns wieder an, schätzten mich und den Jungen ab. Wohlgemerkt, ich hatte noch an keinem der beiden eine Waffe entdeckt, aber ich hatte das sichere Gefühl im Bauch, daß sie uns alle hätten töten können, ohne dabei in Schweiß zu geraten. Doch das war ihnen offensichtlich weder den Schweiß noch den Tumult wert. Sie kamen auf uns zu, und ich stieß den Jungen zur Seite — wobei er mit seiner schwankenden Schaufel auf der ganzen Diele Mist verstreute —, und sie gingen ohne Wort oder Blick an uns vorbei. Die Treppe hinunter, durch die Schankstube und hinaus auf die Straße. Nicht einmal die Tür quietschte hinter ihnen. Als ich selber hinausging, um mich zu vergewissern, daß sie Marinescha nicht belästigten, waren sie bereits verschwunden.

Der Junge sagte, „Ich gehe ihr nach." Er wurde abwechselnd rot und bleich, schwitzte und zitterte, so wie es jemandem ergeht, der sich entweder in die Hosen macht oder Leute umbringt. „Ich werde sie warnen", sagte er, „ich werde ihr sagen, daß sie warten." Ich konnte ihn an der Tür gerade noch mit dem Krug Tröpfelbier, der nicht einmal geleert war, zu Boden strecken.

Nyateneri

Der Junge beobachtete uns aus dem Versteck, als wir an jenem Morgen losritten. Ich weiß noch, daß ich das sonderbar fand. Es gab bei Rosseth, wenn es um uns ging, nie die kleinste Heimlichtuerei: er trug seine Verehrung wie ein Vogel seine Federn, und sie gab ihm Farbe und ließ ihn fliegen wie einen Vogel. Die anderen beiden sahen ihn nicht. Ich hätte ein Wort darüber verloren, doch Lal ritt voraus und sang sich eines jener langen, langen, unglaublich unmelodischen eigenen Lieder vor; und was Lukassa betrifft, ich kann Ihnen gar nicht sagen, wie ihre Anwesenheit selbst meinen Geruchssinn veränderte und die Haare meines Körpers gegeneinander aufwiegelte. Heute weiß ich natürlich, warum, doch damals konnte ich mir nichts anderes vorstellen, als daß ich viel zu lange von gewöhnlicher menschlicher Gesellschaft fern gewesen war.

Corcorua kommt meiner Vorstellung von einer richtigen Stadt in diesem wilden Nordland am nächsten. Städter würden sie für kaum mehr als einen übergroßen Obststand halten, einen hellen Flecken runder Holzhäuser entlang der trockenen Schluchten, die als Gassen und Straßen gelten können. Es gibt mehr dieser Häuser, als man auf den ersten Blick denkt: mehr Pferde als Ochsen, mehr Obst- und Weingärten als Ackerland und mehr Schenken als sonst etwas. Der Wein, den sie auftischen, zeugt davon, wie ausgelaugt der Boden ist, doch sie brennen aus ihren fahlen, winzigen Äpfeln einen ungewöhnlichen Schnaps. Mit der Zeit würde er einem schmecken, denke ich.

Die Bewohner der Stadt sind im allgemeinen ein kleinwüchsiges Völkchen, das neben der wilden Großzügigkeit ihres Gebirges und Himmels klein erscheint, doch die Leute tragen dieselbe ehrliche Wildheit in sich, die mich zuweilen wieder aufrichtet. Ich wurde in einem solchen Land geboren — wenngleich jung in den Süden gebracht —, und ich weiß, daß die meisten Nordländer die Türen ihrer Seelen ringsum versperrt und vermauert haben und ihre natürliche Hitze für einen beständigen Winter in ihrem Inneren speichern. Diesem Volk kann man nicht mehr trauen als jedem anderen — ja, weniger als einigen anderen —, aber ich könnte es vielleicht ebenso mögen wie seinen Schnaps.

Der Marktplatz paßt nicht zur Stadt, und doch, in Wahrheit *ist* er die Stadt, da er der ganzen Provinz als Mittelpunkt des Handels dienen muß. Rosseth sagt, er sei das ganze Jahr hindurch geöffnet, was selbst in Gegenden mit freundlicherer Witterung selten ist; und er ist gewiß der einzige Markt, auf dem ich das Gewebe aus gesponnenem Kupfer sah, das sie nur im westlichen Gakary herstellen, und gleich daneben konnte man körbeweise *limbri* kaufen, diese schrecklichen, zähneschmelzenden kandierten Früchte aus Sharan-Zek. Sie verkaufen sogar die besten Schwerter und Panzer aus Camlann, und die Nachfrage ist so groß, daß man solche Arbeit in Camlann selbst beinahe vergeblich sucht. Ich kaufte mir dort einen Dolch zu einem Preis, der schändlich, doch fast angemessen war.

Ich schloß zu Lal auf, als wir mitten durch das Gewühl trotteten. (Man braucht mehr als zwei Stunden, wenn man die Stadt umgeht, um wieder auf die Hauptstraße zu gelangen, doch beim ersten Mal hatte sich niemand die Mühe gemacht, uns das zu sagen.) Ich sagte zu ihr, „Nordländer können *limbri* nicht ausstehen. Bis heute habe ich's nie nördlich des Siritangana gesehen."

Bevor ich Lal kennenlernte, hielt ich ihr Lachen meist für ein Knurren der Überraschung oder einen Seufzer. Sie sagte, „Er hatte immer eine widerwärtige Leidenschaft für dieses Zeug. Und er mag Orte wie diesen, schlichtes Ackerland voll Staub und Schmutz. Hast du je erlebt, daß er lange in einer wirklichen Stadt wohnte?"

„Als er mich zum erstenmal aufnahm, wohnten wir im Hinterhaus eines Fischhändlers in Tork-na'Otch." Lal verzog das Gesicht — Tork-na'Otch ist bekannt für seinen Räucherfisch, und für nichts sonst. Ich sagte, „Möglich, daß er fort ist, aber er *war* hier, vor nicht langer Zeit, alles weist darauf hin. Er mag dir Träume geschickt haben, weil sie dich auf deinen Wanderungen am leichtesten erreichten, aber ich war viele Jahre an einem Ort, und mir schrieb er Briefe. Ich habe sie noch. Sie kamen von hier, aus Corcorua — er beschrieb den Markt und das Aussehen der Leute, und er hat mir sogar erzählt, wie sein Haus aussah. In diesem Punkt kann ich mich nicht irren. Unmöglich."

Ich muß die Stimme gehoben haben, denn Lukassa drehte sich im Sattel, um mich anzustarren, mit ihren hellen Augen, die immer weit geöffnet waren und mich immer, damals, nicht heute, zwangen, rechtzeitig über meine Schulter zu spähen. Lal sagte, „Ich glaube dir, doch du kannst das Haus nicht finden, und zwischen dem Markt und den Sommerweiden sind wir überall zweimal gewesen. Jetzt folge ich Lukassas Einfall und kehre zum alten roten Turm zurück, wie du es vorgeschlagen hast, weil ich nicht weiß, was sonst zu tun ist. Wenn wir dort keine Spur von ihm finden, dann werde ich zum Wirtshaus zurückkehren und mich betrinken. Ich brauche sehr lange, bis ich betrunken werde, also muß ich früh anfangen."

Dazu hatte ich nichts zu sagen. Ein junger Händler packte meine Steigbügel und hielt einen Käfig mit Singvögeln in die Höhe; eine Frau zerrte an Lukassas Zügel und versuchte schreiend, ihr seidene Unterröcke aufzuschwätzen. „Zwei Stück für kaum mehr als den Preis von einem, mein Liebchen — eine reizende Schneewehe von Rüschen, durch die ein Liebhaber waten kann!" Lukassa würdigte sie keines Blickes. Wir folgten Lal, ritten an den Reihen der Gemüsekarren entlang, wanden uns im Gänsemarsch zwischen den Weinverkäufern und Ständen hindurch, in denen sich Schaffelle und gekämmte Wolle zu Bergen häuften — unsere Pferde kamen manchmal nicht vom Fleck, wegen des Gedränges oder aus Furcht, eines der Marktbälger niederzutrampeln, die zwischen ihren Beinen kreischten und umherkrochen —, bis sich zu unserer Linken eine schmale gepflasterte Gasse öffnete, und dort waren Obstgärten und die weiße Straße zu den gelben Bergen. Dort ließen wir unsere Pferde eine Weile ausgreifen. Es war ein schöner Tag, und ich summte ein bißchen vor mich hin.

Als Lal die Zügel anzog, hatten wir die Berge fast erreicht und waren in Sichtweite der Häuser, die wir bereits zweimal durchsucht hatten, mehr oder weniger mit der Zustimmung ihrer Bewohner. Diese Häuser sind größer als die unten in der Stadt, wenngleich die meisten aus Holz gebaut sind, ausgenommen hier und da ein Herrenhaus aus Steinen oder Ziegeln. Gleichwohl halten sie an der runden Bauweise fest, und die Häuser haben bemalte, hochgewölbte Dächer, so daß sie ein wenig an Hefegebäck erinnern, das aufzugehen beginnt. Für meinen Geschmack sind sie auch ebenso langweilig wie Hefegebäck: ein Nachmittag zwischen all dieser traulichen Rundheit, von einer Woche ganz zu schweigen, und man beginnt sich nach Traufen, Giebeln, Firsten, Spitzen, *Winkeln* zu sehnen. Wie auch immer, die Berge dahinter mußten wohl für genügend Kantigkeit sorgen, um jedermann zufriedenzustellen. Sie verschlingen zuviel Himmel, selbst auf die Entfernung, und kein Schnee macht sie milder: es ist Eis, das wie Speichel über ihre mageren Flanken rinnt. Sie sehen aus wie große, wilde Eber.

Lal berührte Lukassas Schulter und sagte, „Heute bist du nicht nur unsere Gefährtin, sondern unsere Führerin. Reite voran, und wir werden folgen.“ Sie sagte das mit behutsamer Sanftheit, doch in Lukassas Augen trat ein solcher Ausdruck von Entsetzen und Abscheu, daß Lal und ich uns rasch umwandten, um zu sehen, welche Gefahr sich an uns heranschlich. Als wir uns wieder umdrehten, war Lukassa bereits fort, und wir waren tief in den Bergen, die ersten Häuser weit hinter uns, als wir sie einholten.

Am Abend zuvor war ich müde und gereizt gewesen, und als

ich vorschlug, zum roten Turm zurückzukehren, war das nicht mehr als ein wütender Scherz gewesen. Obwohl ihr Lal weder Befehle noch Anweisungen gegeben hatte, bog Lukassa von der Straße ab und in den einzigen Pfad ein, der sie zum Turm führen mußte, als kenne sie den Weg von früher. Als wir uns dem Ort näherten, zwang sie ihr Pferd zu einer so langsamen Gangart, als müsse es den Markt von Corcorua durchqueren. Ihre Augen blickten leer, und ihr Mund stand offen — ich habe diesen Ausdruck bei Rutengängern gesehen, in Gegenden, wo man die Gabe verehrt, dem Duft oder Hauch von Wasser bis zu einem Fleck nachzuspüren, wo man kein Wasser erwartet. Hinter mir Lals Atem, rasch und flach. Der rote Turm war so verfallen, wie ein Gebäude es nur sein kann, ohne zusammenzubrechen, doch er hätte sich zwischen diesen kargen grauen Bergen grotesk ausgenommen, wäre ein einziger Ziegel am richtigen Fleck gewesen. Dieses Land mußte man geduldig ertragen, den Kopf gesenkt und wohlverhüllt: ein prächtiges Herrenhaus ist hier bloß ein krustiger, eine Festung bloß ein altbackener, steinharter Hefekuchen. Ein Turm — ein Turm mit einer Außentreppe, Fenstern an jeder Ecke und einem Obergeschoß, das eine Art Sternwarte gewesen sein mußte — hatte seinen Platz genaugenommen in südlichen Märchen, in Nächten und Ländern, wo man die Sterne wirklich lange genug sehen kann, um sich über sie Geschichten auszudenken. Der Turm entsprach haargenau dem Gebäude, das er für sich selber errichtet haben würde, dieser unverschämte, unglaubliche alte Mann. Es hätte mir gestern, noch vor Lukassa, vor jedem anderen, klar werden müssen.

Sie stieg im Schatten des Turms aus dem Sattel, und wir schlichen ihr nach — wenigstens kam es mir ein wenig so vor, still, wie der Tag war, und sie schritt langsam durch den großen baufälligen Eingang. Das Tor war eingesackt und von Ackerwinden überwuchert, doch wir hatten bereits festgestellt, daß man unbesorgt eintreten konnte, sonst hätten wir sie niemals vorangehen lassen. Sie beachtete die Treppe nicht, sondern schritt geradewegs zu einer inneren Mauer, öffnete eine beinahe unsichtbare Tür, von der keiner von uns ihr je erzählt hatte, und begann, ohne zu zögern, die Stufen hinaufzusteigen, ohne zu sprechen, ohne sich umzusehen.

Wir folgten schweigend. Lal schlug Spinnweben beiseite, und ich schützte mein Gesicht vor dem Kot der Eulen und Fledermäuse, den Lukassa lostrat und der die flachen Stufen tückisch machte. Der Aufstieg war genauso lang, ermüdend und übelriechend wie beim ersten Mal. Ich dachte oft an den Ausdruck in den dunklen haselnußbraunen Augen des jungen Rosseth, als er uns an diesem Morgen vorbeireiten sah und sich zweifellos ausmalte, zu welch wunderbaren Abenteuern wir aufbrachen, mit denen er unsere Leben so eifrig ausstattete. Er hatte zu viele krause Gedanken im Kopf und keine Ahnung von seiner eigenen irdischen Schönheit — keine Verbindung war anziehender. Als ob ich nicht schon genug Schwierigkeiten hätte.

Dunkel wie es war, stießen Lal und ich — wie beim ersten Mal — mit unseren Köpfen gegen die unvermutet niedrige Decke, die den Abschluß der Treppe bildete. Lukassa stieß sich nicht. Sie bewegte sich mühelos, obwohl sie sich beinahe zusammenkrümmen mußte, und schlüpfte so geschwind nach links, daß wir sie in der Dunkelheit einige Augenblicke aus den Augen verloren. Als ich wieder bei Atem war, flüsterte ich Lal zu, „Ob wir unseren Freund nun jemals finden oder nicht, früher oder später wirst du mir erzählen müssen, woher sie es wußte. Soviel schuldest du mir."

Natürlich bestand der Turm in Wahrheit aus zwei Türmen: ein harter, geheimer Kern erhob sich im Inneren des ganzen zerbröckelnden Blendwerks. Die äußere Treppe hätte uns nie auf den Absatz geführt, auf dem wir standen, geschweige denn in den kleinen Raum, in den Lukassa, wie wir wußten, gegangen war. Lal und ich hatten den ganzen gestrigen Nachmittag damit verbracht, zu klopfen, umherzustreifen, zu erörtern und zu streiten — und am Ende zu fluchen und herumzuraten —, um den Weg in diese Kammer zu finden, und dieses *ahnungslose* Kind war geradewegs darauf zugegangen, als bummelte es nach Hause. Lal gab leise zurück, „Es liegt nicht bei mir, zu sprechen. Du mußt sie fragen." Doch damals brachte ich es nicht über mich,

Lukassa zu bitten, das richtige Wort auszusprechen, mir auf die Sprünge zu helfen. Lal wußte das.

Der Raum ist sehr kalt. Zauber verströmt keinen Geruch, wie manche glauben, sondern hinterläßt einen Schauer, von dem mein alter Freund oft sagte, er sei der Atem der anderen Seite, jenes Gefildes, von dem aus der Zauber uns aufsucht — „wie eine Nachbarkatze, die wir mit Bröckchen von Hühnerfleisch über den Zaun locken, damit sie unsere Mäuse fängt". Ein Dreifuß mit Schmortopf zum Kochen lag umgekippt auf einer Strohmatte; an einer entfernten Wand war ein tiefblauer seidener Wandteppich an einer Ecke aufgehängt; es gab ein paar Retorten, einen langen Tisch, einen hohen Holzstuhl; ein einzelnes Weinglas, zerbrochen; und eine Anzahl von Mustern, mit Kreide und Holzkohle auf den Boden gemalt, die weder Lal noch ich deuten konnten. Sie waren zertrampelt und stark verschmiert.

Lukassa stand in der Mitte eines schwarz-roten Gekritzels, das aussah, als habe ein kleines Kind mit farbigen Tuschen gespielt. Als sie uns anblickte, flößte uns ihr Gesicht Schrecken ein: ein Sibyllenantlitz, rasend, prophetisch verzerrt, aufgewühlt wie Wasser von übermenschlichen Rhythmen und Befehlen. Sie schrie uns an, unsere blasse Gefährtin, die nie die Stimme hob, nicht einmal, als sie mich anherrschte, „Siehst du nichts, hörst du nichts? Es war hier — es war hier." Ich schwöre, daß die Kammer aus Stein bei ihrem Ausruf *erzitterte*, so wie sich eine wohlgebaute Laute in deinem Arm seufzend regen wird, wenn jemand in der Nähe spricht.

Lal sagte sanft, „Lukassa, ehrlich, wir können nichts sehen. Was geschah in diesem Raum, Lukassa?"

Aus keinem anderen Grund denn aus persönlicher Eitelkeit möchte ich an dieser Stelle in Kürze mein eigenes Vorstellungsvermögen und das von Lal rechtfertigen. Keine von uns hätte leibhaftig in der Tür dieses kalten, kleinen Raumes gestanden, hätten wir die Ausstrahlung und die jüngste Geschichte gewisser anderer Räume so jämmerlich mißdeutet wie die dieser Kammer. Entweder hatte ein zauberisches Rückbleibsel unsere Sinne getrübt, als wir das erste Mal ohne Lukassa herkamen, oder, was ich eher annehmen möchte, es war ihre Gegenwart, die den trokkenen rotbraunen Fleck auf dem Tisch zum Vorschein kommen ließ, die Kratzspuren auf dem Boden aus der Verborgenheit rief und auf dem seidenen Gobelin die verdeckten grün-goldenen Umrisse eines Mannes mit Drachenflügeln ans Licht brachte, der mit einem glitzernden Schatten in ein Handgemenge verwickelt war. Welche Kraft auch immer den Gobelin fast von der Wand gerissen haben mochte, sie hatte ihm dabei einen beinahe über seine ganze Länge verlaufenden klaffenden Riß beigebracht, und das eingewobene Blut der Kämpfenden schien sich in unsere Hände ergießen zu wollen, als wir sprachlos davorstanden. Ich sagte, mir selber zum Trost, einen Segensspruch, den niemand hören sollte, und Lal hauchte, wenngleich in einer mir unbekannten Sprache, ein Wort, das sich wie ein *Amen* anhörte.

Die Raserei, in die ihr Wissen Lukassa versetzt hatte, schien ein wenig nachzulassen, und als sie wieder sprach und sagte, „Hier und hier“, ähnelte sie mehr einem Kind, das von der Schwerfälligkeit und Dummheit Erwachsener zur Verzweiflung getrieben wird. „Hier stand euer Freund, und hier stand *sein* Freund — und dort“ — sie deutete beiläufig auf einen Winkel in der Nähe — „von dort kamen die Anderen.“ Es war wirklich so, als wäre sie dabeigewesen.

In diesem Winkel, der nichts ist als Stein und Schiefer und Mörtel, wie alles übrige, gab es keine Luft, nur Kälte. Sollte der Turm heute verschwunden sein, was durchaus der Fall sein kann, ist dieser Winkel noch da. Lal und ich sahen einander an, und ich wußte, daß wir dasselbe dachten: *Das ist kein Winkel, keine Mauer — das ist eine Tür, eine geöffnete Tür.* Hinter uns sagte Lukassa ungeduldig, „Dort, wo ihr steht — seht doch, seht doch“, und sie eilte zu uns, so heftig in eine Leere deutend, daß ich die Regung niederkämpfen mußte, ihre Hand zurückzureißen, bevor dieses uralte, mörderische Abwesende sie abbiß. Statt dessen drehte ich mich um und sagte zu ihr, so besänftigend, wie ich konnte, „Welcher andere, Lukassa? Wie sah er aus?“

Sie stampfte tatsächlich mit dem Fuß auf. „Nicht er — die Anderen, die *Anderen*! Die beiden Männer kämpften, sie waren sehr wütend, und dann kamen die Anderen." Sie starrte uns nacheinander an, als beginne sie erst jetzt sich zu wundern: ein Kind, das zum erstenmal Furcht in den Gesichtern Erwachsener wahrnimmt. Sie flüsterte, „Nicht. Nicht."

„Nichts kommt ungerufen aus einer solchen Dunkelheit", sagte ich zu Lal über Lukassas Kopf. „Es muß eine Aufforderung geben." Lal nickte. Ich fragte das Mädchen, „Wer rief diese ... diese Anderen? Welcher Mann war es?" Doch sie schüttelte den Kopf, ergriff Lals Hand und mochte mich nicht anschauen.

Ich wiederholte die Frage, und Lal ebenfalls — ohne Erfolg, so sehr sie Lukassa auch hätschelte und umschmeichelte. Schließlich machte sie mir ein Zeichen, *laß es sein,* und sagte zu Lukassa, „Die Männer kämpften, sagst du. Warum kämpften sie und wie? Welcher Mann siegte?" Lukassa blieb stumm, und ich wünschte, ich hätte den Fuchs mitgenommen. Sie murmelt ihm ständig etwas vor; inzwischen weiß er bestimmt mehr über sie als wir beide. Und das wird weitergehen — dazu kenne ich zumindest *ihn* zu gut.

„Zauber", sagte Lal. „Sie kämpften mit Zauber." Lukassa wich von ihr zurück, weniger absichtlich, sondern eher, weil sie so heftig zitterte. Lals Stimme wurde schärfer. „Lukassa, einer der beiden Männer war der Mann, den wir so lange gesucht haben, der alte Mann, der seinem Gemüsegarten vorsang. Wäre er nicht gewesen ..." Sie zögerte, warf mir einen raschen Blick zu, dann wandte sie sich wieder Lukassa zu, schaute ihr ins Gesicht und nahm beide Hände des Mädchens fest zwischen die ihren. Sie sprach deutlich und wählte ihre Worte mit Bedacht, „Niemand außer dir kann uns helfen, ihn zu finden, und ohne ihn würdest du tot auf dem Boden des Flusses liegen. Was von jetzt an geschieht, liegt in deinen Händen." Die Worte klangen wie Hufschläge auf den kalten Steinen.

Selbst für einen Zauberer mit langer Erfahrung (und manchmal gerade dann) ist es nicht gut, mehr Zeit, als er hat, zwischen Mauern zuzubringen, die mit alter Zauberei so durchtränkt sind wie diese. Es ruft Trugbilder hervor in deinem Inneren, in deinem Herzen — ich kann es nicht besser ausdrücken. In diesem

Augenblick schien es mir — nein, es war tatsächlich so —, als halte Lal Lukassas Seele in der Schale ihrer beiden Hände wie Wasser, so daß sie, wenn sie überfloß oder durch Lals Finger schlüpfte, sich für immer in jeder dunklen Ecke verströmen würde. Doch sie tat es nicht. Sie senkte ihren Kopf und hob ihn wieder, blickte uns unbewegt mit ihren in der Vergangenheit forschenden Augen an. Ich werde nicht noch einmal sagen, daß sie Lukassa war, weil ich mittlerweile angefangen hatte, mich ein wenig davor zu hüten. Wer immer sie wirklich war, sie war niemand, der als Lukassa auf die Welt gekommen war.

„Er kämpfte so tapfer", sagte sie, und ihre Worte waren an niemanden auf der Welt gerichtet. „Er war so schlau. Auch sein Freund war schlau, aber er war sich seiner Sache zu sicher und erschrocken dazu. Hier standen sie sich gegenüber, von Angesicht zu Angesicht, und sie verwandelten diesen Raum in die Eingeweide der Sonne, in den Meeresboden, den erstarrten Mund eines Dämons. Diese Wände umbrodelten sie, die Luft zerspellte zu Messern, vielen kleinen, kleinen Messern — nur diese kleinen Messer konnte man atmen. Und es gab nicht ein einziges Geräusch, nicht eines in tausend Jahren, weil die ganze Luft sich in Messer verwandelt hatte. Und der alte Mann wurde müde und traurig und sagte *Arschadin, Arschadin.*" Der Ausruf, war auch die Stimme klar und ruhig, ließ mich die Augen schließen.

Lukassa fuhr fort. „Aber sein Freund achtete nicht darauf, sondern bedrängte ihn nur um so heftiger mit Nacht und Flamme und mit Schreckensbildern, daß er zu spüren meinte, seine Seele löse sich faulend von ihm und vergifte die blassen Schemen, die sie verschlangen, als er hinsah. Und dann wurde der alte Mann furchterregend vor Furcht und Kummer und Einsamkeit, und er schlug mit solch erbitterter Donnergewalt zurück, daß sein Freund für diesen Augenblick die Macht über ihn verlor und entsetzter war als er und die Anderen zur Hilfe rief. Es steht alles hier geschrieben, in den Steinen, überall ist's eingegraben."

Ich blickte auf die Kratzspuren und wartete darauf, daß Lal die Frage stellte, die jetzt folgen mußte. Doch sie sagte nichts, und als ich ihr Gesicht sah, las ich die Hoffnung darin, daß ich diejenige sein würde, die sprach. Ich sah auch, daß sie unendlich erschöpft war. Es bedeutet Lal so viel, unermüdlich zu erscheinen, und nie zuvor hatte sie mich sehen lassen, wie fadenscheinig diese Legende war. Sie kann nicht viel älter sein als ich; doch ich war noch jung, als ich meine erste Geschichte über Lal-Allein hörte. Ich fragte mich, wann sie zum letzten Mal jemanden um einen Gefallen gebeten haben mochte.

„Letzte Nacht sprachst du zu uns vom Tod", sagte ich. „Wer also starb hier: der alte Mann oder derjenige, den du seinen Freund nennst?" Lukassa starrte mich an und schüttelte ganz leicht den Kopf, als habe meine Blindheit sie ihres ganzen Vorrats an Unglauben, Zorn und Mitleid beraubt und ihr nichts als eine Art dumpfen Mitgefühls hinterlassen. Der alte Mann, den wir suchten, hatte mich oft so angeblickt.

„Oh, der Freund starb", sagte sie beiläufig und erschöpft. „Aber er erhob sich wieder." Ich war es, die jetzt den Atem anhielt, ich gebe es zu — Lal gab keinen Laut von sich, sondern stützte sich bloß einen Augenblick auf den Tisch. Lukassa sagte, „Der Freund rief die Anderen, ihm zu helfen, und sie töteten ihn, aber er starb nicht. Der alte Mann — der alte Mann floh. Sein Freund verfolgte ihn. Ich weiß nicht, wohin." Ganz unvermittelt setzte sie sich nieder, legte ihren Kopf auf die Knie und fiel in Schlaf.

Lisonje

Tja, also wenn Sie gleich von den Beinen gesprochen hätten. Ich sagte schon, mein Lieber, ich erinnere mich nie an Namen, nur an meine Zeilen. *Und* gelegentlich an ein historisches Ereignis, z. B. die Beine dieses Kindes — diese niedlichen langen Beine, fast bis auf den Boden reichend, zu beiden Seiten dieses komischen, kleinen, grauen Pferdes, auf dem er in mein Leben ritt. Es war einer jener Augenblicke, von denen du gleich weißt, auf Anhieb, daß sie dich für immer begleiten werden: ich, die ich mir die Schminke von gestern von meinem armen, alten Gesicht rieb (ja, vielen

Dank, wirklich, überaus freundlich), an der Regentonne, die beim Holzschuppen steht — und plötzlich diese *Beine*, die einfach am unteren Ende meines Handtuchs auftauchten. Ich hob das Handtuch in die Höhe — langsam, so, genauso siehst du —, und diese allerliebsten Beine nahmen kein Ende, reichten bis hinauf zu seinen Schultern. Nichts als Knochen und Knorpel, der arme Wurm, struppig wie sein kleines Pferd, und dazwischen keine Handvoll Fleisch zuviel. Mein eigenes Leben, so kommt es mir oft vor, ist nichts anderes gewesen als eine endlose Reise in einem endlosen Kreis, so weit ich zurückdenken kann — was soviel bedeutet wie bis zum Anfang der Welt —, aber als ich ihn genau betrachtete, wußte ich, daß alle meine lächerlichen Meilen zusammengezählt nicht den Bruchteil der Reise ausmachen würden, die dieser Junge hinter sich hatte. Neben der Schauspielerei verstehe ich mich, wenn ich das sagen darf, auf ein *paar* andere Dinge, was immer Sie gehört haben mögen.

Nun ja, wir sahen uns an, und wir sahen uns weiter an, und vielleicht würden wir heute noch dastehen, hätte ich nicht gesprochen. Was ich glaube, ist, daß sie einfach im Hof des Wirtshauses angehalten hatten, diese beiden, daß weder im Jungen noch in seinem Pferd die Kraft für einen weiteren Schritt oder einen Gedanken oder eine Hoffnung war — sie waren vollständig außer *Schwung* geraten, wissen Sie, und es ist so ziemlich das Schlimmste, wenn's daran fehlt, das können Sie mir glauben. Seine Augen waren lebendig, aber sie hatten keinen Schimmer, warum — es war nichts darin als Leben, sonst gar nichts. Ich habe diesen Ausdruck bei Tieren gesehen, doch nie bei Menschen. Ein behütetes Dasein, würde ich meinen.

Was ich sagte? Oh, etwas vollkommen Lächerliches; ich würd' mich schämen, wenn ich's noch wüßte. Etwas wie, „Das nächste Mal erkennst du mich, wie?" oder, „Wenn du dort, wo ich herkomme, jemanden so lange anstarrst, heißt das, daß du heiraten mußt." Etwas Törichtes in der Art, wenn nicht gar schlimmer — es spielt keine Rolle, weil er, ehe ich noch damit fertig war, mir nichts dir nichts vom Rücken seines Pferdes kippte. Er fing einfach an, Schlagseite zu kriegen, wie man sagen könnte, neigte sich gemächlich auf eine Seite, neigte sich weiter, immer weiter, bis er auf dem Boden war. Es gelang mir, seinen Fall zu bremsen, ihn gegen die Regentonne zu lehnen und ihm ein bißchen Wasser ins Gesicht zu spritzen. *Daran* ist nichts Ungewöhnliches — wieviel Zeit habe ich nicht damit verbracht, auf irgendeiner Straße oder bei irgendeiner Probe irgendeinem Mann aufzuhelfen und ihm den Mund abzuwischen. Abscheuliche Verschwendung, wenn Sie mal richtig drüber nachdenken.

Nicht daß dieser Mund und auch dieses Gesicht nicht hübsch gewesen wären. Es war ein bäurisches Gesicht oder war mal eines gewesen — ich wurde selber auf einem Bauernhof geboren, irgendwo in der Nähe von Kap Dylee, erzählte man mir immer. Wir zogen am nächsten Tag weiter, also kann ich natürlich nicht sicher sein. Nach einer kleinen Weile schlug er dunkle, bäurische Augen auf, blickte geradewegs in die meinen und sagte, „Lukassa." Vollkommen gelassen, als wäre er nicht gerade vor Hunger und Erschöpfung in Ohnmacht gefallen. Wirkliche Menschen sind manchmal zuviel für mich.

Nun, mittlerweile war *das* ein Name, den ich so gut kannte wie meinen eigenen, und noch ein bißchen besser, als mir recht war, das will ich Ihnen sagen. Ich bin alt genug, ohne Scham zu gestehen, daß ich nicht weniger Nächte als irgendeine andere Närrin damit verbracht habe, bis zum Morgen jemandem zuzuhören, der den Namen einer anderen murmelte und rief. Aber das war meine eigene Entscheidung, ob lächerlich oder nicht, und es ist etwas ganz anderes, wenn man fast vierzehn Tage lang jede Nacht, ohne Ausnahme, von diesem Jungen namens Rosseth geweckt wird, der sich im Verschlag nebenan im Schlaf hin- und herwälzt und schmachtet, „Nyateneri ... Lukassa, süße Lukassa ... oh, Lal ... oh, *Lal* ...!" Ob man die Sache mit ihm besprach oder ihn wachrüttelte, beides hatte keine Wirkung — am Morgen hüpfte er dennoch singend umher, während wir anderen mit der Zeit fast so aussahen, als hätten wir die ganze Nacht damit verbracht, das zu treiben, wovon er träumte. Man sprach von Mord. Ich war dagegen, schwankte jedoch.

„Lukassa ist mit ihren Freundinnen ausgeritten", sagte ich.

„Sie kommen vielleicht heute abend zurück, morgen, ich habe keine Ahnung. Bleib da sitzen, und ich werde dir was zu essen bringen. Rühr dich nicht weg, bleib da, wo du bist — verstehst du mich?" Weil ich nicht sicher sein konnte, verstehen Sie? Ich konnte nicht sicher sein, ob diese unerträglichen, dunklen Augen mich überhaupt wahrnahmen. „Bleib, wo du bist", sagte ich, und dann lief ich los, um Rosseth zu suchen.

Er ist kein übler Junge, wissen Sie, abgesehen von dieser Besessenheit, die er, da bin ich sicher, inzwischen überwunden hat, falls er noch lebt. Er machte sich sofort auf, um ein paar Reste vom gestrigen Abendessen zu stibitzen (das *unser* heutiges Abendessen sein würde — das Verfahren des Wirts, seine Stallgäste abzufüttern), und schaffte sogar einen Becher ziemlich dünnen roten Biers herbei. In der Zwischenzeit entwendete ich ein bißchen Hafer für das Pferd und ein Gewand aus unserem Schrankkoffer: das nämliche, das ich selber in *Lady Viggas Zwei Töchter* trage, wo ich das halbe Stück über als Mann verkleidet bin. Wir spielen es nicht mehr, es sei denn, jemand verlangt es, so daß die Vorderseite erstaunlicherweise so gut wie sauber war.

Als ich zurückkehrte, flößte Rosseth unserem langbeinigen Findelkind bereits löffelweise Suppe ein, und ein paar aus unserer Truppe standen müßig dabei und stellten Fragen. Er schenkte keiner davon Beachtung, sondern wandte sich, sobald er mich erblickte, an mich und sagte, „Freundinnen? Wie viele?"

„So viele, wie du hast", sagte ich ein wenig schroff. Ich glaube, ich werde *wirklich* alt, wenn schon ein schlichtes „Danke" anfängt, mir mehr zu bedeuten als heldenhafte Suchfahrten nach irgendeiner verirrten Prinzessin, selbst wenn der Held *wirklich* die bezauberndsten Beine hat, die mir in zwanzig Wanderjahren untergekommen sind. „Eine schwarze Frau" — er nickte ungeduldig — „und ein großes braunes Geschöpf, ziemlich kriegerisch." Das war knapp genug, schätze ich, aber da bekam Rosseth bereits beim bloßen Gedanken an sie seinen Hundeblick, und jetzt noch *dieser* Junge, und mit einem Mal war alles *ärgerlich.* Rührt zweifellos davon her, daß man genau dieselbe Geschichte viel zu oft gespielt hat. Ich sagte, „Mein Name ist Lisonje, und der Junge, der dich füttert, ist Rosseth. Kannst du uns deinen Namen sagen?"

„Tikat", sagte er und schlief wieder ein. Trygvalin, unser jugendlicher Held, fing an, ihm Schnaps einzuflößen, doch ich gebot ihm Einhalt. Er stellt den Fusel selber her, und es gibt Städte und ganze Provinzen, in die wir wegen seiner Freigebigkeit nicht wieder zurückkehren können. Ich sagte zu Rosseth, „Er kann bei dir auf dem Heuboden bleiben. Der Wirt wird es nicht erfahren."

Rosseth blickte mich bloß an und sagte, „Karsch erfährt immer alles." Tikat erwachte und verkündete, „Ich komme aus ...", und er nannte den Namen eines Ortes, den ich um nichts in der Welt wiederholen könnte. „Ich bin wegen Lukassa gekommen", schlicht und einfach. Die ganze Zeit über, während wir ihn in den Stall schafften, ihm die Kleider auszogen — sein ganzer armer Körper war mit tiefen Kratzern und offenen Wunden übersät, und einige dieser Lumpen waren mit seinem getrockneten Blut an ihm festgeklebt — und ihn wuschen, so gut wir konnten, sagte er immer wieder, „Sagt Lukassa, daß ich ihretwegen gekommen bin." Es hatte gewiß einen langen Weg hinter sich, dieses Kind vom Land.

Rosseth sagte, „Wir werden es Karsch sagen müssen."

„Der Junge hat kein Geld", sagte ich. „Er hat nichts, außer seinem Pferd und einem Fetzen Fleisch. Glaubst du, das wird deinem Herrn genügen?" Vor undenklichen Zeiten spielten wir in Corcorua und logierten in eben diesem Stall, und noch immer verachte ich diesen latschenden, fetten Mann. Er ist kein Dieb — und das ist ganz und gar der einzige Grund, warum wir hier sind —, aber soviel ich weiß, ist das seine einzige Tugend. Er kennt keine Phantasie, keine Großzügigkeit und ganz gewiß keine Barmherzigkeit. Er würde sein bestes Zimmer einer Familie von Skorpionen geben — wenn sie nur bezahlen konnten —, ehe er einen abgebrannten Wanderer unter seinem löchrigsten Schuppendach nächtigen ließe. Jedermann kennt Karsch.

„Gerade im Augenblick braucht er noch eine Hilfskraft", sagte Rosseth. „Wir erwarten drei verschiedene Gruppen, die zum

Markt kommen und wahrscheinlich eine Woche bei uns bleiben werden, vielleicht zwei. Das ist mehr, als Marinescha allein bewältigen kann, und ich werde alle Hände voll zu tun haben, ihr zu helfen. Wenn er arbeiten kann, bloß ein bißchen, könnte ich mit Karsch reden, denke ich."

Tikat sagte, „Ich kann arbeiten." Er versuchte aufzustehen und schaffte es beinahe. „Aber nur bis Lukassa zurückkommt, denn dann werden wir beide nach Hause zurückkehren." Nur das, schlicht und einfach.

Dardis trat zu mir und knurrte, „Probe in fünf Minuten", und war wieder fort, bevor ich ihm einen Rippenstoß versetzen und sagen konnte, was ich *davon* hielt. Zwanzig Jahre führte er unsere Truppe, spielte den *Verruchten Fürsten Hassidanya* an jedem Kreuzweg zwischen dem Hafen von Grannach und den Durli-Bergen, und er fürchtet sich noch immer entsetzlich davor, im letzten Akt steckenzubleiben, wie es ihm das eine Mal in Limsatty widerfuhr. Was bedeutet, daß *wir* dazu verdammt sind, stellen Sie sich das vor, dieses jämmerliche Maskenspiel zu proben und zu proben, in jeder freien Stunde, vermutlich bis ans Lebensende. Indessen diente mir das als glaubhafte Entschuldigung für meine Weigerung, weiterhin mit ihm zu schlafen — lieber Rosseths Träume, lieber furzende Pferde, als diese Zeilen in meinem Ohr, mitten in der Nacht —, und seitdem sind wir viel bessere Freunde geworden. Merkwürdig, auf welche Weise solche Dinge ihre Lösung finden.

Rosseth zog das Gewand über Tikats Kopf, bedeutete mir zu gehen und sagte, „Es ist schon gut — ich werde ihn eine Weile ausruhen lassen, und dann werden wir zu Karsch gehen. Es ist alles in Ordnung." Als ich von der Stalltür zurückblickte, setzte der Junge sich auf, versuchte abermals aufzustehen und brachte seine gesegneten Beine durcheinander, wie eine neugeborene Sumpfziege, die bereits weiß, daß sie augenblicklich gehen muß, will sie nicht sterben. Nach meiner Erfahrung gibt es auf der Welt keine Seele, männlich oder weiblich, die einer solchen Hingabe wert ist — aber schließlich kenne *ich*, wie ich schon sagte, nichts außer meinen Zeilen, also denken Sie, was Sie wollen.

Als ich erwachte und nach Kaninchen fragte, sagte mir der Stalljunge, es habe bereits zwei Pferde und einen Schauspieler gebissen, also schlief ich weiter. Als ich zum zweitenmal erwachte, war ich allein in Zwielicht und Stille, bis auf das gelegentliche Stampfen und Schnaufen unter mir. Die Schauspieler, oder was immer sie sein mochten, waren verschwunden, und der Junge, Rosseth, pfiff irgendwo draußen. Ich kletterte vom Heuboden herab, mich langsam bewegend, und bemerkte, halb im Traum, daß ich ein Gewand trug, das mir zu klein war und steif vom Schweiß anderer Leute. Ein Hund war da, erinnere ich mich — mein Kopf schien riesig wie eine Kathedrale und dann wieder langsam klein zu werden, jedesmal, wenn er bellte. Ich erblickte Kaninchen in einem Verschlag nahe der Tür, und ich konnte nicht zu ihm gelangen. Ich lehnte mich gegen die Tür und sagte, „Gutes Kaninchen. Gutes Kaninchen."

Von der Stalltür gesehen blähte sich das Wirtshaus gewaltiger auf als jedes Gebäude, das ich je gesehen hatte. Zwei Schornsteine, in jedem Fenster Licht, Gelächter und Rauch vom Küchenfeuer, herbeigeweht von der Nachtbrise, die mir das Gesicht kühlte und meine Beine ein wenig zu kräftigen schien. Ich setzte mich zum Wirtshaus in Bewegung, weil ich dachte, vielleicht Lukassa dort zu finden.

Rosseth fand mich unter einem Baum nahe dem Schweinepferch. Mir war übel geworden, glaube ich, aber ich war *nicht* abermals in Ohnmacht gefallen — ich wußte zwar, wer und wo ich war, doch ich sah ein, daß es besser für mich sein würde, noch ein wenig auf allen vieren zu verharren. Er kniete neben mir und sagte, „Tikat. Ich bin zweimal hier vorbeigekommen und habe dich gesucht. Warum hast du nicht gerufen?"

Als ich nicht antwortete, schob er seine Hände unter meinen Körper und versuchte, mich auf die Füße zu stellen. Ich stieß ihn weg, vielleicht heftiger, als es meine Absicht war, und er hockte sich auf seine Fersen und starrte mich, ohne zu sprechen, lange Zeit an. Er war ein Jahr oder zwei jünger als ich, und sein Körperbau war dem von Kaninchen sehr ähnlich: kurzbeinig und breitbrüstig, mit struppigen rot-goldenen Haaren, einem breiten Mund und flinken, dunklen Augen. Ein freundliches, neugieriges, aufreizendes Gesicht, so schien es mir damals. Ich sagte, „Ich brauche keine Hilfe."

Rosseth grinste mich an, weder gekränkt noch feindselig. „Dann werdet ihr zwei, Karsch und du, wunderbar miteinander auskommen. Er hilft niemandem. Komm", und er streckte seine Hand aus.

„Ich brauche deinen Karsch nicht", sagte ich. „Ich brauche Lukassa und mein Pferd, sonst nichts." Dann erhob ich mich auf die Knie, und in dieser Stellung starrten wir einander an, während die Schweine in der zunehmenden Dämmerung grunzten und ihre Schnauzen durch die rohen Zaunpfähle schoben und versuchten, den Fleck zu erreichen, wo ich mich übergeben hatte.

„Lukassa ist nicht zurückgekommen", erwiderte Rosseth, „und ihre Freundinnen auch nicht. Und was das angeht, was du brauchst oder nicht brauchst, glaube mir, das einzige, das jetzt zählt, ist Karschs Erlaubnis, hier zu schlafen und zu essen, während du dich erholst. Komm jetzt, Tikat." Plötzlich sah man, wie jung er noch war und wie besorgt.

Ich stand ohne seine Hilfe auf, doch beim dritten Schritt knickte ich in den Knien ein. Rosseth fing mich auf, aber ich bekam es allmählich satt, wie ein Säugling aufgehoben, getätschelt und irgendwo anders abgesetzt zu werden, und schüttelte ihn abermals ab. „Ich kann kriechen", sagte ich. „Ich bin früher schon gekrochen."

Rosseth schnob, genauso wie Kaninchen, wenn es sich über mich ärgert. Er packte mich und zog mich, ob ich wollte oder nicht, abermals in die Höhe. Kräftiger, als sie aussahen, diese kleinen Hände mit den abgebrochenen Fingernägeln. Er sagte in mein Ohr, „Ich tu das nicht für dich, sondern für Lukassa. Du bist ihr Freund, also muß ich dir helfen, bis sie zurückkommt. Danach kannst du dir deinen verdammten Stolz hinstecken, wo er hingehört. Komm weiter. Du kannst dich entweder auf mich stützen oder ich werde dich einfach immer wieder aufheben.

Komm weiter." Ich merkte, daß er grinste, als er seine Schulter unter die meine schob. „Du und Karsch", sagte er. „Ich kann's kaum erwarten."

Das Wirtshaus war drinnen etwas kleiner, als es mir von außen vorgekommen war. Wir traten durch die Küche ein — eine Frau drängelte sich im fettigen Rauch an uns vorbei und dann ein Mann, doch ich erkannte sie nicht richtig, weil meine Augen so tränten. Jemand zerhackte Fleisch, so ungestüm, daß der Lärm alles übertönte, was er schrie. Rosseth führte mich wie einen blinden Mann in den Speiseraum, wo der Rauch sich so weit lichtete, daß ich ein gutes Dutzend oder mehr Leute erkennen konnte, die beim Abendessen saßen. Die Stühle und Tische waren grob gearbeitet und splittrig, alle Beine waren krumm — ich erinnere mich vor allem deswegen daran, weil ich denken mußte, *Oh, zu Hause machen wir das viel besser*. Nach der Küche kam es mir in der Stube kalt vor, trotz des prasselnden Feuers im Kamin. Der Raum hatte eine niedrige, rußgeschwärzte Decke aus halben Stämmen, gestützt von riesigen Pfeilern, an denen noch die Rinde saß. Drei Lampen hingen von den Querbalken, schwangen träge in einem Luftzug und warfen schleppende lange Schatten, die über die Mörtelwände krochen. Unter den Füßen knisterte Binsenstreu.

Niemand beachtete uns. Die Gäste sahen kaum anders aus als jene, die bei Großmutter Taiwari zu nächtigen pflegten, die als einzige in unserem Dorf eine Kammer oder zwei für Reisende bereithielt. Ein paar Händler, ein langer Tisch mit betrunkenen Viehtreibern, ein Matrose, ein frommer Mann und seine Frau, unterwegs auf einer Pilgerreise zu den Bergen — und abseits, in einer entfernten Ecke, alles im Blick, ein fetter, bleicher Mann mit einer schmutzigen Schürze. Rosseth führte mich zu ihm und sagte verstohlen aus seinem lächelnden Mundwinkel, „Denk dran. Er verabscheut Leute, die ihm widersprechen, aber er verachtet Leute, die das nicht tun. Merk dir das." Der fette Mann beobachtete uns, wie wir näherkamen.

Von nahem war er größer, als ich gedacht hatte, so wie sein Wirtshaus mir kleiner vorgekommen war. Roher Teig, nichts als

Teig, ein Pfefferkuchenmann, der auf zauberische Weise dem Backofen entkommen war. Sein Gesicht war Brotpudding mit vereinzelten Malen und Makeln für eine Rosine oder Beere; aber die Augen, die darin steckten, waren rund und blau und überrascht, die Augen eines kleinen Jungen unter den runzligen, lappigen Lidern eines mürrischen alten Mannes. Ich weiß nicht, ob sie mir in einem hübscheren Gesicht wie alltägliche Augen vorgekommen wären. Ich weiß bloß, daß ich in meinem Leben nie wieder Augen gesehen habe wie die von Karsch, dem fetten Wirt.

Rosseth sprach hastig. „Herr, dies ist Tikat. Er kommt aus dem Süden und sucht Arbeit." Die sanften blauen Augen musterten mich, der schmale Mund teilte sich kaum; des fetten Mannes Stimme raspelte sich durch die Eßgeräusche. „Noch einer von deinen Misthaufenstrolchen? Der da sieht nicht so aus, als könnte er einen Pißpott leeren." Die blauen Augen vergaßen mich.

Rosseth tätschelte meinen Arm, zwinkerte und trat mit einer raschen Bewegung wieder in Karschs Blickrichtung. „Er ist erschöpft, Herr, mitgenommen von der Reise, das streite ich nicht ab. Aber gönnen Sie ihm ein Essen und eine Nacht Schlaf, und er wird zu jeder Arbeit bereit sein, die Sie ihm geben, drinnen oder draußen. Das verspreche ich Ihnen, Herr."

„Das versprichst du also." Die Stimme troff vor Ablehnung, aber er sah mich noch einmal an, länger und nachdenklicher, bis er schließlich die Achseln zuckte. „Nun gut, er soll sein Essen bekommen und soll schlafen, wo er mag, und morgen zu mir kommen. Vielleicht habe ich was für ihn, ich kann's nicht sagen."

„Er kann bei mir auf dem Heuboden schlafen ...", fing Rosseth an, aber Karsch wandte ihm den Kopf zu, und Rosseths Stimme brach und verstummte. Karsch sagte, „Einen Tag Arbeit für eine Übernachtung. Ich sagte, er soll morgen wiederkommen." Die schweren, runzligen Lider verdeckten fast die Kleine-Jungen-Augen.

Rosseth setzte an, noch etwas zu sagen, doch ich schob ihn zur Seite. Immer noch blähte sich mein Kopf auf und zog sich zusammen, einen Augenblick riesengroß und voller Schall, im nächsten so klein wie eine verdorrte Erdkastanie. Ich sagte, „Fetter Mann, fetter Mann, hören Sie mir genau zu. Ich habe diese weite und schwere und einsame Reise nicht gemacht, um in Ihrem Schweinekoben zu schlafen und zu essen. Ich will ordentlich für Sie arbeiten, besser als jeder, den Sie haben, bis meine Lukassa zurückkommt, und dann werden wir zusammen nach Hause gehen. Und solange ich für Sie arbeite, von heute abend an, will ich in Ihrem Stall schlafen und genausogut essen wie jeder andere hier." Rosseth verwandelte sein Grinsen voller Mühe in einen Hustenanfall und erstickte ihn in seinem Ärmel. „Wenn Ihnen das nicht recht ist, sagen Sie nein und gehen Sie zum Teufel — ich könnte ohne Geld ein besseres Quartier finden als das beste, was dieser Misthaufen bieten kann. Aber morgen werde ich wegen Lukassa wiederkommen und übermorgen und am darauffolgenden Tag auch, so daß Sie ebensogut Ihren Nutzen aus mir ziehen könnten, meinen Sie nicht auch?" Ich sagte noch mehr, doch die Echos in meinem Kopf übertönten die Worte. Rosseths Hände griffen wieder unter meine Schultern und setzten mich behutsam auf einen Stuhl.

Als ich meine Augen öffnen konnte, musterte der Wirt mich immer noch, das schlabbrige weiße Gesicht so ausdruckslos wie der Mehlsack, dem es ähnelte. Ich hörte, wie Rosseth mit Nachdruck sagte, „Herr, im Augenblick brauchen wir wirklich zusätzliche Hilfe, denken Sie an die zwei Gesellschaften, die so lange hier bleiben werden, bis . . .", und dann die langsame Antwort, wie ein Kiel, der über Steine schürft, „Es war nicht nötig, mich daran zu erinnern. Sei still, und laß mich nachdenken." Es war zweifellos bloß meine Erschöpfung, doch der Lärm des Speiseraums schien bei seinen Worten ein wenig abzunehmen. Ich hatte Karsch, den Wirt, auf Anhieb nicht gemocht — das ist immer noch der Fall —, aber ein bißchen mehr als ein Brotpudding war er schon.

„Nimm ihn mit", sagte er nach einiger Zeit zu Rosseth. „Laß ihm in der Küche zu essen geben, laß ihn schlafen, wo er will, und morgen früh laß ihn das Badehaus saubermachen und die

Löcher verstopfen, wo die Frösche reinkommen, worum du dich noch nicht gekümmert hast. Danach hat Schadry in der Küche vielleicht was für ihn zu tun." Einen Augenblick schlug er seine Augen weit auf und starrte mich in einer Art Verwunderung an, die zu deuten ich zu müde war, holte tief Luft, als ob er noch etwas sagen wollte, etwas Wichtiges, das mit Lukassa zu tun hatte, mit mir. Doch statt dessen blickte er Rosseth wieder an und murmelte, „Diese zwei, diese Männer, irgendwo in der Nähe, hast du sie gesehen?" Rosseth schüttelte den Kopf, und Karsch drehte sich wortlos um und verschwand in einem Hinterzimmer. Er bewegte sich anmutig, und sein Gang glich dem Lauf einer Welle, die von Ufer zu Ufer wogt und rollt, ohne sich zu brechen. Meine Mutter, die ebenfalls fett war, bewegte sich so.

Rosseth sagte sehr leise, „Meine Güte", und begann zu lachen. Er sagte, „Ich weiß, was ich dir gesagt habe, aber ich kann es nicht glauben . . .", und seine Stimme versagte ihm ein zweites Mal. „Los, komm", sagte er, „du hast es dir verdient, so viel zu essen, wie du kannst. Was ist, was ist los, Tikat?" Am Tisch der Viehtreiber hatten die Männer angefangen, ein schmutziges Lied zu singen, das in meinem Dorf jedes Kind kennt. Es ließ mich an Lukassa denken, und ich schämte mich. Rosseth sagte, „Komm, gehen wir und essen wir zu Abend."

Rosseth

Sie kamen zurück, gerade als Tikat und ich unsere Mahlzeit beendeten, die wir draußen einnahmen, unter dem Baum sitzend, an dem Marinescha gern ihre Wäsche aufhängte. Ich hörte sie als erster — drei trottende Pferde und das unverkennbare Quietschen von Lals Sattel, dem man mit noch so viel Seife und Öl nicht beikommen konnte. Tikat bemerkte sie ebenfalls: er ließ seine Schale fallen, fuhr herum und sah sie in der Dunkelheit vorbeireiten und in den Hof einbiegen. Nyateneris Augen und Wangenknochen fingen das Licht, als sie sich vorbeugte, um etwas zu Lal zu sagen. Lukassa ritt ein Stück hinter ihnen, mit hängenden Zügeln, den Blick nach unten gerichtet. Keine von ihnen bemerkte uns, als sie vorbeiritten.

Um ehrlich zu sein, ich vergaß Tikat in diesem Augenblick. Seine Sorge um Lukassa war seine Sache; die meine war's, Nyateneri vor den lächelnden kleinen Männern zu warnen, die gekommen waren und sie suchten. Ich sprang auf und rannte rufend hinterher, und Lal und Nyateneri zogen die Zügel an, um auf mich zu warten. Hinter mir hörte ich Tikat schreien, „Lukassa!", und in diesem einen Wort lagen mehr Schmerz, überwältigende Freude und Dankbarkeit, als ich damals verstehen konnte, und den ich selbst bis heute habe nicht vergessen können. Ich blickte nicht zurück.

An Nyateneris Steigbügel geklammert, stieß ich keuchend alles hervor: was die Männer getan und gesagt und wie sie ausgesehen und gesprochen hatten, was es für ein Gefühl gewesen war, die Luft zu atmen, die auch sie atmeten — fast genauso schrecklich, als von ihren Händen erdrosselt zu werden. Ich erinnere mich, wie ungemein angenehm es war, Lals Atem stocken zu hören, als ich das erzählte, und zu spüren, wie sich der Druck von Nyateneris Hand auf meiner Schulter einen Augenblick verstärkte. Sie schien weder erschreckt noch überrascht; als Lal sie fragte, „Wer sind sie?", war ihre Antwort nicht mehr als ein unmerkliches Achselzucken. Lal wiederholte ihre Frage nicht, doch von diesem Augenblick an beobachtete sie Nyateneri, nicht mich, während ich sprach.

Ich erzählte gerade, wie Karsch die Männer dazu gebracht hatte, das Wirtshaus zu verlassen, als Tikat plötzlich einen wortlosen Schrei ausstieß und Lukassa in einem Wirbel von Hufgeklapper in unsere Mitte sprengte, so daß die Flanke ihres Pferdes, als wir uns alle umdrehten, Lal fast aus dem Sattel stieß. Lukassa fand kein Wort der Entschuldigung: Nyateneri und ich hatten zu tun, die drei Pferde zu beruhigen, während sie immer wieder keuchte, „Sagt ihm, er soll aufhören, *das* zu sagen, er soll aufhören. Er darf das nicht zu mir sagen, sagt ihm, daß er das nicht darf!" Ihre Augen waren so rasend vor Entsetzen, daß sie, weil die Haut sie jetzt anders umspannte, ihre Form verändert zu haben schienen.

Tikat näherte sich ihr mit sehr langsamen Bewegungen, wie jemand, der versucht, ein wildes Tier nicht zu verschrecken. Sein Gesicht, sein ganzer langer Körper, jede Faser waren offensichtlich vor Verwirrung wie gelähmt. Er sagte — so sorgsam, so sanft —, „Lukassa, ich bin's, es ist *Tikat*. Es ist *Tikat*." Jedesmal, wenn er seinen Namen sagte, wich sie schaudernd weiter vor ihm zurück, Lals Pferd als Deckung benutzend.

Nyateneri hob eine Augenbraue, sagte nichts. Lal sagte, „Der Junge ist ihr Verlobter. Tapfer hat er uns eine sehr lange Strecke verfolgt." Sie grüßte Tikat, indem sie mit einer sonderbaren fließenden Geste beide Hände an ihre Brust führte — ich war nie in der Lage, sie nachzumachen, wenngleich ich es oft versuchte, und ich habe sie anderswo nie wieder gesehen. „Gut gemacht", sagte sie zu ihm. „Ich dachte mehr als ein dutzendmal, wir hätten dich abgeschüttelt. Du verstehst dich auf das Verfolgen fast genausogut wie auf das Lieben."

Tikat wandte sich ihr zu, seine Augen so rasend wie die von Lukassa, nicht vor Furcht, sondern vor Verzweiflung. „Was hast du ihr angetan?" rief er. „Sie kannte mich ihr Leben lang, was hast du getan? Hexe, Zauberin, wo ist meine Lukassa? Wer ist dieses Mädchen, das du von den Toten zurückgeholt hast? Wo ist meine Lukassa?" Ich kannte ihn seit drei Stunden, stolz und starrköpfig und reizbar, und es brach mir das Herz, ihn so zu sehen.

„Nun, nun, nun, nun, *nun*", sagte Nyateneri leise zu niemandem. Lal streckte die Hand aus und ergriff Lukassas Hand und sagte, „Kind, hör zu, er ist dein Mann, du erinnerst dich gewiß." Doch Lukassa schrak auch vor ihr zurück, kletterte in rasender Eile von ihrem Pferd und rannte zum Wirtshaus. Auf der Schwelle stieß sie mit Gatti Jinni zusammen, der hintenüber auf den Rücken fiel wie ein Käfer. Lukassa fiel auf ein Knie — Tikat schrie wieder auf, folgte aber nicht —, rappelte sich auf und stolperte durch die Tür. Der Lärm der singenden Viehtreiber verschluckte sie.

In der Stille murmelte Nyateneri, „Geheimnisse überall."

„Ja", sagte Lal. „So ist es." Sie schwang sich aus dem Sattel, und Nyateneri folgte ihr kurz danach. Lal reichte mir die Zügel der drei Pferde und sagte bloß, „Danke dir, Rosseth", bevor sie selber zum Wirtshaus eilte. Nyateneri zwinkerte mir träge zu und schlenderte hinter ihr her. Gatti Jinni wälzte sich immer noch zeternd auf der Schwelle.

Ich tat, was ich konnte. Ich nahm alle Zügel in die eine Hand, legte meinen freien Arm um Tikats Schultern und brachte ihn und die Pferde zum Stall zurück. Die Pferde schlossen mich ein, es drängte sie zu ihren Ställen, Tikat jedoch folgte mir so lammfromm, als hinge er selber an einem Seil oder einer Kette: den Kopf gesenkt, die Arme mit geöffneten Händen hängen lassend, über Unkrautbüschel stolpernd. Er sagte kein Wort mehr, nicht einmal als ich ihm die Leiter hinauf auf den Heuboden half, ein bißchen Stroh zusammenraffte, ihm meine zusätzliche Pferdedecke gab und ihm gute Nacht wünschte. Während ich die Pferde trockenrieb, glaubte ich zu hören, daß er sich regte und murmelte, doch als ich hinaufkletterte, um ihm ein bißchen Wasser zu bringen, lag er in tiefem Schlaf. Das freute mich für ihn.

Nachdem ich die Pferde versorgt hatte, hielt ich es für besser, ins Wirtshaus hinüberzugehen und Marinescha beim Abräumen zu helfen. Ich war auf halbem Wege, als unmittelbar vor mir eine Gestalt aus dem nackten Boden zu schnellen schien. Fast fiel ich selber zu Boden — diese beiden Jäger waren irgendwo ganz in der Nähe, das hatte ich im Gefühl —, aber die Gestalt grüßte mich, und ich erkannte die merkwürdig scharfe Stimme sofort. Es war der alte Mann mit dem Enkelsohn in Corcorua, derjenige, der hin und wieder ins Wirtshaus kam, wo er lange bei seinem Bier zu sitzen und mit jedem, den er finden konnte, zu schwatzen pflegte. Mit seinen blühenden Wangen, dem weißen Schnurrbart und seinen wundervoll langen zarten Händen war er bei weitem der prächtigste alte Herr, den ich je gesehen hatte. Jedesmal, wenn ich ihm zusah, wie er einen unserer Tonkrüge zwischen den Händen drehte und von fremdartigen Tieren und alten Kriegen erzählte, dachte ich, *Ich wünschte, ich hätte solche Hände und ein Leben, dem solche Hände Sprache und Gestalt verleihen können.* Obwohl ich ihn nie zusammen mit Lal, Nyateneri oder Lukassa gesehen hatte, flößte er mir dasselbe Gefühl ein: ein Südwestwind wehte durch mein alltägliches Leben, geschwängert von solchen Geschichten, solchen Träumen, wie sie meine ganze Seele nicht aufnehmen, geschweige denn verstehen konnte. Seine Stimme machte mich, wenn ich ihr sehr lange zuhörte, unruhig und gereizt, doch auch das erschien angemessen, damals, in jenen Tagen.

„Und da bist du", sagte er, „und wo sonst hätte ich dich wohl finden sollen, als auf dem Weg von einer kniffligen Aufgabe zur nächsten." Er tätschelte meinen Arm und lächelte mich an, mit Augen, so blau wie die von Karsch, doch völlig anders, Augen wie Schnee im Schatten und von durchdringender Schärfe, die anzublicken ebenso schmerzte wie das Hören seiner Stimme. Er sagte, „Nimmermüdes Kind, man hat mich geschickt, dich von einer weiteren Aufgabe in Kenntnis zu setzen. Die Dame Nyateneri ist vor einer Viertelstunde ins Badehaus gegangen und wünscht, daß du ihr dort zur Hand gehst. Ich habe mich erboten, dir diese Botschaft zu überbringen, sollte ich dich auf meinem Heimweg treffen. Jetzt weißt du Bescheid, und ich werde gehen und wünsche dir einen guten Abend, junger Rosseth." Er war bei diesen letzten Worten fast neben mir, und die Dämmerung nahm ihn bereits auf.

Die Aufforderung kam mir nicht ungewöhnlich vor. Das Badehaus vom „Fischhaken und Schlägel", für die Zeit und die Gegend ein prächtiges, hatte zwei Räume: einer enthielt eine Wanne, der andere wurde von einer langen Rinne geteilt, die mit großen Steinen gefüllt war. Mittlerweile hatte Nyateneri gewiß schon das Feuer unter den Steinen entzündet, und ein paar würden anfangen, rot zu glühen. Dampfbäder sind in anderen Teilen des Nordens durchaus beliebt, doch nicht so sehr in der Gegend um Corcorua – Nyateneri gehörte zu den wenigen Gästen, die ich dieses Zeugnis von Karschs einziger und rätselhafter Verschwendung je benutzen sah; seit ich ihn kannte, bejammerte er jeden Tag lauthals, daß er sie sich geleistet hatte. Ich dachte nicht daran, mich nach dem alten Mann umzudrehen, sondern legte eilig den restlichen Weg zum Wirtshaus zurück.

An der Küchenpumpe füllte ich zwei Eimer mit Wasser und machte mich auf den Weg zum Badehaus. Der Pfad war tückisch in der Dunkelheit, weil ihn dicke alte Baumwurzeln quer durchzogen — selbst wenn man das wußte, wie ich es tat, hätte ich mir ebensoleicht einen Knöchel brechen wie einen Eimer verschütten können — und aus diesem Grund ging ich langsam, doch ich hatte außerdem einen zweiten, wie ich noch heute mit einer gewissen Scham eingestehe. Um im Inneren des Badehauses Dampf zu erzeugen, ging ich nicht hinein, sondern ließ das kalte Wasser durch einen Kanal, der unten zwischen den Stämmen hindurchführte, nach und nach über die heißen Steine strömen. Doch es gab noch eine weitere Öffnung, ein wenig unter Augenhöhe, einen Spalt, so lang wie meine Hand, so breit wie mein Daumen, durch den ich, wie ich inbrünstig hoffte, einen Blick auf Nyateneri werfen konnte, ehe der Dampf ihre Nacktheit verhüllte. Zur Verteidigung meines Verhaltens habe ich nichts ins Feld zu führen, ausgenommen vielleicht die Folgen, die es hatte.

Die Nacht war so still, daß ich, nahe wie ich ihr war, deutlich Nyateneris leise Schritte hören konnte. Ich wünschte den steigenden Halbmond hinter mir fort vom Himmel, weil ich fürchtete, sie könnte, scharfsinnig wie sie war, bemerken, daß der goldene Schimmer plötzlich verschwand, wenn mein Kopf das Licht aussperrte. Ich setzte einen Eimer ab, begann den anderen vorsichtig zu kippen und bückte mich gleichzeitig, um durch den winzigen Spalt in der Wand des Badehauses zu spähen.

Einen Augenblick sah ich nichts als Rinde und meine eigenen Wimpern. Dann schnellte etwas Helles durch mein Gesichtsfeld und sofort wieder zurück — *links, rechts* —, gefolgt von einem raschen doppelten Aufprall von Füßen, als ob ein Tänzer den Schritt oder Sprung eines anderen nachgeahmt hätte. Ich drückte mein Gesicht enger an die Stämme, strengte meine Augen an, und plötzlich wurde mir der langersehnte, unsagbare, die Kehle ausdörrende Anblick von Nyateneris linker Brust zuteil. Bloß einen Augenblick lang vermochte ich nichts anderes zu sehen:

goldbraun wie Sommerhügel, rund wie die *piniak*-Kürbisse, die ein wenig später im Jahr die Marktstände überschwemmten und an den Spitzen ebenso jäh nach oben federten. Ich hörte Nyateneri eine Sprache sprechen, die ich nie gehört hatte, und dann eine Antwort in derselben Sprache. Es war eine männliche Stimme, die antwortete, und ich erkannte sie beim ersten Wort.

Nyateneri bewegte sich von der Wand fort, und ich konnte den Dampfraum besser überblicken. Sie wandte mir jetzt den Rücken zu, die langen Beine weit gespreizt, einen Dolch in der linken Hand und ein Badetuch locker um ihren rechten Arm geschlungen. Hinter ihr konnte ich die Feuer-Rinne sehen und die Glut der riesigen schwarzen Steine riechen. Sie sprach wieder, die Stimme erheitert und herausfordernd, und lockte mit ihrem Dolch. Ein zweiter Mann antwortete, und einen Augenblick später kam auf der anderen Seite der Rinne Halb-Maul ins Bild, wie eine Schlange grinsend, während er sich Nyateneri näherte, kaum die Füße hebend, sondern eher *tanzend*. Er trug keine Waffe.

Als er so nahe war, daß ich seinen leichten, unbeschleunigten Atem hören konnte, schleuderte Nyateneri ihm plötzlich das Badetuch ins Gesicht und sprang mühelos über die Feuer-Rinne, um, halbgekrümmt, auf der anderen Seite zu landen. Dort erwartete sie Blau-Auge, glitt heran, um sie zu überrumpeln, ehe sie ihr Gleichgewicht wiedergefunden hatte. Aber sie hatte es nicht verloren, der Dolch huschte so schnell vorbei, daß mein eines Auge am Spalt ihm nicht folgen konnte, und als er zurückwich, glitt sie an ihm vorbei und eilte zur Tür. Hinter ihr leckte Blau-Auge sein linkes Handgelenk, kicherte leise und drehte sich nicht einmal um.

Ich konnte weder die Tür noch Halb-Maul sehen — ich konnte nur dem Pochen der Füße lauschen und aus Blau-Auges gelassener Miene schließen, daß ihr die Flucht nicht gelungen war. Einen Augenblick später tauchte sie wieder diesseits der Rinne in meinem Gesichtsfeld auf, buchstäblich auf ihn zuwirbelnd und mit so raschen Bewegungen, daß es so schien, als halte sie nicht einen Dolch, sondern ein Dutzend Dolche in der Hand. Blau-Auge konnte ihr nur ausweichen, indem er hoch in die Luft sprang und durch einen Purzelbaum dem Dolchstoß entging, der seinen Bauch um weniger als zwei Zoll verfehlte. Als er landete, schlug er selber zu — wie es schien bloß mit drei Fingern, und ich sah nicht, daß der Schlag sein Ziel fand. Doch Nyateneri taumelte zur Seite gegen die Wand, und die beiden gingen auf sie los, mit ihren entsetzlichen Stimmen lachend. Da hörte ich meine eigene Stimme und stieß, was Nyateneri nicht tat, einen Schrei der Verzweiflung aus. Ich glaube, daß auch sie mich hörten.

Es wäre ein angenehmer Gedanke, mein nutzloses Gejammer hätte sie auch nur im mindesten abgelenkt, doch daran zweifle ich sehr. Wichtig ist, daß Nyateneri sich krümmte, ausschlug, sich auf eine Weise wegdrehte, die ich nicht beschreiben kann, und wieder auf der anderen Seite der Feuer-Rinne war, während Blau-Auge und Halb-Maul sich noch aufrappelten. Halb-Maul atmete jetzt anders, und in den Worten, die er ihr zurief, barg sich kein Lachen, in keiner Sprache. Nyateneri machte einen raschen kleinen Schlenker des Triumphs, schwenkte ihren Dolch und schlug sich voll Spott auf ihr Hinterteil. Man möge mir nachsehen, daß sie mir, bei all meiner schrecklichen Angst um sie, schön erschien, und ich mir selber schimpflich geil wie ein Hund vorkam.

So begann er, und so nahm er seinen Lauf, dieser Tanz von Jägern und Beute, den ich bis heute vor mir sehe, jeden seiner Schritte. Nyateneri hatte offenbar nicht den Wunsch, sich mit Blau-Auge und Halb-Maul auf ein Handgemenge einzulassen, mochten diese nun unbewaffnet sein oder nicht: ihr Ziel war die Tür und die Nacht dahinter. Was die Männer betraf, wollten sie nichts anderes, als ihrem Dolch ausweichen und Raum gewinnen, um ihre langen, dünnen Hände einsetzen zu können. Auf jeder Seite der Feuer-Rinne einer, bedrängten sie Nyateneri und trieben sie vor sich her, zuversichtlich, sie müde machen zu können, begnügten sich damit, sie wirbeln und höhnen und ihrem Griff entwischen zu lassen, weil sie wußten, daß sie früher oder später straucheln *mußte,* sich verschätzen *mußte,* einen Atemzug zuviel machen *mußte.* Sie bekamen sie auf jeden Fall: Nyateneri konnte sie nicht töten; und mochte sie ihnen auch ausweichen, so lange sie konnte, sie kam aus dem Badehaus nicht heraus. Das Ende stand fest — ich wußte das, und sie wußten es auch.

Ach, aber Nyateneri! Sie spekulierte nicht, gab keinen Fingerbreit nach. Es gab ein drittes Element, die Feuer-Rinne selbst, und sie setzte sie jedem Angriff, jedem Ausfall entgegen, sprang erst dann in Sicherheit und zurück, wenn ein Händepaar oder ein anderes sich ihr näherte, und versuchte immerfort, ihre Verfolger in die feurige Mulde zu locken, geradewegs hinunter auf die glühenden Steine. Zweimal schaffte sie es fast: einmal war Halb-Maul tatsächlich in der Luft, schlug in stummem, glotzendem Entsetzen mit Armen und Beinen um sich, als Blau-Auge ihn mit einem Arm in Sicherheit riß, mit dem anderen Nyateneri fröhlich zuwinkend. Ihr Dolch tanzte seinen eigenen Schmetterlingstanz, selbst wenn sie mitten im Sprung oder Abdrehen war, und sie hinterließ ihre Spur auf den Leibern der beiden, jedesmal so schnell, daß es vielleicht Minuten dauerte, bis sie bemerkten, daß sie aus zwei frischen Wunden bluteten. Sie war die erste Kriegerin, die ich je gesehen hatte.

Aber die Tür konnte sie nicht erreichen. Am Ende zählte nichts als die Tatsache, daß sie nicht zur Tür gelangen konnte. Ob verwundet oder nicht, Blau-Auges und Halb-Mauls Ausdauer war größer als die ihre, und der eine konnte dem anderen Zeit zum Ausruhen verschaffen, sie hingegen konnte sich das nicht erlauben. Im Augenblick wich sie den meisten ihrer Schläge noch aus, doch wenn die eine oder andere Fingerspitze, Handkante oder ein Ellenbogen sie trafen, konnte man deutlich sehen, wie der Schreck durch ihren ganzen Körper toste, und jedesmal brauchte sie länger, um sich zu erholen, länger, um auf der anderen Seite der Feuer-Rinne ein weiteres Mal vorübergehend Zuflucht zu finden. Die Hälfte der Zeit konnte ich mich bloß auf das Geräusch verlassen, wollte ich erraten, was vor sich ging, doch ein Augenblick wird mir jetzt, da ich davon erzähle, gegenwärtig: sie hat sich gesammelt, ihre ganze *hakai* zusammengenommen — o, Sie kennen dieses Wort nicht, nicht wahr? Sagen wir, ihre verborgenste Kraft, besser kann ich's nicht umschreiben — und fliegt pfeilgerade über die Rinne, heraus aus der Ecke, in die Blau-Auge sie getrieben hat, geradewegs an Halb-Mauls Kehle. Ein verwegenes Wagestück, doch ein unüberlegtes — Halb-Maul macht zwei Schritte rückwärts, einen nach links, und streckt sie mit einem beidhändigen Schlag nieder, der ihr den Dolch aus der Hand schlägt, so daß er zum Feuer zurückschliddert. Als sie verwirrt, verzweifelt nach der Waffe greift, gerät sie selber teilweise über den Rand, und ich kann sie überhaupt nicht mehr sehen. Der Dolch gleitet auf seiner Schneide fort, rot, silbern, rot.

Und noch immer gibt sie keinen Laut von sich. Alles, was ich hören kann, ist das leise, jubelnde Gekicher der Männer; alles, was ich sehen kann, ist die schmerzhafte Freude auf ihren Gesichtern, wenn sie an meinem Guckloch vorbeihuschen und auf Nyateneri eindringen. Dann gar nichts mehr. Für wie lange? Fünf Sekunden, zehn, eine halbe Minute? Ich habe mich von der Wand abgewendet, die Augen geschlossen, zu betäubt, um Kummer zu empfinden — wie Tikat vielleicht —, verschwommen gewärtig, daß ich laufen sollte, zum Wirtshaus rennen, zum Stall, wer weiß wohin, ehe die zwei herauskommen und mich finden. Aber ich kann mich nicht rühren, weder um Nyateneri zu helfen, noch um mich selbst in Sicherheit zu bringen — *und so wie jetzt war es schon einmal. Feuer, Blut, lachende Männer, und ich bin Zeuge, sehe alles, bin aber hilflos: verloren und allein und kann vor Entsetzen weder denken noch atmen. So ist es schon einmal gewesen. Da war ein riesiger Mann, der wie Brot und Milch roch.*

Sie können darin keinerlei Sinn erkennen, ist es so? Nein. Ich öffnete erst meine Augen, als ich Halb-Mauls Fauchen fassungslosen Zorns hörte, genauso wie ein *shukri*, der plötzlich entdeckt hat, daß Mäuse fliegen können. Ich habe bis heute keine Ahnung, wie sie sich vor den glühenden Steinen bewahrt hat, doch als ich mich wieder zum Guckloch bückte, schnellte Nyateneris Rücken an mir vorbei, und sie stand einen Augenblick da, den Dolch jetzt in der rechten Hand, während die linke sonderbar verkrümmt herabhing. O, doch ich erinnere mich an sie —

was ich aus manchen anderen Gründen nicht sollte — an ihr zerrauftes, ergrauendes Haar, das nach allen Seiten abstand, an ihren Mund, herrlich in seinem Spott, und an ihren Körper, gekleidet in blutgefleckten Schweiß, wie der einer Königin in Samt. Begehrte ich sie? Begehrte ich sie trotzdem? Ich wollte sie *sein*, mit meiner ganzen Seele, verstehen Sie mich? Begreifen Sie?

Es war das Ende, wissen Sie, und sogar ich wußte es. Als sie die Männer noch einmal in deren Sprache herausforderte, war ein unmerkliches Keuchen in ihrer Stimme; als sie sich zusammenkrümmte, die Arme ausgebreitet, sie in ihre Umarmung lockend, zitterte ein Knie — nur ein klein wenig, doch wenn es mir schon auffiel, können Sie sich vorstellen, was Blau-Auge und Halb-Maul sahen. Ihre linke Hand war offensichtlich unbrauchbar, und sie schüttelte mehrmals leicht den Kopf, als wollte sie ihn von einem Zweifel oder einem sehnsüchtigen Traum befreien. Sie wirkte weder furchtsam noch eingeschüchtert. Blau-Auge kam in Sicht, lächelnd, und berührte mit einem Zeigefinger seine Stirn, doch das bedeutete dieses Mal nicht einen Gruß, sondern ein Lebewohl. Nyateneri lachte.

Und plötzlich war ich da. Nein, ich will mich nicht brüsten, daß ich mich endlich zu einer entschlossenen, heldenhaften Tat aufgerafft hatte, denn ich glaube nicht, daß ich um eines anderen willen ein zweites Mal in die Gesichter dieser zwei Männer geblickt hätte. Ich will bloß sagen, daß mir klar wurde, daß ich *Rosseth* war, der, im Guten wie im Bösen, etwas mehr war als ein Augenpaar, das durch einen Spalt in der Wand spähte. Ich konnte wieder denken, und ich konnte mich bewegen und gleichermaßen Zorn wie Schrecken empfinden und dumpfen Verlust; und was anders konnte ich tun als das, wozu ich eigentlich hergekommen war? Ich hob den Eimer, den ich, so lächerlich es klingt, immer noch nicht abgesetzt hatte, bückte mich und ließ das Wasser vorsichtig in den Kanal am Fuß der Wand laufen.

Das muß man langsam machen; um das Badehaus mit Dampf zu füllen, ist weniger Wasser nötig, als Sie denken. Ich hörte einen Mann rufen, dann den anderen, und darauf ein ungestüm aufbrandendes Gelächter von Nyateneri, das — ich schwör's — die Wand aus Stämmen wie warmes, lebendiges Fleisch gegen meine Wangen schlagen ließ. Ich leerte den Eimer, richtete mich auf, legte das Auge an den Spalt und sah gerade noch, wie Halb-Maul mir rücklings entgegenkam, anscheinend dabei, mit seinen todbringenden Händen und Füßen ein wogendes Nichts in Stücke zu hauen. Nyateneris Dolch glitt schwach glänzend so geschmeidig durch den Dampf wie durch die Haut, just unterhalb seiner Rippen. Vermutlich tötete ihn der erste Stoß, obgleich ich glaube, daß ihm noch ein zweiter folgte. Er kippte stumm vornüber in die Dampfwolken.

Ich ließ den Eimer fallen und schlich zur Tür. Dort mußte Blau-Auge aufgehalten werden, wenn er zu fliehen versuchte, auf irgendeine Weise so lange behindert werden, daß Nyateneri ihn einholen konnte. Ich hatte keinen Plan: ich wußte, was immer ich tat, würde wahrscheinlich meinen Tod bedeuten, und ich war voll Angst, aber nicht gelähmt, jetzt nicht mehr. Ich habe in all den Jahren zwischen jener Nacht und dieser Nacht viele Torheiten begangen, aber nie, nie wieder, weil ich tatenlos zugesehen habe, und ich werde es nie tun, bis ich sterbe. Nyateneri hat mich das gelehrt.

An der Tür kauernd, verfluchte ich mich, daß ich den Eimer zurückgelassen hatte; ich hätte vielleicht damit zuschlagen oder ihn Blau-Auge zwischen die Beine werfen können, wenn er aus dem Badehaus stürzte, denn es kam mir nicht einen Augenblick der Gedanke, er könnte nicht herausstürmen, sondern vielleicht einer erschöpften Nyateneri immer noch ein mehr als ebenbürtiger Gegner sein. Von drinnen kam kein Laut. Ich stellte mir vor, wie Blau-Auge und Nyateneri sich in dem Dampf unsichtbar umkreisten, umherirrten und nur ihrem Gespür für den ein paar Zoll entfernten Feind folgten, einander mit ihren Häuten und Haaren witternd. Etwas krachte drinnen gegen die Stämme — ein kräftiges unnachgiebiges Dröhnen, das leicht von einem Schädel herrühren konnte —, und ich begann, ohne zu zögern, mein neues Leben tätiger Torheit, indem ich die Tür aufstieß.

Was als nächstes geschah, vollzog sich so rasch, daß es mir bis heute nicht klar ist. Natürlich quoll Dampf hervor, der mich sofort blendete — dann prallte ein Körper gegen den meinen, heftig und mit solcher Wucht, als sei ich geradewegs gegen eine Mauer gerannt. Ich fiel zu Boden, platt auf den Rücken. Der Körper ging mit mir zu Boden, weil unsere Beine sich ineinander verfangen hatten. Etwas Heißes, Stummes griff nach mir, und ich schlug in ungestümem Entsetzen um mich und versuchte, meine Beine freizubekommen. Ein Fuß traf etwas Weiches; es gab ein keuchendes Pfeifen, und dann preßte mir ein zweites Gewicht meinerseits die Luft aus der Lunge. Blau-Auge und Nyateneri wüteten wie ein Sturmwind über mir, drückten mich zu Boden und versetzten mir Schläge, so daß ich mich, hilflos in meinem eigenen Zorn, wehrte und in diesem Augenblick alle beide umzubringen wünschte, weil sie mir Schmerzen zufügten. Jemandes Ellenbogen traf meine Nase, und ich dachte, sie wäre gebrochen.

Dann hörte alles auf. Ich hörte — ich *spürte* — ein trockenes Geräusch, als schneuzte sich jemand unauffällig die Nase. Ein Körper glitt langsam von meinem herab, als ich ihn anstieß; ein Kopf wackelte neben dem meinen im Schmutz. Nyateneris ruhige, müde Stimme sagte, „Danke dir, Rosseth."

Zuerst konnte ich nicht aufstehen; sie mußte mir helfen, und sie tat es ganz sanft und sorgsam, selbst mit einer Hand, die so schlaff war wie Blau-Auges Hals. Er lag ganz still, halb zusammengekrümmt auf einer Seite, sah klein und überrascht aus. Das Blut aus meiner Nase betropfte ihn überall. Ich fragte Nyateneri, „Ist er tot?"

„Wenn er es nicht ist, sind wir's", sagte Nyateneri. „Bei solchen Leuten kriegst du nur einmal die Gelegenheit." Dann lachte sie sehr leise und setzte hinzu, „In der Regel." Sie griff hinter die Tür, um ihren Dolch aufzuheben, der dort lag, und drehte ihn ein wenig verlegen in ihrer rechten Hand. „Ich bin nie in der Lage gewesen, ein Messer richtig zu werfen", sagte sie mehr zu sich selber, „nicht ein einziges Mal. Ich weiß nicht, welcher Teufel mich geritten hat, es diesmal zu versuchen. Als du die Tür öffnetest, war ich am Ende. Ich danke dir."

Der Schmerz in meiner Nase bereitete mir Übelkeit, und das Blut wollte nicht aufhören zu fließen. Nyateneri bestand darauf, daß ich mich wieder hinlegte, meinen Kopf in ihrem Schoß, während sie auf besonders unangenehme Weise ein getränktes Tuch auf meine Nase drückte. Als ich schniefte, „Wer waren diese Männer?", tat sie so, als habe sie nicht richtig verstanden, und erwiderte, „Ich weiß, wir werden es Karsch sagen müssen — ich weiß keinen anderen Ausweg. Im Augenblick bin ich einfach zu müde, um auf der Stelle jemanden zu begraben." Sie strich mir abwesend über die Haare, und ich gab mich dem Duft ihres besänftigenden Leibes hin und begriff zum erstenmal, daß nichts je so geschieht, wie man es sich ausgemalt hat. Hier war ich endlich, lag da, Nyateneris feuchte Haut unter meiner Wange, die Brüste, deren Anblick ich so inbrünstig herbeigesehnt hatte, hoben und senkten sich bei jedem Atemzug über mir, und alles, was mich meine Kraft oder mein Verlangen zu tun drängte, war, darauf zu warten, daß die Nase zu bluten aufhörte. Ja, Sie dürfen gern lachen. Ich fand das damals schon zum Lachen.

Nach einer Weile konnte ich mich aufsetzen, und Nyateneri ging ins Badehaus zurück, um ihr Gewand zu holen. Ich sagte durch die offene Tür, „Sie kamen her, weil sie dich suchten, sie wollten dich umbringen. Warum? Was hast du ihnen je getan?"

Sie antwortete erst, als sie wieder herauskam. Ich saß in der friedlichen Dunkelheit, einen toten Mann zu meinen Füßen, während ein *lirilith* — Sie würden sagen, ein Totenvogel — ihn drunten im Obstgarten bereits beklagte. Ich begreife nicht, wie es kommt, daß sie so rasch vom Tod Wind bekommen, aber sie tun es immer; zumindest ist es das, was ich in diesem Land zu glauben gelernt habe. Nyateneri lehnte sich gegen den Türrahmen und bewegte mit der rechten behutsam ihre linke Hand. Sie fragte mich, unvermittelt, aber gleichmütig, „Wie kam es, daß du mir das Wasser brachtest, und nicht Marinescha? Ich hatte nach ihr geschickt."

„Ich habe sie nicht gesehen", erwiderte ich. „Ich begegnete diesem alten Mann — du kennst ihn? Den mit dem weißen Schnurrbart? —, und er sagte mir, du hättest ihm die Nachricht für mich aufgetragen. Vielleicht hat er es durcheinandergebracht. Er ist wirklich ziemlich alt."

„Aha", sagte Nyateneri, und dann sagte sie kein Wort mehr, bis ich sie zum drittenmal nach Blau-Auge und Halb-Maul fragte. Da hockte sie sich wieder neben mich, blickte mir in die Augen und legte behutsam ihre verletzte Hand seitlich auf meinen Nacken. Sie sagte, „Rosseth, nichts widerspricht meinem Wesen so sehr, wie eine Person anzulügen, die mir gerade das Leben gerettet hat. Bitte, zwinge mich nicht dazu." Ihre Augen, die sich immerfort veränderten, waren silberne Halbmonde im Mondlicht.

„Geheimnisse überall", erwiderte ich, kühn ihre eigenen Worte wiederholend. Doch ich fühlte mich geehrt, wie ein Kind, das ein Erwachsener mit einem winzigen Stückchen seines Vertrauens betört hat, dem ersten Vorschein einer Welt jenseits des Kinderzimmers. „Dann will ich dich nicht zwingen", sagte ich, „wenn du mir irgendwann einmal von ihnen erzählst." Sie nickte sehr ernsthaft und sagte, „Ich verspreche es." Ihre Hand lag heiß auf mir, heiß wie Blau-Auges Hände gewesen waren, als er mich, lange war's her, an der Kehle hochgehalten hatte. Ich fragte sie, ob ihre Hand schlimm verletzt sei, und sie gab zur Antwort, „Schlimm genug, aber es hätte schlimmer sein können. Wie bei deiner Nase", und sie küßte mich auf die Nase und dann, rasch, auf den Mund. „Komm", sagte sie, „auf dem Weg zurück zum Wirtshaus werden wir uns gegenseitig helfen müssen. Ich fühle mich wirklich ziemlich alt."

Ich ging hinter das Badehaus, um meine Eimer zu holen. Als ich zurückkehrte, stand sie abermals mit gezücktem Dolch da, hielt ihn bei der Spitze und warf ihn gedankenvoll hoch, um ihn in der Luft langsam einen Kreis beschreiben zu lassen, bevor sie ihn wieder auffing. „Natürlich stimmt's bei ihm nicht ganz mit dem Gleichgewicht", sagte sie leise und nicht zu mir. „Er war nie zum Werfen bestimmt." Sie drehte sich um und lächelte mich an, und ich dachte, sie würde mich noch einmal küssen, aber sie tat's nicht.

Der Wirt

Es gibt in diesem Land immer noch eine Königin, in ihrer schwarzen Burg, unten in Fors na'Shachim. Oder es ist mittlerweile vielleicht ein König, oder das Heer ist wieder an der Macht, ist egal. Die Steuereinnehmer bleiben dieselben, wer immer herrscht. Aber, ob König, Königin oder hochgekommener Hauptmann, ich habe vor, eines Tages hinzureisen und um Audienz zu bitten. Es wird eine schwere und mühsame Reise werden, und jeder Straßenräuber wird sich anstellen und darauf warten müssen, was die Kutscher und Wirtsleute mir übrig gelassen haben; und dann werde ich die letzten Münzen, die ich in meinen Schuhsohlen versteckt hatte, rausholen und mir einen Platz in der Reihe der Bittsteller erkaufen, um meine Beschwerde vorzubringen. Und wenn's mich den Kopf kostet, das können Sie mir glauben, man wird mich anhören.

„Eure Majestät", werde ich sagen, „wo in allen Euren Schriftrollen und Rechtsurkunden steht geschrieben, daß Karsch, dem Wirt, auf ewige Zeit ein einziger Augenblick schlichten Friedens verwehrt sein soll? Wo haben Eure hochedlen Minister niedergelegt, daß ich, wenn ich nicht täglich beim Betreiben meines armseligen Geschäftes von Hemmnissen und Widernissen gepeinigt werde, von einer endlosen Reihe von Einfaltspinseln, Schwindlern, Nichtskönnern und Verrückten heimgesucht werden soll? Und, bitte, bloß um eines alten Mannes Neugier zu stillen, Majestät, wo kriegt Ihr sie her? Woher konnte sich selbst ein so großer Herrscher, wie Ihr einer seid, auf einen Schlag drei verrückte Weiber beschaffen — keines von ihnen ist auch nur entfernt die Frau, die zu sein sie vorgibt —, dazu einen unsäglichen Tölpel, der behauptet, mit der Verrücktesten dieser drei verlobt zu sein, einen Stall voll pfennigloser Schauspieler, die den Pferden meiner Gäste mit ihrem Treiben den Schlaf rauben, und einen Stalljungen, mit dem nie viel anzufangen war und der in der letzten Zeit echte Ansätze zeigt, ganz und gar zu einer Last zu werden? Und dann der letzte wirkliche Geniestreich, diese zwei grinsenden kleinen Mörder, die tot in meinem

Badehaus endeten — Eure Majestät, mein bäurischer Gaumen ist nicht empfindlich genug, um solch hervorragende Kost zu würdigen. Mir schmeckt alles gleich, ist alles durch und durch verdrießlich; warum solche Juwelen von Ärgernissen an den fetten, müden Karsch verschwenden? Zeigt mir bloß, wo das geschrieben steht, und ich werde mich trollen, den langen Weg zurück zum ‚Fischhaken und Schlägel', und Euch nie mehr behelligen." Wer immer auf dem Thron sitzt, das werde ich ihm sagen, bevor ich sterbe.

Nicht, daß das etwas ändern wird — was *das* betrifft, mache ich mir nichts vor. Das ist und bleibt mein verdammtes Los, wo immer jemand es so festgeschrieben haben mag, und sollte ich daran auch nur einen Augenblick zweifeln, brauche ich mich nur an den Abend erinnern, als ich dastand und im Laternenschein dumpf auf die beiden am Boden liegenden Leichen starrte, während diese braune Soldaten-Nonne, Nyateneri, die Stirn hatte, mich zu fragen, ob ich jedem, der in meinem Wirtshaus bade, solche Aufwärter schicke. Der Junge war ihr so nahe auf den Pelz gerückt, wie es ging, starrte mich an und forderte mich heraus, ihn an seine eigentliche Arbeit zu schicken. Und das hätte ich auch getan, wäre da nicht die Art gewesen ... nein, lassen wir das, das geht niemanden etwas an, und außerdem mußte ich über andere Dinge nachdenken. Tote Männer hatten mir den „Fischhaken und Schlägel" vor dreißig Jahren in die Hände gespielt, genügend Zeit für mich, zu wissen, wie leicht weitere tote Männer ihn mir wieder entreißen konnten. Und ich bin zu alt, um als Gatti Jinni eines anderen Wirts von vorne anzufangen.

Fräulein Nyateneri schwafelte eine Weile weiter von Mord, Verantwortungslosigkeit und dem Gesetz, doch sie wollte bloß Eindruck machen. Auch dazu bin ich zu alt, nicht auf den ersten Blick Bescheid zu wissen, wenn ich so etwas sehe. Trotzdem wunderte ich mich: so wie die beiden zerlumpten Wäschehäufchen dort erstarrten, so mußten gewiß auch ihre Muskeln und Nerven frieren und erstarren, angesichts des Windes, der nach *solchen* Vorfällen immer aufzukommen scheint; und sie war trotzdem imstande, mich frech anzugeifern, als habe sie ihre eigene Wäsche schmutzig zurückbekommen. Ich ließ sie ausreden — das war nur billig —, und dann sagte ich, „Wir haben keinen Sheriff oder Vertreter der Königin in Corcorua, aber es gibt einen Beamten der Grafschaft, der ungefähr alle zwei Monate hier durchkommt. Wenn wir Glück haben, wird er in vier oder fünf Tagen eintreffen. Dann können wir ihm diese Angelegenheit übergeben, wenn Sie wollen."

Haha, *das* brachte Fräulein Nyateneri im Nu zum Schweigen. Ich sage offen, daß es ein Vergnügen war, zuzuschauen, wie sie ihre Augen niederschlug, die Arme an die Brust drückte und murmelte, sie und ihre Gefährtinnen seien in Eile und brauchten Verschwiegenheit. Es macht mir keine besondere Freude, jemand anderen in einer unbehaglichen Lage zu sehen — was habe ich schließlich davon? —, doch von diesen drei Frauen, die sich vor zwei sehr langen Wochen selbst zu meinen Gästen gemacht hatten, war mir diese eine auf ihre Art zu einem besonderen Ärgernis geworden, von dem Augenblick an, als ihr Fuchs mit meiner Henne das Weite suchte. Also kreuzte ich meinerseits die Arme und hatte meinen Spaß, während sie weiterstammelte und der Junge mich anglotzte, als ob ich seinen Schatz bedrohte, der mehr als einen Kopf größer war als er selber. Ihre linke Hand war irgendwie verletzt; dauernd berührte er sie sehr sanft, sehr scheu. Zwei lange Wochen für uns beide, wahrlich.

Schließlich unterbrach ich sie und sagte, „In diesem Fall, denke ich, brauchen wir hier nichts weiter als eine Schaufel und Schweigen. Sind Sie einverstanden?" Sie starrte mich an. Ich fuhr fort. „Wir Wirte handeln mit Vergeßlichkeit ebenso wie mit Essen und Wein. Alles, was mich an diesen Männern, die Sie getötet haben, interessiert, ist, daß sie Ihnen nicht unbekannt waren. Sie folgten Ihnen zu meinem Wirtshaus, so wie dieser verrückte Kerl Ihrer Gefährtin folgte, so wie Ihnen allen hier weit schlimmerer Ärger folgen wird — sparen Sie sich die Mühe, mich in diesem Punkt anzulügen. Ich kann nichts tun, Sie sind gegen meinen Willen hier, mit Waffengewalt, aber tun Sie mir wenigstens die kleine Ehre an und bitten Sie mich nicht, *be-*

sorgt zu sein. Der Junge und ich, wir werden Ihre Toten begraben. Niemand sonst wird etwas erfahren."

Da lächelte sie: bloß die schnellste, flüchtigste Art eines Fuchsgrinsens, aber trotzdem deutlich erkennbar, und das war die erste Höflichkeit, die sie mir, ihrem Wirt vom „Fischhaken und Schlägel", je erwiesen hatte.

„Unterschätzen andere Gäste Sie auch so sehr, wie ich es getan habe?" wollte sie wissen. „Sagen Sie ja, bitte, seien Sie so nett."

„Wie soll ich das wissen?" fragte ich zurück. Der Junge starrte an mir vorbei, doch ich blickte nicht über meine Schulter. „Ich handle mit Vergeßlichkeit", sagte ich. „Ich frage bloß, ob Leute eine Wärmflasche wünschen, eine zusätzliche Bettdecke oder vielleicht eine gefüllte Gans zum Abendessen. Die Gans ist Schadrys Spezialität und muß einen Tag im voraus bestellt werden, darauf muß ich aufmerksam machen." Ich hörte neben mir die schwarze Frau, Lal, leise lachen und hinter mir, in der Dunkelheit, den Atem der weißen.

„Es gibt noch andere Dinge, die Aufmerksamkeit erfordern", murmelte Lal, „und die ihnen nicht zuteil wird." Fräulein Nyateneris Gesicht verschloß sich — man konnte es *hören*, und ich bin wahrlich kein phantasievoller Mann. Lal sagte, „Gehen Sie zurück zu Ihren Gästen, guter Meister Karsch. Meine Freundinnen und ich werden uns um diese dumme Sache kümmern. Rosseth können Sie mitnehmen."

Einen bemerkenswerten Befehlston hatte sie immer am Leibe, diese Frau, doch in diesem Augenblick fügte ich mich mehr als gern. Ich war fast zehn Schritte gegangen, als mir auffiel, daß der Junge nicht folgte. Als ich mich umdrehte, stand er mit dem Rücken zu mir, blickte die drei Frauen an und sagte, „Ich werde Ihnen einen Spaten bringen. Lassen Sie mich wenigstens das tun, lassen Sie mich den Spaten holen." Die Hände auf den Hüften, eigensinnig den Kopf schüttelnd. Genauso benahm er sich auf dem Heuboden, auf dem Kartoffelacker, als er fünf Jahre alt war.

„Rosseth, wir brauchen dich nicht." Lals Stimme war scharf, ja barsch, fast so, wie ich es mir hätte wünschen können. „Geh mit deinem Herrn, Rosseth." Er wandte sich von ihr ab und schoß so blindlings auf mich zu, daß er in mich hineingerannt wäre, hätte ich nicht einen Schritt zur Seite gemacht. Ich blickte mich nach den Frauen um — sie beachteten uns nicht, sondern versammelten sich um die toten Körper wie drei Raben —, und dann ging ich hinter dem Jungen her, zurück zum Wirtshaus. Es war das erstemal nach einer sehr langen Zeit, daß ich ihm folgte.

Lal

Ob gut oder schlecht, es hätte sich vielleicht alles vermeiden lassen, wäre ich nicht bereits dabei gewesen, mich zu betrinken. Ich trinke sehr selten — es ist eine der vielen angenehmen Gewohnheiten, die mein Leben mir nie hat gewähren können —, doch dann trinke ich mit Absicht. Sie werden sagen, ich hätte allen Grund zur Freude gehabt: dieser Tag hatte Nyateneri und mich nicht nur unversehens wieder auf die Fährte des einen gebracht, den ich *meinen Freund* und den sie den *Mann, der lacht* nannte, sondern er hatte uns auch wenigstens ein Teilbild von einem Teil seines Schicksals enthüllt. Wohl wahr, und es kam mir wie eine bedeutungslose, nutzlose Art von Wahrheit vor, an jenem Abend vor langer Zeit, in einer kleinen niedrigen Kammer, die nach Karschs Leben, Nyateneris Fuchs und dem Dutzend Tauben roch, die Karsch unmittelbar darüber auf dem Dachboden hielt. Was nutzte es, daß unser lieber Zauberer in der Nähe von Corcorua in einem lächerlichen Napfkuchenturm gewohnt hatte, von einem geliebten Gefährten verraten worden war — der seinerseits von irgendwelchen Dämonen getötet wurde —, wenn man keine Vorstellung davon hatte, wann das alles geschehen war oder wohin in dieser Welt er geflohen sein mochte? Lukassa konnte uns nur das mitteilen, was dieser schreckliche Raum ihr gesagt hatte; ansonsten war die Spur noch kälter als am Morgen, als wir aufgebrochen waren. *Mein Freund* würde jetzt zu uns kommen müssen — es gab tatsächlich keinen Zugang zu ihm.

Was mich betraf, war ich müde bis unter die Haut, auf alles so wütend, um aus der Haut zu fahren, und weder imstande klar zu denken noch zu schlafen. Also ließ ich Karsch, was er sehr beklagte, seine letzten drei Flaschen Drachentochter heraufschikken — es war der südlichste Wein in seinem Keller, so rot, daß er beinahe schwarz war —, und ich war mit der zweiten gut im Zug, als man mir sagen ließ, ich werde beim Badehaus gebraucht. Ich nahm die Flasche mit, um Gesellschaft zu haben. Lukassa folgte.

Wenn ich zuviel trinke — und ich trinke, wie ich schon sagte, *immer* zuviel, wenn ich trinke —, werde ich meistens mürrisch, grüblerisch und reizbar. Vielleicht ist das mein wahres Wesen und alles andere bloß eine Maske, wer weiß? Ich sagte kein Wort zu Nyateneri — keine Fragen, keine Vorwürfe, nichts —, solange wir drei die zwei Leichen, nachdem wir sie umständlich weit genug vom Badehaus fortgeschleppt hatten, an einer mit wilden Beeren bewachsenen Stelle begruben. Es war eine Arbeit, die wir beide kannten und die man in jedem Fall am besten schweigend verrichtet. Ich leerte dabei die zweite Flasche, ohne sie herumgehen zu lassen. Nyateneri sagte über den beiden Gräbern etwas in ihrer Sprache, und wir kehrten zum Wirtshaus zurück. Nyateneri zu meiner Linken sah mich von der Seite an, Lukassa zu meiner Rechten warf mir verstohlene Blicke zu. Und ich sagte überhaupt nichts, bis wir in unserem Zimmer waren und die letzte Flasche geöffnet vor mir stand. So bin ich, bin's noch heute. Das ist der Grund, warum ich lieber allein reise.

Dann endlich fuhr ich Nyateneri an. Auf vieles, was ich sagte, bin ich nicht stolz, und es gibt keinen Grund, jedes Wort zu wiederholen. Im Kern warf ich ihr vor, Lukassa und mich hintergangen zu haben: seit unserer ersten Begegnung habe sie unsere Leben gefährdet, gesagt, niemand verfolge sie, und dabei immer gewußt, daß die beiden Mörder näher kamen, während sie uns belog. Als sie sich verteidigte und darauf hinwies, sie habe bloß gesagt, niemand wolle sie *zurückholen*, niemals jedoch, daß jemand sie *töten* wolle — oh, da verschlug's mir vollends die Sprache, und ich kam hinter dem Tisch hervor und wollte auf sie losgehen. Das war sicherlich töricht — mochte sie auch verletzt und erschöpft sein, sie war immer noch stärker als ich —, doch sie zog sich rasch hinter das Bett zurück und bat mit erhobenen Händen um Frieden. Auf dem Dachboden erwachten die Tauben und begannen zu gurren und mit den Flügeln zu schlagen, so daß kühler Staub durch die Sparren herabschwebte.

„Was spielt das für eine Rolle? Sie kamen, um mich zu töten, und ich tötete sie — ihr habt sie erst gesehen, als sie tot waren. Waren sie eine Gefahr für euch, auch nur die kleinste Plage? Wieviel Schlaf hat euch das alles gekostet? Es war meine Sache, ich mußte damit fertig werden, und ich tat's, und es ist vorbei. Aus und vorbei, niemandem außer mir ist ein Leid geschehen. Siehst du das anders, Lal-nach-der-Dunkelheit?"

„Aus und vorbei?" schrie ich sie an. „Zwei kleine Tode, und alles ist gut — du ziehst immer so leicht einen Schlußstrich, ohne ..." — Ich rang nach Worten — „... daß es dir in den Ohren klingt! Erzähl' das Rosseth, den sie um ein Haar erdrosselten — erzähl's *ihr.*" Zwischen den Ereignissen im Turm, der Begegnung mit Tikat und der darauf folgenden Beerdigung von Nyateneris Opfern hatte die arme Lukassa von uns dreien wohl den schwersten Tag hinter sich; wer wollte ihr vorwerfen, daß sie sich jetzt in einer Ecke zusammengekauert hatte, dem Fuchs wortlos etwas vorjammerte und an ihren Haaren zog. Ich hätte es genauso gemacht, wäre nicht der Wein gewesen.

Nyateneri drehte sich um und blickte Lukassa lange und nachdenklich an, die ihren Blick rasch erwiderte und dann wegsah. „Das werde ich in der Tat", sagte sie. „Und dann wird sie mir vielleicht erzählen, wie es ist, tot zu sein und dann wieder ins Leben zurückgeholt zu werden, und vielleicht sogar, warum man mir nie gesagt hat, daß ich mit einer Zauberin reiste und mit einem wandelnden Leichnam, der wiederum von einem verrückten Bauernjungen verfolgt wurde. Die Sache hätte man doch gewiß zur Sprache bringen können, nicht wahr? Zu einem gut gewählten Zeitpunkt?" Ihre Stimme blieb so freundlich ironisch, wie sie es immer war, doch sie zitterte ganz leicht, während sie mich anstarrte. Ich war zwar wütend, doch ein zweites Mal hätte ich sie nicht angegriffen.

„Das war *unsere* Sache", anwortete ich. „Nichts davon brachte dich in Gefahr, so wie du uns durch deine Heimlichtuerei. Wäre es anders gewesen, ich hätte es dir erzählt."

Nyateneris Lachen war schrill und verächtlich. „Es gab nur einen Zauberer, auf dessen Wort ich je etwas gegeben habe." Ihre linke Hand war böse angeschwollen; sie hatte sie ohne zu klagen benutzt, als wir die Gräber aushoben, doch jetzt bereitete ihr offensichtlich die geringste Bewegung Schmerzen. Sie fuhr laut fort, „Und selbst er versuchte nie, die Toten ins Leben zurückzuholen. Er sagte, es gebe keine Möglichkeit, das zu tun, die nicht in ihrem Wesen falsch sei, und die größten Magier könnten es nicht richtig ausführen. Du brauchst dich also nicht anzustrengen, mich davon zu überzeugen, daß du die Kunst von *ihm* gelernt hast. Dazu kenne ich ihn zu gut."

„Den Teufel tust du!" rief ich, und erst als ich sie verständnislos blinzeln sah, begriff ich, daß ich zurückgefallen war — es war ein langer, langer Fall — in die Sprache meiner ältesten Kindheit, in die geheime Sprache einer *inbarati* aus Khaidun. Daran mögen Sie erkennen, wie wütend ich war und wie betrunken, aber es zeigt mich, wie ich bin. Ich zitterte am ganzen Leibe, so sehr erschreckte mich dieser Klang, als ich die Worte langsam in der allgemeinen Sprache wiederholte. Ich sagte, „Wenn du ihn so gut kennst, wie du sagst, dann solltest du wissen, wie sehr er das Gärtnern liebte und welch ein schrecklich schlechter Gärtner er war. Seine Melonen waren so groß wie Fäuste, sein Gemüse brüchig wie Pergament — sein Getreide war, kaum gesprossen, schon verwelkt, und seine Bohnen kamen überhaupt nicht heraus. Er hätte nicht einmal eine Kartoffel ziehen können ohne die Hilfe von Zauber."

Nyateneri starrte mich an, schüttelte leicht den Kopf und sah vor Erschöpfung und Verblüffung selbst halb betrunken aus. *„Damit?"* sagte sie. *„Damit* hast du's gemacht, mit seinem alten Gartenspruch? Ich glaube es nicht." Aber sie begann zu lachen, dieses Mal auf andere Weise, eine Art von tiefem, quellendem Kichern. „Oh, ich glaube es nicht, ich glaube es nicht. Du zogst sie herauf wie einen Kürbis, wie eine —", doch das Kichern überwältigte sie, und sie sackte neben Lukassa auf dem Bett zusammen, schlug sich mit ihrer unverletzten Hand auf den Schenkel und brach in hemmungsloses Gekicher aus. Das kalte Feixen des Fuchses gesellte sich dazu.

Lukassa sah zuerst gekränkt aus, aber Nyateneris Gelächter fegte alles beiseite, bis wir alle drei uns schüttelten und japsten wie der Fuchs, der zwischen uns umhersprang und uns schmerzhaft in Kinne und Nasen zwickte. Ich scheuchte ihn vom Bett, und unverzüglich sprang er auf den Tisch und lauschte auf die Tauben über unseren Köpfen, die er offenbar mit gespitzten Ohren zählte. Warum, frage ich mich noch immer, hielt Karsch diese Vögel, und wem in der Welt sollte Karsch wohl Botschaften schicken? Ich habe es tatsächlich nie herausbekommen.

Das Lachen löste den kratzigen Klumpen des Zorns auf, der sich den ganzen Tag in meinem Magen gedreht hatte — vielleicht schon länger. Besonders Lukassa klammerte sich an ihre Heiterkeit wie ein Kind an die letzten Augenblicke der Ferien; sie hatte Grund dazu, sie, die seit ihrer Rückkehr ins Leben zweimal gelacht hatte. Nyateneri fragte sie dauernd, noch immer lachend, doch ohne Spott, „Wie ist das, wenn man ein Kürbis ist, ein Kohlkopf? Was ist das für ein Gefühl?“ Schließlich antwortete ihr Lukassa, und ich würde mehr darum geben, als ich Ihnen sagen kann, wenn ich ihre Stimme vergessen könnte.

„Das war ich nie“, sagte sie ganz sanft. „Ein Gemüse nimmt nicht wahr, was mit ihm geschieht, ich aber wußte es immer. Als ich im Fluß lag, war ich Lukassa, die starb, und als ich tot war, war ich noch immer Lukassa, trotz allem, trotz allem.“ Und das war sie gewesen, kein Zweifel, wie ich jetzt begreife: sie beweinte ihren Tod mit solcher Lebensgier, solcher Empörung, daß dadurch mein Pfad sich änderte, dann meine Reise und schließlich mein Leben. Sie fuhr fort, „Und als ich durch das Wasser ans Mondlicht stieg und vor Lal stand, auch da war ich Lukassa, freilich“ — ihre Stimme schwankte — „freilich nicht mehr ganz. Ich war eine andere. Irgendeine Lukassa war zwischen den Steinen des Flusses zurückgeblieben, und ich kann nicht zurückgehen, um sie zu finden. Und wenn ich's könnte, würde sie nicht zu mir kommen, weil sie jetzt keinen Namen hat, niemand sie also rufen kann.“ Sie brach ab, und nicht einmal der Fuchs konnte ihr in die Augen sehen.

Als ich fühlte, daß mir die Tränen kamen, wußte ich nicht, was mit mir geschah. Es war so lange her, seit ich zum letztenmal geweint hatte. Zuerst dachte ich, mir sei übel vom Wein, und dann, daß ich vielleicht einen Anfall oder einen Krampf bekäme, denn die Muskeln meines Gesichtes, meiner Kehle und meines Magens lösten sich von mir, obwohl ich mich so heftig dagegen wehrte, daß ich nicht atmen konnte. *Mein eigener Leib, verräterisch wie Bismaya, mühelos grausam wie Männer.* Ich hörte eine fremde helle Stimme, eine Kinderstimme, sehr weit entfernt, und dann kamen die Tränen vollends, und ich gab nach, gab nach, ich, die niemals nachgab, nicht einem von ihnen, nicht in meinem Herzen, nie, und sie alle wußten es, jeder einzelne, jederzeit. Bis zu diesem Augenblick hat kein Lebender mich weinen sehen, ausgenommen *mein Freund,* wenn er denn wirklich lebte. Ich habe seitdem geweint, doch nur ein einziges Mal, und damals vor Freude, und das gehört nicht in diese Geschichte.

Wie sie mich mit offenen Mündern anstarrten, Nyateneri und Lukassa ebenfalls. Ich krümmte mich, übergab mich fast vor Kummer — und, ja, zum Teil war der Wein dafür verantwortlich, aber da war mehr. Wissen Sie, alles, aber auch alles, was ich von meinen Ursprüngen besitze, ist mein Name, *Lal-khamsin-khamsolal,* und diesen Namen verloren zu haben, die Seele nicht bei ihrem Namen rufen zu können — oh, glauben Sie mir, das könnte ich mir gerade noch vorstellen, aber schon mit der Vorstellung könnte ich nicht fertig werden, geschweige denn, gegen sie kämpfen, sie ertragen oder in eine Geschichte verwandeln. Und da war sie, diese Dorfgöre, starrte in leisem Erstaunen auf mich herab, während ich weinte und weinte, über ihren Verlust und ihren Mut, über mich selbst, über *meinen Freund,* über Khaidun, wo ich geboren wurde. Es war so lange her.

Schließlich legte Nyateneri ihre Arme um mich, und das beruhigte mich sofort. Sie stellte sich ungeschickt dabei an; und, um ehrlich zu sein, es fällt mir schwer, mir eine Umarmung gefallen zu lassen, jedenfalls von den meisten Leuten. Ich rückte ein Stück von ihr weg und wischte mir Gesicht und Augen. Dann wandte sich Nyateneri ab und beschäftigte sich damit, meinen Weinbecher frisch zu füllen. Sie nippte, keuchte, erschauerte leicht und sagte, „Ich denke, wir werden noch ein wenig von diesem entsetzlichen Gesöff brauchen."

„Nichts mehr da", schniefte ich. „Hat Karsch gesagt." Und bei dem Gedanken weinte ich ein bißchen mehr.

„Dann hat Karsch nicht richtig verstanden", sagte Nyateneri. Sie schwang sich vom Bett, und mit derselben Bewegung, so schien es, war sie verschwunden, und man hörte sie nach dem Wirt rufen, als sie noch die Treppe hinunterpolterte. Lukassa und ich saßen stumm da, scheuer als zwei Fremde, während ich mich, so gut es ging, in Ordnung brachte. Als ich wieder sprechen konnte, sagte ich schließlich, „Lukassa, es gibt nur eine Person, die Lukassa zurückrufen kann, die Lukassa aus dem Fluß, unter den Steinen. Diese Person ist Tikat."

Lukassa erschauerte. Ich konnte es dort, wo wir saßen, spüren, als ob die Erde unter uns erbebte. Sie sah mich nicht an. „Es gibt keinen anderen. Wenn du ihn zurückwillst, diesen Teil deiner selbst, mußt du zu Tikat gehen."

„Das werde ich nicht tun, niemals." Ich konnte sie kaum verstehen, so leise sprach sie. Sie umklammerte mit den Händen das Bettgestell und blickte auf ihre eng zusammengepreßten Knie nieder. „Laß mich zufrieden. Ich will nicht."

„Er liebt dich", sagte ich. „Ich verstehe nur wenig von der Liebe, aber das weiß ich mit Sicherheit." Doch sie schüttelte den Kopf so heftig, daß ich jeden Knorpel ihres Halses knirschen hören konnte, und schrie mich an, „Lal, nein, laß gut sein, ich kann das nicht ertragen." Sie nannte mich selten bei meinem Namen, und Nyateneri überhaupt nie. Ich berührte sie, um sie zu trösten — ebenso unbeholfen, wie Nyateneri mich umarmt hatte —, doch sie schob meine Hand fort und saß stumm da, bis wir auf der Treppe wieder Stiefeltritte hörten. Dann wandte sie mir ihr Gesicht zu, bleicher denn je, doch mich aus trockenen, ruhigen Augen anblickend.

„Ich weiß nicht, ob ich sie zurückhaben will", sagte sie, „diese

Lukassa.“ Dann hatte Nyateneri die Tür mit dem Fuß aufgestoßen und war im Zimmer, den Arm voller Flaschen Drachentochter. Sie lächelte grimmig — ich rechnete fast damit, zwischen ihren Zähnen Fetzen von Karschs ständig schmutzigem Kittel stecken zu sehen. Sie sagte, „Ein einfaches Mißverständnis, nachdem ich die Lage einmal erklärt hatte.“

Vielleicht waren es die Folgen der Erschöpfung, die Nachwirkungen des Kampfes um ihr Leben, oder ich war vielleicht so eitel, wie ich immer argwöhnte, aber in dieser Nacht ließ sich Nyateneri mehr gehen als ich. Ohne mit der Wimper zu zucken oder das Gesicht zu verziehen, trank sie wie ein gewöhnlicher Soldat geradewegs aus der Flasche, und es war deutlich weniger als eine Flasche nötig, ehe sie uns von dem Kloster zu erzählen begann, aus dem sie geflohen war. Was das Kloster betraf, hatte ich jedenfalls recht, wenn ich auch von allem anderen herzlich wenig geahnt hatte.

„Es liegt tief im Westland“, sagte sie. „Nein, du kennst es nicht, Lal, es ist ganz und gar nicht in der Nähe eines Ortes, den du kennst, so viel du auch gereist sein magst. Die nächste Stadt ist Sumildene, und die ist alles andere als nah, und niemand sucht sie auf, der nicht muß.“ Das trifft freilich zu, wie ich weiß, weil ich einmal in Sumildene gewesen bin, doch es gab keinen Grund, darauf einzugehen. Nyateneri sagte, „Im Westen und im Süden von Sumildene wird das Land sumpfig und ist für niemanden von Nutzen, bis auf *tilgit*-Bauern, und davon gibt es nicht viele.“ Sie grinste, als wir sie verständnislos anstarrten. „*Tilgit?* Das ist eine Art von Sumpfgras: man trocknet es, zerstößt es endlos lange, und es ergibt einen ganz und gar abscheulichen Brei, der Leute am Leben zu erhalten scheint, bis sie lieber sterben würden, als noch einen Bissen von diesem Zeug zu essen. Oh, wie sehnten wir die Fastentage im Kloster herbei. Allein dieses Zeug wäre für mich ein Grund zum Ausreißen gewesen.“

„Wie heißt er“, fragte ich, „dieser Ort?“ Nyateneri breitete ihre Hände aus und lächelte, um Entschuldigung bittend. Darauf fragte ich, „Wie lange warst du dort?“

„Einundzwanzig Jahre“, sagte Nyateneri ruhig. „Seit meinem

neunten Lebensjahr.“ Sie beantwortete meine nächste Frage, ehe ich sie ausgesprochen hatte. „Elf Jahre. Seit elf Jahren bin ich vor ihnen auf der Flucht.“

Lukassa nippte an ihrem Wein und verzog Nase und Mund zu einem zierlichen Niesen. Sie sagte, „Ich verstehe nicht. Was könnte das für ein Kloster sein?“

Nyateneri antwortete nicht. Ich sagte, „Ein Kloster, das seinen Schwestern untersagt, jemals ihr Gelübde zu brechen. Es gibt solche Klöster.“ Der Fuchs war vom Tisch gesprungen und hatte sich in einer Ecke zusammengerollt, seine hellen Augen glitzerten unter schläfrigen Lidern. Ich fuhr fort, „Aber ich habe nie von einem Kloster gehört, das eine Abtrünnige elf Jahre lang verfolgen, geschweige denn, ihr Mörder nachschicken würde.“ Als Nyateneri eine zweite Flasche öffnete, ohne mich anzublikken, ritt mich der Teufel, und ich fügte hinzu, „Ich muß sagen, ich halte nicht viel von Spürhunden, die eine so lange Zeit brauchen, um ihr Opfer zu stellen. Ich hätte dich in höchstens zwei Jahren gefunden, und ich kenne Leute, die würden das in einem Jahr schaffen.“

Natürlich wollte ich, daß sie mir auf den Leim ging, und Nyateneri muß das auf der Stelle durchschaut haben. Jedenfalls nahm sie einen kräftigen Soldatenschluck, stellte die Flasche so heftig auf den Tisch, daß der Wein aus dem Hals spritzte, und sagte zu den Wänden, „Die ersten stellten mich in noch kürzerer Zeit. Das Kloster zieht nur die Besten heran.“

Das raubte mir den Atem und die Sprache, ich gestehe es. Nyateneri hatte der zweiten Flasche bereits kräftig zugesprochen, ehe ich imstande war, zu fragen, „Die ersten? Waren da — gab es noch andere?“

Dieses Mal ließ ihr Lächeln Nyateneri alt aussehen. „Zwei andere Gruppen. Sie jagen in Gruppen, und man kann sie nicht abschütteln. Du mußt sie töten.“ Das Lächeln umklammerte mich, genauso wie es nach meiner Vorstellung Karsch gepackt haben mußte. Nyateneri sagte, „Nach und nach, schneller als du denken würdest, gelangt die Nachricht zum Kloster zurück, und dann schicken sie eine neue Gruppe nach dir aus. Ich bin überhaupt die erste, die drei solcher Jagden überlebte. Sie werden verärgert sein."

Lukassa übernahm es, nach einem langen Schweigen, die Frage zu stellen, die auszusprechen ich viel zu bestürzt war. Sie sagte, „Warum? Warum müssen sie jeden umbringen, der sie verläßt? Sie würden das nicht tun, wenn sie wüßten, wie es ist, tot zu sein." Es war eine mitleidslose Sanftheit in ihrer Stimme, die merkwürdig schrecklich im Ohr klang. Ich kann sie noch immer hören.

Nyateneri legte ihre unverletzte Hand auf Lukassas Hand. Sie drückte sie nicht und streichelte sie nicht, sie ließ sie nur einen kurzen Augenblick dort ruhen. „Ich glaube eher, daß sie das wissen", sagte sie, „auf jeden Fall besser als die meisten. An diesem Ort haben sie zu viele Kenntnisse, zu viele Geheimnisse gesammelt, und diese sind es, die nicht entführt werden dürfen." Lukassa holte Luft, um eine weitere Frage zu stellen, doch Nyateneri kam ihr zuvor, lachte und äffte Lukassa, nicht unfreundlich, mit der Stimme eines neugierigen Kindes nach. „,*Welche* Geheimnisse, welche Kenntnisse?' Oh, da gibt es großartige und abscheuliche Geheimnisse, Lukassa, entsetzliche Geheimnisse, Geheimnisse über Könige, Königinnen, Priester, Heerführer, Richter, Minister: Geheimnisse, die hier einen Tempel und dort ein Weltreich zum Einsturz bringen, diesen Krieg auslösen, jenen beenden würden, die *sie* zwingen könnten, ihre Krone im Stich zu lassen, *ihn*, sich selbst umzubringen, *sie*, eine Nation zu zerstören, um eine erbärmliche Wahrheit verborgen zu halten. Stumpfsinnige, langweilige Geheimnisse."

Sie schlug mit der anderen Hand auf den Tisch: nicht heftig, doch mit soviel Kraft, daß ihre Lippen flach wurden und ihr Gesicht einen Hauch blasser wurde. Ich sagte, „Laß mich deine Hand ansehen", doch sie streckte die Hand in die andere Richtung aus und sprach weiter, mit einer Stimme, die noch gleichmäßiger war als zuvor. „Das Kloster ist sehr alt. Ich weiß nicht, wie alt. Es sind alle möglichen Leute dort, ein paar sind alt, ein paar recht jung, wie ich es war. Das einzige, das sie gemeinsam haben, ist, daß sie alle ihre Geheimnisse mitbringen. Du mußt, und das gilt für alle, wenigstens ein Geheimnis zu offenbaren haben, sonst kannst du nicht aufgenommen werden."

„Du warst neun Jahre alt", sagte ich. Ich beobachtete ihre Augen, während ich wieder nach ihrer Hand griff. Der Handrücken und die Handwurzel fühlten sich an wie ein heißes Polster, doch meine Fingerspitzen konnten kein gebrochenes Glied ertasten. Nyateneri schloß ihre Augen. „Ich hatte genügend Geheimnisse für sie. Sie waren froh, mich aufzunehmen, und ich — ich war dort zufrieden, ich war es lange Zeit. Ich gewann dort Kraft. Ich lernte eine Menge. Gieß mir noch etwas Wein ein oder gib mir meine Hand zurück. Welchen Gartenspruch wendest du jetzt an?"

„Keinen Zauber — bloß etwas, das ich auf den Südinseln gesehen habe, etwas, das den Schmerz betäubt. Manchmal gelingt es mir auch. Sie haben dir im Kloster viel über Schmerz beigebracht, nicht wahr?"

Nyateneri leerte ihren Becher mit zwei tiefen Zügen. Sie sagte, „Einiges wußte ich bereits", und dann sagte sie lange Zeit nichts und trank und trank, während ich ihre Hand bearbeitete. Lukassa saß auf dem Bett, beobachtete uns, und wenn sie glaubte, ich sähe nicht hin, schüttete sie dem Fuchs etwas von ihrem Wein hin. Der Baum zischelt am Fenster; draußen auf dem Treppenabsatz trampeln schwerfällige Füße vorbei, eine schwere Stimme brummt ein Matrosenlied — der Seemann auf seinem Weg ins Bett. Weiter entfernt, im übernächsten Zimmer, intoniert das fromme Pärchen einen friedlichen Wechselgesang. Ich kenne das Gebet, ein wenig.

„Warum gingst du fort?" Ihre Hand begann anzusprechen — ich habe keine Ahnung, warum dieser Inselkniff diese Wirkung hat, und das Gefühl, fast kochendheißes Wasser ströme durch mein Fleisch, hat mir immer Unbehagen bereitet, obwohl ich weiß, daß es nur Einbildung ist. Aber es wirkt.

Nyateneri zuckte die Achseln. „Ich wurde aufgefordert, im Kloster eine mächtige Person zu werden, mehr noch als das. Seit meiner Kindheit hatten sie mich dafür ausgebildet, und für mich war jetzt die Zeit gekommen, meinen Platz bei ihnen einzunehmen, ein höheres Wesen unter höheren Wesen. Ich fühlte mich auf gewisse Art geehrt, war sogar dankbar, und ich bin es noch. Hätten sie mir nicht die Gelegenheit geboten, Macht zu gewinnen, wäre ich vielleicht nie zu der Gewißheit gelangt — wie sie mir auf der Stelle zuteil wurde —, daß Macht nicht das war, was ich wollte. Den Rest meines Lebens als eine Art Zeremonienmeisterin von Geheimnissen zu verbringen, für immer eingesperrt zu sein in den öden Verstecken der Großen, mit alten unsagbaren Geschichten, die mir kopfüber vom Gaumen hingen wie schlafende Fledermäuse — nein, nein, *damit* war das knochige kleine Mädchen aus dem Norden nicht einverstanden." Nyateneri schlug wieder auf den Tisch, dieses Mal mit dem Becher; doch dann wandte sie den Blick ab und sprach sehr leise, keineswegs zu uns, sondern ohne Zweifel zum Fuchs. „Dieses Mädchen sagte zu vielen Dingen ja, gegen die es keine Einwände hatte, und zu vielen anderen ebenfalls, aber damit war sie nicht einverstanden."

Der Fuchs erwiderte offen ihren Blick und gähnte vielsagend, genauso wie bei unserer ersten Begegnung. *Sie kennen einander wie Liebende*, dachte ich, *sie sind über die Liebe selbst hinaus, über Haß und Fragen, über Vertrauen und Betrug.* Ich fragte mich, wie sie sich kennengelernt haben mochten und vor wie langer Zeit und wie lange Füchse lebten. Nyateneri fuhr fort, „Du kannst zu einem solchen Angebot nicht nein sagen. Das ist nicht erlaubt. Folglich sagte ich ja, ich danke euch, ich bin nicht würdig."

„Und in derselben Nacht liefst du fort." Lukassa beugte sich vor, und in ihren braunen Augen spiegelte sich, daß sie Nyateneris Geschichte genauso lebhaft mitempfand wie alle Sagen, die ich ihr je erzählt hatte. Nyateneris dünnes, knappes Lächeln. „Ich wußte, daß sie in dieser Nacht meine Tür bewachen würden. Binnen einer Stunde war ich weg. Seitdem bin ich unterwegs."

Jetzt krachen ein paar von den Viehtreibern an der Tür vorbei, sie johlen, lachen, spucken, stolpern übereinander — Efranis, Westländer, fern ihrer Heimat, nach ihren Flüchen zu urteilen. Plötzlich Karschs Stimme, die sie zum Schweigen bringt — *nicht* mit einem Knurren, sondern mit einem Ton, wie ihn ein großes Tier ausstößt, ehe es wirklich knurrt. Dieser fette Mann weiß ein Wirtshaus zu führen, was immer sonst er nicht zu wissen vorgeben mag. Das fromme Pärchen setzt seinen Gesang fort, so wie wir unsere grimmige Trinkerei. *Das ist alles so lange her.*

„Nun", sagte ich. „Wenn diese Nachricht zum Kloster gelangt, wird ihnen vielleicht die Lust vergehen, Mörder loszuschicken, die getötet werden." Nyateneri holte sehr lange Atem, offenbar, um sogleich zu antworten. Statt dessen stand sie auf, ging zum Fenster und blickte hinaus auf dunkle Blätter und ein paar Sterne. Ich sagte, „Vielleicht wird es nach diesen Jägern keine weiteren mehr geben."

Wie lange brauchte sie, um sich umzudrehen und mich anzuschauen? Eine lange Zeit, denke ich, doch in der Trunkenheit scheint mir vieles verlangsamt, und ich kann nicht sicher sein. Es kam mir lange vor. Vielleicht drehte sie sich überhaupt nicht um — ich erinnere mich nur an ihre Worte und an den Klang ihrer Stimme, die flüsterte, „Ich habe euch nicht alles erzählt", was mich, trunken oder nicht, augenblicklich auf die Füße brachte. „Nein, natürlich nicht", sagte ich, „das tust du nie." Rief ich es? Ich glaube, ich rief. Ich glaube wirklich, daß ich wußte, was kommen würde.

„Sie sind immer zu dritt", sagte sie. „Immer." Hörten wir in diesem Augenblick die ersten heimlichen Schritte auf der Treppe, oder unmittelbar nachdem ich angefangen hatte, sie wieder anzuschreien? Nyateneri sagte, „Lal, sei still, ich sage dir die Wahrheit. Der dritte bewegt sich getrennt von den anderen beiden; er ist auf der Lauer, aber er ist nicht mit ihnen zusammen. Er ist immer der Klügste, dafür sorgen sie. Er ist niemals weit entfernt. Sei ruhig, sei *still*, Lal." Dann klopfte es, sehr behutsam; man mußte es beinahe erwartet haben, um es zu hören.

Nyateneri

Ich flehte, es möge irgendein anderer sein, nur nicht er. Jeder andere. In diesem Augenblick wäre mir der dritte Mörder willkommen gewesen, wenngleich meine Schwerthand zu nichts taugte und mein übriger Körper ungefähr in derselben Verfassung war wie die der beiden Männer, die starr unter der Erde lagen. *Bloß nicht er, nicht jetzt, wenn es irgendeiner eigennützigen Gottheit gefällt. Ich bin erschöpft und voller Furcht, und ich kann nicht erkennen, was geschehen wird. Ich fürchte mich davor, ihn jetzt zu sehen.*

Lal erhob sich, um die Tür zu öffnen. Ich sagte, „Tu's nicht", ohne es sagen zu wollen. Lal blickte mich an. Da stand ich selber auf.

Lal

Als ich stand, blähte der Raum sich um mich auf und zog sich wieder zusammen, und ich mußte die Augen schließen, denn das verschwommene Flackern der Kerzen machte mich schwindelig. In diesem Augenblick konnte ich nicht einmal Nyateneri deutlich erkennen, als sie zur Tür ging. Aber mein Verstand war messerkalt. Ich stützte mich an der Stuhllehne ab und dachte, *Zu dumm, zu dumm, ich hätte den Wein nicht wieder anrühren sollen, nicht nach dem Badehaus. Wer immer vor der Tür stehen mag, Mörder oder Viehtreiber oder Aufwärter, so wie es um uns stand, könnte er uns alle drei hinmetzeln. Was ist los, wie weit habe ich's mit mir kommen lassen?* Ich schob Lukassa hinter mich. Meine Hände schwitzten so stark, daß der Stockdegen immer wieder zwischen ihnen hindurchglitt und sich nicht öffnen wollte.

Der Fuchs

Jajajaja, ich rieche ihn. Ich rieche sie alle. Auch die Tauben.

Die Schauspieler kamen spät und verzankt heim, doch sie weckten Tikat nicht auf. Auch mich weckten sie nicht, weil ich gar nicht versucht hatte, zu schlafen. Ich saß aufrecht auf dem Heuboden, beobachtete den Mond, der zu sinken begann, und sah Tikat zu, der sich in das Strohlager zu krallen versuchte, das ich ihm bereitet hatte. Lisonje, die Schauspielerin, die ich immer gern hatte, kletterte die Leiter herauf und steckte ihren Perückenkopf durch die Falltür, um mich zu fragen, „Wie ist das Befinden unseres verliebten Schäfers?"

„Recht gut, wenn's beliebt, Madame", gab ich zur Antwort, „was den Leib betrifft." Jedesmal, wenn die Truppe bei uns wohnte — jeden Sommer zwei, drei Wochen, solange ich denken kann —, pflegte ich bis zu ihrer Abreise zu sprechen wie sie, und Karsch hatte anschließend mindestens eine Woche zu tun, mir diese Sprechweise grollend wieder auszutreiben. Ich erzählte Lisonje, was geschehen war, als Lukassa zurückkehrte — nicht mehr als das —, und sie stützte sich auf die Ellenbogen und betrachtete Tikat eine Weile, ohne ein Wort zu sagen. Sie war noch geschminkt und trug noch das Kostüm der Geliebten des ruchlosen Fürsten Hassidanya, und sie sah aus wie ein Kind, das, zusammen mit Erwachsenen, sehr lange hat aufbleiben dürfen.

„Früher", sagte sie, „und es ist auch nicht zu lange her, hätte ich dich diese Leiter hinuntergescheucht und mich mit ihm auf das Stroh gelegt, um des Trostes willen. Und ich würde es vielleicht jetzt noch tun, wenn er ein anderer wäre und mich und sich selber danach nicht so blöde hassen würde." Sie dachte noch ein wenig nach, dann schüttelte sie entschieden den Kopf und sagte, „Nein, nicht einmal dann, nein, ich würd's nicht tun. Mit dem Trösten ist bei mir Schluß, das muß ich mir merken." Sie tätschelte meine Hand und begann abwärts zu steigen, doch sie steckte ihren Kopf noch einmal durch die Luke und sagte, „Rosseth, paß auf ihn auf. Ich kenne diese Art von Kummerschlaf von früher. Wenn ich du wäre, würde ich ihn hin und wieder aufwecken. Er will nämlich nie wieder aufwachen."

Sie schlief rasch ein, wie die anderen auch. Ich rührte mich nicht, bis ich jedes Schnarchen aus jedem Verschlag erkennen konnte, vom wiehernden Prusten des alten Dardi bis zu Lisonjes zierlichem Gezirpe. Dann rüttelte ich, wie Lisonje mir aufgetragen hatte, Tikat an der Schulter, bis er mich anblinzelte, und flüsterte ihm zu, „Etwas macht die Schweine unruhig, ich muß nach ihnen sehen. Schlaf weiter.“ Er verfluchte mich deutlich und kraftvoll und war wieder eingeschlafen, bevor er sich auf dem Stroh umgedreht hatte.

Ich hatte keine Wahl. Ich weiß sehr gut, die meisten Leute, die das sagen, meinen damit bloß, daß sie für ihre Wahl keine Entschuldigung haben, und höchstwahrscheinlich war es bei mir nicht anders. Aber ich machte mir wirklich Sorgen um Nyateneri — konnte sie nicht, außer an ihrer Schwerthand, noch woanders verwundet sein, ohne daß Blut floß? —, und mir schien, daß es nicht schaden konnte, zu fragen, ob ich weiter behilflich sein könne. Und was das betraf, was Lal zu mir gesagt hatte, wo war Lal denn gewesen, als Nyateneri und ich uns im Badehaus mit diesen zwei lachenden kleinen Männern auseinandersetzten? Wir hatten einen Kampf und einen Kuß gemeinsam, wir hatten zusammen dem Tod getrotzt — vielleicht nicht Schulter an Schulter, aber zusammen —, und ich war berechtigt, verpflichtet, mich um meine Gefährtin zu kümmern. Das waren die Überlegungen, die mich dazu brachten, barfuß die Leiter hinabzuklettern, den Weg zum Gasthaus zurückzulegen und die Treppe zu jenem Zimmer hinaufzusteigen, ohne auch nur einen Schauspieler zu wecken, ein Schwein oder Karsch, der, die Wange in die Armbeuge gebettet, im leeren Schankraum schnarchte.

Und ja, natürlich, nachdem so viele Jahre vergangen sind, kann ich heute sagen, daß ich mich aus einem einzigen Grund dort hinaufschlich, und daß es das altbekannte, ziellose Drängen war, über das Sie die ganze Zeit so trocken und wissend vor sich hinschmunzeln. *Was hätte es sein können, he, in seinem Alter?* Doch es war mehr, es war mehr als nur die Gier, selbst für mein Alter, wenn nicht gar für das Ihre. Lassen wir das. Ihr Mund, ihre runden braunen Brüste — lassen wir's gut sein, für den Augenblick.

Nyateneri

Wenn es auf der Welt eines gibt, das zu wissen man mich erzogen und ausgebildet hat, ist es das, daß man von den Göttern nicht zuviel erbitten darf. Der Sieg im Kampf ist ihr leichtestes Geschenk; für ein friedliches Herz muß man selber sorgen. Noch bevor ich die Tür öffnete, senkte ich meine Augen bereits bis zu dem Punkt, wo sie auf die seinen treffen würden. Es ist durchaus möglich, daß ich bereits seinen Namen aussprach.

„Ich war besorgt", sagte er so leise, daß ich ihn kaum verstehen konnte. Er sagte, „Deine Hand. Geht's deiner Hand besser? Ich habe mir Sorgen gemacht." Es war Stroh-Spreu in seinem Haar.

Ich habe ihn nicht gebeten, hereinzukommen. Das werde ich bis zu meinem letzten Tag beschwören. Was immer ich mit einer Zunge, die ebenso heiser war wie die seine, gemurmelt haben mag, es war die sturzbetrunkene Lal, die hinter mir rief, „Willkommen, Rosseth — willkommen, komm und geselle dich zu uns und zur Drachentochter." Die verdammte Lal, nicht ich. Ich hätte ihn fortgeschickt, ich schwör's.

Lal

Was spielt das für eine Rolle? In dem Augenblick, da wir ihn auf der Schwelle sahen, wußten wir alle, was geschehen würde. Nun, nicht alles — zumindest nicht ich. Und wenn ich's gewußt hätte? Ich kann es nicht sagen. Ob ich ihn nun hereinbat oder nicht, es war in Wirklichkeit Nyateneris Entscheidung. Nyateneri weiß das.

Ja, ich war betrunken — obwohl, nach meiner Einschätzung, nicht annähernd betrunken genug — und, ja, ich trieb hilflos zwischen alten, alten Sehnsüchten und Rasereien, wie seit sehr langer Zeit nicht mehr. Aber ich liebe nicht aus Schmerz, und ich begehre nicht aus Not oder Furcht, ganz gleich, wie weit ich von meinem Pfad abgeirrt bin. Was mich in dieser Mitternacht ins

Herz traf, war die Art, wie Rosseth — der untersetzte, wirrköpfige Stalljunge Rosseth — Nyateneri anblickte und durch alle seine unschuldig selbstsüchtigen Träume, die seine Augen trübten, Nyateneris wirkliche Verletzung sah. Niemand hat mich je so angeblickt; niemand wird's je tun; und in Wahrheit will ich auch nicht so angeblickt werden, dazu ist es viel zu spät. Aber damals, in jenem Augenblick, wollte ich's.

Ich hoffe, ich war diejenige. Ich hoffe, ich war es, die es sagte: *„Oh, komm herein, Rosseth, komm herein und sei willkommen."* Aber ich weiß es wirklich nicht mehr.

Rosseth

Niemand bat mich herein, nicht mit Worten. Nyateneri und ich blickten einander an, und ich sagte irgendwelches ungereimtes Zeug, und dann trat sie von der Tür zurück, und ich schritt in die Kammer.

So ist es gewesen. Sie standen alle drei — Lal hinter dem Tisch, Lukassa zwischen dem Bett und dem Fenster. Die Kammer roch kräftig nach Wein, natürlich, und überall rollten leere Flaschen herum; aber die drei waren nicht betrunken, nach allem, was ich damals von Trunkenheit wußte. Trunkenheit erlebte ich, wenn ich einmal im Monat Gatti Jinni hinauf in seine armselige Dachstube schleifen mußte oder wenn ich Karsch zusah, von dem ein einziger müder Blick genügte, einen grinsenden Kahnführer, der ein Fleischmesser in der einen, einen abgebrochenen Flaschenhals in der anderen Hand hielt, in die Schranken zu weisen, während zwei Bauern blutend und kotzend am Boden lagen. Ich selbst hatte damals selten Gelegenheit, an etwas anderes zu kommen als an rotes Bier, und fast nie bekam ich genug davon, mich auch nur schläfrig zu fühlen. Karsch selber sah ich übrigens nie betrunken. Karsch trinkt nur allein.

Ja, natürlich fielen mir bestimmte Dinge auf, sogar mir. Nyateneri war bleich und angespannt, genauso, wie ich sie verlassen hatte, aber ihre Wandel-Augen hatten jetzt eine tiefgraue Farbe, ohne die geringste Spur von Blau, und sie strahlten, so wie Augen manchmal vor Erschöpfung strahlen. Lal zeigte ein Lächeln — es galt nicht mir, wie ich damals dachte, sondern sie lächelte etwas an, das sich unmittelbar hinter und über mir befand —, aber das Lächeln schien weiter zu wandern, von ihrem Mund zu ihren goldenen Augen und dann zurück über die warme Dunkelheit ihrer Wangen und ihrer Stirn. Und Lukassa — Lukassa war diejenige, die mich in diesem ersten Augenblick herausfordernd anblickte, hochrot im Gesicht und mit dem Ausdruck mühsam unterdrückten Lachens. Ich hatte diesen Blick noch nie an ihr wahrgenommen, und, *Oh, Tikat,* durchfuhr es mich wie ein eisiger Hieb. Ich konnte nichts dagegen tun.

Was empfand ich in dieser kleinen Kammer mit diesen drei Frauen, die ich liebte, als ihre eigene Trägheit die Tür ächzend hinter mir ins Schloß zog? Was, glauben Sie, empfand ich? Mir war abwechselnd heiß und kalt: eine Minute lang glühten Lippen und Ohren, in der nächsten gefror mein Magen zu Eis. Lals streifendes Lächeln brachte mich zum Zittern, während mich Lukassas gerötete Wangenknochen erstarren ließen wie einen dieser verzauberten Tölpel in den Stücken der Schauspieler. Und Nyateneri? Ich nahm ihre linke Hand, so behutsam ich konnte — sie schien unter meinem Griff aufzuschreien wie ein Tier, das in die Falle gegangen ist —, und ich küßte sie, und dann hob ich mich auf meine Zehenspitzen (nur leicht, wohlgemerkt), küßte sie auf den Mund und sagte, so laut ich konnte, „Ich liebe dich." Und das hatte ich nie zuvor in meinem Leben gesagt, obwohl ich mit einer Frau zusammengewesen war, mehr oder weniger.

Nyateneri seufzte in meinen Mund. Ich kann diesen Seufzer bis heute schmecken, nichts als Wein und Hingabe — mehr an sich selber, denn an mich gerichtet, gewiß, doch was kümmerte mich das damals? Sie sagte etwas gegen meine Lippen — ich weiß nicht, was sie sagte. Über ihre Schulter konnte ich den Fuchs in der Ecke sehen, die Augen fest geschlossen, Ohren und Leib in starrer Aufmerksamkeit, mit roter Zunge seine Barthaare lekkend, links, rechts.

Nein, ich riß sie nicht auf der Stelle hoch und trug sie durch die

Kammer zum Bett (so wenige Schritte für eine so weite Reise!). Erstens hätte ich mich dabei sehr wahrscheinlich selber verletzt, denn auch darin war ich ungeübt; zweitens geriet mir beim ersten Schritt eine Weinflasche unter die Füße, und Nyateneri mußte mich auffangen; und drittens — nun, drittens, da waren noch Lal und Lukassa. Und was immer Sie von mir und meiner Geschichte denken mögen, glauben müssen Sie mir, daß ich ein bescheidener Junge war. Lüstern, gewiß; unwissend und furchtsam, ohne Frage; aber nicht eitel. Die Eitelkeit kam einen Schritt oder zwei Schritte später.

Lal

Was in jener Nacht mit mir geschah, hat sich niemals wiederholt.

Früher, ja — ich konnte an Ihren Augen sehen, daß ich etwas weggelassen habe —, ja, es ist vorgekommen, wenn Sie mit *es* meinen, daß ich mit mehr als einer anderen Person im Bett war. Aber in der damaligen Lage hatte ich keine Wahl und empfand auch kein Vergnügen dabei, und ich lege keinen Wert darauf, weiter mit Ihnen darüber zu sprechen. Ich spreche über Wahl und über etwas mehr als das, über mehr als freimütiges Begehren — über etwas, das ich wirklich nie kennengelernt habe, trotz meiner alten Vertrautheit mit meinem eigenen Blut. Als Nyateneri seufzte und Rosseth fest in ihre Arme schloß, da mußte ich ihn auch besitzen. Die Tollheit kam wie ein Blitz, so selbstverständlich, so überwältigend.

Zuviel Wein, zu viel geweint? Schon möglich. Es hatte sicherlich nichts mit Eifersucht zu tun — ich *sah* Nyateneri kaum in diesem Augenblick, hörte kaum etwas anderes als meine Stimme, die neben mir sagte, „Nicht ohne uns. Nicht heute nacht.“

Warum sagte ich das? Und warum in aller Welt sprach ich für Lukassa, wo ich gerade jetzt mit nichts anderem auf der Welt so sehr beschäftigt war wie mit mir selbst? Ich kann darauf nur zur Antwort geben, daß ich Nyateneri schließlich doch irgendwie gesehen, den Blick, den sie mir damals zuwarf, richtig gedeutet haben muß, aus dem nicht Zorn sprach, sondern Schrecken, Flehen, Verzweiflung. Der Junge trat zurück, mit offenem Mund, das arme Kind, aber Lukassa — Lukassa lachte laut, und dieses Lachen hörte sich so lieblich an wie das gemeinsame Getön von Zweigen, die im Frühling ihre Eishülle absprengen. Ich sagte, „Rosseth gehört uns allen. Er ist unser Ritter, unser reiner und tapferer Liebhaber, der uns dreien ohne Unterschied dienen soll." Mein Körper zitterte — ich konnte ihn nicht zur Ruhe zwingen —, aber meine Stimme war gelassen und ruhig. Auch das ist ein Kniff, einer meiner ältesten und mühsam erlernt. Er wirkt immer.

„Du hast dir deine Belohnung wohl verdient", sagte ich zu Rosseth. Ich ging auf ihn zu, legte meine Hände auf sein heißes Gesicht und zog ihn zu mir herab. Wie viele Scherze und Lieder gibt es, in denen er geküßt wird, der Stalljunge mit dem losen Mundwerk, Mist an seinen Stiefeln und unter seinen Nägeln, dessen einzige Bilder vom Lieben ihm Hengste und Stuten gewähren? Rosseths Mund war weich und kraftvoll zugleich, und er schmeckte wie die erste kleine Brise einer sommerlichen Morgendämmerung. Seine Hände, als er sie auf mich legte, waren so zärtlich, daß ich meinte, ich müsse wieder anfangen zu weinen oder vor Lachen schreien oder aus der Kammer rennen. Wenn er mich nicht gehalten hätte, wäre ich umgesunken.

Es ist ein Glück, daß ich sehr wenige Gelegenheiten hatte, zu erfahren, wie schrecklich leicht Zärtlichkeit mein Herz öffnet. Ich danke meinem Glück jeden Tag. O ja, ich tu's.

Der Fuchs

Tauben. Wenn ich die Nase hebe, keine Decke, keine Sparren zwischen uns. Schließe die Augen und sehe gurreweiches Taubendunkel, saftige Flügelschläge erfüllen die Luft mit Staub und Körnchen, flauschige kleine Unterfedern schweben herab. Viel Gegurre, viel Gehasche und Geraschel auf ihren Nestern, unruhig meinetwegen. Schließen ihre hübschen kleinen Augen, wie Bluttropfen, sehen mich auch.

Hier unten, hoho, hier unten geht *allerhand* Gehasche und Geraschel vor sich. Viele Leute in der Kammer, viele Leute, die anderen Leuten die Kleider abnehmen wollen. Junge weicht zurück bettwärts, hält mit einer Hand Nyateneris Hand, versucht mit der anderen, Lals Hemd aufzumachen. Lal hilft ihm, bricht sich den Fingernagel ab, flucht. Jungenbeine verhaken sich hinterm Bettpfosten, er setzt sich. Lukassa kniet hinter ihm auf dem Bett, lacht. Nyateneri dreht sich um, sieht mich an. Wir reden.

Tu's nicht. Tu's nicht.

Muß.

Wird nicht dauern. Kann nicht dauern.

Ich weiß. Muß. Hilf mir.

Fenster fast weit genug offen. Baum macht *krick-zisch*, ein dünner Zweig führt hinauf zum hübschen kleinen Taubenschlafzimmer. Nyateneri. *Hilf mir.* Lal streckt die Hand aus, zieht sie runter.

Rosseth

Lal hat Grübchen in beiden Schultern. Lals Schlüsselbeine sind so stolz und samtig wie das Geweih eines jungen *sintu* im Frühjahr. Lals Nacken läßt mich aufschreien, als sie ihren Kopf zu mir herabbeugt.

Lukassa riecht nach frischen, frischen Melonen und Pfefferschoten und Granatäpfeln auf Marktständen. Ihre Brüste sind weicher und spitzer als Nyateneris Brüste, und die Innenseiten ihrer Unterarme sind wirklich durchsichtig — es ist, als sähe ich kleine blaue Fische gemächlich zwischen ihren Adern schwänzeln, ein und aus. Als sie ihre Hand auf mich legt, ist Lals Hand schon da. Sie dreht den Kopf und lächelt, lächelt bloß.

Nyateneri. Ich kann Nyateneri nicht sehen. Auch ihre Hände bewegen sich auf mir, und sie beißt mich in den Mund, bis Blut kommt, aber ihr Gesicht kann ich nicht sehen.

Nyateneri

Nein. Nein. Ich kann das nicht zulassen, ich kann's nicht. Nicht einem, nicht allen zuliebe, nein.

Aber diese Süße — diese *Freundlichkeit.* Wann war es das letzte Mal, daß dich jemand wie dieser Junge küßte — *dich* küßte, nicht deinen Bogen oder deinen Dolch oder die Dinge, du du tun kannst, die Dinge, die du weißt? Wann liebkosten dich Hände so erfahren wie Lals Hände oder mit solcher Empfänglichkeit wie Lukassas Hände? Und du bist so müde und so einsam, und alles liegt so lange zurück.

Ich darf das nicht zulassen. Es wird nicht dauern — *er* weiß es. Ich versuche, Rosseth von mir wegzuschieben — doch es ist nicht Rosseth, es ist Lukassa, die meine sehnsüchtige Hand ergreift und sie in sich zieht, über sich, über Lal, als wollte sie sie in meine Berührung hüllen wie in ein Kleid. Lals Bauch brandet gegen meinen Mund wie ein Fluß; Lukassas liebes ungeschicktes Knie, das mich irgendwo stößt, Lals abgebrochener Fingernagel, der meine Hüfte schrammt. *Nein, nein, es wird nicht dauern.* Lukassa. Lukassas Haar auf mir. *Nein.*

Lal

Jemandes Hände sind unter mir, jemandes Mund ist auf jeder Brust. Meine Augen sind weit geöffnet, doch ich sehe nur jemandes Haar. Rosseth haucht meinen Namen; Lukassa wimmert, *o, o, o, o,* und jeder leise Schrei ist eine brennende Seligkeit für die Narbe, innen an meinem Schenkel. Ich will erzählen, wer sie mir dort zugefügt hat, aber ein anderer murmelt *„Lal"* in meinen Mund, erstickt die alte Qual mit einem Kuß. Ich umarme jeden, den ich fassen kann, stoße alle meine Türen und Fenster weit auf, um den ungestümen Trost einströmen zu lassen.

Der Fuchs

Beinahe die Breite — vielleicht breit genug? Vielleicht für einen kleinen, kleinen Fuchs mit weichem Pelz? Die Wand entlang, husch, Vorderpfoten auf dem Sims — Nase, Schnurrbart, Ohren könnten durchpassen. Hallo, Täubchen.

Ein hurtiger Blick zurück, niemand sieht mich. Schwierig, Nyateneri zu sehen, bei all diesen Beinen. Schreien, Lachen, das arme Bett schwankt und stöhnt, die letzte Flasche zerschellt auf dem Boden. Zu lärmig für einen Fuchs, woanders ist es viel friedlicher. Zusammenkauern, kleinmachen, ein sehr kräftiger Stoß — eine Pfote, zwei Pfoten, *eine* Schulter, jetzt der Kopf, jetzt die *andere* Schulter —, und da ist er, der ganze Fuchs, auf einem hübschen, breiten Ast und lacht verschmitzt im Mondschein. Da ist ein Fuchs im Mond.

Wenn Nyateneri mich riefe, *komm zurück*. Käme vielleicht zurück.

Mond — Fuchs: *Zu spät. Zu spät. Nichts hält. Besuche die Tauben.*

Nyateneris Stimme: Freude, Schmerz, Verzweiflung, wen kümmert's? Sie meint nicht mich, sie ruft mich nicht. Ich lauf hinauf im Mondschein zum Dach, auf das entzückende fedrige Fenster zu, dem entzückenden Blutwispern zu, das nach mir verlangt.

Rosseth

Es muß Lukassa sein. Ich kann ihr Gesicht nicht sehen — die Kerze neben dem Bett ist längst umgestoßen und im Talg erstickt —, doch es ist Lukassas Duft, und es ist ihr Haar in meinem Mund und die kleinen, scharfen Zähne, die sich in mein Handgelenk senken. Das ist nicht gut, nicht gut, es sollte Nyateneri sein — Nyateneris Hand, die mich führt, *o unglaublich*, Nyateneris lange Beine umschließen mich, halten mich fest. Aber alles ist Mondschatten und Weinflaschen, bis auf *das*, und

Nyateneri ist von mir geglitten, obwohl ich ihre Nähe riechen kann, als ob mein Kopf noch in ihrem Schoß wäre, und nur ein paar Schritte entfernt diese zwei Männer, erst ein paar Minuten tot. Und ich kann Lal lachen hören, leise und schön — wenn ich die Hand nach links ausstrecke, ja, so, kann ich das Lachen auf meiner Handfläche spüren. Zwischen zwei Fingern Lals Flüstern: „Rosseth, Junge, so stark in mir, so freundlich, so wunderschön in mir. Rosseth, Rosseth, ja, so, ja bitte, mein Lieber, mein Lieber." Der Name, den Karsch mir gab, der Name, den ich immer haßte, wie schön ist mein Name. Wenn ich mich in dem Klang, mit dem sie ihn ausspricht, doch verbergen könnte, um nie mehr hervorzukommen.

Aber ich bin nicht in ihr, auf keine Art, selbst in dieser tanzenden Dunkelheit nicht. Es ist Lukassa, die mich willkommen heißt — Lukassa, die sich zurückbiegt, um mich zu küssen, sie, die nie mit mir spricht, schenkt mir ihren Atem und nimmt mir den meinen — Lukassas Hinterbacken versengen meine ungläubigen Hände. Zu einfältig sogar, mich hineinzustümpern in die Frau, die ich am meisten begehre, wie kann ich dann zugleich zwei andere vereinen und verzücken? Es gibt Sagen über solche Männer, aber ich bin bloß Rosseth — kein Ritter, sondern bloß Rosseth, der Stalljunge, dessen bißchen Verstand zum Mond geflogen ist, der seinen idiotischen Leib in diesem Bett umherwerfen läßt wie ein Spielzeugschiffchen auf der wilden Bai von Byrnarik, die ich nie gesehen habe. *Jemand war dabei, mich dorthin zu bringen, jemand nahm mich mit, um den ganzen Tag dort zu spielen, auf der Byrnarik-Bai, schrei, schrei, wohin mich jetzt Lukassa mitnimmt. Es war ein Lied. Dort war ein Lied.*

Jemandes Hand ist auf meinem Rücken, auf meiner Hüfte, liebkosend, hartnäckig, heftig drängend, hält dann inne, als ich innehalte, bewegt sich mit mir auf der Byrnarik-Bai. Lals Stimme, ein plötzliches schrilles Flüstern, so wie es klingen muß, wenn ihr Degen aus seinem Rohrversteck schnellt. „Rosseth? *Rosseth?*"

Am Ende war es mein Haar, das mich verriet, wie ich es mir wirklich hätte denken können. Rosseths Haare sind nichts als dichte Locken — das meine ist so grob und struppig wie das seine, doch zum Unglück so glatt, daß keine Täuschung möglich ist. Hätten sich Lals Finger nur einmal in mein Haar gekrallt, wäre alles vorbei gewesen, selbst wenn sich der Zauber durch irgendeinen Zufall behauptet hätte.

Was er nicht tat. Es ist eine höchst merkwürdige Empfindung, zu erleben, wie selbst die kleinste Verzauberung von dir weicht. Ich meine es nicht als Beleidigung, wenn ich Ihnen sage, daß es anders ist als alles, was Sie sich vorstellen können. Es ist anders als alles, was ich mir vorstellen kann, selbst heute noch, und ich habe es in meinem Leben dreimal erfahren. Dichter und Möchtegern-Zauberer schwafeln vom Vorbeiziehen großer Flügel, über ein Gefühl, von einem Gott verlassen worden zu sein, nachdem er dich auf fast unerträgliche Weise benutzt und erregt hat. Das ist Unsinn. Es ist wie ... wissen Sie, wie es ist, wenn eine Luftblase auf Ihrem Handgelenk zerplatzt und nichts zurückbleibt als ein kleiner kalter Hauch, das dem Gedächtnis der Haut schon entschwunden ist, wenn es der träge Geist erst zu begreifen beginnt — ja? So ist es. Mehr nicht.

Vielleicht verstehen Sie dann auch, daß die verzauberte Person es nur dadurch erfahren kann, wie dieses Verschwinden auf andere Leute wirkt. Während der ganzen neun Jahre, da ich Nyateneri war, Tochter von Lomadis, Tochter von Tyrrin, gab es nicht einmal eine Frau, die mir, ob unter schimmerndem Helm hervor oder von einer schmutzigen Viehtränke, einen Blick zuwarf. Die Brüste, die Rosseth quälten und kühn machten; die weiche Haut, der geschwungene üppige Mund, die vollendete Anmut der Haltung — alles das war immer ein Zauberkunststück, das einzige, das ich kannte, um jene, die mich töten wollten, vielleicht eine Weile in die Irre zu führen. Ich war verkleidet — gut genug verkleidet, um zusammen mit wirklichen Frauen zu leben, zu reisen und täglich vertraulichen Umgang mit ihnen zu haben —, aber ich war nicht verwandelt, weder tatsächlich noch in meinem Gefühl von mir selbst. Es gab niemals einen Augenblick in jenen elf Jahren, da ich glaubte, ich sei wirklich Nyateneri.

Und trotzdem. Trotzdem, in diesem übervollen Bett, mit Lal, die mich umhüllt, mit Lukassas streifender Hand zwischen uns und mit meiner eigenen Hand, die schließlich Rosseth fand, mit dem gierigen, überschwenglichen Staunen ihrer drei Leiber, die sich in meinem wiederfanden — wessen Name war echt, wessen Geschlecht für immer festgelegt? Es war Rosseths unschuldiges Begehren, welches das meine grollend aus einem langen, langen Winterschlaf geweckt hatte; wer war es denn, den es nicht weniger nach seinem Mund verlangte, weil Lals Mund so üppig war, nach seinen Händen nicht weniger, weil ihn die der einsttoten Lukassa so ängstlich liebkosten? War ich's — ein Mann, wie wir sagen — oder Nyateneri, die Frau, die es nie gab? Ich weiß nur, daß ich sie alle küßte, unter ihren Küssen erwachte, daß ich nicht mehr und nicht weniger Nyateneri war als der Mann, der nicht Rosseth war, als Lal aufschrie und ihre Hände in seinem Haar vergrub. In jener Nacht, in jenem Bett verlangte niemand Zoll und bewachte niemand die Grenzen.

Lal

Einen Augenblick lang — nicht länger als der Wimpernschlag, den ich brauchte, um Nyateneris Kopf an den Haaren heftig zurückzureißen und durch die flirrende Dunkelheit in das fremde, vertraute Gesicht über mir zu starren — diesen Augenblick lang bin ich wieder Lal-Allein, kalt und leer und bereit, zu töten. Nicht, weil sich die Frau, die mit mir im Bett ist, als Mann erwiesen hat, sondern weil der Mann mich getäuscht hat und ich es mir nicht erlauben kann, darf, daß man mich täuscht — bei Tag oder Nacht, im Bett oder in der Seitengasse; es ist die einzige Sünde, die ich als Sünde erkenne. Mein Stockdegen lehnt in der Ecke — oh, nackte, törichte Lal! —, doch meine Finger haben sich zu einem Schlag gekrümmt und verbunden, der Nyateneris

Luftröhre zerschmettern wird, als der leise Schrei hörbar wird: „*Er* hat's mich gelehrt, der *Mann, der lacht*!" Und ich lasse beide Hände sinken, und Nyateneri lacht wie sie, wie er, und küßt mich wie ein Sturm und bewegt sich langsam in mir. Und ich schreie.

Oben im Taubenschlag geht etwas vor sich: undeutlich ein Wirbel von Protest, gereizter Lärm, als ob die Vögel von ihren Sitzstangen herunter und wieder hinauf springen würden. Was mag wohl, werden sich die Viehtreiber, der Matrose, das fromme Pärchen fragen, in dieser Kammer vor sich gehen? Was würde der fette Mann denken, wenn er die Treppe hinaufschleichen, die Tür öffnen und uns in diesem Augenblick sehen würde, da wir übereinanderpurzeln wie eine Zirkustruppe im Mondschein, nichts als nackte Seiltänzer und schlüpfrige Tiere? Was würde ich selber denken, zögen sich nicht Lukassas Mund und Hals wie ein lieblicher Vorhang durch meine Sinne, würde ich nicht plötzlich, plötzlich meinen eigenen Tanz beginnen, Lals Tanz, oben, hoch dort oben in der nachtblütigen Nacht, Lals Tanz, ganz ohne Seil, nichts unter mir als die Liebe dreier Fremder, die mich nicht stürzen lassen werden?

Der Fuchs

Droben in den Sparren, drei sind noch übrig, was also will er? Drei schlaue Täubchen, daß ich sie just nicht packen kann, ja, machen ihm viele Dachstuben mit Tauben voll — warum also brüllen, warum jeden armen müden Schläfer wecken? Fetter Wirt ruft, flucht, kracht rein in Kammer und wieder raus, knallt mit Schranktüren, guckt unter Dielen, unter Betten — sogar *in* Betten. Hunde im Hof, im Stall, auf der Treppe, schnüffeln und kläffen, fast wie fetter Wirt. Junge Rosseth rennt hierhin, rennt dorthin, ist an zwei, drei Stellen zugleich, sieht schuldbewußt aus und glücklich. Junge Tikat hilft — *das* ist ein Jammer, dieser Junge weiß zuviel über zu vieles. Hätte ihn verhungern lassen sollen, der freundliche Fuchs.

Tage um Tage, alles wegen ein paar von seinen knochigen kleinen Tauben. Nyateneri, Lal, Lukassa, sie reiten weiter aus, reiten zurück, nie ein Blick für jemanden, der sich den ganzen heißen Tag in den Feldern versteckt, die ganze Nacht in einem hohlen Baum vor Kälte zittert. Nicht mal die Gelegenheit, Mann-Gestalt anzunehmen, nicht, solange Junge Tikat da ist. Die Nördlichen Öden sind besser als dies. Kloster ist besser, bis auf das scheußliche Futter.

Heute morgen. Ganz bewölkt, ein dünner Nebel, kalter grauer Schweiß. Ich haue ab zu den Bergen, bloß ein kleiner Spaziergang, suche nach Vögeln, Kaninchen, einem *kumbii* vielleicht — großes saftiges rotes Maulwurfsvieh, fast so groß wie ich. Kein *kumbii,* nichts Hübsches, nichts als der Geruch eines Sturms, der kommt, und eine blöde Eidechse, die über die eigenen Füße fällt, als sie mich sieht. Nicht gut, sie zu fressen, diese Eidechsen, vergiften deine Augen, lassen deine Zähne ausfallen. Diese freß' ich zur Hälfte.

Mein Pelz zischelt. Sturm rollt von Osten heran, grün und schwarz, ein Scharmützel von Blitzen. Frösche werden unruhig in den schmalen, flachen Bächen — vielleicht ein hübscher Frosch für mich? Gar zwei Frösche? Pirsche leise am Bachufer entlang, will bloß mal gucken. Ein Hund heult.

Kein Hund, das weiß ich. Bellt wieder, näher — groß, läuft schnell. Und noch immer kein Geruch von ihm, kein Zucken in meinem Schnurrbart, kein Schauer in meinem Blut, der sagt *Hund, Hund.* Ist noch Morgen, aber auch zu neblig, mehr zu sehen als Bäume, Steine und das Gerippe eines abgestorbenen Zauns. Doch seinen Atem hör ich.

Hinauf das Ufer und davon, geradewegs durch Brombeeren, Himbeeren, Dornverhau, wohin Hunde nicht gehen. Dieser tut's. Hinter mir krachen und knacken Büsche — ein Winseln wegen eines Dorns, noch ein langes Heulen wegen eines armen, kleinen Fuchses, der ihm nie was Böses getan hat, und da kommt er, da kommt er, mit dem ersten Donnerschlag, der *seine* Fersen verbellt. Aber ich schon mitten in den gepflügten Feldern, fliege über Karrenfurchen, breche nach links aus, nach rechts, quer über Buckel, durch Weingärten — ho*ho*, ich laufe wie das, was ich fresse, wie auch nicht, nur besser. Keiner kann's mit mir aufnehmen.

Mehr Donner, näher als er es ist, doch nicht laut genug. Zwischen all dem Rasseln und Ächzen immer sein Atem. Und jetzt der Regen. Donner stört mich nicht, aber dieser Regen schmettert mich nieder, wirft mich in schlammige niedergedrückte Getreidehalme — und immer sein grauer Atem, schwerer, kälter als der Regen, über mir, in mir. Auf den Füßen im selben Atemzug, keine Sorge, und rüber nach rechts in den tiefen Wald. Kein Blick zurück, wozu? Kaninchen sehn sich nie nach mir um. Drüben, hinter diesen Bäumen ein Obstgarten und hinter dem Obstgarten das Wirthaus, wo nette alte blinzelnde Großväterchen unter Marineschas Röcken vor dem Sturm Schutz finden. Fang mich *dort,* niederträchtiger Hund ohne Geruch, fang mich *dort.*

Es geschieht aber etwas. Nichts geschieht. In den wilden Wald hinein, hinaus, der Obstgarten fliegt vorbei, das Wirtshaus ist nicht nähergerückt. Wie kommt das? Ich kann's sehen, sogar durch Wind und Regen und Dunst — sehe Schornsteine, Hof, Badehaus, Stall, sogar meinen hübschen Baum, dessen Zweige gegen Frauenfenster schlagen. Ich renne und renne, hätte inzwischen schon dreimal dort sein müssen, aber ich laufe nicht zum Mond, das Wirtshaus kommt nicht näher. Hund bellt zu meiner Linken — ich schlage einen Haken in Richtung auf die Stadt, mach kurz darauf wieder kehrt. Doch jedesmal, wenn ich's versuche, ist das Wirtshaus weiter weg, Hund ein bißchen näher und mein Pelz vor Nässe schwerer, zerrt an meinen Beinen. Niemand läuft so schnell wie ich, aber niemand läuft ewig.

Kaninchen blicken sich nicht um. Leute drehn sich um. Unter einem hohen Baum verwandle ich mich und nehm endlich Mann-Gestalt an — welcher Hund würde jemals Mann-Gestalt wie einen armen Fuchs jagen? Dieser Hund. Aus Nebel und Regen, jetzt seh ich ihn, nichts als heulender Rachen, feuchte Zähne, lächerlich lange Ohren, kommt er durch den Sturm wie ein Feuer auf vier Füßen. Ja, ja, und soviel zur menschlichen

Überlegenheit. Zwei Sprünge, dann steh ich wieder auf meinen eignen vier Füßen, presch wieder los, dorthin, wo er mich haben will, schnurstracks zur Stadt. Er wird mich nicht einholen, ich werde ihm nicht entkommen.

Der Sturm treibt uns beide, Hund und mich, während wir laufen, zurück ins schlimme Land, wo Mildasis hausen. Nebel wird dünner, Donner zieht murmelnd fort über die Dachfirste, letzter Blitz ist in Mittagssonne verschwunden. Der steinerne Durchlaß eines Baches fällt mir ein, kleiner, kleiner Durchlaß, leitet das Schmutzwasser vom Marktplatz ab, zu schmal für einen Hund, der so groß und häßlich ist wie dieser — da kann er den ganzen Tag, die ganze Nacht nach mir heulen. Größte Geschwindigkeit jetzt, keine Möglichkeit für ihn, mir den Weg abzuschneiden. Hab ich gut gemacht, größte Geschwindigkeit jetzt.

Aber der Durchlaß fließt wie ein Fluß, Regenwasser brandet hoch auf beiden Seiten. Ich sehe dunkle tote Dinge vorbeiwirbeln — Ratten, Vögel, mich selber, falls ich runterspringen würde. Keine Zeit, nachzudenken, *ja, nein,* nur noch Zeit, mit einem wunderschönen Sprung hinüberzusegeln, ein hübsches Bild so ein Fuchs-Fisch, der in der Luft schwimmt. Gelandet, und dann weiter, und, ein Gebell später, seine plumpen Füße, die wieder hinter mir dröhnen. Nichts im Kopf als den Markt — bloß ein Korb, ein Haufen Kohlköpfe, ein umgestürzter Schubkarren, irgendein Unterschlupf für einen müden kleinen Fuchs, dessen schmutziger Schwanz über den Boden schleift.

Leer der Markt, alle haben sich noch vor dem Sturm in Sicherheit gebracht. Schmutzige Leinwand über allen Karren, vom Regen durchtränkte Planen. Ich schaue links, rechts, ein Obststand, zehn Schritte und ein Sprung auf einen Korb, halb gefüllt mit matschigem grünem Zeug. Bin fast oben, packt mich eine Hand im Nacken — hart, hart, schmerzhaft, niemand faßt mich so an, nicht mal Nyateneri. Ich winde mich in meiner Haut, das Maul erschnappt nichts. Eine andere Hand umklammert meine Mitte, beide Hände heben mich hoch, halten mich ausgestreckt wie ein totes Kaninchen. Aber meine Zähne sind lebendig, und diesmal kriegen sie eine Schnauzevoll weichen Ärmel und ein knochiges Gelenk zu fassen, meine wunderschönen Zähne. Eine Stimme spricht meinen Namen, ohne Worte, und ich bin friedlich, klapp mein hübsches Gebiß nicht zu, zieh nicht mal einen Faden raus. Ich kenne diese Stimme. Ich kenne diese Stimme.

Die Hände drehen mich um, eine läßt los. Ich hänge in der Luft vor seinem Gesicht, und ich rühr mich nicht. Nyateneri würde ihn nicht wiedererkennen. Lal würde ihn nicht wiedererkennen. Er ist grau, überall grau, durch und durch grau — Knochen, Blut, Herz, alles grau. Grau wie Regen, dünn wie Regen auch, die Kleider so zerlumpt und feucht, daß er genausogut ein Regenkleid tragen könnte. Sie würden ihn nie erkennen. Aber trotzdem, er ist, wer er ist, an irgendeiner Stelle, die noch nicht grau ist, und ich warte auf seine Stimme, die mir sagt, daß ich mich bewegen darf.

Nach einer langen Zeit sagt er abermals meinen Namen, jetzt mit menschlicher Stimme. Nyateneri kennt meinen Namen, doch nie spricht sie ihn aus, nie. Er sagt, „Du hast mir viel Mühe gemacht. Das hast du immer getan."

Hund. Kein Hund weit und breit — keine Füße, die ohne Ende hinter mir dröhnen, kein kalter, leerer Atem. Ich sage, sehr kleinlaut, „Der Hund ohne Geruch. Du."

Da lacht er, versucht zu lachen, wie nur er es kann, doch es kommt heraus wie Blut. „Nein, nein, nein, du warst auch immer ein Schmeichler. Der Sturm, ja, ein bißchen Sturm für kurze Zeit bringe ich noch zustande, aber nie wieder werde ich die Gestalt wechseln können. Nein, der Hund war bloß ein Teil des Sturms, wie auch das Trugbild des Wirtshauses, und all das diente nur dazu, dich hierher zu treiben, zu mir. Auch das ein mühseliges Geschäft, wie ich sagte. Du bist stark und schlau geworden, während ich damit beschäftigt war, alt zu werden."

Vor langer, langer Zeit, länger als Nyateneri weiß, brauchte er niemals Hände, um mich zu halten, Trugbilder, um mich nach seinem Belieben zu rufen. Ich sage, „Selber Schmeichler. Was willst du von mir?"

Ich spüre das Zittern, als er mich behutsam niedersetzt. Er sieht sich um, noch immer sind keine Marktleute zurückgekehrt, hockt sich vor mich. „Lal", sagt er. „Nyateneri. Bloß ein paar Meilen, aber ich bin zu schwach, zu erschöpft, zu ihnen zu gehen. Hilf mir, bring mich hin."

Kein Befehl, bloß eine Bitte, eine Gefälligkeit für einen alten — was? Freund? Mitstreiter? Gefährten? Ich habe keinen. „Warum mühst du dich mit mir ab? Du bist ein Zauberer, du kannst Stürme und Sturmhunde rufen, um einen armen Fuchs vor deine Füße zu hetzen. Jetzt ruf dir jemanden, der dich dahin trägt, wo du hinwillst. Rufe einen *sheknath*..."

Obgleich seine Lumpen bereits im Sonnenlicht dampfen, zittert er, hält sich mühsam aufrecht. „Das war der letzte Rest meiner Kraft, dieses Schauspiel, und das weißt du wohl. Nimm deine menschliche Gestalt an, Kleiner, bloß für kurze Zeit. Ich brauche einen Arm, eine Schulter, nicht mehr."

„Geh zu Fuß", sage ich. „Fliege. Wenn ich ein Zauberer wäre, würde ich überallhin fliegen." Ich hocke mich auf mein Hinterteil, lächle ihn an. Seit Tagen war nichts mehr so lustig, nicht seit den Tauben.

Zwei Kinder laufen über den Markt, bleiben stehen, um in den Pfützen zu planschen. Er sinkt hinter einen Stapel von Kisten, stößt seinen grauen Atem aus. Ich glaube, er könnte nicht aufstehen, wenn er müßte. Er sagt, „Bitte. Was *mich* hetzt, ist wirklich und nahe. Es darf mich an diesem Ort nicht finden. Du brauchst mich bloß zu Nyateneri zu bringen, zu meiner Lal. Du weißt, wer dich darum bittet."

Immer besser. „Und wer bin ich, mir deinen Feind zu meinem zu machen? Ein einfacher Fuchs, der wie Getreide in der Mühle zwischen zwei großen Zauberern zermahlen wird? Das geht mich nichts an, vielen Dank, mein Meister." Und ich wende mich ab, ein Fuchs im Sonnenlicht, der ein Plätzchen sucht, wo er sich gemütlich zusammenrollen und sich die Schlammklumpen aus dem Schwanz klauben kann.

Oh, laß sie nie aus den Augen, nicht, solange sie noch atmen. Keine Hand dieses Mal, sondern der furchtbare Biß, mit dem der

Wille eines Zauberers dich trifft: *schnapp,* wieder mein armer Nacken, *schwupp,* fast bricht mein Rücken, und *zack,* am Boden zwischen den Kisten neben ihm, nach Atem hechelnd. Er beugt sich über mich, sagt in meinem Kopf, „Kein Laut, kein elendes Gewinsel. Du weißt, wer dich bittet." Jetzt Stimmen, Räder auf Steinen, Flappen von Zeltbahnen, als die Leute beginnen, ihre Stände zu öffnen. Er kauert sich noch mehr zusammen, so daß nichts zu sehen ist als graue Lumpen. „Nimm die Gestalt an", sagt er. „Klug, wie du bist."

Wer denkt an mich? Niemand denkt an mich. Sparen sich ihre Höflichkeit, ihre Ehrlichkeit für andere, für Fremde auf, niemals für mich. Ich sage zu ihm, „Du sagtest, deine Kraft sei dahin. Lügner. Bitte um einen Gefallen, dann töte mich, wenn ich nein sage. Alt, gehetzt, allein, kein Wunder."

Wieder dieses rote, gespenstische Lachen, daß mein Pelz sich sträubt und die Ohren sich plattlegen. „Kein Wunder, du bist immer noch ein Fuchs, immer noch, nach so langer, langer Zeit, bei so viel Wissen und Scharfsinn. Grübelst du je darüber nach, warum du noch immer ein Fuchs bist?" Fußtritte, schwer, *das ist mein Obststand,* stampfen genauso wie die Füße des fetten Wirts. „Jetzt — nimm die Gestalt an!", und Mann-Gestalt steht auf zwischen den zerbrochenen Kisten, hebt einen grauen Bettler in ihre Arme. Genauso hielt er mich vor ein paar Augenblicken, doch ich bin behutsamer. Weil ich muß.

Obsthändler reißt das Maul auf, kratzt sich am Kopf. Will losbrüllen, aber weswegen? Netter alter blauäugiger Onkel hilft einem netten alten stinkenden Unglücklichen? Steht da, macht komische kleine Geräusche, als Mann-Gestalt ihre hilflose Bürde vorbeiträgt. Mann-Gestalt lächelt, nickt, Menschen, die sich verstehn. Bürde schnappt sich aus einem Krug eine Handvoll getrockneter Aprikosen, als wir vorbeikommen.

Er läßt sich von Mann-Gestalt über den ganzen Markt tragen, Augen geschlossen, Gesicht in Lumpen verborgen. Viel Mitgefühl, sehr viel Aufregung, so viele neugierige Fragen an Mann-Gestalt. „Nein, nein, er wird sich erholen, bloß ein bißchen Pflege und Geduld, wie wir sie alle brauchen. Nein, nein, danke, Rechtschaffenheit fällt immer leicht. Wohlwollende Fürsorge, sehr anständig, sehr freundlich, danke Ihnen, danke Ihnen." Ein paar Münzen sogar, edelmütig Mann-Gestalt in die Hand, in die Manteltaschen geschoben. Kleine Münzen. Auf der Straße, außerhalb der Stadt, und er sagt, „Ich kann gehen, vielleicht ein Stück. Hilf mir beim Gehen." Ein Arm um den Nacken von Mann-Gestalt, volles Gewicht auf der Schulter, besser, ihn zu tragen. „Du wunderst dich, was aus mir geworden ist. Wie es mit mir so weit kommen konnte." Schließlich merkt er, daß mich die Spur eines *starik* im feuchten Boden mehr fesselt, die Frösche in den Gräben mich neugieriger machen — im selben Graben zwei Frösche, einer grün und köstlich, einer rotbraun, der scheußlich schmeckt, wie das wohl kommt? Sein Lächeln, zerfetzt wie seine Kleider. „Nun, du bist ein kluger Fuchs, daran ist kein Zweifel. Ich habe dich mißbraucht und beleidigt — vergib mir, wenn du kannst." Ich vergebe nicht, ich spreche kein Wort mit ihm, all die Meilen bis zum Wirtshaus, aber er war inzwischen ohnmächtig geworden, also weiß er's nicht.

Tikat

Natürlich erkannte ich ihn. An seinem roten Soldatenmantel und an seiner Art zu gehen — zwei Schritte vor, den dritten ein kleines bißchen zur Seite — erkannte ich ihn schon aus der Entfernung, mochte sein Gesicht auch von dem zerlumpten Mann in seinen Armen halb verdeckt sein. Ich warf Rosseth meinen Korb vor die Füße (wir sammelten Fallobst und Eicheln für die Schweine) und begann zu rennen.

Im Hof traf ich mit ihm zusammen. Die Hunde bellten wie verrückt, wirbelten um seine Knöchel, und Gatti Jinni schrie sie von einem Fenster an. Als ich näher kam, stellte er den zerlumpten Mann auf die Füße, hielt ihn mit einem Arm um dessen Hüfte aufrecht. Der Mann sackte über seinem Arm nach vorn und hustete. Er war sehr alt, weit älter als mein Freund im roten Mantel, und das Geräusch dieses Hustens sagte mir, daß keine

Kraft mehr in ihm war, nicht die geringste. Ich dachte, er würde sterben. Rotmantel sah mich über seinen Kopf an und sagte mit dem flinken, schrillen Belfern, das ich kannte, „Mein Mitstreiter, der Pferdedieb. Wie schön, dich wiederzusehen."

„Die Mildasis haben dich nicht gekriegt", sagte ich. Eine schwache Antwort, wenn Sie wollen, aber was hätten *Sie* zu einer Person gesagt, die Ihnen beim letzten Mal Ihr Frühstück mit den Zähnen brachte? Jetzt zeigte er sie, so weiß, wie ich sie in Erinnerung hatte. „Würdest du ein kleines graues Pferd füttern und striegeln, wenn sie mich gekriegt hätten? Sieh genau hin, Junge, hier ist ein Freund für die Damen." Ich ging langsam zu ihm, und er ließ den alten Mann gegen mich fallen. Als ich ihn hochhob, verblüffte mich, wie schwer er war, ja es erschreckte mich sogar ein wenig, denn eigentlich hätte er überhaupt nichts wiegen dürfen, bei dem wenigen Fleisch, das er an seinen zerbrechlichen Knochen hatte. Doch trotzdem knickten mir die Knie ein unter diesen Knochen, und ich stolperte einen Schritt nach vorn, worauf Rotmantel in ein schallendes Gelächter ausbrach. Ich wäre gefallen — ich sag's frei heraus —, aber er packte meine Schultern und richtete mich wieder auf.

„Mehr an ihm dran, als es scheint, wie? Nun, die Alten überraschen uns zuweilen, Diebskumpan. Was nun diesen betrifft, seine Knochen sind voll von Dunkelheit, und sein Blut ist schwer und kalt vor uralten Weisheiten, Geheimnissen. Wiegt 'ne Menge, so'n Zeug — erschöpft einen Mann, wenn er sich bloß von einem Ort zum anderen begibt." So brummelte und kicherte er, während ich mich mühte, den alten Mann zur Wirtshaustür zu tragen, wo Gatti Jinni stand, blinzelnd, mit hängender Lippe. Ich war dankbar, als Rosseth kam und mir half, ohne ein Wort zu sagen.

Da kam Karsch heraus. Er schob Gatti Jinni zur Seite und stand mit düsterer Miene dabei, als wir das arme Geschöpf wie ein klobiges Möbelstück vorwärts hievten. Hinter mir lachte Rotmantel immer noch: es prickelte in meinen Handflächen, als ich es hörte. Karsch blickte Rosseth an, nicht mich. Er sah mir nie in die Augen.

„Noch einer“, sagte er. Obwohl ich damals selber jeden Tag traurig erwachte und arbeitete und schlief, tat mir Rosseth in diesem Augenblick aus tiefstem Herzen leid, der an jedem Tag seines Lebens diese schleppende, gekränkte Stimme hören mußte. Doch mir wurde auch klar, daß Rosseth in seinem Herzen Karsch überhaupt nicht hörte. Er hörte die Stimme, die Befehle; er war immer höflich, verantwortungsvoll, sogleich bereit, jeden Auftrag freudig auszuführen — doch er hatte eine Art, sich seinem Herrn ständig zu entziehen, mir fehlen bloß die Worte, auszudrücken, wie er es machte. Auch Karsch wußte das — man konnte sehen, daß er es wußte und daß es ihm nicht gefiel. Ich glaube nicht, daß Rosseth sich darüber im klaren war.

Jetzt schüttelte er bloß den Kopf und sagte fröhlich, „Dieses Mal keiner von meinen, Herr, sondern ein Besucher für Frau Lal und Frau Nyateneri. Wir werden ihn in ihre Kammer schaffen und ihn ausruhen lassen, bis sie zurückkehren.“ Er nickte mir zu, und wir setzten uns wieder in Bewegung und schleppten und drängten den halb bewußtlosen alten Mann zum Wirtshaus.

Karsch knurrte und spie aus. Er machte keine Anstalten, einzugreifen, sondern starrte uns angestrengt mit seinen blassen Augen an, als wir an ihm vorbeikamen. Wir hatten die Schwelle erreicht, als er, nicht laut, doch sehr deutlich sagte, „Ein Besucher, stimmt's? Höchstwahrscheinlich eine weitere Leiche für den Krautacker.“ Ich verstand nicht, was er meinte, aber Rosseth stieg die Röte in den Nacken. Er rief nach Gatti Jinni, er solle uns zur Hilfe kommen, aber Gatti Jinni hatte sich in einem der modrigen Winkel, die er kannte, unsichtbar gemacht. Also schafften wir den alten Mann selber die Treppe hinauf.

Ich hatte gedacht, ich könnte hineingehen. Ich wußte, das Zimmer würde nach ihr riechen, daß es vielleicht schwer sein würde, das Bett zu sehen, in dem sie schlief, und sich zu fragen, ob jemand, der tot gewesen war, je von einer lebenden Person träumen konnte. Doch kaum hatte ich den Riegel beiseitegeschoben und die Tür eine Armlänge weit aufgestoßen, als mein Blick auf die Samtschärpe fiel, die über einer Stuhllehne hing. Es war die Schärpe, für die ich auf dem Markt von Limsatty mein erstes selbstgewebtes Tuch eingetauscht hatte; es war die Schärpe, die sie getragen hatte, als sie ertrank. Ich schloß die Tür und wandte mich ab.

Rosseth wollte zartfühlend sein. Er sagte, „Tikat, sie sind bei Mondschein aufgebrochen, sie werden den ganzen Tag fort sein. Sie — Lukassa — sie ist nicht da drin." Ich erinnere mich, daß er abermals errötete, als er ihren Namen sagte. Sich so große Mühe zu geben, die Gefühle eines anderen zu schonen, muß sehr unangenehm sein, schätze ich.

„Ich werde Marinescha raufschicken", sagte ich. „Tut mir leid." Dann eilte ich wieder die Treppe hinunter, als hätten sich alle Untiere versammelt, die ich aus meinen Albträumen während der Wanderung durch die Nördlichen Öden kannte, und verfolgten mich. Ich rannte so schnell, daß ich stolperte und im Hof auf die Knie fiel. Wäre Karsch dort gewesen, ihm wäre vor Lachen sein fetter Wanst geplatzt, und ich hatte es wohl auch verdient, ausgelacht zu werden. Aber vor dieser Tür war ich plötzlich ans Ende meiner Spurensuche gelangt. Ich war Lukassa gefolgt durch Wüsten, Wälder, über Flüsse und Berge, und jedem kleinsten Hauch einer Erinnerung an ihre Reise, den diese Stätten für mich aufbewahrt hatten, war ich nachgespürt — doch bis in diese Kammer wollte ich der Spur nicht folgen, und stünde meine einzige Liebe bittend vor der Tür, nicht mehr, nein. „Soll sie doch zu mir kommen, wenn sie will", sagte ich zu den staubigen Küken, die rings um mich gackerten und auseinanderstoben. „Sie muß zu mir kommen."

Und *das* war ein törichter Schwur, wie Sie sehen werden — ach, und unfreundlich dazu, denn ich glaubte die ganze Zeit noch immer, auf ihr läge ein Zauber, der sie davon abhielt, mich wiederzuerkennen. Aber ich war sehr müde — das will ich mir zugute halten — und sehr zornig und voller Verzweiflung; und gerade damals, als ich dort kniete, liebte ich niemanden, und ich hatte nie jemanden geliebt.

Wäre Tikat nicht gewesen, hätte ich die ganze Woche überstanden, ohne einen einzigen Teller zu zerbrechen. Oh, das mag sich für Sie sehr töricht anhören, aber Sie würden vielleicht anders denken, wenn Karsch unentwegt hinter *Ihnen* her wäre, wegen kleiner Mißgeschicke, Tolpatschigkeiten und vieler anderer Dinge, für die man wirklich nichts konnte. Und ich hätte es geschafft, trotz seiner Nörgeleien, seines Herumschnüffelns und Herumschreiens — ich meine, das allein würde genügen, etwas fallen zu lassen —, ich hätte es geschafft, die ganze Woche lang nicht einmal eine Teetasse oder einen Tiegel anzukratzen, selbst bei all dem Getöse, das wegen dieser blöden Tauben im Gang war; und dann kommt Tikat und ruft nach mir, wenn ich überhaupt nicht damit rechne, mit seiner hübschen, rauhen ländlichen Stimme, die nie meinen Namen ganz richtig sagen konnte, und natürlich ließ ich den Suppennapf fallen, wer hätte das nicht getan? Und natürlich drehte ich mich um und langte ihm eine — er hatte Verständnis dafür. Tikat hatte Manieren, es ist mir gleich, wo er herkommt.

„Tut mir leid, Marinescha", sagte er. „Ich wollte dich nicht erschrecken. Ich bin bloß gekommen, dir zu sagen, daß Rosseth dich oben braucht."

„Oh, tatsächlich?" sagte ich. Ich wollte nämlich nicht, daß er glaubte, ich sei jemand, der sofort springt, wann immer Rosseth mit den Fingern schnippt. „Nun", sagte ich, „du kannst gehen und dem Fürsten Rosseth sagen, daß die Prinzessin Marinescha zu einer Zeit erscheinen wird, die ihr paßt, und wenn *ihm* das nicht paßt, da ist ein entzückender Mann in der Küche, der ihn auf der Stelle *unten* sehen will." Schadry haßte Rosseth nämlich wie die Pest; es war schrecklich, was er diesem Jungen zumutete. Kaum hatte ich's ausgesprochen, tat mir leid, was ich über Schadry gesagt hatte. Ich sagte zu Tikat, „Ich komme rauf, sobald ich kann; ich muß bloß diese Scherben wegtun und hoffe, daß Karsch nichts merkt." Doch ich wußte, daß er es merken würde.

Tikat hatte die hübschesten Wimpern, die ich je gesehen habe.

Sie wären nicht auf die Idee gekommen, daß ein Dorfjunge wie er solche langen dicken Wimpern haben könnte; sie haben die Farbe warmer Nachmittagssonne auf dem Staub im Hof, wenn es spät ist. Und er war groß, *viel* größer als Rosseth, und dann war da diese Stimme; und wenn er nur ein bißchen auf sein Haar achtgegeben hätte, hätte er ausgesehen wie — ich weiß es nicht. Wie ein schöner Vogel oder ein Tier, ganz von selbst. Nicht, daß er von mir je mehr zu hören bekam als „Guten Morgen" oder „Guten Abend", ganz bestimmt, doch er war immer *sehr* höflich zu mir, das mag's Ihnen beweisen.

Aber dieses Mal war er anders. Ich kann Ihnen nicht sagen, wie anders er war — wenn ich sagen würde, er sei so bleich gewesen oder habe so gezittert, dann könnten Sie denken, das sei der Unterschied gewesen, aber das war es nicht. Ich weiß bloß, daß ich ihn noch nie so gesehen hatte. Er sagte, „Marinescha, das wirst du ihm selber sagen müssen. Ich kann da nicht wieder raufgehen."

„Was ist los?" fragte ich. „Was fehlt dir?" Seine Stimme war so leise. Ich meine, es ist nicht so, daß ich nicht wußte, welchen Kummer er hatte. Vermutlich wußte es sogar jeder *Gast*, daß er diese schreckliche Reise gemacht hatte, um sein Mädchen zu finden, und dann hatte sich dieses bleiche, flüsternde kleine — nun, ich werde einfach sagen, dieses kleine *Ding* einfach abgewandt und so getan, als kennte sie ihn nicht mal. Ich fand das schändlich, und ich glaubte, die anderen beiden hatten sie dazu aufgestachelt, dieses aufgeblasene, hochmütige Pärchen, und *ich* hatte nicht die geringste Scheu, das auszusprechen. Da verschlug's einem gewissen Stalljungen den Atem, kann ich Ihnen sagen, aber was kümmerte mich das? Tikat hatte *Manieren*, und wenn es etwas auf der Welt gibt, das ich schätze, dann ist es das. Manieren.

Doch alles, was er sagte, war, „Ich kann nicht — ich bin ein Feigling — ich kann nicht", und er war an mir vorbei und verschwunden und rannte um ein Haar Schadry um, als dieser vorbeikam, was mich zum Lachen brachte — ich konnte nicht wieder aufhören. Danach gab es dann nichts weiter zu tun, als Schadry zu besänftigen, die Scherben des zerbrochenen Suppennapfes zu verstecken und zu Rosseth hinaufzugehen. Er war gerade damit fertig, den ältesten Mann, den ich je sah, auf eine Matratze zu betten, die auf dem Boden lag. Die Augen des alten Mannes waren geschlossen, und sein Gesicht hatte die Farbe von altem Schnee. Ich war einmal Gehilfin eines Quacksalbers — ich war kaum mehr als ein kleines Kind — und habe viele Tote gesehen. Ich hätte den alten Mann für tot gehalten, doch Rosseth sprach mit ihm. Er sagte, „Das hätten wir, Herr, Sie liegen so bequem wie jeder andere im ‚Fischhaken und Schlägel'. Ich bin sicher, Ihre Freunde werden bis heute abend zurück sein. Gibt es sonst noch etwas, das ich für Sie tun kann?" Aber der alte Mann sagte kein Wort.

„Das einzige, was du für *diesen* da tun kannst", sagte ich von der Tür her, „ist, ihn zu fragen, wohin man seine Leiche schicken soll und welche Art von Priestern den Leichenwagen in Empfang nehmen sollen." Rosseth fuhr herum und starrte mich an, doch ich lächelte bloß. Rosseth haßte es von jeher, wenn ich ihn so anlächelte. Ich sagte, „Und das beste, was du für *dich* tun kannst, ist zu beten, daß Karsch die Matratze nicht vermißt. Er würde dir die Innereien rausreißen und neue reinstopfen."

Rosseth stieß einen langen, geduldigen Seufzer aus, und das war immer *seine* Art, *mich* zu ärgern. Er sagte, „Dieser Herr ist bloß gekommen, um seine Freundinnen zu besuchen. Er wird nicht über Nacht bleiben."

„Er wird die Nacht nicht überleben", sagte ich. Rosseth legte einen Finger auf die Lippen, aber ich schenkte dem natürlich keine Beachtung. Ich sagte, „Diese drei Schlampen werden zurückkommen und einen toten Mann finden, der auf sie wartet." Das gefiel mir nicht übel, und ich mußte richtig lachen, als ich daran dachte. „Arme Geschöpfe. Die einzige Art von Mann, von der sie keinen Gebrauch machen können. Ich *vermute* es jedenfalls."

Oh, sollte Rosseth da nicht wütend auf mich werden? Ich tat es mit Absicht, ich sage Ihnen das ganz offen. Weil Rosseth, seit diese Frauen ins Wirtshaus kamen, immer unausstehlicher geworden war, besonders in den letzten ein oder zwei Wochen. Früher hielten wir immer unsere hübschen erholsamen Schwätzchen, wenn Karsch nicht in der Nähe war, oder machten unsere kleinen Spaziergänge in den Wald oder gingen nachmittags sogar bis Corcorua — aber jetzt konnte er über *nichts* reden, außer über Lals wunderschöne Hände, Nyateneris feines Auftreten, oder darüber, wie bezaubernd und freundlich Lukassa sei, wenn man sie erst einmal kennengelernt habe. So ermüdend, so *langweilig*. Ich fürchte, daß ich wegen seiner Tagträumereien einfach die Geduld verloren habe, das ist alles.

„Marinescha", sagte er zu mir — eigentlich mehr durch die Zähne — „Marinescha, komm her und setz dich." Er setzte sich neben der Matratze auf den Boden und machte eine einladende Handbewegung. Ich blieb stehen, wo ich war, vielen Dank, bis er sagte, „Bitte", wirklich ziemlich höflich. Da ging ich hin und setzte mich, ihm gegenüber, auf die andere Seite des alten Mannes, und ich sagte, „Nun?" Nur dieses Wort, wissen Sie.

Rosseth sagte, „Du verstehst dich ein bißchen aufs Heilen. Besser als ich, es sei denn, es geht um ein Pferd. Sage mir, was zu tun ist."

„Das habe ich dir schon gesagt", antwortete ich. „Frag ihn, wo er beerdigt werden möchte. Er hat seit Tagen nichts gegessen, so wie er aussieht, und er muß in das Gewitter geraten sein, das heute morgen über der Stadt niederging. Und er ist sehr alt. Das ist alles, was ihm fehlt, aber es gibt nichts, was du dagegen tun kannst."

Nun, Rosseth sah so verzweifelt aus, daß er mir wirklich leid tat. Manche Leute sehen hübscher aus, wenn sie traurig sind, und auf Rosseth traf das zu. „Warum machst du dir um einen Fremden solche Sorgen? Ich bin sicher, er ist ein guter Mann, aber er ist kein Onkel von dir. Oder doch?" Das letzte fügte ich hinzu, weil Rosseth eine Waise ist — ich meine, auch ich bin eine, so daß wir immerhin *das* gemeinsam haben —, aber ich hatte wenigstens die Namen meiner Eltern gekannt und gewußt, wo sie herkamen, und der arme Rosseth wußte nicht einmal, wo er geboren wurde. Der Mann hätte also, wie Sie sehen, so gut wie jeder andere ein Verwandter Rosseths sein können.

Rosseth sagte, „Schau ihn an. Er ist jemand, er ist ein bedeutender Mann." Das machte mich wieder wütend, und ich sagte, „Warum? Weil er ein Freund von *denen* ist? Das ist er, und deshalb führst du dich so auf, stimmt's?" Doch Rosseth schüttelte bloß den Kopf.

„Schau ihn an, Marinescha", sagte er noch einmal. „Schau ihn an." Also warf ich zum erstenmal einen genauen Blick auf das Gesicht des alten Mannes — ich will sagen, ich betrachtete nicht den verschmierten Mund mit den lückenhaften Zähnen, nicht die Furchen und Runzeln und Kratzer und den Schmutz, der in allen klebte, nicht die schreckliche graue Haut, ich blickte an *allem* vorbei, sogar an den Gesichtszügen selbst, wenn Sie verstehen, was ich meine. Und ich weiß nicht — ich weiß nicht —, auf komische Weise begann es mich einfach glücklich zu machen, ihn anzuschauen. Es erweckte in mir auch den Wunsch, zu weinen, doch das war dasselbe. Ich weiß nicht, ich starrte ihn einfach an, und Rosseth tat es auch, und wir sprachen nicht mehr.

Nach einiger Zeit hörten wir unten Karsch nach Rosseth rufen. Ich sagte, „Du gehst besser. Ich werde einfach noch eine kleine Weile bei ihm bleiben." Rosseth blickte mich einen Augenblick an, und dann lächelte er und berührte meine Schulter, und er sagte, „Ich danke dir", und ging hinaus. Und ich saß da, neben der Matratze, beobachtete diesen alten Mann, und bald darauf ging ich und holte ein Tuch, um damit sein Gesicht ein bißchen sauberzumachen. Weil es keinen Grund gab, warum er schmutzig sein *mußte*, selbst wenn er alt und krank war und vielleicht starb. Und während ich damit beschäftigt war, schlug er seine Augen auf.

„Oh", sagte er. „Marinescha." Genauso, als würden wir einander schon seit ewigen Zeiten kennen, und er sei überrascht, mich zu sehen, aber auch erfreut. Er hatte eine nachdenkliche Stimme mit einem kaum merklichen fremdländischen Tonfall. Er sagte, „Meine Güte, ich komme mir fast so vor wie ein Kätzchen, dem seine Mutter das Gesicht leckt. Eine erfrischende Art, aufzuwachen, muß ich sagen.“ Als er lächelte, machte es überhaupt nichts aus, daß ihm Zähne fehlten.

Mit einem Male hatte ich große Scheu vor ihm. Am liebsten wäre mir gewesen, er hätte noch eine Weile länger geschlafen. Ich stand rasch auf und sagte, „Herr, fühlen Sie sich besser? Was kann ich für Sie tun?“ Genau wie Rosseth, eigentlich.

Da lachte er. Ich weiß nicht, wie ich Ihnen sein Lachen beschreiben soll. Ein zittriges, kleines, keuchendes Lachen war's, eher ein Husten, wirklich, aber man wollte es noch einmal hören. Er sagte, „Nun, du könntest dort im Sonnenlicht stehenbleiben — mehr würde ich gar nicht wollen —, doch ich denke, meine Freunde sind auf der Treppe. Ich weiß, daß du dir nicht viel aus ihnen machst, und ich möchte dich nicht beschämen, nachdem du so freundlich warst.“

Und im nächsten Augenblick waren sie da, die drei, stießen die Tür auf und erfüllten den Raum mit Geplapper und Getue. Sie standen da, sperrten die Mäuler auf, und die Augen traten aus den Höhlen, genauso wie bei einer Reihe toter Fische auf dem Markt, und dann stammelte die Schwarze, „Rosseth sagte uns —“, und Fräulein Nyateneri warf sich in die Brust und fragte, unverschämt, wie sie war, „Wo bist du gewesen?“ Die andere jedoch ging stracks zu ihm, kniete neben ihm. Sie schob ihre Hände zwischen die seinen und protzte mit dem großen, ordinären Smaragd, den sie immer trug. Er berührte ihn, und er lächelte und sagte etwas wie, „Er findet also seinen Weg nach Hause“, was ich nicht verstand. Aber sie weinte, ausgerechnet sie, und da sagte er, „Sei still, sei still. Du bist da, wo du sein solltest. Sei jetzt still.“

Natürlich hatte für *mich* keiner mehr einen Blick, als wäre ich nur Abfall für den Hund, nicht, als ich die Tür öffnete, und nicht, als ich sie hinter mir schloß. Aber ich blieb einen Augenblick auf dem Treppenabsatz stehen, nicht, um heimlich zu lauschen, sondern bloß um mich auf das vorzubereiten, was unten auf mich wartete — Schmutz und Rauch und Essensgeruch, Karsch und Schadry, die keiften, Gatti Jinni, der auf eine Gelegenheit lauerte, mich in eine Ecke zu drängen, im Schankraum Bauern und Soldaten, bereits bierselig, Gäste, die mich damit plagten, für sie vierzig verschiedene Aufträge gleichzeitig auszuführen, und meine eigenen Hausarbeiten, die bis Mitternacht weitergingen, ja noch länger, wenn ich Pech hatte. Ich mußte mich einfach zwingen, wissen Sie, zu vergessen, wie hübsch es war, mit diesem alten Mann ganz allein zu sein — zumindest so lange, bis ich mich mit meinen Gedanken in einem stillen Winkel verkriechen konnte. Wie hätte man denn sonst, meine ich, nach unten gehen können?

Lal

Natürlich waren wir eifersüchtig, alle beide — wie hätten wir nicht eifersüchtig sein können? Da waren wir, Nyateneri und ich, die wir unter großen Gefahren und Mühen eine Reise in ein fernes Land unternommen hatten, um unserem liebsten Meister zu helfen, einen trübseligen Tag nach dem anderen, nur um eine Spur seiner Anwesenheit in der Welt zu finden — und dann mußten wir dastehen und miterleben, daß er uns nicht beachtete, weil er eine Fremde begrüßte, Lukassa, als sei sie seine lange verschollene Tochter. Doch wie hätte es anders sein können? Er wendete sich immer sofort dorthin, wo die Not am größten war, ohne daß man es ihm sagen mußte. Mein Leben kann das ebenso bezeugen wie das von Nyateneri.

Trotzdem glaube ich, wenn er sie *chamata* genannt hätte, während all das Besänftigen und Trösten vor sich ging, daß ich ihn vielleicht geschlagen hätte. Das ist *mein* Name, wenn ich auch nicht einmal weiß, was er bedeutet. (Übrigens, einmal schlug ich ihn, vor sehr langer Zeit, als ich, verrückt vor Furcht, um mich schlug und so jung war, daß ich wirklich erwartete, er werde mich deswegen töten.) Aber er sprach einen ganz anderen Namen aus, wobei er Nyateneri und mich über Lukassas Kopf anblickte, der sich an seiner mageren Schulter barg. Er sagte, „Sein Name ist Arschadin."

Er liebt das, von einer ungestellten Frage zur nächsten zu hüpfen, wie ein Affe, der durch die hohen Äste Purzelbäume schlägt. Er lügt nie — niemals, aber du mußt ihm sogleich nachklettern, wenn du überhaupt mit ihm Schritt halten willst. Es ist zum Verrücktwerden, und genau das ist seine Absicht, und manchmal ist der Drang, ihn selber ein bißchen straucheln zu lassen, überwältigend. Ich deutete mit dem Kopf auf Nyateneri und erwiderte, „*Sein* Name ist Soukyan. Er gefällt mir nicht besonders."

Sein Lächeln hatte sich nicht verändert, es war so sanft und unerforschlich wie immer. „In diesem Fall würde ich ihn weiterhin Nyateneri nennen. Es sei denn, er ist entschieden dagegen." Er blickte ernst von einem zum anderen, als ob er einen kindischen Streit schlichte.

Nyateneri und ich sahen einander in die Augen, ich glaube, zum erstenmal seit jener Nacht, an die wir uns alle unter anderen Namen erinnern müssen. In der Woche danach, seit er, Rosseth, Lukassa und ich aus jenem übel zugerichteten, wackeligen Bett getaumelt waren, hatten wir mühselig unsere immerwährende Suche fortgesetzt, ohne mehr zu sagen, als nötig war, und meistens durch rasche Seitenblicke miteinander verkehrt. Doch es schien sich nicht viel verändert zu haben, außer daß Nyateneri — er hatte seine weibliche Verkleidung wieder angenommen, in erster Linie, um Karsch nicht um den Verstand zu bringen — den winzigen Raum nebenan bezogen hatte, und daß der arme Rosseth sich weder von uns fernhalten noch mit uns sprechen konnte. Für Lukassa waren die Ereignisse jener Nacht, soviel ich erkennen konnte, vielleicht nicht mehr als ein süßer, nachklingender Traum; für mich selber stellten sie eine ärgerliche Erschwernis dar. Ich schlafe nur mit sehr alten Freunden, von denen ich sehr wenige habe und bei denen ich nicht Gefahr laufe, mich zu verlieben, es keine Möglichkeit gibt, von der Aufgabe oder Reise, die vor mir liegt, abgelenkt zu werden, und keine Notwendigkeit besteht, auf der Hut zu sein. Ich schlafe nicht mit Leuten, die ich gerade kennengelernt habe, weder mit Reisegefährten, Mitarbeitern noch mit Männern, die mir zu ähnlich sind, und Nyateneri/Soukyan war nicht nur all das zusammen, sondern auch der vollkommenste Betrüger, den ich im Laufe eines Lebens unter Lügnern kennengelernt habe. Was immer sonst auch zwischen uns gewesen sein mochte — und ich war keine so selbstgefällige Närrin, mir vorzumachen, da sei nichts gewesen —, ich konnte nie und nimmer Vertrauen zu ihm haben, nicht zu einem Mann, der mich so schändlich und gefahrvoll hinters Licht geführt hatte. Verletzter Stolz, gewiß; aber es war auch Bedauern darin, und das ist in meinem Leben noch seltener als Vertrauen.

Nyateneri sagte linkisch, „Ich bin an den Namen gewöhnt. Ich werde auf ihn hören." Dann ging er, kniete neben der Matratze, und *mein Freund* ließ die Hand auf seinem Kopf ruhen. Ich stand unbeweglich, vor Freude und Erleichterung beinahe taumelnd und über alle und jeden auf der Welt verärgert. Selbst als *mein Freund* mich zu sich winkte, blieb ich, wo ich war.

„Das ist meine Lal", sagte er ohne Spott. „Meine Lal, die für alles sorgen muß, alles bedenken muß, für alles verantwortlich sein muß. *Chamata*, denen, die zu mir kommen, bringe ich nur das bei, von dem ich sicher bin, daß es ihnen eines Tages nützlich sein wird. Ich wußte, daß du in deinem Leben dem Onkel Tod immer so nahe sein würdest, daß du ihm auf der Straße zunicken würdest, also lehrte ich dich die kleine List, ihm im Vorbeigehen die Taschen zu leeren. Was deinen Gefährten hier angeht, er floh, als er kam, vor Hunden, wie selbst du sie noch nicht kennengelernt hast — Hunde, die auf seiner Fährte sein werden, solange er lebt." Nyateneri sah niemanden an, verzog keine Miene. Die Stimme *meines Freundes* fuhr fort, zitternd vor Ermattung und auch von seinem alten Lachen. „Hunde können erstaunlich gut riechen, aber sie sehen ziemlich schlecht. Man könnte vielleicht sagen, daß ich Nyateneri einen Weg zeigte, ihr Sehvermögen zu verwirren, zumindest für eine Weile." Die letzten Worte schienen in eine Frage zu münden.

„Für eine Weile", sagte Nyateneri. „Die letzten Hunde folgten ihren Nasen. Der dritte läuft noch frei herum."

Mein Freund nickte, mitnichten überrascht. „Ja, da liegt die Schwierigkeit, wenn man sich auf Listen verläßt — sie tun niemals die ganze Zeit ihre Wirkung. Und wenn du sie alle angewendet hast, ist wirklich nichts mehr übrig, nichts von dir selbst, ob diesseits oder jenseits der List. Er lehrte mich das, Arschadin."

Im Raum war es sehr still. Ich mußte etwas sagen. Ich sagte, „Arschadin. Der Junge, der bald nach mir kam, mit dem Tonfall der Berge und den komischen Ohren." Und fast gleichzeitig sagte Nyateneri, „Ich erinnere mich. Klein, aus dem Süden, trug die ganze Zeit eine *chikchi*-Flöte in seinem Hemd." Aber *mein Freund* drehte seinen Kopf langsam von einer Seite zur anderen, denn er war selbst dazu zu matt und schwach, ihn richtig zu schütteln.

„Ihr kennt Arschadin nicht", sagte er. „Keiner von euch. Ich kannte ihn auch nicht." Er schloß seine Augen und war eine Weile still, während Lukassa mit Kissen herumfuhrwerkte. Nyateneri und ich starrten einander an: wortlos und mißgünstig durchmaßen wir, Seite an Seite, Tage und Nächte, die wir mit ihm geteilt hatten, wenn auch durch Jahre getrennt. *Oh, du könnest ihn niemals antreiben, nie etwas aus ihm herauslocken als auf seine eigene Weise. Erinnerst du dich, erinnerst du dich, wie er es immer wieder machte, sagte er je etwas zu dir, ich erinnere mich, ja, und machte dich das nicht immer verrückt?* Während wir dastanden, hört ich eine Fliege in einer Fensterecke summen und Rosseths Lieblingsesel heiser nach Winteräpfeln schreien.

Die blassen, erschöpften Augen, die so prächtig grün gewesen waren, öffneten sich jäh. „Ich vermißte dich, nachdem du gegangen warst, *chamata*." Seine Stimme war gleichmäßig und nachdenklich. „Ich war nicht darauf vorbereitet, jemanden zu vermissen, nicht in meinem Alter. Ich konnte wohl kaum damit anfangen, neue Zähne zu bekommen oder unter den Fenstern junger Mädchen zu singen. Es war" — er zögerte kurz — „es war verwirrend."

Ich blickte ihn verständnislos an, denn ich erinnerte mich, daß er mich weder umarmt noch wenigstens gewartet hatte, mich gehen zu sehen, an jenem Tag, als ich allein wieder in die Welt aufbrach, weil er sagte, es sei Zeit. Ich war noch jung, und er war alles, was ich damals hatte, und ich weinte manch eine Nacht um ihn, eingehüllt in meine Decke, unter tropfenden Bäumen, nichts als ihre Äste zwischen mir und dem Wind. Doch nie wäre es mir in den Sinn gekommen, mich zu fragen, ob *er* sich ohne *mich* nicht herabgesetzt oder einsam fühlte, und die Vorstellung erscheint mir noch heute fast so unnatürlich, wie sie ihm vorgekommen sein muß. Nyateneri seufzte leicht, ohne Bösartigkeit. Es ärgerte mich trotzdem.

„Verwirrend", fuhr *mein Freund* fort. „Entweder bin ich gefühlvoller, als ich wußte, oder meine Eitelkeit verkümmert, wenn ich niemanden habe, den ich retten, schützen oder unterrichten kann. Wie immer es sich verhalten mag, Arschadin erschien an meiner Tür, als ich, wenn ihr so wollt, auf einem Tiefpunkt war und nicht recht wußte, was ich anfangen sollte. Ein alltäglich aussehender Junge, ohne deinen grimmigen Liebreiz, Lal, ohne Nyateneris Ausstrahlung. Er war auch keineswegs irgendein Flüchtling, sondern der zweite Sohn eines Bauern, wohlgenährt, einigermaßen erzogen, und er wußte mit gelassener Sicherheit, was er mit seinem Leben anzufangen gedachte." Er hielt inne, strich Lukassa abwesend über das Haar und blickte mit großer Bedachtsamkeit von einer zur anderen. Ich bin die Inbarati von Khaidun, falls ich Khaidun je wiedersehe — und das werde ich nicht —, von früher Jugend dazu erzogen, Geschichten zu erzählen, doch über die hinterhältige Kunst des Geschichtenerzählers lernte ich von diesem Mann genausoviel wie von meiner Mutter, meiner Großmutter und allen meinen Tanten. Ich habe ihm das nie erzählt.

Mein Freund sagte, „Arschadins einziger schlichter Ehrgeiz bestand darin, der größte Zauberer zu sein, der je über die Erde wandelte. Er schaffte es."

Just in diesem Augenblick schrie Rosseths Esel abermals, und wir brachen alle in ein Gelächter aus, das ein wenig zu laut war. *Mein Freund* verstummte einen Augenblick, und dann, scheinbar mehr zu sich selber, sprach er weiter. „Wißt ihr, man fragt sich immer, ob man einer jener ist, die der Verlockung des Lehrens nicht widerstehen können. Was wird geschehen, wenn ich jemandem begegne, dessen Gabe größer ist als die meine? Es ist ziemlich einfach, jene freundlich und hilfsbereit zu behandeln, die mich nicht bedrohen — aber wie wird es bei einem sein, der mein Meister ist und es noch nicht weiß? Wie werde ich mich an diesem Tag verhalten?"

Nyateneri und ich begannen gleichzeitig zu sprechen, doch er gebot mir mit einer Handbewegung Schweigen, die zwar zerbrechlich und kaum wahrnehmbar, aber nicht weniger gebieterisch war. „Wenn ihr nichts dagegen habt, können wir diesen Punkt auslassen, wo ihr mir doch beide so laut versichert, vor eine solche Entscheidung könne ich nie gestellt werden. Wir alle finden unsere Meister, wir alle — warum, glaubt ihr, sind wir auf dieser Welt? —, und ich sage euch, ich fand den meinen an einem verhangenen Nachmittag, als ich zur Tür ging, den Mund noch voller Teekuchen. Ich erkannte ihn auf der Stelle — so wie du, Lal, eines Tages den besseren Fechter erkennen wirst, wenn du ihn zum erstenmal mit deiner Klinge grüßt. Und ich lud ihn zum Tee ein."

Nyateneri betrachtete ihn mit einem spöttisch-ernsten Stirnrunzeln. „Das muß wirklich Jahrhunderte her sein. Du hast darauf bestanden, daß ich Tee richtig zuzubereiten lernte, einfach so, aber du hast ihn nie trinken wollen. Ich wurde fast verrückt bei dem Versuch, Tee zu machen, der dir am Ende schmecken würde."

„Zu jener Zeit hatte ich, außer Tee, andere Dinge aufgegeben", erwiderte *mein Freund* sehr ruhig. „Zu der Zeit, da du kamst, war ich lange damit beschäftigt gewesen, meine *lamisetha* vorzubereiten." Wir starrten ihn stumm und fragend an, und er lächelte. „Es ist ein altes Wort, ein Zauberer-Wort. Es bedeutet mehr oder weniger ‚Straße der Abreise'. Wie du stirbst — nichts ist in deinem Leben wichtiger als das, wenn du ein Zauberer bist. Weißt du, warum das so ist, Nyateneri?" Er hätte wieder unser Lehrer sein können, der uns mit Rätseln anspornte und herausforderte, auf die es nur eine Antwort zu geben schien, die indessen immer falsch war. „Du warst auf solche Dinge immer neugierig, mehr als Lal es je war." Doch Nyateneri schüttelte stumm den Kopf.

Mein Freund sagte, „Ein Zauberer *muß* in Frieden sterben. Ich spreche nicht von weltlichem Frieden mit seinen Nachbarn oder dem örtlichen Herrscher oder von dem, was die meisten seelischen Frieden nennen, in der Bedeutung, daß er alle maßgebenden Regeln eingehalten hat, welchen Göttern er auch gedient haben mag. Das, wovon ich spreche, vollzieht sich wirklich im Geist — eine Versenkung in sich selbst, eine besondere Art, still zu sitzen, was große Vorbereitung erfordert und vom Zauberer nur durch eine lange bewegungslose Reise zu erreichen ist. Das ist die *lamisetha*. Wie ich sagte, ich kann es nur dürftig umschreiben."

Da ertönte ein Klopfen, und ich ging, um die Tür zu öffnen. Ich erwartete Karsch zu sehen, doch es war bloß Gatti Jinni, der bereits wieder den Rückzug angetreten hatte, bevor ich die Tür öffnete. Vor Lukassa und mir hatte er unverkennbar Angst, obwohl er Nyateneri so drohend anblickte, als müsse sie sich für ihre Anwesenheit entschuldigen. Er murmelte, „Karsch. Wenn der alte Mann über Nacht bleibt, mehr Geld."

„Er bleibt über Nacht", sagte ich, „und länger, und in einem besseren Zimmer als diesem. Ich werde das mit Karsch regeln. In der Zwischenzeit möchten wir für ihn Brot und Suppe und Wein haben, und nicht Drachentochter." Aber Gatti Jinni war bereits durch den Flur weggehuscht. Ich drehte mich wieder um, gerade als Nyateneri sagte, „Und doch nahmst du mich auf. Keine heilige Gelassenheit danach, gewiß, doch keine Frage dazu, niemals."

Der Mund *meines Freundes* zuckte gequält. „Ja, gut. Es scheint, daß ich leicht zu verwirren bin — du warst mitnichten die erste, die mich davon weglockte, meine Seele in Ordnung zu bringen. Aber zu dieser Zeit beschloß ich, daß du endgültig die letzte sein würdest; diese alte Lockung, diese alte Falle sollte keine Gewalt mehr über mich haben, nachdem du dich auf deinen Weg in die Welt gemacht hattest. Und sie hat keine Gewalt über mich gehabt, bis auf den heutigen Tag. Was das angeht, habe ich das Wort, das ich mir gab, gehalten."

„Arschadin", sagte ich. Das Wort schien sich aus mir herauszuwinden wie ein lebendiges Wesen.

„Arschadin." Als er den Namen aussprach, klang er wie ein Seufzer durch kalte, gebrochene Zweige. „Arschadin wurde mein Sohn. Nicht mein leiblicher, aber mein Sohn bei der Suche, auf der Reise. Mein Sohn auch, was die Eitelkeit angeht, fürchte ich. Wir fürchten den Tod nicht in der Weise, wie andere ihn fürchten, wir Zauberer, vielleicht weil wir die Vergänglichkeit ein wenig besser kennen als die meisten. Und vielleicht ist das der Grund, warum wir um so heftiger danach dürsten, irgendeine Spur unserer Weltfahrt zu hinterlassen. Manche verstehen darunter solche Leistungen, wie sie die Unterwerfung und Umgestaltung der Erde selbst zu sein scheinen, doch für die übrigen von uns ist es nicht mehr als die Weitergabe von Wissen an jemanden, der wenigstens versteht, unter welchen Qualen es erworben wurde, und bei dem man sich darauf verlassen kann, daß er es nicht, zusammen mit uns, in die Dunkelheit entgleiten läßt. Aber Arschadin. Arschadin."

Er hörte auf, zu sprechen, und blieb so lange stumm, daß ich, obgleich seine Augen geöffnet waren, zu denken anfing, er sei eingeschlafen. Dazu war er fähig, wenn er wollte, meistens mitten in Unterhaltungen, die so leidenschaftlich oder enthüllend wurden, daß er sich im Augenblick nicht darauf einlassen wollte. Es hätte auch reine Schelmerei sein können — ich war nie sicher. Und schließlich war er am Ende wirklich alt, furchtbar alt und entsetzlich müde. Als ich ihn in just diesem Augenblick betrachtete, wünschte ich, so schlafen zu können, sein Bild im Schlaf aus meinen Augen zu verlieren. Umgehend grinste er mich an, bot seinen zerstörten Mund dem Blick dar wie ein Banner oder eine Blume, und fuhr so wohlüberlegt fort, als ob er nie innegehalten hätte.

„Ich verdiente Arschadin", sagte er. „In jedem Sinn des Worts. Ich war der größte Zauberer, den ich kannte — und, vergeßt nicht, ich war Lehrling bei Nikos und studierte lange bei Am-Nemil und später bei der großen Kirisinja selbst. Ich erheischte von der Welt weniger Aufmerksamkeit als jeder dieser Zauberer, aber ich wußte immer, daß ich einen wahren Erben verdiente, daß es mein Recht war, Vater eines Mannes zu sein, der weiser und mächtiger war als ich — eines Mannes, der in seiner Art so verschieden von mir war wie ein Vogel von seiner zerbrochenen Eierschale. Und so handelte ich, und so geschah es, und ich bekam genau das, was mein Stolz und meine Torheit verdienten. Ich beklage mich nicht."

„Ich will nicht unhöflich sein ...", fing Nyateneri an.

„Natürlich willst du das", erwiderte *mein Freund* gelassen. „Das bist du immer gewesen. Lal war ein ungezähmtes Tier, aber zuvor hat man sie dazu erzogen, Sänger und Dichter und selbst den verschrobensten der alten Zauberer zu ehren. Du aber warst immer gesittet, selbst in völliger Verzweiflung, und doch war kein Fünkchen schicklicher Hochachtung in dir. Ich führe das auf einen Mangel an Erziehung zurück und auf eine Ernährung in deiner Jugend, die bei weitem zu viel *tilgit* enthielt." Aber er ergriff Nyateneris linke Hand, auf der die Wunde und die Schwellung inzwischen kaum noch zu sehen waren, und drückte sie kurz an seine Brust.

„Ich will nicht unhöflich sein", wiederholte Nyateneri, „aber all dieses Lob für diesen Arschadin verwirrt mich ein wenig. Weder Lal noch ich haben bis heute jemals seinen Namen gehört" — er warf mir einen Bestätigung heischenden Blick zu und verbesserte sich — „besser, bis ihn Lukassa in deinem idiotischen Zuckerguß-Turm der Luft ablauschte. Und mag er dort auch der Zauberer gewesen sein, der rief — was immer er rief —, so wurde er doch getötet, und du lebst. Wieso das Arschadin zu deinem Meister und zum größten aller Zauberer macht, können weder Lal noch ich erkennen."

Mein Freund seufzte. Wieder trafen sich Nyateneris und meine Blicke, und dieses Mal konnte keiner von uns das Lächeln unterdrücken. Wir kannten diesen eigentümlichen, rauhen, hoffnungslosen Seufzer, so wie wir das vorwurfsvolle Murmeln des Blutes in unseren Trommelfellen kannten: *wieder eine gedankenlose Minute verronnen, wieder ein verschenkter Augenblick — wie viele, wie viele, wie viele davon glaubst du noch zu haben?* So seufzte er immer, um seinen Schülern mitzuteilen, daß ihre Antworten auf seine letzte Frage sein Leben um ein beträchtliches Maß verkürzt und die wenigen ihm verbliebenen Tage mit stiller Verzweiflung erfüllt hätten. Bei mir wirkte das immer, selbst nachdem ich es besser wußte.

„Lukassa“, sagte er zu ihr, „was geschah mit dir, als du starbst?“ Sie erwiderte seinen Blick ohne Furcht, doch mit genau jener verehrenden, unübersehbaren Verblüffung, für die *wir* noch jetzt von ihm eine Ohrfeige bezogen hätten, schwach wie er war. Doch er streichelte sie bloß und fragte noch sanfter, „Was geschah mit *dir*, mit der Lukassa in dir? Schliefst du? Schliefst du, so wie die Leute sagen?“

Er nickte, noch bevor sie den Kopf schüttelte. „Natürlich nicht. Du warst hellwach und schriest, nur geatmet hast du nicht. Nun, stell dir vor — und das sage ich zu dir, weil du wenigstens nicht glaubst, alles über Zauber zu wissen, im Gegensatz zu anderen —, stell dir vor, was aus einem Zauberer im Tod wird. Die meisten Leute sind nur hin und wieder hellwach — bei besonderen Gelegenheiten, könnte man sagen. Ein Zauberer jedoch ist immer hellwach, für alles bereit, und darum nennen ihn die meisten Leute einen Zauberer. Und niemals ist er das mehr als im Augenblick seines eigenen Todes.“ Er ließ sich jetzt dazu herab, der Reihe nach Nyateneri und mich anzublicken, dieser theatralische alte Teufel. „Wenn sein Sterben unruhig, wenn ihm nicht vergönnt gewesen ist, seine *lamisetha* vorzubereiten, oh, dann kann seine Hellwachheit etwas wirklich Schreckliches werden. Es gibt ein Wort dafür, und es gibt Worte, darüber zu gebieten.“

Ich kann nicht sagen, daß im Raum eine dramatische Stille eintrat, wie es ihm wohl lieber gewesen wäre. Unten im Hof riefen sich ein paar Fuhrleute etwas zu; Hunde bellten, Hühner gackerten, und ich konnte das zornige *sheknath*-Bellen hören, das Karsch benutzt, um die Ordnung wiederherzustellen. Doch uns vier überrieselte kalt eine besondere Stille. *Mein Freund* sagte, „Es gab Worte, die ich Arschadin nicht lehren wollte. Er lernte sie trotzdem. Es gab Dinge, die ich ihm nicht beibringen wollte. Andere wollten es. Er ging zu jenen anderen. Keine feindseligen Gefühle — niemals, nie einen Streit mit Arschadin oder Feindseligkeit. Er bot mir sogar die Hand, als er mich verließ."

Ganz plötzlich begann er lautlos zu weinen. Davon werde ich Ihnen nichts erzählen.

Als Nyateneri und ich ihn wieder anschauen konnten — Lukassa wandte ihren Blick nicht ab, sondern streichelte sein Gesicht und trocknete ihm die Augen, wie wir es nie gewagt hätten —, sagte er, „Ich liebte ihn wie mich selbst. Das war der Fehler. Es gab keinen Arschadin, den man lieben konnte. Es gibt keinen Arschadin, sondern nur eine wunderbare Gabe und ein ruhmvolles Verlangen. Ich dachte, daß ich um diese Dinge einen wirklichen Arschadin wachsen lassen könnte. Das war die Eitelkeit — die dumme, schreckliche Eitelkeit. Danke, meine Liebe, es geht schon." Lukassa versuchte, ihm beim Naseputzen zu helfen.

Ich erinnere mich, daß Nyateneri mit einer Schroffheit sprach, die mich aufschreckte. Es war das erstemal, daß ich seine Stimme wirklich als die eines Mannes hörte. „Also. Er ging zu denen, die ihm beibrachten, was du ihm nicht beibringen wolltest, und du gingst wieder an die Arbeit, ein angemessenes Begräbnis für einen Zauberer vorzubereiten. Und ich kam zur rechten Zeit vorbei, um dich wieder einmal zu verwirren, und, teils durch das eine, teils durch das andere abgelenkt, dachtest du gar nicht mehr an Arschadin. Bloß hin und wieder."

„Bloß hin und wieder", bejahte *mein Freund* leise. „Bis die Botschaften anfingen. Sie waren gar nicht so schlimm, die allerersten — ein paar Albträume, eine oder zwei schlimme Erinnerungen, ins Sichtbare befördert, ein paar ziemlich zittrige mitternächtliche Kritzeleien an meiner Tür. Nichts, was ihr nicht als alltäglich ansehen würdet, nichts, worin ihr eine Botschaft erkennen würdet. Aber ich tat's, und ich rief Arschadin zu mir. Damals vermochte ich das." Er seufzte, absichtlich komisch und verdrehte dabei sogar seine müden Augen. „Und er kam und saß in meinem Haus, so wie an jenem ersten Tag zur Teezeit, sah nicht anders aus, und er sagte mir, daß er wirklich unglücklich sei, weil es notwendig geworden sei, mich zu vernichten. Er habe nach einer anderen Möglichkeit gesucht, doch es gebe keine, und es sei nichts Persönliches, das müsse ich ihm glauben. Und das Schlimmste von allem war, daß ich ihm glaubte."

Da kamen das Essen und der Wein, wonach ich geschickt hatte, nicht von Marinescha gebracht, wie ich erwartet hatte, sondern von Rosseth. Karsch mußte es ihm befohlen haben. Er war entsetzlich befangen, schritt mit niedergeschlagenen Augen um uns herum, stieß einmal gegen Nyateneri, fiel einmal fast über die Matratze, als er das Speisebrett niedersetzte. Er tat mir leid, und er ärgerte mich zugleich. Ich wollte, daß er ging, dieser ungeschickte Diener, dieser freundliche Junge, der mich geküßt und in mein Herz geblickt hatte, Rosseth. Heute, wo ich das erzähle, möchte ich ihn immer noch bitten, mir zu verzeihen.

Mein Freund berührte ihn am Arm, dankte ihm und wartete, bis er aus dem Zimmer gestolpert war, bevor er weitersprach. „Was Arschadin lernen wollte, war nicht einfach und billig zu haben. Es gab Mächte, die man anflehen, Fürsten, die man besänftigen, gewisse unangenehme Vorauszahlungen, die man auf sich nehmen mußte. Doch er war der Meinung, das alles sei diesen Preis sehr wohl wert, und wer bin ich, bin es noch heute, daß ich das leugnen würde. Ich habe in meinem Leben meine eigenen Gebühren gezahlt, über Feuer hinweg mit Gesichtern gefeilscht, die ich besser nicht gesehen hätte, mit Stimmen, die ich noch immer höre. Zauber hat kein eigenes Dasein, sondern nur einen Zweck."

Wie oft hatte ich ihn das sagen hören, wann immer ich oder ein anderer aus seinem Sammelsurium von Schüler-Kindern ihm die Frage nach dem innersten Wesen der Zauberei stellte. Ich weiß, daß einige von uns ihn mit der Überzeugung verließen, er habe nicht den geringsten Sinn für Moral, und sie hatten vielleicht recht. Er sagte, „Aber andererseits hatte ich nie zuvor selber als Zahlung gedient. Das ist ein Unterschied."

Das Essen beachtete er nicht, doch er machte mir ein Zeichen, ihm ein wenig Wein einzugießen, und ich tat's, entsprechend dem alten Zeremoniell, das er uns gelehrt hatte, bei dem der Schüler vor dem Meister am Becher nippt. Der Wein war besser als Drachentochter, doch nicht viel. Er nahm den Becher von mir entgegen, gab ihn an Lukassa weiter und lächelte mir dabei zu. Er nahm sie als Schülerin an, bevor sie noch um Aufnahme gebeten hatte, so wie er es auch bei mir gemacht hatte. Ich lächelte zurück, und die Erinnerung ließ mich erbeben.

„Der wirkliche Preis von Arschadins Erziehung ist meine *lamisetha*", sagte er. Seine Stimme war völlig ausdruckslos. „Arschadin muß gewährleisten, daß ich sterbe, und wenn ich sterbe, dann einen so unruhigen, friedlosen Tod, daß ich ein *griga'ath* werde. Was ist das, Nyateneri — ein *griga'ath*?"

Das Erschrecken über die Frage — nein, über das Wort — entlockte Nyateneri tatsächlich ein leises Stöhnen und ließ ihn einen Schritt zurückweichen. Er antwortete nach einer Weile, und seine Stimme war so farblos wie sein Gesicht. „Ein wandernder Geist der Bosheit und Niedertracht, ohne Heimat, ohne Körper, ohne Ruhe oder Tod." Mit diesem Gesichtsausdruck hatte ich ihn noch nie gesehen, und ich sah ihn, mit einer Ausnahme, nie wieder so. Er sagte, ein bißchen kühner geworden, „Aber es gibt eine Zauberformel gegen den *griga'ath*. Du hast sie mich selber gelehrt."

„Das habe ich", sagte *mein Freund* plötzlich heiter, „aber sie wirkt nicht. Ich habe sie nur für dich erfunden, weil du dich vor diesen verdammten Kreaturen immer so gefürchtet hast. Du hast nie einen gesehen, und ich konnte mir nicht vorstellen, daß du je einen sehen würdest." Er hielt inne, und dann setzte er mit einer veränderten Stimme hinzu, „Aber ich habe einen gesehen, und du wirst vielleicht noch einen sehen."

Nyateneri konnte nicht sprechen. Ich kniete mich neben die Matratze. Ich sagte, „Es wird nicht geschehen. Wir werden es nicht zulassen."

Da berührte er mich, fuhr mit seinem Finger leicht über meine Stirn und über meine Wange, zum erstenmal, seit er mir Lebewohl gesagt und die Tür hinter mir geschlossen hatte, vor einer Ewigkeit. „Das ist meine Lal", sagte er noch einmal. „Meine *chamata*, die nur auf ihren Willen baut, deren wahres Schwert ihre Hartnäckigkeit ist. Was ist schon ein *griga'ath*? Nicht mehr als ein weiterer feindlicher Hauptmann, eine weitere Wüste, in der man überleben muß, ein weiterer Albtraum, gegen den man bis zum Morgen ankämpfen muß! Bloß eine kleine zusätzliche Entscheidung, eine zähnefletschende Ablehnung — *Lal wird das nicht zulassen! Lal existiert, und Lal will's nicht so haben!* Was ist dagegen ein *griga'ath*?

In den Worten lag Spott, doch die leichte, trockene Berührung meiner Wange sprach von Liebe. Ich antwortete ihm und sagte, „Ich habe einen von ihnen gesehen, vor sehr langer Zeit. Es war ganz schrecklich, aber ich bin trotzdem hier." Ich log, und er wußte es, doch Nyateneri wußte es nicht, und es schien zu helfen. *Mein Freund* sagte, „Ein vereinzelter *griga'ath* ist weniger schlimm; dieses Schicksal ereilt zuweilen eine arme Seele, die gestorben ist und in dieser Welt niemanden hat, der freundlich über sie denkt oder sie aus einer anderen Welt zu sich ruft. Aber weit schlimmer als das ist ein *griga'ath* unter der Herrschaft eines mächtigen Zauberers — einmal sah ich das geschehen." Er verstummte, starrte an uns vorbei, sah es noch einmal vor sich in einer staubigen Ecke des Raumes. Oder gehörte auch das zum Geschichtenerzählen? Ich glaube, nein, aber ich weiß es nicht.

„Und der fürchterlichste *griga'ath* von allen wäre einer, der während seines Lebens selber ein Zauberer gewesen ist. Es gäbe nichts, *nichts,* was ein solcher Geist nicht tun könnte, und es gäbe keinen Schutz davor, ob er nun auf den Ruf eines Arschadin käme oder von jenen, die Arschadin zu benutzen glaubt." Er stieß ein sonderbares Kichern aus, als zerknitterte man Papier, ein Geräusch, das er noch nie von sich gegeben hatte. „Mein armer Arschadin, er hat überhaupt keinen Sinn für Ironie. Es ist deine einzige Schwäche, armer Arschadin."

Etwas an der Tür. Kein Schritt, kein Kratzen, nicht das leiseste Luftholen oder Knistern von Kleidern — bloß jemand, der sich vor der Tür duckt. Nyateneri blickte mich an. Ich stand sehr langsam auf, drehte den Griff meines Stockdegens, bis ich spürte, daß die Sperre sich gleitend öffnete. Es ist ein gutgearbeitetes Stück. Die Sperre machte nicht mehr Geräusch als die Person draußen auf dem Flur, wer immer sie war.

Ich weiß nicht, warum sie mich nicht sah. Vielleicht einfach deshalb, weil sie wußte, daß keine Türöffnung auf diesem Flur tief genug ist, daß sich auch nur ein Kind darin verstecken könnte. Jeder andere, außer einem verzweifelten Weber, vor Überraschung vollkommen überwältigt, wäre sicherlich in die Nische unter der Treppe geschlüpft. Sie warf nur einen kurzen Blick nach beiden Seiten, dann rückte sie sehr langsam zur Treppe vor, und nur ein Stück ihrer Degenklinge ragte schimmernd aus seiner Scheide hervor. Ich werde sie nie mögen, und ich verachte die herablassende Freundlichkeit immer noch, mit der sie mich vor Lukassa behandelte; aber nie fühlte ich mich mehr als der Bauerntölpel, der ich bin, als jetzt, da ich sah, wie sie sich über den Flur bewegte. Ich hatte in jener Welt nichts zu suchen, in der Leute sich so bewegten, und meine Liebe auch nicht. Ich preßte mich gegen irgendeine Tür, hielt den Atem an und versuchte, an überhaupt nichts zu denken. In jener Welt werfen Gedanken Schatten und machen Geräusche.

Nachdem sie sich davon überzeugt hatte, daß sich weder in der Nische noch auf der Treppe jemand verbarg, zog sie sich zur Tür ihres eigenen Zimmers zurück, geräuschlos und vorsichtig, Schritt für Schritt. Der Degen war jetzt ganz herausgeschnellt, nadeldünn, das letzte Stück der Klinge bis zur Spitze nach oben gebogen, so wie sich jetzt ihr Hals und ihre Schultern sehr leicht nach vorn beugten. Ein letzter langer prüfender Blick — nicht nach links, wo ich, nur ein paar Schritte entfernt, kauerte, sondern wieder nach rechts zur Treppe, denn offensichtlich rechnete sie eher damit, jemanden kommen als fliehen zu sehen. Wen immer sie erwartete, ich war es nicht, nicht der Tikat vom Flußufer mit Mist an den Stiefeln. Die nadeldünne Klinge züngelte hierhin, dorthin, wie die Zunge einer Schlange, und es war echte Angst in ihren großen goldenen Augen. Dann schloß sich die Tür.

Ich blieb noch ein wenig, wo ich war; darauf schlich ich von meiner Tür fort, um wieder zu lauschen, so wie ich's getan hatte, als mein Atemholen und mein Herzschlag sie drinnen aufmerksam gemacht hatten. Der alte Mann sagte, „Er kannte mich so gut — er nutzte meinen Hochmut aus, wie es noch nie jemand getan hat. Ich wehrte seine lächerlichen kleinen Botschaften ab, während ich mein Essen zubereitete, seine ärgerlichen nächtlichen Heimsuchungen, ohne auch nur aufzuwachen. Zu meinem alten Gefühl des Verlustes gesellte sich eine große Traurigkeit, Trauer um ihn — um meinen wahren Sohn —, der die wirklichen Tiefen seiner Gabe nie erfahren sollte, ehe er sie so töricht verriet. Ich konnte jetzt nichts mehr für ihn tun, aber ich versuchte, ihn nicht weiter zu erniedrigen."

Dann lachte er, und einen Augenblick lauschte ich nur dem Lachen, weil es sich so anhörte wie das Lachen meines kleinen Bruders, der am Pestwind starb. Als ich wieder Worte verstehen konnte, wurden sie von der schroffen Stimme Nyateneris, der großen Frau, ausgesprochen. „Aber sie wurden schlimmer, diese Botschaften, jedesmal ein bißchen schlimmer?"

„Jedesmal ein bißchen", flüsterte der alte Mann. „Er war so geduldig, so geduldig. Nicht jahrelang — erst in der Nacht, da ich schließlich von bösen Träumen umzingelt und unfähig war, zu erwachen, begriff ich, daß er mich benutzt hatte, um mich in die Falle zu locken. Er *kannte* mich, er wußte, was mein Leib und meine Seele am meisten lieben und was mein Geist in seinen tiefsten Tiefen fürchtet. Weder einer von euch noch irgendein anderer kam diesem Wissen so nah. Nur Arschadin."

„Und er hat auch verdammt guten Gebrauch davon gemacht." Wieder Nyateneri, schnaubend wie ein zorniges Pferd. „Was geschah dann? Kam er wieder zu dir?"

Ich mußte mein Ohr an die Tür pressen, um die Antwort hören zu können. „Ich ging zu ihm. Es kostete mich den größten Teil meiner Kraft, aber ich suchte ihn in seinem Haus auf. Er erwartete mich nicht. Wir kamen zu keiner Einigung, und er versuchte mich am Gehen zu hindern. Ich ging trotzdem." Lukassa mußte hinter der Tür ganz in der Nähe gewesen sein, denn ich konnte ihren Geruch wahrnehmen, süß wie frisches Brot, als ich dort kniete. Der alte Mann murmelte weiter, „Ich floh zurück zum roten Turm und befestigte ihn gegen Arschadin, so gut ich konnte. Er folgte mir, zuerst als Geist, mit Botschaften, die jetzt durch meine Gegenzauber streichen wie Wind durch Spinnweben — dann in leiblicher Gestalt." Einige Worte entgingen mir, als ihn ein plötzlicher Hustenanfall packte, und ich konnte bloß noch hören, „Ihr kennt den Rest. Oder Lukassa kennt ihn."

Die gespannte Wachsamkeit der schwarzen Frau mußte ein wenig auf mich abgefärbt haben: jedenfalls ertappte ich mich dabei, daß ich mich oft umdrehte, um über meine Schulter Ausschau nach jener Person zu halten, von der sie so sicher gewesen war, sie auf der Treppe gesehen zu haben. Ich hörte ihre Stimme, jetzt offenbar wütend, sagen, „Wenigstens *wir* kannten dich gut genug, einem Schweif von Albträumen zu folgen, der dich in der Falle hielt, heulend in den Armen glühender Liebchen, für immer durch ein Dunkel von Messerklingen stürzend, flüchtend, fliehend vor stelzenden Blumen, die dir wie Säuglinge nachweinen. Waren es solche Träume, die er dir sandte, dein Sohn?"

Er antwortete ihr sofort — ohne zu husten oder zu murmeln, sondern rasch und klar wie ein Blitzstrahl, „Es waren keine Träume. Es sind keine Träume. Hast du das noch nicht begriffen? Was dich aufweckte, was dich hierherführte — es ist mir alles genauso zugestoßen, wie du es sahst. Und jene Träume waren harmlos dagegen." Ein plötzliches kleines Kichern. „Bildest du dir ein, ein paar schwer verdauliche Träume hätten mir *das* zugefügt?"

Etwas raschelte, Decken, Tuch. Eine Frau schrie auf. Ich wußte, es war Lukassa — es war der Ton, der von ihren Lippen gekommen wäre, hätte der Fluß ihr Zeit gelassen, meinen Namen zu rufen. Ich weiß das. Ich sprang auf, um an die Tür zu hämmern, ohne Rücksicht darauf, was ich mir selber noch vor einer Stunde geschworen hatte. Etwas berührte meine Schulter, sehr leicht, und ich fuhr herum, um zu sehen, was es war.

Und nachdem er uns genau dargelegt hatte, was ihm in diesen unseren Träumen angetan worden war, kam er zu dem Schluß, daß er gleichwohl hungrig sei, und er richtete seine Tatkraft lautstark auf Brot und Suppe. Nach einer Weile hörte ich das Krächzen meiner Stimme, „Lukassa hat uns von den Anderen erzählt."

„Dann brauche ich es nicht zu tun", erwiderte er mit vollem Mund, undeutlich, aber spöttisch. „Arschadin machte den Fehler, seiner eigenen Macht nicht zu trauen. Er entließ mich aus seinen Gedanken gerade lange genug, um die Hilfe zu rufen, die er zu brauchen glaubte. Das wird nicht noch einmal geschehen." Er stieß dieses neuartige, geistesabwesende Kichern aus, das sich anhörte, als regte sich etwas Kleines und Furchtsames im trockenen Gras.

Ich sagte, „Lukassa sagte, daß die Anderen Arschadin töteten und er wieder ins Leben zurückkehrte. Hast du uns das nicht erzählt, Lukassa?"

Sie sah zu ihm auf, stumm und nutzlos geworden, und sie hörte mich kaum. Er wischte sich den Mund ab und zuckte die Achseln. „Weil ich diesen einen Augenblick seiner Unachtsamkeit nutzte, um zu fliehen, ist es schwer für mich, zu sagen, was geschah oder nicht geschah. Es herrschte eine große Verwirrung." Treuherzig erwiderte er meinen Blick, wohl wissend, daß ich ihn nicht der Lüge bezichtigen würde und hätte ich eine Armee im Rücken. „Was ich euch sagen kann, ist, daß ich seitdem vor ihm floh, mich niemals habe irgendwo verbergen können, noch es wagen konnte, mit euch in Verbindung zu treten, weil ich fürchtete, ihm meine Anwesenheit zu verraten. Indessen werde ich das, früher oder später, wenn ich's nicht bereits getan habe, indem ich deinen Fuchs-Freund rief, Nyateneri. Aber ich war sehr erschöpft."

Ich mußte rasch sprechen, um nicht an das denken zu müssen, was wir unter den Fetzen seines Hemdes gesehen hatten. Ich sagte, „Sag' uns, wo seine Burg liegt. Wir werden am Morgen aufbrechen. Lal und ich."

Wäre er tot gewesen, was wir so lange befürchtet hatten, wäre er, denke ich, bei meinen Worten aufgestanden. Er richtete sich so ungestüm auf, daß der Rest der Suppe sich über seine Brust ergoß. „Ihr werdet nichts in dieser Art tun! Ich verbiete es, ein für allemal! Versteht ihr? Antwortet mir, alle beide — ich will hören, daß ihr es schwört. Antwortet mir!"

Hinter mir brach Lal in Gelächter aus. Ein Augenblick vollkommener Verwunderung — sie behandelt diesen Mann, als sei er aus Mondlicht gemacht, und da war sie und wand sich vor Lachen, bis sie sich auf den Boden setzen mußte —, und da blieb mir nichts anderes mehr übrig, als mich an die Wand zu lehnen und dagegen zu hämmern, um den Raum zum Zittern zu bringen. Ich glaube, das muß in jenem Lied über den armen Karsch vorkommen — „die Decke erzittert', der Mörtel ward zu Brei." Armer Karsch. Das habe ich früher gewiß nie gesagt.

Der alte Mann achtete weder auf unsere Unverschämtheit noch auf Lukassa, die versuchte, mit dem letzten Stück Brot die Suppe aufzutrocknen, sondern schrie uns weiter an, „Dies geht euch nichts an! Arschadin ist kein Flußpirat, kein Landjunker mit zwei Pferden, vierzig Morgen und seiner Steinscheune voller humpelnder Rüpel, die tun, was er will, solange der Schnaps reicht. Er wohnt allein in einem Haus, so schlicht, daß ihr es im Vorbeigehen für eine Holzfällerhütte halten würdet, und fünfzig von eurer Sorte könnten dort ebensowenig eindringen, wie ihr diesen Raum verlassen könntet, wenn es mir gefällt, euch hier zu behalten, Schatten und Kerzenstummel, der ich bin. Verstanden, Soukyan?" Und er packte tatsächlich meinen Arm — und durchaus nicht kraftlos. „Dies ist eine Sache unter Zauberern, und nicht die eure! Ihr könnt mir nicht helfen, nicht auf diese Art. Überlaßt Arschadin mir. Hört ihr mich?"

Lal kicherte immer noch. Ich setzte mich neben ihn und drängelte, bis er auf der Matratze weiterrückte, um Platz zu machen. Ich sagte, „Dies ist wie einer jener Rätselreime, die du mir — Lal ebenfalls, denke ich — immer aufgegeben und mir dann verboten hast, ohne Antwort zu dir zurückzukommen. Wie Tee kochen zu lernen, den du nicht trankst. Ich dachte, das alles wären besondere zauberische Übungen, genauso wichtig wie Bogenschießen, dazu bestimmt, mir die Kraftlinien des Universums in einem Wassertropfen zu zeigen. Mit der Zeit wurde mir klar, daß du mich diese Dinge tun ließest, nicht, um mein Wissen zu erweitern oder um mir auch nur eine Sache beizubringen, sondern bloß, weil du ein bißchen Zeit für dich selbst brauchtest, und aus keinem anderen Grund. Was ich also aus diesen Rätseln lernte, war, dir nicht immer Beachtung zu schenken. Es war eine höchst nützliche Lehre. Ich habe sie nie vergessen."

Zum ersten und einzigen Mal, seit ich ihn kannte, konnte mein *Mann, der lacht* nichts anderes tun als stottern, nur kurz, aber vor Empörung völlig sprachlos. Ich klopfte ihm auf das Bein. „Na, komm", sagte ich. „Wir sind nicht die Kinder, die du gekannt hast, und wir waren nie Narren. Und auf jeden Fall verstehen wir ein wenig davon, mit Zauberern umzugehen. Sage uns, wo Arschadin wohnt."

Er schmollte. Anders läßt es sich nicht ausdrücken. Er kreuzte seine Arme, ließ sich in die Kissen zurücksinken und starrte an uns vorbei ins Leere. Abermals begannen Lal und ich gleichzeitig zu sprechen. Lal fühlte sich bemüßigt, ihm zu versichern, daß wir Arschadin aufspüren würden, mit oder ohne seine Hilfe, daß es aber gut wäre, ihn zu finden, bevor er uns fand. Ich hatte eine Menge Dinge auf der Zunge über eigensinnige, hochmütige, undankbare alte Männer, und ich sprach sie alle aus. Wie wir hätten voraussagen können, blieben beide Versuche ohne jede Wirkung. Er schloß einfach die Augen.

Da sprach Lukassa. Seit wir in das Zimmer gekommen waren, hatte sie nichts anderes getan, als sich um ihn zu kümmern, ohne einen Laut von sich zu geben — nachdem sie aufgehört hatte, zu weinen —, der sich vom Rascheln der Decken oder dem sanften Schlürfen der Suppe unterschied. Selbst ich hatte fast vergessen, daß sie da war, und ich achtete in der Regel sehr genau auf Lukassa, ob sie schwieg oder sprach. Jetzt sagte sie vollkommen deutlich mit ihrer südländischen Vögelchen-Stimme, „Weiße Zähne — weiße, weiße Zähne. Die weißen Zähne des Flusses."

Aus Lals Miene schloß ich, daß sie genau wie ich dachte, Lukassa müsse den Fluß meinen, aus dem Lal ihren toten Körper hervorgeholt hatte. Der *Mann, der lacht* versuchte es mit einem leisen Schnarchen, doch niemand ließ sich täuschen. Lal sagte, „Das ist lange her, Lukassa. Wo wir jetzt sind, gibt es keinen Fluß."

„In den Bergen", sagt Lukassa. Ihre Stimme war kräftiger, von derselben grimmigen Hartnäckigkeit, die sie im kalten, leeren Turm gezeigt hatte. „In den Bergen macht er dem Fluß schöne Geschenke, um ihn zum Singen zu bringen. Die *dharises* nisten an seinen Fenstern, und der große *sheknath* fischt unten an den Ufern, und der Fluß singt *hungrig, hungrig, bitte mehr, bitte."* Sie atmete schwer und keuchend, als sei sie schnell gelaufen.

Als wir wieder auf den *Mann, der lacht* blickten, waren seine Augen weit geöffnet, noch immer der Farbe beraubt, aber trotzdem strahlten sie. Ich sagte, „Es gibt Dinge, die sie weiß."

„Offensichtlich", sagte er und unterdrückte ein Gähnen. „Genauso wie ich weiß, daß draußen vor der Tür verletzt einer der Jungen liegt, die mir die Treppe hinaufhalfen. Nicht der, der das Essen brachte, meine liebe Lal" — denn sie war bereits durch den Raum gegangen — „der andere. Bringt ihn rein und kümmert euch um ihn, und dann werden wir vielleicht noch ein bißchen über Arschadin plaudern. Vielleicht."

Rosseth

Es war noch vor der Morgendämmerung, als sie kamen, um ihre Pferde zu holen, doch ich war bereit, wartete draußen vor dem Stall und zählte noch einmal die Vernunftgründe her, die dafür sprachen, mich mitzunehmen, wohin sie auch ritten. Ich war sicher, daß Nyateneri ablehnen würde, ganz gleich wie inständig ich bitten würde, aber ich glaubte, bei Lal hätte ich vielleicht bessere Aussichten.

Indessen war es so, daß ich bei Lal nie dazu kam, als erster den Mund aufzumachen: sie warf einen Blick auf mich, wie ich zwischen gestohlenen Lebensmitteln für zwei Wochen und einigen wirklich ziemlich scharfen Gartengeräten auf dem warmen Schaukelrücken von Tunzi hockte, Karschs altem Pferd für alle Zwecke, und sie sagte, „Nein, Rosseth." Ich werde sie immer dafür preisen, daß sie nicht lachte und noch nicht einmal verblüfft aussah: aber ihr Tonfall war von ruhiger Entschiedenheit und ließ mir kaum eine andere Möglichkeit, als zu stottern und mit den Armen zu fuchteln. Es war Nyateneri, der nachsichtig sagte, „Immerhin hast du ihn unseren getreuen Kavalier genannt. Bloß eine Ernennung auf Zeit?"

Ich sah die warme Röte von Lals Hals bis zu ihrer Stirn fluten, aber sie nahm von Nyateneri überhaupt keine Notiz und sagte zu mir, „Rosseth, befreie das arme Tier von seiner Last und geh wieder zu Bett. Ich habe dir bereits gesagt, daß du nicht mit uns kommen kannst. Du mußt zuhause bleiben."

„Ich führe bloß deine Befehle aus", erwiderte ich. „Wo du bist, bin ich zuhause." Kühne Worte, doch kaum hörbar, wenn ich mich recht erinnere. Lals Miene zeigte weder ein Lächeln noch Verärgerung, als sie das hörte. Sie sagte, „Sieh mich an, Rosseth. Nein, sieh mir in die Augen, und Nyateneri ebenfalls, Rosseth."

Ich sah ihr in die Augen, was mühsam genug war, doch es ging über meine Kraft, Nyateneris gelassenem Blick standzuhalten. Es erfüllt mich immer noch ein wenig mit Scham, wenn ich mich daran erinnere, wie ich mich schämte, nicht für das, was zwischen uns gewesen war, sondern für meine anbetenden Träume von der Frau, für die ich ihn gehalten hatte. Ich war sechzehn, und es war damals leichter, mit grinsenden kleinen Männern fertig zu werden als mit Verwirrung.

Lal sagte, „Ich werde dir sagen, wohin wir reiten und warum du nicht mit uns kommen kannst. Wir machen uns auf den Weg in die Berge, um einen Zauberer namens Arschadin aufzuspüren, der unseren Meister mit schrecklichen Spukereien und Trugbildern quält. Wenn wir ihm erklärt haben, welch ein unhöfliches Benehmen das ist, werden wir zurückkehren. In der Zwischenzeit . . ."

„Ich kann euch helfen", fiel ich ihr ins Wort. „Ihr werdet

jemanden brauchen, der in den Bergen Wasser aufspürt, nach Pfaden sucht, auf denen die Pferde gehen können, der Lasten schleppt, wenn die Pferde geschont werden müssen." Jedes Argument klang schwächer als das vorherige, aber ich stürmte trotzdem weiter. „Jemanden, der euer Lager aufschlägt und es sauber hält — jemanden, der endlos warten wird, wo immer ihr es befehlt. Ich kenne mich in diesen Dingen aus. Ich hab's mein Leben lang gemacht."

„Ja", sagte Lal sanft. „Aber wir brauchen dich hier im Wirtshaus. Höre mir zu, Rosseth", denn ich hatte sofort angefangen, wieder Einspruch zu erheben. „In diesem Augenblick ist Arschadin auf der Jagd nach unserem Meister. Er hockt in der Stille, schließt seine Augen und sucht nach ihm, verstehst du mich? Unsre Hoffnung ist, daß wir, sollten wir uns nicht mit ihm einigen, nicht mit ihm kämpfen müssen — denn er ist ein weit größerer Zauberer, als wir Kämpfer sind —, sondern ihn ablenken können, so daß er uns ein Stück verfolgt, während unser Meister seine eigene Kraft zurückgewinnt." Sie hielt inne und fügte dann hinzu, „Wir wissen noch nicht, wie wir das anstellen werden."

„Oh, das wissen wir bestimmt nicht", äffte Nyateneri sie nach. „Unser ganzer Scharfsinn war erforderlich, bloß um unseren Meister dazu zu überreden, uns mit seinem Segen gehen zu lassen — es ist kein bißchen übrig geblieben, um unser Vorgehen zu planen. Finde Berg, finde Fluß, finde Zauberer, mache irgendwas." Er seufzte und schüttelte den Kopf in gespielter Verzweiflung. „Es fehlt gewissermaßen eine klare Linie."

Lal achtete nicht auf ihn und nahm meine Handgelenke in ihre Hände. Sie sagte, „Wir brauchen dich, damit du ihn beschützt, solange wir fort sind. Es wird uns ungemein helfen, zu wissen, daß er sicher ist und warm und nicht allein." Sie hätte weitergesprochen, doch ich unterbrach sie und entzog ihr meine Hände.

„Ein Kindermädchen", sagte ich. „Sei ehrlich zu mir — soviel darf ich von dir erwarten. Ein Kindermädchen für einen kranken, alten Mann, das ist alles, was ihr braucht."

Nyateneris Pferd drängte sich an Lals vorbei, und Nyateneri

packte mich zwischen Schulter und Hals, mit der gleichen Hand, die mich an dieser Stelle streichelte, nachdem ich sein Leben gerettet und aus der Nase geblutet hatte. Ich richtete mich in den Steigbügeln auf und riß an seinen Fingern. Er sagte sehr leise, „Junge. Es gibt eine Welt, die du nicht kennst. In dieser Welt gibt es Zauberer und Magier, die dich und mich auf ihr Frühstücksbrot schmieren könnten, bevor sie die Augen ganz aufgemacht haben, und die gewiß nie merken würden, daß wir nicht die Eisblumenkonfitüre vom letzten Jahr waren. Und unter diesen ungeheuren Wesen gibt es nicht eines, das nicht bei der geringsten Aussicht darauf, am Bett des kranken alten Mannes sitzen zu dürfen, jedes Vorurteil, jeden Stolz, jede Treue beiseite lassen würde. Denke sorgfältig darüber nach, Rosseth, wenn du seine Bettlaken wechselst."

Lal bedeutete ihm, meine Schulter loszulassen. Ich glaube, er war so zornig, daß er vergessen hatte, daß er mich festhielt. Aber auch ich war zornig — ich konnte gar nicht glauben, welche Wut mich damals überkam. Wie ich sagte, mir einen Wutanfall zu erlauben, war in jenen Tagen der größte Genuß, den ich mir vorzustellen wagte, und mit sechzehn Jahren kam es mir bereits ebenso außergewöhnlich und unnatürlich vor, wirkliche Wut zu empfinden, wie ihr freien Lauf zu lassen. Ich versuchte, nicht vor Wut zu zittern, als ich Nyateneri antwortete. Ich sagte, „Lukassa ist da, die sich weigert, euren Meister aus den Augen zu lassen. Tikat ist da, der sich nie so weit von Lukassa entfernt, daß er nicht hören könnte, wenn sie ihn je ruft. Marinescha ist da, die über Krankheit mehr weiß, als wir anderen drei zusammen. Was kann ich für den alten Mann tun, was sie nicht können?"

„Ich sagte, es sei eine Wache, die wir brauchen", erwiderte Lal. „Zuallererst mußt du Karsch davon abhalten, ihn zu belästigen. Wir haben im voraus für das zusätzliche Zimmer bezahlt und für die zusätzlichen Kosten für Marinescha, die ihm seine Mahlzeiten bringt. Karsch hat keinen Grund, in seine Nähe zu kommen. Kannst du dafür sorgen, Rosseth?"

Ich zögerte mit der Antwort, nicht weil das, was sie verlangte, eine besondere neue Geschicklichkeit von mir fordern würde —

hatte ich nicht bis jetzt mein Leben damit verbracht, zu lernen, wie man mit Karsch fertig wurde? —, sondern weil ich mich noch immer tief gekränkt fühlte und besonders über Nyateneri wütend war, der von dem, was er gewußt haben muß, keine Notiz zu nehmen schien. Er sagte, „Zweitens wird Arschadin unseren Meister bestimmt hier finden, und das eher früher als später. Wenn das geschieht, wird euer ‚Fischhaken und Schlägel' in eine Gefahr geraten, wie er sie noch nie erlebt hat. Vor die Wahl gestellt" — er machte eine Pause — „vor die Wahl gestellt, würden wir lieber jemanden Wache halten lassen, dessen Mut, Verstand und Findigkeit wir selber haben beobachten können. Kein anderer kann uns jetzt helfen als du, wenn du willst."

Für mich war das damals die übelste, nichtswürdigste Schmeichelei, die ihm sicherlich ebenso peinlich war wie mir. Heute sehe ich das anders. Als ich noch immer nichts sagte, nahm Lal wieder das Wort. „Rosseth, du mußt noch etwas wissen. Diese Männer, die Nyateneri tötete — es gibt einen dritten. Wir glauben, daß er es war, der Tikat vor unserer Tür überwältigt hat. Ohne Zweifel wird er uns in die Berge folgen und das Wirtshaus überhaupt nicht belästigen, aber du mußt nach ihm ebensoscharf Ausschau halten wie nach jeder Spur oder Botschaft von Arschadin." Sie ergriff meine Hand, doch weder in ihrer Berührung noch in ihrem Blick lag etwas Schmeichelndes. Sie lächelte nicht, als sie fragte, „Glaubst du noch immer, daß wir das Amt eines Kindermädchens anbieten?"

Beim Wirtshaus fiel die Küchentür laut krachend zu, ohne Rücksicht auf die schlafenden Gäste. Ich kannte dieses Krachen, und ich wußte, daß Karsch in den kühlen Nebel hinausgetreten war, und, die Hände in die Hüften gestemmt, nach mir Ausschau hielt. Es würde nur noch einen Augenblick dauern, ehe er anfing, meinen Namen zu brüllen. Ich blickte diese schönen Fremden an, hin und her, von einem zur anderen. Sie wußten, daß sie mit mir machen konnten, was sie wollten, nachdem sie mein Leben im „Fischhaken und Schlägel" so rasch umgekrempelt und aus den Fugen gebracht hatten, daß es ebensogut bloß ein Traum hätte sein können, wie das Lied von der Byrnarik-Bai, wohin mich einmal jemand hatte bringen wollen. Einen Traum kann man nicht wiederfinden; im guten oder im bösen, in einen Traum kann man nicht zurückkehren. Ich sagte zu ihnen, sorgsamer als ich je etwas gesagt hatte, „Was ich glaube, ist euch genauso gleichgültig, wie es mir gleichgültig ist, wer mir die Kehle zudrückt." Dann stieg ich von Tunzis Rücken und führte ihn in den Stall, um ihn abzusatteln. Ich drehte mich nicht um und sah nicht auf, als ich sie schließlich fortreiten hörte.

Der Wirt

Ich beobachtete, wie er auf mich zukam, genauso wie ich ihn in jener Nacht fortgehen sah, als tote Männer beim Badehaus lagen. An feuchten Morgen tragen hier Geräusche weit und lange, und ich konnte noch ihre Hufschläge hören, selbst nachdem sie die Hauptstraße erreicht hatten. Ich sagte, „Wollten dich nicht mitnehmen, wie?"

Darauf antwortete er überhaupt nicht, sondern sagte bloß, „Ich mußte nach Tikat sehen. Tut mir leid, daß ich zu spät komme. Es war eine schlimme Nacht."

„Tikat fehlt nicht das geringste, und das wißt ihr beide sehr gut", sagte ich. „Alles in Ordnung mit einem, der sich wegen eines schiefen Mauls und einer winzigen Beule im Nacken zwei Tage auf meine Kosten durchfrißt. Und was diese Weiber angeht—ach, nun, Kopf hoch, nur nicht aufgeben. Bestimmt kommt hier in nächster Zeit eine Sklavenkarawane oder eine Räuberbande durch, und du kannst mit *ihnen* wegrennen. Klau dann aber ein anderes Pferd als Tunzi — er hätte es nicht weiter als bis zu Hrakimakkas Obstgarten geschafft, wenn überhaupt." Zu dieser Zeit schlug ich bereits auf ihn ein, oder versuchte es wenigstens: zwar schlief er halb, doch er zog trotzdem die Schultern ein und wich mir aus und wurde am ganzen Körper von Schlägen getroffen, die eher mich verletzen konnten als ihn. Ich glaube nicht, daß ich bei dem Jungen jemals einen deutlichen

Treffer gelandet habe, nachdem er acht Jahre alt geworden war. Ich glaub's wirklich nicht.

Dauernd murmelte er, „Ich rannte nicht weg, ich tat's nicht", doch ich nahm nicht mehr Notiz davon, als Sie es getan hätten. Wer wäre nicht vom „Fischhaken und Schlägel" und dem fetten, alten Karsch weggerannt, um zwei schönen weiblichen Abenteurern zum goldenen Horizont zu folgen? Ich schlug ihn, weil er dachte, ich würde etwas anderes glauben, und weil er nicht über den Verstand und die Höflichkeit verfügte, sich vorzustellen, daß ich dasselbe vielleicht auch getan hätte. Ich schlug ihn auch, weil er sich einbildete, mich zu kennen.

„Schadry braucht Holz und Wasser in der Küche", sagte ich. „Und wenn er mit dir fertig ist, will ich diese Sickergruben unter den Ställen saubergemacht haben. Sie sind wieder verdreckt — ich kann sie bis hier riechen. Tikat soll dir helfen, falls er vorhat, eine weitere Nacht unter meinem Dach zu verbringen. Und was deine Pläne betrifft" — und mein Schlag prallte von der Spitze seines Ellenbogens zurück, daß mir den ganzen Tag die Hand weh tat — „beim nächstenmal mach' sie nicht davon abhängig, ob jemand dazu ja oder nein sagt. Beim nächstenmal rennst du am besten drauflos, und so weit, wie du nur kannst, weil ich den letzten Tropfen Apfelwein aus dir rausprügeln werde, wenn du versuchst, dich zurückzuschleichen. Verstehst du, was ich dir sage, Junge?"

Tat er nicht, damals nicht. Er warf mir einen düsteren, verwirrten Blick zu und huschte an mir vorbei zum Holzschuppen. Ich rief ihm nach, „Und halt dich fern von dem alten Mann, hörst du mich? Und von dem Mädchen auch — ich will nicht, daß du ein verdammtes Wort mit diesem verrückten Mädchen sprichst." Als ich mich umdrehte, weil ich spürte, daß mich jemand beobachtete, war es der Fuchs, der mich durch die Weidenruten eines Beerenkorbes angrinste. Er war weg, verschwunden, während mein Ruf nach Gatti Jinni noch nachhallte, aber ich weiß, daß ich ihn sah. Ich hab' ihn genau gesehen.

Lal sagte, „Es tut mir leid, daß dir mein Gesang nicht gefällt. Es ist mir schnuppe, aber es tut mir leid.“

Mittlerweile ließen wir unsere Pferde im Schritt und das kleine schwarze Mildasi-Pferd an der Spitze gehen, Packpferd oder nicht, weil es sich in diesem Land auskannte: kaum daß einmal ein Stein unter seinen Füßen nach hinten spritzte, während unsere armen größeren Tiere den Pfad hinaufschwankten wie Menschen, die sich durch einen Schneesturm quälen. Ich sagte, „Über deine Stimme habe ich mich nie beklagt; es ist das, was du singst, das ich nicht leiden kann. Keine Melodie, keine Form, kein Ende — bloß ein endloses schwermütiges Gejammer, das Tag für Tag in meinem Schädel nachzittert. Ich will ja nicht spotten, aber nennt ihr das bei euch wirklich Musik?“

Mein Pferd warf den Kopf zurück und scheute, denn es hatte den Fels-*targ* gewittert, den ich einen Augenblick später roch. Es gibt keine Höhenlage, wo man sie nicht findet, jedenfalls nicht nördlich des Corun Beg. Die nächsten paar Minuten brauchte ich, um dem Pferd klar zu machen, daß es der haftengebliebene Geruch von einem Lager aus dem letzten Jahr war, und ich hoffte wirklich, daß das stimmte. Lal wartete ein Stückchen weiter vorn auf mich. „Das tun wir“, gab sie mir zur Antwort, „und, was das betrifft, Geschichte, Dichtkunst und Ahnenkunde ebenfalls. Reite ein Stück voraus, wenn der Gesang dich stört. Oder singe selber etwas — das wäre eine interessante Abwechslung. Selbst Lukassa singt hin und wieder, und ich habe Rosseth oft bei seiner Hausarbeit summen hören, nur die Götter wissen, warum. Dich habe ich nie singen hören.“

„Die Luft ist dünn hier“, sagte ich. „Ich brauche meine Luft zum Atmen.“ Wir waren vier Tage unterwegs und stiegen in den Bergen oberhalb von Corcorua aufwärts, auf einem Pfad, der einen Zickzackkurs beschrieb, nach Lals Worten, wie ein Boot, das vor den Wind kommen will, manchmal drei, vier oder fünf Meilen seitlich ausscherend, um weniger als eine Meile zu steigen. Trotzdem waren wir bereits hoch genug geklettert, um auf die Rücken schwebender Schneefalken herabblicken zu können, so hoch, daß die Vorberge, zwischen denen wir unseren Meister zuerst gesucht hatten, so flach und fahl aussahen wie das Ackerland, das sie überblickten. Die Luft war in der Tat dünn und kühl dazu, trotz des Hochsommers, und durchsäuert von einem scharfen Geruch, ein wenig wie Obst, das bald faulig werden wird. Über uns neigten sich die vereisten Bergspitzen zueinander, graue Farben verströmend.

„Singen *ist* Atmen, wenn du mich fragst", sagte Lal über ihre Schulter, als wir weiterritten. „Ich kann Leute nicht verstehen, die nicht singen." Seit unserem Aufbruch war sie in einer heimlichen zänkischen Stimmung gewesen — eigentlich schon länger —, hatte ihrer Besorgnis nie richtigen Ausdruck gegeben, uns aber ebensowenig einen wirklichen Augenblick der Entspannung gegönnt. Es gibt viele Leute, die in einer solchen Lage tiefe Zufriedenheit finden, doch Lal gehörte nicht zu ihnen — ich habe niemanden gekannt, der sich mit gewöhnlicher Gerissenheit so schwer abfinden konnte. An Zorn konnte sie sich durchaus erfreuen, an Verschlagenheit nie. Ich hielt mein Pferd zum zweitenmal an und blieb stehen, bis sie sich umdrehte, da sie keine Hufschläge mehr hörte.

„Sind wir denn keine Gefährten mehr?" fragte ich sie. „Nur weil zwischen erschöpften und einsamen Freunden, die manches gemeinsam erlitten haben, etwas vorgefallen ist, soll es zwischen dir und mir nie mehr Freundschaft geben?" Mein Leben war nicht so verlaufen, daß es mir leichtgefallen wäre, solche Fragen zu stellen, und Lal hatte im ihrigen nicht gelernt, sie zu beantworten, und sie tat es auch nicht. Sie sagte bloß, so leise, daß ich sie kaum verstehen konnte, „Wir müssen bis Sonnenuntergang den Simburi-Paß erreichen." Dieses Mal wandte sie sich nicht um, um zu sehen, ob ich ihr folgte.

Wir erreichten den Simburi-Paß — ein hochtrabender Name für nicht mehr als einen Trampelpfad, auf dem Ziegenhirten auf die Sommerweide zogen, kaum breiter als der Bach, wo wir unser Lager aufschlugen. Wir sprachen wenig, bis die Pferde versorgt waren, und saßen uns dann in einer flachen Mulde gegenüber, in der hundert oder tausend Generationen von Ziegenhirten ihre Lagerfeuer entzündet haben mußten. Bald darauf sagte Lal, „Wo, glaubst du, hat er unsere Spur aufgenommen?"

„Trodai", sagte ich. „Dieser Ort wie ein Stück Flechte an einem Stück Fels, wo wir zu viele Leute fragten, ob sie in diesen Bergen einen Fluß kennen. Er holte uns in Trodai ein."

Lal schüttelte den Kopf. „Du tust dir selber unrecht. Seit Jahrhunderten hat niemand diesen überwucherten alten Pfad aus Corcorua eingeschlagen, da bin ich sicher. Dadurch hast du uns einen Tag Vorsprung verschafft, vielleicht zwei. Er hat uns erst letzte Nacht oder heute morgen gefunden."

„Was macht das für einen Unterschied? Wir werden in jedem Fall wenigstens ein Feuer haben. Ich habe es satt, seinetwegen in der Kälte zu schlafen und ohne meinen Tee auskommen zu müssen. Ich werde ein bißchen Holz sammeln — sieh du mal nach, ob es in diesem Bach ein paar Fische gibt."

Ich machte Anstalten, aufzustehen, aber Lal ergriff meinen Arm, zog mich zurück und schrie, „Narr, runter mit dir! Selbst Rosseth würde sich nicht vor dem Sonnenuntergang aufbauen!" Das Mildasi-Pferd gab als Antwort auf das wilde Entsetzen in ihrer Stimme einen sonderbaren leisen kehligen Laut von sich, weniger ein Wiehern als ein fragendes Knurren.

Mein Lachen kränkte Lal offensichtlich, doch ich konnte nicht anders. „Wäre er in Bogenschußweite, und das ist er, glaube ich, hätte er uns schon längst wegputzen können. Ich sagte dir, niemals benutzen sie Waffen irgendeiner Art — es ist zu einem Drittel eine Sache heiliger Grundsätze, zu zwei Dritteln eine Frage des Stolzes. Da er jetzt allein ist, könnte er womöglich aus dem Hinterhalt zuschlagen, doch das bezweifle ich." Ich stand auf und sprach bewußt lauter. „Das sichere Gefühl, daß ein bewaffneter Krieger, dem sein Gegner mit bloßen Händen entgegentritt, übermächtig ist, hat nur einen Haken: es verführt ihn zu einer gewissen Eitelkeit, einer gewissen Leichtfertigkeit. Das genau ist der Grund, warum seine Freunde tot sind. Und das ist der Grund, warum er ihnen demnächst Gesellschaft leisten wird."

Ich nahm Lals Hand, und sie fuhr mit einer einzigen Bewegung hoch, so wie ich sie aus tiefem Schlaf habe auftauchen sehen, den Stockdegen bereits halb gezogen, ehe ihre Augen sich ganz geöffnet hatten. Jetzt waren sie argwöhnisch, forschend: mißtrauisch, doch nicht ganz ohne Vertrauen. Mein Leben hat oft davon abgehangen, diesen besonderen Unterschied zu kennen. Ich sagte, „Ich werde Holz holen. Sollten wir heute nacht sterben, dann wird es nicht an Pökelfleisch und altbackenem Brot liegen."

Es gab Fische, sie waren klein, jedoch zahlreich und wohlschmeckend. Lal lag auf dem Bauch und schöpfte sie aus dem Wasser, wie es die *sheknath* machen, und ich briet sie knusprig in Öl und einer Messerspitze unseres kostbaren Mehls. Wir hatten noch *darit*-Wurzel, die sich gut hält und den Mund reinigt, und es war sogar noch ein Winterapfel da, den wir vergessen hatten. Lal bereitete den Tee, genauso wie mein *Mann, der lacht* es mir und sicherlich jedem Schüler, den er je hatte, beigebracht hatte. Es ist keine gewöhnliche Mischung; manchmal stelle ich mir vor, daß ich gewiß eine Fährte von Teeblättern quer durch zwei Kontinente hinterlassen habe, wie sie sich ein folgender Mörder deutlicher nicht wünschen könnte, und dazu eine, die weit weniger vermeidbar ist als mein Geschlecht. Jetzt kann ich nichts mehr daran ändern.

Angesichts der Berge, die auf uns niederzustürzen schienen, beendeten wir unser Abendessen im Dunklen. Unser kleines Feuer wärmte, doch es warf seinen Schein lediglich bis zu den glitzernden Augen der Pferde. Jetzt war von einem Fels-*targ* nichts zu riechen und nichts zu hören als das leise Gluckern des Baches. Ich sagte, „Ich übernehme die erste Wache."

„Wir sollten die *bima*-Stöcke aufstellen. Immerhin würden sie uns warnen."

„Nein, würden sie nicht. Glaub mir." Lal sah mich an, nickte und zuckte die Achseln. Ich sagte, „Er hat kein Interesse an dir. Ich bin's, hinter dem er her ist."

„Und angenommen, er erwischt aus Versehen mich, was dann? *Ich* bleibe wach, weil ich mit einem dummen Zufall rechne, nicht mit irgendwelchen fanatischen Mördern. Einen dummen Tod fürchte ich wirklich." Es ist oft schwer festzustellen, wann Lal einen Scherz macht.

„Wenn er dich töten sollte, wird er es mit voller Absicht tun. Das kann ich dir mit Sicherheit versprechen."

„Danke", sagte Lal. „Das macht's mir leichter. Also, wollen wir den Leuten aus Trodai glauben, müßten wir den Susathi-Fluß übermorgen erreichen, vorausgesetzt, wir erreichen ihn überhaupt. Von dort aus, so hörte es sich jedenfalls an, sind es mindestens noch zwei gute Wochen bis zu Arschadins Haus. Hast du das nicht auch so verstanden?"

Jetzt zuckte ich die Achseln und beschäftigte mich mit dem Feuer. „Nicht mehr als zwei Wochen — vielleicht sogar einen Tag oder zwei weniger. Sie waren sich untereinander nicht einig, vergiß das nicht."

Lal sagte ruhig, „Ich glaube nicht, daß wir soviel Zeit haben."

Jenseits des Feuerscheins war plötzlich ein Rascheln und ein winziger Schrei zu hören: etwas sehr Kleines fing in der Dunkelheit etwas noch Kleineres. Ich sagte, „Er entkam Arschadin, krank und hinfällig, und ist ihm seitdem immer entschlüpft. Warum fürchtest du, daß er leichter zu schnappen sein wird, wenn er seine Stärke wiedergewonnen hat?"

Lal saß mit gekreuzten Beinen da und stieß bedächtig mit ihrem rechten Zeigefinger in ihre linke Handfläche. „Erstens, weil ich eine Menge alter Geschichten kenne von Zauberern, die starben und wiederauferstanden, und mir aufgefallen ist, daß sie jedesmal stärker und bösartiger zurückkehrten, als sie es vorher waren. Zweitens, weil *mein Freund* — *unser* Freund — seine wirkliche Macht *nicht* wiedergewonnen hat und vielleicht auch nie wiedergewinnen wird. Ja, er kann sich selber besser schützen, als wir ihn beschirmen können — ja, selbst jetzt noch kann er Zauber ersinnen, für die geringere Zauberer alles das geben würden, was Arschadin bereits gegeben hat. Aber er ist ein ausgeweideter Mann."

Die letzten Worte stieß sie so rauh hervor, daß ich sie im ersten Augenblick nicht verstand. Ich sagte, stockender, als ich sonst zu sprechen pflege, „Ich würde das nicht von ihm sagen. Ausgeweidet."

Lal lächelte, zum erstenmal seit langer Zeit. Sie sagte, „Dies ist jedenfalls ein Punkt, über den es zwischen uns kein Mißverständnis geben kann. Wir haben die gleichen Träume gehabt, der eine weiß, was der andere weiß. Was er in Arschadins Händen erlitten hat, raubte ihm seine Eingeweide, sein ...", sie zögerte, stotterte und benutzte schließlich ein Wort, das aus ihrer Sprache stammen mußte. „Übriggeblieben sind Geschicklichkeit, Weisheit, Scharfsinn, Verzweiflung. Wenn Arschadin es noch einmal mit ihm aufnimmt, wird ihm keine dieser Eigenschaften mehr nutzen als dir oder mir. Wir dürfen es nicht riskieren, auch nur einen einzigen Tag zu verschenken, geschweige denn zwei Wochen. Nicht an Arschadin" — sie wandte sich vom Feuer ab und sprach laut — „und gewiß nicht an den, der uns jetzt hört, wer es auch sei."

Ein Nachtvogel zirpte leise von seinem Nest; ein *nishoru* sang in weiter Ferne. Für mein Empfinden nicht fern genug, doch sie mußten wirklich hungrig sein, bevor sie ein Feuer angriffen.

„Matrose Lal", sagte ich, „ich sehe, worauf das hinausläuft." Lal lächelte selbstgefällig. Ich sagte, „Es gefällt mir nicht."

Lals Miene wurde noch selbstzufriedener. Sie sagte bloß, „Du bist noch nicht mit mir gesegelt."

„Wohl wahr. Und etwas anderes habe ich noch vor mir: einen Fluß zu sehen, der von Westen nach Osten fließt. Also werde ich so lange nicht an diesen Susathi glauben, ehe ich nicht meine Füße darin gewaschen habe. Und da wir nun mal nicht genau wissen, wo wir auf ihn treffen werden, wie wollen wir erkennen, ob Arschadins Haus flußaufwärts oder flußabwärts liegt?"

„Denke daran, was Lukassa uns erzählte. Sie sprach von den weißen Zähnen des Flusses — sie sagte, daß er von seinem Hunger sänge. Erinnerst du dich?"

„Eine Stromschnelle", sagte ich. „Das Haus blickt auf eine Stromschnelle, die ebensogut stromaufwärts liegen kann oder nicht. Wunderbar."

Lal begann gelassen ihr Bettzeug auszurollen und sich auf die abendliche Suche nach dem vollkommenen Zweig zum Reinigen ihrer Zähne zu machen. Ich habe erlebt, daß dieses Geschäft eine Stunde dauerte. Sie sagte, so sittsam wie eine Novizin im Tempel, „Nicht jeden, der mit einem Boot umgehen kann, nennt man einen *Matrosen.* Auch andere Überlegungen spielen dabei eine Rolle." Und danach tat sie nichts anderes mehr, als vor sich hin zu murmeln und Zweige miteinander zu vergleichen.

Ich verbrachte die Nacht, den Rücken an einen Felsbrocken gelehnt und den Bogen auf meinen Knien. Ich fragte mich, auf welches Unheil der Fuchs jetzt wohl wieder sinnen würde, was für Wesen Arschadins Andere sein konnten, und dachte oft an Rosseth. Sowohl Lals als auch meine Wache vergingen ohne Zwischenfall; aber er war sehr nahe, der dritte, und er wußte, daß ich das wußte. Einmal, kurz bevor ich Lal weckte, huschte ein *tharakki* durch den Feuerschein und war wieder verschwunden — es war die zweibeinige Spielart; die andere findet man in diesen Höhen nicht —, und in diesem Augenblick hätte ich einen Stein in die Dunkelheit werfen und ihn treffen können. Man muß sich Mühe geben, wenn man einen *tharakki* aus seinem Bau aufschrecken will, nachtblind wie sie sind, doch er muß gedacht haben, der Spaß sei die Mühe wert. Es würde keinen Angriff geben, nicht, wenn Lal in der Nähe war; dafür war noch genug Zeit, wenn wir den Fluß erreicht haben würden. Er wollte bloß guten Tag sagen.

Anderthalb Tage darauf fanden wir den Susathi, der friedlich durch einen steilen Einschnitt in den Bergen floß, was uns außerordentlich überraschte. Wie ich Ihnen gesagt habe, war unsere Reise weit weniger dramatisch als mühselig und voller Windungen gewesen: wir hingen nie mit den Fingernägeln an zerbröckelnden Felsvorsprüngen oder beschwatzten unsere Pferde, über verschneite Klüfte zu springen, sondern stapften meistens ein weiteres Mal nach links, um uns über ein neues, den Himmel ausfüllendes Feld von rasselndem losem Geröll aufwärts zu schleppen. Keine Abstiege, die uns den Atem verschlugen, keine Spur: bloß ein oder zwei Pässe, wo der Weg mehr oder weniger eben war — Schlüssellöcher zwischen den Bergen, halb verstopft von uralten Findlingen aus Eis und Geröll, die schwerer zu überqueren waren als die Abhänge selbst. Dann trotteten wir hintereinander um einen bauchig vorkragenden Felsvorsprung und sahen ihn, nicht sehr weit unten, einen Fluß, gerade wie ein Schwerthieb, der sich, weithin in der Mittagssonne blinkend, von Westen nach Osten zog.

Lal und ich standen und blickten einander an, während die Pferde an unseren Nacken zupften und uns in die Hacken traten, denn sie witterten das Wasser dort unten. Auch ich spürte es in meiner Nase, einen kühlen Tanz. Bald darauf seufzte Lal und sagte, „Schön. Soviel zum leichten Teil."

„Keine Stromschnelle, die ich sehen kann", sagte ich. Ihr Gesicht nahm wieder diesen Ausdruck an, ganz erfüllt vom Wissen um seine eigenen geheimen Kenntnisse, daß sie es selber kaum ertragen konnte. Ich empfand etwas Ähnliches. Sie senkte ein Augenlid sehr langsam, ließ es wieder hochgleiten, dann schwang sie sich in den Sattel und setzte sich pfadabwärts in Bewegung. Ich saß auf, nahm die Zügel des Mildasi-Pferdes und folgte. Einmal blickte ich mich um, doch es war natürlich nichts hinter uns als Stein und alter, alter Schnee. Ich wünschte, ich hätte Rosseth nicht so grob angefaßt.

Tikat

Um mich davon zu erholen, daß ein Mann, den ich nie sah, mich mit der bloßen Hand berührt hatte, brauchte ich länger, als nach meiner Reise durch die Nördlichen Öden wieder auf die Beine zu kommen. Tage danach konnte ich an mir keine Spur entdecken und fühlte mich trotzdem unvermittelt schwindelig, schwach und zittrig und konnte mich nirgendwo auf meinen Körper verlassen. Rosseth, der, ohne zu klagen, neben der seinen die Hälfte meiner Arbeit erledigte, erzählte mir von diesen drei Männern, die Nyateneri seit Jahren verfolgt und sie schließlich im „Fischhaken und Schlägel" gestellt hätten. Er sagte, es sei keine Schande, daß ich kampflos überwunden worden sei wie ein Tier, das man zum Markt führt, ja ich könne auf mich stolz sein, daß ich diese Begegnung überhaupt überlebt habe. Ich zweifelte nicht an seinen Worten.

Er fragte nie danach, was ich an dieser Tür zu suchen hatte, was ebenso freundlich war wie seine Bereitschaft, meine Arbeit zu übernehmen. Trotz der Tatsache, daß ich nicht leicht über mich selber spreche, während er immer dahinzuklappern schien wie eine kleine Windmühle, schien er am Ende irgendwie beinahe ebensoviel über mein Leben zu wissen, wie ich über das seine. Ich meine nicht, über Lukassa und mich — es gab inzwischen keinen Fell-Aufkäufer oder Getreidehändler, der über Nacht blieb und der darüber nicht Bescheid gewußt hätte —, sondern über unser Dorf mit seinen beiden Priestern und seiner einen Hure; über den Hufschmied, den jeder fürchtete, mit Ausnahme von Lukassa, über meine Tante und meinen Onkel und die Weberin, die mich ihr Handwerk lehrte. Ich kann bis heute nicht sagen, wie ich dazu kam, ihm solche Dinge zu erzählen — sogar die Geschichte, wie ich *dirigari*-Früchte aus dem Obstgarten des Lehrers gestohlen hatte, worüber ich mich immer noch schäme. Er war schließlich bloß ein Junge, Rosseth, zwei Jahre jünger als ich, einfältiger als einer von Schadrys Schankkellnern — noch einfältiger —, der die ganze Zeit glaubte, so gescheit zu sein wie ein alter Kahnführer. Ich weiß nicht, warum ich so mit ihm sprach.

„Erzähl mir noch mal von deinen Eltern", drängte er mich; und wenn ich ins Stottern geriet, das Lieblingsessen meines Vaters vergaß oder den Anlaß für einen Scherz, den meine Mutter gern machte, dann trat ein merkwürdiger Ausdruck in seine Augen, als ob er, hätte er *seine* Eltern gekannt, sich an alles hätte erinnern können; und vielleicht hätte er es gekonnt. Seine erste deutliche Erinnerung war die an Karsch, der ihn am Genick irgendwo hintrug — davor gab es bloß Scherben und Schatten, die vielleicht Träume gewesen waren, obwohl man darauf rechnen konnte, daß Rosseth die ganze Zeit nicht daran dachte. Als ich ihn fragte, wie er in den „Fischhaken und Schlägel" gekommen sei, erzählte er mir, daß Karsch ihn von einem durchreisenden Creeshi-Hausierer bekommen habe, „im Tausch gegen drei Kampfhähne und einen Sack Limsatty-Zwiebeln. Darüber beklagt er sich bis heute — sagt, zwei dieser Vögel seien Sieger und die süßen Limsattys seitdem nie mehr so gut gewesen. Gatti Jinni sagt, einer der Hähne sei blind gewesen, doch das weiß ich nicht."

Über Lal und Nyateneri sprach er jetzt so gut wie gar nicht, was mir recht war. Das glich er freilich dadurch aus, daß er endlos über Lukassa schwätzte. Sie sei gewiß nicht sie selbst, versicherte er mir immer wieder — offensichtlich habe sie eine Menge durchgemacht, und solche Leiden veränderten Leute manchmal, so daß sie selbst jene nicht wiedererkannten, von denen sie am meisten geliebt würden. Aber Geduld und Ausdauer auf meiner Seite würden am Ende triumphieren, dessen sei er sicher; er sehe, wie sie jeden Tag sanfter auf mich zukomme und ihre Miene sich nach und nach verändere, wenn sie mich anblicke. Das war alles so gut gemeint, daß ich ihm nie sagen konnte — wie ich es bei jedem anderen bereits beim ersten Mal getan hätte —, daß er nicht davon sprechen solle. Doch ich konnte es auch nicht ertragen, ihm zuzuhören; also blieb mir nichts anderes übrig, als fortzugehen, wenn wir zusammen arbeiteten, oder mir eine Hausarbeit nur für mich zu suchen, so daß ich für Stunden außer Hörweite war. So kam es, daß ich so oft bei dem alten Mann war.

Seinen Namen sagte er mir nie. Anfangs nannte ich ihn Herr, und später *tafiya,* ein Wort, mit dem die Leute in meinem Dorf zuweilen gern jemanden bezeichnen — Mann oder Frau, alt oder weniger alt —, in dem sie eine bestimmte Macht, Würde, Größe, was immer, verkörpert sehen. Es ist schwer zu erklären: meine Lehrerin, zum Beispiel, wird *tafiya* genannt, der Hufschmied und die Hure dagegen nicht, wohl aber deren Mutter, der eine Priester, doch nicht der andere, zwei oder drei Bauern und der Brauer, nicht aber der Aufseher, nicht der Arzt, nicht der Schullehrer. Ich kann es nicht besser umschreiben als so. Ich nannte ihn *tafiya,* und er kannte das Wort und schien erfreut.

Anfangs war er sehr schwach: nicht so sehr körperlich, wenngleich es auch da haperte, denn er konnte nichts anderes herunterbringen als die dünne Suppe mit Brot drin und hin und wieder etwas Milch oder Wein. Aber die wirkliche Gebrechlichkeit steckte anderswo, und das kann ich genausoschlecht erklären wie die wirkliche Bedeutung von *tafiya.* Nehmen wir an, ein Wind habe Ihr Feuer ausgelöscht, dann können Sie es oft neu entfachen, wenn Sie nur Geduld haben, nachlegen und einfach bloß hineinblasen. Wenn es aber ein Regenguß ist, werden Sie an einem trockenen Ort ein neues Feuer machen oder auf Feuer verzichten. Ich denke, der alte Mann wartete in diesen ersten Tagen darauf, zu erfahren, ob es Wind oder Regen war in seinem Herzen, oder in seinem Geist, wie Sie wollen. Ich glaube, so verhielt es sich.

Die Frauen hatten für sein Zimmer und für seine Pflege bezahlt, und Karsch hielt, was das betraf, ihnen gegenüber sein Wort. Marinescha sollte die einzige sein, die sich um ihn kümmerte — Karsch tat sein Bestes, Rosseth so sehr auf Trab zu halten, daß er nicht in die Nähe des Zimmers kam —, doch sie verstauchte sich den Knöchel, als sie im Schankraum zwei Seilhändlern entschlüpfte. Also bekam ich den Auftrag, bis sie wieder zwanzigmal am Tag die Treppe steigen konnte, meinem *tafiya* seine Mahlzeiten zu bringen, seine neue Lagerstatt zu richten und seinen Nachttopf auszuleeren. Die Arbeit machte mir keinen Spaß, doch ich hatte auch nichts dagegen. Damals war mir alles gleich.

Nein, das ist nicht wahr. Ich hatte etwas dagegen, sehr viel, und ich fürchtete mich auch davor, und das wußte er natürlich. Ich war mehr als drei Tage nicht bei ihm gewesen, als er zu mir sagte, während ich ihm in ein Nachthemd half, das Schadry in einer Truhe unter seinem Bett entdeckt hatte, „Es wäre mir lieber, ich würde übler stinken, als ich's tue. Vielleicht wäre es dann schwieriger für dich, Lukassas Duft zu riechen, wenn du in dieses Zimmer kommst."

Ich konnte ihm nicht antworten. Ich wußte, daß sie, da die anderen Frauen fort waren, den größten Teil ihrer Zeit in seiner Gesellschaft verbrachte, aber ich sah sie gelegentlich auf den

Wegen und Wiesen nahe dem Wirtshaus spazierengehen oder sogar ein wenig im Hof mit Marinescha schwatzen. Am selben Tag war sie mir entgegengekommen, als ich ein Bündel Feuerholz trug, das so hoch war, daß sie mein Gesicht nicht sehen konnte. Als ich vor ihr stand und wieder einmal fragte, „Lukassa, Lukassa, ich bin's, Tikat, wieso erkennst du mich nicht?", schrie sie auf und rannte fort wie zuvor. Ich lief ihr nach, rief ihren Namen, doch die Scheite polterten mir vor die Füße, und ich fiel zu Boden. Gatti Jinni und Schadry, die alles mit ansahen, lachten noch am Abend, während mir meine Füße noch immer weh taten.

Als ich nicht sprach, berührte der alte Mann meine Hand und sagte, „Nein. Nun, ich kann dir wenigstens versichern, daß du Lukassa hier nicht begegnen wirst, und wenn du selbst lieber weniger oft kommen möchtest, werde ich ganz gut allein zurechtkommen und mich an deine Anweisungen halten. Soviel kann ich für dich tun, selbst in meinem augenblicklichen Zustand."

Begriff er denn nicht, wie wütend mich seine Freundlichkeit machte? Begreifen *Sie* es heute, wenigstens ein bißchen? Ich bin nie imstande gewesen, Mitleid zu ertragen — es macht mich so wütend wie nichts anderes in dieser Welt. Ich vermute, daß es bis zum Tode meiner Eltern zurückreicht, als jedermann, der den Pestwind überlebt hatte, mich beweinte, fütterte und liebkoste. Ich wollte sie alle umbringen, diese ganze ekelhafte, verständnisvolle Bande. Die einzige Person, die je erfuhr, daß ich sie alle umbringen wollte, war Lukassa. Vielleicht bin ich auch schon seit meiner Geburt so.

Ich sagte, „Das ist nicht nötig", und fuhr fort, ihm das Nachthemd überzustreifen. Er fing an, ein wenig an Gewicht zu gewinnen, doch alle seine Knochen erhoben sich wie blaue Flecken unter seiner Haut. Er sah mir schweigend zu, die Augen halb geschlossen, bis ich ihn auf sein Lager gebettet hatte und anfing, die Becher und Teller vom Tage einzusammeln. Da sagte er plötzlich, „Tikat. Sie wird sich niemals erinnern."

Ich wagte es nicht, ihn anzublicken. Ich ging zur Tür und bemühte mich, die Teller sicher festzuhalten, während ich nach dem Riegel tastete. Nie splitterte oder brach etwas ab, wenn man sie fallenließ, diese Teller, sondern sie zerschellten und waren nicht mehr zu reparieren. Hinter mir sagte er, „Wenn du sie zurückwillst, mußt du dorthin gehen, wo sie ist. Sie kann nicht zu dir zurückkommen." Ich schloß die Tür und trug die Teller in die Spülküche hinunter.

Aber mitten in der Nacht ging ich zurück. Das Wirtshaus war natürlich verrammelt und verriegelt, und die Hunde liefen herum, doch sie kannten mich inzwischen, und Rosseth hatte mir gezeigt, wie ich durch ein lockeres Schiebefenster ins Haus gelangen konnte. Niemand war wach, bloß ein reisender Mazariten-Priester und sein Kammerdiener: sie brauchen mit ihren Händen überhaupt nichts zu tun, diese Mazariten, sie kämmen sich höchstens ihre Bärte oder kratzen sich, doch ich hätte an *dieser* Tür ein ganzes Regiment vorbeiführen können, anstatt den ganzen Weg zur anderen Tür zu schleichen.

Seine Augen waren geöffnet, glitzerten im Mondlicht, aber ich hatte ihn schon einmal so schlafen sehen. Ich stand in der Tür, außerstande, ihn anzusprechen, außerstande, wieder zu gehen. Er sagte, „Komm herein, Tikat."

Also holte ich einen dreibeinigen Schemel aus der Ecke und setzte mich neben sein Bett. Es fiel mir schwer, zu sprechen, aber ich sagte, „Ich möchte wissen, was Sie mit dem gemeint haben, was Sie über Lukassa gesagt haben, über mich und daß ich zu ihr gehen müsse. Ich bin ihr über den Tod hinaus gefolgt, durch Wüsten und Berge, bis zu diesem Ort, der ..." — mir fehlten die Worte — „so wenig unser Ort ist, daß ich glaube, solange wir hier sind, wird sie mich nicht erkennen. Wenn sie aber heimkommen würde, zusammen mit mir ..."

„Das würde nichts ändern." Seine Stimme war sanft und mitleidlos, tröstend. „Ich sagte dir, daß du dorthin gehen mußt, wo sie jetzt ist, und dieser Ort ist weder hier noch dort zu finden. Es ist ein Land, in dem Lal und Nyateneri immer ihre älteren Schwestern gewesen sind, in dem ich, wenn du willst, ihr Großvater bin und in dem du nie vorkamst. Verstehst du mich, Tikat?

Keine langen, langen Nachmittage am Fluß, keine Träumereien in den Weiden; kein großer, hübscher Junge, der mit ihr Schiffchen schwimmen ließ, ihr Geschichten erzählte und die anderen Jungen davon abhielt, sie zu hänseln. Es ist nie geschehen, Tikat, nichts davon ist geschehen — sie hat dich nie vor den Wildschweinen gerettet, noch die kühlen Blätter auf deinen Rücken gelegt, als dein Onkel dich schlug, weil du von seinem Holunderwein getrunken hattest. Du kannst nicht zurückkehren in eine Welt und ein Leben, das es nie gab."

Woher wußte er das? Wie kann *ich* das wissen? Er war mein *tafiya*. Ich weinte nicht — niemand außer Lukassa hat mich je weinen sehen —, doch es schien eine sehr lange Zeit zu verstreichen, bevor ich sprechen konnte, wie ich wollte. Endlich sagte ich, „Was muß ich tun, um bei ihr zu sein?"

Er verdrehte die Augen und äffte mich grausam nach. „‚Was muß ich tun, o, Meister? Rate mir, leite mich, denke für mich, größter, weisester der Zauberer.' Wessen Weisheit brachte dich hierher, deine oder meine? Wer liebt dieses Kind am meisten, du oder ich?" Er schlug so heftig mit den Händen auf die Decken, daß die Bewegung ihn hochschnellen ließ und er mich mit höchstem Abscheu anstarrte. „Je älter ich werde, um so mehr wünschte ich, man würde mir vollkommenen, alles übertreffenden Schwachsinn nachsagen. Vielleicht würde das sogar bewirken, daß es ein paar Dummköpfe weniger gäbe, die nach meinem Rat als Zauberer winseln. Geh' mir aus den Augen — es gibt eine besondere Art von gescheiter Blödheit, die ich nicht ausstehen kann, und du verkörperst sie ganz und gar. Geh' mir aus den Augen!"

Ob es nun wirklicher Zorn war oder nicht, konnte ich nicht entscheiden, aber ich nahm überhaupt keine Notiz davon, weil ich weitaus hartnäckiger bin als närrisch oder gescheit. Als ich mich nicht vom Schemel rührte, wurde er fast ebensoplötzlich ruhig, wie er auf mich wütend geworden war. „Frage mich nie, was du tun mußt, Tikat. Sage mir, was du tun wirst — dann können wir uns wenigstens vernünftig unterhalten. Sag's mir jetzt."

Ich sagte langsam, „Wenn ich als Fremder beginnen muß — wenn ich alles noch einmal von vorn beginnen muß, ohne Geschichte zwischen Lukassa und mir, ohne Kindheit, ohne Liebe von dem Augenblick an, da wir uns als Kinder zum erstenmal erblickten — nun, dann sei's, dann soll's so sein. Ich werde morgen zu ihr gehen und so höflich mit ihr sprechen, wie es jeder Fremde tun würde, ohne Anmaßung, nur mit der Hoffnung, sie davon zu überzeugen, daß ich ein Freund bin und kein Verrückter. Das ist es, was ich morgen tun werde — übermorgen, wer weiß? Und so soll es sein."

Ich sah ihn nicht an, als ich sprach, sondern auf meine hohlen Hände; das war letzten Endes alles, was ich tun konnte, um nicht zu fragen, „Ist das gut? Ist das für uns der rechte Weg, den Rest unseres Lebens zu beginnen? Werden Sie mir jetzt helfen?" Doch ich tat's nicht — nicht, daß es in diesem Augenblick irgend etwas genutzt hätte, denn er war fest eingeschlafen. Beinahe bis zum Morgengrauen saß ich bei ihm, und dann schlüpfte ich zurück in den Stall, damit Rosseth mich wecken konnte, um unser Tagewerk zu beginnen. In der ganzen Zeit regte er sich nicht, sondern schnarchte zufrieden und artig, selbst als ich ihm ein Fleckchen getrockneter Suppe aus einem Mundwinkel tupfte. Ich sagte laut, „Ich werde wie Lukassa und fang' schon an, an dir herumzuzupfen", aber er wachte nicht auf.

Oberhalb des Waldstückes, auf einem kleinen, strauchigen Hang hat Karsch, wie es von Wirten erwartet wird, einen Schrein errichtet, den solche heiligen Wanderer wie dieser Mazariten-Priester benutzen können. Nur für einen Augenblick glaubte ich, als ich zum Stall ging, Rotmantel zu erspähen, der auf halber Höhe des Hanges an einem Dornbusch hockte. Er lächelte, den Mund ganz und die Augen fast geschlossen, und zwischen seinen träumenden Fingern schimmerte Lukassas Medaillon. Ich blieb stehen, um besser sehen zu können, aber falls er wirklich dort war, verlor ich ihn aus den Augen im blendenden Glanz des Morgens, der hinter ihm aufstieg, mattblau und von fahlstem Silber.

„Flußabwärts."

„Wie willst du das wissen?"

Ich beugte meinen Kopf ein zweites Mal über das Flußwasser in meinen hohlen Händen. Ich machte ein kleines Spektakel daraus, mehr als ein kleines, ließ das Wasser über Lippen und Hals rinnen und lächelte genießerisch, als ich es schlürfte. Schließlich sagte ich, „Menschliches Leben hinterläßt einen Geschmack. In der Luft, im Wasser, im Erdboden. Ein Haus — nicht ein Dorf, bloß ein einzelnes Haus, mit ein paar Menschen, einem Tier oder zweien, die kommen und gehen, fischen, essen, den Fluß benutzen — es verändert den Geschmack. Das ist eben so." Ich kostete das Wasser noch einmal und nickte. „Flußaufwärts lebt niemand. Versuche es, dann merkst du es."

Nyateneri sagte nachdenklich, „Wie schön, die lächerlichste Behauptung meines ganzen Lebens zu hören, während ich noch jung genug bin, sie zu würdigen." Er kauerte sich neben mich, schöpfte ein paar Tropfen heraus, leckte sie ungeduldig auf, erhob sich sogleich und sah mit einemmal wütend und verlegen aus. Erst als wir tief in den Bergen waren, hatte er seine weibliche Gestalt wieder verschwinden lassen und zeigte sich jetzt mager und grau; derbknochig, doch für seine Größe recht anmutig, sein Haar struppig wie immer (aus einem Grund, den er nie nennen wollte, schor er es regelmäßig zu der immer gleichen erbarmungslos kargen Klosterfrisur zurecht), und die Augen veränderten sich immer noch so langsam wie dämmernde Himmel. Ein sanfter Mund noch immer, in einem harten, müden Gesicht.

„Das ist albern", sagte er. „Ich kenne alle Geschichten, ich bin ja bereit, zu glauben, daß Lal-Allein einer Eidechse zwei Wochen Vorsprung geben und ihrer Spur durch jede beliebige Wüste folgen kann, meinetwegen mit verbundenen Augen. Aber ein Fischer, der aus einem Boot in den Fluß pißt — nein, nein, tut mir leid, ich verbrachte meine Jugend in einem Kloster, und mein Vertrauen ist nicht so, wie es sein sollte. Nein."

Nun, das geschah mir recht, nachdem ich soviel Aufhebens von meiner Geschicklichkeit gemacht hatte. „Auch weiter flußaufwärts keine Stromschnellen — überhaupt kein Geschmack von weißem Wasser." Nyateneri schnaubte. Ich wischte meine Hände an meinen Hosen ab und stand auf. „Also gut, betrachte unsere Freunde dort. Sage mir, wie sie heißen, wenn's recht ist."

Nyateneri warf den schwarz-weißen Vögeln, die ein Stück flußaufwärts kreisten, einen kurzen Blick zu und erwiderte, „*Vrajis*. Im Süden nennen wir sie Priesterfänger. Warum?"

Ich sagte, „Weil sogar in eurem Land gewiß bekannt ist, daß diese Vögel niemals dort nisten, wo Menschen sind. Gäbe es hier im Umkreis von fünfzig Meilen eine Siedlung, würdest du hier keinen *vraji* sehen, es sei denn, das Dorf läge schon fünfzig Jahre in Schutt und Asche. Sage mir, daß ich mich irre."

Das konnte er jedenfalls schwerlich — es gab wohl in hundert Sprachen Witze und Sprichwörter über die Abneigung der *vrajis* gegen menschliche Wesen. Eine der häßlicheren Religionen meines eigenen Volkes gründet sich darauf. Nyateneri seufzte, rieb seinen Nacken, starrte auf die Vögel, ging von mir fort, kam zurück, rieb sich noch einmal den Nacken und sagte, „Also kein Haus." Es war nicht eigentlich Zustimmung, doch es war auch keine Frage.

„Du kannst es wirklich am Geschmack erkennen", sagte ich. „Dazu braucht man gar nicht soviel Übung, wie du vielleicht denkst." Nyateneri war abermals fortgeschlendert und beäugte verdrießlich das steinige, ansteigende Sichelmondufer, wo wir standen, und die dunklen Bäume dahinter. Ich hob leicht die Stimme. „Die entscheidende Frage ist nicht, wo Arschadins Haus liegt, sondern wie weit es entfernt ist und was wir uns einfallen lassen, um hinzukommen. Da ich meine sagenhaften Fähigkeiten, in der Wildnis zu überleben, völlig ausgeschöpft habe, wäre mir jeder Vorschlag willkommen."

Als Nyateneri sich schließlich umdrehte und sprach, hörte mein Blut einen Augenblick zu fließen auf, denn er sprach Dirvik. Diese Sprache ist seit fünf Jahrhunderten ausgestorben, für meine Begriffe noch nicht lange genug. Ich bin drei Leuten begegnet, die Dirvik sprechen konnten, die Person eingeschlossen, die es mich lehrte, und alle drei fanden sie einen ungewöhnlich schlimmen Tod. Wie Nyateneri diese Sprache gelernt hatte und wieso er ahnte, daß ich sie beherrschte, will ich trotzdem nicht ergründen. Er sagte, „Mein erster Vorschlag wäre, daß wir von jetzt an diese schreckliche Sprache sprechen. Kannst du das ertragen?"

Die plötzliche Freundlichkeit dieser Frage ließ meine Augen brennen, was mich ärgerte. „Ich werde es ertragen", sagte ich. Dirvik verwundet den Mund und überzieht die Kehle mit einer dicken Bitternis. Für eine gewöhnliche Unterhaltung war diese Sprache nie bestimmt. Nyateneri sagte, „Es gab im Kloster einen Mann, der sie sprach, doch er starb. Ich verwette unser Leben, daß es sonst niemanden gibt, in unsrer Zeit. Da du offensichtlich seit unserem Aufbruch über einem Angriffsplan gebrütet hast, ist es unnütze Höflichkeit, mich nach meinen Vorstellungen zu fragen. Sage mir, wie du es schaffen willst, ein Boot zu bauen."

„Sagen wir besser ein Floß", antwortete ich. Selbst beim Zusammensetzen eines so einfachen Satzes in Dirvik schien sich der Sinn von den Wörtern abzulösen wie verbrannte Haut. Ich fuhr fort, „Ich bin kein Schiffbauer, selbst wenn wir genügend Zeit und die nötigen Werkzeuge hätten. Doch ich habe schon weniger zur Verfügung gehabt, habe Flöße gebaut und bin auch damit gefahren." Ich deutete auf die Bäume — eine Art von dünnborkigem Nadelholz, der ich noch nie begegnet war — und auf die üppigen blauen Ranken, welche die meisten Bäume umwanden. „Du und ich könnten bis Sonnenuntergang ein brauchbares Floß zusammenzimmern. Wir kriegen vielleicht sogar einen Kiel zustande, wie man sie auf den O'anenue-Inseln anfertigt. Vor langer Zeit habe ich einmal dabei zugeschaut."

Doch Nyateneri schüttelte bedächtig den Kopf. „Nicht mit diesen Bäumen." Seine Miene war eher sanft, denn spöttisch, sogar ein wenig traurig. „Du hast keine Veranlassung, sie zu kennen, aber im Nordland, wo ich geboren wurde, nennen wir sie *jaranas*, Spaßmacher, Spaßmacher-Bäume. Sie sehen aus, als hätten sie weiches Holz, aber es ist so zäh, daß sich jede Säge, außer der besten Camlann-Arbeit, daran die Zähne ausbricht. Und ein Floß aus solchen Stämmen würde sinken, bevor du Zeit hättest, es zu besteigen. Das hätte ich dir sagen können, hättest du mich wissen lassen, was du planst."

In seinem Gesicht war kein Triumph zu lesen, aber in Dirvik hört sich alles an wie greinender Spott. Jetzt war ich an der Reihe, den Blick abzuwenden und schweigend auf und ab zu gehen, wobei ich auf einer Seite meiner Zunge kaute (eine Angewohnheit aus der Kindheit) und mir wie ein Idiot vorkam. Es ist wahr, was *mein Freund* sagte — ich hasse es, nicht alles zu wissen, selbst wenn es nicht möglich ist. Wichtiger noch, ich hatte mir keine Hintertür offen gelassen, nichts in der Hinterhand, für den Fall, es stellte sich heraus, daß ich nicht alles wußte. Sogar ein Erdhase, ein *kumbii*, weiß es besser, daß — in seiner Welt genauso wie in der meinen — Leichtfertigkeit ein anderer Name ist für Onkel Tod, und diesen Namen hatte ich in der letzten Zeit viel zu oft ausgesprochen. So ging ich im Kreis herum und starrte jene nutzlosen Bäume an, bis Nyateneri wieder sprach.

Dirvik verändert die Stimme auf sonderbare Weise: meine Stimme hörte sich so jung an wie die von Lukassa, und Nyateneris Tonfall und Tonhöhe waren beinahe wieder so wie damals, als ich ihn für eine Frau gehalten hatte. Er sagte, „Du vergißt unseren treuen Gefährten."

„Das ist wahrscheinlich das einzige, was ich nicht vergessen habe", sagte ich scharf. „Warum würden wir uns wohl sonst den Mund mit diesem wertlosen Geschwätz schmutzig machen, wenn er nicht da wäre in den Schatten. Was soll mit ihm sein?"

Nyateneri sagte, „Ich denke, er sollte uns bei unserem Boot helfen. Das scheint nur angemessen, wenn man's recht bedenkt."

Ich blickte ihn so lange an, daß er schließlich zu lächeln begann und ernsthaft versuchte, es zu unterdrücken. Ich vermute, um den Mann, der uns beobachtete, davon abzuhalten, irgend etwas anderes zu vermuten als das, was er bereits zu wissen glaubte. „Lal, ebensowenig, wie wir ein Floß bauen können, erwarte ich von ihm, daß er es für uns tut. Er ist kein Zauberer, bloß ein sorgfältig ausgebildeter Mörder, doch im Kern besteht diese Ausbildung darin, sehr gut vorbereitet zu sein, wenn das Unerwartete eintritt. Und wenn das Unerwartete eine Fahrt auf dem Wasser einschließt, wird er bereit sein." Er legte eine Hand auf meine Schulter, und abermals wäre ich fast aus der Haut gefahren und hätte ihn angebrüllt, so freundlich war diese Geste. Er sagte, „Es ist eine alte Vertrautheit." Dirvik kennt dieses Wort nicht; ich mußte seine Bedeutung erraten. „Ich kenne diese Männer, wie du deine Träume kennst."

Ich starrte ihn noch einen Augenblick an und brach dann in ein lautes Gelächter aus, wobei ich meiner höhnischen Zurückweisung dieses Vorschlages, so auffällig ich konnte, Ausdruck gab. Ich schob seine Hand von meiner Schulter, wandte mich ab und sagte über meine Schulter, „Wir werden ihn glauben machen müssen, daß wir flußabwärts aufgebrochen sind. Das wird nicht einfach sein."

Nyateneri drohte mir mit der Faust und rief mir nach, „Nein, ist es nicht. Wenn du schmollen willst, geh da rüber und denke eine Weile nach."

Gesagt, getan. Ich ging ein Stück am Flußufer entlang, bis ich zu einem niedrigen, flachen Felsbrocken kam, wo ich mich hinsetzte, die Knie unters Kinn zog und nach besten Kräften so tat, als würde ich dumpf vor mich hin brüten. Und in einiger Entfernung, in der Mitte des Sichelmondufers, wo wir unsere Pferde angebunden und unsere schwindenden Vorräte abgeladen hatten, tat Nyateneri das gleiche, mir hin und wieder Brocken klassischer nordländischer Dichtung in improvisierter Dirvik-Übersetzung zuwerfend, begleitet von ausgesprochen drohenden Grimassen, die zur Kenntnis zu nehmen ich mich nicht herabließ. Wie immer der Mann auch enden mag, er war dazu geboren, mit einer Truppe von Schauspielern zu reisen, wie jene, die in Karschs Stall geschlafen hatten, als wir zum erstenmal in den „Fischhaken und Schlägel" gekommen waren. Inzwischen hab ich's ihm gesagt.

Wir führten dieses Schauspiel etwa zwei Stunden lang auf, während der mütterliche Susathi an uns vorbeiglitt, ohne Geräusch und sich kaum einmal glitzernd im Sonnenlicht kräuselnd. Es war ein gefährlich friedlicher Ort: ganz gleich, wie hartnäckig ich das Problem, von hier weg zu kommen, zu lösen suchte, ganz gleich, wie stark ich meine Sinne anspannte, um das kleinste Rascheln von Blut, Atemzügen oder Schritten wahrzunehmen, sobald ich mir einen eigenen Atemzug gestattete, hatte die weiche, einlullende Wärme mich wieder eingefangen. Genaugenommen döste ich nicht; aber nur einmal, als mitten im Fluß ein Fisch hochsprang, war ich im Nu auf den Füßen, hatte den Degen gezogen und schrie etwas in der Sprache, die ich nicht mehr sprach. Ich glaube, ich rief Bismaya an.

Gegen Abend begannen wir uns langsam und verdrossen aufeinander zuzubewegen, nicht mehr schreiend, sondern jene knurrenden Töne ausstoßend, die Dirvik so angemessen bedrohlich klingen lassen. Fast gleichzeitig und fast mit den gleichen Worten sagten wir, „Am wichtigsten ist, daß es aussieht, als wär's nur einer von uns, nicht beide." Da konnten wir wirklich nur noch lachen, doch wenn man weiß, wie sich Lachen in Dirvik anhört, war das ganz recht so. Nyateneri sagte, „Die Frage ist, ob wir kämpfen oder uns einfach trennen. Ich denke, ein Kampf wäre hübsch."

„Wenn du und ich kämpften, würde einer von uns beiden sterben. Sehr wahrscheinlich beide. Das weiß er."

„Kein richtiger Kampf, bloß eine kleine Balgerei. Heftige Worte, ein paar Klapse, Püffe — Liebende, die es so juckt, das sie's nicht mehr aushalten können. Immerhin denkt er, daß wir ein Liebespaar sind."

Jetzt verspottete er mich: das war ganz klar, unabhängig von der Bösartigkeit der Sprache. Ich antwortete nicht, sondern musterte ihn von Kopf bis Fuß und ließ ihn meinerseits spüren, daß ich mich an den Geruch seiner Haut erinnerte, an seine Fingernägel, die kratzend an mir herunterfuhren, und an sein schwellendes Aufbäumen in mir. Ich erinnerte mich an alles, ohne Bedauern, ohne Verlangen. Ich sagte, „Ich werde mich flußaufwärts schlagen und dich hier zurücklassen. Du mußt so tun, als würdest du dir allein ein Floß bauen."

„Es wird ein Floß aus Abfällen sein müssen — Treibholz, abgestorbene Äste, was immer ich an Abfall finden kann. Dieser Teil macht mir ein bißchen Sorgen, denn das Ding soll ja so aussehen, als würde ein listiger Flüchtling wie Soukyan allen Ernstes versuchen, damit flußabwärts zu fahren — von den Stromschnellen ganz zu schweigen. Ich kenne ihn durch und durch, verstehst du."

Der bewußte Gebrauch seines wirklichen Namens, wie ein Mißton, ließ mich einen Augenblick verstummen. Ich hatte ihn nur einmal ausgesprochen, seit ich ihn erfahren hatte, und ich nahm mir fest vor, daß er für mich nie ein anderer als Nyateneri sein sollte. „Warte bis zur Dämmerung und halte dich von den Bäumen fern. Wie dicht kann er bestenfalls an dich herankommen, ohne daß du ihn siehst?" Nyateneri warf mir einen Blick zu, der so nachsichtig war, daß er Königin Wakalschakwa, die Unsagbare Göttin, in Wut versetzt hätte, die — wie die Geschichten berichten — eine so gutherzige Seele war, daß wilde Fels-*targs* und *nishori* ihre Schlupfwinkel verließen, an ihren Hof pilgerten, sich ihr zu Füßen warfen und ihren Segen erbaten. Sie beschmutzten die Teppiche und fraßen die Diener — die, wenngleich nicht so fromm wie die Königin, wenigstens schmackhaft waren —, aber Wakalschakwa ließ geduldig neue Teppiche und neue Diener kommen und tadelte die Fels-*targs* nicht. Ich kenne acht Lieder über die Königin, doch weder Fels-*targs* noch Diener haben eines davon geschrieben.

Ich nickte leicht zu einem Knäuel lohfarbenen Wasserkrauts hinüber, das sich nahe dem Ufer langsam in einem Strudel drehte. „Sammle von diesen Totmannslöckchen so viel, wie du kannst. Unten an den Stengeln sitzen Klumpen von Luftblasen, und du könntest sie gut unter dem Floß befestigen, damit es Auftrieb bekommt. Vielleicht klappt's ja."

„Vielleicht klappt's", sagte Nyateneri mit einem tückischen Knurren in Dirvik, ohne hinzusehen. „Danke, das ist eine gute Idee." Die Worte klangen wie eine persönliche Beleidigung, und er versetzte mir unvermittelt einen Schlag gegen die Schulter, beförderte mich rückwärts in ein krachendes Buschgewirr und lachte dann dröhnend, als ich mich abmühte, wieder auf die Füße zu kommen. Ich sagte, „Ich lasse deinen Packen da, mit dem ganzen Seil drin", und schlug ihm auf den Mund.

„Laß auch die leeren Wasserflaschen da", erinnerte er mich und schüttelte mich, bis meine Zähne aufeinanderkrachten. „Alles, was schwimmt. Schlag einen Kreis, und nach Einbruch der Dunkelheit komm zurück, ohne die Pferde."

Auf diese Weise einigten wir uns über die Einzelheiten, während wir uns die ganze Zeit am Ufer herumprügelten. Unsere Tiere sahen zu, wieherten unbekümmert, und die Fische sprangen weiter nach Insekten; und irgendwo in der Nähe, zwischen den Spaßmacher-Bäumen, wartete Nyateneris unermüdlicher Feind darauf, daß es dunkel wurde. Als alles zwischen uns besprochen worden war, spie ich ihm ins Auge, stürmte fort und blieb nur stehen, um ihm zuzurufen, „Es tut mir sehr leid, daß ich dir nichts von meinem Plan erzählt habe, ein Floß zu bauen. Ich bin noch immer Lal-Allein, und es fällt mir schwer, jemandem zu vertrauen, selbst einem Gefährten. Es tut mir leid."

Nyateneri entblößte seine Zähne und hob drohend eine Hand. „Ich verstehe. Übrigens sollte ich dir sagen, daß ich nicht schwimmen kann." Beinahe hätte ich unser Schauspiel auf der Stelle beendet, als ich ihn mit zunehmender Bestürzung anstarrte, aber er knurrte, „Vertrauen gegen Vertrauen. Mach dich auf den Weg, und denke daran, daß du nie in deinem Leben jemandem begegnet bist, der so gefährlich ist wie unser kleiner Freund. Geh jetzt!"

Ich stakste zurück zu den Pferden und begann grimmig, sie zu beladen, und warf Nyateneris Packen besonders nachdrücklich zu Boden, als ich sein Pferd an dem Mildasi-Schwarzen anband. Dann stieg ich auf und setzte mich flußaufwärts in westlicher Richtung in Bewegung, ohne mich umzusehen, bis wir die obere Spitze der Mondsichel umrundet hatten. Nyateneri erschien bereits klein und entfernt und bückte sich gerade, um ein Bündel der dicken, gummiartigen Krautstengel aufzuheben. Ich rief, „Sei vorsichtig!", im Vertrauen darauf, daß die widerwärtige Sprache die Warnung in einen Abschiedsgruß verwandeln würde.

Nyateneri hob nicht einmal den Kopf. Ich spie abermals aus, dieses Mal, um meinen Mund von der Schande des Dirvik zu befreien, und ritt weiter am Flußufer entlang.

Der Fuchs

„Mann in Fuchs — Fuchs in Mann — was stimmt?" Junge Tikat fragt mich, als wir uns begegnen, aber ich stopf ihm den dämlichen Mund mit Fressen, war das beste. Aber Wahrheit — Wahrheit ist, daß nicht einer oben ist, der andere unten. Fuchs und Mann-Gestalt nebeneinander, nie genug Platz, und darunter, oh, darunter! Darunter ist *Nichts,* ganz altes, altes Nichts, verwandelt sich vor langer Zeit in ein *Etwas.* Jawohl. Sogar Nichts *will* etwas, manchmal wird sogar Nichts begierig, Stimmen zu hören, Morgenerde zu riechen, Wasser zu trinken, eine Taube zu zerkauen. Ich? Ein Finger von Nichts, eine Zehe — aber trotzdem ich, ich tue, was ich will. Nyateneri will dies, Mann-Gestalt will das, ich tue, was ich will. Aber wenn altes Nichts ruft, folg ich.

Und altes Nichts rührt sich — kaltes, schweres, schläfriges Nichts wittert ihn, den verschlagenen Zauberer, allein in einem kleinen Raum, in den Bau gekrochen wie ein Fuchs — jaja, und dieser andere, er wittert *diesen* auch, tastend, suchend, fast wissend, fast sicher. Im ganzen Wirtshaus, überall ringsum, greift Macht nach Macht — Hunde wissen es, Hühner wissen es, sogar das Wetter weiß es. Strahlende, heiße Sonne, Tag für Tag, nicht eine Wolke, und immer der Geruch von Regen, aber kein Tropfen. Altes Nichts sagt in mir, „Find's raus, find's raus."

Also. Nyateneri ist weit weg, und Mann-Gestalt mit rosigem Gesicht sitzt wieder im Schankraum, erzählt lange dumme Geschichten, fragt, hört zu, paßt auf. Das Wirtshaus wimmelt wie ein toter Baumstamm, voll von Raupen — immerzu Pilger, Hausierer, Kanalschiffer, Soldaten auf Urlaub, einmal oder zweimal ein *sheknath*-Jäger mit seinem messerscharfen Seidennetz, seinen gegabelten Lanzen. Rosseth, zu traurig, um sich zu unterhalten, Marinescha, zu beschäftigt, hat Mann-Gestalt ohnehin nie gemocht. Gatti Jinni will den ganzen Tag schwatzen, wenn nur das rote Bier fließt, aber was weiß kleines Wut-Gesicht schon? Gilt auch für Schadry, dämlich wie die Kellner, die er schlägt. Junge Tikat hält sich ganz fern von Mann-Gestalt, blickt nicht einmal her durch den Schankraum. Fetter Wirt watschelt raus und rein, holt und bringt, schnauzt Soldaten an, wenn sie Marinescha zwicken. Guckt Mann-Gestalt jedesmal durchdringend an — jedesmal freundliches Lächeln zurück, warum nicht? Keine Spur von Taubenfedern in *diesem* Lächeln.

„Das Mädchen", sagte altes Nichts. „Das Mädchen." Doch das Mädchen verbringt die meiste Zeit bei dem niederträchtigen Zauberer, kehrt erst, wenn's Nacht wird, in ihr Zimmer zurück. Wenn ein weicher, ganz weicher Fuchs unter ihren Arm schlüpft und sich ankuschelt, dann flüstert sie, „Da bist du ja", und beugt den Kopf zu mir. „Kleiner, wo ist Lal, wo ist Nyateneri, weißt du das? Der *tafiya*" — das ist ihr Name für ihn — „der *tafiya* sagt, daß sie Närrinnen sind und daß Fels-*targs* sie fressen, daß sie in den Fluß fallen und ertrinken werden und daß man sich nicht um sie kümmern soll. Aber ich tu's. Sag mir, wo meine Freundinnen sind, Kleiner." Immer und immer wieder, bis sie einschläft und mich viel zu fest an sich drückt.

Damit kann altes Nichts nichts anfangen, doch was kann ich dagegen machen? So reden Menschen zu einem Bettspielzeug, doch anders, wenn sie untereinander sind. Mann-Gestalt annehmen, in ihrem Bett? Sagen, „Hallo, ich bin's bloß, wir haben schon viele Nächte so geschlafen." Würde Lal und Nyateneri aufwecken, dieser Schrei, wo immer sie jetzt schlafen. Am besten abwarten bis zum ganz frühen Morgen, dem ersten Zwielicht, manchmal geht sie für sich allein spazieren. Am besten abwarten, sag' ich altem Nichts.

Aber der Himmel zieht sich zu. Jeden Tag, von einem Horizont zum anderen, Himmel und Luft knarren, wenn Macht nach Macht greift. Wind knirscht, ächzt; Wasser rührt sich — du kannst es schmecken, im allerkleinsten Hundetümpel sehen, es auf dem Steinboden des Schankraums hören, aus Stimmen heraushören. Im Wirtshaus mühen sich Hausierer ab, Packen zu heben, setzen sich und schreien. Soldaten trinken, und nichts geschieht, Pilger vergessen fromme Worte und schlagen aufeinander ein — Kahnführer, alle verdrossen, taumeln gegen Türpfosten, sagen, daß Schadry sie vergiftet. Und alles hat er ausgeheckt, der dort oben, alles. Ich weiß es. Im Versteck, da bleibt er, ja, zieht die Luft zusammen, dicht über sich zusammen, damit der andere ihn nicht findet. Oh, kein Gedanke an Füchse, Leute, nicht mal an Pilger — es spielt keine Rolle, ob alles reißt, zerspringt wie eine fette Larve, die platzt und eine Wolke von Gewitterfliegen entläßt, und was dann? Was wird jetzt ausgeheckt, fragen sie sich das, diese beiden? Neinnein, kein Gedanke daran, nicht einer. Zauberer eben.

Altes Nichts: „Das Mädchen." Also hinaus in Mann-Gestalt, hinaus ins sandfarbene Zwielicht, Schlendergedanken im Hof, ein Besinnen am *naril*-Baum, ein Schlenker durch den Obstgarten, ein Schlenker zurück. Jetzt kommt sie — kleine, scharfe Schritte, eine rasche Drehung nach links, nach rechts, jeden Augenblick in Sorge, dem Jungen Tikat zu begegnen. Ich sehe sie, trauriges, rundes, alltägliches Gesicht, und dahinter das weiße Feuer — aber nicht *ihr* Feuer, hat nichts zu tun mit ihr, dem armen Ding —, sehe sie genauso kommen, mit so vielen Schritten in die eine, mit so vielen Schritten in die andere Richtung wie in einem unsichtbaren Käfig, jedoch mit einem wirklichen Schatten. Kummer wegen eines Menschen? Nicht möglich, nicht für mich, nein. Und doch.

Vorwärts, Großvater Mann-Gestalt: verwaschenes, sanftes Lächeln, friedliche Bewegungen, sie im Dunkeln nicht zu erschrecken. Schöner Abend, liebliche Vöglein singen (in Wahrheit: kaum ein Vögelchen, nicht in diesen Nächten), wie schön, unterwegs noch mehr Lieblichkeit zu finden. Welch ein Glück für einen alten Mann. Ein Stückchen zusammen gehen? — vielleicht bis zur Landstraße und zurück? Sogar höflich muß ich mit glücklicher Miene werden, in meinem Alter.

Kein Wort, kein Nicken, aber sie nimmt Mann-Gestalts Arm, und wir gehen. Plappern, murmeln, ab und zu ihre Hand tätscheln, zum erstenmal seit zwanzig Jahren so ein hübscher

Spaziergang, man denke! Doch wo sind ihre Gefährtinnen? Die große braune Frau, glänzend wie Regen? Die schwarze mit den langen, anmutigen Lidern wie Segel von Schiffen? Mann-Gestalt würde alles sagen. Sie zittert, nicht äußerlich, sondern ihr ganzes Inneres bis in die Knochen. „In Gefahr." Andere Worte, ja, aber so leise, daß ich nur diese höre.

Altes Nichts: „In welcher Gefahr?" In welcher Gefahr? — gefangen zwischen verbohrten Zauberern, was sonst? Aber das soll mich nicht kümmern, altes Nichts braucht mehr. Sagt nie, was es braucht — fühlt und fühlt, was es braucht, giert danach, weiß genau, was es will, doch niemals hat es die *Worte*. Sehr schwer für einen armen Fuchs, an den Rändern von drei Welten zu lesen. Ich sage, „Diese Berge sind in der Tat höchst gefährlich. Es gibt dort Banditen, es gibt dort *nishori*, Fels-*targs* . . ."

Schüttelt den Kopf — „Die sind es nicht, die nicht. Meine Freundinnen — sie sind fortgegangen, um mit einem Zauberer zu kämpfen, gegen den man nicht kämpfen kann. Ich weiß es, ich weiß es!" Jetzt zittert ihr Körper, braune Augen voller Tränen, doch keine fließt. „Er kann nicht getötet werden — ich weiß es!"

Da hast du's, altes Nichts! Ist es das, was du wissen wolltest? Mann-Gestalt grinst, viel Handgetätschel, sagt, „Fasse dich, mein Liebes, es gab nie einen Zauberer, der nicht sterben konnte. All die Geschichten über Abmachungen mit Onkel Tod, über Elixiere, über Herzen, versteckt in goldenen Kästchen oder hohlen Bäumen oder im Mond — alles bloß Geschichten, Kind, das kannst du mir glauben." Und ein Trost für mich, wie für das Mädchen auch — ein unsterblicher Zauberer, daran zu glauben, ist *Unrecht*. Altes Nichts würde es gewiß nie erlauben.

Aber sie ist nicht getröstet, läßt mich nicht einmal ausreden, sondern zieht ihren Arm weg, ruft, „Nein, nein — ich sagte es ihnen, ich hab's ihnen doch gesagt, aber sie wollten nicht verstehen. Er kann nicht getötet werden!" Starrt mich an, flehentlich mit bleichem Gesicht, möchte so gern, daß netter weißer Schnurrbart versteht. Ich? Oh, ich blicke nach oben, nach unten, zur Landstraße hinüber, dann wieder zum Wirtshaus. Brunnenpumpe quietscht, ein paar betrunkene Viehtreiber singen, niemand zu sehen. Aber etwas liegt auf der Lauer. Ich weiß, was *ich* weiß.

Ihre Stimme, leise, ruhig, doch auch kurz vor dem Zerbrechen, wie der Himmel. „Ich war einmal tot. Ich ertrank in einem Fluß. Lal fand mich." Jede Nacht, immer dasselbe Geflüster in den Schlafenszeit-Fuchspelz, erzählt sie sich wieder dieselbe Geschichte, vielleicht ist sie dieses Mal anders? Sie sagt, „Lal versichert mir immer wieder, daß ich jetzt am Leben bin. Aber alles, was ich erfahre, ist Tod." Kein Onkel Tod — immer soll man ihn „Onkel Tod" nennen, selbst Füchse. Lukassa sagt, „Alles, was ich vor dem Fluß kannte, ist mir genommen worden. In dieser Leere sitzt der Tod und spricht zu mir und erzählt mir Dinge. Lal und Nyateneri können Arschadin niemals besiegen, können ihn niemals töten. Er ist genau wie ich — es ist niemand da, den man töten kann."

„Ah", seufzt altes Nichts, ein langer, langer Atemzug durch alle meine Leben. „Ah." Sehr gut für altes Nichts, aber Mann-Gestalt muß trotzdem Worte finden. Mann-Gestalt zupft am Schnurrbart, rauft den Backenbart, rundet freundlich-blaue Augen. „Nun, Kind, wenn deine Freundinnen ausgezogen sind, um mit einem toten Zauberer zu kämpfen, wird das Schlimmste, das ihnen zustoßen kann, ein langer Rückweg sein. Tot ist tot, wer immer man ist, und das kannst du mir glauben."

Doch jetzt ist sie diejenige, die wegschaut, überhaupt nicht zuhört. Rasch umgedreht, und da ist er, stampft dahin, die großen, bleichen Hände fest geballt, den großen, kahlen Kopf gesenkt, die schmutzige Schürze gleitet von seinem Wanst — wer anders als der fette Wirt selbst. Lukassas Hände gleiten wie Schnee durch Mann-Gestalts Hand. Kein Wort mehr, kein Blick, geradewegs am Wirt vorbei, stolz wie Prinzessinnen, die sie nie gesehen hat, schreitet sie zurück in ihren unsichtbaren Käfig. Und in mir, aus mir, das alte Nichts: „Ah." Alles wieder langsam und verschlafen, hat, was es wollte, Zeit zum Schlafen jetzt — gut, soll es schlafen, schlafen, sich umdrehen, murren, weiterschlafen, aufhören mit Fingern und Zehen zu spielen. Zeit, arme Füchse für eine Weile in Ruhe zu lassen.

Wirt schaut Lukassa nach, reibt sich den Kopf, schräger Blick auf Mann-Gestalt. O, bloß nicht lachen, bloß nicht fragen! Rasch, rasch, unter verkniffenem altem Grinsen verstecken, einen Gruß an den fetten alten Narren, der sein eigenes Haus auf den Kopf stellt, jeden Raum, Zoll für Zoll, jeden Gast aus dem Bett wirft, alles wegen dieser paar Tauben. Starrt Mann-Gestalt immer an, spricht nie, bedient ihn nie. Angenommen, ich sage zu ihm, „Hallo, neuer Fuchshund taugt nichts, rausgeworfenes Geld. Kommen bald neue Vögel?" Statt dessen eine tiefe Verbeugung, eine lobende Bemerkung über die schönen Abende, die einem sein Wirtshaus immer beschert. Mann-Gestalt will irgend etwas sagen.

Knurren. „Nicht mein Verdienst." Knurren. „Meinen Stalljungen irgendwo gesehen?" Gewiß im Stall? Knurren. „Hab' schon nachgesehen." Reibt sich den Schädel, reißt herunterhängende Schürze ab. „Verdammter Junge, ist nie da, wo er sein soll in letzter Zeit." Nicht wütend, nicht mal niedergeschlagen — eigentlich gar nichts, bloß müde. Interessant.

„Tja, nun", sagt Mann-Gestalt, „in solch einer Nacht wär's eine Schande, wenn Ihr Junge nicht unterm Fenster von irgendeinem kleinen Mädchen närrische Lieder singen würde. Seien Sie nicht so streng mit ihm, wenn er zurückkommt, Herr Wirt — lassen Sie ihm das kleine Stückchen seiner Kindheit, ja?"

Hört überhaupt nicht zu — niemand hört in letzter Zeit Großvater Mann-Gestalt zu —, aber die letzten Worte, aha, die gehen ihm ins Ohr. Blickt durch und durch finster, jetzt ist er wütend. „Was wissen Sie davon? Was wissen Sie schon davon, he? Dieser idiotische Bursche hätte überhaupt keine Kindheit gehabt, wäre *ich* nicht gewesen. War der schlimmste Tag in meinem Leben, als ich das machte, aber ich hab's getan, was hätte ich sonst tun sollen, he? Hatte verdammt keine andere Wahl." Weißes Kloßgesicht röter und röter, selbst in der Dunkelheit zu sehen, kleine bleiche Augen, die schielen und glühen. „Wer weiß schon was davon? Und was hab ich je davon gehabt, außer Ärger und Bauchschmerzen und —" da fällt er sich selber ins Wort, schwer genug, ehe ihm noch etwas herausrutscht — „und schlichte, verdammte Unannehmlichkeit? Wie?"

Meine Güte. Selbst Mann-Gestalt sieht sich nach Antworten um, doch der Herr Wirt erwartet zum Glück keine. Noch ein finsterer Blick, ein weiteres hübsches Knurren, und er ist auf dem Rückweg zum Gasthaus und brüllt nach dem Stalljungen. „Rosseth! Rosseth! Hol dich der Teufel, du elender Balg, Rosseth!" Ist es nicht hübsch, wenn Mann-Gestalt dem Abendlied eines fetten Wirts lauschen kann? Etwas Wohlschmeckendes raschelt neben dem Pfad, eilt nach Hause. Kommt nie an.

Lal

Ich spürte nicht, daß er hinter mir war, nicht ein einziges Mal, doch das Mildasi-Pferd witterte ihn. Solange dessen fransige schwarze Ohren angelegt waren und die scharlachroten Nüstern flatterten und schnoben, zog ich im verlöschenden Licht weiter flußaufwärts.

Die Falle, die wir ihm stellten, war so kindisch augenfällig, daß wir nur darauf rechnen konnten, unser Verfolger werde sie sogleich als Vorwand abtun, unsere Ratlosigkeit zu verschleiern. Wir hatten damit gerechnet, daß er mich eine bestimmte Strecke verfolgen würde, auf die entfernte Möglichkeit hin, daß ich wirklich kehrtmachen und ihm auflauern würde. Doch es würde viel glaubwürdiger erscheinen — das hofften wir wenigstens —, wenn ich zum Schein versuchte, ihn von Nyateneri wegzulocken, denn das größere Risiko, daß seine Beute wirklich auf irgendeinem zusammengeschnürten Haufen schwimmenden Abfalls entkam, würde er nicht eingehen. Er würde umkehren, bevor ich es wagte, und Nyateneri mit Leichtigkeit vor mir erreichen. Entsprechend groß war meine Verantwortung.

Als das Verhalten des schwarzen Pferdes mir schließlich verriet, daß wir nicht mehr verfolgt wurden, war die Sonne längst untergegangen, und ich hatte den Susathi aus den Augen verloren. Ich hatte mich so dicht wie möglich an seinen Lauf gehalten, doch je weiter ich ritt, desto unpassierbarer wurde das Ufer für einen Reiter, und ich mußte ständig seitlich in Brombeergebüsch und Schwertgras und in die Bäume ausweichen. Jetzt konnte ich den Fluß nicht einmal mehr riechen.

Ich saß ab, nahm den Pferden die Sättel und Lasten ab und lud mir soviel auf, wie ich tragen konnte, ohne daß mein Marsch sich verzögerte. Dann nahm ich die Köpfe der Tiere, einen nach dem anderen, zwischen meine Hände, sprach bestimmte Worte und sagte ihnen, es stehe ihnen frei, mir am Flußufer entlang zurück zu folgen oder nicht, ganz wie sie wollten, und das Mildasi-Pferd werde sie führen und sie sicher auf eine friedliche und saftige Weide bringen. *Mein Freund* lehrte mich, das zu tun, wann immer man gezwungen sei, Pferde zurückzulassen. Ob es ihnen etwas nützt, kann ich nicht sagen, aber ich habe es immer gemacht, einfach so.

Unwegsam war's anfangs, in dem wilden alten Baum-Dunkel, auf einem Pfad, den meine drei Pferde gerade für mich getrampelt hatten. Ich stolperte über bemooste Wurzeln, dornige Kriechpflanzen griffen nach meinen Beinen, und in der Luft lag eine ungesunde Schwere, die mich ab und zu zwang, viel zu lange stehenzubleiben, mit merkwürdig pochendem Herzen und verwirrtem Kopf. In diesen Augenblicken konnte ich mich auf nichts konzentrieren, nicht einmal auf Nyateneris gefährliche Lage, die mir unendlich unwirklicher erschien als die verschwommensten Gefahren in meinen alten Träumen. In diesen Augenblicken wußte ich nicht, was mit mir geschah, und das erschreckte mich mehr, als es das Warten im Wald oder am Flußufer je vermocht hätte. Weder ein Zauberer noch ein Mörder, sondern der Irrsinn ist mein Feind.

Ich verlor zweimal den Pfad und um ein Haar meinen Stockdegen — eine Ranke lupfte ihn schlankweg aus meinem Gürtel, so daß ich blindlings Buschwerk und Kompost durchwühlte —, aber schließlich fand ich den Weg zum Susathi wieder. Kein Mond jetzt, doch besser als der Mond war das lange sommerliche Zwielicht des Nordens, das Wolken in ein mattes Gold-

Violett taucht, das es sonst nirgendwo gibt, und das Schilf des Flußufers in glühende Schatten verwandelt. Verglichen mit dem Wald war es hellster Mittag, und ich schlang meine Stiefel um den Hals und begann mit großer Erleichterung zu laufen.

Ich bin eine gute Läuferin. Es gibt viele, die schneller laufen, doch nicht viele, für die es notwendig war, zu lernen, wie man zur Bewegung selbst wird. Sogar mit Stiefeln und Satteltaschen, die schwer an meinen Schultern baumelten, legte ich dieselbe Entfernung in geringerer Zeit zurück als auf dem Pferderücken mit zwei weiteren Pferden im Schlepp. Kein anderes Geräusch als mein Atem und der Fluß, jetzt in der Abendstille viel lauter: ein blau-schwarzer Teppich, die haarige Seite gegen den Strich gekämmt, daß man darunter das Rosa und Mattgold sah. Manchmal lief ich über unebenen Boden, und zweimal watete ich durch flache Bäche mit weichem, saugendem Grund. Doch die meiste Zeit war ich nichts als Bewegung; und hätte ich überhaupt für etwas anderes Sinn gehabt, hätten sich meine Gedanken wohl auf eine andere Frau gerichtet, die auf einem anderen nächtlichen Pfad unterwegs war und auf das, was ihr damals folgte. Aber Laufen hat keine Gedanken.

Laufen denkt nicht. Es war reiner Zufall, daß ich die scharfe Biegung in der Uferlinie erkannte, hinter der ich Nyateneri zurückgelassen hatte. Ich blieb stehen, wartete ein paar Augenblicke, damit ich ganz allmählich zu mir selber zurückkehren konnte, und lauschte auf das winzigste Geräusch aus diesem Sichelmond, den Steinen, dem Schwertgras. Doch ich vernahm bloß das krächzende Pfeifen eines langbeinigen *skira,* der durchs Schilf stakte. Ich ließ meine Last leise von meinen Schultern gleiten, zog meine Stiefel an und ging vorwärts.

Niemand war dort. Der späte Mond stieg auf, fast voll, zu voll, um sich vor seinem Licht zu verstecken. Ich ging hinunter zum Ufer und hockte mich hin, um die Spuren zu lesen. Der größte Teil des Treibholzes und alle Haufen der Totmannslöckchen waren verschwunden — Nyateneri war es also gelungen, sein Schein-Floß zu bauen —, und ein paar Schürfspuren im kieseligen Schlamm wiesen darauf hin, daß er es wirklich zu Wasser gelassen hatte, obwohl ich nirgendwo auf dem Fluß einen dunklen Umriß in dieser Größe ausmachen konnte. Doch das Mondlicht zeigte mir ein Kreuz und Quer von Fußabdrücken zweier Männer; einer hatte Stiefel getragen, Nyateneri, der andere, ein kleinerer Mann, war barfuß gewesen. Die Abdrücke überdeckten sich, die einen hatten die anderen zerdrückt und die Umrisse verwischt. Ich fand kein getrocknetes Blut, keinen sicheren Hinweis darauf, daß ein Bein verwundet oder ein Körper geschleift worden wäre. Es gab nichts, das Lal, der großen Spurenleserin, verraten hätte, was sich zwischen Nyateneri und dem Mann, der aus den Bäumen gekommen war, abgespielt hatte.

Ich stand langsam auf und hatte keine Ahnung, wohin ich mich wenden sollte — ich wußte nicht einmal, wohin ich schauen, geschweige denn, worauf ich hoffen oder was ich als nächstes tun sollte. Der *skira* rief noch immer, und der Mond, den ich betrachtete, wurde kleiner und kälter, genau wie ich selber. Mein Magen schmerzte vor Sorge um Nyateneri; und dann wurde ich wütend auf ihn, weil er jemand war, um den ich mich ängstigte und der die verdammte Unverschämtheit besaß, spurlos in der Nacht zu verschwinden. Es kam mir überhaupt nicht in den Sinn, auf seinen Mörder wütend zu sein, bis der kleine Flußwind umschlug und ich ihn roch.

Die zwei Männer im Badehaus hatten nur nach plötzlichem Tod gerochen, und das löschte den natürlichen Geruch auf der Stelle und für immer aus. Dies war ein fast vertrauter Geruch, zu scharf, um süß zu sein, doch überhaupt nicht beißend; so roch kein wilder Jäger, sondern ein kommendes Unwetter. Mein Degen war bereits draußen, obwohl ich mich nicht erinnern konnte, ihn gezogen zu haben. Das kann ich nie. Ich sagte, „Ich sehe dich. Ich sehe dich dort."

Das leise Kichern unmittelbar hinter mir war dem Geruch erfreulich ähnlich: warmes, schläfriges Geblitze, das sich in seinem Unterschlupf regt. „Wirklich?" Ich hatte mich herumgedreht, ehe er das Wort ausgesprochen hatte, aber ich hätte in diesem Augenblick schon tot sein können. In gewisser Weise starb ich dort, vor all dieser Zeit, und es ist ein Geist, der Ihnen Geschichten erzählt und Ihren Wein getrunken hat. Sie verstehen nicht? Macht nichts.

Er war klein, wie die anderen beiden, kleiner als ich — ein langgesichtiger, krummhalsiger, schmächtiger Mann in einem losen dunklen Gewand schlenderte aus einem bestimmten Schilfgewirr, in dem sich niemand befunden hatte, als ich es vor einer Minute prüfend betrachtete. Ich trat zurück, den Degen stets auf sein Herz gerichtet. „Stehenbleiben", sagte ich. „Bleib stehen. Jetzt will ich dich noch nicht töten. Bleib stehen."

Er ging weiter, jetzt ein wenig langsamer. Im letzten Zwielicht waren seine Augen so bleich, daß sie beinahe weiß erschienen, und die Zähne in seinem langen, schiefen Mund hatten die Farbe des Flusses, wenn er sich an einem verborgenen Baumstumpf bricht. Sein Haar war sehr kurz, kaum mehr als ein Schatten auf seinem Schädel. Seine leeren Hände hochhaltend, sagte er freundlich, „Nun, du willst mich gewiß nicht töten, Lal-nach-der-Dunkelheit. Du willst nicht einmal mit mir unter demselben Mond sein."

Rosseth hatte mir erzählt, daß die Männer, mit denen Nyateneri kämpfte, ihn mit sonderbaren Stimmen ausgefragt hätten, mit einer kalten fragenden Hebung am Ende jedes Satzes. Dieser Mann sprach mit dem gleichmäßigen Tonfall dieses Berglandes, der nur leicht mit dem singenden Gleiten des Südens untermischt war — eigentlich war seine Sprechweise der von Nyateneri sehr ähnlich. Er sagte, „Was mich angeht, ich habe keinen Streit mit dir. Meine Arbeit ist erledigt. Laß mich vorbei."

Mein Magen hörte auf, weh zu tun, so merkwürdig das klingt, und Furcht und Wut fielen von mir ab. Ich erwiderte, „Erst wenn du sagst, was du mit meinem Gefährten gemacht hast, und dann wahrscheinlich auch nicht. *Stehenbleiben.*"

Er lächelte. Ich wich weiter und weiter zurück, vergewisserte mich, daß ich den Rücken frei hatte, und flehte zu Göttern, deren Namen ich beinahe vergessen hatte, ich möge nicht stolpern. Er kam mir geduldig nach, unmittelbar der Degenspitze folgend, und seine Hände baumelten locker an den Enden seiner dünnen Arme. „Der macht keinen Mucks mehr", sagte er, „und das weißt du wohl. Es sei denn, du vermutest, daß er mir noch einmal entflohen ist, und was hätte ich in diesem Fall wohl hier zu suchen? Runter mit dem Degen, Genossin, und laß mich vorbei."

„Danke, die bin ich nicht", sagte ich und zog mich weiter zurück. „Wo ist dann die Leiche? Wir haben deine beiden Begleiter begraben, aber das ist nicht eure Art, nicht wahr? Was hast du mit Nyateneris Leiche gemacht?"

In diesem Augenblick stand er still, und hätte ich gewollt, will mir beinahe scheinen, hätte ich ihn erwischt, vielleicht aber auch nicht. Vielleicht nicht. Er wartete, die Augen im Mond mondweiß; nicht der erste Mann, der es auskostete, Macht über mich zu haben. Er sagte leichthin, „Nun, ich habe sie auf diesem armseligen Haufen von Knüppeln zusammengeschnürt und alles in Brand gesteckt und treiben lassen. Und gewiß ein passendes Ende für so einen, meinst du nicht? Für einen Goro, wie er einer war."

Die Goros sind ein tapferes und verschlagenes Volk, einst mit dem meinen verwandt, das auf zwei Dutzend Inseln im flachen Q'nrak-Meer lebt. Sie überfallen ihre Nachbarn, und sie überfallen sich gegenseitig; sie segeln überallhin auf der Welt, und sie fürchten nichts in der Welt; und wenn einer von ihnen stirbt, wird die Leiche — oder was von ihr übrig ist, nachdem bestimmte Riten befolgt worden sind — auf eine reich geschmückte Barke gelegt und mit der Tide ausgesetzt, nachdem man sie angezündet hat. Ich sagte, jedes Wort wägend, „Ich glaube, es ist kein Floß draußen auf dem Fluß. Ich weiß, daß dort kein Scheiterhaufen für ein Begräbnis ist."

O, wie er da in die Hände klatschte! Und, o, wie er lachte, wie Aasvögel, die sich paaren, sich fast krümmte, die Hände in den Hüften, und sich hineinlachte in ein tonloses Wiehern, weil ich nicht zustoßen konnte, es nicht wagte, seiner Lüge auf den Grund zu gehen. Nach einiger Zeit brachte er ein knackendes Flüstern hervor: „Ah, jedenfalls bist du mit unserer Art bei weitem nicht so vertraut. Du brauchst nur ein bißchen mit mir zu warten, ich bitte dich, nur noch ein bißchen länger —" er zerfloß abermals in Heiterkeit „— und dann wirst du sehen, was es heißt, mit Feuer auf gutem Fuß zu stehen."

Da stieß ich zu, ein Stoß, den Sie nicht wahrgenommen hätten. Das ist eine Tatsache, nicht mehr. Nur mit Handgelenk und Unterarm, kein Ausfall, keine überflüssige Bewegung — das heißt, ohne zu denken —, dann sich lösen und zurückziehen, während Onkel Tod noch nach seinen Pantoffeln greift. Aber der kleine Mann mit dem mondweißen Gesicht war nicht da. Er war beinahe da, wohlgemerkt — die Degenspitze schlitzte sein Gewand auf —, doch nicht ganz, und auch nicht mehr ganz so fröhlich, doch er stieß einen eigentümlichen schnurrenden Laut aus. „O, gut gemacht. Man sagte die Wahrheit über Stockdegen-Lal. Das wird eine Ehre für mich sein."

Jetzt geben Sie acht: in der Zeit, die er brauchte, um diese wenigen Worte auszusprechen, hatte ich noch dreimal auf ihn eingestochen. Ich erzähle Ihnen das nicht aus Eitelkeit, sondern damit Sie begreifen, was *er* war. Nicht einmal Nyateneri weiß, daß ich ihn nicht nur bei jedem Stoß verfehlte, sondern ihn weit verfehlte, ja ihn nicht einmal mehr streifte. Alles, was ich für mich ins Feld führen kann, ist, daß sein Gegenschlag — den ich nicht sah — erfolgte, als ich gestreckt und aus dem Gleichgewicht war und es mir gleichwohl gelang, zur Seite zu springen und, als ich landete, seinem zweiten Schlag zu entgehen. Dann zog ich mich aus seiner Reichweite zurück, so rasch ich konnte, während er mir schnurrend folgte. „Das ist wirklich hübsch, sehr hübsch. Dein Freund hingegen, er war ein bißchen enttäuschend, wie sich herausstellte. Ich hoffe, es kränkt dich nicht, wenn ich das sage?"

Ich antwortete mit einer Schultertäuschung und einem Ausfall, den zu lernen mich fast mein Leben, und den richtig zu lernen mich vier Jahre gekostet hatte. Er schien ihn kaum zu beachten, sondern glitt hinter mir her, nichts als liebenswürdige Erheiterung. „Um gerecht zu sein, er sah mich nicht früh genug. Es hätte länger gedauert, wenn er mich früher bemerkt hätte. Trotzdem, ich muß sagen, von einem Mann, der uns fast dreizehn Jahre an der Nase herumgeführt hat, hätte ich ein bißchen mehr erwartet. Niemand wird diese Leistung je wiederholen, da bin ich sicher. Ah, jetzt kannst du's sehen, das Feuer."

Ich gehorchte. Ich blickte an ihm vorbei, über seine Schulter, nur einen winzigen Augenblick, ein Instinkt drehte meinen Kopf zum Fluß, ein anderer riß ihn bereits zurück. Ich sah kein flutendes Feuer, erst als er mich traf. Die linke Seite war's, und ich weiß nicht, warum nicht mehr als eine Rippe brach. Ich spürte keinen Schmerz, nicht in diesem Augenblick; in meiner einen Brusthälfte war überhaupt kein Gefühl. Irgendwie hielt ich meinen Degen fest, selbst während ich über das Ufer taumelte, um mich von ihm zu lösen, bis ich, heftig gegen einen gestürzten Baumstamm prallend, zum Stillstand kam. Er war über mir, bevor mein Blick wieder ganz klar war, aber plötzlich schlug ich aus und stach und rollte weg, und dieses Mal berührte er mich nicht. Im Schilf stieß der *skira* das gurgelnde, kleine Murmeln aus, das bedeutet, daß er Beute gemacht hat.

Ich kam spuckend und feixend hoch, weil man sich so verhält, selbst wenn man nicht mehr genügend Luft in der Lunge hat, um die Verachtung ganz überzeugend wirken zu lassen. „*Das* war dein Todesschlag? *Das* war er?" Aber ein zweiter hätte mich umgebracht, und das wußte er. Er lachte nicht, doch das schnurrende Geräusch verstärkte sich und gewann eine neue Färbung, und er kam träge auf mich zu und sagte, „O, du bist wirklich gut, du bist unglaublich." Die Worte und die Stimme waren die eines Liebenden, und das war von allem das Schlimmste.

Eine gewisse Zeit, ob länger oder kürzer, kämpfte ich nur darum, wieder zu Atem zu kommen und ihn mir eine Degenlänge vom Leib zu halten. Meine Seite begann sehr böse zu schmerzen, wobei der eigentliche Schmerz mich nicht störte — man hat mich gelehrt, Schmerz beiseite zu schieben und mich später damit zu befassen, so wie jemand die Haushaltsabrechnung zurückstellt, um sie später zu machen —, doch mir war klar, daß der Schmerz mich schwerfälliger machen würde, und ich wußte inzwischen genau, daß nichts als Gewandtheit mich retten konnte. Ich drehte mich, sprang, wand mich und schnellte mich in die Luft, machte einen Salto, wenn er mich gegen einen Baum oder einen Felsen zu drücken versuchte; ich traf ihn krachend mit Knie oder Ellenbogen — einmal sogar mit dem Kopf —, als ich ihn mit dem Degen verfehlte, und ich verfehlte ihn immer. Nyateneris Dolch hatte bei seinen beiden Begleitern wenigstens die eine oder andere Spur hinterlassen, ehe Rosseths Schlauheit sie blendete; alles, was ich als meine eigene Signatur hätte beanspruchen können, waren eine oder zwei Beulen an ziemlich bedeutungslosen Stellen. Aber ich blieb am Leben.

Schließlich verblaßte die lange Dämmerung — vielleicht zu meinem natürlichen Vorteil, vielleicht nicht, weil das Mondlicht die schützenden Schatten auslöschte. Er blieb jäh stehen und gestattete mir gönnerhaft eine Verschnaufpause, damit ich ebenfalls stillstehen konnte, um Atem zu schöpfen und zu erkennen, wie schwer ich verwundet war. Er sagte, „Stockdegen-Lal, du läßt mich bedauern, daß ich nie Kinder oder Enkelkinder haben werde, ihnen von dir zu erzählen. Ich kann nur versprechen, daß die ewigen Annalen meiner seltsamen Heimat, wo man nichts vergißt, noch Größeren, als du sie kennst, für ewige Zeiten davon erzählen werden, wie tapfer du starbst."

Er seufzte ausgiebig, zerdrückte eine einzelne echte Träne und fügte hinzu, „Diese deine prächtige Waffe wird nie beschmutzt werden — ich werde sie aus der Luft fangen, ehe du den Boden berührst. Darauf hast du mein Wort."

Es macht mir Vergnügen, mich daran zu erinnern, daß ich auf ihn losging, ehe er aufgehört hatte, zu sprechen. Wir bewegten uns am Ufer entlang zurück, und dieses Mal war er derjenige, der tanzte, der hierhin und dorthin springen, sich ducken, wegrollen, sich aus einer Klemme nach der anderen befreien mußte. Nein, ich traf ihn jetzt ebensowenig wie vorher; aber trotzdem hörte ich dieses Mal den Atem in seiner Brust flacher werden und sah in den weißen Augen endlich eine Spur von Unglauben, wie er ihn in den meinen gesehen haben mußte. *Bist du's also? Du sollst es sein?* Ich erinnere mich gern daran.

Doch inzwischen war es vorbei. Nicht wegen der Rippe — ich bin schlimmer verwundet gewesen, viel schlimmer und habe besser gekämpft — nicht, weil ich meine beste Zeit hinter mir hatte, obgleich ich das seit geraumer Zeit wußte. Wäre ich jünger gewesen, hätte ich viermal, nicht dreimal zugestoßen, während er mich lobte, und hätte ihn so sicher verfehlt wie jetzt. *Mein*

Freund hatte recht: ein Meister erkennt seinen Meister in der Tat sehr rasch, und dieser wäre am besten Tag, den ich je erlebte, mein Meister gewesen. Ich mußte ihn trotzdem töten.

„Das Floß brennt“, schnurrte er wieder und wieder. „Das Floß brennt, du kannst im Wasser die Flammen sehen.“ Aber ich ließ seinen Blick nicht noch einmal los — was konnte Nyateneri das nützen? —, und die unvermeidbare Folge war, daß sich ein Stück Treibholz unter meinem Fuß drehte und ich fiel. Ich war im nächsten Augenblick auf den Beinen und kroch in die Richtung, die er am wenigsten erwartete, aber er traf mich mit seinen beiden nackten Füßen, oben am rechten Schenkel und noch einmal an der rechten Schulter. Ich ging zu Boden.

Manchmal, im Meer, wenn eine mächtige Welle über dich hereinbricht, merkst du, daß du hinunterschwimmst, *abwärts* in die kalte Dunkelheit, weil du zu betäubt bist, zu begreifen, daß das Leben oben ist. So erging mir's jetzt. Als ich mich hochgerappelt hatte auf ein Knie, stand er ruhig da, die Arme gekreuzt, und starrte mich nochmals staunend an. „Und trotz allem, mit deiner Weisheit am Ende, schwingst du doch deinen Degen hoch und rein. Er muß in der Tat eine gewaltige Bedeutung für dich haben, o, Lal der Sagen.“

Damals hielt ich das für grausamen Spott; heute weiß ich, daß er es als Schmeichelei meinte. Was zählte, war das eine Wort, *Sage*, das mir eine Erziehung und ein Erbe wieder ins Gedächtnis rief, neben denen dieser ganze Unfug mit Schwertern und Degen geringer erschien als kindliche Prügeleien mit Stöcken. Ich sagte, „Dieselbe Bedeutung hat die Waffe für viele vor mir gehabt. Sie wurde vor fünfhundertundneunzig Jahren in meiner Heimat für den Dichter ak'Schaban-dariyal geschmiedet. Ich stamme von ihm ab.“

Ewige Annalen, war's nicht so? Nyateneri hatte einmal angedeutet, daß dieses Volk auf seine Weise der Erinnerung ebenso verfallen sei wie das meine, das eine Hochzeit verschieben, eine Ernte abbrechen oder einfach zu sterben vergessen würde, bloß um noch eine Geschichte über jemanden zu hören, dem einst irgend etwas irgendwo zugestoßen war. Mein Gegner, der mich in jedem Augenblick aus dem Weg räumen konnte, vertrödelte die Zeit, weil er die Möglichkeit witterte, mit meinem Degen könnte vielleicht eine Geschichte verbunden sein. Ich konnte kaum aufrecht stehen, um ihn anzuschauen, und mein Körper war rechts wie Eis und links eine brüllendheiße Masse, aber eine Geschichte würde mir gewiß einfallen.

„Vater an den Sohn, Sohn an die Tochter und so weiter", sagte er zuvorkommend. „Überall dasselbe. Ein Jammer, daß solch ein Erbe hier enden muß." Ich wagte es nicht, jetzt auch nur den kleinsten Schritt zurück zu machen, sondern richtete meine ganze verbliebene Kraft darauf, seinen Blick zu fesseln, hoffte fortwährend, an seinen Augen die nächsten Sekunden ablesen zu können, und betete, daß er das nicht ebenfalls vermochte. Dann holte ich tief Atem und reichte ihm meinen Stockdegen.

„In Wirklichkeit ist der Brauch in meiner Familie ein wenig anders", sagte ich. „Dieser Degen wird nicht von einer Generation an die folgende weitergegeben — er muß gestohlen werden. Schau auf die Klinge."

Er hob sie zwischen uns in die Höhe und schielte im Mondlicht auf die eingravierten Worte, die auch nur zu bemerken wenige jemals genug Zeit hatten. Seine Hände und seine Augen schienen in diesem Augenblick in Anspruch genommen, doch ich wußte genug, um diese Gelegenheit vorübergehen zu lassen. *„Stiehl mich, heirate mich"*, las er laut. „Eine sonderbare Warnung. Falls es eine Warnung ist."

Ich lachte, obwohl es mir Schmerzen in der Brust verursachte. „Das könnte man sagen. Dieser Stockdegen hat Diebe magisch angezogen, seit dem Tag, da er geschmiedet wurde. Ja, der Schmied selbst versuchte, ihn meinem Vorfahr wieder zu stehlen, eine Woche, nachdem er ihm die Waffe übergeben hatte, und seitdem hat der arme Dichter keine Nacht ruhig geschlafen, wegen des fortwährenden Spektakels von Einbrechern, die von seinem Dach purzelten, unter seinem Haus gruben und die kämpften und heulten, wenn sie in seiner Kammer aufeinanderstießen. Alte und Junge, Mann und Frau und kleine niederträchtige Kinder, sie kamen aus jedem Winkel des Landes, um mit all ihrer Schlauheit zu versuchen, ihn um eben den Degen zu erleichtern, den du jetzt in den Händen hältst. Selbst seinen engsten Freunden mochte er nicht trauen — geschweige denn seinen gutmütigen, tatterigen alten Eltern. Es wurde alles ziemlich lästig. Es dauerte nicht lange, und mein Vorfahr war bereit, dem ersten besten Einbrecher, den er in seiner Speisekammer versteckt fand, den Degen auszuhändigen, oder dem nächsten Banditen, der ihn in eine Gasse hinter dem Marktplatz locken wollte. Ich versichere dir, es ist die Wahrheit."

„Ah, aber er gab den Degen natürlich nicht weg, wo wären wir sonst?" Mich immer noch nicht anblickend, trat er einen oder zwei Schritte zurück, um das Mondlicht über die dünne Klinge fließen zu lassen, während er sie auf und ab schwenkte. „Und wie befreite sich der gute Mann aus der Klemme?"

„Der Zufall wollte es, daß mein Vorfahr nicht gerade ein guter Mann war", sagte ich, „doch er war ein kluger Mann. Nachdem er lange nachgedacht hatte, ließ er jene Worte, die du siehst, in den Stockdegen eingravieren, und als es einem besonders kühnen und gewitzten jungen Dieb wirklich gelang, ihm den Degen zu entwenden — am hellichten Tag übrigens —, spürte er den Mann auf und machte ihm einen kühnen Vorschlag. Er dürfe den Stockdegen gern behalten, wenn er seine, des Vorfahren, älteste Tochter heiraten und Teil seiner Familie werden würde. Der Dieb stimmte auf der Stelle zu — die Tochter ebenfalls, denn der Dieb war offenbar ein hübscher Junge. Und so begann unsere älteste Überlieferung."

Auf, ab, tauch ihn ins Mondlicht, tauch ihn in Dunkelheit. „Eine fesselnde Geschichte." Und er war in der Tat gefesselt, wenngleich so vorsichtig, es nicht zu zeigen; so gefesselt, daß er nicht darauf achtete, als ich mich endlich bewegte und mich unmerklich mehr zur Seite als nach hinten schob. „Wenn auch des Diebs einzige andere Wahl der Tod war. Ich möchte keinesfalls unhöflich gegen die Tochter deines Vorfahrs sein."

„O, aber es war ganz und gar nicht so." Und damit hatte ich ihn. Er vergaß, mit dem Stockdegen zu spielen, und starrte mich an; und zum erstenmal sah er wie ein menschliches Wesen aus, rundäugig (obwohl er die Augen rasch verengte) und im Gesicht die gesegnete menschliche Verblüffung und die mir so teure, teure, kostbare, geliebte menschliche Gier, zu erfahren, was als nächstes geschehen würde. Verletzt, erschöpft, um mein Leben fürchtend, sah ich diesen Ausdruck, und *er* ist es, der bis zum letzten Atemzug meine Zuflucht ist.

Ich sagte, „Der junge Mann hätte befreit und unbehelligt gehen können, um den wunderbaren Degen nie wiederzusehen. Er war glücklich, dem eingravierten Befehl, *stiehl mich, heirate mich,* gehorchen zu dürfen, und er erwies sich seinen beiden Vermählten als treuer Ehemann. Und weil er alle Schliche der Diebe viel besser kannte als mein Vorfahr, bekam nie wieder jemand den Stockdegen zu Gesicht, nicht einer, bis auf jene, für die er das letzte war, was sie sahen. Die einzige Schwierigkeit war, daß er es nicht über sich bringen konnte, seinen Schatz einem seiner Abkömmlinge zu überlassen, nicht einmal auf dem Totenbett. Ich selber glaube, er hätte befohlen, die Waffe mit seiner Leiche zu bestatten, hätte sich nicht ein schnellfingriges Dienstmädchen im letzten Augenblick damit aus dem Staub gemacht — was natürlich bedeutete, daß sein ältester Sohn sie aufspüren und seinerseits heiraten mußte, um seiner Familie das Schwert wie die Fingerfertigkeit zu erhalten. Und so ist es immer weitergegangen, mit Ausnahme von Großmutter. Großmutter immer ausgenommen."

Selbst jetzt konnte ich noch nicht sicher sein, daß er den Köder richtig geschluckt hatte, trotz seines ständigen Blinzelns vom Stockdegen zu mir und wieder zurück. „Hält das Blut in Bewegung, das ist die rechte Art", schnurrte er, mehr zu sich selbst. „Genau wie wir, wenn ich's recht bedenke." Aber er mußte es wissen, verstehen Sie, und was ist schon eine Fußbreite mehr oder weniger an Entfernung zwischen einer Person und einer anderen, wenn Sie unbedingt erfahren wollen, wie eine Geschichte ausgeht? „Deine Großmutter?" sagte er langsam; und *ich* sagte tief in meinem Inneren zu mir, *Du gehörst mir.*

„Ja, Großmutter", seufzte ich. „Die märchenhafteste Gestalt meiner Kindheit." Das war sie in der Tat, Friede ihrer boshaften, ganz und gar schamlosen Seele. „Großmutter war Urgroßvaters Tochter, und folglich hatte sie keinen Anspruch drauf, den Stockdegen zu stehlen und zu heiraten, um ihn zu behalten. Das empfand sie als großes Unrecht, und Unrecht konnte meine Großmutter nie ertragen. Sie war klein, so wie ich, und wurde darum leicht übersehen, doch ungefähr seit ihrem zwölften Lebensjahr tat sie kaum etwas anderes, als auf den Degen aufzupassen und ihn gebrauchen zu lernen — das wenigstens erlaubte man ihr. Sie übte jeden Morgen mit dem alten kirianesischen Meister L'kl'yara (bevor er das Trinken anfing)" — ich sah die Augen meines Zuhörers noch größer werden, als sie es schon waren — „bis sie alles wußte, was er wußte, und sie ihre eigenen Antworten erfand auf seine Paraden und Konter, seine sagenhaften Finten und Gegenstöße, stundenlang, ohne Ende. Sie wurde fast unschlagbar, meine stille, kleine Großmutter, die mir jede Nacht Kinderlieder vorsang, selbst als ich aus diesem Alter schon heraus war. Und als sie begriff, daß sie unschlagbar war — da nahm sie eines Tages, nach ihren üblichen Übungen, einfach den Stockdegen und verschwand."

„Verschwand?" Beinahe sang ich jetzt, eingetaucht in den Fluß des Erzählens, wie man's mich zugleich fast mit meinem Namen gelehrt hat, und auch ihn hatte die Geschichte gepackt. Doch ich habe, seit man mir meinen Namen sagte, andere Dinge gelernt, und ich wußte, daß ich alles verzögern mußte, *alles* — nicht bloß mein Abrücken von ihm, sondern meinen Atem wie auch meinen Schmerz und mein pochendes Blut, ja sogar meine Gedanken — alles mußte langsamer werden und sich dem Rhythmus des kalten, stillen Mondes einfügen. Da drüben, rechts, unter einem verkümmerten Busch, ein formloser blauer Schatten, das mußte sein Packen sein.

„Tatsächlich ging sie in ihr Zimmer", sagte ich, „und dann geschah eigentlich immer dasselbe, denn drei ganze Jahre erschien sie bloß, um die Leiche des Mannes vor die Tür zu werfen, der in der letzten Mitternacht den Degen für sich beansprucht hatte, und dann verschwand sie wieder im Zimmer. Niemand bekam sie zu Gesicht, mit Ausnahme ihrer Opfer und der Dienstboten, die ihr das Essen brachten — o, ihre Mutter und ihr Vater kamen beinahe jeden Tag und flehten sie an, vernünftig zu sein, den Stockdegen herauszugeben und den zu heiraten, der ihn anschließend dem Brauch gemäß stehlen würde. Aber alle ihre Bitten waren umsonst. Großmutter schrieb ihnen zärtliche Briefchen, erkundigte sich nach der Gesundheit ihrer Brüder, entschuldigte sich für den Zustand des letzten Diebes und widerstand weiterhin allen Belagerungen. Ich glaube, es war im dritten Jahr, als Urgroßvater, aufs höchste aufgebracht, Soldaten holte, welche die Tür aufbrechen sollten. Nachdem sie mit ihnen fertig war, verzichtete sie auf eine neue Tür, sondern ließ von jetzt an das Zimmer bewußt sperrangelweit offen. Keine Seele wagte es, auch nur einen winzigen Blick über die Schwelle zu werfen — bis mein einäugiger Großvater daran vorbeischlich. Doch das ist eine ganz andere Geschichte."

Ist das nun sein Packen? Er *muß* es sein, doch was könnte er enthalten? Womit gehen diese Leute auf Reisen? Nyateneri hatte gesagt, er werde auf eine Reise zu Wasser vorbereitet sein, aber in einen so kleinen Packen paßte höchstens ein Spielzeugboot. Närrin, sieh nicht hin, wenn dir dein Leben lieb ist — fessle diese weißen, verzückten Augen mit den deinen, halt ihn fest, laß ihn nicht los —, such dir jetzt einen festen Stand, ein halber Schritt, *so*, laß dein rechtes Bein nur ein wenig zittern und sich biegen, wonach es sich sehnt — ich möchte wissen, ob auch auf der anderen Seite eine Rippe gebrochen ist, bitte, nicht —, und darunter verborgen ein ganz anderes Zittern, tiefer als das des Leibes. *Ich kann es noch immer, das, wozu ich geschaffen bin, es hat mich nicht verlassen. Ich kann noch immer eine Geschichte erzählen.*

„Und das war die Frau, die dir beigebracht hat, so zu kämpfen?" Seine Stimme schreckte mich sonderbar auf: völlig versunken in meinem Plan, ihn zu töten, hatte ich ihn selbst fast vergessen, verstehen Sie? Er wollte noch immer das Ende wissen, ehe er mich tötete.

„Nein", sagte ich, „nein, nicht ganz", und dieses Mal ließ ich das Bein ganz nachgeben, stolperte mit einem Wimmern zur

Seite und zu Boden, hemmte den Sturz mit der Linken, während meine rechte Hand mit einer einzigen Bewegung in meinen Stiefel fuhr und wieder heraus, und dann war ich diejenige, die den Degen am Ende auffing, noch ehe er oder die Waffe gefallen war. Der winzige Dolch stak so tief in seiner Kehle, daß nur noch das Heft sichtbar war, das mit seinem Atem zuckte und hüpfte, während er mich anstarrte. Ich stand langsam auf und ging zu ihm.

„Meine Großmutter hat in ihrem Leben niemals etwas anderes angerührt als ein Tranchiermesser", sagte ich. „Ich kaufte das Ding von einem Trödlerkarren in Fors na'Schachim, und was die Inschrift bedeutet, weiß ich ebensowenig wie du. Und die Person, die mich Fechten lehrte, war ein boshafter, versoffener alter Soldat, der mir vor jeder Übungsstunde zu sagen pflegte, welche Bezahlung er dieses Mal verlangen werde und mich darüber nachdenken ließ, während wir kämpften. Der Dolch gehört ihm."

Ich bin sicher, daß er begriff, doch seine weißen Augen trübten sich, als ich hinzufügte, „Ich bitte um Entschuldigung, daß ich dich getäuscht habe. Du warst zu gut für mich, um dich im ehrlichen Kampf zu besiegen. Sonnenlicht auf deinen Weg." Das sagen wir auch beim Abschied. Ich weiß nicht, ob er es hörte.

Nyateneri

Zuerst begriff ich nicht, daß ich mich bewegte. Das mag sonderbar klingen, doch ich fühlte mich sehr merkwürdig und elend, und das einzige, was ich während dieser ersten Augenblicke wahrnahm, war, daß ich auf einem Auge blind war. Zu meiner Linken war eine rote Dunkelheit, anders als das kühle, mondige Flußdunkel, das mich zu meiner Rechten umgab. Kein Wunder, daß es bei diesem Gefühl und dem hämmernden Durcheinander in meinem Kopf einige Zeit dauerte, bis ich erkannte, daß ich mitnichten bewegungslos dalag, während Himmel und Fluß liebenswürdig fern über mir dahinflossen. Mein rechter Fuß schleifte wirklich im Wasser, und als Ursache für das verschwommene Unbehagen in meinem Rücken erwies sich ein knorriges Häufchen Treibholz, das davontrieb, als ich mich aufsetzte. So unglaublich es klingt, ich befand mich auf dem Floß aus Abfall, das ich nie hatte zu Wasser bringen wollen und das sich jetzt geruhsam unter mir auflöste, während ich halb blind war und nicht schwimmen konnte. Und wenn ich mir nicht nach Lal die Lunge aus dem Halse schrie, war der einzige Grund dafür, daß ich in diesem Augenblick weitaus benommener als entsetzt war. Diese Sachlage änderte sich ziemlich rasch.

Ich wagte es nicht, aufzustehen, sondern verbrachte die nächsten beiden Wochen, wie mir schien, um mühsam auf die Knie zu kommen. Das letzte, woran ich mich erinnerte, war, daß ich Stränge von Wassergras zusammengeknotet hatte, damit mein Treibgut — zumindest bei schlechtem Licht — so aussah, als werde es möglicherweise zusammenhalten, falls jemand so verrückt war, es zu Wasser zu lassen. Das war vor einer guten Stunde gewesen, dem Mond nach zu urteilen, und der größte Teil des Floßes war bemerkenswerterweise noch bei mir, wenngleich zerfasernd. Ich konnte spüren, wie Stämme glitten und rutschten, als die toten Äste, die ich dazwischengerammt hatte, damit sie fest zusammenhielten, sich einer nach dem anderen befreiten. Totmannslöckchen sind biegsam und leicht zu Seilen zu spleißen, doch sie haben einen schwerwiegenden Nachteil. Sie dehnen sich. Ich gab dem guten Schiff, *Soukyans Sarg*, vorsichtig, wie ich bin, zehn, und mir selbst, optimistisch, wie ich bin, fünf Minuten.

Was ich noch mehr haßte als die Vorstellung, zu ertrinken, war der Gedanke, zu sterben, ohne je zu erfahren, was mir zugestoßen war. Man hatte mich, das war sonnenklar, aus dem Hinterhalt überfallen, weil ich nicht auf der Hut gewesen war, und mich ebensoleicht niedergestreckt, als wäre ich Rosseth oder Tikat, ohne daß ich auch nur einen Zipfel von meinem Angreifer gesehen hatte. Trotz der Schmerzen und der Dumpfheit in meinem Kopf und Körper konnte ich mich nicht an einen Schlag erinnern. Mein linkes Auge war einer der wenigen Körperteile, die mir nicht weh taten, nicht mehr als sonst. Es hätte ebensogut gar nicht da sein können.

Ich verharrte auf den Knien, denn ich fürchtete, die kleinste Bewegung werde die Auflösung des Floßes beschleunigen. Der verträumte Fluß vom Nachmittag schien jetzt mit jeder Minute gewaltiger unter mir vorwärtszurasen, mich schneller und schneller zwischen schwarzen Ufern hindurchzujagen, geradewegs in einen demütigenden hilflosen Tod, einem Ende entgegen, das nicht nach meinem Geschmack war. Ein weiterer Ast befreite sich von den Totmannslöckchen, und ein Stamm, nach dem ich griff, drehte sich in meiner Hand. Es ist zum Lachen, aber ich malte mir aus, wie der *Mann, der lacht* sich gemütlich niederlassen und mit mir den genauen Zeitpunkt erörtern würde, wann das Faktum eines Floßes zu existieren aufhören und bloß zum Faktum einer vorübergehenden Vereinigung von Knütteln werden müsse. Das waren genau die Dinge, über die er gern den ganzen Tag disputiert hätte, mir von Zeit zu Zeit in die Seite stoßend, wenn seine eigenen Gründe ihn langweilten und die meinen ihn ungeduldig machten. Das Faktum des Wassers begann durch die Öffnung, die der Ast hinterlassen hatte, emporzutanzen und über meine Beine zu spritzen.

Mein linkes Auge schien allmählich wieder zwischen Umrissen und Schatten unterscheiden zu können, doch ich konnte nicht erkennen, wie weit ich von den beiden Ufern entfernt war, als ob das auch nur das geringste geändert hätte. Noch immer kniend, griff ich, so weit ich reichen konnte, in jede Richtung, in der idiotischen Hoffnung, ein zerbrochenes Brett zu finden, etwas zum Paddeln, um das Floß irgendwie an ein Ufer zu lotsen, das ich nicht sehen konnte. Eine Hand stieß gegen etwas, das sich anfühlte wie ein kleines Röhrchen aus Goldpapier, den Papierpfeifen ähnlich, die man im Westland zur Feier des Tages der Diebe bläst. Ich brauchte den längsten Augenblick meines Lebens, um zu begreifen, was es war, doch dann handelte ich, riß meinen Arm zurück, bis die Knöchel über Rinde ratschten, und schleuderte das winzige Ding weg, so weit ich konnte. Noch in der Luft zerschmolz es geräuschlos zu Feuer, das ein Viertel des Himmels in

Morgengrauen verwandelte, eine weiße Dämmerung, die den Himmel von einem Horizont zum anderen blutig aufriß. In diesem schrecklichen Licht, in dieser unsagbaren Stille sah ich den tosenden Fluß und die Bäume auf seinen Ufern und die schlafenden Vögel in ihren Zweigen, alles war ausgebleicht und der Farbe beraubt. Ich sah Nachtinsekten rings um mich verbrennen, Tausende, sah sie auflodern und verschwinden, jedes einzelne nur ein sekundenlanges Filigran. Und ich sah Lal.

Nur diesen einen Augenblick; dann fiel das kleine Feuerwerk, das ein schnaufender Mann im Kloster, wenn nötig, dutzendweise herzustellen pflegte, in das Wasser und erlosch. Die Dunkelheit kehrte zurück, und Lal entschwand meinem einen Auge, wie die schlafenden Vögel. Doch ich konnte sie trotzdem sehen, so wie ich sie jetzt sehe: sie flog flußabwärts hinter mir her, mit gekreuzten Beinen im Heck eines Bootes hockend, kleiner als mein Floß, ein spitz zulaufendes Stück Holz, mit einem Segel und einem Steuerruder, und sie sah unleugbar so aus, als ob sie gelassen mit der Zunge schnalzte und die Leinen ein wenig schüttelte, um das Boot wie einen fetten, alten Gaul anzutreiben. Als sie mich erblickte, winkte sie mir zu.

Ich hätte ihren Gruß erwidert, wenn ich zu diesem Zeitpunkt nicht meine Hände und meine Füße für den zwecklosen, lächerlichen Versuch gebraucht hätte, zusammenzuhalten, was vom Floß noch übrig war. Es löste sich jetzt rasch in seine Bestandteile auf, nachdem es viel länger als ursprünglich geplant heil geblieben war; mein ganzer Trümmerhaufen entglitt locker der nachlassenden Umklammerung der Wassergräser. Ich hörte Lal mir zurufen, ich solle das Floß verlassen und mich an irgendeinen Stamm klammern, bis sie bei mir sei. Leicht gesagt für *sie*, die auf dem Wasser geboren wurde — ich wäre auf einem brennenden Turm ruhiger gewesen und leichteren Herzens hinuntergesprungen, als mich von der Vorstellung dieses Floßes zu verabschieden. Es war vielleicht lächerlich, daß ich Zeit vertrödelte, meinen Bogen zu suchen, doch während ich in der Dunkelheit herumtastete, rutschten mir die letzten verbliebenen Stämme unter den Füßen weg, und ich ging unter, zerrte am Fluß, biß und schlug ihn, tanzte darin, während ich abwärts sackte wie ein gehenkter Mann in der Luft. Ein Bild zum Lachen, da gebe ich Ihnen recht. Wenn Sie noch einmal lachen, werde ich Ihren Kopf tief in Ihre Suppenschüssel tunken, damit Sie besser begreifen, was ich damals empfand. Ich verspreche, ich halte Sie nicht länger untergetaucht, als ich es war.

Lal sagte, daß ich wirklich an einem Stamm hing, als sie mich herausfischte, und mich so krampfhaft daran festhielt, daß ich jede Bewegung mitmachte, als der Stamm sich im Wasser drehte und herumwälzte. Ich weiß nichts davon. Als ich zum zweitenmal zu mir kam, lag ich ausgestreckt, das Gesicht nach unten, auf dem Boden von Lals Spielzeugboot, hustete und kotzte, während sie weiter an den Leinen zog und zur gleichen Zeit mit beiden Füßen munter auf meinen Rücken trommelte, um mich noch ein wenig erbrechen zu lassen. Daran erinnere ich mich. Lals Füße sind klein, aber erinnerungswürdig, besonders die Fersen.

Als ich sprechen konnte, sagte ich, „Dies ist *sein* Boot.“ Ich verdiente keine Antwort, und ich bekam auch keine. Ich setzte mich sehr langsam auf, schwindelig und bibbernd, und wischte meinen Mund ab. Obwohl ich nur auf einem Auge sehen konnte, fiel mir sogar im Mondlicht auf, wie sie saß, wie sie ihren Körper hielt, und ich sah die kalte Blässe unter der schwarzen Haut. Ich fragte, „Wie schwer bist du verletzt?“

„Rippe“, sagte sie leise und deutete auf ihre linke Seite. „Vielleicht zwei.“ Beim Lärm des Flusses konnte ich sie kaum verstehen. Die kühle, unverwundbare Seefahrerin Lal war vollkommen verschwunden – jetzt, da ich sicher an Bord war, überließ sie sich endlich selber ihrem Schmerz. Ihre großen Augen sahen mich nicht mehr; im nächsten Augenblick würde sie gewiß auf der Stelle zusammenbrechen und dieses zweifelhafte Gefährt der ebenso zweifelhaften Befehlsgewalt des Kapitäns Soukyan überlassen, der gerade eben mit seinem eigenen Schiff untergegangen war. Ich umfaßte zart ihre Schultern, beugte mich zu ihr und fragte, „Wie hältst du dieses Ding an? Wie bringst du es an Land, meine ich.“

Ich mußte die Frage mehrere Male wiederholen, bevor sie heftig ihren Kopf schüttelte, als ob sie ihn freimachen müsse, und dann legte sie meine linke Hand fest auf die Ruderpinne. „Drükken", flüsterte sie; dann preßte sie mir die Leinen, die das kleine Segel lenkten, in meine rechte Hand, schaffte es, das Wort „Ziehen" auszusprechen, und sackte in sich zusammen, schlagartig so bewußtlos, daß ihr volles Gewicht uns um ein Haar beide ins Wasser warf. Ich ergriff den Mast, um uns zurückzuhalten.

Selbst in der Flußdunkelheit waren ihre Lippen blau. Ihr Herzschlag war zu schnell, ihr Atem zu langsam und qualvoll; wäre Zeit dazu gewesen, hätte ich frohlockt, als ich kein Geräusch hörte, das auf eine durchbohrte Lunge hinwies. So gut ich konnte, lehnte ich sie gegen den Fuß des Mastes, während das verdammungswürdige Boot seinen Schwanz jagte und das Ding, dessen Namen ich immer vergesse — die Spiere, diesen hübschen Namen hat es —, fortwährend querschlug und versuchte, mich umzubringen, weil ich mich nicht um Lal kümmern und zugleich das Drücken und Ziehen erledigen konnte. Ich hasse Boote. Heute weiß ich über sie etwas mehr als in jener Nacht, und eben darum hasse ich sie noch mehr.

Als ich jedoch endlich in der Lage war, mich dem Segeln zu widmen, wurde klar, daß Lal mir die kürzestmögliche Unterrichtsstunde darüber hatte angedeihen lassen, wie man etwas dazu brachte, das zu tun, was es tun sollte. Schob man die Ruderpinne auf eine Seite hinüber — in meinem Fall, hart nach links, damit das Boot auf das rechte Flußufer zuschwenkte — und zog dann in der anderen Richtung an den Leinen, *müßte* sich das Segel füllen und das Boot in die gewünschte Richtung treiben. Wenn man natürlich keinen kräftigen Wind im Rücken hat und nicht das Beste aus dem vorhandenen Wind zu machen weiß — beides war bei mir der Fall —, dann flattert und schmollt das Segel, während das Spieren-Ding angesaust kommt und dir den Schädel einschlägt. Trotzdem drückte ich und rüttelte und schmeichelte und fluchte und duckte mich, und das Boot bummelte unentschlossen auf das Ufer zu, bis es endlich seinen spitzen Bug in ein Gewirr überhängender Baumwurzeln zwängte und zum Stillstand kam. Ich band es an und trug Lal an Land.

Sie rührte sich nicht, als ich sie entkleidete, um festzustellen, wie schwer sie verletzt war. Ich konnte ihre gebrochene Rippe sofort fühlen — nur eine, den Göttern sei Dank —, doch sonst schien sie nirgendwo verletzt zu sein. Natürlich wußte ich das besser, aber am sonderbarsten und schrecklichsten war die Tatsache, daß ich an ihrem Körper fast keine Spuren fand; das galt, nebenbei gesagt, auch für den meinen. Ihre ganze rechte Seite lag heiß unter meiner Hand, und als ich sie berührte, zuckte sie weg und stöhnte, wachte jedoch nicht auf.

Unsere Vorräte waren nicht im Boot. Ich kenne mich mit Kräutern und Heilpflanzen einigermaßen aus, aber nicht bei Nacht und in einem fremden Land. In einem Fach unter dem Bug war ein zusätzliches Segel verstaut. Ich schnitt einen Teil davon in Streifen und bandagierte ihre Rippe, so gut ich konnte. Darauf flößte ich ihr ein bißchen Wasser ein, zog meine eigenen durchnäßten Kleider aus, legte mich neben ihr nieder und zog den Rest des Segels über uns. Ich hielt sie die ganze Nacht an mich gedrückt, um sie warm zu halten, und mich ebenfalls. Ich hatte nicht damit gerechnet, schlafen zu können, aber ich schlief tief und traumlos.

Lal hatte sich kaum bewegt, als ich erwachte. Ihr Atem kam mir regelmäßiger vor, doch ihre Haut war noch immer zu kalt, und die blaue Färbung hatte sich auch auf ihr Gesicht und ihren Hals ausgedehnt. Auf dem linken Auge konnte ich jetzt ein wenig besser sehen; einer der Schläge, die ich nie sah, mußte einen Nerv betäubt haben. Auch an anderen Stellen hatte ich noch Schmerzen, doch sie würden vergehen. Ich stand auf in der dünnen roten Bergdämmerung und überdachte unsere Lage. Vor mir der Susathi — jetzt nicht weißgezähnt, doch auch nicht das friedliche Wesen von gestern —, in allen anderen Richtungen nichts als Steine und bleiche Stoppeln und vereinzelte Spaßmacher-Bäume. Nicht gerade vielversprechend, gewiß, doch solange irgendwo ein Fluß fließt, ist Hoffnung. Ich deckte Lal wieder mit dem Segel zu und humpelte nackt zum Wasser, um nach einem Frühstück Ausschau zu halten.

In diesen Gebirgsflüssen halten sich die Fische im allgemeinen wegen streifender *sheknath* klugerweise von den Ufern fern.

Will man sie herbeilocken, muß man unter Wasser mit den Fingern schnalzen — wenn man es richtig machen will, muß man das zweite Fingergelenk benutzen, *nicht* das erste, denn aus irgendeinem Grund ist diese Schwingung unwiderstehlich — und sehr behutsam ihre Bäuche kitzeln, bis sie in deiner Hand geradezu einschlafen. Meine Schwester hat mir diesen Trick beigebracht.

Um zwei Fische von gehöriger Größe anzulocken, braucht es Zeit — gutgenützte Zeit, wie sich herausstellte —, doch Lal schlief immer noch, als ich zu ihr zurückkam. Da ich mein eigenes Messer eingebüßt hatte, benutzte ich ihren Stockdegen, um sie zu säubern, und ich briet sie an Stöcken über einem dürftigen Feuer aus Treibholz, das so schwächlich und durchscheinend war wie ein Vogeljunges. Eine ganze Weile weckte der köstliche Geruch sie nicht auf, doch als ich ernstlich besorgt wurde, schlug sie die Augen auf und murmelte, „Hab' den gelben Pfeffer verloren. Tut mir leid." Sie hatte so starke Schmerzen, daß sie sich nicht einmal aufsetzen, geschweige denn ans Feuer kommen konnte. Ich fütterte sie mit dem wenigen, das sie essen wollte, weckte sie auf, wenn sie einnickte, und gab ihr danach noch etwas Wasser. Als sie wieder eingeschlafen war, belegte ich das Feuer mit Asche und ging zum Flußufer zurück. Dort, ein paar Schritte von der Stelle entfernt, wo das Boot vertäut war, hatte ich ein paar Felsen bemerkt, an denen schmierige Flecken einer grauen Flechte klebten, so daß die Steine aussahen, als verfaulten sie von innen. Diese Flechte wird im Norden *fasska* genannt — in den östlichen Bergen, glaube ich, *crin* —, und sie wächst nur in Hochländern und tritt nie in großen Mengen auf. Nachdem ich alles abgekratzt hatte, was da war, hätte ich die Menge leicht mit einer Faust umschließen können, nur daß man *fasska* niemals so zerbröseln darf, weil man sonst ihre Heilkräfte zerstört. Wenn sie überhaupt erträglich riecht, hat man sie bereits verdorben.

Ich trug die *fasska* sehr vorsichtig zum Feuer, in mein Hemd gewickelt — das zu trocknen begann, denn die Sonne hatte sich endlich von den Berggipfeln befreit — und machte mich auf die Suche nach etwas, in dem ich Wasser erhitzen konnte. Unsere Geräte zum Kochen waren in unseren Packen, wo immer diese waren; am Ende hatte ich Glück und fand ein zerbrochenes *tharakki*-Ei, dessen eine Hälfte fast unversehrt und ungefähr so groß war wie meine hohlen Hände. Ich bastelte aus Stöcken eine groteske Vorrichtung, um das Ei richtig über dem Feuer zu halten, füllte es zum Teil mit Wasser und flehte, es möge, so hoch über der Flamme, sieden. Lal erwachte ein paarmal und starrte mich stumm aus Augen an, die zu groß und zu glanzlos waren.

Während ich hantierte, sprach ich zu ihr, ohne mich daran zu kehren, ob ihre Augen geöffnet oder geschlossen waren. „Hat *er* dir je diese ekelhafte Brühe eingeflößt? Sie schmeckt wie der Dreck unter deinen Fingernägeln, aber das Zeug ist nützlich, wenn der Geist genausoviel Prügel bekommen hat wie der Körper, und sie gemeinsam heilen müssen, oder überhaupt nicht. Er hat *fasska* am selben Tag für mich zubereitet, an dem ich zu ihm kam, und es ist ein Wunder, daß ich nicht Reißaus nahm, sobald ich stehen konnte. Und noch ein zweites Mal — hast du die Narbe gesehen, die sich über meinen halben Rücken zieht? Ein Fels-*targ* hatte sich eine Hälfte von mir einverleibt und machte sich wacker an die zweite, als ich es schaffte, ihm einen Pfeil in den Wanst zu stoßen. Aber bis dahin hatte ich vor Angst so geschrien und gefleht, mich vollgepinkelt und vollgeschissen, daß es von vorneherein sinnlos war, mich zusammenzuflicken. Hätte er mir nicht soviel *fasska* in den Hals geschüttet, daß man den Markt von Corcorua hätte wegschwemmen können, würde ich vielleicht noch an seine Decke starren. Es ist wirklich gut, das Dreckszeug, wenn man's denn bei sich behalten kann."

Lal sagte nichts. Das Wasser in meiner Eierschale begann schließlich Blasen zu werfen, und ich warf die Flechten-Abschabsel hinein und deckte die Flüssigkeit mit einem breiten Blatt ab, damit sie heiß blieb. Man muß *fasska* endlos lange aufbrühen, oder wenigstens so lange, bis man den Geruch wirklich keine Sekunde länger ertragen kann. Dann empfiehlt es sich, dem Trank, wenn er abkühlt, zwei getrocknete *kirrichan*-Blätter beizugeben; sie tragen irgendwie dazu bei, das Getränk, das immer silbergrau bleibt wie eine Schneckenspur, ein wenig wohlschmeckender zu machen — doch an diesen Blättern herrschte bei uns ein ebensolcher Mangel wie an allem anderen, bis auf Fisch. Lal würde ihre Arznei unversüßt einnehmen müssen, daran war nichts zu ändern.

Es war merkwürdig und erschreckend, daß sie überhaupt keinen Widerstand leistete, als ich sie aufrichtete und ihr das Gebräu einzuflößen begann. Ich rechnete damit, daß sie es ausspucken würde — zur Seite, wenn ich Glück hatte. Ich erwartete Knurren, Flüche und Tritte ihrer hornharten Füße gegen meine Schienbeine. Was ich erlebte, war eine Lal, die gehorsam schluckte und bloß mit einem gelegentlichen Husten dagegen protestierte; von einem unmerklichen Zucken ihrer Lippen abgesehen, hätte sie ebensogut Eisreben-Tee oder rotes Bier trinken können. Nachdem sie alles getrunken hatte, legte sie sich stumm wieder hin und rührte sich an diesem Tag nicht mehr. Ich badete und reinigte sie, was notwendig war, wusch mich selber im Fluß, schlief ein bißchen, fischte wieder und verbrachte die meiste Zeit damit, den einzigen Besitz, der uns geblieben war, zu betrachten. Ein solches Boot hatte ich noch nie gesehen; in Wahrheit kam's mir eher wie ein schwimmendes Segel, denn als ein Boot vor. Es dürfte nicht länger gewesen sein als zwölf Fuß, und seine größte Breite entsprach ungefähr meiner Körpergröße; und es war im Grunde nichts anderes als runde, flache Stäbe, die so dicht zusammengefügt waren, daß man kaum die Fugen erkennen konnte. Einige der Stäbe — zum Beispiel der Mast — waren tatsächlich eine Art von hohlem Schilfrohr, und viele davon mußten ineinandergeschoben gewesen sein, damit sie in den Packen eines Reisenden paßten. Das Holz selbst war viel leichter als jedes Holz, das ich kannte; die Segel sahen aus, als wären sie aus Seide gemacht, was aber nicht zutraf. Zwei Personen hätten das ganze Ding aus dem Wasser heben können, doch es war offensichtlich dazu bestimmt, nur einen einzigen todbringenden Passagier zu tragen. Ich konnte mir nicht vorstellen, wie Lal es ohne Hilfe hatte zusammensetzen können, und hatte auch keine Ahnung, wie wir den Rest unserer Flußfahrt — wobei wir noch nicht einmal wußten, wie lange sie dauern würde — mit dieser unglaublich zerbrechlichen Winzigkeit bewerkstelligen sollten. Die Sonne glitt wieder hinter die

Berge, während ich darüber brütete, und die kleine Brise bekam mehr Schärfe. Im Hochland kommt die Nacht früh.

Ich habe gesagt, daß Lal sich den ganzen Tag nicht bewegte, weder bevor sie *fasska* trank noch anschließend, es sei denn ich berührte sie. Als ich mich in dieser zweiten Nacht zu ihr legte, war ihr Zustand unverändert: Herzschlag gleichmäßig, Atem gerade ausreichend, doch ihr Körper war deutlich kälter als vorher. Der kräftige Puls trog — alles verlangsamte sich, sie selbst erlahmte auf eine Weise, gegen die ich nicht das geringste tun konnte, wenn der Trank es nicht vermochte. Ihre Haut fühlte sich schrecklich trocken an, wie die Schale eines Insekts, und ein süßer ferner Duft ging von ihr aus, der mich noch mehr aufschreckte als die Kälte. Eines anderen Kindheit mag vielleicht in der Erinnerung so duften oder eines anderen Träume von einem künftigen Leben. Lal-Allein, Seefahrerin Lal duftet so nicht.

In der Nacht jedoch, kurz nach Mitternacht, begann sie sich unruhig herumzuwerfen, was mich aufweckte, und Worte in der Sprache ihrer langen ureigenen Lieder zu murmeln. Ihre Stimme wurde lauter, hörte sich anfangs erschrocken und dann zunehmend wütend an, und sie wand sich mit starren Augen in meinen Armen. Ich hielt sie so fest und vorsichtig, wie ich konnte, weil ich fürchtete, sie könnte einen von uns verletzen, wenn ich sie losließ. Trotzdem zerkratzte sie mir mehr als einmal das Gesicht und biß sich den Mund blutig, als sie jemanden anschrie, dessen Namen ich nicht kannte.

Dann kam der Schweiß. Von einem Augenblick zum anderen war das kalte, trockene Fieber gebrochen, und sie troff vor gewöhnlichem, menschlichem Schweiß, wurde von ihm getränkt und überspült, keuchend und schreiend wie ein Neugeborenes, den Kopf zurückgeworfen, als bade sie unter einem Wasserfall. Der Trank hatte seine Wirkung getan — der Geruch war wieder der ihre, würzig und herb, fast bitter, ihr ganz eigener Duft, und es war Lal, die meinem feuchten Griff entschlüpfte, um sich aufzusetzen und mit zittriger Stimme zu verkünden, „Mein Stockdegen riecht nach Fischgedärmen."

Ich hatte die Waffe neben sie gelegt wie ein vertrautes Spielzeug, für den Fall, daß sie aufwachte. Jetzt starrte ich sie verständnislos an, als sie das Ding zum zweitenmal beschnüffelte, das Gesicht verzog und die Klinge an ihrem Daumen ausprobierte. Unvermittelt fuhr sie mich an – nackt, zitternd, kaum imstande, sich aufrecht zu halten – und stieß grimmig die Frage hervor, „Was hast du damit *angestellt*? Verdammt noch mal, du hast ihn verdorben, weißt du das? Hol dich der Teufel, Soukyan, du hast meinen Degen ruiniert!"

Ich nahm ihr die Waffe aus der Hand – ich spürte bereits, daß ihre Kraft wiederkehrte, als sie sich mir widersetzte – und wikkelte sie ganz in das Segel, damit sie sich nicht erkältete. Sie wehrte sich und fluchte, doch ich zwang sie, sich wieder hinzulegen, und setzte mich neben sie. „Ich brauchte etwas Scharfes. Dein Degen war alles, was wir hatten."

„Etwas Scharfes? Weißt du, wie lange ich gebraucht habe, um die Klinge so zu schärfen? Ich werde sie nie wieder anständig scharf bekommen! Was war in dich gefahren, wozu hast du sie benutzt? Um Feuerholz zu schlagen?" Zwar war sie noch schwach – sobald sie wieder lag, konnte sie kaum den Kopf heben, um mich zu beschimpfen, und von Zeit zu Zeit brach ihre Stimme und wurde unhörbar –, doch sie war auch wütender, als ich sie je erlebt hatte. „Marinescha wäre nicht so töricht gewesen – nicht einmal *Schadry!*"

„Schadry und Marinescha mußten dich ja auch nicht füttern und verarzten", sagte ich. „Ich mußte es tun, und ich benutzte, was da war. Hättest du unsere Packen nicht zurückgelassen ..."

„*Ich* mußte einen Mann töten, ein Boot bauen und dein dummes, bedeutungsloses Leben retten! Dieses blöde Floß war kurz davor, Feuer zu fangen, zu sinken, ich wußte nicht, wann – ich wußte nicht, ob du am Leben warst oder tot, ich wollte keine Zeit damit verschwenden, diese verdammten Packen ins Boot zu hieven! Dauernd sagte er, ‚*Es brennt, es brennt.*'" Dieses Mal brach ihre Stimme nicht, und es standen auch keine Tränen in ihren Augen, aber ich fühlte mich so merkwürdig und unsicher wie damals, als sie mich bei meinem wirklichen Namen nannte. Sie war so wütend auf mich, und sie sah aus wie ein elfjähriges Mädchen.

Ich erzählte ihr, was passiert war, seit sie mich aus dem Fluß gefischt hatte. Sie hörte sehr ruhig zu, ohne die Augen von meinem Gesicht zu lassen. Der Schweiß hatte zu strömen aufgehört — sogar ihr Haar war durchtränkt, und ihre kleinen Ohren tropften —, und mir wurde zum erstenmal bewußt, wieviel Gewicht sie in nur zwei Tagen verloren hatte. Als ich fertig war, sah sie mich noch einen Augenblick an, schüttelte dann ihren Kopf und atmete langsam aus. „Nun", sagte sie. „Nun. Ich danke dir."

„Du erinnerst dich an nichts?" fragte ich. „Nicht einmal an die *fasska*? Ich kann mir nicht vorstellen, daß jemand vergessen könnte, *fasska* getrunken zu haben."

„Ich erinnere mich an nichts", sagte Lal entschieden. „Das gefällt mir nicht." Sie war wieder eine Zeitlang stumm, ehe sie lächelte, und jetzt sah sie wie eine Fünfzehnjährige aus. Sie sagte, „Aber, was immer du mir eingeflößt hast, es war das richtige. Ich weiß nicht, ob es mein Leben gerettet hat, aber es hat mich zurückgebracht von ..." — sie zögerte kurz — „von einem Ort, glaube ich, an dem ein Gärtnerspruch mich nicht erreicht hätte. Ich danke dir, Soukyan."

„Ich danke dir, Lal-khamsin-khamsolal", erwiderte ich. „Schlaf jetzt."

Ich trocknete ihr Gesicht und ihren Körper mit meinem Hemd ab, und sie war eingeschlafen, ehe ich damit fertig war, zumindest schien es so. Doch als ich mich wieder niederlegte, meinen Arm um ihre Hüften gelegt, gerade so als wären wir langjährige Bettgenossen, miteinander vertraute alte Kampfgenossen, murmelte sie schläfrig, „Morgen werden wir flußabwärts fahren."

„Nein, das werden wir ganz bestimmt nicht", sagte ich ihr ins Ohr. „Du würdest nicht mal bis zum Boot kommen." Ihre Antwort war ein Schnarcher, so zart wie Spitze. Ich lag noch ein bißchen wach, lauschte dem Wasser und sah zu, wie die Sterne hinter Lals Schulter verschwanden.

Vor dem Frühstück hatten wir Streit. Es war ihr völlig ernst damit, unsere Reise sogleich fortzusetzen, und ich mußte sie fast niederringen, um sie dazu zu überreden, sich einen Gegenvorschlag überhaupt nur anzuhören. Was, nebenbei bemerkt, schwierig gewesen wäre: ich habe nie jemanden mit einer solchen Fähigkeit, sich zu erholen, kennengelernt wie Lal, ob Mann oder Frau. Eine Rippe gebrochen, die Muskeln unter einer zweiten böse gequetscht; der linke Arm fast unbrauchbar, der rechte Schenkel bei der geringsten Berührung schmerzend, der übrige Körper offensichtlich schmerzlich mitfühlend — alles das, und trotzdem war sie vor mir auf den Beinen, inspizierte das Boot und versuchte, an verschiedenen Arten von Gestein ihren Degen wieder zu schärfen. Auch darüber stritten wir uns.

Schließlich einigten wir uns, wozu vielleicht ein kurzer Schwindelanfall ihrerseits beitrug. Wir würden unsere Reise am kommenden Morgen fortsetzen, je nach Wind und Wetter, und sie würde zusätzlich weiterhin den Segelverband um ihre verletzten Rippen tragen. Ich selbst schwor mir, nicht mehr Rücksicht auf sie zu nehmen, als ich es seit unserem Aufbruch von Corcorua getan hatte, und sie nie, *niemals* zu fragen, wie sie sich fühle. Nachdem das geregelt war, fischten wir und dösten, verbrachten den Tag mit Gesprächen und disputierten mit einigem Verdruß über den dritten Mörder, der uns beide so gedemütigt hatte, und schmiedeten Pläne für unseren im höchsten Maße aussichtslosen Angriff auf Arschadins Haus.

Eines möchte ich Ihnen ganz klarmachen. Unter uns gesagt, Lal und ich besaßen eine ganze Menge mehr Erfahrung als die meisten anderen, was seltsame Gefechte an noch seltsameren Orten anging. Aber weder sie noch ich haben uns je die geringste Illusion gemacht, wir könnten einen Zauberer besiegen, der so mächtig war, aus unserem Meister einen verzweifelten Flüchtling zu machen. Wie ich Rosseth gesagt hatte, waren wir bestenfalls eine Ablenkung, nicht mehr, und wir konnten nur hoffen, daß mein *Mann, der lacht* von der Verschnaufpause, die wir ihm vielleicht verschafften, guten Gebrauch machte. Natürlich vorausgesetzt, daß Arschadin sich überhaupt zu bemerken bemüßigt fühlte, daß ihm ein Angriff bevorstand. Unsere Erfahrung beruht zum Teil darauf, daß man weiß, wann man die Aufmerksamkeit solcher Wesen, wie Zauberer sie sind, auf sich gezogen hat, und ich hatte nicht im geringsten das Gefühl, daß wir beobachtet wurden, als wir im Fluß badeten, uns in der Nachmittagssonne trocknen ließen und von den kommenden Tagen sprachen. Was Ihnen deutlich vor Augen führt, was Erfahrung wert ist.

„Ich habe nie so getan, als sei ich ein Seemann", sagte ich, „aber ich werde nie einem Boot trauen, das in jemandes Packen paßt. Sogar wenn ich weiß, daß das falsch ist."

„Das Boot ist wunderbar", sagte Lal. „Eine durch und durch wunderbare Erfindung. Ich wünschte, du wüßtest mehr über Boote oder über deine alten Ordensbrüder, eines von beiden würde genügen. Als ich dahinterzukommen versuchte, wie man es zusammensetzt, wurde ich so gefesselt, daß ich fast vergaß, daß ich verletzt war und du in Gefahr schwebtest. Ich verspreche dir jedenfalls, daß es nicht mit uns untergehen wird. Ich glaube wirklich nicht, daß es sinken kann. Verblüffend."

Sie war in dieses verflixte Boot so vernarrt, als ob wir unseren Auftrag bereits abgeschlossen und Arschadin vernichtet hätten. Ich fühlte mich plötzlich schuldig, sie an die Wirklichkeit erinnern zu müssen, und war wütend auf sie, weil sie mir dieses Schuldgefühl gab. Ich sagte, „Verblüffend! Und was nützt uns das? Besser wär's, es könnte einen Pfeil abschießen, eine Mauer erklettern, Fels-*targs*, *nishori* und Zauberer zurückschlagen, Kleider nähen, jagen und verstünde sich auf Heilkunde. Weil nämlich alle unsere Vorräte und Waffen da hinten am Fluß sind, bewacht von einem toten Mann. Wie ich die Sache sehe, können wir nur darauf hoffen, daß Arschadin vielleicht so heftig über uns lachen wird, daß er sich selber verletzt. Das soll vorkommen, habe ich gehört."

Ich erwartete, daß Lal mich wieder anfahren würde, als ich so redete, doch dieses eine Mal blieb sie gelassen, schien sogar ein wenig erheitert. „Alles, was wir tun müssen, ist, ihn zu verärgern", sagte sie, „und wenn es uns mit nichts anderem als unseren Fingernägeln nicht gelingt, ihm gründlich lästig zu fallen, dann sollten wir uns zur Ruhe setzen und dem alten Karsch helfen, sein Wirtshaus zu führen. Jetzt hilf mir, dieses Segel abzunehmen. Ich will eine andere Takelung ausprobieren." Während wir arbeiteten, begann sie in ihrer üblichen unmelodischen, eintönigen Weise vor sich hin zu singen. Ich war beinahe froh, sie singen zu hören.

In dieser Nacht, als ich sie schlafend glaubte, drehte sie sich plötzlich um, preßte sich an mich und umschlang mich so fest, wie es ihr der eine gesunde Arm erlaubte. Selbst in jener einen Nacht im Wirtshaus hatte sie mich nicht so umarmt. Ich strich ihr verlegen über das Haar und zog das Segel enger um ihre Schultern. Ich sagte, „Was ist? Fühlst du dich schlecht?" Dann fiel mir ein, daß ich mir vorgenommen hatte, diese Frage nicht zu stellen, und ich sagte, „Ich hatte nicht die Absicht, dich wegen unserer Aussichten zu beunruhigen. Wir werden mit Arschadin ebenso umgehen wie mit ihm." Doch *das* klang so töricht und herablassend, wie es war, und ich sprach nicht zu Ende. Lal antwortete nicht, sondern drückte mich noch einen Augenblick, rollte dann mit einer jähen, heftigen Bewegung von mir fort und war auf der Stelle eingeschlafen. Lange Zeit danach konnte ich noch ihren Arm über meinem Rücken spüren.

Wenigstens hatten wir keine Mühe, unser Faltboot am Morgen zu beladen. Es war nichts an Bord als wir beide, ein stumpfer Stockdegen und so viele Fische, wie Lal in den letzten beiden Tagen hatte räuchern können. Nun zog sie das Segel hoch, während ich das Boot vom Ufer abstieß und eilig an Bord kletterte, indem ich mich an den Mast und an ihren unverbundenen Knöchel klammerte. Freiwillig gehe ich nur bis zur Hüfte ins Wasser.

Wie Sie sich vielleicht vorstellen können, fühlte ich mich nicht behaglich auf diesem winzigen, schlüpfrigen Deck, nicht in den drei Tagen, da es mein ganzes Leben bedeutete. Ich fürchtete mich darum, aufrecht zu stehen, und wenn ich's tat, klammerte ich mich verzweifelt an den Mast, und ich bewegte mich oft genug von einem Fleck zum anderen, indem ich wie ein Säugling auf meinem Hinterteil rutschte. Wenn wir festmachten und am Ufer lagerten, suchten mich ungezählte Albträume vom Ertrinken heim. Der geräucherte Fisch war nicht nur trocken und geschmacklos, sondern verursachte mir auch Blähungen, so daß ich nicht bloß verängstigt war, sondern dazu verlegen, wütend und dauernd hungrig. Ein nutzloses Gepäckstück zu sein, war für mich eine neue Erfahrung, fast ebenso verwirrend und aufreizend wie die, auf einem Boot zu sein. Und trotzdem erinnere ich mich an diese drei Tage mit einer verwunderten Zuneigung.

Idyllisch? Kaum. Wann immer während dieser Zeit meine Arme Lal umschlangen, geschah es, um mich davor zu bewahren, in den Susathi zu fallen, oder um ihren Verband zu erneuern, nachdem ich ihn ausgewaschen hatte. Wir waren einander zwar vollkommen ausgeliefert, doch diese Vertraulichkeit war gezwungenermaßen taktvoll. Einer gewährte dem anderen so viel Ungestörtheit, wie dies zwei Menschen, die auf ein zwölf Fuß langes Stück Treibholz beschränkt sind, möglich ist, und wir wandten uns unaufgefordert die Rücken zu, um es dem anderen zu ermöglichen, für sich zu sein. Ich erinnere mich an einen Tag, der nahezu wortlos verstrich, bis auf den Augenblick, da die Reihe an mich kam, Lal an der Ruderpinne abzulösen. (*Das* war in der Tat eine knifflige Prozedur, die mich jedesmal entmutigte, weil der hintere Teil des Bootes zu schmal war, als daß wir gefahrlos die Plätze hätten tauschen können. Es erwies sich bald, daß es für Lal einfacher war, ins Wasser zu gleiten und mich vorbeizulassen und sich dann vorsichtig wieder an Bord zu hieven; manchmal hielt sie sich an einem Seil fest und ließ sich eine Zeitlang schleppen, um ihren verwundeten Körper gegen den Fluß zu erproben.) Von unseren wenigen Worten abgesehen, waren die einzigen Geräusche Vogelgesang und gelegentlich ein Wind, der das Wasser aufrauhte. Unser Boot, für schweigende Fahrt gebaut, bewegte sich wie der Schatten dieser kleinen scharfen Winde flußabwärts.

Doch in der gleichen Nacht erwachte Lal keuchend und schreiend aus einem ihrer Albträume, die sie seit dem Aufbruch vom „Fischhaken und Schlägel" nicht heimgesucht hatten. Sie beruhigte sich sehr schnell wieder, da sie jedoch nicht wieder einschlafen wollte, unterhielten wir uns bis fast zur Morgendämmerung, dicht beieinander an einem Feuer liegend, das zu klein war, um leicht bemerkt zu werden, und um vieles zu klein, um uns zu wärmen.

Worüber sprachen wir: zwei narbenbedeckte, erfahrene und unleugbar alternde Wanderer in der Dunkelheit? Mehr über die Vergangenheit als über alles andere und am allermeisten über unsere Kindheit. Lal hat zwei Brüder, einer älter, einer jünger als sie, die sie nicht gesehen hat, seit sie als Zwölfjährige von zu Hause weggebracht wurde. Ich hatte eine ältere Schwester, die ich mehr als jeden anderen Menschen liebte und die starb, weil der Mann, den sie liebte, ein beschränkter, liederlicher Bursche war, der niemanden liebte. Er war der erste Mann, den ich tötete. Zu dieser Zeit war ich ebenfalls zwölf Jahre alt.

Lal sprach von Freunden und Spielkameraden, an die sie sich genau erinnern konnte, eingeschlossen ihre Kleidung und ihre Lieblingsspiele. Ich hatte keine solchen Gefährten, von meiner Schwester abgesehen, doch einmal kannte ich einen Holzfäller. Er muß damals im mittleren Alter gewesen sein: ein Bauer aus dem Südland, unwissend, abergläubisch, vollkommen ehrlich, vollständig beherrscht von versteinerten Ängsten und Bräuchen. Doch er teilte immer seine Mahlzeiten mit mir, wenn wir uns zufällig im Wald trafen, und er erzählte mir lange, lange Geschichten von Bäumen und Tieren; und als mich die Familie des Mannes, den ich tötete, bis vor seine Tür jagte, nahm er mich auf, versteckte mich und belog meine Verfolger, obwohl sie uns beide in seinem Haus verbrannt hätten, wäre es herausgekommen. Ich floh am nächsten Tag weiter, um ihn nicht länger in Gefahr zu bringen, und ich sah ihn nie wieder. Aber jeden Morgen, wenn ich aufwache, sage ich seinen Namen.

Draußen auf dem Fluß hörten wir die *leeltis* an die Oberfläche kommen, um Nahrung zu suchen. Das sind glatte schwarze Fische mit häutigen Vorderflossen, und sie peitschen damit das Wasser, um Insekten aufzustören — manchmal schrecken sie sogar einen jungen Vogel aus dem Nest. Lal sagte, „Erzähl mir von deinen Eltern."

„Sie verkauften meine Schwester", sagte ich. Lal legte den Arm um mich. Nach einer Weile sagte ich, „Ich werde sie hassen, bis ich sterbe. Das muß dir schrecklich vorkommen."

Lal sagte lange Zeit nichts, doch sie nahm ihren Arm nicht

fort. Schließlich sagte sie, „Ich werde dir etwas erzählen, das ich nie laut ausgesprochen habe, nicht einmal vor mir selbst. Als man mich verkaufte und stahl, erfüllte mich furchtbare Angst, ja ich war fast verrückt vor Angst. Alles, woran ich mich klammern konnte, war die absolute Gewißheit, daß meine Eltern kommen und mich holen würden; daß, während diese — Dinge — mit mir geschahen, meine wunderbare Mutter und mein wunderbarer Vater Stunden, Minuten entfernt waren, mir folgten und folgten, daß sie nie wieder ruhen würden, bis ich in Sicherheit und daheim und gerächt sein würde. Vielleicht bewahrte es mir meinen Verstand, daß ich das glaubte. Früher dachte ich das."

Ich konnte ihre letzten Worte kaum verstehen. Ich sagte, „Aber sie fanden dich nie."

„Sie fanden mich nie", flüsterte Lal gegen meine Wange. „Sie sollen verdammt sein, verdammt sein, sie fanden mich nie."

Ihre Lider lagen heiß auf meinen Lippen. „Sie haben die ganze Zeit nach dir gesucht", sagte ich. „Überall haben sie nach dir gestöbert. Ich weiß, daß sie's taten."

„Sie hätten sich mehr Mühe geben können!" Sie wandte ihr Gesicht ab, und das Segel erstickte den einzigen langen Schrei, als sie ihre Kiefer knirschend an dem Tuch rieb, wie ein Tier, das in eine Falle geraten und rasend entschlossen ist, sich für seine Freiheit den eigenen Fuß abzubeißen. Statt dessen biß sie mich heftig, als ich sie küßte, so daß ihr Mund nach Staub und Tränen und meinem Blut und nach uns beiden schmeckte, die wir unter diesem Segel fünf Nächte geschlafen hatten. Doch wir liebten uns sehr sanft, wozu wir gezwungen waren, weil Lals Körper mein Gewicht nicht tragen und sie mich mit Armen und Beinen nicht so halten konnte, wie sie wünschte. Darum verging eine lange Zeit mit Necken und Wispern, und als es vorüber war, sagte sie, „Rauhes Wasser morgen", und schlief auf mir ein, die Nase in meinem linken Ohr. Und so kam es, daß auch ich so schlief.

Drei Meilen flußabwärts, ziemlich spät am nächsten Morgen, setzte das schlechte Wetter ein. Ich merkte es zuerst am Wind: er wurde allmählich stärker, war nicht mehr so spielerisch wie zuvor, sondern beständig rauh — Lal hatte weniger Mühe, ihn einzufangen, und mehr damit zu tun, das Boot im Griff zu behalten. Er roch sogar ein wenig wie ein Wind vom Meer. Seit gestern hatte sich der Susathi verengt, die Berge zu beiden Seiten rückten über uns dichter zusammen, als die Schlucht tiefer wurde. Wir mußten jetzt stracks nach oben blicken, um den Himmel zu sehen. Noch waren vor uns keine Felsen zu sehen, und kein weißes Wasser, außer in den Schatten; doch das Boot begann zu schwanken, und als ich nach dem Mast griff, spürte ich unter meinen Händen seine Spannung. Ich fragte Lal, „Woher hast du das gewußt?“

„Von den Fischen“, sagte Lal. Ich sah sie verständnislos an. „Die Fische, die wir gestern abend gegessen haben. Fische, die in rauhem Wasser schwimmen, unterscheiden sich im Geschmack von denen, die wir bisher gegessen haben. Ich weiß nicht, warum das so ist, aber es ist so.“

Ich starrte sie weiter an, bis sie zu lächeln begann. Sie sagte, „Das stimmt nicht, Soukyan. Die Wahrheit ist, daß ich letzte Nacht mit dir sehr glücklich war. Ein solches Glücksgefühl ist selten bei mir, und ich möchte mich nicht daran gewöhnen, weil gleich darauf der Ärger folgt, immer. Also sagte ich das über das Wasser, sozusagen als Glücksbringer. Verstehst du mich?“

„Auch ich war glücklich“, sagte ich. Ich wollte noch mehr sagen, doch just in diesem Augenblick ging der Bug des Bootes hoch, während das Wasser unter ihm wich und eine Welle von hinten auf uns niederplumpste, so daß der Bug tief wegsackte. Ich warf mich flach aufs Deck und schloß meine Augen. Lal sagte, „Ah. Jetzt wird's interessant.“ Sie hörte sich ziemlich fröhlich an.

Es wurde sehr rasch interessant. Das kleine Boot stampfte und schwankte unaufhörlich; mit geschlossenen Augen kam es mir so vor, als flögen wir in alle Richtungen über das Wasser und hätten das Boot überhaupt nicht mehr in der Gewalt. Jedesmal, wenn es mir gelang, die Augen zu öffnen, stellte ich fest, daß wir noch immer flußabwärts fuhren, fast so gerade wie zuvor, nur viel schneller; und daß die Wellen eigentlich recht klein waren, angesichts der Kraft, mit der sie gegen das Boot krachten und hämmerten. Doch sie waren mittlerweile alle weiß, weiß wie Eisblumen, milchig weiß wie der Speck der *sangarti,* wenn der große *sheknath* sie aufreißt. Und da waren Felsen, schwarz, zerklüftet, da und dort und überall, so dicht vorbeifliegend, daß ich die grünen und roten Moose auf ihren Flanken sehen konnte, die verträumt im rauschenden Wasser wehten. Es war, als rase man unaufhörlich durch einen langen, schäumenden Schlund, und ich versuchte, nicht an den Magen am Ende der Fahrt zu denken.

„Es ist ein alter Fluß", rief Lal mir plötzlich zu, „und voller Fallen. Tiefes, altes Bett, jede Menge tückischer kleiner Nebenströmungen. Wir können von Glück sagen, daß er kein Hochwasser führt." Sie sind wahr, diese Geschichten über Seefahrerin Lal. Mit gekreuzten Beinen wie immer, durchtränkt von scharf stechender Gischt, Hals und Schultern noch so lädiert, daß sie nur geradeaus schauen konnte, ließ sie unser Boot durch diese Wildnis gleiten wie eine Nadel durch die Falten von Seide. Manchmal saß sie vollkommen reglos da, und ihre Hände bewegten weder die Ruderpinne noch die Leinen; dann wieder konnte sie sich leicht zurücklehnen oder mit den Fingern schnalzen, als rede sie einem Haustier gut zu, und das Boot schwenkte in die eine, dann in die andere Richtung und wand sich zwischen zwei grünüberzogenen Felsen hindurch: ein saftiger Bissen, der den Zähnen des Flusses einmal mehr entschlüpft war. Meistens war der Bug unter Wasser, und ich mit ihm — auf und ab, runter und rauf, wie die kleinen Glücksbringer, welche die Schiffer im Westen an ihre Ruderblätter binden. Doch lassen Sie mich Ihnen sagen, daß ich dieses eine Mal in meinem Leben über meine eigene Erregung erschrocken war, und daß ich jetzt besser verstehen kann, warum es Menschen gibt, die es lieben, sich mit stürmischem Wasser zu messen. Lal hab ich das nie gesagt.

Wenngleich uns mein *Mann, der lacht* gesagt hatte, Arschadins Haus sei keine Burg, sondern so unscheinbar wie die Hütte eines Schäfers, hätten wir sie um ein Haar übersehen. Tatsächlich war der einzige Grund, daß wir sein Haus bemerkten, die beiden *dharises*, wie Lukassa sie vor uns gesehen hatte: dort, nahe den Fenstern eines schilfgedeckten Hauses, kreiste ein Dutzend oder mehr, wo doch das Auftauchen eines einzigen Vogels in zwanzig Jahren zur Folge hat, daß ein ganzes Dorf — Felder, Häuser, alles — noch am selben Tag im Stich gelassen wird bis zum Einbruch der Nacht. Es sind ziemlich kleine, blau-graue Vögel, Fischfresser, ziemlich schmucklos, bis auf den tiefblauen Streifen quer über der Brust; und warum sie, selten wie sie sind, in jedem Land, das ich kenne, als Boten des Unglücks, des Verderbens und des Schreckens gelten, kann ich nicht sagen. Aber sie waren da, machten sich die Plätze auf Arschadins Simsen streitig, und ich spürte, wie mein Gesicht erkaltete. Als ich mich nach Lal umschaute, sah ich sie mit der linken Hand ein Zeichen in die Luft machen, von dem ich weiß, daß es Böses abwenden soll. Ich hätte dasselbe getan.

Lal warf die Ruderpinne hart nach links und rief, „Halte sie so", während das Boot sich gegen den Wind und die Strömung drehte und sich mühsam auf das Ufer zubewegte. Ich umklammerte die Ruderpinne, während sie sich mit dem Segel plagte, das sich jedoch mit einemmal ungeheuer, widernatürlich aufblähte und ihr die Leinen aus den Händen riß. Die Spiere schwang herum, traf mich an der Schulter, als ich mich duckte, und schleuderte mich über Bord. Ich hörte Lal aufschreien, als ich fiel, aber ihre Stimme ging in dem kalten Pfeifen der *dharises* unter, die über uns kreisten und flatterten. Einen Augenblick später kenterte das Boot — der Mast ging neben meinem Kopf herunter, noch bevor ich anfing, zu versinken, und die hohlen Stäbe, die so vollendet zusammenpaßten, fielen auseinander und trieben wippend an mir vorbei. Armes, kleines Boot. Ich erinnere mich, daß ich das dachte, ich schwör's.

Was ich außerdem dachte, war, *Ja, dieses Mal wird Lal mich nicht retten können.* Weil es für sie keine Möglichkeit gab, mich in dem kochenden Schlund zu finden; ich hoffte, daß zumindest sie genug Kraft hatte, sich selbst zu retten. Der Fluß drosch mich stromab gegen einen Felsen nach dem anderen, und ich versuchte jedesmal mich festzuhalten und hatte keinen Erfolg — das Moos war zu schlüpfrig, die Strömung zu stark. Ich bat — ich bete nicht —, ich bat darum, zu ertrinken, bevor ich totgeschlagen wurde. Ich versuchte, bestimmte Dinge zu sagen, die man, so hatte man mir beigebracht, vor dem Sterben sagte, aber der Fluß stopfte sie mir wieder in die Kehle, und ich ging abermals unter. Nach einer Weile hörte es auf, zu schmerzen, und ich hatte das Gefühl, einzuschlafen, mich langsam von mir selber fortzubewegen, der Ruhe entgegen.

Dann berührten meine Füße den Grund.

Falls Sie noch mehr hören wollen, seien Sie still und versuchen Sie sich vorzustellen, wie das ist, sicher zu wissen, daß der eigene Körper lügt, wenn er dir sagt, daß du lebst. Ich sage Ihnen, als ich dort auf festem Grund stand und herabblickte, um zu beobachten, wie das Wasser sich über meine Brust, meine Hüften, meine Knie ergoß, wußte ich ohne jeden Zweifel, daß ich gestorben war. Im Kloster war es uns strengstens untersagt, über ein Leben nach dem Tode nachzudenken (es wurde auch erzwungen, dieses Verbot), doch als ich mich umdrehte, und Lal hundert Schritte flußaufwärts auf einer wachsenden Insel schlammigen Flußbettes stehen sah, nur durch einen Streifen Wasser von mir getrennt, durch den ein Säugling hätte planschen können — nun, was konnte ich anderes denken als, *so also ist das, fortgehen mit deinen Freunden in eine neu geschaffene Welt, und immer wieder neu, mit jedem Schritt, den du machst?* Und vielleicht wird es genauso sein. Ich hoffe wie Sie, es nie herauszufinden.

Der Fluß hatte sich nicht für uns geteilt, wie in den alten Geschichten: er hatte sich eher wie ein Haustier, das von seinem Herrn gescholten wird, weil es eine blutige, zappelnde Beute ins Haus gebracht hat, ergeben, hatte uns fallenlassen, sich vor Abscheu an das gegenüberliegende Ufer zurückgezogen, und tat so, als sei er an uns überhaupt nicht interessiert gewesen. Hören Sie — ich weiß sehr gut, daß Flüsse sich nicht so verhalten können, daß kein Zauberer, von dem Sie je gehört haben, einen Fluß dazu bringen könnte, das zu tun. Ich *stimme mit Ihnen überein,* Mann — Sie haben keine Ahnung, wie sehr ich mit Ihnen übereinstimme. Ich erzähle Ihnen, was geschah.

Also gut. Ich watete durch den Schlamm zu Lal hinüber, und wir blickten gemeinsam zum entfernten Ufer zurück, wo der Fluß, so weit das Auge reichte, sich in weniger als die Hälfte seines Bettes verkrochen hatte. Ich glaube, er floß nicht einmal; Sonnenlicht glitzert und wird von bewegtem Wasser zurückgeworfen, doch was Lal und ich erblickten, war eine stumme, leblose, grünlich-braune Masse, die ebensogut hätte Erde sein können. Ich hatte keine Angst, als ich glaubte, zu ertrinken — vor diesem hier hatte ich Angst, empfand ich Entsetzen, vor dieser *Verkehrtheit.* Lal und ich standen da: durchnäßt, zitternd, erschöpft, bis zu den Knöcheln in steinigem Morast, hielten uns bei den Händen wie Kinder, ohne es zu wissen. Keiner von uns wagte es, sich zu diesem Haus aus Flechtwerk und Lehm umzudrehen, das, wir spürten es, jetzt hinter uns aufragte wie eine Burg, nicht einmal, als das Gelächter einsetzte.

Lal

Gelächter bedeutet für mich nicht immer das, was es für andere bedeutet. Ich habe in meinem Leben zu viele Verrückte lachen hören: Männer und Frauen, die nicht so verrückt waren, um nicht zu begreifen, daß sie die Macht hatten, alles zu tun, was sie wollten. Doch ich bin noch am Leben, nachdem ich sie gehört habe. Ich habe sogar das Lachen des roten *sjarik* am Mittag gehört, und ich bin am Leben, und das können nicht viele sagen. Doch dieses Lachen war das allerschlimmste, dieses Geräusch über diesen nackten Steinen. Es war kein Hauch von Lebendigkeit darin, weder im guten noch im bösen: kein wirkliches Chaos, keine brandende, jubelnde Grausamkeit — kein *Lächeln,* nicht einmal in seinem Triumph. Ich werde mich an die schreckliche Kleinlichkeit dieses Lachens erinnern, wenn ich vergessen habe, was es heißt, einen Fluß zu sehen, der zu strömen aufhört.

„Umdrehen“, sagte er hinter uns. „Zu mir kommen.“ Wir rührten uns nicht. Er lachte wieder. Er sagte, „Leicht zu erkennen, wessen Schüler *ihr* seid. Nun denn, wie ihr wollt", und er ließ den Fluß los. Wir sahen, wie er blitzartig zum Leben erwachte, hörten seinen gewaltigen ohrenbetäubenden Schrei der Freiheit, als er auf uns zusprang und über sein Bett zurückbrauste, schneller als jedes Tier hätte laufen können. Wir konnten es: wir kletterten, naß und halb nackt, wie wir waren, so verzweifelt das Ufer hinauf, daß ich buchstäblich gegen Arschadin prallte und vor seine Füße fiel. Nyateneri war an ihm vorbeigestürmt, machte jedoch auf der Stelle kehrt, um mir aufstehen zu helfen. Und so kam es denn zu unserer ersten Begegnung mit dem Zauberer Arschadin.

Seine Größe lag zwischen der meinen und Nyateneris: ein dicklicher Mann in einem schlichten braunen Kittel, das Gesicht bleich und kahl und mit breiten Kinnbacken. Ich sage kahl, nicht weil er keinen Schnurrbart oder Backenbart trug, sondern weil — wie soll ich's Ihnen begreiflich machen? Ja, sein Haar wurde grau, sein Mund war eingekerbt, und Fältchen umgaben seine Augen — unter seinem Kinn war sogar eine winzige alte Narbe —, doch nichts fügte sich zu einem Ausdruck zusammen. Das Leben bedenkt uns mit Runzeln und Tränensäcken und allem übrigen, jeden, selbst Zauberer, die länger leben als die meisten und immer jünger aussehen als sie sind. Aber nur unsere Verwirrungen verleihen uns Ausdruck, und Arschadins Gesicht war so bar jeder Verwirrung, daß es angemalt zu sein schien, Runzeln und Falten gleichermaßen. Ich habe einmal oder zweimal Säuglinge gesehen, die zu früh geboren wurden, um auf dieser Welt länger als ein paar Minuten zu atmen: sie umgibt eine kalte Durchsichtigkeit und eine schreckliche Weichheit. So sah Arschadin aus.

„Willkommen", sagte er nun zu uns. „Lalkhamsinkhamsolal — Soukyan, der sich Nyateneri nennt." Seine Augen, von einem eigentümlich verhangenen Blau, schienen sich auf überhaupt keinen festen Punkt zu richten, und seine Stimme konnte die eines Mannes oder einer Frau sein.

Erstaunlicherweise war mein Stockdegen im Gürtel steckengeblieben. Ob scharf oder nicht scharf, er würde trotzdem sogar einen dicken Zauberer durchbohren. Es macht mich verlegen, darüber zu sprechen, was als nächstes geschah — hätte ich nicht soviel Verstand haben müssen, zu wissen, daß ein Zauberer, der dich nicht anschaut, trotzdem auf der Hut ist? Aber die Gegenwart dieses Mannes erfüllte meinen Kopf irgendwie mit Rauch, schob träge Wolken zwischen mich und meine bitter erworbenen Fähigkeiten und Kenntnisse. Ich sprang vor — recht ordentlich für einen humpelnden Halb-Krüppel —, sah von fern, wie die Spitze in seinem Bauch verschwand, und hatte noch Zeit, ihn in die Brust zu treffen, als er mir entgegensackte. Außer, daß er nicht sackte und meine Klinge herauskam, ohne daß ihr ein Blutstrom in das Sonnenlicht folgte. Kein Zusammensacken, keine Wunde, kein Blut. Nicht ein Tropfen, nicht mal am Stockdegen — bloß ein winziges Etwas wie heller Rauch, und dann nicht einmal das. Jetzt lachte er nicht, sondern musterte mich, als hätte ich ihn in seiner Rede unterbrochen.

„Schluß damit", sagte er, tonlos, verärgert. „Ich habe jeden Schritt eurer Reise überwacht und beeinflußt. Ich kann Flüssen befehlen und *dharises* — glaubst du, ich sei für dein Kinderschwert bestimmt oder für dieses Spielzeugmesser in deinem Stiefel?" Er ballte die linke Faust und öffnete sie wieder, und Nyateneri — der sein Gewicht unmerklich auf ein Bein verlagert hatte, um sich gegen einen gewissen wirbelnden Fußtritt zu wappnen — krümmte sich zusammen, und aus seinem Gesicht war alle Farbe gewichen. Wenn er einen Laut von sich gab, so ging er im Jubel des Flusses unter.

Arschadin würdigte ihn keines Blickes. Er wiederholte die Geste, und alle meine Muskeln verwandelten sich in Eis, und ich konnte mich nicht vom Fleck rühren. Er sagte, „Welche Pläne ihr auch hattet, sie sind fehlgeschlagen. Ihr könnt mir nichts anhaben, und ihr könnt eurem Freund nicht helfen. Wollt ihr einen Beweis dafür? So sei's denn", und er zeichnete mit einem Fuß einen großen Kreis auf den Boden und spie, die Augen schließend, hinein. Augenblicklich erfüllte den Kreis ein bebendes, dumpfes Nebelgrau, und mitten darin stand *mein Freund*. Dies war kein körperloses Bild, wie er es in der Nördlichen Öde zu mir geschickt hatte: wo immer er und dieses Grau wirklich existierten, dieser Mann war er, dem Bett im „Fischhaken und Schlägel“ entrissen, uns drei milde anblinzelnd, die er offensichtlich sah und erkannte. Er trug noch sein Nachtgewand, doch trotzdem machte mich sein Anblick genauso schwindelig und erfüllte mich sofort mit Sicherheit, wie an jenem Morgen an der Pier von Lameddin, als mein stinkender, schützender Fischkorb plötzlich hochgehoben wurde und er blinzelnd dastand. Er war da.

„Nun“, sagte er und blickte sich ein wenig abwesend um. „Das ist ein bißchen plötzlich, selbst für dich, Arschadin.“ Er dachte nicht daran, Nyateneri und mich zu begrüßen, sondern blickte mit ehrlichem Interesse den Hang hinauf auf das strohgedeckte Haus. „Eine sehr hübsche Arbeit von dir, es wieder aufzubauen, muß ich sagen. Niemand würde ahnen, wie es aussah, als ich es zum letzten Male verließ.“

„Du hast mein Haus zerstört“, sagte Arschadins hohle Stimme. „Ich habe es nicht vergessen.“

„Du hast offenbar vergessen, daß Flammen aus den Wänden sprangen und große gezähnte Gruben sich im Boden auftaten, als ich dich bat, mich gehen zu lassen. Ich betrachtete das als kindisch und unhöflich, und außerdem noch als schädlich für dein Fachwerk. Ich sagte dir das damals.“

Arschadin sagte, „Was soll ich mit deinen Dienern machen? Was ist ihre Rückkehr dir wert?“

„Wer? Sie? Was sie mir wert sind?“ *Mein Freund* starrte ihn an, und dann warf er seinen Kopf zurück und lachte *sein* Lachen — als ob nie zuvor jemand auf der Welt auch nur davon geträumt hätte, ein so wunderbares Geräusch hervorzubringen —, so daß keiner von uns beiden sich enthalten konnte, mit ihm zu lachen, bedrückt und gedemütigt, wie wir waren, daß er Zeuge unserer Hilflosigkeit wurde. „Was sie mir wert sind? Arschadin, hast du mich den ganzen Weg hergebracht, um mich *das* zu fragen? Wie oft hab ich davor gewarnt, auf solche Weise Kraft zu vergeuden — sie ist wirklich nicht unerschöpflich, mußt du wissen. Ein einfacher Brief hätte auch genügt.“

Arschadin hatte ihn noch nicht offen angeblickt. „Kraft wird nie vergeudet. Stärke wächst nur, wenn man sie benutzt. Das gilt offenbar auch für Leichtfertigkeit. Ich werde dich noch einmal fragen — was soll ich mit diesen beiden tun?" Seine Stimme war gleichförmig und fern, selbst durch die Frage kaum verwandelt.

Mein Freund lachte wieder, diesmal kurz. „Tun? Tu, was immer du willst, warum sollte ich mir darüber den Kopf zerbrechen? Ich habe ihnen gesagt, sie sollten sich nicht mit dir einlassen. Ich sagte ihnen, sie sollten bei Banditen und Piraten bleiben — daß sie es bei dir mit einer Kraft zu tun bekämen, die über ihre Vorstellungskraft hinausginge, und über ihre Fähigkeiten allzumal. Aber sie wollten dich herausfordern, und jetzt müssen sie auf sich nehmen, was kommt. Ich kann sie nicht ewig vor den Folgen ihrer eignen Torheit bewahren."

Erscheint Ihnen das herzlos? Für uns war es Musik und Wunderkraft; es war Nahrung, Kleidung, Heimat, alles in einem. Mochte er uns Rätsel aufgeben und uns ausschelten, wie er wollte, er würde uns nie im Stich lassen — dem vertrauten wir, wenn wir auch sonst in unseren getrennten Leben nichts anderem vertrauen konnten. Ich schäme mich auch heute noch nicht, daß unser Leben von ihm abhing: er war in größerem Maße von unserem Scharfsinn, von unserer Wachsamkeit abhängig. Die Köpfe in gespielter Verzweiflung gesenkt, warteten wir auf das kleinste Zeichen, während uns Arschadin mit seinen verschleierten pupillenlosen Augen beobachtete.

„Was mich angeht" — fuhr *mein Freund* jetzt schärfer fort — „wenn ich an deiner Stelle wär, würde ich mich so rasch wie möglich wieder in mein Bett schicken. Da, wo ich jetzt stehe, kannst du nicht an mich heran, und es kostet dich Kraft — Kraft, die du nicht mehr vergeuden kannst —, bloß um mich hier festzuhalten. Ich gebe dir einen guten Rat, Arschadin."

Er sah noch zerbrechlicher aus als bei unserer Abreise — ich war verblüfft, ihn auf den Beinen zu sehen. Trotzdem zeigten seine Augen eine Spur von See-Grün, das so lange verschwunden gewesen war, und — für mich das wichtigste — es waren zwei hellrosa Bänder in seinen struppigen grauen Bart geflochten. Zuletzt hatte ich sie in Marineschas Haar gesehen. Arschadin antwortete ihm, „Ja, du gabst mir immer gute Ratschläge, und sonst nichts. Ich denke, es wäre lehrreich für dich, hier zu bleiben und zuzusehen, wie ich mich deiner Freunde, oder was immer sie sind, entledige. Dabei wirst du vielleicht über das, was du wissen solltest, mehr lernen, als ich je von dir lernte."

Seine Stimme war noch immer geschlechtslos und von starrem Gleichmaß, doch bei den letzten Worten veränderte sich sein Gesicht. Wenn ich mich anfangs vor einem Gesicht gefürchtet hatte, das von einer lebenslangen Ausdruckslosigkeit zeugte, erschrak ich jetzt noch mehr über das, was mit seinen Augen geschah, als er sie schließlich auf *meinen Freund* richtete. Der bittere Zorn und Verlust, den sie offenbarten, ließ sein massiges schaufelförmiges Gesicht seltsam zerbrechlich, fast durchsichtig erscheinen, wie ein brennendes Haus, kurz bevor es zusammenfällt. Sein Mund war leicht geöffnet, die Lippen auf einer Seite leicht nach oben, auf der anderen nach unten gezogen. Ich erinnere mich noch heute an einen Fleck gesprungener Haut in dem heruntergezogenen Mundwinkel. Er sagte, „Danach ist Zeit genug, sich mit denen zu befassen, die warten."

Mein Freund war einen Augenblick still, dann rieb er sich mit einer Hand den Mund, was er nach meiner Erinnerung vor langer Zeit tat, wenn ich nahe daran war, mich in einem Streit durchzusetzen. „Wie du willst. Aber wenn du vorhast, ihnen das anzutun, von dem ich zu wissen glaube, was es ist, muß ich dich, so traurig es ist, noch einmal warnen — du kannst es nicht tun und mich weiterhin an diesem Fleck festhalten. Du hast vermutlich die Kraft, ja" — oh, die leise Verachtung in diesem *vermutlich* hätte mich rasend gemacht, doch einem Arschadin machte das nichts aus — „aber du hast keineswegs die vollendete Genauigkeit, die nötig ist. Wäre sie dir zu eigen, hätte ich dir nie entkommen können, und hättest du sie seitdem erworben, wäre ich nicht außerhalb deines Einflusses geblieben, so wie es auch künftig sein wird. Befreie dich von mir, hab' soviel Verstand, und dann —" Er blickte uns voll an und zuckte die Achseln. „Ich hab's immer für einen häßlichen, schmutzigen kleinen Taschenspielertrick gehalten — aber bitte, dein Geschmack ist deine Sache, in Ordnung. Wer bin ich denn, dich mit Ratschlägen zu plagen? Schon gut. Schon gut."

Seine Stimme war in einen schläfrigen leiernden Singsang verfallen, der Nyateneri und mich auf der Stelle aufrüttelte: so hörte sich seine Stimme immer an, wenn er im Begriff war, dir ein besonders ärgerliches Rätsel oder Problem zu stellen. Er schwatzte weiter und drehte sich in dem grauen Nebel hin und her wie eine fette Fliege, die gegen eine Fensterscheibe surrt. Arschadins todbringende Achtsamkeit war auf ihn gerichtet: er beobachtete ihn mit einer Ausschließlichkeit, die für uns — in diesem Augenblick — keinen Raum ließ. Die Erkenntnis, daß wir uns bewegen konnten, kam so plötzlich, daß es entsetzlich quälend war, sich nicht zu rühren. Ich erinnere mich noch an diesen sonderbaren Schmerz der Bewegungslosigkeit.

Nyateneri sprang zuerst — da ich wegen meines verwundeten Arms meinen Degen nicht so rasch ziehen konnte, verlor ich einen Augenblick. Ich hörte *meinen Freund* wütend rufen, „Narren! *Nein!*" Arschadin wandte uns das zinnoberrote Antlitz eines Fels-*targs* zu, das mit knochigen Hautfalten und großem geiferndem Maul furchteinflößend auf seiner untersetzten Gestalt saß. Nyateneri schwankte keinen Augenblick, sondern sprang unter den Nackenpanzer und griff mit bloßen Händen nach der noch-menschlichen Kehle, im Vertrauen darauf, daß ich mit meiner Klinge folgen werde. Ich tat's, doch die *dharises* stießen kreischend auf meine Augen herab, warfen sich mir gegen Gesicht und Kopf, bis ich nicht mehr anders konnte, als mit dem Degen nach ihnen zu schlagen, unfähig, Nyateneri zur Hilfe zu kommen, der sich verzweifelt an Arschadins wechselnde Gestalt klammerte — vom Fels-*targ* zum brüllenden *sheknath,* zum acht Fuß hohen beilschnabligen *nishoru* und zu einer Schreckensgestalt, die ich nicht noch einmal sehen möchte, lieber würde ich mich selber umbringen. Nyateneri hielt sich eisern fest, manchmal nur mit einer Hand, ritt, knapp außer Reichweite, zwischen haarigen Schultern oder messerfedrigen Schwingen wie ein Tierjunges, das oben auf dem Rücken seiner Mutter hockt. Er lachte, seine Lippen waren wie die eines Fels-*targs*, grotesk von den Zähnen zurückgewichen und seine Augen auf ähnliche Weise weit aufgerissen. So mußte Rosseth ihn gesehen haben, als er diese beiden Männer im Badehaus tötete. Alles vollzog sich scheinbar sehr langsam, wie es in solchen Augenblicken immer zu sein scheint. In Wirklichkeit geschieht natürlich alles so rasch, daß dein Geist, staubig und lahm, hinterherzockelt. Ich erinnere mich, daß ich an einem Punkt durch die anstürmende Wolke von *dharises* einen Blick auf Nyateneri erhaschte und ganz ernsthaft dachte, *Nun, das macht ihm gewiß mehr Spaß als Bootfahren.*

Mein Freund sprang währenddessen in seinem nebligen Kerker ungestüm auf und ab und trat und schlug gegen die stummen grauen Wände. Alle Würde schien vergessen, selbst die eines gefangenen Tieres; er war nur ein verrückter alter Mann im Nachthemd, der schrie, bis sich seine Stimme vor Enttäuschung überschlug. „Hört auf damit! Lal, Nyateneri — Idioten, Idioten, *hört auf!* Zu mir, ihr Schwachköpfe — hierher, zu mir! Ihr könnt ihn nicht töten!" Arschadin hatte ein weiteres Mal — mehr oder weniger — die *nishoru*-Gestalt angenommen; jetzt breitete er die stoppeligen, schorfigen, glitzernden Schwingen aus und schüttelte Nyateneri endlich ab, schleuderte ihn zehn Schritte weg, zurück ans Flußufer. Er landete, rollte weg, schlug aber heftig gegen Felsen. Ich konnte selbst auf diese Entfernung hören, wie sich der Atem aus seiner Lunge würgte.

Arschadin verwandelte sich schon wieder, ohne mich zu beachten, der ich an ihm vorbei zu Nyateneri rannte. Mit seiner richtigen Gestalt kehrte seine grauenvolle, leere Gelassenheit zurück; er warf einen kurzen Blick auf *meinen Freund*, der hilflos umhersprang und fluchte, dann stieß er einen langen, kaum hörbaren, seufzenden Laut aus, der zu einem schwarzen aufblitzenden Bolzen wurde, der sich mit demselben Geräusch, mit dem eine Klinge in Fleisch dringt, in das Grau bohrte.

Das Grau verschwand nicht und teilte sich nicht, sondern zischte und färbte sich dunkel wie Fleisch über einem Feuer; einen Augenblick konnte ich *meinen Freund* überhaupt nicht sehen. Nyateneri war auf den Beinen und schwankte – ich umklammerte sein Handgelenk und zerrte ihn vorwärts, während Arschadin uns mit einem Schrei Felsbrocken und *dharises* nachsandte. Die Felsen kamen aus dem Nirgendwo über den Klippenrand geschwankt, gruben wirkliche Spuren in den Schmutz und brachten wirkliche Bäume und Steine mit, die sie unterwegs losrissen und mitschleiften. Ich verlor Nyateneri aus dem Griff und schrie nach ihm, bis sich ein Grau über mich senkte wie ein schweres, einhüllendes Tuch über einen Vogelkäfig und eine gereizte Stimme verkündete, „*Chamata,* ein bißchen weniger Wirbel, wenn du nichts dagegen hast. Dieses elende Ding zu handhaben, ist schwer genug, selbst wenn man in bester Verfassung ist."

Er war zwar nahe, doch ich konnte ihn nicht sehen, geschweige denn ihn von Nyateneri unterscheiden. Er saß hochaufgerichtet, wie auf einem Stuhl mit hoher Lehne, ein wenig oberhalb meines Kopfes. Seine Augen waren geschlossen. Der Fluß, die Schlucht, das Haus und Arschadin waren verschwunden, genau wie Erde, Himmel und alles andere, bis auf das Grau ohne Ausmaß oder Ende, das sich lediglich zu einem anderen Grau abschwächte, in dem ich, wenn ich meine Augen aufs äußerste anstrengte, dunklere Gestalten zu sehen glaubte, die auftauchten und wieder verschwanden. Ich fragte laut, „Wo sind wir? Was ist geschehen? In welcher *Zeit* sind wir?"

Ich hatte schon früher mit Zauberern zu tun. Es gibt keinen unter ihnen, selbst unter den besten – *meinen Freund* eingeschlossen –, der jemals der letzten Ausflucht hätte widerstehen können, mit der Zeit zu spielen. Ich glaube, als erstes rät man ihnen allen, die Finger davon zu lassen. Ob wahr oder nicht, es ist das erste, wozu sie in einer schwierigen Lage Zuflucht nehmen, wie andere sich ins rote Bier flüchten. Ich fürchte dieses Spiel und will nicht daran teilhaben, nie, und ich weiß immer, wann es wieder geschieht.

Ohne seine Augen zu öffnen, sagte *mein Freund,* „Setz dich irgendwo hin und sei still, Lal." Nyateneri berührte meinen Arm und zog mich weg. Die Luft war scharf und dünn und kalt geworden; ganz gleich, wie gierig man sie einsog, es war nie genug Atemluft in der Lunge. Das war das einzige Geräusch: unser flaches, allzu schnelles Atmen. Es ging kein Wind, kein Flimmern im Grau, nicht das leiseste Gefühl, daß wir uns bewegten, bis auf das ferne Kommen und Gehen von Gestalten, vielleicht nichts anderes als Trugbilder überanstrengter Augen. Ich sehnte mich nach Wärme und kuschelte mich an Nyateneri.

„Wir sind an einem fernen Ort", sagte *mein Freund* bald darauf, „weder irgendwo noch irgendwann, aber man könnte vielleicht *anderswann* sagen. Dies" — und er deutete blind auf den eisigen Dunst ringsum — „dies ist kein Feenwagen, kein Zauberteppich, die uns in Sicherheit befördern; es ist eine Blase der Zeit — doch es ist nicht *unsere* Zeit. Versteht mich einer von euch?"

Nyateneri sagte einfach, „Ich will dich nicht verstehen. Warum hältst du deine Augen geschlossen?"

„Weil ich nicht ganz sicher bin, was geschehen würde, wenn ich sie öffnete. Ihr könntet aufhören, zu existieren — ich könnte aufhören, zu existieren. Oder die Existenz selbst könnte — nein, lassen wir das, es macht selbst mich ein bißchen seekrank. Höchstwahrscheinlich würden wir uns bei Arschadin wiederfinden. Das liefe auf dasselbe hinaus."

Trotz aller vertrauten und tröstenden Gereiztheit hatte seine Stimme einen Unterton, den ich nie zuvor wahrgenommen hatte. Es schwangen weder Furcht, Besorgnis noch schlichte Unsicherheit darin mit, sondern etwas, das zwischen all diesen Worten, diesen Lauten verborgen war. Aber ich war erschrocken und mir tatsächlich nicht einmal sicher, was unter meinen Füßen war; und zudem war mir so kalt, daß ich zitterte. Ich fragte, „Was ist dahinten mit Arschadin geschehen? Wohin gehen wir jetzt? Und warum, im Namen von" — doch ich konnte keinen Gott finden, der dieser Lage angemessen war — „warum sitzt du in der Luft?"

Mein Freund lachte, doch dieses Mal tröstete es mich nicht, sein Lachen zu hören. „Tu ich das? Ich hatte es nicht bemerkt. Wohin wir gehen? Nun, zurück zum Wirtshaus, falls es mir vergönnt sein sollte, das ohne unpassende Ablenkung zu bewerkstelligen. Ich habe dieses besondere Verfahren, zu reisen, nie gemocht, und ich glaube nicht, daß ich ein natürliches Talent dazu habe. Arschadin, nun — Arschadin hat das Talent. Er pflegte immerzu auf diese Art umherzuhuschen, ganz gleich, was ich zu ihm sagte. Ließ sich manchmal so sein Mittagessen holen."

Er verstummte einen Augenblick und preßte seine Augen noch fester zusammen. Er sagte, „Dieses Mal hat's ihn im Stich gelassen, dieses Talent. Es gab keine Möglichkeit des Widerstandes, als er die Zeitblase benutzte, um mich herzubringen; aber es ist so kraftraubend, ein solches Gebilde bloß in der Welt zu halten, geschweige denn, es für dich arbeiten zu lassen, daß ich wußte, er konnte unmöglich zugleich die Blase und mich und euch zwei beherrschen. Ich hab es ihm so oft gesagt — jede Kraft hat ihre natürlichen Grenzen; jede, selbst die seine. Ich sagte es ihm." Die letzten Worte glichen eher einem Flüstern und waren nicht an uns gerichtet. „Und dann habt ihr beide für eine Ablenkung gesorgt — ungeschickt, wenn ich das sagen darf, aber recht wirkungsvoll —, und er versuchte, mich in der Blase zu töten, weil er glaubte, ich beeinflusse euch, was ein gewisses rührendes Vertrauen in seinen alten Lehrer beweist, das er selbst jetzt noch hegt." Sein halbes Lachen verriet mehr Reue denn Triumph.

Nyateneri sagte, „Er sprach von *denen, die warten.* Warten sie auf dich?"

„Das tun sie in der Tat", erwiderte *mein Freund* mit überraschender Heiterkeit. „Aber sie werden noch ein bißchen länger warten müssen. Also, wenn mir keiner mehr eine Frage stellt, denke ich — ich bin so gut wie sicher —, daß ich in der Lage sein werde, diese häßliche Unregelmäßigkeit an Karschs Eßtisch zu einem Ende zu bringen. Ob es natürlich der *richtige* Karsch oder der *richtige* Tisch Karschs sein wird — nun ja, auf jeden Fall wird es für uns alle eine lehrreiche Erfahrung sein, insbesondere für Karsch. Lal, wenn du ebenfalls deine Augen schließt, wirst du nicht so sehr zittern. Tu, was ich sage."

Er hatte recht — kaum sah ich das Grau nicht mehr, ließ die mörderische Kälte nach, als sei es ihr Anblick gewesen, der in

Wirklichkeit in mein Gebein eingedrungen war — aber ich konnte es nicht lassen, kleine verstohlene Blicke um mich zu werfen, wenngleich nichts zu sehen war als die winzigen Gestalten, die nie näher kamen und nie völlig verschwanden. Ich sagte, „Jene anderen. Wer sind sie?"

„Die Leute, deren Zeit wir benutzen", erwiderte er kurz. „Schließ deine Augen, Lal."

Ich schloß sie und sagte, „Arschadin blutete nicht. Mein Degen ging beinahe durch ihn hindurch, und es floß kein Blut."

„Weil kein Blut in ihm ist", antwortete *mein Freund.* „Lukassa hat ganz recht — er gab sein Leben den Anderen, in jener Nacht im roten Turm, und sie gaben ihm eine Art von Lebendigsein zurück, für das kein Blut erforderlich ist. Ich weiß seit sehr langer Zeit von solchen Abkommen, aber ich hätte nie gedacht, daß ich einmal eines miterleben würde. Mein armer Arschadin. Mein armer Arschadin." Und nach diesem stillen, tonlosen Klagen sagte er nichts mehr.

Wieviel Zeit verging — unsere oder die von jemand anderem —, kann ich nicht sagen. Ich hörte *meinen Freund* vor sich hin summen: das Auf und Ab eines Motivs aus fünf Noten, das sich bis zum Verrücktwerden ständig wiederholte, und nach einer Weile dem Brummen einer großen Maschine unter uns zu gleichen schien, unermüdlich und sonderbar einlullend. Ich glaube, daß ich ein wenig schlief.

Nein, ich weiß, daß ich schlief, weil ich mich erinnere, daß ich schmerzhaft geweckt wurde, als Nyateneris Arm, den er um mich gelegt hatte, sich straffte. Er sagte sehr ruhig, dicht an meinem Ohr, „Lal. Etwas geht vor." Selbst durch das Grau konnte ich sehen, wie starr und bleich sein Gesicht war.

„Was?" fragte ich. Nichts schien sich verändert zu haben: immer noch befanden wir uns reglos im eisigen Nirgendwo, und *mein Freund* saß noch immer in der Luft, dieselben Noten immer wieder summend. Der einzige Unterschied, wenn es denn einer war, bestand darin, daß die kleinen Gestalten am Rande meines Gesichtsfeldes endlich verschwunden waren. Nyateneris Hand drückte stärker auf meinen linken Arm, den verwundeten, und ich bemerkte es überhaupt nicht; erst später, als ich den frischen blauen Fleck sah. *„Sieh"*, sagte er.

Das Grau verdünnte sich langsam, aus Nebel wurde schmutziges Badewasser, aus dem Leute hervorkamen, und diese Gestalten waren wir selbst. Wie kann ich es einfacher, oder verrückter, ausdrücken? Ich sah uns drei — vollkommene Ebenbilder, bis hin zu den Bändern im Bart *meines Freundes* und dem getrockneten Flußschlamm an Nyateneris Füßen —, aber sie, die Gestalten, sahen uns nicht. Sie gingen weiter ihren Geschäften nach, die woanders waren, und ihnen folgten andere Gestalten — einige davon waren wieder wir, doch mehr waren Karsch und Marinescha, und Tikats schien es am meisten zu geben. Keine zwei waren einander genau gleich: es gab Erscheinungen *meines Freundes*, die weder Bänder noch Bart noch Nachthemd aufwiesen, und veränderte Nyateneris, die ich nicht erkannt hätte, wären die Größe und die wandelbaren Augen nicht gewesen. Was mich anging, wurde mir schwindelig und ein bißchen übel, so viele Abbilder meiner selbst, zwei Fuß von mir entfernt, an mir vorbeiziehen zu sehen, ohne daß sie mich beachteten. Gewiß, es gab zwischen ihnen auch Unterschiede in der Kleidung und im Benehmen; aber in meinen Augen waren sie alle Zwillinge, und alle zu klein, ihr Mund war zu groß und ihr Kinn zu spitz — das alte Koboldsgesicht, mit dem ich mich abgefunden hatte, wenn ich's im Spiegel sah, aber jetzt sah ich's gleich *dutzendfach!* — und jede dieser Gestalten hatte den gleichen schrecklichen Seemannsgang. Gehe ich etwa so? Ich kann es immer noch nicht glauben, daß ich wirklich so gehe.

Da waren auch andere, um sie herum und hinter ihnen, kamen und gingen im sich zerteilenden Grau. Ich erkannte Rosseth — in jeder Verkörperung großäugig und freundlich und stärker, als alle ahnten — und andere Dienstboten und Gäste aus dem „Fischhaken und Schlägel"; hinter ihnen waren ungezählte Gesichter, die ich nie gesehen hatte oder die gesehen zu haben ich mich jedenfalls nicht erinnern konnte. Sie waren undurchsichtig, aber nicht körperhaft: ohne voneinander Notiz zu nehmen, durchquerten sie einander wie den Nebel. Staunend und kopfschüttelnd entdeckte ich, daß keine der Gestalten Lukassa war.

Neben mir sagte Nyateneri ziemlich laut, „Meister“ — und dann sprach er das Wort aus, das ich immer für den Namen *meines Freundes* gehalten hatte — „soviel Fopperei reicht. Was sehen wir, und wer sind diese Gestalten?“

Meines Freundes Augen waren immer noch so verbissen geschlossen, daß seine Mundwinkel zusammenrückten, als er sich uns zuwandte, doch in diesem Augenblick war sein Gesicht schrecklich anzusehen. Ich kannte dieses Gesicht überhaupt nicht, und ich fürchtete mich damals vor diesem Gesicht — vor ihm. Er sagte mit einer leisen, hellen, fast träumerischen Stimme, „Wir werden uns alle künftig außerordentlich glücklich schätzen können, daß ich mir wenigstens soviel Verstand bewahrt habe, keinem von euch je meinen wirklichen Namen zu sagen. Hättet ihr ihn hier und jetzt ausgesprochen, wären wir drei durch die Zeit versprengt worden — nein, über die Zeit, wie Butter darüber geschmiert. Habt ihr die geringste Ahnung, wovon ich spreche?“

Vor diesem augenlosen Gesicht und dieser noch entsetzlicheren Stimme kauerte ich so stumm wie damals, als er mich gefunden hatte; aber jetzt war es schlimmer, weil ich älter war und beinahe erfassen konnte, was er meinte. Nyateneri versuchte einen Augenblick lang, seinem Anblick zu trotzen, dann duckte er sich demütig vor ihm. Die Stimme sagte, „Nein, natürlich nicht. Was kam über mich, euch das zu fragen? Wenn ihr jemals auch nur anfangen würdet, zu begreifen, was ich euch gerade sagte, würde euch dieses Wissen in den Wahnsinn treiben. Im Augenblick, denke ich, könnte ich das recht gut ertragen, doch früher oder später würde ich vermutlich anfangen, mich deswegen schlecht zu fühlen. Vermutlich. Ist dieses ganze Völkchen jetzt verschwunden?“

Fast alle Ebenbilder waren nicht mehr zu sehen, mit Ausnahme von zwei Tikats und einem Karsch. Ich sagte es ihm, und er nickte und richtete sich in dem Stuhl auf, den wir nicht sehen konnten. Seine Hände formten etwas, das ebenfalls unsichtbar war und das zwischen ihnen sowohl zu springen und zu zappeln als auch zu wachsen schien. „Wenn die letzten verschwinden", sagte er, „die letzten, sagt es mir. Sofort."

Die Tikats verschwanden gemeinsam, und es war bloß noch Karsch übrig — ein jüngerer, braunäugiger Karsch, der die bestickte Weste und die Lederhosen eines wohlhabenden Bauern von der Südküste trug. Es überraschte mich nicht, daß er von allen diesen Gestalten die einzige war, die einen Augenblick still dastand und kurz, aber eindringlich in das Grau spähte, das ihn umgab. Wo immer er wirklich war, er wußte, daß irgendwo etwas geschah, was mit ihm zu tun hatte. Ich sagte, „Er verschwindet jetzt. Er ist weg."

„Nun denn", sagte *mein Freund* leise, wie Arschadin. Er sprach einige Worte, die sich nicht so anhörten, als entstammten sie irgendeiner Sprache: hätte ich sie aus einem anderen Zimmer gehört, hätte ich gedacht, er schnarche oder räuspere sich. Das unsichtbare Etwas, das zwischen seinen Händen wuchs, schien zuerst in ihn hineinzuströmen und dann mit einer Heftigkeit aus seinem Griff auszubrechen, die ihn zurückwarf und fast von seinem Sitz in der Luft schleuderte. Das Grau verwandelte sich in Nacht, doch sie war nicht zu vergleichen mit den Nächten, die ich kannte. Die Luft war zu klar, als sei sie ihrer Haut beraubt, und die Sterne waren zu groß. Ich atmete die Luft nicht ein, sondern hielt den Atem an, eine Stunde lang oder einen Augenblick, bis *mein Freund* plötzlich seine Augen öffnete und wir drei, friedlich wie bei einer Mahlzeit im Freien, auf dem stoppeligen kleinen Hügel saßen, auf dem Karsch den Schrein für seine Reisenden errichtet hatte. Es war später Nachmittag, ein grauer Viertelmond stieg bereits im Westen hinter dem Wirtshaus auf. Wir konnten die Schweine in ihrem Pferch schnüffeln und auf dem Hof Gatti Jinni rufen hören.

Der Mond über der Mastspitze unseres kleinen Bootes war letzte Nacht voll und golden gewesen und wie eine reife Frucht in den Fluß getropft. Nyateneri und ich blickten einander an. Im Stall begann jemand zu pfeifen.

Der Wirt

Sie bezahlten mich anständig für die Pferde — das will ich bemerken — und erwiesen mir die Ehre, mich mit Erklärungen, was aus ihnen geworden war, zu verschonen. Wenn Sie in meinem Alter sind, werden Sie es längst aufgegeben haben, von jemandem die Wahrheit zu erwarten, aber Sie werden es dafür um so mehr zu schätzen wissen, wenn man Sie nicht anlügt. Hätte man sie gefragt, wo sie gewesen, und, was wichtiger war, wie sie in nur sieben Tagen von einer Reise zurückgekommen waren, die der Schwarzen ein böses Lahmen und einen Verlust von gut zehn Pfund Gewicht eingetragen hatte, während Fräulein Küß-meinen-Ring Nyateneri zehn Jahre älter aussah ... nun, was hätten sie mir erzählen können, das ich geglaubt hätte, damals ebensowenig wie heute? Ich strich das Geld ein, befahl dem Jungen, Marinescha auszurichten, sie solle das Abendessen in ihr Zimmer bringen, und ließ es, verdammt noch mal, dabei bewenden.

Trotzdem, inzwischen fing der alte Mann an, mir mehr auf die Nerven zu gehen als die Frauen. Natürlich wußte ich, daß er ein Zauberer war — ich hab's vom ersten Tag an gewußt; du kannst sie nicht übersehen, es ist beinahe ein Geruch —, was im Grunde keine Rolle spielt. Ich mag Zauberer nicht — zeigen Sie mir jemanden, der sie mag —, aber sie sind gewöhnlich manierliche Gäste, großzügig gegen die Bedienung und geben sich ein bißchen mehr Mühe als die meisten, den Gastwirt bei Laune zu halten. Aber ich wußte auch von Marinescha, daß dieser eine, der gebrechlich und krank war, ja eigentlich im Sterben lag, sich nicht aus seinem Zimmer gerührt hatte, seit Rosseth und Tikat ihn dorthin trugen. Und da war er nun, stand auf jeden Fall auf eigenen Füßen und steckte offensichtlich bis zum Hals in der Sache, mit der sich diese Frauen beschäftigt hatten, seit sie das Wirtshaus verließen. Er war auch kein schlichter Wald-und-Wiesen-Zauberer, der Vieh von Koliken kurierte und Sonnenschein für die Ernte versprach — oh, nein, beileibe nicht, dieser entpuppte sich just als ein Zauberer, dem Ärger wie ein herrenloser Hund mit Freuden nach Hause folgt, ganz gleich, wessen

Haus es ist oder wer das Tier füttern soll. Ich hatte keine Ahnung, aus welchem Nest der Ärger wahrscheinlich schlüpfen würde, aber ich konnte auch ihn riechen, so wie Sie Regen riechen oder eine Wagenladung Mist, die um die nächste Biegung kommt. Untrüglich. Wenigstens in diesem Punkt irre ich mich nie.

Ihn rauswerfen? Ihn rauswerfen? Oh, je — Karsch, der nicht genug Mumm hatte, die drei Frauen aus dem „Fischhaken und Schlägel" zu weisen, Karsch soll nun einem Zauberer sagen, er solle woanders hingehen? Ich schäme mich nicht, Ihnen zu sagen, daß ich ihm zunickte und zulächelte, wann immer ich ihn sah, ihn fragte, ob sein Zimmer auch bequem genug sei, und ihm besseren Wein hinaufschickte als den, über welchen Fräulein Lal hochmütig — ich hab schon ganz andere wegen eines schlechten Jahrgangs umgebracht — je die Nase rümpfte. Er wußte das auch zu schätzen — sagte das in ihrer königlichen Gegenwart mehr als einmal. Sogar Gastwirte haben ihre Sternstunden.

Doch nichts schien zu geschehen — nichts jedenfalls, was erwähnenswert gewesen wäre, ungeachtet meiner guten Nase. Die Sommertage schleppten sich dahin, Reisende kamen und gingen — Schadrys Frau brannte mit einem durch, wie sie es in den meisten Sommern macht, nur um mal von Schadry Urlaub zu nehmen — man mußte nach Pferden sehen, Essen kochen, Teller mußten abgewaschen, Zimmer mehr oder weniger ordentlich ausgefegt werden, Fuhrleute wälzten Fässer mit rotem Bier und Drachentochter in den Schankraum, und eine Familie von Narsai-Landfahrern verschwand während der Nacht, ohne ihre Zeche zu bezahlen. Mein Fehler, daß ich sie nicht im voraus habe bezahlen lassen — mein Vater war selber ein halber Narsai, und ich hätte es besser wissen müssen.

Die drei Frauen benahmen sich fast so wie gewöhnliche Gäste, sonnten sich und kauften in Corcorua auf dem Markt Kinkerlitzchen und altes Zeug; trotzdem, ich konnte nicht ergründen, warum sie noch länger blieben, außer um ihren Zauberer zu pflegen. Tikat schien es aufgegeben zu haben, dieser dämlichen weißen Trine, Lukassa, nachzulaufen — hat ihr in diesen Tagen kaum einen Blick gegönnt, sondern ist ihr aus dem Weg gegangen, wenn sie vorbeikam, mehr denn je einem kleinen wandelnden Geist ähnlich, mit diesen Augen, die ihr Gesicht verschlangen. Ich hätte *ihn* gern rausgeworfen, bloß um jemanden rauszuwerfen, aber er verdiente mehr als seinen Lohn zwischen Stall und Haus und Küchengarten. Ein schweigsamer Bursche mit einem mürrischen Gesicht und einer Südland-Sprechweise, bei der das Bier gerinnen konnte, aber ein guter Arbeiter, das muß ich sagen.

Ehrlich, die einzige Klage, die ich während dieser Zeit hätte vorbringen können, hatte mit dem Jungen zu tun. Und ich hätte sie auch nicht in Worte kleiden können, nicht nur weil ich ihn, sondern auch weil ich mich kenne. Er war natürlich vor Freude außer sich, als er diese Frauen zurückkommen sah — regte sich so auf, daß er das Abendessen durcheinanderbrachte, und schlich sich dauernd weg, um zu sehen, ob für sie eine kleine Arbeit getan werden mußte. Daran war nichts Neues, gewiß: nein, mich piesackte eine Ahnung, daß ihn etwas piesackte, das im Laufe des Tages schlimmer wurde. Nicht, daß er ein Wort darüber gesagt hätte — zu mir ohnehin nicht, versteht sich, lieber wäre er gestorben —, aber Gatti Jinni hätte sich einen Reim auf dieses Gesicht machen können, auf die ängstliche Miene, mit der er sich dann und wann rasch umblickte, gerade so, als wollte er sich wegstehlen, um Marinescha auf die Nerven zu gehen, und hörte mich nach ihm rufen. Ich glaubte damals, es sei der Zauberer. Ich glaubte, er hätte angefangen, sich an ihn zu hängen, so wie er es bei diesen drei Frauen machte. Es war ein bißchen komisch, das Gefühl, das ich dabei bekam.

Rosseth

Zum Teil war's die Hitze, sicher. In dieser Gegend des Landes, wenngleich sie hoch liegt, wird es im Spätsommer so glühend heiß wie in einer Schmiede. Natürlich, ich bin an dieses Wetter gewöhnt, von Kindesbeinen an — ich vermisse es jetzt, um Ihnen die Wahrheit zu sagen —, aber nachdem der Zauberer ankam, schien sich jeder Tag straff über eine Schicht weißer Kohlen zu spannen, wie es die Leute mit *sheknath*-Häuten machen, wenn sie sie abschaben. Die Nächte sind gewöhnlich eine Erleichterung, wegen der Bergwinde, doch in jenem Sommer bliesen sie nie. Hunde und Hühner lagen im Staub und schnappten nach Luft; die Pferde waren zu kraftlos, um die Fliegen wegzuwedeln; die Gäste rekelten sich im Schankraum und hielten wenigstens ihre Kehlen kühl; und sogar Karsch stampfte und brüllte ein bißchen weniger als gewöhnlich und hatte weniger Befehle für Tikat und mich. Ich selbst erwachte in der schwelenden Morgendämmerung jedesmal schweißgebadet auf dem Heuboden, bereits ausgelaugt, den Kopf voll von glühender Schlacke. Fast zwanzig Jahre ist es her, und die sonderbare Hoffnungslosigkeit dieses Aufwachens ist mir als Nachgeschmack noch spürbar.

Weil es in Wirklichkeit nicht das Wetter war — nicht dieser Geschmack, nicht dieses Gefühl, unter Glas zu leben: eine Linse, welche die Hitzestrahlen der Aufmerksamkeit bündelte, mit der jemand den „Fischhaken und Schlägel“ betrachtete. Es wurde noch schlimmer, als Lal und Nyateneri zurückkehrten: es gab keinen Augenblick, schlafend oder wachend, in dem ich mich nicht immer durchdringender von einem kalten Abwägen beobachtet fühlte, das weder mit mir zu tun hatte — mit *mir*, Rosseth, oder wer immer ich bin — noch mit irgend etwas, das ich in dieser Welt begriff oder liebte. Manchmal schien es weit entfernt, ein anderes Mal nahe genug, mein Strohlager mit mir zu teilen und meine Träume zu betasten. In beiden Fällen konnte man nicht entrinnen und nicht gegen die bösartige Trübsal ankämpfen, die es immer begleitete, die mich fortwährend auf eine unbestimmte, dumpfe Art in Schrecken versetzte und wirklich zu Tode ermüdete. Ich war *todtraurig*, würden Sie vermutlich sagen.

Falls Tikat an denselben Beschwerden litt, entdeckte ich an ihm keine Spur davon. Nicht, daß ich Tikat in jenen Tagen oft sah: er hatte in aller Stille die Aufgaben der Pflege und Wache übernommen, mit denen ich betraut worden war, und verbrachte inzwischen den größten Teil seiner freien Zeit oben bei dem alten Mann, den er *tafiya* nannte. Ich vermißte ihn schmerzlich — bevor er kam, hatte ich nie einen Freund gehabt, der ungefähr so alt war wie ich, mit dem ich arbeiten und sprechen, Ställe ausmisten oder auf dem Heuboden wachliegen konnte —, und außerdem beneidete ich ihn schrecklich. Natürlich vor allem deswegen, weil seine Nähe zu dem Zauberer ihn jeden Tag mit Lal, Nyateneri und Lukassa zusammenführte; aber ich war auch eifersüchtig, daß jemand seine Gegenwart schätzte und ihn oft zu sich bat, was etwas anderes ist, als jemanden kommen zu lassen. Ich weiß, ich hätte von mir aus hingehen können, aber ich tat's nicht, und damit hat sich's. Ich war sehr jung.

Die Frauen blieben jetzt noch mehr unter sich, als sie es zuvor getan hatten, ob sie ausritten, sich in ihrem Zimmer einschlossen oder sich im Zimmer des alten Mannes aufhielten. Wenn ich sie überhaupt sah, dann immer zusammen, und das war nicht das, was ich mir wünschte. Besonders gern hätte ich mit Soukyan geredet — der sich noch immer so bewegte, so aussah und duftete wie Nyateneri — und ihm gesagt, ich hätte ihn wegen der Täuschung nicht weniger gern und daß ich ihm nicht aus Wut oder Scham aus dem Weg ginge. Ich wollte Lal fragen, warum und auf welche Art sie so rasch zurückgekehrt seien, und ich wollte ihr erzählen, daß ich auf ihren Zauberer aufgepaßt hätte, soweit es mir erlaubt worden sei. (Der dritte Mörder tauchte übrigens nie auf — ich weiß bis heute nicht, was aus ihm geworden ist.) Und ich wollte Lukassa sagen, daß Tikats Herz jedesmal ein bißchen mehr brach, wenn er ihre Stimme hörte oder sie auf der Treppe oder beim Überqueren des Hofes sah. Oh, ich hatte eine Rede für Lukassa parat, wirklich. Ich übte sie immer mit lauter Stimme vor den Pferden. Aber irgendwie geschah nichts von all dem: es war fast so, als seien die drei Frauen nie um die Biegung oberhalb der Quelle geritten, als hätte ich die zitternden Grübchen in Lals Schultern geträumt, als hätte ich nur im Traum dabei zugesehen, wie Nyateneri eigenhändig zwei

Mörder tötete. Alles, was wirklich existierte, war eine Einsamkeit, der ich, ehe sie kamen, nie einen Namen gegeben hatte — die Einsamkeit und die Hitze und die Angst.

Einmal fragte ich Marinescha, wie es dem Zauberer ginge, weil ich Tikat nicht fragen wollte. Sie antwortete nicht mit ihrem gewohnten Starengezwitscher, sondern mit einem unterdrückten, zögernden Murmeln, „Recht gut, denke ich." Als ich sie weiter bedrängte, sträubte sie sich zuerst, und dann begann sie zu weinen — nicht das stumme Schluchzen einer Dame nachäffend, mit dem sie immer ihre Tränen zu vergießen suchte, sondern unter großem Schneuzen und Schniefen, wobei sie meine beste Rotzfahne in Fetzen riß. Ich konnte ihrem ganzen Jammer entnehmen, daß sie den alten Mann seit Lals und Nyateneris Rückkehr kaum gesehen hatte — „aber ich höre ihn jede Nacht, Rosseth, die ganze Nacht, jede Nacht marschiert er in seinem Zimmer auf und ab, bis es dämmert, und er spricht zu sich selber und summt und singt vor sich hin. Er kann unmöglich schlafen ..."

Ich streichelte und beruhigte sie, so gut ich konnte, und sagte, „Dann muß er wohl am Tag schlafen, das wird's sein. Und er ist ein Zauberer, Marinescha — Zauberer brauchen sowas nicht wie Schlaf und Essen und ähnliches, nicht so, wie wir es brauchen." Doch sie machte sich von mir los und blickte mir ins Gesicht, und ich hätte mir nie träumen lassen, daß aus ihren Augen ein so verzweifelter Kummer blicken konnte.

„Da sind andere", flüsterte sie. „Manchmal sind andere da, und sie antworten ihm. Sie hören sich an wie kleine Kinder." Dann rannte sie weg, zurück zum Wirtshaus, immer noch weinend, und mein Taschentuch nahm sie mit.

Tikat wußte nichts von irgendwelchen Stimmen, und ich glaubte ihm, wenn er das sagte. Ich glaube, in Tikats Gegenwart werden niemals Götter, Geister, Dämonen, Ungeheuer oder irgendein anderes Fabelwesen in Erscheinung treten. Sie werden hübsch geduldig warten, solange sie müssen, bis er fortgeht. Karsch ist nicht so. Sie würden, wie jeder andere auch, denken, es wäre bei ihm genauso, aber das stimmt nicht. Lassen Sie mich über Karsch soviel sagen — die Ungeheuer haben nicht immer gewartet, bis er fort war.

Es war ein Tag oder zwei vergangen, seit ich mit Marinescha gesprochen hatte, da kam er in die Küche und suchte mich. Tikat flickte wieder einmal die verfaulte Pferdetränke, und unser allerneuester Schankgehilfe war verschwunden — Schadry verschleißt mit seinen Schlägen und Schindereien jedes Jahr ein Dutzend; das Beste, was man sagen kann, ist, daß sie oft wegliefen, ohne sich auch nur die Zeit zu nehmen, ihren Lohn zu kassieren. Nachdem er Schadry mindestens fünf Minuten lang verflucht hatte, ohne sich zu wiederholen, sah Karsch plötzlich auf, als habe er mich zufällig erblickt, wie er es immer tut, und er knurrte, „Draußen. Warte."

Ich stand draußen und wartete noch einmal fünf Minuten, ehe er herauskam, knallrot im Gesicht, und sich den Mund wischte — man hätte denken können, er habe soeben Schadry, zusammen mit ein paar Beilagen, verspeist. Er stand eine Weile da, ohne mich anzublicken, und murmelte vor sich hin, „Welches saudumme, klobenfingrige Scheißmaul von einem Idioten hat ihm bloß den Bockmist weisgemacht, er wär ein verdammter Koch?" Kurz darauf, als es ihm passend schien, sagte er, „Rosseth." Ich denke oft daran — an die Art, wie Lal meinen Namen sagte, und an die seine. Ich kann nichts dafür, ich tu's immer noch.

„Ich sollte warten", sagte ich. Karsch nickte. Er sagte, „Danke."

Ich werde mich hier nicht unterstehen und schwören, daß es das erstemal war, daß Karsch jemals Danke zu mir sagte. Vielleicht war es gar nicht so. Ich kann ja nicht einmal sicher sein, daß ich es wirklich hörte, so eingeschnürt, wie seine Stimme klang. Ich will Ihnen bloß sagen, daß es mich ebenso erstaunte, als wenn er angefangen hätte, einen Finger oben auf den Kopf gesetzt, im Kreis zu hüpfen und zu tanzen. Ich starrte ihn an. Das machte ihn wütend, und er schrie, „Wo glotzt du jetzt wieder hin? Was ist mit dir los? Alles muß er anglotzen. Ich habe nie jemanden gekannt, der soviel glotzte, seit dem ersten Tag, seit ich dich zum erstenmal sah."

Er hielt inne, um zu husten und zu spucken, aber ohne seine Augen von mir zu lassen. Ich wartete und fragte mich, ob er mich wieder wegen der Abzugsgräben auszanken oder mich auffordern würde, damit aufzuhören, Marinescha durcheinanderzubringen. Aber er schüttelte heftig den Kopf, wischte sich den Mund, holte tief Luft und sagte, „Rosseth, wie geht's dir?"

Ich mußte selber ein bißchen stottern, bis ich die Worte herausgebracht hatte. „Wie es mir geht? Ich kann nicht klagen." Karsch nickte mehrere Male, so ernst, als hätte ich ihm gerade die Antwort auf ein Rätsel gegeben, das ihn sein ganzes Leben gequält hatte. Er murmelte, „Gut, das ist gut", und, an mir vorbeiblickend, fügte er hinzu, „Rosseth, hab' gemeint, müßte dir mal was sagen. Seit einiger Zeit schon."

Ich wartete. Karsch sagte, „Du warst ein ... du warst kein schlechtes Kind. Hast nicht viel geschrien, warst nicht im Wege. Du warst ein netter kleiner Junge."

Die letzten Worte waren für ihn so anstrengend, daß er sie herausbrüllen mußte, als wollte er mich herausfordern, ihn einen Lügner zu nennen. Er stand da, starrte mich an, tatsächlich keuchend, und seine Augen nahmen diese merkwürdige blauschwarze Färbung an, wie wenn er wirklich zornig ist. Es dauerte bloß einen kurzen Augenblick – dann drehte er sich um, trampelte zurück ins Haus, und noch ehe er die Tür geöffnet hatte, brüllte er Schadry neue Schmähungen entgegen. Ich blieb stehen, wo ich war, unter diesem saubergekratzten weißen Himmel, zitternd, betäubt vor Verwunderung und Müdigkeit und Furcht, und wünschte, ich hätte meinen wirklichen Namen gekannt.

Der Fuchs

Zu heiß. Zu heiß. Armer kleiner Fuchs, verwandelt sich, schlüpft hinein in scheußlichen, schlotternden Balg von feuchtem Pelz. Mann-Gestalt hat keinen Pelz, aber Nyateneri droht dutzendmal mit Tod, wenn sie's sieht. Also keine Mann-Gestalt, kein schönes rotes Bier im Schankraum, nichts als heißer Wind in den heißen Kräutern unter dem Baum, wo Hühner schlafen. Wie fransende alte Besen. Armer Fuchs.

Tag, Nacht, immer so weiter. Nichts zu tun, nur schlafen. Ich kann hundert Jahre schlafen, wenn ich will — nichts essen, nichts trinken, aufwachen, wenn du an mich denkst. Aber einmal blick ich auf, und da ist sie, guckt runter, Lukassa. Augen, so alt in diesem Gesicht — so alt wie ich bin, beinahe. Sie sagt, „Fuchs, Fuchs", so leise. Beugt sich herunter, nimmt mich hoch, wie in der ersten Nacht, drückt mich an ihre Schulter, an ihren Hals. Ich lecke süßes Salz, nur ein kleines bißchen.

„Mein Fuchs", sagt sie. „Hilf ihm."

Ihm? Lukassa merkt, daß ich knurre, drückt fest. „Oh, Fuchs, er ist ein freundlicher Mann, er ist freundlich zu den Leuten." Nicht zu Füchsen. Lukassa: „Und er ist in solcher Gefahr." Gut. Soll der andere ihn am Genick und am Schwanz packen, mal sehen, wie's ihm gefällt. Ich lecke ihre Kehle wieder. Jetzt Mann-Gestalt annehmen? Aber sie drückt mich, bis ich quieke, sagt, „Du kennst sie, die, die nachts kommen. Ich weiß, daß du sie kennst. Du kannst sie dazu bringen, wegzugehen."

Den Zauberer wegzuschaffen, das wär' hübscher. Lukassa: „Er braucht den Tod. Es ist seine Zeit, er *muß* sterben." Ich rolle mich in ihren Armen zusammen, schließe die Augen. Lukassa sagt, „Aber wenn er jetzt stirbt — krank, schlaflos, rasend —, dann wird er werden wie sie, nur schlimmer, viel schlimmer. Es gibt ein Wort, aber ich hab's vergessen."

Griga'ath, ja, das ist schlimm, wen kümmert's? Lukassa hebt meinen Kopf, wartet lange, daß ich sie anschaue. „Fuchs, Fuchs, ich weiß, es gibt nichts, was du tun kannst, mir zu helfen — aber bitte, tu's für ihn. Ich bitte dich, weil wir Freunde sind."

Küßt meine Nase, setzt mich ab. „Geh zu ihm." Und steht da, ganz Vertrauen, ganz Gutgläubigkeit, wartet, daß ich auf der Stelle lostrotte, den garstigen Zauberer vor nächtlichen Besuchern zu retten. Ich bleib liegen, wo ich bin, laß meine Zunge heraushängen. Lukassas Augen strahlen vor Traurigkeit. „Fuchs." Wartet, wendet sich ab. Ich gähne in den Staub — hat ein Huhn vielleicht einen schlechten Traum und rutscht von den

Ästen? Nein. *Meine* Traurigkeit. Ein Auge wach für Nyateneri, ein Ohr gespitzt für fetten Wirt, dann zurück in den Schlaf — kein Ärger mit dummen *griga'aths*, nicht für Füchse. Zauberer bedeuten nur Ärger.

Aber, aber. Kaum ein bißchen Erquickung erschlichen aus krachtrocknen Kräutern, kommt altes Nichts wieder auf mich los. „Find's raus, find's raus. Viel zu unruhig, was geht vor?" Ich weiß, was vorgeht — alberne Zauberer schnappen nach einander, quer über den Himmel. Alberne Zauberer, nicht mehr, nicht weniger — aber altes Nichts sagt, „Find's raus", und schon ist es aus mit dem Schlafen für den armen Fuchs. Da bin ich nun also, schnüre stracks rüber zu Lukassas Zauberer, hallo, da sind böse Stimmen, die dich wachhalten, freundlicher Freund? Wie nett, doch ein bißchen Gerechtigkeit. Vielleicht kann ein Fuchs ein paar Worte hinzufügen.

Tiefe, heiße Dunkelheit. Wirtshaustür verschlossen und verriegelt, doch Mäuse kennen ein verfaultes Brett in der Küche, und was Mäuse wissen, wissen Füchse auch. Ein bißchen schaben, winden, schütteln, und da bin ich unter Schadrys großem Herd — noch warm, auch er, Feuer für die Nacht in die Asche gekuschelt, wie der schmutzige kleine Junge, der auf zwei Stühlen in einer Ecke schläft. Kein Laut, bloß meine Krallen, klick, klick, auf den Steinen.

Treppe rauf, mit dem Wind, die Diele entlang, erschrockene Käfer fliehen. Kerzenlicht kriecht unter der Tür durch vom Zaubererzimmer, versucht da rauszukommen, kein Wunder. O, jaja, ich kenne diese Stimmen, ich kenne Gerüche. Riechen wie Blitze, das tun sie, riechen wie Gosse unterm Badehaus, wie blutiger Schnee, wo *sheknath* gefressen haben. Ein Augenblick Frösteln im Pelz, armer, alter Zauberer, aber es geht vorbei. Zu viele Zauberer auf der Welt, wenn's einer weiß, dann ich.

Draußen vor dem Zimmer, und da würd' ich lieber bleiben. Keine Angst, aber ich mag nicht in ihrer Nähe sein. Stimmen tun meinen Zähnen weh. Altes Nichts: „Hinein, Fuchs." Mann-Gestalt oder diese, welche von beiden? Denke darüber nach, nehme Mann-Gestalt an — warum? Wer weiß? Vielleicht besser, auf zwei Beinen reinzugehen. Einfacher, durchs Schlüsselloch zu gucken.

Der Raum ist voll davon, Maden wogen in einem toten Ding, daß es zu atmen scheint. Einige mit Gesichtern, andere ohne, einige mit Glas, Feuer, pochenden, quellenden Gedärmen, wo Gesichter sein sollten. Einige ohne Gestalt, ohne Körper — bloß ein kleiner Schatten, kleine dunkle Krümmung in der Luft. Manche hübsch wie Tauben, Kaninchen — andere so, daß die Augen sie nicht sehen wollen, diese anderen, sogar meine Augen. Sie hocken auf Bettpfosten, kriechen übers Fenstersims, huschen hierhin und dorthin über die Sparren. Hab' nie soviele auf einem Haufen gesehen. Meistens mußt du auf eine besondere Art schielen, ein Auge zukneifen, um sie überhaupt zu sehen. Kommen hinter Spiegeln raus.

Zauberer sieht sie. Ho*ho*, Zauberer sieht sie. Er geht auf und ab, auf und ab, schaut sie nicht an, setzt sich nicht aufs Bett. Darf nicht stillstehen, darf nicht ruhen, nicht, wenn sie da sind. Früher war er grau, jetzt ist er weiß — aschfahl, weißgesengt, wie Lukassa. Falten zerharken sein Gesicht, Krallenspuren ohne Blut. Auf und ab geht er, den Kopf hoch, seine Füße stampfen, singt ein schlimmes Lied, ein Soldatenlied:

Hauptmann fragt den Soldaten,
Wie geht's der Mutter, Korporal?
Und der sagt seinem Hauptmann,
Bruder, du kannst mich mal.
Und links, rechts, noch eine Meile,
Links, rechts, ruh' eine Weile,
Tornister ab, und sag mir, Korporal ...
Hauptmann, du kannst mich mal.

Wieder und wieder stößt er es keuchend hervor, mit seiner ausgebrannten Stimme, selbst Nyateneri kennt *dieses* Lied nicht. Außerdem so viele Strophen. Wenn er innehält, nur ein einziges Mal, werden sie auf ihn losgehen — oh, nicht mit Klauen und Zähnen, wie man denken könnte, sondern mit Augen, Stimmen, lieblichem, züngelndem Gelächter, bedrängen ihn mit alter Schande, altem Verrat, alten verfaulten Geheimnissen. Deine Erinnerungen verdrehen, das können sie, gute Träume zu Zerrbildern machen, die so falsch, so wirklich sind, daß man sie nicht ertragen kann. Lassen deine Seele ganz rasch in Fetzen zurück, ich weiß es.

Zauberer schließen nie ihre Türen ab. Ich stoße sie auf, geh rein, laß nur einen Spalt offen, falls was passiert. Überall sonst ist es heiß, hier ist es messerkalt. Beschwipster Großvater Mann-Gestalt blickt sich um, schlägt Zauberer auf die Schulter, platzt raus, „Da schau her, Halunke, warum hast du niemandem erzählt, daß du 'ne Gesellschaft hast?" Augen, groß wie Wagenräder, Augen, in dunklen, feuchten Büscheln, Augen, an den Spitzen von Schwänzen und Fühlern — alle richten sich auf Mann-Gestalt. Sollte nicht hier sein, sollte nicht fähig sein, sie zu sehen, Großvater mit den strahlenden Augen. Nur der Zauberer blickt nicht auf, sondern trottet weiter im Zimmer auf und ab, krächzt vor sich hin:

Hauptmann fragt den Korporal,
Was werden wir denn essen?
Der Korporal, der sagt zu ihm,
Piß in den Hut statt dessen.
Und links, rechts, noch eine Meile . . .

Müde, müde, müde ist er, Mann-Gestalts Schlag hat ihn fast umgeworfen. Lukassa würde weinen. Ich nicht. Ich sage zum alten Nichts, *Das ist es, was hier los ist, was vor sich geht, nicht mehr als das. Wiedersehen, danke, Fuchs du kannst jetzt gehen.* Aber beim alten Nichts weiß man nie, was kommt. „Bleib. Paß auf. Zuviel Macht hier, ungezügelt, falsch. Bleib und warte ab."

Und *das* soll richtig, *das* soll Gerechtigkeit sein — als ob ein Fuchs nichts Besseres zu tun hätte, als zwischen ekligen Hirngespinsten zu warten, bis der Morgen kommt oder bis der Zauberer stirbt, eines von beiden. Mit ihnen zusammengedrängt auf dem Bett, auf dem Fenstersims, soll ich mir die ganze Nacht das

Lied vom Hauptmann und dem Korporal anhören, nur weil altes Nichts glaubt, ein Zauberer wär' von einem anderen verschieden? Neinneinnein, diesmal nicht, nicht mit diesem Fuchs, keine Sorge. Zuviele Hühner warten anderswo auf mich.

Aber was tun? Mann-Gestalt kann nicht einfach rausgehen, altes Nichts würde es nie erlauben. Also gut, die Sendboten müssen verschwinden, so wie Lukassa es haben will, weil es mir gefällt — *mir*, sonst keinem. Denk nach, Fuchs. Mann-Gestalt schlägt Zauberer noch einmal auf die Schulter, leistet ihm Gesellschaft beim Singen:

Und links, rechts, noch eine Meile,
Links, recht, ruh' eine Weile,
Tornister ab, und sag mir, Korporal ...
Hauptmann, du kannst mich mal.

Ein schönes Lied. Zauberer stampft und singt weiter, Augen immer gesenkt — guckt nicht mal netten, alten Großvater Mann-Gestalt an, ebensowenig wie die Sendboten. Aber Großvater schaut sich alles an, seine Augen strahlen wie seine Zähne. Großvater schreit die Sendboten an, grüßt sie mit ihren Namen, Namen wie ein nachtgefüllter Mund, wie zerbrochenes Glas, Namen wie brennendes Öl, stehendes Wasser, wie Wind. Wind in Einöden.

Sie mögen es nicht, wenn man sie bei ihren Namen nennt. Schreien nicht, zerstreuen sich nicht, werden nicht zu Stein, aber sie mögen es nicht. Interessant. Wenn ich's drauf anlegte, könnte ich ihnen nichts tun — sie mir aber auch nicht — trotzdem interessant. Großvater Mann-Gestalt schreit lauter, macht alberne Witze über Namen, schmuggelt sie sogar ins Lied des Zauberers, der marschiert. Zischen und knurren jetzt, waren auf ihn nie so wütend wie jetzt auf mich. Heller und heller werden sie, von demselben schwarzen Feuer zum Sieden gebracht, Kennzeichen der Macht, die sie auf den alten Zauberer hetzt. Raum quillt über von ihren schneidenden kleinen Stimmen, sie übertönen alles, *links-rechts*, sogar Mann-Gestalts Gebrüll. Zauberer knickt ein, fällt auf die Knie, Hände auf seinen Ohren, vor dem Gesicht, kein Gesang mehr. Über ihm im selben Augenblick das ganze Pack, lachend, spottend, nagend, er wird nicht mehr sein, was er war, wenn er aufsteht. Das ist schlimm, Lukassa — reicht es dir, altes Nichts? Ein Zauberer weniger — ein *griga'ath* mehr, wen kümmert das? Nicht diesen Fuchs.

Aber dann dreht sich der Zauberer herum, noch immer auf den Knien, die Augen weit geöffnet, blitzend grün wie der Himmel kurz nach Sonnenuntergang. Er streckt eine Hand aus, sagt drei Worte, trockenes Gras raspelt — und weg sind sie, alle, alle auf einen Schlag, verschwunden, ausgeblasene Kerzen, zugeschlagene Türen, Tauwürmer in eines *stariks* Maul. Nichts mehr da — kein Echo, kein Rauchfaden, bloß ein kalter, enger Raum, riesig durch seine Leere. Der Zauberer steht auf, langsam, lächelt sehr bedächtig.

„Danke dir", sagt er, während Großvater Mann-Gestalt blinzelt und schrumpelt, bis ein roter Fuchs auf dem Bett sitzt. „Das wurde ziemlich anstrengend."

„Dank wird nicht erwartet", sage ich ihm. Ich bin verwirrt, und ich hasse das, verwirrt zu sein. Ich sage, „Tat's nicht, um dir zu helfen."

Lächeln wird immer breiter, mit oder ohne Zähne. „Ich weiß das, aber ich bin trotzdem genauso dankbar. Es war sehr schlau von dir, darauf zu kommen, daß ihre eigenen Namen ihre Ohren genauso verletzen wie die unseren. Es werden andere kommen, sehr bald, aber wenigstens werde ich ein bißchen ruhen und mir vielleicht ein neues Lied ausdenken, um sie im Zaum zu halten. Der Hauptmann und der Korporal beginnen ihren Reiz zu verlieren."

Fegt mich vom Bett wie Staub, legt sich seufzend nieder. Meine hübschen Zähne knirschen, aber es gibt zu viele Geschichten von Füchsen, die Zauberer beißen. „Schnipp mit den Fingern, murmle Worte, schick sie weg", sage ich. „Warum die Mühe mit Liedern?"

Halb im Schlaf schon, sieht er mit jedem Atemzug kleiner aus. „Zu müde", flüstert er. „Muß mich ihnen stellen, muß sie anhören, wäre ich zu müde, hätten sie mich. Zu müde für alles, außer Singen. Danke dir, alter Freund."

Letztes Wort ist ein Schnarcher. Ich blicke ihn lange Zeit an, will ich gar nicht. Er soll sein Freund sein, dieser Fuchs, Freund irgendeines Zauberers? So dumm kann er nicht sein, der tückische alte müde Mann, das zu glauben. Doch ich bin zu ihm gegangen und wollte es nicht — habe ihm geholfen und hatte es nicht vor, wollte bloß diesem Fuchs helfen. Bloß weil Lukassa mich angefleht und meine Nase geküßt hat. Ich hasse das alles. Zauberer schnarcht weiter, Spitzen des Schnurrbarts flattern im Wind. Jemand anderer ist hier, hält mit mir Wacht — *nicht* das alte Nichts, sondern eine Leere, ein gefühlloser Fleck, fensterhoch, genau hinter dem Bett, nicht größer als meine beiden Vorderpfoten zusammen. Wo es ist, kann ich nicht wittern. Nicht gut für Füchse, dieses Zimmer. Nett von Großvater Mann-Gestalt, die Tür ein bißchen offen zu lassen.

Also zurück die Diele entlang, klickklick, klickklick, vorbei an anderem Schnarchen, Seufzen, Wimmern, ein Fuchs im Haus, schwimmt durch Strudel menschlicher Geräusche, menschlicher Gerüche. Ich höre den Zauberer im Schlaf murmeln, dasselbe wie immer:

„Und links, rechts, noch eine Meile,
Links, rechts, ruh' eine Weile . . ."

Meine Füße nehmen den Rhythmus auf und wollen es nicht.

Tikat

Natürlich wußte ich, daß er krank war. Ich war gewöhnlich der erste, der ihn morgens sah — sogar eher als die Frauen —, und ich kenne die Luft eines Krankenzimmers so gut wie jeder andere. Aber Krankheiten, das sind für mich Pestwind und Kindbettfieber und Koliken, schwarzes Blut, Knochenfraß, und alle die Dorfkrankheiten, die wir genauso behandeln wie die Gebrechen der Tiere auf dem Bauernhof. Mein *tafiya* schlief schlecht, das war nicht zu übersehen; er verlor jeden Tag an Gewicht, sein Gesicht wurde stetig blasser, und seine Stimme war meistens ein rasselndes Flüstern, das ihm Schmerzen bereitet haben muß, genau wie mir, wenn ich es hörte. Doch als ich mich erbot, in seinem Zimmer zu schlafen, verbot er das, mit seiner zerrissenen Stimme aus vollem Halse schreiend, so wie er mir verbot, ihn noch einmal nach Einbruch der Dunkelheit aufzusuchen. Wie hätte ich ahnen sollen, daß er zwischen jedem Sonnenuntergang und jedem Hahnenschrei in den Wahnsinn und halbwegs zurück getrieben wurde. Das ist zu hoch für mich.

Daß wir ihn pflegten, brachte Lukassa und mich auf eine seltsame Art zusammen, es war, als ob ich wieder auf Kaninchen, mein Mildasi-Pferd, zuschliche, Schritt für Schritt, darum flehend, es nicht durch den kleinsten Verdacht zu erschrecken, es solle gefangen werden. Wir sprachen kaum; was zählte, war, daß sie sich nicht davor zu fürchten schien, mit mir im selben Zimmer zu sein, obgleich ich nicht sagen kann, wie sie sich verhalten hätte, wäre er nicht da gewesen. Unsere Pflichten hatten wir uns wortlos selber auferlegt: sie badete und rasierte ihn, ob er es wollte oder nicht, und wechselte täglich sein verschwitztes Laken. Ich erfuhr nie, wie sie an das saubere Bettzeug kam, denn damit ging Karsch besonders sparsam um. Einmal oder zweimal bat sie mich, ihr beim Umdrehen der Matratze zu helfen, und mehrere Male nahm ich ihr den Nachttopf aus der Hand und leerte ihn selber aus. Jedesmal dankte sie mir höflich, doch nie sprach sie meinen Namen aus.

Ich hingegen brachte ihm die Mahlzeiten, fegte den Fußboden, trug das Geschirr vom Vortag fort und hörte ihm zu, wenn ihm danach zumute war, zu erzählen. Das geschah nie, wenn Lukassa im Raum war — oder die beiden anderen, wenn ich's recht bedenke. Sie liebten ihn, wissen Sie, und ich tat's nicht. Sie müssen einen *tafiya* nicht lieben; Sie können ihn sogar hassen, wie jeden anderen. Für mich war er die klügste Person, der ich je begegnet bin, ausgenommen meine Lehrmeisterin zu Hause, doch es war eine Klugheit, die zu spielerisch war, um mich zu trösten, und das Spiel schlug allzu rasch um und wurde scharf und spitz. Doch er hatte eine Vorliebe für mich, ich wußte das — vielleicht weil ich ihm nichts schuldete und nicht so scharf darauf war, daß er eine gute Meinung von mir hatte. Genauso könnte es gewesen sein, widerborstig wie er war.

Manchmal sprach er von seinem Leben, das ein sehr langes gewesen war. Ich erfuhr nie, wie alt er war; aber wenn nur die Hälfte dessen, was er mir erzählte, wahr ist — die Hälfte der Reisen auf der Suche nach verborgener Gelehrsamkeit, die Hälfte der Prüfungen und Schrecken und magischen Begegnungen —, wären sicherlich zwei gewöhnliche Leben sterblicher Menschen nötig gewesen, das alles hineinzustopfen. Zauberer müssen lügen wie andere Leute — nur besser —, aber tatsächlich murmelte er rasch über die abenteuerlichen Teile hinweg und kehrte immer wieder zu den einfachsten menschlichen Leiden und Niederlagen zurück. „Es gab da eine Frau", sagte er einmal. „Wir reisten zusammen, viele, viele Jahre. Dann starb sie." Ich sah keine Tränen in seinen blassen grünlichen Augen, doch ich glaube, bei einem Zauberer weiß man das nie so genau.

„Es tut mir leid", sagte ich. Er hatte seine Augen von mir abgewandt; jetzt richtete er sie auf mich, und sein Blick traf mich mit einer Wucht, die ich in meinem Fleisch spüren konnte. „Warum? Bildest du dir ein, dieses Jammern und Schmachten nach Lukassa befähigt dich, den Verlust zu verstehen, den ein anderer erlitten hat? Das kann man nicht vergleichen. Du verstehst nichts." Und an diesem Tag sagte er kein Wort mehr.

Doch ein anderes Mal fragte er mich, sehr überraschend, mitten in einer Klage über Schadrys Brot, „Gibt es etwas, das du fürchtest, Tikat?" Er sagte die Worte leichthin, doch seine Stimme war wie Dachstroh, an dem Wind zerrt. „Sage mir, was du fürchtest."

Ich brauchte nicht mehr als einen Atemzug, um darüber nachzudenken. „Nichts. Früher ... *früher* fürchtete ich alles in der Welt, alles, das im entferntesten imstande sein konnte, Lukassa von mir zu trennen. Jetzt ist das Schlimmste, was hätte geschehen können, eingetreten, und es gibt nichts mehr, das ich fürchten könnte.“ Ich hielt einen Augenblick inne, als er zu lächeln begann, und fügte dann hinzu, „Ich wünschte wirklich, es wäre nicht so. Ich glaube nicht, daß es richtig sein kann, überhaupt nichts zu fürchten.“

Das Lächeln wurde breiter, entblößte seinen verwelkten Gaumen und seine Zahnstümpfe. Ich dachte, daß ich es nie zulassen würde, so zu verfallen wie er, nicht, wenn ich solche Dinge mit einem Fingerschnippen regeln könnte. Er sagte leise, fast träumerisch, „Nein, es ist nicht richtig, aber ich beneide dich trotzdem. Weißt du, das, wovor du dich am meisten fürchtest, ist immer das, was geschieht — immer.“ Das letzte Wort ließ die Luft zwischen uns verdorren. „Wir sorgen dafür, daß es geschieht, wir alle, Zauberer und Weber gleichermaßen, obwohl ich dir nicht sagen könnte, wie. Doch da bist du nun — sitzt hier an meinem Bett, und die schlimmste Furcht ist wahr geworden, du bist fertig damit, und du bist nicht gestorben. Wirklich, ich beneide dich, Tikat.“

Ich dachte, er verspotte mich. Ich sagte, „Ich habe überlebt. Ich weiß nicht, ob das dasselbe ist, wie nicht gestorben zu sein.“

„Eine spitzfindige Unterscheidung für einen Dorfjungen“, sagte er, und dieses Mal war die verwüstete Heiterkeit in seiner Stimme nicht zu überhören. „Ich erinnere mich jetzt, daß ich selbst mich zeitweise vor vielen, vielen Dingen gefürchtet habe, doch ich scheine sie alle überlebt zu haben, so wie ich auch Lieben und Hassen überlebt habe. Die Ironie ist, daß ich während all dieser Jahre nie den Tod gefürchtet habe, denn ich bin, was ich bin, und weiß, was ich weiß. Jetzt fürchte ich den Tod. Ebensosehr wie du dich vor einem Leben ohne Lukassa gefürchtet hast, so lebe ich mit einem abgrundtiefen Entsetzen vor dem Tod. Es ist eine große Demütigung für einen Zauberer.“

Jeder Spott, ob gegen mich oder ihn selber gerichtet, war aus seiner Stimme verschwunden. Er hob seine Hand, um mich an der Schulter zu packen, und ich konnte spüren, wie dünn und zitterig seine Finger geworden waren. „Tikat, ich wage nicht, zu sterben, ich darf nicht, nicht jetzt. Laß mich nicht sterben.“

Entsetzen und Verwirrung durchliefen mich in diesem Augenblick, als gingen sie von seinen Fingern auf meinem Arm aus. Ich sagte, „Warum wenden Sie sich an mich? Was kann ich tun, um Ihnen zu helfen?"

Doch er blickte an mir vorbei, während ich sprach, auf das einzige Fenster. Er sagte laut, „Ach, da bist du ja. Ich fing an, zu glauben, du hättest mich im Stich gelassen."

Es war sonst niemand im Zimmer. Er sprach zu einem Geflirre von Sonnenlicht unter dem Fenstersims. „Nein, nein, gewiß nicht, ich bin sicher, du hättest nicht das Herz dazu." Die Stimme hatte einen neckenden Unterton, erinnerte fast an ein Lachen.

Da ging ich, bevor ich vielleicht mit anhören mußte, daß das Sonnenlicht ihm antwortete. Im Flur blickte Marinescha, die dort fegte, auffällig rasch auf und dann beiseite. Ich wußte, daß sie an der Tür gelauscht hatte — Marinescha ist eine schlechte Lügnerin, selbst wenn sie nichts sagt. Ich sagte, „Es geht ihm nicht schlechter. Nicht besser als gestern, aber nicht schlechter."

Ich wäre weitergegangen, doch sie kam und trat dichter an mich heran, als ich es von ihr kannte. Falls ich nicht gesagt haben sollte, daß Marinescha ziemlich hübsch ist, mit großen dunkelgrauen Augen, einem üppigen Mund und einer Haut, die durch ihre Arbeit hätte rauh sein müssen, es aber überhaupt nicht war, dann deshalb, weil Marineschas Aussehen mir irgendwie völlig gleichgültig war. Sie sprach zuviel, doch sie behandelte mich stets recht freundlich, während sie mit ihrer Lästerzunge unter jedem Vorwand über Rosseth herfiel. Jetzt sagte sie, neugierig, aber zögernd, „Tikat — Tikat, sprach er mit — mit einer *anderen* Person im Zimmer?"

„Ja", sagte ich, „mit einem alten Bekannten, der ganz zufällig wie eine Wand aussieht. Nach allem, was ich weiß, haben Zauberer eine Menge solcher Freunde." In Wirklichkeit ging's mir darum, hier wegzukommen, um mir selber über meines *tafiyas* Worte den Kopf zu zerbrechen. Aber Marinescha gab den Weg nicht frei. Sie biß sich auf die Lippe, blickte wieder zur Seite und sagte sehr leise, „Tikat, Lukassa ist nicht die einzige Frau auf der Welt."

Ich konnte sie kaum verstehen. Sie errötete so tief, daß selbst ihr goldbraunes Haar blutdunkel zu werden schien. Ich sagte mit einer Härte, bei der mich überraschte, wie leicht sie mir fiel, „Und wenn sie es wäre, ich wollte sie nicht haben, und auch keine andere an ihrer Stelle. Ich will niemanden, Marinescha. Davon will ich nichts mehr wissen, nie mehr."

Marinescha legte ihre Hand zaghaft an meine Wange. Ich ergriff ihr Handgelenk, schüttelte den Kopf und sagte nichts. Ich glaube nicht, daß ich grob war, doch als ich mich umblickte, preßte sie ihr Handgelenk heftig an ihre Lippen, als hätte ich ihr weh getan. Er quält mich bis heute, dieser Anblick. Es war nicht nötig, Marinescha zu verletzen.

Die Tage neigten sich dem Herbst entgegen, ohne daß sie kürzer oder kühler zu werden schienen. Ich hatte das Gefühl, mich, wie Rosseth, mein ganzes Leben in diesem Wirtshaus abgeplackt zu haben, und fragte mich oft, warum ich nur eine Stunde länger bleiben sollte. Immerhin gab es einige, die mich zu Hause vermissen würden; und die Ödlande, im Frühling mörderisch, würden unpassierbar sein, wenn der Schnee kam. Dieser Ort bedeutete mir nichts; er hatte es nie getan. Es war alles eine Verschwendung, alles, und es war an der Zeit, das zu sagen und einen Schlußstrich zu ziehen. Und trotzdem plagte ich mich weiter.

Eines Nachmittags befahl Karsch Rosseth und mir, im Räucherhaus ein paar verfaulte Balken zu ersetzen. Das wäre bei jedem Wetter eine mühselige Arbeit gewesen; jetzt war es nicht nur anstrengend, sondern auch gefährlich, weil uns die Stämme ständig durch die schweißnassen Finger rutschten und uns zweimal beinahe die Beine zerschmetterten. Schließlich bastelten wir uns eine brauchbare Hebevorrichtung, und ich stand darunter und dirigierte einen Balken zu Rosseth auf das Dach hinauf, als ich Nyateneri im Eingang erblickte. Der Fuchs saß neben ihr auf seinen Hinterbacken.

Es gelang uns, den Balken richtig einzupassen, und Rosseth begann heftig und verbissen zu hämmern, ohne Nyateneri einen Blick zu gönnen. Sie war eine hübsche Frau, wenn sie auch eher soldatisch aussah, so groß wie ich, mit wandelbaren Augen und kurzem, dickem grau-braunem Haar. Überhaupt nicht schön zu nennen, und auch nicht auf eine plötzliche, unerwartete Weise hübsch wie Marinescha — doch sogar in meinem Dorf hätte sie jeder angestarrt, wäre sie vorübergegangen, und man hätte sie noch lange danach als eine Schönheit in Erinnerung behalten. Ich hatte sie und den Fuchs nie zusammen gesehen. Er blickte mich geradewegs an, aus seinen hellen gelben Augen lachend.

Nyateneri sagte, „Ich muß mit euch beiden sprechen. Komm runter, Rosseth." Sie hob ihre Stimme nicht, doch er sah auf, zögerte einen Augenblick und ließ sich dann behende vom Dach fallen, um neben mir im Stroh zu landen. „Soukyan", sagte er fast flüsternd. Damals wußte ich nicht, was das Wort bedeutete.

„Er stirbt", sagte Nyateneri. „Es gibt nichts, was wir tun können." Ihr braunes Gesicht zeigte keine Gefühlsregung, aber ihre Stimme hatte diesen schleppenden Tonfall, den ich selber kenne: die Verzweiflung scheint jedes Wort in deine Kehle zurückzerren zu wollen. Sie sagte, „Morgen nacht ist es soweit."

„Woher weißt du das?" Rosseth hatte meine Hand gepackt, der hilfesuchende Griff eines Kindes, den ich noch spürte, lange nachdem er meine Hand losgelassen hatte. „Er ist stark, das weißt du nicht. Ich hätte nie gedacht, daß er die erste Nacht nach seiner Ankunft überstehen würde, aber er tat's, er tat's, und er wird diese eine auch noch überstehen. Du *weißt* das nicht." Er blinzelte sehr rasch.

Nyateneri blickte ihn mit mehr Zärtlichkeit an, als ich sie dieser großspurigen Frau je zugetraut hätte. „Er stirbt, Rosseth. Er weiß es." Rosseth starrte sie lange an, ehe er sehr langsam nickte. Nyateneri sagte, „Er will uns dabeihaben. Dich, mich, Lal, Lukassa — Tikat." Sie hielt lange genug inne, um mich darauf kommen zu lassen, wer *mich* mit eingeschlossen hatte. „Er will uns alle dabeihaben."

„Warum morgen nacht?" Rosseths trockene Augen bekamen jetzt den Ausdruck störrischer Wut, die ihm eigen war. „Wie kann er — warum morgen nacht?"

„Weil Neumond ist." Nyateneri schien ehrlich überrascht. „Zauberer können nur in Neumondnächten sterben." Offenbar hatte sie gedacht, daß selbst Burschen wie uns eine so simple Sache bekannt sein mußte, und war über sich verärgert, weil sie das angenommen hatte. Sie wandte sich zum Gehen, ohne ein weiteres Wort, doch der Fuchs blieb sitzen, und sein gelber Blick ließ mich nicht los. Ich hörte ihn in meinem Kopf, dieses kratzende, spöttische Belfern war unverkennbar: *Na, mein Junge, so weit, so gut, Kumpan und Pferdedieb, und bist du nicht weiter von zu Hause fort, als irgend jemand auf der Welt?* Ich konnte mich nicht vom Fleck rühren, bis er sich der Länge nach träge streckte, wie ein Hund oder eine Katze, und dann hinter Nyateneri herbummelte. Ein staubgepuderter kleiner Vogel flog fast unter seiner Nase auf, und er schlug steifbeinig nach ihm, verfehlte ihn jedoch.

Während ich dem Fuchs zuschaute, hatte Rosseth mich angeblickt. Er sagte, „Du hast einen weiteren neuen Freund."

„Kaum", sagte ich. „Ich lasse hin und wieder draußen ein paar Leckerbissen liegen, um ihn zu überreden, Karschs Hühner in Ruhe zu lassen. Inzwischen kennt er meinen Geruch, schätze ich."

„Wann hast du dich je um Karschs Hühner gesorgt?" Rosseths Stimme war gepreßt und dünn. Ich zuckte die Achseln und griff nach dem letzten Balken, der noch übrig war, aber Rosseth packte abermals meine Hand und rief, „Tikat, niemand sagt mir, was vor sich geht. Warum stirbt der Zauberer wirklich? Wie kann er sicher sein, daß er morgen nacht mit dem Neumond von uns gehen wird? Etwas Schreckliches geschieht, und niemand will mir sagen, was es ist. Gäste kämpfen in ihren Zimmern — Pferde treten ihre Stalltüren ein und gehen ohne Grund wie Dämonen aufeinander los, sogar der arme alte Tunzi. Marinescha sagt, daß Schadry jede Nacht aufwacht und schreit, er werde lebendig begraben. Warum hat Gatti Jinni gestern eine Weinflasche nach dem Straßensänger geworfen? Warum schmeckt das Brunnenwasser so stinkig-süß, als wär's brandig geworden, und warum will der Wind nie, nie aufhören? Was versucht Karsch so verzweifelt mir zu sagen — und warum jetzt, warum jetzt? — warum hast du Geheimnisse mit einem Fuchs? Und Tikat, Tikat, was ist es, das uns *beobachtet*? Was beobachtet uns alle, aus dem Wind und dem Brunnen und den Augen der Pferde?"

Ich legte meinen Arm um seine Schultern, eine Geste, die mich ebenso überraschte wie ihn. Rosseth rief in mir so etwas wie *Wunschgedanken* hervor, was niemand sonst fertigbrachte, ausgenommen Lukassa. Das erschreckte mich jedesmal, aber jedesmal ein bißchen weniger. Ich sagte, „Ich weiß es nicht. Ich war sicher, ich würde mir alles nur einbilden."

Rosseth schüttelte heftig den Kopf. „Nein, es ist alles wirklich. Tikat, rede mit mir, laß uns alles zusammenlegen, was wir wissen. Ich werde dir erzählen, was ich beinahe sehe — du erzählst mir, was du dir einzubilden glaubst. Ich werde dir sagen, was ich zu ahnen beginne — du wirst mir sagen, was du . . ."

„. . . was ich fürchte", sagte ich und dachte an den Zauberer. Rosseth blickte mich verblüfft an. Ich sagte, „Schon gut. Sprich weiter, Rosseth. Unterhalten wir uns also."

Also unterhielten wir uns lange, länger als je zuvor, während wir den letzten Balken an seinem Platz festnagelten und das Dach mit einer Mixtur aus Stroh und Pferdemist bedeckten, um die Risse zu verkleistern. Zuhause machen wir das genauso. Ich sprach vom Fuchs, der auch Rotmantel war, und von meiner ertrunkenen Lukassa, die durch Lals Lied vom Flußbett emporgeholt worden war. Rosseth holte mehrere Male Luft, um mich einen Lügner zu nennen, doch er unterließ es; auch ich tat's nicht, als er mir von Nyateneri erzählte, die keine Frau, sondern ein Mann namens Soukyan war, der im Badehaus zwei andere Männer — mörderische, schreckliche Männer — getötet hatte. (War es einer der beiden gewesen, der mich berührt und auf dem Flur vor der Tür des Zauberers bewußtlos geschlagen hatte? Ich erfuhr es nie.) Er wurde rot und geriet mehrere Male bei der Erzählung ins Stottern, aber ich wußte genug, klopfte ihm auf die Schulter und nickte flüchtig. In meinem Dorf sagt einer unserer Priester, daß Liebe zwischen Männern eine große Sünde sei — der andere ist der Ansicht, es gebe überhaupt nichts Sündhaftes, ausgenommen schwaches Bier, zu lange gebratenes Fleisch und das Entfachen eines Feuers nach einer anderen als seiner Methode. Was mich angeht, habe ich über diese Dinge meine eigene Meinung.

„Was wissen wir also, nachdem alles gesagt ist?" fragte ich schließlich. „Wir wissen, daß Lal und Soukyan herkamen, weil sie ihren Freund, ihren Meister suchten, und daß sie ihn als Opfer eines Zauberers namens Arschadin vorfanden, der mächtiger war als er. Sind wir uns soweit einig?"

Rosseth widersprach. „Wir wissen nicht, ob Arschadin der größere Zauberer ist. Wenn der unsere ganz gesund, ausgeruht und kräftig wäre, sähe die Sache vielleicht ganz anders aus." Rosseth steht sehr treu zu seinen Freunden.

„Schon möglich", sagte ich, „aber es ist Arschadin, der ihm keine Ruhe läßt, der ihm des Nachts Stimmen und Besuche schickt, um ihn zu quälen, wenn man Marinescha glauben kann. Also ist Arschadin *sein* Meister, wie ich die Dinge sehe." Rosseth kaute an der Unterlippe und sah verstockt aus. Ich sagte, „Und wenn dieser Arschadin so niederträchtige Wunder vollbringen kann, dann steckt er sehr wahrscheinlich hinter allem anderen, was den ‚Fischhaken und Schlägel' den ganzen Sommer so behext hat." Mir fiel auf, daß ich den Namen des Wirtshauses seit dem Tage meiner Ankunft nie ausgesprochen hatte, und plötzlich verlangte es mich, stärker, als ich sagen kann, nach der Welt, in der ich ihn nicht gekannt hatte.

Rosseth nickte eifrig und begann zu sprechen, aber ich schnitt ihm, so schroff ich konnte, das Wort ab. „All das geht mich nichts an. Dieser Misthaufen ist dein Zuhause, nicht das meine, und just dort hält sich jetzt die einzige Freude meines Lebens auf. Was immer geschieht oder nicht geschieht, was immer aus deinen zänkischen kleinen Zauberern wird, ich werde dort sein, wohin ich gehöre, und werde es nie erfahren." Ich stand auf. „Wir sind fertig — ich soll Gatti Jinni in der Vorratskammer helfen."

Rosseth ließ mich bis zur Tür kommen, ehe er sagte, „Lukassa wird hier sein." Ich wollte antworten, doch er unterbrach mich ebenso schroff. „Und ich werde hier sein, und Marinescha wird hier sein, die freundlich zu dir gewesen ist. Wirst du wirklich nie wissen wollen, was aus uns geworden ist, Tikat?"

Zwei Jahre jünger als ich, dachte ich, und rückt einem bereits auf den Pelz wie ein ausgehungerter *sheknath*. Wir starrten einander stumm an, bis ich als erster zu Boden blickte. Ich sagte, „Ich werde nicht von hier fortgehen, bis sie an einem sicheren Ort ist, falls es einen solchen Ort für sie gibt. Danach – na schön, danach können Kaninchen und ich genausogut nach Hause wie anderswohin gehen." Rosseth sagte nichts. Ich sprach weiter. „Ihr anderen müßt selber für euch sorgen. Ich versteh' mich nicht drauf, mehr als eine Person gleichzeitig zu lieben, und das ist schwer genug. Und jetzt gehe ich in die Vorratskammer."

Ich hatte das Räucherhaus bereits verlassen, die Augen vor dem Einbruch des Lichtes geschlossen, als er mir nachrief, „Tikat? Ich habe mein ganzes Leben hier verbracht und diesen Ort niemals mein Zuhause genannt, nicht ein einziges Mal. Aber du hast recht – es ist mein Zuhause, trotz allem, und ich werde es so gut verteidigen, wie ich kann, und meine Freunde ebenfalls. Danke dir, Tikat, daß du's mir beigebracht hast." Ich drehte mich nicht um, sondern ging weiter den Hügel zum Wirtshaus hinauf, im dröhnenden Sonnenlicht.

Der Küchenjunge

Dies war die beste Zeit in diesem Haus, die man sich denken konnte, denn Schadry pflegte gegen Mittag einzuschlafen, quer hingestreckt über seinen großen Hauklotz wie eines seiner dikken, schlabbrigen Fleischstücke. Fing er einmal an zu schnarchen, rührte er sich erst wieder, wenn es Zeit zur Vorbereitung des Abendessens war, falls jemand die Kraft aufbrachte, zu essen. Trotzdem wagte es nie einer der anderen, sich mit mir aus der Küche zu stehlen, nicht einmal um einen raschen Blick auf die Gäste zu werfen oder Rosseths alten Esel zu streicheln. Sie verkrochen sich in den dunkelsten Winkeln, die sie finden konnten, und schliefen den Tag durch wie unser Meister. Einige schnarchten auch genauso wie er.

Ich nicht. Jeden Tag, sobald Schadrys feuchter verkrümmter

Mund weit geöffnet auf sein Handgelenk sackte, schlich ich durch die Spülküche zur Hintertür und riß bereits keuchend den Mund auf, noch bevor die volle Morgenhitze mich traf. Eine solche Hitze habe ich noch nicht erlebt: kaum war die Sonne aufgegangen, schon fühlst du den Schweiß auf deiner Haut zischeln wie fettes Fleisch in der Pfanne. Ich sah auch nie einen solchen Himmel — zuerst weiß wie Knochen, dann, am Nachmittag, weiß wie Asche. Und nachts, spät, hatte er die Farbe weiß durchwachsenen Lavendels, doch das war schon alles an Dunkelheit; und ob Tag oder Nacht, drinnen oder draußen, wir alle wanden und wanden uns in der Pfanne. Alles war die Pfanne.

In der Spülküche wäre es kühler gewesen — die Spülküche war die angenehmste Zuflucht, ausgenommen der Weinkeller, wo der fette Karsch die schlimmsten Stunden des Tages verdöste. Aber ich hätte nicht eine einzige freie Sekunde in dieser Küche zugebracht, um nichts in der Welt: und keinem von uns, außer Schadry, war es erlaubt, im „Fischhaken und Schlägel" woanders hinzugehen. Also schlich ich mich gewöhnlich zuerst zu den Ställen und half Rosseth bei den Pferden.

Rosseth war mein Freund. Natürlich war er Jahre älter, erwachsen, und oft hatte er zu viel zu tun oder es ging ihm etwas im Kopf herum, und dann konnten wir nicht über Dinge reden, wie wir es gern taten. Aber nie wurde er wütend auf mich, und zweimal durfte ich mich auf dem Heuboden verstecken, und er log Schadry etwas vor, der mich zischend und seine langen Arme schwenkend suchte. Rosseth hatte nie Angst vor Schadry, ganz gleich, was er tat. Bei Rosseth war ich immer sicher.

An diesem Tag lagen die Pferde im Stroh und wollten nicht einmal aufstehen, um sich striegeln und die Hufe reinigen zu lassen. Rosseth gab sich die größte Mühe mit ihnen, und ich trug Wasser herbei und warf vom Heuboden frisches Heu herunter. Dann ruhten wir uns in einem leeren Stall aus, wo man uns von der Tür aus nicht sehen konnte, und unterhielten uns eine Weile. Ich erinnere mich, daß ich Rosseth fragte, warum es die ganze Zeit so heiß wäre, sogar nachts, und er erzählte mir, der Grund sei, daß zwei große Zauberer sich am Himmel bekämpften. Er spann das für mich zu einer richtigen Geschichte aus, aber ich schlief in der Mitte ein, den Kopf auf seinem Arm.

Mein Schlaf dauerte nicht lange, weil Tikat hereinkam und mich weckte — ich glaube, er weckte auch Rosseth — und sagte, Hitze hin, Hitze her, Karsch wolle eine Wagenladung Gemüse vom Markt abgeladen haben. Ich habe Tikat nie gemocht. Nicht, daß er mir je etwas Böses getan hätte — ich mochte ihn einfach nicht. Manchmal konnte ich nicht verstehen, was er sagte, weil er wie ein Südländer spricht, und wenn ich es konnte, sagte er mir, ich solle von hier verschwinden und jedem aus dem Weg gehen. Aber er zeigte auf sein Essen — ein Winterapfel und zwei ganze knusprig-braune *heshtis* mit Käse —, als er und Rosseth fortgingen, was hieß, daß ich sie essen sollte. War also gar nicht so übel, schätze ich, für einen Südländer.

Im weiteren Verlauf des Tages flitzte ich überall im „Fischhaken und Schlägel" herum, schlüpfte hin und wieder in die Küche zurück, um mich zu vergewissern, das Schadry noch schlief, versteckte mich im Räucherhaus, in der Speisekammer, im Badehaus — sogar in dem stinkenden kleinen Schrein am Hang — und versuchte den Schatten zu folgen, wenn die Sonne sich bewegte. Doch nach einer Weile wollte mir scheinen, daß die Sonne sich so gut wie gar nicht bewegte. Ich beobachtete sie ständig, durch meine Finger blickend, und sie bewegte sich kaum eine Daumenbreite weiter. Genau zur Mittagszeit hing sie über dem Stall, wurde mit jeder Minute reifer und schwerer und auch heller, bis sie auf der Außenseite fast gänseblümchenweiß war. Innen jedoch war sie dunkel — nichts als hartgewordene, angeschwollene Dunkelheit, wie ein Dotter, das im Ei schlecht geworden ist. Als sie sich so verändert hatte, hörte ich auf, sie zu betrachten, doch dann begann ich sie *schlagen* zu hören, zu klopfen wie ein Herz aus Eisen — du konntest den metallischen Ton überall spüren, die ganze Zeit, in deinen Knochen, in deinen Augen. Und sie rührte sich nicht von der Stelle, diese tönende Sonne.

Ich wußte nicht, was ich tun sollte. Ich wollte Rosseth aufsuchen, um ihm zu zeigen, was mit der Sonne nicht stimmte, aber er war noch immer irgendwo mit Tikat beschäftigt. Gatti Milch-

Auge kam heraus, und ich unterhielt mich ein bißchen mit ihm, weil er Schadry haßt und ihm nie erzählen würde, daß ich aus der Küche wegrannte. Doch alles, was er immer wieder sagte, war, wie sehr er sich vor der Neumondnacht fürchtete. Immer wieder rollte er sein weißes Auge — „Ich mag's nich, wenn kein Mond da is, nein, ich mag's nich. Sollte immer ein Mond da sein, und wär's nur ein kleines Stück, damit du dich zwischen den Sachen zurechtfinden kannst. Is nich gut, die Nacht ohne Mond zu sehen." Bei ihm fand ich also keinen Trost.

Dann kam der alte Mann im roten Mantel, und *das* war ein Trost. Er kam am Nachmittag, spät — den einen oder anderen Tag, meistens dämmerte es schon. Das war seine übliche Stunde, von Corcorua aufzubrechen, wo sein Enkelsohn wohnte, und eine Weile plaudernd und trinkend im Schankraum zu sitzen. Ich weiß das, weil Rosseth es mir erzählte — ich war nur einmal im Schankraum, um nach einer Schlägerei aufzuräumen —, und weil der alte Mann mit jedermann schwatzte, den er kannte, sogar mit Küchenjungen. Er hatte eine komische Stimme, und es tat richtig weh, ihr zuzuhören, als ob sie dauernd gegen eine Art Musikantenknochen in deinem Kopf prallte. Aber jeder mochte ihn, bis auf den fetten Karsch.

Als der alte Mann mich erblickte, wie ich in den großen Schatten der Hofbäume herumlungerte, rief er meinen Namen und sagte, „He, Kleiner, was tust du hier, so weit weg von deinen Kesseln und Tiegeln? Ist dir klar, daß die Sonne sich weigert, unterzugehen, weil sie so erstaunt ist, dich draußen in ihrem Licht zu sehen?" Er gab mir einen staubigen, zerlaufenen Bonbon aus seiner Manteltasche.

„Nein, das ist es nicht", sagte ich. Ihm schien die schreckliche Hitze überhaupt nichts auszumachen — es hätte sein können wie an jedem anderen Abend, außer daß ich in der Küche hin und her gerannt war, hier gerührt und da geschrubbt und immer versucht hatte, Schadrys langen, schwingenden Armen um eine Nasenlänge voraus zu sein. Ich sagte, „Ich weiß nicht, was mit der Sonne los ist oder mit dem Wetter oder mit den Leuten, aber mit mir hat das nichts zu tun. Ich will bloß, daß es aufhört."

Er hob mich hoch und schwenkte mich in der Luft herum. Er war sehr kräftig für jemanden mit weißem Haar und dünnen alten Händen. Er sagte, „Hör mal, ich kann machen, daß es aufhört, Kind, wenn es das ist, was du willst. Soll ich's tun? Soll ich mit der Sonne streiten und ihr sagen, sie solle zu Bett gehen, damit du zu deiner Ruhe kommst? Sag ein Wort, und es wird geschehen." Ich nickte, und er sagte, „Na gut", und setzte mich nieder, und wir lachten beide.

Ich ging ein paar Schritte fort und drehte mich wieder um. Ich weiß nicht, warum. Er stapfte bereits auf die Wirtshaustür zu — nicht auf die Tür zum Schankraum, sondern auf die große, geschnitzte für die Logiergäste. Als ich ihn anrief, um ihn an sein Versprechen zu erinnern, ging er einfach weiter. Er klopfte auch nicht an die Tür, sondern stieß sie auf und ging hinein, ungerührt, als wäre er Karsch selber. Die Tür fiel hinter ihm zu, krachend, ohne ein Geräusch. Ich sah es.

Unmittelbar darauf begann der Himmel sich zu verfinstern, und die Sonne hörte mit ihrem schrecklichen langsamen Schlagen auf. Vögel fingen an, ihre Abendlieder zu pfeifen, ganz plötzlich. Hätte ich meinen Kopf gedreht, hätte ich gesehen, das weiß ich, wie die Sonne den Himmel hinabglitt, jetzt Butter in der Pfanne, doch ich drehte mich nicht um. Ich stand bloß da, die Augen geschlossen, und fühlte, daß die Sterne hervorkamen.

Lal

Es war lächerlich. Ich habe mich noch nie so vor mir selber geschämt. Da hatten wir uns — Soukyan, Lukassa, Rosseth und ich — um das Bett *meines Freundes* versammelt, gerade so, als wollte er uns seinen letzten Willen vorlesen, ehe er die Hände auf der Brust faltete und artig in die nächste Welt entschwand. Tatsächlich waren wir fünf Freunde, die sich nach Kräften bemühten, ein heilloses furchtbares Lebewohl zu sagen; doch woran ich mich am genauesten erinnere, ist der Schmerz in meinen noch immer empfindlichen Rippen, der davon herrührte, daß ich versuchte, einen Schwall von Schulmädchen-Gekicher zurückzuhalten. Es gibt dafür keine Entschuldigung, beileibe nicht. Ich *glaube*, nur Soukyan bemerkte etwas, wenn sie es freilich alle gemerkt hätten, geschähe mir das ganz recht.

An diesem Tag und in der Nacht zuvor war er von uns allen fortgegangen: nicht tot, nicht in Gedanken schweifend, sondern weit fort an eine Grenze, die wir uns nicht einmal vorstellen konnten, um gegen den Neumond zu kämpfen. Es bestand natürlich nie Aussicht auf Erfolg, nicht einmal für ihn. Aber er kämpfte trotzdem weiter — ohnmächtig, faselnd, selbst zu einem Neumond von einem Mann verkommen, lag er auf einer Matratze in einem winzigen schäbigen Zimmer und kämpfte um das Tageslicht und unterlag.

Kaum war die Sonne versunken, stieß er einen kleinen, raschen Laut des Erschreckens aus und öffnete die Augen. Als sei er bloß durch ein Husten oder eine einfältige Frage unterbrochen worden, sagte er, „Ich werde euch jetzt sagen, was ihr mit dem *griga'ath* werdet tun müssen." Von allem, was bald darauf geschah, von allem, was seitdem mit mir geschah, ist nichts je so schrecklich gewesen wie diese wenigen Worte dieser gelassenen, keuchenden Stimme.

Mein Freund sagte, „Wir haben nur einen Augenblick, also paßt diesmal auf. Man kann einen *griga'ath* weder besiegen noch zerstören — du hörst mir zu, ja, Lal? Gleichwohl ist es möglich, ihn für kurze Zeit abzuwenden und vielleicht zu entkommen, wenn ihr genau das tut, was ich euch sage." Er blickte sich im dunkler werdenden Zimmer um. „Wo ist Tikat?"

Rosseth antwortete mit rauher Stimme. „Er ist gewiß unterwegs — Karsch hat ihn die Opfersteine im Schrein säubern lassen. Er wird jeden Augenblick hier sein, ich versprech's."

Mein Freund streckte seine zitternde Hand aus und legte sie auf Rosseths Hand. Er sagte sanft, „Der *griga'ath* wird diesen Ort und alle, die darin sind, zerstören. Vielleicht wird es euch möglich sein, ein paar Leute zu retten. Ich werde euch nicht helfen können."

Soukyan weinte lautlos, stand mit eingezogenen Schultern da, und auf jeder Seite seiner Nase rann immer nur eine einzelne Träne herab. Lukassas Gesicht war erstaunlicherweise von lebendiger Röte, und ihr Mund war streng zusammengepreßt, als *mein Freund* fortfuhr. „Es gibt Wesen, die, wie ihr wißt, nur in einer geraden Linie reisen können — der einfachste Schirm wird die schlimmsten von ihnen ablenken —, und es gibt andere, die fließendes Wasser nicht überqueren können. *Griga'aths* haben solche Schwächen nicht." Er deutete auf eine Vase mit Süßreu-Blüten auf dem Tisch. „Gib sie mir, Lukassa. Rasch."

Marinescha hatte diese Blumen am Morgen dorthin gestellt, die bereits welk und trocken waren, bevor sie sie pflückte, aber trotzdem ein seltener Fund in diesem bösen Sommer. Zusammen mit der Süßreu (im Süden werden sie größer, sind dunkler und werden Windschatten genannt) hatte sie zwei oder drei *shuli*-Blüten in die Vase getan. *Shulis* haben immer genau dieselbe Färbung wie der Himmel über ihnen; diese waren vollkommen farblos und fühlten sich warm an, selbst im Wasser. *Mein Freund* nahm die Vase von Lukassa entgegen, obwohl er sie kaum aufrecht halten zu können schien. Die Blüten zitterten schwach zwischen seinen Händen.

„Diese Blumen werden euch nicht retten", sagte er. „Der *griga'ath* wird nicht vor ihnen zurückschrecken und sich zitternd in eine Ecke hocken. Doch einen Augenblick lang erinnert er sich vielleicht an Blumen. Vielleicht erinnert er sich, daß er einmal menschlich war."

Er ließ uns keine Möglichkeit, den Kopf zu verlieren. Ich glaube, keiner von uns wagte es, den anderen anzublicken — ich tat's ganz bestimmt nicht —, ich für meinen Teil hatte das Gefühl, alles Blut aus meinem Körper habe sich in Tränen verwandelt. Er sagte, „Er wird aussehen wie ich. Ihr *müßt* das begreifen, um euer Leben willen. Er wird genauso aussehen wie ich, und er wird hungrig sein. Jetzt hört zu. Werft ihm die Blumen in den Weg, Vase und alles — das machst besser du, Soukyan —, dann dreht euch um und rennt. Schaut nicht zurück, nicht einmal, um dem anderen zu helfen. Schaut dem *griga'ath* nicht in die Augen. Habt ihr mich verstanden?"

Keiner von uns konnte sprechen. Ich hörte seinen ungeduldigen kleinen Seufzer — mir so vertraut wie mein eigener Atem, und so teuer —, und wieder war ich seltsam berührt von der trockenäugigen Wut und Entschlossenheit in Lukassas Gesicht. *Mein Freund* sagte, „Ihr dürft nicht weinen, wenn ich gehe — dazu habt ihr keine Zeit", und in diesem Augenblick öffnete sich die Tür, und der alte Mann im roten Mantel kam hereingeschlurft.

Heute weiß ich über den Fuchs Bescheid. Ich weiß, was er war, und ich weiß, wie er und Soukyan sich trafen, und ich weiß, was sie tun sollten und einander nicht antun wollten. Doch in jener Zeit gab es für mich keine Verbindung zwischen ihm und dem schmeichlerischen, übertrieben fröhlichen alten Rotmantel, und ich war erstaunt, als Soukyan wütend auf ihn losging und ihn in einer gezischten Sprache anschrie, die ich hätte wiedererkennen sollen, denn in jener allerersten Nacht hatte ich ihn in dieser Sprache mit dem Fuchs sprechen hören. Rotmantel nahm überhaupt keine Notiz von ihm, sondern strahlte uns alle freundlich an und ging auf das Bett zu. Ich versperrte ihm den Weg, ohne zu wissen, warum.

„Laß mich vorbei, törichtes Weib", befahl er mit einer Stimme, die als ein Fuchsgebelfer begann und zu etwas anderem wurde, das ich ebenfalls schon einmal gehört hatte. Hinter mir sagte *mein Freund* leise, „Laß ihn vorbei, Lal." Da wußte ich, wer er war, und ich trat beiseite.

Er verwandelte sich erst, als er nahe am Bett stand und aus den gelben Augen des Fuchses auf *meinen Freund* niederblickte. Die Augen verwandelten sich zuerst und nahmen ein unscharfes, pupillenloses Blau an, wie ich es nie zuvor gesehen hatte. Der Rest der Metamorphose schien sich langsam zu vollziehen — gräßlich, bedrückend langsam —, doch als sie vorüber war, konnte man unmöglich glauben, daß je ein anderer denn Arschadin da gewesen war, der mit seiner eigenen flachen, trockenen Stimme sagte, „Ich sagte dir vor langer Zeit, daß wir uns am Ende so wiedertreffen würden. Du kannst nicht sagen, ich hätte es dir nicht gesagt."

Mein Freund antwortete ihm so aufreizend gelassen wie immer, „Bilde dir nur nicht zu viel ein, Arschadin. Groß wie du bist, und schwach wie ich bin, hast du trotzdem lange, lange gebraucht, die Sonne meiner Gewalt zu entreißen und sie in die Dunkelheit zu zwingen. Und selbst jetzt kannst du mich nicht töten, sondern mußt auf den Neumond warten. Ich hätte mir ein Buch oder eine kleine Handarbeit mitgebracht, wäre ich an deiner Stelle gewesen."

Aber Arschadin ließ sich nicht foppen, dieses Mal nicht. Mit düsterer Gelassenheit erwiderte er, „Ich kann warten. Du weißt besser als jeder andere, wie ich mich aufs Warten verstehe. Es sind die anderen, die nicht warten können."

„Dann werden sie es lernen müssen", gab *mein Freund* zurück. „Ich bin besser mit diesen deinen *Anderen* vertraut als du, und es gibt nicht einen, der es wagen würde, mit mir, während ich hier liege, seine Kräfte zu messen. Komm, rück einen Schemel heran, laß uns zum Schluß ein bißchen plaudern. Sei nachsichtig gegen einen alten Kleinigkeitskrämer", fügte er hinzu, und ich hielt den Atem an und dachte, *er hat einen Plan, o ja, ich muß bereit sein.* Selbst damals glaubte ich noch daran, daß er über Onkel Tod etwas wußte, das ich nicht wußte.

Es war ein Schemel da, aber Arschadin warf ebensowenig einen Blick darauf wie auf eine der Personen im Zimmer. Er blieb stehen, farblos und massig und feucht wie ein Käselaib; doch seine Aufmerksamkeit war körperlich so greifbar, daß sie ein sichtbares Tier zu sein schien, das sich mit rotem Rachen über *meinen Freund* auf dem Bett beugte. Er sagte gleichmütig, „Worüber hätten wir zu reden, du und ich? Ich weiß, was du weißt, und du mußt endlich begreifen, was ich dir zu sagen versucht habe, seit dem ersten Tag, da ich dein Schüler war." Die Worte entrissen sich seinen straffen, flachen Lippen mit solcher Gewalt, daß *mein Freund* die Hand hob, als wolle er sie abwehren. „Dein Schüler", sagte Arschadin noch einmal. „Dein Zögling, dein Lehrling, dein gesalbter Kronprinz, dein Erbe. Ich hätte mich mit Freuden an den gemeinsten Südland-Sklavenhändler verkauft, um diese wunderbaren Geburtsrechte für immer loszuwerden.

Hörst du mich jetzt, jetzt, endlich, mein Meister? Hörst du mich jetzt?"

Mein Freund antwortete nicht. Soukyan knurrte sehr leise und machte einen Schritt auf Arschadin zu. Ich hielt ihn am Arm zurück. Rosseth schaute dauernd zur Tür und wünschte sich offenbar sehnlich, Tikat möge kommen. Lukassa wandte den Blick nicht von Arschadin: ihre Miene war so verzückt, daß sie ebensogut ihren Liebsten hätte anhimmeln können, wäre nicht ihr entschlossener Mund gewesen. Sie sah viel älter aus, als sie war.

Arschadin beachtete sie nicht. Hinter dem Fenster waren die letzten Flecken von Zwielicht bereits zu einer merkwürdig fahlen Dunkelheit zerlaufen: nicht die durchsichtige Sommernacht des Nordens, sondern eine wässrige, unechte Dämmerung, grau und schlüpfrig wie Quecksilber. Ein Licht wand sich hindurch, das den Raum schwach erhellte, obgleich keine Kerze angezündet worden war. Rosseths Körper war vollkommen starr, seine Augen weit aufgerissen und reglos. Ich legte meinen Arm um ihn, so daß er in meiner Umarmung zittern konnte.

Auf dem Bett murmelte *mein Freund*, „Ich konnte dich sehr wenig lehren, Arschadin, doch dieses Wenige wird dich teuer zu stehen kommen, wenn du es schließlich auf andere Weise lernst." Seine Stimme zerfaserte, seine Worte begannen einander zu überlagern. Er sagte, „Du warst nie mein Schüler — das war der Irrtum. Ich hätte dich verspottet, tyrannisiert, dich unaufhörlich vor Rätsel gestellt, dich beleidigt, von morgens bis abends herausgefordert, genauso wie ich Lal und Soukyan und alle anderen behandelte. Aber sie *waren* meine Schüler — *du* warst vom gleichen Rang wie ich, vom ersten Tage an, und ich ließ es dich wissen. Das war der Fehler." Er hatte nicht einmal mehr die Kraft, den Kopf zu schütteln, sondern konnte ihn nur noch hin und her bewegen. „Doch was sollte man anders mit einem Gleichrangigen machen? Ich hatte darin keine Übung — vielleicht wirst du klüger verfahren, wenn die Reihe an dir ist." Die letzten Worte waren wie Regentropfen auf trockenen Blättern.

Da dachte ich, er sei tot, doch Arschadin wußte es besser. Er beugte sich über ihn und rief ihm in seine geschlossenen Augen,

„Wenn du mich für einen Gleichrangigen gehalten hast, warum hast du mir nie die Dinge anvertraut, die ich wissen wollte? Warum warst du so sicher, daß ich sie zum Bösen verwenden würde? Ich war jung und hatte es noch vor mir, die Wahl zu treffen — es gab andere Wege, andere Reisen, es gab sie!" Noch einmal, einen Augenblick lang, sah ich sein dickes, leeres Gesicht, das vor alter Qual beinahe weißglühend schien, vor Bitterkeit fast schön wurde. Dann hatte er sich wieder in der Gewalt und fuhr verbissen fort, „Vieles hätte anders sein können. Wir waren nicht dazu verdammt, hier zu enden."

Mein Freund öffnete die Augen. Als er dieses Mal sprach, war seine Stimme anders: unsagbar müde, aber ruhig und klar und seltsam jung, so wie sich Stimmen in der Nähe des Todes oft anhören. Er sagte, „Oh, ja, ja, wir waren es, Arschadin. Für dich, weil du bist, wie du bist, hat es nie eine andere Straße gegeben als die eine. Und weil ich bin, der ich bin, liebte ich dich, weil du bist, was du bist. Also waren wir dazu verdammt, weißt du, es mußte unweigerlich so kommen." Unsicher ergriff er plötzlich Arschadins rechte Hand. Er sagte, „Und doch, obwohl ich das wußte, liebte ich dich."

Arschadin riß seine Hand fort, als hätte die Berührung des alten Mannes sie versengt. „Wen hat das je gekümmert?" fragte er. „Deine Liebe war deine Sache, aber ich hatte ein Recht auf dein Vertrauen. Leugne es, und du wirst als Lügner sterben." Jetzt schrie er, in seiner Wut und Verdrießlichkeit menschlicher, als ich gedacht hätte. „Bei allen schmutzigen Göttern und Dämonen, ich hatte ein Recht auf dein Vertrauen!"

„Ja", gab ihm *mein Freund* leise zur Antwort, „ja, das hattest du. Ja. Es tut mir leid." Nie zuvor hatte ich ihn so etwas sagen hören. „Aber ich muß dir trotzdem sagen, daß du ein Narr warst, dein Herzblut für deinen Herzenswunsch einzutauschen. Es ist ein alter Handel, und ein schlechter. Ich hatte erwartet, daß du ein besseres Abkommen treffen würdest."

Arschadin erwiderte nichts. *Mein Freund* bedeutete Soukyan und mir, näherzukommen, und wir gehorchten und standen zusammen auf der anderen Seite des Bettes, Arschadin gegenüber.

Ich konnte Soukyans Haar riechen und den unverkennbaren kalten Duft des Sterbens *meines Freundes.* Arschadin schwitzte heftig, doch nicht das mindeste war zu riechen.

Mein Freund blickte zum Fenster, nickte und begrüßte den neuen Mond. Zu Soukyan sagte er lediglich, „Denk an die Blumen", und zu mir, ein wenig schärfer, „*Chamata,* was immer du ausbrütest, gib es sofort auf." Lukassa und Rosseth schoben sich zwischen uns und griffen nach seinen Händen. Er brauchte seine letzte irdische Kraft, um sie wegzuschieben, und flüsterte, „Nein, nein, nein, kommt mir nicht nahe, nein." Wir traten von seinem Bett zurück, selbst Arschadin, und er sagte einen Namen, den ich nicht kannte, und starb.

Von jetzt an erinnere ich mich an bestimmte Dinge sehr deutlich. Ich weiß noch, daß wir vier sogleich nicht auf die Leiche, sondern auf Arschadin starrten, als ob er — das war nur folgerichtig — dazu bestimmt sei, sich in einen Dämon zu verwandeln. Zuerst sah er sonderbar verwirrt und unsicher aus, doch dann machte er über dem Bett ein paar hastige Zeichen und murmelte ein paar Worte, die meine Haut prickeln und meine Ohren tief innen schmerzen ließen, wie es bei solchen Dingen immer der Fall zu sein scheint. Rosseth verschloß seine Ohren mit den Händen, das arme Kind. Ich schob ihn weiter hinter mich zurück.

Über Arschadins Schulter, auftauchend aus der farblosen Nacht, begannen Augen am Fenster aufzuglänzen: zuerst zwei, dann vier, dann immer mehr, wie Eisblumen auf einer Fensterscheibe. Nicht ein Paar glich dem anderen, ausgenommen die schimmernde Bosheit ihrer Blicke. Arschadin drehte sich um und sprach zu ihnen — zu ihnen und zu etwas anderem, etwas, das tief unter ihnen und hinter ihnen aufquoll, zu der gewaltigen Woge, welche die ekelhaften Fünkchen am Fenster überschüttete. Er rief aus, „Seht her, er ist der eure, er ist für alle Zeit in eurer Gewalt! Ich habe getan, was ich gelobte, und unser Bündnis ist zu Ende. Gebt mir mein Blut zurück, wie ihr es versprochen!" Falls eine Antwort erfolgte, hörte ich sie nicht, denn in diesem Augenblick rührte sich *mein Freund,* der tot war, murmelte und schlug die Augen auf.

Wir schauten sofort weg, wie er uns dringend geraten hatte. Ich kann nicht für die anderen sprechen, aber ich blickte ebenso rasch wieder hin, verstohlen, weil ich mußte. Er — nein, *es*, ich habe heute noch Mühe, dies zu sagen — stand vom Bett auf, reckte sich und gab einen leisen nachdenklichen Ton von sich, vielleicht wie ein Kind im Nachthemd, das zu einem neuen Tag erwacht. Dann trat es auf den Boden und ging auf Arschadin zu. Es lächelte fast ein wenig, doch es genügte, um mich hinter seinen schwarzen Zähnen das Feuer sehen zu lassen.

Arschadin sah ein wenig verwirrt aus, aber nicht erschrocken — das will ich ihm zugestehen, und ich bewundere ihn deswegen. Was immer sich hinter diesen Augen am Fenster bewegte, wenn er erwartet hat, daß es Gestalt annehmen werde — mögen die Götter ihm gnädig sein und ihn von dieser furchtbaren Schöpfung befreien —, zeigte er nicht die geringste Aufregung. Er sprach hochmütig zum *griga'ath* — dieses Mal in der Sprache, der sich Zauberer untereinander bedienen und der ich ein wenig mächtig bin —, forderte ihn auf, ihn anzuerkennen und ihm Ehre zu erweisen. Selbst bei einer so schlichten Rede erschütterten die Worte den Raum, als versuchten die Wände selber zu gehorchen.

Mauern gehorchen Zauberern. *Griga'aths* tun's nicht. Es schritt weiter, schlurfte durch einen himmelaufreißenden Bann nach dem anderen, während der Zauberer immer weiter zurückwich. Er sah dennoch wie der Mann aus, den wir gekannt hatten: Er wurde nicht einen Zoll größer oder breiter, es entsprossen ihm auch nicht reihenweise zusätzliche Köpfe und Arme, so wie man in meinem Land Dämonen darstellt. Doch er lächelte Flammen, aus seinen Augen ergossen sich brennende stinkende gelbe Tränen, er streckte fordernd beide Hände aus und schritt stumm auf Arschadin zu.

Und selbst jetzt noch trotzte er ihm, rief Mächte zur Hilfe, daß der arme „Fischhaken und Schlägel" bis in den Weinkeller erbebte — wir konnten über uns die Balken krachen, in anderen Zimmern Fenster bersten und Türen knallen hören, die sich selber in Stücke schlugen. Mut muß nichts damit zu tun haben, daß man über Blut oder eine Seele verfügt, denn Arschadin war ein entsetzlich tapferer Mann. Aber wäre er zehnmal so tapfer und hundertmal der Zauberer gewesen, der er war, es hätte nichts genützt, angesichts des Etwas, das *mein Freund* gewesen war. Unaufhaltsam schritt es auf ihn zu.

Und wir vier? Soukyan warf keinen Blick auf die Vase mit den wilden Blumen, und ich ergriff weder die Flucht, noch dachte ich daran, Rosseth und Lukassa zur Flucht zu treiben. Der verzweifelte Rat, den uns ein Zauberer in seiner Todesstunde gegeben hatte, war vergeblich gewesen: wir waren voneinander entfernt, meilenweit und durch Jahrhunderte getrennt, jeder für immer allein an einem einsamen Ort mit dem *griga'ath.* Was mich anging, gab es für mich nichts anderes mehr, als die unglaubliche Echtheit des Wesens, das Arschadin verfolgte und dessen unmerkliches Lächeln über die erschauernden Wände huschte. Also weiß ich bloß, daß ich den Mund aufriß und keuchte und versteinert stand, wo ich war; mehr kann ich Ihnen nicht sagen.

Arschadin war nicht nur ein tapferer, sondern auch ein stolzer Mann, denn er rief nicht wieder um Hilfe, ehe ihn der *griga'ath* am Fenster gestellt hatte. Da wandte er sich ab, drehte ihm, uns, allem, bis auf die Nacht, den Rücken zu und rief, noch immer in der herkömmlichen Sprache der Zauberer, „Wollt ihr es wagen, mich so zu behandeln und im Stich zu lassen? Nein, aber ich habe für eine solche Kreatur meine eigene Beschäftigung. Gebt mir mein Blut zurück, sonst werde ich für ihn eine Beschäftigung finden, die euch wünschen ließe, ihr hättet mir die Treue gehalten. Also überlegt wohl, ihr Herren."

Prahlerei? Vielleicht. Er wandte sich nicht vom Fenster ab, selbst als die Hände des *griga'ath* ihn fast berührten. Ich glaube, daß sie ihn berührten, aber ich werde es nie wissen. Die Nacht trat in das Zimmer, nicht bloß durch das zerschmetterte Fenster, sondern durch jeden Riß strömend, durch jede Fuge und jedes Nagelloch in den Wänden, durch die erschöpften Poren des Holzes. So mußte es im Turm gewesen sein, als Arschadin sie herbeigerufen hatte, als sie sich in einem Winkel verdichtet, langsam eine Gestalt angenommen hatte, die oben rund war und unten in zerklüftete, gekrümmte Schatten zerbrach, das Ganze kaum so groß wie Rosseth. Wie damals im Turm war es zu einem Korridor ins Nirgendwo geworden, zu einem dunklen Bogengang, der meinen Blick ansaugte und ihn nicht mehr loslassen wollte. Unter dem Bogen begann ein Wind sich zu regen: ein Wind von nirgendwo, der nach brennendem Blut roch.

Die Dunkelheit sprach zu uns. Was sie sagte — nicht mit Worten, sondern in meinen Haarwurzeln singend, mit Glasscherben die Unterseite meiner Haut beschreibend — *„Komm zu mir. Sei bei mir. Sei ich."* Ich gehorchte auf der Stelle, ohne einen Augenblick zu zögern, ohne das Gefühl, die Wahl zu haben oder sie haben zu wollen. Soukyan war neben mir zu meiner Linken, und Rosseth ergriff meine rechte Hand. Lukassa schrie auf, doch das Geräusch schien von weither zu kommen. Wir schritten geradewegs in diesen schwarzen Hof, und in diesem Augenblick sah ich oder spürte oder wußte ich, was auf der anderen Seite war. Er ist nicht so, wie Sie denken, dieser Ort.

Aber davon soll hier nicht gesprochen werden, denn die Dunkelheit hielt dennoch ihr Versprechen Arschadin gegenüber. Nicht unseretwegen war die Dunkelheit gekommen, sondern *meines Freundes* wegen, um in seiner Gestalt wie ein Hammer gegen die Grundfesten der Welt schlagen zu können. Sie verlor das Interesse an uns und hörte auf zu rufen. Wissen Sie, was das für ein Gefühl ist? Als würde man just in dem Augenblick vor dem Ertrinken gerettet, da man angefangen hat, sich so schläfrig friedlich zu fühlen; es war, als würdest du von einem Abgrund zurückgerissen, als das Flüstern dich gerade davon überzeugt hat, daß es ohnehin einmal geschehen wird und du es ebensogut sofort tun kannst. Noch eine Sekunde länger, und zumindest ich wäre verloren gewesen. Ich bin dankbar. Ich weiß, ich sollte dankbarer sein, als ich es bin.

Jetzt rief die Dunkelheit dem *griga'ath* zu: *„Sei bei mir, sei ich, sei ich."* Sie wandte sich rasch von Arschadin ab und machte ein Geräusch, das ich fühlen, aber nicht hören konnte, wie der tiefe Jammerton der Luft, der einem Erdbeben vorangeht. Soukyan und Lukassa und Rosseth wandten ihre Gesichter ab, doch dieses Mal tat ich's nicht. Das hatte nichts mit Mut oder Trotz zu tun — ich war einfach erstarrt, zu verblüfft und verwirrt, nicht in die Augen des *griga'ath* zu blicken.

Die Augen waren nicht die seinen. Sie waren grün, ja, doch es war das Grün der tiefsten nördlichen Meere, das eisige schleimige Grün des Tangs, der mit einem Anker aus den heillosen Tiefen heraufkommt, die seit Anbeginn der Welt das Licht nicht gesehen haben. Sie jagten die Sonne, diese Augen, sie wollten die Sonne verschlingen; aber unendlich entsetzlicher war die Tatsache, daß nichts an ihm sich verändert hatte. *„Er wird aussehen wie ich"*, hatte er uns gewarnt, und so war es — genau wie er, nur noch stärker, so wie bekannte Gesichter sehr oft ungemein, ungeheuerlich vertraut scheinen, wenn meine Träume zu Albträumen werden. Vielleicht sind wir alle, sogar Zauberer, nichts anderes als ausgebleichte Skizzen des Guten, das wir in uns tragen, des Bösen, das wir vielleicht getan haben: wenn das so ist, war das, dem ich mich jetzt gegenübersah, das Urbild *meines Freundes*, die Essenz seines Wesens. Er war ganz er selbst, mit allen seinen Möglichkeiten, und er war nichts, nichts als Zerstörung. Nein, ich wurde nicht zu Stein, als ich ihn erblickte, wie es Leuten in alten Geschichten widerfährt; aber ich entkam auch nicht unversehrt. Und der Rest ist meine Sache.

Der *griga'ath* beachtete mich nicht. Er bewegte sich an mir vorbei, immer noch mit dem Antlitz und der Gestalt und sogar mit dem Geruch — wie ein altes Boot in der Sonne — von jemandem, den ich liebte. Jetzt begann Feuer durch seinen Leib zu züngeln, scheu zwischen den Rippen und unter den Armen hervorschimmernd. *Griga'aths* glühen, ohne zu brennen, ewig; mit der Zeit werden sie Sternen gleich, umhüllt mit menschlicher Haut, und was in ihre Nähe kommt, zerschmettern oder verschlingen sie. Er blieb einen Schritt vor der Dunkelheit stehen, drehte *meines Freundes* Körper hin und her, und dann warf er merkwürdig unsicher einen Blick zurück. Ich verbarg mein Gesicht davor, wie die anderen.

Jemand pochte wütend an die wirkliche Tür des wirklichen Zimmers. Als habe der Lärm ihn plötzlich aus dem Gleichgewicht gebracht, machte der *griga'ath* einen einzigen Schritt nach vorn und verschwand aus dieser Welt. Es kam mir so vor, als könnte ich ihn noch sehr lange sehen, als er, ständig heller erglühend, langsam durch den schwarzen Korridor davonwirbelte, der sich zwischen dem, was wir wissen, erstreckt, und dem, was zu wissen wir nicht ertragen können. Ich glaube, ich rief ihm nach; wenn ich's tat, ging das Geräusch unter, als die Tür nachgab und Karsch in das Zimmer stürmte. Tikat war unmittelbar hinter ihm.

Der Wirt

Ich schätze, ich sollte den Göttern danken, daß die Flaschen den Kinariki-Fuhrmann trafen und nicht mich, als sie von den Borden im Schankraum stürzten. Der Mann bezahlte in diesem Augenblick seine Zeche: seine Hand glitt aus der meinen — höflicherweise ließ er das Wechselgeld liegen —, als er seine Augen aufriß und ohne einen Laut zu Boden sackte. Erwarten die Götter, daß ich dafür dankbar bin? In Ordnung. Vielen Dank.

Und das ist alles, was die Götter für den Rest meiner Tage von mir kriegen werden, und das können Sie ihnen sagen, falls es zu Ihren Gewohnheiten gehört, mit ihnen zu plaudern. Zwischen einer Minute und der nächsten krachte der „Fischhaken und Schlägel", seit dreißig Jahren meine Heimat, rings um mich zusammen, geschah das, von dem ich seit dem Tag, da ich diese drei Frauen meine Schwelle überqueren ließ, wußte, daß es geschehen würde. Den Flaschen folgten alle Krüge und Weingläser, die ich besaß, und dann die Hängelampen. Zuerst dachte ich an einen *javak*, obwohl wir, seit Rosseth klein war, keinen dieser Korkenzieherstürme gehabt haben. Doch als die zwei Fenster rausflogen — raus, nicht rein —, als wären sie nie dagewesen, und die Borde hinter dem Tresen anfingen, sich mit einem langen Quietschen alter Nägel in alten Bohlen loszureißen, wußte ich, daß es kein *javak* war. Die Bierhähne ächzten und bäumten sich unter meiner Hand auf, versuchten, sich aus ihren Sockeln zu drehen;

die paar rostigen Teile von Rüstungen, die ich an den Wänden festgemacht hatte, um die Leute davon abzuhalten, sie zu stehlen, schossen wie die Bolzen einer Armbrust durch den Raum. Ein Gerber aus Devarati wurde dabei getroffen, aber ich glaube, er hat sich wieder erholt.

Erdbeben? *Erdbeben?* Nicht ein einziger Ruck ging durch diesen Boden — meine Gäste, soweit sie bei Besinnung waren, lagen flach darauf, klammerten sich mit ihren Fingernägeln daran fest, wie Eidechsen an eine Mauer, während Bänke, zerbrochenes Glas und umgestürzte Tische an ihnen vorbeiwirbelten. Dreißig Sekunden lang war ich der einzige Gegenstand im Schankraum, der immer noch stand, durch nichts als Wut aufrecht gehalten. Denn ich zweifelte auch nicht eine Sekunde lang an der Ursache dieser Katastrophe. Stürme und Vulkane und familiäre Kabbelein der Götter sind schlimm genug — der Grund, der verdammte *Grund* war bloß ein paar verdammte Zoll über meinem Kopf zu suchen, und ich war bereits auf dem Weg nach oben, obwohl es hätte scheinen können, daß ich mich überhaupt nicht bewegte. Ich wartete bloß darauf, daß meine Füße meinen Zorn einholten.

In diesem Augenblick stolperte Tikat durch die Eingangstür, tief gebückt, um auf den Beinen zu bleiben. Als ich hinter dem Tresen hervorkam, fühlte ich mich wie ein sehr kleines Boot, das vom Ufer in tosende Stromschnellen abstößt. Tikat kläffte mir etwas zu und deutete nach oben. Ich konnte ihn in dem Tumult nicht verstehen, doch ich wußte, daß er nach seiner verrückten weißen Lukassa fragte. Ich schüttelte den Kopf und schrie zurück, „Wo ist der Junge? Hast du den verdammten Jungen gesehen?"

Er hielt sich nicht damit auf, mir zu antworten, sondern wirbelte bloß an mit vorbei, trat gleichermaßen auf Gäste wie auf Teile von Rüstungen, schlidderte in die Lachen aus Bier und Wein und rannte auf die Treppe los. Ich fuhr hinter ihm her und stieß ihn beiseite, ehe wir den Treppenabsatz erreichten. Niemand sonst würde *diese* Tür eintreten, sondern ich ganz allein.

Unten im Schankraum war's schlimm genug. Obwohl die Fenster verschwunden waren, war der Druck rings um mich so stark, daß ich mir vorkam wie unter Wasser, als ich damals immer wieder nach Lukassa tauchte. Unwillkürlich hielt ich den Atem an, aus Furcht zu ertrinken, und zerteilte mit ausgebreiteten Armen die Luft, als ich mich vorwärtskämpfte. Doch auf der Treppe empfing mich ein heißer stinkender Wind, der geradewegs nach unten blies und Karsch und mich von der Wand ans Geländer schmetterte, während die Stufen unter unseren Füßen auseinanderflogen. Wir schienen überhaupt nicht voranzukommen: wir waren nunmehr Vögel, die gegen einen Sturm ankämpften, langsam zurückgetrieben wurden und es Fortschritt nannten, wenn sie nur wenig an Boden verloren. Wie lange das so ging, kann ich Ihnen nicht sagen.

Heute glaube ich — ich sage, ich glaube —, damals hätte ich vielleicht aufgegeben, wäre Karsch nicht gewesen. Nicht daß er auch nur einen Blick für mich hatte, nachdem er mich beiseite gestoßen hatte, geschweige denn ein ermutigendes Wort; tatsächlich verlor er einmal den Halt, torkelte mir in die Arme und hätte uns beide die ganze zersplitternde Treppe hinab nach unten gerissen, wäre es mir nicht gelungen, ihn festzuhalten und mich rechtzeitig abzustützen. Aber nie verlor er den Mut oder sah sich um, dieser fette, brüllende Mann. Er beugte seinen fleischigen Nacken und zog seine Schultern ein, schleppte sich schweratmend und fluchend vorwärts und hieb sich einen Weg durch den Wind. Ich folgte dankbar in seinem Kielwasser und konnte mir nicht vorstellen, was ihn so besessen vorwärtstrieb. Weil es Karsch war, wissen Sie. Wäre es jemand anderer gewesen, hätte ich's gewiß verstanden, aber es war Karsch.

Auf dem Treppenabsatz blieb er einen Augenblick stehen und schüttelte sich schwerfällig, und ich sah ein Gesicht, von jenem bleichen Zorn aufgebläht, der ihn überkommt, wenn nichts so abläuft, wie er es will. Als ich ihn ansah, verdunkelten sich seine blauen Augen, wurden beinahe lavendelfarben; die Zähne waren grimmig in die Unterlippe gegraben, die blutete. Dann war er wieder unterwegs, stürmte durch den Gang, vollgestopft mit fallendem Mörtel und aufgewirbeltem Staub und schreienden halbbekleideten Gästen, die sich gegenseitig niedertrampelten, um die Treppe zu erreichen. Ich wurde fast auf der Stelle niedergestoßen, doch es gelang mir, mich beiseite zu rollen und auf die Beine zu kommen, indem ich über jemanden in einem purpurroten Nachthemd hinweg kletterte. Der Korridor dröhnte und schepperte, wie die Metallplatten, welche die Schauspieler benutzten, um Donner zu erzeugen. Ich stolperte vorwärts, die Arme vor dem Gesicht, auf das Zimmer des *tafiya* zu.

Karsch war bereits da, hämmerte an die Tür, rasselte mit der Klinke, klopfte abermals und begann dann, seinen ganzen Körper gegen die Tür zu stemmen: ein schwerer, dumpfer Stoß nach dem anderen. Dieses eine Mal fehlte ihm der Atem für ein Gebrüll — ich hörte es nur als Keuchen, jedesmal, wenn er sich gegen das dicke alte Holz warf. Ich war noch nicht ganz bei ihm, als die Tür schließlich aufbrach und wir ins Zimmer stürzten.

Am anderen Ende des Raumes war nichts. Dort war eine Leere. Nein, hören Sie mir zu, unterbrechen Sie mich nicht, hören Sie zu. Die Leere war ein Mund: man konnte seine Ränder sehen, die sich wie Lippen kräuselten und krümmten, die sich zu schließen begannen und zwischen denen der ekelhafte Wind brodelte. Weit entfernt oder tief darin oder tief unten hüpfte unaufhörlich ein heller, heller Funken, der tapfer im leeren Raum glühte. Ich wußte, was das war.

Lukassa wandte mir den Rücken zu und stand in der Nähe des leeren Bettes. Es waren noch andere Personen im Raum, doch ich sah nur sie. Trotz des Lärms, mit dem Karsch und ich ins Zimmer brachen, drehte sie sich nicht um, sondern ging auf den schwarzen Mund zu, der sich jetzt rascher schloß. Ihre Schritte waren so leicht, wie sie es immer gewesen waren, wenn sie mir entgegengekommen war, eigentlich nie mit den Beinen, wohl aber mit ihrem Herzen und ihren Augen rennend. Sie war in der Dunkelheit verschwunden, ehe ich rufen konnte; und bevor ich selber die Dunkelheit erreichen konnte, hatte sie sich geschlossen und war verschwunden, und nichts blieb zurück als eine einsackende, zerbröckelnde Mauer in einem kleinen verwüsteten Zimmer, das erfüllt war vom Klang ihres Namens.

Lukassa

Ich bin nicht Lukassa.

Ich bin niemand.

Niemand kann die Pforten des Todes zweimal durchschreiten. Ich bin niemand. Ich schritt hindurch, und sie warteten auf mich. Sie wollen nicht warten, aber ich werde sie warten lassen.

Kalt, kalt, kalt, wie der Fluß. Jemand rief, ruft mich, weit hinten am Rande von Lukassa. Aber ich war ja nicht Lukassa. Ich bin eine Zeichnung, die durchgestrichen worden, überkritzelt, wieder ausgestrichen worden ist. Weit vor mir ein Stern, singend, der mir meinen Namen zu nennen verspricht, wenn ich ihn rechtzeitig fangen kann. Ist es das, warum ich hier bin, hier war? Ich sollte mich beeilen. Beeilte ich mich?

Der Tod ist nirgendwo von Blitzen gesäumt. Ich erinnere mich. Es ist nirgendwo kalt unter meinen Füßen, aber ich ging rasch, weil ich den Weg kenne. Jetzt sind Gesichter da, vorher waren Gesichter da, flossen vorbei in der Dunkelheit, zwischen mir und dem Stern. Wenn ich zum ersten Mal sterbe, werde ich dieselben Gesichter sehen.

Hier unten im Flußbett ist es still, ganz still. Über mir, an der Oberfläche, fletscht und reißt das Wasser, wie es mich zerreißen wird, wenn ich in seinen Rachen falle. Aber im Flußbett blicke ich empor durch die Stille und beobachte die Gesichter, die vorbeifließen, so viele plumpe, müde Dorfgesichter, die mir nicht so liebevoll wissend zulächeln sollten. Das sollten sie nicht tun. Ich bin niemand.

Hinter ihnen mein Stern. Ich wische die Gesichter weg und klettere über das Wasser, über die Bohnenfelder, über die Strohdächer und folge dem Singen des Sterns. Wenn ich unermüdlich weitergehe, ohne zu denken, ohne etwas zu erwarten, kommt der Stern mir sehr behutsam näher. Ich erinnere mich.

Dies ist anders. Warum ist es anders? Tod ist Tod, aber etwas ist anders, die Dunkelheit. Ich kann große gelbe Klauen sehen, die von der anderen Seite hindurchschlagen, das Dunkel aufschlitzen, und dahinter ein grünliches Leuchten. Die Klauen ziehen sich zurück, schlagen wieder zu, sie lassen in der Dunkelheit brennende Striemen zurück, wie die auf seinem Rücken, wenn sein Onkel ihn schlägt, weil er Obst gestohlen hat. Geschlagen, wen? Die Gesichter klappen ihre Rachen zu, während sie vorbeizischen. Es waren sehr viele, manchmal verdecken sie den Stern.

Warum mußte ich ihn dennoch hören? Hier, anders als im Flußbett, ist es laut, bei all den Gesichtern, die jetzt wie Lanzen auf mich zukommen, bei dem Ding auf der anderen Seite der Dunkelheit, das vor sich hin kichert, während es schlägt und schlägt, und bei der Dunkelheit, die vor Schmerz grollt, jedesmal lauter, wenn die gelben Klauen sie treffen. Und trotzdem hörte ich ihn von fern rufen, aus fernster Ferne den Namen rufend, den er für mich hat. Dieser Name ist nicht der meine, war niemals der meine, war niemals ich.

Ich muß auf den Stern hören, auf nichts sonst. Der Stern hatte eine weibliche Stimme, eine leise Stimme, stadtrauh, mit einem ausländischen Rhythmus. Ich verliere den Stern oft aus den Augen, weil ringsum die Dunkelheit um sich schlägt und sich krümmt, aber ich konnte ihn immer singen hören, klar wie Morgenwind. Eines Tages werde ich ihn einholen, und dann wird er mir meinen Namen sagen.

Dieses Mal war es ganz anders, tot zu sein. Dieses Mal quillt der Tod über und brodelt vor Bewegung und Farbe und irdischem Treiben. Es könnte fast ein anderer Marktplatz sein, nur daß man nicht wußte, wer die Stände betreute und welche Waren man dort verkaufte. Es wird keine Worte und keine Gedanken für solche Wesen, solche Dinge geben, doch das spielt keine Rolle, weil sie nicht wirklich sind. Das Flußbett ist wirklich.

Wenn ich vorbeigehe, werden sie mir nachkommen, diese Untiere aus Feuer und Schmutz, die plappern und gurren und an meinem Schatten zerren, weil sie selber keine Schatten haben. Gleichviel. Dieser Tod ist nichts als Schatten; dieser Tod war wie die Schattenspiele, die jemand mit der Hand zu machen pflegte, für wen? Dünne, sich krümmende Finger warfen rauchige schreitende Ungeheuer auf eine schmierige Mörtelwand mit einem langen Riß nahe dem Besenschrank, wo? Dieser Tod ist ein falsches, schäbiges Land, das unter den gelben Klauen sich Schicht um Schicht hervorschält. Und sogar das Ding außerhalb ist bloß ein lärmender Schatten, wenn ich ihm schließlich im Schotter der Dunkelheit gegenüberstehen werde. Die Klauen sind weich und verschrumpelt wie verdorbenes Gemüse, das blutfeuchte Gekicher ein altersschwaches Husten. Es spielt keine Rolle, geh weiter.

Ist nicht auch der Stern bloß ein Schatten? War die Dunkelheit in Fetzen gerissen, blieb ein niedriger, schwerer Himmel zurück, gelb wie die Klauen. Der Stern erscheint größer, näher, bewegt sich träge, kämpft gegen die Klebrigkeit des Himmels. Er war ein Mann, der Stern, keine Frau. Er brennt so hell, kein Wunder, daß ich ihn aus so weiter Ferne deutlich sehe, singend und fordernd. Was muß ich tun, wenn ich ihn erreiche? Ich konnte mich nicht erinnern, doch ich weiß es.

Etwas ist hier. Etwas ist hier, das kein Schatten ist. Hinter all dem närrischen Gelärm und Getue war ein wartendes Etwas, das geschwind seine Puppen fallen läßt und entschlüpft, als ich näherkomme. Fand ich's je? Es wollte den Stern, es bewegt sich auf den Stern zu, wie ich. Wirklich wie das Flußbett macht es sich an den Stern heran.

„Zeige dich", sagte ich, aber es will nicht. Ich sag, „Zeige dich, warum die Furcht? Dies ist dein Spiel, nicht das meine." Doch es läßt mich nur kurz heran, durch die knirschenden Trümmer schlurfend von Weltenräumen aus Latten und Gips, ehe ich spüre, daß es sich wieder fortstiehlt, dem Stern nach. Das macht mich wütend, weil es den Stern zwar niemals fangen, aber ihn für immer aus meiner Reichweite vertreiben wird. Ich habe endlos lange Zeit, nicht aber der Stern. Wie kann ich das wissen?

Im Flußbett werde ich besser aufgehoben sein als hier. Welten unter den Füßen wie Kinderspielzeug, und nichts hat Geltung, bis auf den Stern und mich und dieses verstohlen gleitende Andere genau über mir. Und *er* ruft noch immer so laut, schreit diesen Namen, der mir nicht gehört, durch endlose falsche Himmel und Höllen. Aschfarbene Kreaturen, gemacht aus toten, feuchten Blättern, werden vom Lärm geweckt; goldene und scharlachrote Schmetterlinge mit langen, feinen Fischzähnen wirbeln auf und schnüffeln an meinem Gesicht; Dinge wie watschelnde Berghänge schieben sich stumm hinter mir zusammen. Dinge wie Männer und Frauen, alle aus Dämmerung gewebt, umwinden mich und tanzen weiter und blicken sich um und weinen, als ich nicht folgen will. Dann hüllen glimmende Wogen trägen Nebels sie ein und versperren mir den Weg. Aber der Stern ruft mich, und ich gehe weiter.

Weitergehen? Was ist das Ziel und wo? Und ist dies alles schon gewesen? Der Stern treibt langsam zu mir zurück, und das andere schleicht sich heimlich auf die Seite, unsichtbar, atmend. Plötzlich gibt es keine Gesichter mehr, keine fleischfressenden Oger, keine bemalten Fassaden: jede Farbe, außer der Farblosigkeit, hat sich verlaufen wie Regen, nur ein kleines wächsernes Sternenlicht ist geblieben über einem Streifen Nirgendwo, und dazwischen ich. In dieser letzten Leere drei kleine Geräusche: das zornige Singen vor mir, das Rufen, so weit hinter mir, und der leise rauhe Atem, der Schritt mit mir hält. Eintausend Jahre, zehn mal tausend Jahre, zehntausend mal tausend Jahre.

Wieso kann er mich fortwährend rufen; wieso kann ich ihn hören? Ich lege mich wieder im Flußbett nieder, nur für einen Augenblick, um die anderen Gesichter wieder zu sehen, aber auch sie waren verschwunden. Trotzdem, es wird mir schwerfallen, aufzustehen und dem Stern nachzufolgen, obgleich ich nicht müde werden kann. Ich wünschte, denke ich, ich könnte müde werden, heiß oder kalt, zornig oder ängstlich. Wie gut, sich zu fürchten. Aber ich hatte etwas zu tun, und nur der Stern kann mir sagen, was es ist. *Warum rief er dauernd diesen Namen?*

Sang ich? War ich diejenige, die sang, all diese Jahrhunderte hindurch, stapfte ich mühsam hinter meinem eigenen Lied her?

„Der eine sagt *ja*
Der andre sagt *nein,*
So und nicht anders soll es sein.
Der eine sagt *Sonne,*
der andre sagt *Regen*
und so geschieht's mit der Götter Segen.
Der eine ist *groß,* der andre ist *klein.*
der eine sagt *ja,* der andre sagt *nein,*
eine Welt ohne Ende, tagaus, tagein."

Es ist ein altes Kinderlied, aber welche Kinder sangen es? Basen, irgendwelche albernen Basen, sie sangen solchen Unsinn. Aber der Stern? Sang der Stern nie, niemals? War ich es immer, die ihn zu mir zurücksang, so wie der jemand, der mich aus dem Flußbett hinaufsang? *Gemüse. Sie sang Gemüse.*

So nahe jetzt, daß ich sehen kann, daß kein Stern da ist, sondern nur ein Mann, ein alter Mann, der über diesen alten, alten Himmel fällt. Er lächelt und hebt seine Hände hoch, zeigt mir die Flammen, die unter seinen Fingernägeln hervorsickern. Die Flammen sehen mich auch — sie winken mich zu sich, lachen, greifen nach meinen Händen. Der Mann hat ein schönes Gesicht, klug und erwartungsvoll. Er sprach zu mir, aber ich kann seine Worte nicht hören, weil das Feuer unter seiner Zunge sie verschluckt. Aber ich brauchte sie nicht zu hören. Jetzt kenne ich meine Aufgabe.

Wenn ich seine Hand berühre, wird er frei sein vom Himmel und auch vom Feuer, frei von allem, was sein Ort von ihm verlangt. Dann gehen wir zusammen zurück, zurück zum Flußbett. Es ist still dort, und das Wasser wird sein Brennen heilen. Ich stehe auf Zehenspitzen, um seine flammende Hand zu berühren.

Und dann. Da.

Es steht zwischen dem alten Mann und mir, und seine Stimme, seine Stimme ist alles, was je war. Die Stimme sagt, er ist *mein.*

Ich kann nicht sehen, ich kann nicht denken. *Mein.* Meine

Augen, meine Ohren müssen bluten, ich blute innen, in meinem Kopf. Die Stimme durchbohrte mich hier, hier, hier. — *Mein. Mein. Mein. Mein* — bis ich niederbreche, mein Gesicht verhülle, zu schreien versuche, „Dein, ja, ja, er ist dein, ich bin dein!" Aber die Worte weigerten sich, meinen Mund zu verlassen. Ich muß etwas tun, und die Worte wissen es. *Mein, mein,* aber ich darf nicht nachgeben, es ist mir nicht erlaubt. Ich stehe auf.

Und das sehe ich.

Zuerst sieht es fast menschlich aus. Es ist groß, nackt, hohlbrüstig, mit großen knochigen Schultern, die an den Enden nach oben stehen. Dünne Flecken farblosen Haars. Riesige Augen in einem Kopf, der für den allzu dicken Hals zu klein ist: schöne gestaltlose Augen, wie Blumen, wie Spritzer von Teichwasser in der Sonne. Lange dreifingrige Hände; keine Ohren, keine. Larvenweiße Haut, straff gespannt und zuckend um einen feuchten blauen Mund. Der Mund ist voller winziger Raspelzähne, blau und grün, weit in die Kehle zurückreichend. Selbst die Lippen sind damit besteint, sogar die schimmelige Zunge. Er kann keine Worte formen, dieser runde, glitzernde Mund, doch eines kam schleichend über mich, immer und immer wieder, eine Welt ohne Ende, tagaus, tagein. *Mein. Mein.*

Ich presse meine Hände auf die Ohren, obwohl das nichts nützen wird. Ich sage, „Nein."

Mein. Eine heiße Nadel im Mark meiner Knochen, aber ich falle nicht ein zweites Mal. Meine Knochen antworten, „Nein. Er gehört mir." Niemand gehört mir, weil ich niemand bin, aber das ist es, was meine Knochen sagen wollen. „Du kannst ihn nicht haben. Ich bin gekommen, ihn an seinen eigenen Platz zurückzubringen. Tritt beiseite, du."

Wieder strecke ich die Hände nach dem flammenden alten Mann aus — wieder bietet er mir seine Hand mit den feurigen Nägeln —, und abermals peitscht dieses Wort meine Seele, als ob diese Zunge sie beleckt hätte. *Mein!* Aber einen Augenblick lang klingt die Stimme ein wenig verändert — beinahe verwirrt, beinahe unsicher, die Forderung ist beinahe eine Frage. Dann noch ein Wort, noch ein Aufschrei in meinen Knochen. *Handel.*

Jemand antwortete. „*Er* schloß keinen Handel. Du hast keinen Anspruch auf ihn." Meine eigene Stimme, nackt erzitternd am Ende aller Dinge. Ich reiche dem alten Mann abermals die Hand. Ich kann in meinem Kopf eine gierige Wachsamkeit hören, aber keine Worte mehr, nicht jetzt.

Die Hand brennt grausam in der meinen, ohne mich zu verbrennen. Aschfahler Rauch steigt auf, wo sie sich vereinen, doch ich spürte bloß, wie sich etwas Lebendiges leise zwischen unseren Handflächen regte. Der alte Mann blickt auf unsere vereinten Hände, senkt seinen Kopf, um sie ernst-flink zu küssen. *Das* brennt, und ich versuche, meine Hand wegzuziehen, doch er folgt ihr grinsend, ein Teil von mir. Er ist nicht der, für den ich ihn hielt, nicht im geringsten. Doch ich hatte trotzdem etwas zu tun, etwas für ihn, mit ihm — aber wenn es nicht darum geht, das stille Flußbett wiederzufinden, was kann es sein?

Ich muß handeln, als ob ich es wüßte. Ich muß mich rühren. Hier gibt es kein Links, kein Rechts, kein Oben oder Unten — ich hätte mich im Kreis drehen und mich auf den Kopf stellen können, und wäre nicht klüger gewesen —, aber jeder Weg, der vom Nichts wegführte, mußte der richtige sein. Fest ergriff ich diese Hand, spürte hinter der papiernen Haut das Blut schlagen wie in einem Vogelherzen und machte mich wieder auf den langen Weg, den ich gekommen war.

Feurige Finger umschließen mein Handgelenk, noch immer ohne mich zu verletzen, doch sie bringen mich zum Stehen. Der alte Mann grinst noch immer, verspottet mich, wartet. Hinter ihm, *es*, wartend, der runde blaue Mund pulsiert wie ein zweites Herz, ein und aus, ein und aus. Wenn ich genau hinschaue, fühle ich mein eigenes Herz langsamer schlagen, mein Blut rückwärts strömen. Sie wollen mir Furcht einjagen, aber ich bin niemand, ich bin tot — wer sind sie, mir Angst machen zu wollen? Ich ziehe den Arm des alten Mannes zurück, kräftig.

„Du kommst jetzt nach Hause", sag ich, als wäre er ein entlaufenes Tier — oder wessen fröhlich betrunkner Vater? Ich sage, „Wir gehen zum Flußbett, du und ich."

Ein paar Schritte folgte er mir ruhig — während *es* uns beobachtet, ohne sich zu rühren —, und dann wälzte er sich auf mich zu, die Arme ausgebreitet, fegte meine Hände zur Seite wie Kinderhände. Noch ein Lächeln, eine züngelnde und knisternde Flamme, und er wächst jäh über jede Menschengröße hinaus, dringt so rasch und so hoch in den Dunst über uns ein, daß dieser ihn kaum aufnehmen kann, ebensowenig wie meine Augen ihn erfassen können. Er ergießt sich, quillt über, erfüllt die Nacht mit sich selbst, mit einem stummen, rauschenden Geheul, das mich verschluckte wie der Fluß. Ich taumle ebenso hilflos durch seinen unendlichen Zorn wie er durch den blassen alten Himmel.

Aber er kann mir nichts zuleide tun. Zweimal bin ich durch die Pforten des Todes geschritten, einmal aus eigenem Entschluß, und was immer mich verletzen kann, es ist nicht hier. Darum greife ich noch einmal hinaus nach seiner freudig flammenden Hand und schreie hinauf in Ohren wie in Wolken bei Sonnenuntergang, „Du wirst mit mir kommen. Ich werde dich nach Hause bringen."

Ein Jahr später oder einen Monat später oder ein paar Minuten später hat er wieder seine gewöhnliche menschliche Größe, blickt mich zum ersten Mal an aus neugierigen schrecklichen Augen, so grün wie die Luft vor einem großen Sturm. Er stieß einen sonderbaren Laut aus, ein leises Zischen, rauh und warnend und traurig. Ich sage, „Du gehörst nicht hierher, jetzt nicht und nicht in Zukunft. Das weißt du."

Und jetzt beginnt *es* sich zu bewegen. Jetzt kam *es* auf langen Vogelbeinen herbeigeschlichen, die sich vorwärts und rückwärts biegen, spreizte sich uns in den Weg, den blauen Mund in dem zuckenden weißen Gesicht vorgestülpt, von selbst zum Leben erwacht, wollte sich an mich schmiegen, bis ich mich hinter dem brennenden alten Mann verstecken möchte. Aber ich erinnere mich, daß ich meinen Platz behauptete, nur innerlich zurückschreckend. Wenn man das nicht tut, werden die Kinder böse. Ich sage wieder, „Du hast keinen Anspruch. Laß uns vorbei."

Handel. Unser Handel. Jedes Wort brennt sich ein in die Knochen meines Schädels, ein Brandmal, das nie heilen wird. Meine eigenen Worte antworten, „Unser Handel? Sprich davon mit ihm, dem anderen — dort war dein Handel.“ Ich verstehe sie nicht, die Worte, aber der alte Mann blickt mich an und lacht rotglühend und lautlos. Er schreitet vorbei am *es*, ohne ihm nur einen Blick zu schenken, ohne auf mich zu warten.

Eine dreifingrige Hand streckt sich aus, kommt heran, greift nach meiner Schulter. Ich konnte nicht zulassen, daß sie mich berührt, diese Hand, daß meine Augen sahen, was träge und klebrig auf der langen weißen Handfläche lag. Ich zucke zurück, aber die Hand deutete an mir vorbei, deutete nach vorn, wo ein Horizont sein sollte, aber nur eine kleine farblose Wallung zu sehen ist, wo nichts auf nirgends trifft. *Es* wollte, daß wir gingen. Ich glaubte das. Ich blicke einmal zurück und folge dem alten Mann.

Sie erscheinen alle auf einmal, alle zusammen, steigen auf in die Dunkelheit wie Sternbilder. Keines glich dem anderen, geschweige denn war so wie *es*, und doch sind sie gleich, allesamt verschiedene Stücke desselben Wesens. Eines war größer als ich, von menschlicher Gestalt, blind, mit winzigen menschlichen Armen und Beinen besetzt, wie ein Insekt. Eines ist bis zur Mitte wie eine große sich aufbäumende Gewitterwolke, darunter nichts als wabbelnder roter Schleim; und eines ist darunter, auf seine Weise so schön wie ein herrlicher Fisch, doch so dünn und durchsichtig, daß ich die geschäftigen kleinen Schatten hineinschlüpfen sehen kann. Wieder ein anderes ist wie ein Haufen von Edelsteinen, und zwischen die Steine sind glitzernde Augen gestreut; eines war nicht mehr als ein strahlendes Flechtwerk in der Luft, gewirkt aus Blattgold und Blut. Dann noch eines und noch eines und noch eines, und keine Möglichkeit, sie zu umgehen für den alten Mann und mich. Sie sind hier, und sie warten auch im Flußbett und für immer in meinem Gebein. *Unser Handel. Unser Handel.*

Sonderbar, das schreckliche Geschrei ist für mich nicht schlimmer, wenn sie zusammen sind, als wenn nur *es* allein schreit. Ein Wesen, ein Begehren, so muß es sein. Im übrigen weiß ich nur, daß sie das Böse begehren — obwohl ich nicht wissen kann, welches Böse noch gemeint ist und ob sie es selber wissen — und daß sie wirklich sind, ob ich sie wirklich sehe oder nicht. Und daß sie den alten Mann besitzen müssen.

„Sieh", sage ich zu ihm. „Wir haben eine lange Reise vor uns, und sie sind uns im Weg."

Dieses Mal war er es, der meine Hand nahm. Wir gehen auf sie zu, und sie verdichten sich, uns zu empfangen, ohne sich zu bewegen, so wie erschrockene Wesen es vermögen, größer zu erscheinen, als sie sind. Neben mir hob der alte Mann seine andere Hand und richtete alle fünf Finger auf sie. Das Feuer unter seinen Nägeln breitet sich um uns aus, blau und grün; die Flammen haben die wütenden Köpfe von Tieren — *sheknaths, nishori,* Fels-*targs* —, und sie werden mit jedem Schritt, den wir tun, größer. Jene, die warteten, wichen auch nicht einen Schritt zurück, aber sie fürchteten sich trotzdem. *Es* fürchtet sich vor ihm.

Der alte Mann belächelt sie, läßt die Türen seines Ofen-Gesichts nur so weit aufschwingen, daß sie sehen können, was dahinter ist. Ich sagte, „Mit Verlaub", wie jemand, dem man Höflichkeit beigebracht hat, und sie teilen sich, gerade so weit, um uns in ihre Mitte zu lassen. Dann schlossen sie sich um uns, türmten sich zusammen außer Sicht, tuschelten aufgeregt in meinen Knochen. Aber die Feuer-Tiere umringen uns ebenfalls, und sie führen ihr eigenes Gespräch, sie zischen und fauchen ihr eigenes „Mit Verlaub"; und wo wir hingehen, ist immer gerade genug Raum für uns, durchzuschlüpfen.

Plötzlich ist das alles zuviel gewesen, für jemanden, der tot ist. Zu sonderbar, zu einsam, zu widersinnig. Ich glaube, wäre der alte Mann nicht gewesen, hätte ich mich vielleicht hingelegt, hier, auf der anderen Seite des Nie, hätte dort gelegen, zwischen den helläugigen Steinen, den flüsternden Beinpaaren von Insekten und den Spitzen gefalteter Flügel, und hätte *es* mit mir tun lassen, was es wollte. Aber *es* wollte nur den alten Mann — warum, weiß ich nicht, und auch nicht, warum das nicht zugelassen werden durfte. Nur, daß es nicht sein durfte. Ich halte weiter seine feuerumflügelte Hand, und er blickte auf mich nieder und lächelt sein verheerendes Lächeln, und wir setzen unseren Weg fort.

Handel, Handel. Unser Handel. Böse mag *es* sein, aber Bösem kann auch Unrecht widerfahren. Die Wehklage des Unrechts folgt mir noch immer, lange nachdem *es* aufgehört hat, zu folgen, lange nachdem wir durchgegangen und wieder auf unserem Weg zum Flußbett waren. Oder gingen wir zurück zu den Pforten des Todes selbst oder gar hindurch, wo das Rufen schließlich auch sein Ende gefunden hat? Wo sollte der alte Mann sein, wenn nicht beim *Es*? Wo will er sein? Jedesmal, wenn ich ihn von der Seite anblicke, schaut er mich an, und obgleich sein Gesicht jedesmal ernst ist, lacht das Feuer hinter seiner Haut. Es hört sich an wie Papier, in das jemand Geschenke einwickelt. Woher weiß ich das? Wer wickelt Geschenke ein für niemanden?

Auf der Straße, die zurückführte — oder führte sie vorwärts, gingen wir auf etwas zu oder von etwas fort? —, folgen wir keinen Liedern, begegnen keinen hungrigen Schatten, durchqueren keine Viehmärkte, die sich als Welten herausstellen, die wiederum nichts anderes sind als Sägemehl und Topfscherben. Nur wir beide, wir ziehen für immer durch Dunkelheit, und mir ist nichts mehr geblieben. Jetzt bin ich müde, wie ich es vorher nicht sein konnte, und je länger wir wandern, desto weniger weiß ich, wohin wir gehen. Ich wußte es vorher nicht, aber dann habe ich das Singen, dem ich folgen kann, und den Stern. Jetzt wünschte ich beinahe, jemand würde meinen Namen schreien, der nicht mein Name ist. Ich könnte dem Ruf folgen, wohin er mich auch führte, und dann würde der alte Mann mir folgen. Doch die Dunkelheit rückt näher und näher — ich kann spüren, wie sie an meinen Schultern zupft —, und auch sie lacht, und jetzt fange ich an, mich zu fürchten. Als ob ich lebte.

Als er sich umdreht, war ich trotzdem bereit. Ich sagte, „Nein. Wir müssen zum Flußbett. Nein. Du brauchst meine Hilfe, wenn du Frieden finden willst." Aber er geht auf mich los, Feuer rast von der einen Hand zur anderen, daß hinter ihm eine blau-weiße Hülle aufschießt, während er seinen Mund öffnet, um mir flammendes Gift geradewegs in die Augen zu grinsen. Vergeblich hielt ich meine Hände vor das Gesicht, und ich rief nach jemandem, weil ich am Ende einer endlosen Nacht bin und am Ende meiner selbst. Aber wer kommt, wenn niemand ruft?

Der Fuchs

Mann-Gestalt! Er stahl die Mann-Gestalt!

Spürte ihr Verschwinden, *spürte,* wie sie fortglitt — ein kaltes Flüstern, Messer, das aus einer Wunde schlüpft. Nie, nie, nie zuvor, niemand wagt solche Gaunerei, solche Dieberei. Schöne Großvater Mann-Gestalt, schöner weißer Schnurrbart, roter Soldatenmantel, Backen, so lächelnd, strahlende aufmerksame Augen, schöne Freiheit, konnte stehen, sitzen, schwatzen, singen, lachen, rotes Bier trinken — alles verschwunden, alles weggeschnappt, und die Eingeweide gleich dazu. Klopfe auf meinen Bauch, höre das Echo, das Großvater Mann-Gestalt war. Weg, futsch.

Der andere. Nicht ekelhafter alter Zauberer, dieser andere, sein Meister, der, dessen Gefangener er war. Schnappte sich zuerst die Sonne, jetzt die Mann-Gestalt, *hoho, was kann ein armer Fuchs gegen solche Macht ausrichten?* Hoho, mehr als ihm lieb ist, dem dummen Zauberer. Nicht mal altes Nichts hat Mann-Gestalt je angerührt, nicht ein einziges Mal, bei all dem vielen Hin und Her mit seinen Aufträgen in dieser Welt. O, dummer, sorgloser, eitler Zauberer, diesen Fuchs quält man nicht so leichtfertig.

Aber dies ist ein Fuchs, der unter Marineschas *naril*-Baum sitzt und für einen sehr kurzen Augenblick hurtig nachdenkt. Endlich Sonnenuntergang, doch noch heiß wie ein ausgeplündertes Fuchsherz, kein Lüftchen, nicht unter dem Baum. Ich sitze und passe auf, bis die Wirtshausfenster auf mich zugetrieben kommen, hell und heftig wie Schneeflocken. Schornstein tröpfelt aufs Dach. Dach kräuselt sich freundlich — schlimm, schlimm für hübsche warme Tauben —, Traufen runzeln sich wie Augenbrauen. Krachen, Bersten, Schreien da drin, fetter Wirt röhrt wie *sheknath* nach Frau *sheknath*. Blitze zerreißen den Himmel, fahren geradewegs in Zauberers Zimmer — es ist alles da drin, in diesem Raum, Wind und Feuer und Dunkelheit, jajaja. Mann-Gestalt auch.

Also Fuchs — jetzt für immer Fuchs, wenn ich nicht flink und schlau bin — zurück in dieses Zimmer? Ja, und trotzdem. Keine Zeit, keine Zeit für *und trotzdem* — aber was ist das? Dieser kleine weiße verrückte glühende Wicht. Lukassa. Fort im Wind, über dem Wind, jenseits von Freunden, Wirten, Streichelfüchsen, Lukassa auf dem Weg, den Menschen nicht gehn dürfen. Auf und davon, einem *griga'ath* nach, und der war ekelhafter alter Zauberer. Lukassa.

Nicht meine Sorge, sind bloß Zaubererkriege. Mir geht's nur um Mann-Gestalt, um nichts anderes. Sollen sich doch gegenseitig mit Zauberworten bespucken, sollen sich doch ihre Spielzeuge kaputtmachen, sich quer durch die Welt wegzaubern und zurückzaubern — wenn sie nur ihre zauberischen Hände von dem lassen, was altem Nichts und mir gehört. Altes Nichts sagt, „Finde ihn. Finde den Dieb. Erklär's ihm." Gut. Jetzt ist Lukassas Sache ihre Sache.

Und trotzdem.

Altes Nichts und ich, wir haben keine Freunde. Abmachungen, ja — Bequemlichkeiten, ja — Freunde, nein, nicht möglich. Schwer genug, Menschen auseinanderzuhalten, ganz zu schweigen von Gefühlen, Wundern. Nyateneri, Lukassa — eine hübsche Satteltasche, hübsche warme Arme in der Nacht, nicht mehr. Sollen mich auf die Nase küssen, so oft sie wollen, was soll's? Nicht möglich.

„Finde", sagt altes Nichts. Mehr Krachen, mehr Geschrei, mehr Fenster verwandeln sich in Schnee. Wirtshaus vom fetten Wirt krümmt sich und knirscht in der Erde. Wankende Leute, in den Hof gespült, rennen, kämpfen, fallen nieder. Oben im Zaubererzimmer, mit dem Rücken zum leeren, zersplitterten Fenster. Er, dieser andere. Gesicht sagt *Ich gewinne, ich gewinne*, Schultern nicht so sicher. Altes Nichts: „Dort. Jetzt."

Lukassas Sache ist ihre Sache.

Hilf ihr, hilf ekelhaftem Zauberer. Nie.

Kümmere dich um einen Menschen, um einen, und es hört nicht auf. Nicht möglich. Ich bin, der ich bin.

Altes Nichts: „Du bist mein kleiner Finger, mein kleiner Zeh, mein Schnurrbarthaar, meine Warze. Bring mich zu ihm, jetzt, rasch. Das ist er, das ist derjenige, dessen Hunger meinen Schlaf stört. Du wirst die Mann-Gestalt zurückbekommen, ich werde damit seine Macht verschlucken. Ich werde ihn zu meiner linken Hand machen."

Wieder verfaultes Brett hinter dem Herd? Durch den Vordereingang reinspazieren, wie ein Gast, Gatti Jinni in den Hintern beißen, zwischen fetten Wirts Beinen durch, einen Augenblick verharren und ihm auf die Füße pinkeln — wem würde das heute nacht auffallen? Ich schnüre auf das Wirtshaus los. Ich bleibe stehen. Altes Nichts: „Was ist?" Ich antworte nicht.

„Was ist, Fingernagel? Schnurrbart?" So weich des alten Nichts Stimme in mir, könnte eine Abendbrise sein, die kaum meinen Pelz aufrauht. „Ist ein Mensch dir mehr als die menschliche Gestalt? Triff deine Wahl. Das ist interessant." Alles interessiert altes Nichts, wenn es wach ist — alles, und gar nichts.

In der Nacht, kurz vor dem Einschlafen, fragt sie immer, *„Fuchs, Fuchs, wie ist dein Name?"* Ich habe keinen Namen, und sie hat ihren Namen verloren. Darin ähneln wir uns, ein bißchen. Altes Nichts: „Wähle." Ich mache zwei Schritte nach links, vier Schritte geradeaus. Wieder nach links? Links, jaja, vier Schritte um eine Ecke, einen nach dem anderen. Und da wären wir. Zauberer machen immer soviel Wirbel um Reisen.

Dieselbe Dunkelheit, warum sollte sie anders sein. Dieselbe dünne schwarze Straße unter meinen Füßen, derselbe böse Himmel. Ein öder Fleck, vergesse ich immer. Ich komme manchmal her, weil altes Nichts das nie tut. Kann's nicht? Weiß nicht. Schwierig, sich hier zurechtzufinden, zu abgelegen, zu schlüpfrig. Sitz still, Fuchs, mach dich leer, lausche. Hier ist ohnehin nie was zu sehen. Lausche ihr nach.

Zuerst wittere ich den *griga'ath.* Riecht kalt, jawohl, kein bißchen heiß — unter dem Feuer ein süßes, entferntes Frösteln, Geruch von Winter, der sich dem Sommer nähert. Kein Zweifel. Ohren klappen zurück, Pelz sträubt sich, bereits auf den Füßen, ohne es zu merken. Keine Angst vor *griga'aths*, ich niemals, bloß der Körper. Dann höre ich Lukassa.

Ist anders hier, hinter dieser Ecke. Zeit hat keine Bedeutung, Ende ist dasselbe wie Anfang, Raum ist nicht wirklich. Lukassa und *griga'ath* — vielleicht hinter mir, vielleicht neben mir, überall, sogar unter mir. Vielleicht stehe ich ihnen gegenüber und weiß es nicht. Aber ich höre Lukassa, weil ich lausche. Wo Mann-Gestalt war, dieser Fleck hört sie.

Ein kurzer, kleiner Schrei — warum lauter schreien, wo doch niemand hilft und ein *griga'ath* droht? Ich antworte — nur ein Fuchsbellen, Worte sind verschwunden mit Mann-Gestalt. Einen Augenblick später, genau über mir in der Dunkelheit, da, Lukassa, fast verloren im Feuer-Schatten, der sie umgibt. *Griga'ath* will sie verschlingen, zu einem lebendigen Teil seines Feuers machen. Nicht alle können das, aber dieser hier kann's, könnte mir ganz schön zusetzen, wenn ich einmal den Blick abwenden würde. Also. Fuchs setzt sich wieder, sehr aufmerksam, bellt noch einmal.

Lukassa dreht sich um. Braune Augen, jetzt grau verschleiert, weil sie hier ist. Der verkehrte Platz hier für Menschen, so verkehrt, als wenn Knochen draußen wären und nicht drin. Kann mich nicht sehen, nicht diese Augen, kann nichts anderes sehen als *griga'ath*. Ekelhafter verdammter Zauberer hätte ihr sagen müssen, was geschieht. Doch jetzt ist es zu spät.

Aber Lukassa: „Mein Fuchs!", und ich will das nicht, doch die zwei Worte durchbohren mich wie kaltes Eisen. „Mein Fuchs!", und sie ist fort von dem *griga'ath* und bei mir, kniet, greift durch das ganze Nirgendwo, um mich zu umfassen. Ein Häufchen Elend ist sie, ein weinendes, lachendes Durcheinander von Furcht, Erschöpfung, Freude, Verrücktheit, Unwissenheit. Liebe. Dem zuliebe laß ich Mann-Gestalt fahren. Ich tu euch einen Gefallen, Tauben. Kommt und freßt mich.

Griga'ath über uns, mit einem eigenen lodernden weißen Himmel. Setz mich ab, dumme Lukassa, aber keine Worte mehr.

Muß sie ins Handgelenk zwicken, kräftig — kreischt, läßt los, sieht verletzt aus, leider. Wieder langsam zurück. Erkennt er uns, der unbedeutende kleine alte Zauberer da drin? Nein. Kalte grüne Augen sickern durch Flammen, er greift nach uns, will uns hochheben, uns beide runterschlingen, sein Ofenherz nähren. Er kann es tun. Selbst wenn ich Mann-Gestalt annehmen könnte, trotzdem könnte er es tun.

Einen Ausweg gibt's. Einen.

Wie lange ist's her? Lange, lange, lange, selbst ekelhafter Zauberer war noch nicht geboren, als ich zum letzten Mal in meiner Ich-Haut steckte. Nicht notwendig, nicht nützlich, zuviel Ärger, Fuchs wird's tun. Und wenn der Fuchs es nicht tun will, dann will's Mann-Gestalt. Kann's eben nicht ändern. Altes Nichts würde es nicht mögen. Altes Nichts ist nicht hier. Kann's nicht ändern.

Lukassas Arme wieder um mich geschlungen, kümmert sich nicht darum, ob ich schnappe oder nicht. Zitternd, fröstelnd, hält mich ganz fest, versucht, mich vom *griga'ath* fernzuhalten. Ein Häufchen Elend, das Mädchen. Ich blicke in ihre Augen — laß los, Lukassa, darf mich nicht in deinen Armen verwandeln, darf nicht, glaube mir. Freundin. Meine Freundin. Laß mich los.

Und sie sieht mir offen in die Augen und läßt mich los, als *griga'aths* Hand ihr näherkommt. Ich senke mich tief in mich hinein, schüttle mich wach, die Tiefe, die nichts Entliehenes ist, kein Schemen, nicht mal ein Teil vom alten Nichts. Ich. Tut mir leid, zu stören, nettes Nickerchen, hoffe ich. Du wirst gebraucht, Ich.

Nicht die geringste Ahnung, wie ich aussehe, doch ich sehe, wie Lukassas Augen sich verändern. Kein Aufschrei, als *griga'ath* sie ergreift, kein Sich-Wehren in seiner Hand — aber jetzt solches Entsetzen, solcher Verrat, fast als wär's Schmerz und unerträglich. So schrecklich Lukassa, wirklich? Nicht mich vor sich zu sehen? Nichts übrig von deinem Fuchs, selbst im alten Ding, das ich bin? Ich würde dich erkennen.

Jetzt ist *griga'ath* an der Reihe, zurückzuweichen, hält Lukassa hoch, zwischen uns, wie eine Laterne. Entscheide dich,

Fuchs — Furcht oder keine Furcht? Jetzt bin ich's, der sich hochreckt, lange graue Arme und Hände habe ich, mit einem glitzernden Rand, zerfurchte Finger biegen die Luft. Ich sage, „Setz sie nieder." Meine Stimme ein graues Mahlen. Lukassa bedeckt ihre Ohren, ihr Gesicht. Ich sage, „Setz sie nieder."

Etwas steigt in mir auf, eine Erinnerung. Wasser und Himmel, diese Welt, als ich auf sie kam — Wasser und Himmel und furchtbare Bäume und altes Nichts. Füchse, ja, jede Menge Füchse, doch keine Menschen, also keine *griga'aths.* Keine Zauberer, nicht einen, keine Zauberer, die hin und her huschten, Götter sein wollten, Dämonen, gewöhnliche Wesen, alles zugleich. Geschöpfe wie ich waren da — auch andere Dinge, im Wasser, in den Bäumen. Fuchs vergißt, Mann-Gestalt vergißt. Ich erinnere mich.

Griga'ath erinnert sich an etwas. Setzt Lukassa langsam nieder, sie blickt hin und her, wer ist furchtbarer? Ich sage, „Lukassa, zu mir", doch sie kann meine Stimme nicht ertragen. Ich bewege mich auf sie zu, greife nach ihr, sie huscht fort, jetzt hinter mir, gut. *Griga'ath* zischt, grinst uns an mit Ungeheuern, noch unentschlossen. Ich spreche zu ihm in der Ersten Sprache, die Fuchs und Mann-Gestalt nicht kannten. Ich sage zu ihm, „Schau mich an, und scher dich weg. Dürrer Stecken, totes Blatt, fahr dahin, was immer auf dich warten mag." Und ich wende ihm den Rücken zu.

Und für mich war's zu Ende. Brauche Lukassa nur noch heimzubringen, in diese andere Welt, die ihre. Nur eine Haut zwischen ihrer und dieser, weniger, ein Flüstern, aber kein Kommen und Gehen, nur die Toten, die Verrückte, der Fuchs. Lukassa ist nicht verrückt. Der alte Zauberer hat's gemacht, so wird's sein — Narr, Narr, wie konnte ich es nicht begreifen? Lukassa. Die arme.

Ein letzter Blick zurück. *Griga'ath* krümmt sich, bewegt sich nicht, wird nicht wieder angreifen. Jetzt ein kleines Feuer, unter seiner Flüssigkeit, färbt sich dunkel — nicht der *griga'ath* verzehrt uns, sondern die Dunkelheit saugt ihn bereits ein, trinkt ihn hinein in sich. Geschieht dir recht, ekelhafter Zauberer, die

Toten zu wecken, damit sie dich bewundern. Selbst für einen Zauberer schändlich. Was du geworden bist, du warst es immer. Dieses eine Mal ist es Gerechtigkeit, dich hier zurückzulassen, und ein Vergnügen ist es noch dazu.

Aber Lukassa will nicht kommen.

Vier Schritte nach rechts, umdrehen und herunter, so einfach — aber sie will nicht. Immer noch voller Angst, treib sie voran, nutze die Furcht, keine Zeit und keine Wahl. Sie entzieht sich mir, stürzt hierhin, dorthin, dumpf-eigensinnig wie ein Hühnchen, versucht immer wieder, zum *griga'ath* zurückzukehren. Das ist Verrücktheit, was sonst? Ich sage ihr, daß sie aufhören, mit mir kommen soll, aber die Stimme macht sie erst recht ungebärdig, sie würde sich hinter dem *griga'ath* verstecken, wenn sie es wagte. Sie sagt, „Ich kam seinetwegen."

Immer. Immer. Laß dich mit Menschen ein, mit Gefühlen überhaupt, dann wirst du schon sehen, und rede dir ein, daß du nicht weißt, was du weißt. Sie würde auf der Stelle geradewegs durch dich hindurchgehen — du oder *griga'ath*, kein Unterschied, alles wegen eines ekelhaften verlorenen alten Mannes. Tot oder lebendig, ein Schwachkopf bis auf die Knochen. Und *dir* geschieht's recht, schwachköpfiger Fuchs. Zum Lachen, ich packe sie, schleppe sie fort, wohin sie gehört, will's hinter mich bringen. Sie entwindet sich mir — „Nein, nein, ich kam seinetwegen! Fuchs, wo bist du? Hilf mir, Fuchs!" Sieht mich an, während sie schreit.

Mich zurückzwängen in Fuchs-Gestalt, um sie zu besänftigen? Aber inzwischen bin ich so närrisch wie sie. Das machen Menschen aus dir. Noch einmal, ich kann nicht anders. Ich wende mich dem *griga'ath* zu, spreche zu ihm, langsam, mit Bedacht. „Dann komm mit. Komm mit uns." O, nie wieder, nie wieder. Altes Nichts wird sich vor Lachen ausschütten.

„Komm mit uns." *Griga'ath* macht einen einzelnen Schritt. Lukassa schnappt staunend nach Luft — noch ein Schritt, noch einer. *Griga'ath* bleibt stehen, sieht uns an, Augen wie grüne Asche. Erkennt uns nicht, kann er wissen, wer er selber ist? Kann er wählen — diese Welt, jene Welt? „Also komm, komm."

Ein blauheißes Fauchen, ein Schritt. Lukassa klatscht in die Hände, singt von Hoffnung. Nie wieder. „Also komm."

Rosseth

Da ist eine Lücke in meiner Erinnerung, genau hier. Ich kann mich an den Wind erinnern, an den ungeheuren, unglaublichen Lärm, an das Schreien der Leute auf den Fluren und daran, daß der ganze „Fischhaken und Schlägel" heftig schauderte, wie ein erschrecktes Pferd. Ich erinnere mich, daß ich Lals Hand hielt und mit ihr und Soukyan auf eine Schwärze zuging, wo eine Wand gewesen war, eine Schwärze, die uns sehr freundlich einlud, einzutreten. Sie zeigte uns Bilder, die Schwärze. Ich kann jetzt nicht sagen, was sie uns zeigte, doch ich ging fröhlich hinein. Daran erinnere ich mich ebensogut wie an den *griga'ath.*

Dann war nichts — nein, nicht mal nichts, nicht mal ein Loch, sondern ein Schluckauf. Das nächste, ohne die kleinste Unterbrechung, ist Karsch, der mich schüttelt und mich aus Leibeskräften anbrüllt. Ich erinnere mich an die einzelnen Worte, doch alle zusammen ergeben sie keinen Sinn. Ich zapple in Karschs Griff hin und her wie ein Spüllappen, während Tikat hinter ihm „Lukassa! Lukassa!" gegen eine Wand schreit. Der andere Zauberer ist ebenfalls da, beobachtet ihn mit einem sonderbaren, entrückten Lächeln, das sich auf seinem lippenlosen Mund ausbreitet. Es ist wie ein Traum und scheint immer lange anzudauern.

Soukyan machte dem ein Ende. Er schob mich hinter sich, setzte Karsch eine Hand auf die Brust und hielt ihn zurück. Ich erinnere mich, daß seine Stimme so tief und rauh war, daß Karsch gewiß durch jede Verkleidung erkennen mußte, wer er wirklich war, und er sagte, „Bleib da, fetter Mann, wo du bist." Ich verstand seine Worte. Er sagte zu mir, „Rosseth. Alles in Ordnung mit dir?"

Ehe ich antworten konnte, wenn ich's denn gekonnt hätte, bellte Karsch, „He, was zur Hölle, glaubst du, habe ich ihn gefragt, dummes Weib?“ Mich überkam ein krampfhaftes Kichern, gegen das ich mich nicht wehren konnte. Nicht so sehr, weil ich wußte, was geschehen war, sondern auch, weil ich nie erlebt hatte, daß Karsch so mit einem zahlenden Gast umsprang. Dieses Mal mußte Soukyan mich ein bißchen schütteln. Ich sagte, „Ja, alles in Ordnung, es ist alles in Ordnung.“ Ich löste mich von Soukyan, drehte mich um und warf einen Blick um mich.

Das Zimmer war eine Ruine, das Fenster verschwunden, die Tür hing an einer Angel — Karschs Werk, wenn ich das damals auch nicht wußte. Nicht, daß man viel tun müßte, um einen schmuddeligen kleinen Verschlag wie diesen zu ruinieren, der in erster Linie unterhalten wird, damit Kahnführer ihre Räusche ausschlafen können; aber die Wände waren eingedrückt, als hätten ein paar riesige Daumen und Zeigefinger das Zimmer zusammengequetscht. Die Hälfte des Fußbodens war schwarz versengt, und wo der *griga'ath* entlanggegangen war, hatte ihn dessen Hitze zu einem scharfen Grat verworfen. Ich sah Marineschas Blumen in einer entfernten Ecke verstreut. Merkwürdigerweise waren sie unversehrt, nur die Vase war zerbrochen.

Lal war bei Tikat und versuchte, sein endloses, herzzerreißendes Rufen zu besänftigen. Aus einem Augenwinkel konnte ich Soukyan sehen, der sich langsam auf den Zauberer, Arschadin, zubewegte. Arschadin lächelte noch immer, ohne jemanden anzusehen, sein Gesicht und sein Körper verharrten in einer Art ehrfurchtsvollem Staunen. Er schien sonst überhaupt nichts wahrzunehmen, doch es war Soukyan, dem ich eine Warnung zurufen wollte. Aber dann war Karsch wieder über mir und verlangte im gleichen Atemzug zu wissen, ob ich wirklich in Ordnung sei und was ich in drei Teufels Namen überhaupt in diesem verfluchten Zaubererzimmer zu suchen hätte. Sein Gesicht wurde abwechselnd bleich und rot, und er zitterte selber, beinahe so wie ein Pferd. Ich glaubte, es war das Wirtshaus, die Verwüstung der einzigen Sache in der Welt, die er liebte. Er tat mir leid.

Soukyan machte den letzten Schritt vor dem Sprung, und ich

rief ihm etwas zu, aber Arschadin hatte sich bereits herumgedreht. Eine fette weiße Hand machte eine undeutliche Bewegung in Soukyans Richtung, und Soukyan fiel zu Boden. Sein Mund stand offen, doch er konnte nicht atmen — ich konnte sehen, wie seine Augen hervortraten, seine Brust sich spannte, während er zu Arschadins Füßen nach Luft rang. Er rollte hin und her, seine Hände zerrten an seiner Kehle, versuchten wie rasend sie aufzureißen, um Luft hineinströmen zu lassen. Arschadin blickte auf ihn nieder und nickte nachdenklich.

Ich wollte auf Arschadin losgehen, aber Karsch packte meine Arme so heftig, daß ich tagelang blaue Flecken hatte. Lal flog durch den Raum wie ein geschleuderter Dolch, ihre goldenen Augen zu Schlitzen verengt und kalt. Arschadin warf ihr einen Blick von der Seite zu, und sie blieb wie angewurzelt stehen, starrte verstört in alle Richtungen, halb kauernd, halb herausfordernd, warf ihre Arme hoch, um Angreifer abzuwehren, die keiner von uns sah. Offensichtlich erkannte sie niemanden, nicht einmal Soukyan, der sich am Boden wand. Auch das dauert unendlich lange, aber es ist nicht wie ein Traum.

Arschadin sprach. „Es ist vorbei", sagte er mit dieser leichten, geschlechtslosen, fürchterlich tonlosen Stimme. „Hier ist ein neuer Meister." Soukyan unterbrach ihn mit einem rasenden Zucken, zuerst durch einen Tritt mit all seiner schwindenden Kraft, dann mit dem Versuch, Arschadins Beine mit den seinen zu verhaken, um ihn zu Fall zu bringen. Arschadin trat beiseite, und Soukyans Aufbäumen verlor sich in einem kraftlosen Trommeln von Fersen, so wie die meinen gegen die Wand schlugen, als der blauäugige Mörder mich dort festklemmte, die Hand an meiner Kehle. Ich konnte es nicht ertragen. Es gelang mir, Karsch einen Ellenbogen in den Magen zu rammen, und er stöhnte und ließ mich los. Ich ging wiederum auf Arschadin los.

Er nickte Lal zu, und sie fuhr herum, um mich aufzuhalten, geduckt und mit wütendem Blick. Arschadin wies auf Soukyan und sagte, „*Er* soll dir eine Warnung sein —", aber er sprach den Satz nicht zu Ende, denn genau in diesem Augenblick erschienen Lukassa und der *griga'ath* wieder.

Sie kamen aus einer Falte in der Luft, rasch aufgeworfen und wieder geglättet, die ich nur einen Augenblick erspähte, als sie sich für sie öffnete. Lukassa war die erste und offenbar darum bemüht, den *griga'ath* hindurchzulocken, und hinter ihnen ... hinter ihnen war in diesem Augenblick etwas, von dem ich weiß, daß ich es nicht gesehen haben konnte. Es war grau und groß, und es sah mich ebenfalls, und es konnte mich nicht gesehen haben. Das ist alles, was ich sagen möchte. Im nächsten Augenblick hatte sich der Durchgang geschlossen und war verschwunden, und Soukyans Fuchs sprang auf den Boden, wo er sich ungerührt auf seinen Hinterbacken niederließ und zusah, wie Arschadin abwechselnd rot und blaß wurde. Außerdem stieß er Töne aus, doch sie waren nicht annähernd so interessant.

Was sich dann ereignete, vollzog sich so rasch, daß ich sehr sorgsam darüber sprechen muß. Lukassa machte zwei Schritte nach vorn und brach zusammen, nicht in Tikats wartenden Armen, sondern in den meinen. Sie riß mich zu Boden, und ihr Kopf prallte so heftig gegen meinen Mund, daß meine Lippe aufriß und ich einen Zahn verlor. Der *griga'ath* schüttelte sich, nieste und war wieder der alte Zauberer — und fragen Sie mich, wieso ich so sicher sein konnte, sage ich Ihnen, daß er als erstes Soukyan zwei Worte zuwarf, worauf dieser Atem holte — wie zum ersten Mal in hundert Jahren, wollte mir scheinen —, noch einmal tief einatmete und sich langsam aufsetzte, sogleich die Arme nach Lal ausstreckend. Sie zog ihn auf die Füße, und einen Augenblick umarmten sie einander. Dann drehten sich beide nach Arschadin um.

Er war verrückt, kein Zweifel — jeder, der ein Meister sein muß, ist verrückt —, doch heißt das, daß sein Mut nichts als Verrücktheit war? Ich zumindest glaube das nicht. Er musterte den alten Zauberer so unverschämt und verächtlich wie immer und sagte, „Da wären wir also wieder. Wohin möchtest du gern als nächstes von mir geschickt werden?" Doch seine Lippen rundeten die Worte gezwungen, und sein Gesicht war wie schmelzendes Eis.

Der alte Mann sah unendlich erschöpft aus, doch der Geruch

von Tod und Verzweiflung war von ihm gewichen. Seine grünen Augen waren klarer, als ich sie je gesehen hatte, und leuchtend wie junge Blätter, und sein Lachen war Quellwasser, aus Gestein hervortanzend. Er sagte, „Sorge dich nicht um mich, mein armer Arschadin. Laß uns über einen Ort nachdenken — und das rasch —, der weit genug entfernt ist, an den wir dich verfrachten können, so wie du vor uns stehst. Denn nichts ist je vorbei, und jene, die du enttäuscht hast, haben kein Verständnis für Versagen." Unter dem Lachen war seine Stimme hart und eindringlich.

Lukassa rührte sich in meinen Armen. So sanft ich konnte, übergab ich sie Tikat. Unsere Blicke trafen sich kurz; dann neigte er den Kopf und berührte ihr Haar. Ich sah weg. Arschadin gab zurück, „Ich habe meine Abmachung eingehalten. Wenn sie zu schwach waren, dich zu bändigen, was sollen sie dann mit mir machen? Nichts hat sich verändert."

Hinter mir murmelte Karsch. „Ich bring ihn um. Laßt ihn mich nur in die Finger kriegen, dann bring ich ihn um." Ich glaubte, er meine Arschadin; er hatte wohl begriffen, wer am Ende für die Zerstörung des „Fischhaken und Schlägel" verantwortlich war. Aber er warf dem Fuchs finstere Blicke zu, der immer noch aufrecht dasaß und alles mit heraushängender Zunge und einer Miene gelassenen Spotts beäugte. Bei Karschs Worten drehte er sich um und sah mich an wie am ersten Tag aus Soukyans Satteltasche, und tief unten in seinen Augen regte sich schimmernd mein wirklicher Name.

Der alte Mann sagte, „Arschadin, wir haben keine Zeit zu verlieren. Ich bin mit allem einverstanden, was du möchtest, aber wir müssen dich noch in diesem Augenblick von hier verschwinden lassen. Arschadin, hör auf mich. Ich bitte dich."

Arschadin lachte. Es war ein überraschendes Lachen, bedächtig und plötzlich wirklich und zutiefst erheitert, und ich kann es noch immer hören und mich wundern. Lachte er aus sorglosem Hochmut, in der sicheren Überzeugung, seine teuer erkaufte Macht werde ihn vor jeder Rache schützen, vor menschlicher und anderer? Oder war es das Lachen eines Mannes, der nichts zu verlieren hat und sich über einen Ausweg überhaupt keine Gedanken mehr macht? Natürlich weiß ich das nicht, doch es gibt schlimmere Arten, sich an einen bösen Mann zu erinnern.

„Nichts hat sich geändert", wiederholte er. „Nur, daß du von dort zurückkommen konntest, wo du gewesen bist, um mich gleichwohl anzuflehen, auf dich zu hören." Wieder schrumpfte die Luft zusammen, unmittelbar neben ihm. Eine Kräuselung erschien in ihr, genau wie die Kreise, die sich ausbreiten, wenn du einen Stein in ein stilles Wasser wirfst. Dieser Kreis wurde dunkler, zog sich zusammen und wurde ein blauer Mund, dessen Lippen von winzigen funkelnden roten und blauen Zähnen benetzt waren. Arschadin drehte sich um und schlug nach ihm, schrie Worte, die sich anhörten wie Bäume, die von einem Sturm geknickt werden, einer nach dem anderen. Der runde Mund schob sich vor, wie zu einem entsetzlichen Kuß. Er zog sich um Arschadin zusammen, saugte ihn ein, und war verschwunden.

In der Stille hörte ich Tikat singen. Er hatte die ganze Zeit nicht aufgeblickt, sondern Lukassa in seinen Armen gewiegt, und sein langes helles Haar, das ihr Gesicht halb bedeckte, vermischte sich mit ihrem dunklen Gewirr, während er leise vor sich hinleierte. Ich kannte das Lied — es war das Wiegenlied von der Byrnarik-Bai. Er brachte die Worte ganz durcheinander; oder vielleicht tu ich's.

Tikat

Sie schlief, ohne sich zu rühren, fast drei volle Tage.

Ohne um Erlaubnis zu fragen, quartierte ich sie im Obergeschoß im besten Zimmer ein, von dem Rosseth sagt, daß es manchmal das ganze Jahr leersteht, weil Karsch darauf beharrt, es für die Art von Leuten freizuhalten, die selten nach Corcorua kommen. Als Karsch deshalb zu krakeelen anfing, sagte der *tafiya* ganz freundlich zu ihm, „Guter Meister Wirt, an dem Tag, da Lukassa in diesem Bett aufwacht, werde ich Ihr Haus wieder in seinen früheren Zustand versetzen, und bei dieser Gelegenheit die Stink-Käfer aus Ihren Mauern vertreiben. Wenn Sie jedoch noch ein Wort über die Sache verlieren, solange es *so* aussieht" — und er deutete in die Runde auf den Trümmerhaufen, zu dem der Zauberer Arschadin den „Fischhaken und Schlägel" gemacht hatte — „verspreche ich Ihnen, daß Sie *dies* hier ewig als die guten alten Zeiten in Erinnerung behalten werden." Karsch stürmte davon, um die Nebengebäude zu inspizieren, und der *tafiya* seufzte und setzte sich an Lukassas Bett, um die Nacht bei ihr zu wachen.

Tatsächlich tat er mehr, als er versprochen hatte, denn als wir am Morgen des dritten Tages erwachten, stellten wir fest, daß das Dach des Wirtshauses an seinem alten Platz war, unversehrte Fenster sauber in neuen Rahmen in neu errichteten Wänden saßen; die Fußböden waren gewiß so eben wie eh und je, die zwei steinernen Schornsteine ebenso gerade, die Fundamente vermutlich solider, und Dinge wie Bierpumpen, Zisternen und Wasserleitungen taten ihre Pflicht, als ob sie nie wie Unkräuter ausgerissen worden wären. Die Stink-Käfer waren in der Tat verschwunden, und das Schild über der Eingangstür war frisch übermalt worden, was Karsch seltsamerweise in Wut versetzte. Er stampfte den ganzen Tag herum, murmelte, dem Schild habe, so wie es gewesen sei, nie etwas gefehlt, und noch nie habe es einen Zauberer gegeben, der gewußt hätte, wann die rechte Zeit zum Aufhören sei. Was freilich zutrifft, wie ich heute sagen kann.

Lukassa erwachte erst am Abend. Der Fuchs lag schlafend auf ihrem Bett, und auch der *tafiya* war eingeschlafen; wenigstens glaube ich das — er war auf manche Weise ein hinterlistiger alter Mann, und er hatte seinen Spaß daran. Sie war sofort hellwach, ihre Augen sogleich auf neuen Schrecken vorbereitet. Ich ließ es darauf ankommen, ob sie erschreckte, legte meine Hände leicht auf ihre Arme und sagte, „Lukassa."

Ich bin nicht sicher, ob ich es hätte ertragen können, wenn sie mich dieses Mal nicht erkannt hätte. Doch ich sah, daß sie es tat, noch bevor sie sprach. Sie sagte, leise, aber deutlich, „Tikat. Da bist du, Tikat."

„Ich bin hier", erwiderte ich, „und du bist bei mir, und er auch", und ich nickte zum *tafiya* hinüber, der ernsthaft in seinem Sessel schnarchte. Ich sagte, „Du hast ihn gerettet. Ich glaube, du hast uns alle gerettet."

Sie antwortete nicht, sondern blickte mich lange Zeit schweigend an. Ihr Gesicht war das einer Fremden, und wie sollte es anders sein? Lieben wir einander vom Tage unserer Geburt bis zum Tag unseres Todes, sind wir doch in jeder Minute Fremde, und niemand sollte das vergessen, wenn wir es auch vergessen müssen. Marinescha blickte durch die Schlafzimmertür, lächelte scheu und ging wieder fort. Lukassa sagte, „Als ich dort war, an jenem Ort, hörte ich, wie du mich riefst."

Meine Kehle war noch rauh davon. Ich neigte meinen Kopf über ihre Hände. Sie sprach weiter, oft stockend. „Tikat, ich erinnere mich nicht an dich aus der Zeit vor — vor dem Fluß. *Er* sagt, ich werde mich nie wieder erinnern, nicht an dich, nicht an mich, an niemanden." Es waren Tränen in ihren Augen, doch sie strömten nicht. „Aber ich weiß, daß du mein Freund bist und dich wirklich um mich sorgst. Und daß ich dich verletzt habe." Eine Hand schob sich über die meine und umschloß meine Finger.

„Du konntest nichts dagegen tun", sagte ich. „So wie ich mich nicht dagegen wehren konnte, dich zu rufen. Ich hätte nie gedacht, daß du es hören würdest."

„Hab' ich aber." Sie lächelte zum erstenmal, ein Lächeln, das sie immer zurückzuhalten versucht, denn wenn sich ihre Fröhlichkeit über den linken Mundwinkel breitet, sieht man einen krummen Zahn. „Es war sehr unangenehm, bis ich das Rufen brauchte, um den Weg zurück zu finden. Aber dann konnte ich es nicht mehr hören."

„Ich konnte nicht mehr rufen", sagte ich. Lukassa blickte mir in die Augen und nickte. Ihre Hand umschloß die meine fester. Ich sagte, „Ich konnte nicht, Lukassa." Sie nickte wieder. Ich drehte meinen Kopf, um nach dem Fuchs zu sehen: schiefe Augen fest geschlossen, aufgeplusterter Schwanz über der Schnauze, das Fell mit den schwarzen Haarspitzen von seinem sanften Schnarchen gescheitelt. Lukassa streichelte ihn mit der freien Hand, und er kuschelte sich ihr entgegen, ohne aufzuwachen. „Er war der Mann im roten Mantel, weißt du", sagte ich. „Ich begegnete ihm auf dem Weg hierher, als ich dir und Lal folgte."

„Es gibt noch etwas anderes, was er ist", flüsterte Lukassa. „Etwas anderes, das man mit nichts vergleichen kann." Ich konnte sie kaum verstehen, und sie sprach nicht weiter. Wir waren eine Weile still, hielten uns bloß bei den Händen, blickten einander an, blickten weg. Alle Fragen, die ich ihr stellen wollte, saßen mit uns auf dem Bett: die Matratze schien unter ihrem Gewicht nachzugeben. Schließlich sagte Lukassa, „Ich will dir von jenem Ort erzählen, wie es dort war. Ich will es irgend jemandem erzählen."

„Ich habe kein Recht —", fing ich an, aber sie unterbrach mich. „Ich will's dir erzählen, aber ich kann es nicht. Die Person, die dir erzählen könnte, wie es war, ist tot." Ich starrte sie an und begriff überhaupt nichts. Lukassa sagte, „Sie kam nie zurück — sie starb auf der anderen Seite jenes schwarzen Tores, so sicher wie das Mädchen, das du kanntest, im Fluß starb. Und hier bin ich, hier rede ich mit dir, und wer bin ich? Tikat, bin ich tot oder lebe ich, kannst du mir das sagen? Und wenn ich lebe, wer bin ich?" Sie versuchte, ihre Hand aus der meinen zu lösen, doch ich hielt sie mit aller Kraft fest, selbst als sich ihr Smaragdring an meinem Finger rieb. Der Fuchs wachte auf, gähnte ausgiebig, streckte seine Vorderpfoten und beobachtete uns.

„Du bist so lebendig wie ich", sagte ich, „und du bist du selbst. Wenn du nicht die Lukassa bist, der ich folgte, hat es eine solche Person womöglich nie gegeben. Was mich betrifft, ich kann nicht wieder der Tikat sein, der ich war, und ich bin ganz zufrieden damit, solange du und ich einander erkennen." Darauf öffnete ich meine Hand, und sie nahm die ihre fort, legte sie dann aber wieder zurück, so daß unsere Fingerspitzen sich berührten. Ich sagte, „Was fangen wir jetzt an, Lukassa? Ich dachte, wir könnten heimkehren, zurück zu diesen zwei anderen Leuten, aber wir können es nicht."

„Nein", sagte sie sehr ruhig. „Lal würde mich mitnehmen, wenn ich sie darum bäte, aber nur dann. Und Soukyan —" Sie spreizte die Hände, und ich sah die Narben, die ich gespürt hatte, die zwei langen undeutlichen Male auf der bleichen rechten Handfläche und den dunklen Peitschenhieb quer über dem Handrücken, just unterhalb des Ringes. Sie sagte, „Soukyan würde mich mitnehmen, wenn Lal ihn bitten würde. So weit, so gut." Sie lächelte, und dieses Lächeln kannte ich nicht.

Ich nahm ihre Hand und küßte die Narben. Sie ballte die Hand einen Augenblick, dann öffnete sie sie wieder. Ich sagte, „Ich würde dich überall hin mitnehmen, aber ich weiß keinen Platz, wohin wir gehen könnten." Wir schwiegen eine kleine Weile, und dann setzte ich hinzu, „Wir könnten für immer hier bleiben und im Wirtshaus arbeiten. Mit Karsch alt werden."

Es war im Scherz gesagt, doch ihr Gesicht verdüsterte sich, und ich begriff, daß sie meine Worte ernstgenommen hatte. Ich fing gerade an, zu erklären, als hinter uns der *tafiya* höflich hustete. Er sagte, „Wenn niemand was dagegen hat, möchte ich einen Vorschlag machen."

Wie lange war er wach gewesen und hatte zugehört? Wir wußten es nicht. Bei ihm wußte man nie, woran man war. Wir drehten uns zusammen um, und da saß er, die grünen Augen so spöttisch wie die gelben des Fuchses. Er war vollkommen er selbst, genau wie der Fuchs.

„Es scheint, daß meine *lamisetha* noch ein bißchen warten kann", sagte er. „Ich werde dich mitnehmen." Als er Lukassa ansah, veränderte sich der Ausdruck in seinen Augen. Er sagte zu ihr, „Ich habe selbst die Pforten des Todes durchquert, aber für mich war's schlimmer als der Tod. Schlimmer als der Tod wäre mein Schicksal gewesen, bis in alle Ewigkeit, wärst du nicht gewesen. Folglich hast du einen Anspruch auf mich, den ich zu Lebzeiten nie erfüllen kann. Also —"

Lukassa schüttelte heftig den Kopf. Sie sagte, „Was ich tat, habe ich ohne eigene Entscheidung getan, ohne eine Ahnung von dem, was es bedeutete. Ich habe auf niemanden einen Anspruch." Ihre Stimme war müde und gleichmütig.

„Unterbrich mich nicht", sagte der alte Mann streng. „Ich habe Soukyan einmal für zehn Minuten zu Stein erstarren lassen, weil er mich einmal zuviel unterbrochen hat." Doch er lächelte Lukassa fast bewundernd an. Er sagte, „Also. Offensichtlich hat mein Verlangen, immer und ewig jemandem etwas beizubringen, das schwarze Tor ebenso überlebt wie ich selber. Wenn du so vernünftig bist, mit mir zu kommen, kann ich vielleicht —"

Lukassa unterbrach ihn abermals. „Ich will keine Zauberin sein. Das ist nichts für mich, nie und nimmer." Sie umschloß wieder heftig meine Hand.

Der alte Mann seufzte. „Ist Lal eine Zauberin? Ist Soukyan ein Zauberer? Sei still und paß gut auf. Wenn du mit mir heimkommst, ist es möglich, daß mir nach einer Weile vielleicht wieder einfällt, wie ich diese Lukassa und *jene* Lukassa — die, die noch im Flußbett ist — einander begegnen, miteinander sprechen, vielleicht sogar miteinander leben lassen kann. Dann wieder, vielleicht nicht — ich verspreche nichts. Aber das Dach leckt nicht, und das Essen ist im allgemeinen recht gut, und das Haus ist gemütlich." Darauf grinste er, ein fröhliches, foppendes, alle Zahnstümpfe enthüllendes Grinsen, und die Worte des Rotmantels, die Worte des Fuchses fielen mir ein — *Knochen, voll von Dunkelheit, Blut, dick und kalt von uralten Geheimnissen.* Er fügte hinzu, „Nun ja, von Zeit zu Zeit ein bißchen beunruhigend, aber gemütlich."

Lukassa sagte bestimmt, „Tikat muß mitkommen. Ich werde ohne ihn nicht mitkommen." Der *tafiya* blickte mich an und hob seine Raupenaugenbrauen ein wenig. Ich sagte, „Ich kann arbeiten, Sie wissen das. Und was ich dadurch lernen kann, daß ich in Ihrem Haus bin, das will ich lernen." Es machte mich nervös, auf diese Art mit ihm zu sprechen, und ich drehte Lukassas Ring um ihren Finger, ohne recht zu wissen, daß ich es tat.

Der *tafiya* sagte lange Zeit nichts. Er schien keinen von uns, sondern den Fuchs anzublicken, der ihm sogleich ins Gesicht gähnte, vom Bett sprang und würdevoll forttrottete, die Rute hoch. Schließlich sagte er, und sein Tonfall war sonderbar schwermütig, „Du bist ebenso willkommen wie Lukassa, Tikat, doch an deiner Stelle würde ich sorgfältig nachdenken, denn du könntest feststellen, daß du vielleicht mehr lernst, als du lernen wolltest. Es gibt Gaben und Träume und Stimmen in dir, die in meinem Hause vielleicht wach werden und nirgendwo sonst. Also würde ich sehr vorsichtig sein."

Ich wußte nicht, was ich ihm erwidern sollte. Ich spielte weiter mit Lukassas Ring, bis er über ihren Knöchel rutschte und fast von ihrem Finger in meine Hand glitt. Sie umklammerte ihn sogleich und sagte, „Nicht, tu das nicht, ich darf ihn nie ablegen. Lal gab ihn mir, als sie mich emporhob — wenn ich ihn verliere, werde ich ein für allemal sterben, zerfallen zu dem Staub, der ich schon vor so langer Zeit hätte sein sollen." Ihre Hände waren feucht und zittrig, und die Furcht machte ihr Gesicht alt.

Der *tafiya* blickte sie voller Besorgnis und Zärtlichkeit an, so daß sein Gesicht für einen Augenblick dem ihren glich — er hatte *ihren* Blick, wie soll ich es sonst sagen? Nur für einen Augenblick war's so, aber ich werde mich noch daran erinnern, wenn ich jedes Zauberkunststück, das ich ihn je ausführen sah, vergessen haben werde. Sehr, sehr sanft sagte er zu ihr, „Lukassa, es ist nicht so. Ich gab Lal diesen Ring, und ich muß es schließlich wissen. Er wurde gemacht, um bestimmte Leiden zu lindern und zu besänftigen, das ist alles. Dein Leben gehört dir, nicht dem Ring. Lukassas Herz und Seele und Geist sind es, die Lukassa leben lassen, nicht ein grüner Stein in einem Stück leblosen Metalls. Gib mir den Ring, und ich werde es dir beweisen."

Sie brauchte lange, bis sie nicht mehr zitterte und ihm zuhörte, und selbst dann wollte sie den Ring nicht abnehmen, seinem und meinem guten Zureden zum Trotz. Zuerst sagte sie nichts als, „Nein", immer wieder, in ihre Fäuste hinein; doch am Ende wandte sie sich dem alten Mann zu und sagte ihm, „Ich werde ihn Lal geben. Wenn wir von hier fortgehen, Tikat und ich, um mit dir zu gehen, dann werde ich Lal den Ring zurückgeben, und sie kann ihn dir wiedergeben, wenn sie will. Oder nicht."

Und von diesem Entschluß ließ sie sich nicht abbringen. Der *tafiya* schüttelte den Kopf, schnob durch seinen Bart und grummelte, „Wenn wir so anfangen, Lehrer und Schüler, wie soll das enden? Du hast mir besser gehorcht, als ich ein *griga'ath* war." Aber er mußte sich gleichwohl mit ihrer Entscheidung zufrieden geben, und ich glaube, er war's, auf seine Weise.

Der Wirt

Es ist seitdem nie wieder richtig gewesen, ganz egal, was er sagte oder was für ein gewaltiger Zauberer er war. Ja, ja, alles *klappt*, wenn's das ist, was Sie mit Richtigkeit meinen, und ein paar Sachen klappen sogar besser — ich bin kein solcher Dummkopf, zu sagen, es wäre nicht so. Aber keines der Dinge ist dasselbe, in der Art, wie's mal war. Dinge lassen sich ersetzen, vollkommen wieder in Ordnung bringen, aber man kann sie nicht zurückbekommen, wie sie waren. Wiederherstellen heißt nicht, *richtig* wiederherstellen.

Schon gut, schon gut — es ist den Ärger nicht wert, und darüber hinaus gibt's nicht viel mehr zu erzählen. Die folgenden zwei Wochen waren das vollkommene Durcheinander, nicht mehr und nicht weniger. Marinescha und Rosseth mußten sich um das Wirtshaus kümmern — erbarmt euch meiner, Götter! —, während ich meine Zeit damit verbrachte, vor wütenden Gästen zu katzbuckeln und Entschuldigungen zu stammeln: vor verletzten Gästen (zum Glück nur sehr wenige; was freilich den Kinariki-Fuhrmann angeht, wir haben ihn nicht wiedergefunden) und von Gästen, die so verschreckt waren, daß ein paar von ihnen noch nicht mal wegen ihrer Habseligkeiten zurückkommen wollten, ganz zu schweigen von der Bezahlung ihrer Rechnungen. Nicht nur, daß ich jede Menge wertvoller alter Kunden verlor, vielmehr machte die Geschichte überall die Runde, und seit jenem Tag bis heute hat meine Kundschaft derart abgenommen, daß sie noch ungefähr so groß ist, wie sie früher einmal war. Was *das* angeht, hat mir kein Zauberer seine Hilfe angeboten, das kann ich Ihnen schriftlich geben!

Diese Frau, Lal, hat mich wissen lassen, daß sie und ihre Gefährten endlich aufbrechen würden, sobald der Zauberer und die kleine Lukassa reisefähig seien. Außerdem drückte sie ihr Bedauern aus — ich würde sagen, es war zwecklos, aber ganz hübsch — wegen des ganzen Ärgers, der mit ihnen gekommen sei, um den „Fischhaken und Schlägel" zu plagen. „Der ganze Ärger" — als würde sie auch nur einen Deut davon verstehen, was ihr Völkchen meinem Leben angetan hatte. Aber es war mal 'ne Abwechslung, daß jemand *mich* um Verzeihung bat, also sagte ich ihr, wir bräuchten keine Worte mehr darüber zu verlieren, Punkt aus. Fräulein Nyateneri hielt es nicht für nötig, sich selber zu entschuldigen, aber das war mir ganz recht. Gerade jetzt hätte ich keine weiteren Erschütterungen vertragen.

Rosseth ging mir in jenen Tagen in auffälliger Weise aus dem Weg. Es ist nicht so, daß er, wenn alles seinen gewöhnlichen Lauf nimmt, nicht versucht, mir auszuweichen, so gut er kann; aber im Alltagstrott vergeht kaum ein langer Nachmittag, ohne daß ich ihn wegen irgendwas anbrüllen muß. Um ehrlich zu sein, ich machte auch keine großen Anstrengungen, in ihn hineinzurennen. Ich war durch einen Ansturm kreischender Idioten eine zusammenkrachende Treppe hinaufgestürmt und hatte eine völlig heile Tür eingetreten, alles, weil ich den Gedanken nicht ertragen konnte, einen anderen Stalljungen anzulernen. Man weiß nie, wie Leute solche Dinge auffassen. Es kann hinterher peinlich sein, das ist alles.

Schließlich war ich sicher, daß er wieder einmal plante, mit diesen Frauen und dem Zauberer wegzurennen, und mir nicht begegnen wollte, weil er wußte, daß ich's auf den ersten Blick erraten würde. Eines Nachts ging ich mit mir zu Rate und besprach mich in meinem Zimmer mit zwei Flaschen von diesem gegorenen Zaumputzzeug, das sie östlich der Berge machen — *Sheknath*-Pisse nennen es die Eingeborenen. Wir drei kamen schließlich zu dem Schluß, daß man ihn, wenn er denn so gern fortwollte, in Teufels Namen gehen lassen sollte. Ich hatte ihn ein dutzendmal abgefangen, als er und ich jünger waren; jetzt war er gerissen genug, mich abzuhängen, morgen, übermorgen, wenn nicht heute. Na schön, dann soll er, und ich konnte froh sein, daß ich ihn los war, heilfroh — aber bevor er mir die Hacken zeigte, mußte ich ihm die eine oder andere Sache mit auf den Weg geben.

Das Nachdenken darüber ließ die Nacht langsam und die *Sheknath*-Pisse viel zu rasch zu Ende gehen, und ich bewegte mich ein wenig unsicher, als ich ihn am nächsten Morgen aufstöberte. Er rieb eine übelriechende Salbe, die er selbst herstellt, in die Flanken eines braunen Wallachs ein, dessen Besitzer offensichtlich Freude daran hatte, die Sporen zu gebrauchen. Rosseth redete auf das Pferd ein, während er arbeitete — nicht mit Worten, er murmelte bloß und strich seine Stimme zugleich mit der Salbe auf die wunden Stellen. Ich wartete und beobachtete ihn, bis er spürte, daß jemand da war, und rasch herumfuhr, wie es diese Frauen machen. Er sagte, „Ich bin gleich mit ihm fertig. Ich geh dann gleich zum Schweinepferch."

Dort hatte sich nämlich ein Stück des Zaunes gelockert, müssen Sie wissen, und seit einer Woche war ich hinter ihm her, die Stange zu ersetzen. Als er mit dem Wallach fertig war, gabelte er ihm ein bißchen frisches Heu in seine Raufe und lehnte sich bloß für einen Augenblick gegen ihn, wie es Pferde untereinander zu tun pflegen, ehe er aus dem Stall kam. Wir standen da und musterten einander: er, der sich auf Befehle gefaßt machte und meine Hände genau im Auge hatte; ich, der die Größe seiner eigenen knubbeligen Hände abschätzte und die beiden Flaumwirbel auf seiner Oberlippe. So groß wie ich würde er wohl nicht werden, aber womöglich stärker.

„Ich will mit dir reden", sagte ich. Oh, da kniff er aber die Augen zu, und sein Blick huschte zwischen mir und der Stalltür hin und zurück. Er sagte, „Aber das Geländer, die Schweine könnten —" Ich deutete auf einen Ballen Heu und sagte, „Setz dich."

Er setzte sich. Ich wollte stehenbleiben, aber dafür dröhnte mein Kopf zu sehr, so daß ich einen Eimer umkippte und mich ihm gegenüber hinsetzte. „Wenn du mit dem alten Zauberer und den anderen fortgehen willst", sagte ich, „brauchst du dich nicht davonzuschleichen. Geh nur. Ich werde dich nicht schlagen und nicht versuchen, dich zurückzuhalten. Such' einfach zusammen, was dir gehört, und geh. Halte den Mund", denn sein Kiefer fiel runter wie diese Stange am Schweinepferch. „Du verstehst mich?"

Rosseth nickte. Ich konnte nicht erkennen, ob er froh, erleichtert, wütend oder irgendwie enttäuscht war — ich weiß es nie. Ich sagte, „Aber es gibt was, das du erfahren mußt. Die einzige Bedingung, die ich stelle, ist, daß du dort sitzenbleibst und es dir anhörst. Alles. Mach den Mund zu — mußt du unbedingt wie ein Idiot aussehen? Hörst du mich, Rosseth?"

„Ja", sagte er. Quatscht endlos, wenn du von ihm kein Wort mehr hören willst, wird stumm wie ein Fisch, wenn es wirklich um was geht. Ich brauchte bloß diese verständnislosen, wachsamen Augen zu sehen, und schon ging's meinem Kopf schlechter. Warum rückte ich mit dieser ganzen verdammten Sache jetzt raus? Sie hätte warten können. Sie hatte schon so lange gewartet, daß es auf einen Tag nicht ankam, auf eine Woche, auf den Rest meines Lebens. Ich sagte, „Also gut dann. Ist lange Zeit her, da mußte ich nach Cheth na'Deka, frag mich nicht, warum. Es war 'ne lange Reise, und zurück war's noch schlimmer. Du weißt, warum?"

„Banditen?" War nicht schwer zu erraten, wenn man bedenkt, daß Chet Banditen *bedeutet*, mehr oder weniger, das war immer so. „Banditen", sagte ich. „Oder vielleicht war ein Krieg im Gange — da unten kein großer Unterschied, bis auf die Kleidung. Ich habe nie rausgekriegt, welche Bande sich in diesem Dorf ausgetobt hat."

Rosseth hörte zu. Ich stand auf, trat den Eimer ein Stück nach rechts, ging um ihn herum und setzte mich wieder. „Ich kam allein zurück und zu Fuß, nicht freiwillig, sondern weil ich für mein gutes Geld weder eine Kutsche noch einen Führer kriegen konnte. Das kann man immer noch nicht, soviel ich weiß. Alles, was ich zu meinem Schutz hatte, war ein Stock, der von meinem Vater, so einer mit 'nem dicken Stück Eisen an einem Ende. Ich wanderte nachts und hielt mich von den Hauptstraßen fern, und am dritten Abend sah ich in der Ferne den Qualm. Schwarzer Rauch, wie er aufsteigt, wenn Häuser niederbrennen."

Seine Augen waren völlig unbewegt, ausdruckslos wie ein Dorfteich, aber er beugte sich ein bißchen vor, und seine Hände griffen nach dem Rand des Heuballens. „In dieser Nacht ging ich nicht weiter", sagte ich zu ihm. „Ich hörte Pferde, 'ne Menge, die so dicht an mir vorbeikamen, daß ich Männer lachen hören konnte. Am nächsten Tag ging ich erst gegen Mittag wieder weiter, und weil ich mich dauernd in den Bäumen am Straßenrand versteckte, ging soviel Zeit drauf, daß ich das Dorf erst am späten Nachmittag erreichte. Wenn man auf Zehenspitzen geht, ist man ganz schön langsam." Ich wollte nicht, daß er auf die Idee kam, ich versuchte, mich als Held aufzuspielen. Wie die Dinge lagen, wurde es noch schlimm genug.

„Wie war sein Name?" Seine Stimme war so leise, daß ich zuerst nicht verstehen konnte, was er sagte. „Wie war der Name des Dorfes?"

„Wie sollte ich das wissen? War ja keine Menschenseele mehr am Leben, um ihn mir zu verraten. Nichts als Leichen, entlang der einzigen Straße, Leichen vor ihren eigenen Haustüren, Leichen, in Brunnen geworfen, in der Pferdetränke schwimmend, säuberlich auf Tischen ausgestreckt. Eine Leiche war in den Ofen des Bäckers gezwängt — seine Frau, seine Tochter, wer weiß? Aufgeschlitzt wie'n Sack Mehl, so wie die anderen auch." Ich sagte das alles so hart und schnell und ausdruckslos, wie ich konnte, um es hinter mich zu bringen. Ein paar Dinge ließ ich aus.

„Es war niemand mehr da?" Er räusperte sich. „Es war keiner mehr am Leben." Es war keine Frage. Wir hätten in einem Tempel sein können, wo der Priester die Anrufung anstimmte und die Beter ihm pflichtgemäß mit dem ganzen Text antworteten. Ich sagte, „So kam es mir vor. Bis ich das Baby hörte."

Na, immerhin ersparte er mir ein kleines bißchen von meiner Geschichte. Er flüsterte, „Ich. Das war ich."

Ich stand wieder auf. Ich überlegte, ob ich wirklich versuchen sollte, ihm zu erzählen, wie es war: die Stille, das träge Fliegengesumm, der Gestank von Blut und Kot und Brand, und der winzige, zornige, hungrige Schrei, der mit den letzten Rauchschwaden nach oben trieb. Statt dessen stand ich da, kehrte ihm den Rücken zu, die Hände in meinen Schürzentaschen, starrte auf Tikats schäbiges kleines schwarzes Pferd und wünschte, ich hätte soviel Grips gehabt, den Rest der *Sheknath*-Pisse mitzunehmen.

„Ich konnte das Haus nicht sofort finden", sagte ich. „Abseits der Straße war alles voller Wagenspuren und Löcher, daß man sich die Knochen brechen konnte. Es war 'ne Hütte, ein einziger Raum — Lehmwände, ein Torfstrohdach, das übliche. Es wuchs ein bißchen Süßreu um die Türschwelle, daran erinnere ich mich. Und ein kleines Büschel *dika*-Dornen hing an der Tür."

Das machen sie in diesem Land, um Böses fernzuhalten. Er sagte kein Wort. Ich sagte, „Die Tür war nur eingeklinkt, und es war etwas dagegen gestemmt. Ich stieß und drückte, und dann rief ich." Ich drehte mich wieder um. „Wahrhaftig, Rosseth. Ich rief viermal, fünfmal, sechsmal." Ich weiß nicht, warum ich so großen Wert darauf legte, daß er das glaubte. Was spielte es für eine Rolle, ob er mir glaubte oder nicht? Damals schien es wichtig zu sein. „Ich rief, ‚Hallo, ist jemand da? Ist da jemand? Könnt ihr mich hören?' Aber es kam keine Antwort, keine — ich hörte nur das Schreien."

Wiederum versuchte er, „Ich" zu sagen, aber es kam nichts raus, sein Mund formte bloß das Wort. Ich hörte Schritte draußen und Stimmen, und ich wartete, hoffte darauf, unterbrochen zu werden, meinetwegen von Schadry, sogar von dem verdammten Fuchs. Seit der Nacht, als alles zur Hölle fuhr, hatte er seine Fratze im Wirtshaus nicht sehen lassen, aber mittlerweile sah ich ihn in jedem Schatten und unter jedem Busch, und in diesem Augenblick wäre ich froh gewesen, ihn in die Scheune stolzieren zu sehen. Aber es war niemand da, außer mir, meinem Kopf, meiner Kehle, die immer trockener wurde, und meiner Stimme, die weitersprach. Und Rosseths Augen.

„Ich ging zum Fenster", sagte ich. „Drückte mit meinem Stock den Haken hoch und kletterte über die Fensterbank. Es war dunkel da drin, Rosseth, weil alles dicht verschlossen war und ich aus dem Sonnenlicht kam. Ich konnte das Baby hören — dich —, aber ich konnte weder dich sehen noch irgendwas anderes. Ich mußte erst mal stehenbleiben, bis ich mich an die Dunkelheit gewöhnt hatte."

Er wußte, was jetzt kommen würde. Nicht so genau wie ich es wußte, aber man konnte es ihm anmerken. Er blickte mich nicht an, sondern leckte dauernd seine Lippen und starrte auf den Scheunenboden. Mein Gesicht und meine Hände waren kalt. Ich sagte, „Jemand zog mir einen über. Hart, hier, seitlich am Kopf. Ich glaubte, es wär ein Schwert. Ich ging auf der Stelle zu Boden, und sie waren alle über mir. Sie machten keinen einzigen Laut — ich hatte das Gefühl, ein Dutzend Leute würde gleichzeitig überall auf mich losdreschen, sie traten und stießen mich, als wenn sie 'ne *tialy*-Wurzel zerquetschten. Ein Dutzend Leute, die mich umbrachten, und ich konnte nicht einen einzigen davon erkennen. Ich schwör', daß es so war."

„Aber es waren doch bloß zwei", sagte Rosseth. Sein Gesicht war so weiß geworden wie das von Lukassa, und so klein. Er sagte, „Es waren nur zwei."

„Himmel, das wußte ich nicht, oder? Sie sagten kein einziges Wort, das habe ich dir doch erzählt. Alles, was ich wußte, war, daß man mich, verdammt noch mal, um die Ecke brachte." Mir war nicht bewußt, daß ich schrie, bis ein paar der Pferde aufgeschreckt wieherten. „Rosseth, ich blutete so stark, daß ich nichts sehen konnte, ich dachte, sie hätten mir den Schädel gespalten. Guck, genau hier, ist nach fünfzehn Jahren immer noch empfindlich. Ich dachte, ich wär' tot wie das Ding im Backofen, verstehst du?"

Er antwortete nicht. Er stand von dem Heuballen auf und ging im Kreis herum, die Arme baumelten, die Augen waren ohne Ausdruck und blickten mich immer noch nicht an. Nach einer Weile schlurfte er zu dem Pferd zurück, das er verarztet hatte, kehrte dann aber wieder um und stand bloß da. Ich sagte, „Ich hatte meinen Stock. Irgendwie kam ich auf die Beine, und ich schlug einfach um mich, links, rechts, schwang ihn blindlings in der Dunkelheit, versuchte, sie abzuwehren. Das ist alles, was ich wollte, sie mir vom Leibe halten."

Ich mußte mich wieder setzen. Ich tropfte und stank vor Schweiß und begann zu schnaufen, als wenn ich noch einmal im Schweinsgalopp diese Treppe hochgerannt wäre. Rosseth blieb, wo er war, und blickte auf mich herab. Er sagte, „Meine Mutter und mein Vater."

Ich nickte und wartete auf die nächste Frage, die Frage, die ich in den meisten Nächten im Schlaf höre, selbst heute noch. Aber er konnte sie nicht stellen, er brachte die Worte nicht heraus. Das sah ihm ähnlich, also mußte ich alles selber sagen, ich, in der Brust eine Fuhre Mörtel, der hart wurde, ich sagte, „Ich hab' sie getötet. Ich wollte es nicht. Ich wußte es nicht."

In den Träumen verfolgt er mich gewöhnlich, schreiend, will mich mit seinen Händen in Stücke reißen. Ich war darauf gefaßt oder darauf, daß er weinte, aber er tat keins von beiden. Seine Knie knickten langsam ein, er sank zu Boden und kniete dort, die Arme eng um sich geschlungen, den Kopf gesenkt. Er stieß einen winzigen trockenen Laut aus. Ich hätte ihn in diesem niedergebrannten Dorf nie gehört.

„Sie müssen gedacht haben, ich wär' einer von den Mördern, der zurückgekommen war", sagte ich. „Soldaten, Gesetzlose, was immer sie waren." Ich erzählte ihm, daß ich seine Eltern begraben hätte, daß ich sie nicht mit den anderen Ermordeten hätte verfaulen lassen wollen, und daß ich ihn ohne weiteres zu dem Dorf und dem Grab bringen könnte, wenn er je dorthin gehen wollte. Und das ist die reine Wahrheit — diesen schrecklichen Ort würde ich wiederfinden, und hätte sich das Meer darüber gewälzt.

Er schaukelte hin und her auf seinen Knien, bloß ein bißchen. Ohne aufzublicken, flüsterte er, „Und Sie haben mich mitgenommen. Sie haben sie begraben und nahmen mich mit."

„Was konnte ich anderes tun? Du warst entwöhnt, den Göttern sei Dank. Ich kaufte in der nächsten Stadt eine Ziege und stippte immer Brotstückchen in ihre warme Milch und fütterte dich damit, den ganzen Weg." Ich versuchte, einen Scherz zu machen, damit er mit der Schaukelei aufhörte. Ich sagte, „Außerdem warst du so schwer wie ein kleiner Amboß. Auf dem einen Arm schleppte ich dich, mit dem anderen schleifte ich die Ziege hinter mir her — ich weiß nicht, wie Frauen das schaffen. Wärst du 'ne Unze schwerer gewesen, hätte ich dich da lassen müssen, wo ich dich fand."

Ha, das brachte ihn runter von den Knien, keine Frage. Die Schultern hochgezogen und zitternd, das ganze Gesicht über den bleckenden Zähnen verzerrt, die Fäuste hoch, nicht gegen mich, sondern gegen sich selbst. „Ich wünschte, Sie hätten es getan! Oh, ich wünschte, Sie hätten mich bei ihnen gelassen, wären einfach Ihren elenden, stinkenden Weg weitergegangen und hätten nie wieder einen Gedanken an uns verschwendet! Sollen doch Ihre fetten Eingeweide verfaulen, ich wünschte, Sie hätten mich sterben lassen mit meiner Familie, meiner Familie!"

Das war noch nicht alles, fünfzehn Jahre sind kein Pappenstiel. Ich ließ ihn gewähren, so lange der Vorrat reichte. Er schlug mich einmal, doch er wußte wirklich nicht, wie, und mein Körper schluckt solche Schläge leicht. Als ihm schließlich die Puste ausging und er genauso keuchte wie ich, sagte ich, „Es tut mir leid, daß ich sie getötet habe, deine Eltern. Das fing in dem Augenblick an, als ich in diesem zertrümmerten Haus aufstand und mir das Blut aus den Augen wischte. Mit dem, was ich sah, hab' ich seitdem jede Sekunde gelebt, wachend oder schlafend, viel länger als du. Es ist meine Sache, und es wird meine Sache bleiben, bis zum Tag, an dem ich sterbe. Aber wofür ich mich nicht entschuldigen werde, niemals, weder bei dir noch bei einem anderen, ist, daß ich dich von diesem Haus weggebracht und mitgenommen habe. Zweifellos war's das Dümmste, was ich in meinem Leben getan habe, aber es ist vielleicht auch die einzige gute Tat. Vielleicht kommt noch die eine oder andere dazu, aber aller Wahrscheinlichkeit nach wirst du das einzige sein, was ich werde vorweisen können. Wenn meine Stunde schlägt."

Wie lange standen wir da und blickten einander an? Ich kann's nicht sagen, aber ich schwöre, daß ich im Genick spürte, wie die Sonne aufging und unterging und die Jahreszeiten vergingen, und ich weiß, daß ich Rosseth vor meinen Augen älter werden sah. Empfand er das genauso, frage ich mich, als er mich anblickte, mich sah, seine Kindheit entschwinden sah? Und was ich murmelte, nach so vielen Jahren, soviel Wirbel, war, „Du bist alles, was ich vorweisen kann, und es hätte mir schlimmer ergehen können." Und wir starrten uns noch eine Weile an, und ich sagte, „Viel schlimmer."

Schließlich sagte Rosseth, „Ich werde nicht mit Lal und Soukyan fortgehen." Seine Stimme war ruhig, weder Tränen noch Wut lagen darin, nur seine eigene Klarheit. „Aber ich werde gehen. Nicht heute, aber bald."

„Wie's dir beliebt", sagte ich. „Wenn du meinst, daß die Zeit gekommen ist. Und nun ist die Zeit für mich gekommen, mich auf den Weg zu machen, Schadry in den Hintern zu treten und Marinescha anzubrüllen. Die Arbeit eines Wirts ist nie zu Ende." Er zwinkerte bloß – er weiß nie, wann ich einen Scherz mache, er hat's nie gewußt. Ich drehte mich um und setzte mich in Bewegung.

Als ich an der Stalltür war, hielt er mich mit einem einzigen Wort auf. „Karsch?" Seine plötzliche Wirkung war rein körperlich – es war nicht das Geräusch, sondern eine Berührung an deiner Schulter, wenn du gedacht hast, niemand sei da. Ich kann mich nicht erinnern, wann er mich das letzte Mal bei meinem Namen nannte. Er sagte, „Es gibt da ein Lied. Jemand muß mir ein Lied vorgesungen haben. Darin war die Rede davon, zur Byrnarik-Bai zu gehen und den ganzen Tag an der Byrnarik-Bai zu spielen. Das ist alles, woran ich mich erinnern kann. Ich habe mich gefragt, glauben Sie – glauben Sie, daß sie mir dieses Lied früher vorgesungen haben, meine Eltern?"

Es hat seinen Grund, warum ich so dick bin. Fett nimmt noch anderen Dingen als Schlägen die Härte und saugt sie auf. Ich sagte, „Müssen sie wohl gewesen sein", und ich machte mich aus dem Staub und ging den Hügel rauf zum Hof. Dauert nicht mehr lange, und er wird seinen eigenen Bälgern „Byrnarik-Bai" vorsingen und immer feuchte Augen und ein weiches Kinn kriegen, wenn er's tut, das steht ihm frei. Das Lied ist so idiotisch wie alle anderen von dieser Sorte, aber es ist das einzige, das ich kenne. Ich sang's ihm vor, den ganzen Weg durch dieses Banditenland, wo ich ihn fand, immer und immer wieder, den ganzen Weg, heim in mein Land, zum „Fischhaken und Schlägel".

Lal

Ich sagte, „Was? Entschuldige bitte? Du willst *was* tun?"

„Ich muß zurück", wiederholte Soukyan. „Ich habe wirklich keine andere Wahl."

Wir waren allein im Schrein der Reisenden. Soukyan wollte ein Abschiedsgebet sprechen, denn wir wollten morgen aufbrechen. Bis jetzt hatte er nicht von seinen Plänen gesprochen, und ich hatte angenommen, daß wir gemeinsam angenehm bis Arakli reisen würden, wo viele Straßen sich treffen. Indem er sorgsam die grünlichen Weihrauchklumpen in zwei Zinngefäße setzte, sagte er, „Ich habe die Rennerei satt, Lal. Außerdem werde ich langsam zu alt dafür. Wenn ich die letzten Jahre eines kurzen Lebens nicht damit verbringen will, zu versuchen, mit neuen Mördern fertig zu werden, die mir weiterhin folgen werden, dann muß ich an den Ort zurückkehren, von dem sie alle kommen. Es ist der Ort, von dem ich komme."

Ich sagte, „Das ist völlig verrückt. Du hast mir selber erzählt — sie verzeihen nie, und sie werden nicht eher Ruhe geben, bis du tot bist. Du könntest ebensogut gleich hier Selbstmord begehen, wo du gewiß ein anständiges Begräbnis bekommst, und dir die Reise sparen."

Soukyan schüttelte bedächtig den Kopf. „Ich will nicht, daß sie mir verzeihen. Ich will, daß sie aufhören, mich zu verfolgen." Er machte eine kurze segnende Gebärde über den Gefäßen und entzündete den Weihrauch. „Ich will damit ein Ende machen, das ist alles, so oder so."

„Oh, es wird ein Ende geben", sagte ich. „Das wird es. Ich habe mit einem von diesen Leuten gekämpft, vergiß das nicht."

Soukyan hatte mir den Rücken zugekehrt und murmelte unhörbar in die schwachen Dämpfe, die ein wenig nach Sumpfwasser rochen. Ich war wütend. Ich sagte, „Du willst also mit allen auf einmal kämpfen und tatsächlich ein Ende machen. Ein Heldentod, kein Zweifel. Hätte ich das gewußt, hätte ich dich ertrinken lassen."

Da lachte Soukyan. Sein Lachen ist ein ganz eigenes Lachen, selbst wenn es unverstellt ist: es hält immer etwas zurück. „Sagte ich, daß ich gegen sie alle kämpfen würde? Sagte ich das? Ich dachte, du würdest mich besser kennen, Lal." Er drehte sich um und sah mich an. „Ich habe einen Plan. Selbst ich habe dort den einen oder anderen Bundesgenossen und ein paar alte Kriegslisten und Heimlichkeiten, die ich in die Waagschale werfen kann. Glaube mir, ich werde so sicher sein wie damals mit dir auf dem Fluß." Er legte seine Hände auf meine Schultern und fügte ruhig hinzu, „Wenn auch nicht so glücklich. So glücklich werde ich wahrscheinlich nie wieder sein."

„Dummheit", sagte ich. „Ich kann Dummheit nicht ausstehen." Ich kam mir vor wie Karsch. Ich war nie so wütend auf ihn gewesen, nicht einmal als ich seine Täuschung entdeckte, und ich war desto wütender, weil ich eigentlich kein Recht hatte, wütend zu sein. Ich sagte, „Was ist das für ein Plan? Laß mich diesen wundervollen Plan hören."

Er schüttelte abermals den Kopf. „Später vielleicht. Die Geschichte ist viel zu lang."

„Alles ist eine lange Geschichte", sagte ich. Ich fühlte mich sehr müde und hatte plötzlich kein bißchen Lust mehr, zu neuen Abenteuern, zu neuen Fahrten irgendwohin aufzubrechen. Ich schob seine Hände weg und durchquerte unruhig den kleinen fensterlosen Raum. Mehr oder weniger war er genauso gestaltet und ausgestattet wie jeder andere Schrein für Reisende in dieser Hälfte der Welt: immer weiß, immer frisch getüncht (es gibt ein Gesetz, das offenbar sogar Karsch befolgt), immer mit den rituellen Gewändern und Kerzen und Statuen von einem Dutzend größerer Religionen versehen. Es gibt kleine Unterschiede, das hängt von der Gegend ab, doch die Religion, in der ich erzogen wurde, ist nie darunter. Meistens finde ich das auch richtig so, aber damals nicht.

Hinter mir sagte Soukyan, „Lal, es hat nichts mit dir zu tun. Es geht um mein Leben, meine Vergangenheit, mein eigenes kleines Schicksal. Ich habe es satt, darauf zu warten, daß es mich ein weiteres Mal in die Enge treibt. Ich will aufbrechen und mich ihm stellen, zur Abwechslung — und nicht in einem Badehaus oder an einem Flußufer, sondern auf einem Feld meiner Wahl. Mehr gibt es wirklich nicht zu sagen."

Das gab es auch nicht, für eine Weile. Er begann eine umständliche Zeremonie, die darin bestand, daß er seinen Bogen, seinen Degen und seinen Dolch durch die zwei winzigen Weihrauchfäden hin und her führte und dabei vor sich hinmurmelte. Ich ging nach draußen, setzte mich ins trockene Gras, zerkaute boshaft ein paar Kräuter und sah einem Schwarm von *tourik*-Vögeln zu, die einen Schnee-Habicht vertrieben, der sich zu dicht an ihre Nester gewagt hatte. Dann kehrte ich in den Schrein zurück, obwohl man, wenn man eine Zeremonie einmal verlassen hat, nicht wieder eintreten soll. Soukyan kniete, den Kopf gebeugt, die Waffen, wie vorgeschrieben, vor sich angeordnet. Ich sagte, „Du kannst die Ödlande im Winter nicht durchqueren."

Ohne aufzublicken, antwortete er, „Ich weiß das. Ich werde mich zur Küste begeben und in Leishai nach Süden abbiegen. Eine längere Straße, aber dafür ist sie sicherer, wenigstens ein Stück davon." Als der letzte Weihrauch verbrannt war, stand er steifbeinig auf und machte eine überflüssige Verbeugung. Er sagte, „Und du?"

Ich zuckte die Achseln. „Arakli, schätze ich. Ich habe früher schon dort überwintert." Der sumpfige Weihrauchgeruch lag mir noch immer in der Nase, auf ärgerliche Weise schwer von Erinnerungen, die nicht mal die meinen waren. Soukyan fragte, „Und nach Arakli?" Ich anwortete nicht. Er sagte, „Komm, ich habe dir mein Ziel genannt. Es würde mich sehr trösten, wenn ich wüßte, wo du bist."

„Ich bin Lal", gab ich zur Antwort. „Das bin ich, wo ich auch bin." Soukyan blickte mich einen Augenblick länger an, dann nickte er und ging zur Tür. Als er sie öffnete, hörten wir beide Lukassa in der Nähe lachen, ein Geräusch, von dem wir beide nicht geglaubt hätten, daß wir es je hören würden: es strich an uns vorbei wie eine Brise im Gras. Soukyan hielt die Tür geöffnet, aber ich sagte, „Ich werde eine kleine Weile hierbleiben", und wandte mich wieder den weißen Truhen zu, die voll waren von Göttern anderer Leute.

Rosseth

Ich ritt mit ihnen bis zur Biegung, an der ich sie bei Marineschas Bienenbaum zum erstenmal gesehen hatte. Dieses Mal hockte ich nicht hinter Lal auf dem Pferderücken, sondern ritt auf Karschs altem weißem Tunzi, der sich offensichtlich sehr wichtig vorkam, Teil eines solchen Zuges zu sein. Der Zauberer ritt an der Spitze, auf einem großen Fuchshengst, der in der vorigen Nacht einfach in den Ställen aufgetaucht war und mit den Tieren der Gäste seelenruhig Gerste und Hafer gemampft hatte, als hätte er das verbriefte Recht, dort zu sein. Tikat und Lukassa ritten neben ihm auf zwei kleinen ziegenäugigen Mildasi-Pferden, und ich ritt zwischen Lal und Soukyan am Schluß. Ich muß mich immer wieder genau an dieses Bild erinnern, denn keinen von ihnen sah ich je wieder.

Es war ein kühler, windiger Morgen, und Blätter, zu rasch abgestorben, raschelten über den Pfad, hunderte bei jeder Böe. Mit dem Ende des furchtbaren Sommers der Zauberer schien der Herbst zu rasch heranzustürmen, mähte die dürren Halme auf den Feldern, riß die grindigen braunen Früchte von den Bäumen, welche die Vögel nicht fressen mochten. Das mitanzusehen, machte mich traurig, damals, denn ich fühlte, daß mein Leben auf dieselbe Weise der Gesellschaft und der Erregung und der Träume beraubt wurde. Soukyan las mir das gewiß vom Gesicht ab, denn er beugte sich im Sattel zu mir und legte seine Hand auf meinen Nacken, wie er es früher getan hatte. Sobald wir das

Wirtshaus aus den Augen verloren hatten, hatte er seine weibliche Verkleidung von sich fliegen lassen wie einen feinen Nebel, der sich in der Morgensonne auflöste. Sein grau-braunes Haar wuchs sich aus, auch der strenge klösterliche Haarschnitt verlor sich, aber die Zwielichtaugen und der widerwillig sanfte Mund gehörten immer noch Nyateneri.

„Die Natur macht immer gern reinen Tisch und fängt von vorn an", sagte er. „Denk an meine Worte, der nächste Frühling wird so fruchtbar sein, wie man seit Jahren keinen erlebt hat. Du wirst niemandem weismachen können, daß hier zwei Zauberer einen Krieg ausfochten."

„Nein, das werde ich nicht", antwortete ich, „weil ich im nächsten Frühling nicht mehr hier sein werde." Lal legte ihren Arm um mich, und ich sog ihren Duft ein, der von großen Entfernungen und fremden, warmen Sternen erzählte. Sie sagte, „So viele wunderschöne Dinge verbrannten, ohne die Möglichkeit zu haben, zu reifen. Sei gewiß, daß dies mit dir nicht geschehen wird." Da streifte ihre Hand die von Soukyan, und sie zog sie heftig weg, die Bewegung vertuschend, indem sie mir durchs Haar fuhr. Sie begann den ihr eigenen leisen Sprechgesang, aufsteigend, sich langziehend, abfallend. Auch ihn sog ich ein, wie auch Soukyans aufgebrachten Seufzer und Tikats stille, fast unsichtbare Fürsorglichkeit für den alten Mann und für Lukassa. Ich wollte zu ihm aufschließen und ihm angemessen Lebewohl sagen, weil wir Freunde gewesen waren, doch er war bereits ebenso selbstverständlich und endgültig aus meiner Welt verschwunden wie der Zauberer Arschadin.

Oh, nie war der Ritt zum Baum, zur Quelle und zur Straßenbiegung so kurz wie an jenem Tag. Nichts, was ich tun oder sagen oder denken konnte, um ihn länger dauern zu lassen. Alles, was mir blieb, war, mir alles genau einzuprägen: die wehenden Blätter, ein *shukri*, das sich zusammenkauerte und vom Straßenrand nach uns spuckte, die jähen Gegenströmungen kalter Luft aus den Bergen, die Farben der sechs Bänder im Bart des alten Zauberers. Lals Lied, das flatternde lose Ende von Lukassas weißem Kopftuch, Tunzis dauerndes Furzen, das mich so verlegen machte. Und ich erinnere mich an alles, und immer noch schlafe ich darüber ein.

Man kann es erst sehen, wenn man die Biegung hinter sich hat, doch unmittelbar dahinter teilt sich der Pfad, ein Weg führt an den Bergen entlang nach Arakli, der andere biegt nach Osten ab, um auf die große Straße zu stoßen, die nach Deeridow, Leishai und ans Meer führt. Am Bienenbaum zügelte der Zauberer sein Pferd und ließ es kehrtmachen, um uns andere zu erwarten. In meinen Augen noch immer gebrechlich — ich weiß, daß Soukyan glaubte, er werde nie wieder wirklich kräftig —, hielt er sich dennoch so gerade im Sattel wie Tikat, und die grünen Augen waren so neugierig, als ob alles, alles, Gutes oder Schlechtes, darauf wartete, zum erstenmal zu geschehen. Von Leuten meines Alters erwartete man, daß sie so empfinden, aber ich tat's gewiß nicht, nicht an jenem Morgen. Mir war so, als sei alles vorbei.

„Hier trennen wir uns", verkündete er. „Wir werden uns nicht wieder begegnen." Es gelang ihm irgendwie, daß es sich fröhlich anhörte — sogar hoffnungsvoll —, aber heute könnte ich das nicht erklären. Er sagte, „Tikat, Lukassa und ich werden zusammen nach Westen reiten. Es will mir so scheinen, als hätte ich in der Nähe von Fors na'Shachim ein Haus, vielleicht meine ich aber auch Karakosk. Die Häuser von Zauberern haben die Neigung, sich herumzutreiben, so wie ihre Eigentümer, aber ich bin sicher, daß wir ihm früher oder später begegnen werden, und daß es mich erkennen wird, sollte ich es vergessen haben." Er wandte sich an Lal und Soukyan. „Und ihr beiden, denen die Dankbarkeit eines törichten eitlen alten Mannes sicher ist, dem ihr längst über den Kopf gewachsen seid? An welchen Ort können euch meine Gedanken von heute an folgen?"

Lal antwortete nicht. Soukyan sagte, „Ich muß eine Reise in den Süden machen. Sie wird hart werden, und ich werde deine Gedanken brauchen. So dringend wie immer werde ich sie brauchen."

„Unsinn", sagte der Zauberer, doch er schien sich trotzdem zu freuen. „Sehr schön. Aber es wird nützlicher für dich sein, auf dein Benehmen zu achten, halte dich hinter Bitava von der Königin-Straße fern und schlag dir jeden Gedanken an die Geheimtreppe aus dem Kopf. Sie ist seit deiner Zeit bewacht — diesen Fehler werden sie nicht noch einmal machen." Soukyan nickte. Der Zauberer machte eine kleine Gebärde, die so etwas wie ein Segen sein konnte, oder auch nicht. Er sagte zu Lal, „Und du, *chamata*?"

Als sie sprach, wandte sie sich nicht an ihn, sondern an Soukyan, und sie sprach so leise, als spräche sie mit sich selbst. Sie sagte, „Wenn du über Leishai reist, könnte ich bis dahin mit dir reiten. Ich bin zu lange fern von Schiffen gewesen — kein Wunder, daß ich nicht klar denken kann. Ich brauche Planken unter den Füßen."

Soukyan legte seine Hand über die ihre. Er sagte, „Ich werde dich an Bord bringen." Er hatte Luft geholt, um noch mehr zu sagen, als der Fuchs seine schwarze Nase und seine glühenden Augen aus der Satteltasche streckte, so wie er es an jenem Nachmittag im Vorfrühling getan hatte. Soukyan sagte zu ihm, „Aha, du hast dich also für Lukassa entschieden. Das habe ich mir fast gedacht." Zu Lukassa sagte er, „Er ist nicht mein Eigentum, das ich behalten oder dir geben kann — er geht, wohin er will, immer." Er streichelte einmal kurz den Nacken des Fuchses und sagte in ein gespitztes Ohr, „Dann geh, Gefährte."

Aber Lukassa lachte, schüttelte ihren Kopf und ritt heran, um in die Fuchsaugen zu blicken. „Du willst mich und den Zauberer begleiten? Wohl kaum, nicht wahr? Du nicht." Sie nahm die scharfe Schnauze zwischen ihre Hände, beugte sich vor, um ihm etwas zuzuflüstern, was ich nicht hören konnte. Dann küßte sie ihn rasch, genau unter der Maske, und der Fuchs kläffte verärgert und verschwand wieder in der Tasche. Lukassa sagte ruhig, „Er wollte bloß Lebewohl sagen."

Und danach war alles, was um mich, viel zu rasch, geschah, ein einziges Abschiednehmen. Tikat schüttelt meine Hand, plötzlich schüchtern, murmelt etwas von dem kleinen Bruder, den er durch den Pestwind verlor. Lukassa küßt mich wie den Fuchs, mit einer reizenden Unbeholfenheit, und woran sie sich erinnert und woran nicht, werde ich nie erfahren. Lal küßt mich anders, sagt, „Wo immer du bist, was immer mit dir geschieht, jemand liebt dich." Soukyan nimmt ein silbernes Medaillon von seinem Hals — dieses hier, sehen Sie — und legt es mir um. „Es ist sehr wenig wert und hat überhaupt keine zauberischen Kräfte, aber zumindest kannst du dir irgendwo eine Mahlzeit dafür kaufen — oder einen Freund gewinnen, wenn es jemand wiedererkennen sollte." Das Medaillon hat auf einer Seite eine achtwinklige Figur und auf der anderen einige erhabene Buchstaben, die ich nicht deuten kann.

Als ich Einspruch erhebe, „Aber ich habe nichts, um es dir zu geben", lächelt Soukyan und holt etwas aus einer Tasche an seinem Gürtel. Es dauert eine Weile, bis ich begreife — dann erkenne ich das schäbige Tuch, mit rostbraunen Flecken übersät. Soukyan sagt sanft, „Glaubst du, daß viele Leute ihr Blut vergossen haben, um mich zu schützen? Ich schätze dieses Tuch so hoch ein wie alles, was ich besitze." Und auch er küßt mich, so daß ich dreimal geküßt worden war.

Was den Zauberer betraf, er sagte, fast geistesabwesend, „Sage Marinescha, daß ihre Freundlichkeit nicht vergessen ist. Lebewohl, Lebewohl." Er war offensichtlich bestrebt, fortzukommen, und hatte sein Pferd bereits wieder gewendet, als Lukassa sich daran erinnerte, Lal den Smaragdring zurückzugeben. Lal zögerte, blickte den Ring mit gewissem Verlangen an und reichte ihn dann an den Zauberer weiter. Er schob ihn ohne große Umstände in eine Tasche und preßte seine Hacken in die Weichen des Pferdes. Der Hengst sprengte sogleich los, und Tikat und Lukassa folgten, ohne sich noch einmal umzusehen. Aber als sie um die Biegung ritten, drehte sich der alte Mann im Sattel um und rief mir laut zu, „Dein Name ist Vand! Vergiß uns nicht, Vand!"

So waren denn nur noch Lal, Soukyan und ich übrig, und mein wirklicher Name. Soukyan sagte, „Gut, daß es ihm noch rechtzeitig eingefallen ist. Sein Gedächtnis für solche Sachen ist vollständig dahin."

Aber Lal erwiderte, „Nein, das ist immer seine Art gewesen.

Der reine Wanderschauspieler, bis zum Schluß." Und danach gab's nichts mehr zu bereden, und sie sagten mir ein letztes Lebewohl, trotteten fort und stritten sich bereits. Beide blickten sie sich um, ehe sie außer Sicht waren, doch es war schwer, sie deutlich zu erkennen.

Tunzi hatte überhaupt keine Lust, zum Wirtshaus zurückzukehren. Er wieherte, bäumte sich unter mir auf und versuchte, den anderen zu folgen; als ich an den Zügeln zog, um seinen Kopf herumzubringen, tanzte er auf dem Pfad schwerfällig halbe Wendungen, schlug sogar einmal aus, was für uns beide sehr anstrengend war. Trotzdem ließ er sich widerwillig wenden und latschte in einem schändlichen Trott heimwärts — ebensogut hätte ich zu Fuß gehen und ihn führen können. Aber da weinte ich, und weil es länger dauerte, als ich gedacht hatte, war das ganz gut so, schätze ich.

Am Kreuzweg kam mir Karsch entgegen, was ungefähr so überraschend war wie Tunzis Aufruhr. Als ich ihn erblickte, ging er langsam, doch seine Stimme hörte sich so an, als sei er noch vor kurzer Zeit gerannt. „Ich hab' gedacht, am Ende wärst du vielleicht doch mit ihnen gegangen. Sozusagen in letzter Minute."

„Ich werd's Ihnen sagen, wenn ich gehe", sagte ich. Karsch nickte und ergriff Tunzis Zügel, aber das Pferd schnaubte, drehte sich weg und versuchte noch immer, umzukehren. Ich sagte, „Aber *er* wäre gegangen, und das mit Freuden. Ich habe ihn in meinem ganzen Leben noch nicht so erlebt."

„Schau an", sagte Karsch. Er zuckte schwerfällig die Achseln und begann Tunzi den Pfad entlang zum „Fischhaken und Schlägel" zu führen. „Sogar fette alte weiße Wallache haben Träume. Überraschende, manchmal."

Nach einer Weile saß ich ab, weil es ein sonderbares Gefühl war, zu reiten, während Karsch neben mir ging. Wir sprachen erst, als wir so nahe beim Wirtshaus waren, daß wir hören konnten, wie die Hähne krähten, die Pumpe im Hof quietschte und Gatti Jinni sich lautstark beim Himmel über etwas beklagte. Ich sagte, „Mein richtiger Name ist Vand." Karsch sprach ihn einmal oder zweimal aus, ohne besonderen Ausdruck. Ich sagte, „Sie können mich weiterhin Rosseth nennen, wenn Sie mögen, bis ich gehe. Es ist nicht von Bedeutung."

Karsch schüttelte den Kopf. „Ist es doch", knurrte er. „Vand. Wenn das dein Name ist, dann ist es dein Name. Vand." Tunzi witterte das Frühstück und begann schneller zu gehen.

Klett-Cotta
Die Originalausgabe erschien unter dem Titel
„The Innkeeper's Song"
bei ROC/Penguin, New York

Printed in Germany
Schutzumschlag: Klett-Cotta-Design
Im Bleisatz gesetzt aus der 10 Punkt Palatino
von Alwin Maisch, Gerlingen
Gedruckt auf säure- und holzfreiem Werkdruckpapier
und gebunden von Gutmann, Talheim

Die Deutsche Bibliothek — CIP-Einheitsaufnahme
Beagle, Peter S.:
Es kamen drei Damen im Abendrot: Roman /
Peter S. Beagle.
Aus dem Engl. übers. von Hans J. Schütz. —
Stuttgart: Klett-Cotta, 1995
Einheitssacht.: The innkeeper's song ⟨dt.⟩
ISBN 3-608-93273-9

Fantasy und Abenteuerromane bei Klett-Cotta

Eine Auswahl

Terence H. White: Der König von Camelot

Aus dem Englischen von Rüdiger Rocholl
Band 1: 305 Seiten, kart. im Schuber, ISBN 3-608-95076-1
Band 2: 334 Seiten, kart. im Schuber, ISBN 3-608-95151-2

»Geistiges Entzücken – das ist eines der Schlüsselworte zu diesen Wäldern, Burgen, Ungeheuern und Hinterhalten. Oft kommt man kaum zum Weiterlesen, weil das eben Entdeckte so kostbar ist, daß man aufspringt, um es jemandem vorzulesen – und liest man hinterher für sich selbst weiter, so treibt einem die Freude über ein neugefundenes Fabelwesen von Einfall oder Wortwitz schon wieder hoch. . .«

Eugen Skasa-Weiß

William Goldman: Die Brautprinzessin

S. Morgensterns klassische Erzählung von wahrer Liebe und edlen Abenteuern
Gekürzt und bearbeitet von William Goldman
Aus dem Amerikanischen von Wolfgang Krege
332 Seiten, gebunden, ISBN 3-608-95352-3

»Die Erzählung, meisterhaft übersetzt von Wolfgang Krege, ironisiert in überaus geistreicher Weise sich selber. Eine hinreißende Erzählung, ebenso phantasievoll wie gescheit, auch in äußerlich ansprechender Form dargeboten.«

Philipp Wolff-Windegg / Basler Zeitung

George MacDonald: Lilith

Aus dem Englischen von Uwe Herms
347 Seiten, kart. im Schuber, ISBN 3-608-95202-0

». . .MacDonald hat den Leser mit vier oder fünf glücklichen Lesetagen reichlich entschädigt, der Übersetzer Uwe Herms ihm ein großes sprachliches Kunstwerk vermittelt: ein Märchen, das wie alle schönen Märchen trotz seiner 350 Seiten viel zu kurz ist.«

Hans Jürgen Fröhlich